Revolución

A*

Hugo Gonçalves

Revolución

Traducción de Rita da Costa

Libros del Asteroide

Primera edición, 2025
Título original: *Revolução*

Publicado por Libros del Asteroide S.L.U.
Santaló, 11-13, 3.° 1.ª
08021 Barcelona
España
www.librosdelasteroide.com

ISBN: 978-84-10178-35-9
Depósito legal: 17.506-2025
Impreso por Kadmos
Impreso en España - Printed in Spain
Diseño de colección: Enric Jardí
Diseño de cubierta: Duró

Este libro ha sido impreso con un papel ahuesado, neutro y satinado de ochenta gramos, procedente de bosques bien manejados, materiales reciclados y otras fuentes controladas, con celulosa 100 % libre de cloro y ha sido compaginado con la tipografía Sabon en cuerpo 11.

¿Cuándo estoy?

En el bosque, en mitad de la noche, una mujer se pierde en el tiempo.

¿Cuándo estoy?

Aún sabe cómo se llama, reconoce el hotel allá al fondo, pero sigue a la deriva por los años. Ve las luces giratorias de un vehículo militar en 1975, la nieve cayendo sobre la sierra décadas antes y un cortejo fúnebre un día de noviembre.

¿Cuándo estoy?

Una nieta se sienta en el columpio que cuelga de la rama de un roble.

¿Cuándo estoy?

Su marido vuelve tarde a casa. No, su marido la coge en brazos después de la boda.

¿Cuándo estoy?

Vuelve a oír el disparo de un arma, lo único que une pasado, presente y futuro.

Por fin, sabe cuándo está.

Tenía tres hijos y, la noche del disparo, perdió a uno.

Yo soy Espartaco

1970

Una mañana de tormenta y malos augurios, Maria Luísa dejó a su hija de tres años en una casa cerrada con llave. No por casualidad sus camaradas usaban el verbo «zambullirse» cuando se pasaban a la clandestinidad. En esa vida, la inmersión sin reservas implicaba que el partido tenía prioridad sobre cualquier relación que pusiera en riesgo la lealtad de los militantes. En los últimos años, Maria Luísa había pasado hambre, sed, frío, sueño, cansancio extremo, había dormido al raso, había recorrido a pie cientos de kilómetros, había cortado todo contacto con su familia, había renunciado a su identidad hasta el punto de que casi había olvidado quién era. La última vez que había estado en una consulta médica, a la hora de rellenar la ficha, no recordaba su nombre de pila, ni siquiera el falso, que cambiaba siempre que les asignaban un nuevo domicilio.

Empezó a bajar la calle. Una cúpula de nubes bajas oprimía las estrechas calles de Évora, contenidas por las murallas desde hacía siglos. Maria Luísa se concentró en los obstáculos del trayecto. Cuanto más sufriera y renunciara por la causa, más inminente sería el triunfo del comunismo. En las peores adversidades se reforzaba la fe doctrinaria. Sería absurdo desistir después de todo lo que había sufrido. Había que convertir las pérdidas en la certidumbre de la que brotaban los epitafios de los mártires y las consignas de los guerrilleros:

Libertad o muerte
De derrota en derrota hasta la victoria final
Prefiero morir de pie a vivir de rodillas

Al doblar la primera esquina, una de sus botas resbaló en las piedras de la acera. Se concentró en el dolor de la caída, en los dedos raspados, en el codo que empezaba a hincharse. El viento y la lluvia le azotaban la cara. La ropa le pesaba sobre el cuerpo delgado. Cada estorbo era una medalla futura. De nuevo en pie, apretó mandíbulas y puños para atravesar la tormenta y ejecutar el plan. En cada calle que cruzaba, la exigencia física de ese reto le recordaba el mérito de su propósito. Había dejado a su hija sola, sí, pero lo hacía por el muchacho tiznado de hollín, todo piel y huesos, que tiraba de un burro cuesta arriba mientras los hijos de los grandes terratenientes esperaban, en su cálida cama, que las criadas les sirvieran el desayuno. Dejaba a su hija sola, sí, pero lo hacía por los hombres que cada madrugada, frente a las Puertas de Raimundo, suplicaban que los eligieran para trabajar en los campos y se subían a las furgonetas con la servil gratitud de quien se mata trabajando para no morir de hambre. Dejaba a su hija sola, sí, pero lo hacía por la lucha de clases, el materialismo dialéctico y la dictadura del proletariado.

Tras pasar cuatro años en la clandestinidad leyendo panfletos, periódicos y libros del partido, Maria Luísa lo traducía todo a la jerga de la teoría. Había memorizado párrafos enteros de las obras del secretario general, exiliado en París, y los recitaba mientras se ocupaba de las tareas domésticas: «Toda la acción del Gobierno fascista ha consistido en intensificar la explotación de la clase obrera con el fin de permitir que la burguesía obtenga más beneficios y acumule capital más deprisa. Para ello, el Gobierno pone todo el aparato del Estado, todo el aparato represivo, las armas, las leyes, los tribunales, al servicio del gran capital».

En esa ciudad del interior, la Policía Internacional y de Defensa del Estado (PIDE) había reemplazado a la Inquisición, pero había conservado la costumbre de las delaciones. Cuando Maria Luísa se mudó allí, su compañero Alfredo le regaló la novela de un profesor que había dado clases en la escuela secundaria local, y ella había subrayado algunas frases:

> Évora mortuoria, encrucijada de razas, osario de los siglos y los sueños de los hombres.

Y también:

> En Évora, nadie podía tener más estudios que los elementales, ni menos de trescientos cerdos.

Allí había clubes exclusivos para hombres, mansiones con altos muros y señoras que apenas salían de casa, mendigos a las puertas de las incontables iglesias, el contraste entre las lamentables borracheras de los pobres, tirados en la cuneta, y el alcoholismo festivo de los herederos varones, como esos que aminoraron la marcha al pasar en camioneta junto a Maria Luísa cuando ya había cruzado las Puertas de Aviz una mañana de lluvia.

—¿Te acercamos a algún sitio? —le preguntó el que iba en el asiento del acompañante. Llevaba la escopeta de caza entre las piernas. Tenía unas facciones que, de niño, habrían hecho las delicias de las señoras, pero cuya inocencia se había visto desfigurada por las copas y las juergas en las casas de putas españolas.

—No, gracias —dijo ella, sin mirarlo, ciñendo con más fuerza contra el pecho el chal que le cubría la cabeza.

—Estás toda mojada —dijo el que conducía, mayor y más entrado en carnes, tal vez el padre o el tío del primero. Exhaló el humo del cigarrillo por las fosas nasales, riéndose de su propia ocurrencia—. ¿No sabes que es de buena educación mirar a la gente cuando te hablan? —Los perros perdigueros, que viajaban en la caja abierta de la camioneta, rompieron a ladrar estrepitosamente. El conductor acercó más el vehículo a Maria Luísa—. Cuando la jauría se pone así, es porque la hembra está en celo.

Ella cruzó el arcén y se metió campo a través, pero lo oyó decir:

—A ti lo que te falta es tener peso encima, malfollada de mierda, si estuviéramos en Navidad te regalaría una cartuchera de pollas.

Maria Luísa no miró atrás, la invisibilidad era crucial para la fachada de la clandestinidad. Llevaba el pelo negro siempre recogido y cubierto, una mujer modesta que debía pasar desapercibida. Se vestía como un ama de casa de provincias, tan callada y cabizbaja que, cuando entraba en la tienda de comestibles, las cotillas del lugar creían ver en ella el trauma de un marido que la molía a golpes.

Avanzó por el campo, hundiéndose un poco más a cada paso, el barro llenando la caña de sus botas. En un momento dado se quedó atrapada, con los pies enterrados en el fango. Tuvo la sensación de haber caído en una trampa. Imaginó a los hombres de la camioneta, azuzando a los perros para que la arrastraran con las fauces hasta sus dueños. La devorarían como a una perdiz, o una criada, o una querida, en el piso que tenían en Lisboa y al que llamaban picadero porque allí cabalgaban sus monturas extraconyugales.

Maria Luísa miró hacia atrás y, sin ver nada salvo la niebla que todo lo envolvía, distinguió el motor de la camioneta, que ganaba en distancia lo que perdía en ruido. Intentó desenterrar las botas alentejanas, masculinas, discordantes con el disfraz porque endurecían su figura. Cortadas, cosidas y ensebadas por las manos de un zapatero del partido, Maria Luísa las calzaba como si se enfundara el uniforme de un antepasado del Ejército Rojo. Alfredo, compañero de vida y clandestinidad, sabía que esas botas aplacaban el conflicto interno de Maria Luísa. Ella quería ser del pueblo, estar con los trabajadores y con todo lo que brotaba de la tierra y del esfuerzo físico. No había duda de que estaba al servicio de los intereses de obreros y campesinos, pero sus gustos —desde el té inglés a las películas americanas— no le permitían ser como ellos.

Intentó rescatar las botas, pero cayó al barro una y otra vez, vencida por la succión del lodazal que se negaba a devolvérselas. Maldijo a los amos de esas tierras abandonadas, sintiéndose expoliada como las mujeres que trabajaban a cambio de un jornal o las niñas que servían como criadas. Tiró una vez más de las botas, esta vez con rabia, convertida no ya en la ideóloga de un mundo mejor, sino en la castigadora de quienes lo destrozaban.

Si bien, de entrada, había apoyado la corriente del partido que no defendía la lucha armada, sino que confiaba en el levantamiento de las masas populares para derribar al régimen, Maria Luísa empezaba a impacientarse con la escasa repercusión de la clandestinidad, que se limitaba a repartir ejemplares de *Avante!* cuando hacía once años que se había proclamado la revolución en Cuba. Ya fuera la familia imperial rusa ejecutada en un sótano o el guardia civil que ETA había matado en el País Vasco, no había movimiento de liberación que no eliminara a unos cuantos enemigos. Si hasta en la Biblia, que ella conocía bien del colegio de monjas, «destruyeron cuanto había, matando por la espada a hombres y mujeres, jóvenes y ancianos», ¿por qué no pasar también a cuchillo a los cazadores que la habían humillado, a los terratenientes que le habían arrebatado las botas, a los ministros fascistas instalados en Terreiro do Paço?

Distraída elucubrando venganzas, no se percató del coloso negro que asomaba entre la niebla. Primero, los cuernos, luego el musculoso promontorio del cuello, media tonelada de mitología. El toro se detuvo en seco a escasos metros de Maria Luísa, que sintió el tropel del pánico en el latido cardiaco, el vello erizado de los brazos, la boca seca, los ojos desorbitados. Sin reparar en ella, el toro soltó un chorro amarillo al tiempo que expulsaba una humeante boñiga. Millones de soldados habían muerto defendiendo a la madre Rusia de los nazis, miles de jóvenes luchaban contra el imperialismo en ese preciso instante en las selvas de África y Latinoamérica, pero Maria Luísa tendría un fin anónimo, capitulando descalza en un charco de meados y mierda de toro.

El animal volvió a perderse entre la niebla, más interesado en la hierba que en sabotear revoluciones. Maria Luísa dejó las botas para retomar su misión y, viendo a lo lejos el convento de Espinheiro —donde el rey don Sebastián se había detenido a rezar antes de liderar la primera gran debacle del imperio colonial—, empezó a contar los postes de la alambrada hasta dar con uno en particular, cuya base había rodeado con piedras la noche anterior: era la señal convenida, según los procedimientos del partido, para anunciar a Alfredo que podía volver a casa sin temor.

Esa misma mañana, sin embargo, la situación había cambiado. Maria Luísa había recibido la visita de un hombre que se presentó con zalamerías de vecino, intentando husmear el interior de la casa. Le hizo preguntas acerca del marido ausente, al que aún no había visto y estaba deseando conocer. ¿En qué trabajaba? ¿Era aficionado al ciclismo? Es que se había fijado en la bicicleta del patio trasero. Por cierto, ¿cuándo volvería el susodicho marido? Si necesitaba ayuda con lo que fuese, cambiar una bombona de gas, un poco de compañía en las noches solitarias, tendría en él a «su humilde servidor».

Por culpa de ese hombre sospechoso, había dejado a la pequeña Nádia sola en casa y allí estaba, empapada por la lluvia, con los pies desnudos y magullados, apartando las piedras que había colocado la víspera alrededor del poste, ahora con el fin de advertir a Alfredo de que no volviese a casa.

En el camino de vuelta, imaginó a su hija secuestrada por la PIDE, entregada a un orfanato, reviviendo el pánico de cuando Nádia se había perdido en la playa y, en vez de aplicar a la búsqueda de la niña la misma sangre fría con la que pasaba de contrabando las maquetas de las publicaciones del partido, Maria Luísa había tenido que implorar la ayuda de otras madres para encontrarla.

Los hijos eran el punto más débil de los militantes, y el partido sugería que los dejaran en manos de la familia o los enviaran a una escuela de la Unión Soviética. Maria Luísa, que siempre había respetado el reglamento de los militantes clandestinos con irreprochable disciplina, se creyó capaz de conciliar maternidad y causa. Se equivocaba. Alfredo se lo había advertido: en algún momento tendría que escoger entre sus ideales y su hija. De lo contrario, alguien lo haría por ella.

Al entrar en la casa de tres estancias, Maria Luísa buscó a Nádia en vano. Sin aliento y aturdida, irrumpió en la diminuta sala de estar. Desde allí veía sin estorbos el único dormitorio de la casa. Distinguió un bulto oscuro debajo de la cama. Un amasijo de ropa se mecía con una cadencia que, después de tantas noches durmiendo juntas, reconocía como la de su propia respiración. Nádia se había envuelto en un chal de su madre y se había escondido entre la tarima del suelo y los listones del somier. La alegría de Maria Luísa al encontrarla venía con una espinita clavada: siendo hija de una activista del partido, Nádia estaba condenada al secretismo patológico, nunca jugaría en la calle con los demás niños, viviría en hogares provisionales, con las cortinas siempre corridas y el temor a las visitas.

Maria Luísa hubiese querido meterse debajo de la cama con su hija y quedarse allí acurrucada. Pero la huida era más urgente que un abrazo. La dejó durmiendo y arrojó los papeles del partido a las llamas de la estufa de carbón de la cocina. Sobre la encimera yacían los platos sucios, los huevos, harina, azúcar y mantequilla que tanto había ahorrado para comprar, exprimiendo el exiguo sueldo con el que debía gestionar su penuria doméstica. Lo que horas antes había sido una estampa de felicidad matutina, con madre e hija alineando ingredientes y utensilios de cocina, preparándose para recibir a Alfredo con un pastel, era ahora una mediocre naturaleza muerta.

En el dormitorio, Maria Luísa cogió algo de ropa y se limpió las heridas de los pies con un paño humedecido. Se disponía a ponerse unos calcetines de lana cuando llamaron a la puerta. Desde fuera, alguien dijo:

—Buenos días, vecina, soy la mujer de Carlos, que ha venido antes. He visto salir humo de la chimenea y, mira, ya que tienes el fuego encendido, se me ha ocurrido traerte unas castañas para que las ases.

Desde la cocina, Maria Luísa oyó el chasquido del pestillo, la puerta abriéndose, la voz de la mujer invadiendo la salita.

—Hola, chiquitina, ¿está tu madre?

Maria Luísa salió de la cocina y vio a Nádia con la mano en el pomo de la puerta, sonriendo a la mujer. La voz amistosa no casaba con el ceño inquisitorial. La vecina de pelo grasiento tenía la clase de delgadez que la sabiduría popular atribuye a un hígado enfermo. Decían las malas lenguas que acuchillaba las pelotas que los chiquillos tiraban sin querer a su patio. Sus ojos revelaban desdén hacia la pobreza de la casa: no había sofá ni fotos, ninguna figurita decorativa ni tapete. El nomadismo de la clandestinidad resultaba más fácil sin grandes cargas. Sobre la mesa, había tan solo la caja de madera, acolchada por dentro y con una tapa de cristal, que ahogaba el martilleo de la máquina de escribir en la que Maria Luísa redactaba sus artículos, un invento atribuido al secretario general del partido después de que denunciaran a varios de sus correligionarios por el ruido que hacían tecleando de madrugada.

En un abrir y cerrar de ojos cargado de resentimiento, la curiosidad de la mujer se trasladó del extraño objeto a la belleza y juventud de Maria Luísa. Su tono de voz cambió:

—¿Conque eres tú la que se abre de piernas para mi hombre? —Empujó la palangana de las castañas contra el vientre de Maria Luísa—. ¿No te da vergüenza, pedazo de zorra, con un marido ausente y una niña a tu cargo? Te creerás que eres la primera a la que enreda.

Era imposible que la PIDE instruyera a sus agentes femeninas en esa clase de tácticas. Solo podía tratarse de una mujer amargada por el desamor, abocada a la paranoia por las infidelidades de su marido. Maria Luísa se compadeció de ella. ¿Acaso no eran hermanas que libraban la misma guerra? ¿No había escrito el secretario general que las portuguesas estaban condenadas «a las ollas, los hijos y la Iglesia»? ¿Que la sociedad se había organizado «de manera que la mujer se convirtiera en esclava de su marido»? ¿Que, «por lo general, el matrimonio era más una cuestión de orden que de amor»? ¿No era el propio partido un microcosmos de ese atraso, siendo buena parte de las clandestinas analfabetas y viéndose apartadas del trabajo político para fundar un hogar y mantener las apariencias?

Un violento bofetón hizo añicos la compasión de Maria Luísa. La mujer la empujó contra la encimera, tirando los huevos y el paquete de azúcar destinados al pastel.

—Te arrancaré la piel a mordiscos, putita.

Una declaración de intenciones literal. La vecina hincó los dientes en el brazo de Maria Luísa, que, con la otra mano, cogió la primera arma a su alcance: la espátula que los portugueses habían bautizado con el nombre del dictador avaro y enemigo del despilfarro. Asiendo el mango de madera del *salazar*, golpeó a la mujer en la cabeza una y otra vez. Le rasgó el cuero cabelludo. Le fracturó el tabique nasal. Le hizo saltar dos dientes.

Durante años, y pese al escaso sentido del humor que caracterizaba, en general, a sus compañeros de armas, Maria Luísa les relataría cómo Salazar había salvado a una comunista en apuros. Sin embargo, esa mañana era la violencia, y no la comedia, lo que mejor definía lo que estaba sucediendo en la cocina. Maria Luísa había caminado kilómetros descalza, convencida de que la policía estaba a punto de capturarla y que se llevaría a Nádia. Sus años en la clandestinidad se habían traducido casi siempre en el tedio de las tareas domésticas, la vigilancia ininterrumpida de sus captores, y nadie salía ileso de tanta disciplina y renuncia; podría decirse incluso que, al verse atacada por una criatura enajenada, había actuado en legítima defensa. Pero la paliza que Maria Luísa propinó a esa mujer delante de su propia hija, hasta dejarla inconsciente y desfigurada, también era un indicio de algo más que sus circunstancias. Además de salvar su propio pellejo, creía estar aniquilando a dinastías enteras de reyes, magnates, terratenientes, e —insatisfecha, pese a todo—, solo pararía cuando algo en su interior, algo de lo que no podía desembarazarse, se destruyera también.

Huyó de Évora a la margen sur del Tajo. Por una rendija en las cortinas veía al otro lado del río la colina lisboeta que tantas veces había subido y bajado de la mano de sus abuelos. Era como estar al otro lado del espejo de su infancia. De niña, antes de que se construyera el gran puente sobre el Tajo que llevaría el nombre del dictador-espátula de cocina, Maria Luísa fantaseaba con la vida más allá del río, un territorio lejano y exótico que confundía con Brasil, donde se había perdido el rastro de su padre. Pero ahora, siendo una mujer hecha y derecha que había llegado allí con Nádia para refugiarse en un piso franco del partido, comprobaba que la margen sur no evocaba en absoluto los exuberantes trópicos, no era sino un conglomerado de astilleros, grúas y chimeneas industriales que oxidaban el paisaje campestre. Desde la ventana de su habitación escondrijo, Maria Luísa buscó a la niña que había sido tiempo atrás, al comienzo de la década de 1950, en la casa de Lisboa donde su madre la había dejado para entrar a trabajar en un hotel de Sintra.

El abuelo Xavier había intentado mitigar la distancia entre madre e hija abriendo delante de Maria Luísa un atlas de tapas duras. Si Lisboa parecía estar tan cerca de Río de Janeiro en el mapamundi como lo estaba de Sintra en el mapa de Extremadura, cabía la posibilidad de que Brasil estuviera, en efecto, nada más cruzar el Tajo, en esas laderas que el sol sobrevolaba desde el nacimiento hasta la desembocadura, bajo un cielo de colores cálidos como los países sudamericanos del atlas.

El abuelo Xavier le explicaba que el cielo y el sol eran los mismos a uno y otro lado del río, y que podían verse desde infinidad de lugares, demostrando así que siempre había más de un prisma para el mismo objeto. Su nieta, sin embargo, opinaba que el cielo y el sol debían de ser más bonitos en esos sitios llamados prismas, puesto que su padre había preferido Brasil y su madre se había largado a Sintra, donde tal vez los demás niños no se riesen de Maria Luísa como hacían en el Bairro Alto cuando ella decía que su padre se llamaba Incógnito. Así constaba en su partida de nacimiento:

Maria Luísa Alegria
Hija de:
Padre Incógnito
y Antónia Alegria

Cerró las cortinas y miró a Nádia, que dormía en un diván. Estaban en un refugio temporal, el típico piso franco cuyos propietarios, una pareja de médicos, antifascistas en la sombra, no eran del partido pero acogían a militantes enfermos o en tránsito.

—Hay que sacarte de aquí —dijo el responsable de la célula, que la había escondido allí y, al día siguiente, había ido a buscarla. Con un ojo siempre en la puerta, era de esos hombres que, nada más entrar en una casa, se ponía a estudiar la trayectoria de fuga.

—¿Y Alfredo? —le preguntó ella, mirando de nuevo a su hija.

—Se reunirá contigo más tarde.

Poseedor de unas facciones anodinas, el responsable de célula desaparecía en una pequeña multitud en lo que un policía tardaba en pestañear. Esa banalidad le había permitido evitar la cárcel a lo largo de veinte años.

—Sales del país y vuelves dentro de un tiempo. Pero no puedes llevarte a la niña.

Viajaron durante la noche, el responsable de célula al volante del coche, Nádia en el asiento trasero, envuelta en una manta, con la cabeza apoyada en el regazo de su madre. Maria Luísa se sentía parte de un eterno retorno, un vaivén ineludible: iba a hacer con su hija lo mismo que su madre había hecho con ella diecinueve años antes.

Por precaución, el responsable de célula aparcó entre la maleza. Tendría que recorrer a pie varios kilómetros, por lo que tardaría al menos un par de horas en volver con una respuesta. Dejó instrucciones para que Maria Luísa y Nádia permanecieran dentro del coche. A ella no le pareció prudente quedarse quieta en una caja metálica escondida entre la vegetación. Temía las consecuencias de sus acciones en Évora: había confundido a un adúltero con un soplón de la PIDE, había impedido el regreso de Alfredo y había agredido a una civil, exponiendo el piso franco ante las autoridades. ¿Cómo podría proteger el partido a alguien que había quedado comprometido tras semejante muestra de incompetencia? ¿Y si el responsable de célula no la había llevado allí para resolver la custodia de Nádia, sino para eliminar el problema que Maria Luísa había creado?

Abrió la puerta y oyó el murmullo de la sierra de Sintra. Pájaros, insectos, el agua saltando sobre las piedras. Conocía ese territorio como la palma de la mano de la niña que había crecido allí, pasando días y días a su aire, dueña de escondrijos y atalayas, moviéndose por senderos, caminos de cabras y laderas, cruzándose con zorros y conejos, sin perderse jamás en el camino de vuelta.

Creyéndose más a salvo en medio del bosque, se apeó del coche y siguió la melodía de un arroyo, donde lavó las legañas de los ojos de Nádia. De rodillas, rodeada por los troncos de los árboles, sintió en la nuca la desprotección de los ejecutados con un disparo a quemarropa. Miró hacia atrás, no vio a nadie. El rigor de las acciones en la clandestinidad y el miedo a ser capturada la habían convertido en una persona desconfiada, que temía mucho más que a la PIDE. Se preguntó si sus características de militante ejemplar, que acataba órdenes sin cuestionarlas, favorecerían al partido también a la hora de desembarazarse de ella. Al fin y al cabo, dejar a Nádia a buen recaudo antes de saltar al extranjero era el mejor de los pretextos para convencer a Maria Luísa de que se desplazara hasta un lugar desierto, donde podrían castigarla por su fracaso en la defensa de la casa de Évora, que había hecho peligrar la misión de su compañero.

Desconfiar del partido era, de por sí, un delito de traición. Tal como las monjas del colegio le habían enseñado que era posible pecar de pensamiento, también era posible traicionar al Partido con la mente.

Trató de ahuyentar las sospechas, mantenerse fiel como siempre, aprovechar la armonía con la naturaleza. Llenó el cuenco de la mano con agua del arroyo para dar de beber a su hija, pero no podía dejar de pensar que Manuel Domingues también había sido fusilado en armonía con la naturaleza, en un pinar de Belas. Recordó los nombres de Manuel Lopes y Aurélia Celorico, las otras víctimas de la supuesta purga emprendida por el partido tras las delaciones que habían provocado la tercera detención de Álvaro Cunhal, el secretario general. Se acordó de una sección de *Avante!* titulada «Traidores de la clase obrera».

> *José Jubileu, empleado de la empresa cristalera de Foutela (Figueira da Foz), es un auténtico lacayo de los patrones y, por tanto, enemigo de sus compañeros de trabajo, a quienes ha perjudicado en incontables ocasiones.*

Quizá, al dejar a Maria Luísa allí con su hija, el responsable de célula pretendiera poner a prueba su lealtad averiguando cuántos días esperaría sin pensar en purgas ni imaginar su nombre impreso en las páginas de *Avante!*

Maria Luísa Alegria, integrante de una camarilla salazarista generosamente apoyada por los servicios de espionaje estadounidenses, sembró la confusión y traicionó al pueblo portugués.

Si un error en Évora y una mala noche de sueño la hacían sentirse tan insegura, ¿qué pasaría si la PIDE —los verdaderos enemigos— la encerrara en un calabozo? Recordó la inquebrantable tenacidad del comunista Militão Ribeiro, que había muerto esquelético, en el anticlímax de una huelga de hambre en la cárcel de Caxias. Recordó a Fidel Castro, que, traicionado por un colaborador al desembarcar en Cuba, había perdido a setenta camaradas bajo el fuego de los aviones enemigos y había resistido durante dos años en la selva con los once supervivientes. Recordó a los habitantes de Leningrado, que soportaron el salvaje cerco nazi durante ochocientos setenta y dos días. ¿Cómo iba a echar por tierra todos esos sacrificios dejándose contagiar por la propaganda fascista que inventaba purgas en el partido? Una sarta de mentiras, veneno de la víbora imperialista americana y sus lacayos europeos. Aunque hubiesen muerto unos cuantos en la Cuba de Fidel o en la Unión Soviética de Stalin, ¿acaso no representaban un precio pequeño si a cambio se alcanzaba la grandiosa recompensa de la revolución? Lenin se había mostrado categórico: «Ni un solo problema de la lucha de clases se ha resuelto jamás sin violencia».

Maria Luísa cogió a Nádia en brazos y emprendió el camino de vuelta al coche, convencida de estar contribuyendo al esfuerzo del partido: hacer lo que le ordenaban, no replicar, entender que la revolución podía no llegar a ocurrir en su tiempo de vida sin que eso la inhibiera a la hora de luchar.

En una de las casas clandestinas donde habían vivido, Alfredo le había dicho:

—Si el partido nos pide cada día que desenrosquemos un tornillo por la mañana y volvamos a enroscarlo por la noche, eso es lo que haremos, ¿entiendes? No necesitamos saber si el tornillo hará caer un puente, evitando así la invasión imperialista, o si simplemente sujeta la bisagra de la puerta del lavabo de una fábrica donde nuestros camaradas producen más tornillos. Recuerda que la revolución es mucho más grande que tú. Eres una pieza diminuta. Eres un tornillo. Y, siempre que dudes de la utilidad del tornillo, quien se equivoca eres tú, no el Partido.

Maria Luísa se subió al coche y cerró dando un portazo, decidida a ser un tornillo. No se iría de allí hasta que volviera el responsable de célula. Si había comprometido la misión de Alfredo, pagaría por ello. En el supuesto de que quisieran enviarla más allá de la frontera, sin la menor pista de lo que le pedirían a continuación, firmaría un documento en blanco. Si era indispensable, como había decretado el responsable de célula, que dejara a Nádia en Sintra con su abuela materna, que aún no la conocía, allí estaba Maria Luísa, lista para servir a la causa.

Para redimirse de sus delitos de pensamiento, murmuró un acto de contrición:

—El partido no se equivoca. Quien diga lo contrario es débil y contrarrevolucionario.

Miró a Nádia y se reconoció en ella: las largas pestañas que parecían alas de cuervo, subrayando la inmensidad de los ojos; la misma negrura en el pelo lacio que, en el colegio de monjas, le había valido a Maria Luísa el apodo de Apache. Se vio en el rectángulo del retrovisor, con el ceño fruncido, como un radar siempre alerta, con un asombro ante el mundo que los demás confundían con petulancia y tendencia a los juicios precipitados. En ese reflejo, encontró también los rasgos de su madre y cayó en la cuenta de que tenía la misma edad —veinticuatro años— que Antónia cuando la dejó a cargo de los abuelos Alegria en el Bairro Alto. Sintió por ella la afinidad de las mujeres que se arriesgaban a escoger en vez de conformarse con lo que tenían. Experimentó algo cercano al perdón, madre e hija unidas en el tiempo, confluyendo entre sí.

Una armada de nubes cortó el paso al sol, el bosque quedó sumido en sombra y, minutos después, el motor de un coche rasgó el silencio en la carretera, seguido de portazos, interjecciones de voces masculinas, brazos que apartaban la maleza. Maria Luísa no esperó, como se había prometido a sí misma y al partido. El tornillo, a fin de cuentas, tenía voluntad propia. Cogió a su hija y huyó.

Libertad o muerte.

Era difícil correr con una niña en brazos, notar un segundo corazón latiéndole fuera del pecho, protegerlo hasta la muerte porque le había dado la vida. Pensó en dejar a su hija escondida entre la maleza y seguir adelante, haciendo de señuelo para los captores, pero Nádia lloriqueó, asustada, y Maria Luísa volvió a pecar de pensamiento: si estuviese sola no la cogerían, los hijos eran una fragilidad, como advertía el partido. Nádia le pesaba, los brazos le temblaban, los muslos le ardían, y una punzada de agotamiento le atravesó los pulmones. De pronto, una enseñanza del abuelo Xavier se abrió paso en su mente despavorida: «Los caballos se agotan, no hacen pausas para descansar, corren hasta que revientan». De niña, Maria Luísa se había quedado perpleja y triste al oír estas palabras, sin saber si los caballos eran heroicos o suicidas. Ahora entendía que la naturaleza no era una elección. También ella correría hasta reventar.

De derrota en derrota hasta la victoria final.

Corrió hacia el muro de una finca, coronado con trozos de cristal clavados en el cemento, un alambre de espino improvisado por los aparceros con las botellas de vino que bebían los señores. Dejó a su hija en el suelo, se quitó la chaqueta y la dobló para cubrir las esquirlas de cristal del muro. Luego aupó a Nádia y la sentó sobre la chaqueta.

—Salta.

Los hombros de la niña anunciaban una oleada de llanto, las voces de los hombres se oían entre la maleza y, antes de que

Nádia pudiera mirar atrás, Maria Luísa la empujó hacia el otro lado.

—¡Corre! —gritó.

El primer disparo fue al aire y ahogó todos los ruidos del bosque. Ella no puso los brazos en alto, ni cerró los ojos, ni se postró en el suelo.

Prefiero morir de pie a vivir de rodillas.

Se encaramó al muro, notando las aristas de cristal bajo la gruesa tela de la chaqueta. Iba a saltar cuando la segunda bala pasó rozándole la cabeza. Esta vez le habían disparado por delante, desde el lado del muro donde su hija corría hacia la pistola. El hombre cogió a Nádia en brazos. Su gesto no sugería violencia alguna, pero en su mirada Maria Luísa vislumbró aquello que los brazos de un adulto podrían hacerle al cuerpo de una niña de tres años. Iba a decir algo, el hombre también, pero lo único que se oyó fue el ruido sordo de una porra contra su cráneo cuando un segundo hombre la atacó por la espalda.

Nádia vio a su madre desplomándose sobre un parterre de flores, la sangre que manchaba el vestido tiñendo los pétalos blancos de las margaritas. El hombre de la pistola le susurró al oído:

—Todo saldrá bien, pequeña.

Antes que el primitivo temor a la tortura, venía la anticipación racional de lo que la esperaba. En su estado, Maria Luísa aún era capaz de seguir los mandamientos del militante comunista en caso de detención.

En el bosque, inconsciente y sin más testigos que su hija, no había podido gritar que la PIDE la llevaba presa, como hacían los camaradas cuando los detenían en la calle de alguna ciudad. Ya en la sede de la policía, en la calle António Maria Cardoso, en el barrio de Chiado, entre ilustres boutiques, cafés y teatros, se enfrentó con indiferencia al proceso de despersonalización de los detenidos —le quitaron el viejo reloj de pulsera y los pendientes de bisutería; de haber sido un hombre, le habrían cortado el pelo y le habrían afeitado la barba y el bigote— y se mostró desafiante en la sesión fotográfica: de frente, de perfil, dejando en el registro la estampa de una mujer hermosa. La ceja izquierda expresaba sarcasmo. La media sonrisa, en la que algunos verían altivez, era la promesa de los insumisos.

En la jerga del partido, el rito de paso de la clandestinidad a la cárcel se conocía como «estar quemado», porque exponía al militante, despojándolo de su invisibilidad, y porque lo someterían a todas las pruebas de fuego que conocía de antemano. Maria Luísa había oído el relato de Alfredo y de otros camaradas que habían pasado por las manos de la PIDE. Estaba al tanto de las palizas con fusta de cuero trenzado y *nunchaku*, las descargas eléctricas y las quemaduras de cigarrillo, la estatua, la privación de sueño, el aislamiento en la oscuridad de diminutas celdas —apodadas «cajones», «toriles» o «sarcófagos»— donde solo cabía un preso acostado. Había estudiado y debatido con Alfredo, hasta el punto de memorizar varios de sus pasajes, el manual *Si te detienen, camarada* escrito por el secretario general, al que habían apresado en tres ocasiones sin que delatara a nadie, pese a las interminables horas de tortura e interrogatorios y los catorce años que había pasado en las cárceles del Estado Novo.

En la sala donde la dejaron, esposada y sola, durante varias horas, Maria Luísa se tocaba la venda de la cabeza, teñida por la sangre seca, y recitaba para sus adentros el primer párrafo de la obra de Álvaro Cunhal.

Si te detienen, camarada, caerá sobre ti una gran responsabilidad. Tendrás que seguir defendiendo a tu partido, tus camaradas, tus ideales, pero en condiciones muy distintas, pues te encontrarás aislado y en manos del enemigo, sometido a sus insultos y violencias. Si te detienen, camarada, te encontrarás en las circunstancias más duras a las que seguramente te has enfrentado nunca.

Un agente de policía apuesto —camisa y dentadura blancas, brillantina aplicada en su justa medida— abrió la puerta y se quedó en el umbral, revisando unos papeles, permitiendo que el perfume de su agua de colonia enmascarase el hedor de las secreciones de los detenidos a los que habían interrogado allí antes que a Maria Luísa, hasta que una mujer avanzó por el pasillo con Nádia de la mano. El agente levantó la cabeza.

—Odete, ¿me traes un pastel de nata de la cafetería? —Cerró la puerta y sonrió a Maria Luísa con la afabilidad de un médico de familia en la primera visita—. No te preocupes, solo van a merendar. —Sacó la silla y se sentó—. Tu niña está en buenas manos.

Desempeñaba el papel de pide amable, también conocido como pide correcto.

—Soy el inspector Perdigão. ¿Cómo estás? Solo quiero revisar un par de cosillas, no tardaremos demasiado. —Qué tentadora resultaba esa trivialidad de hombre solícito resolviendo un equívoco burocrático—. Solo tienes que confirmarme unos datos que nos facilitó tu marido, Alfredo Batista, ¿de acuerdo? Y estarás de vuelta en casa a tiempo de cenar con tu niña.

Maria Luísa repasó los consejos escritos por el secretario general.

Ese primer interrogatorio es sumamente importante. A menudo, determina la actitud de los militantes y de su defensa. Es la primera vez que el comunista detenido y la policía fascista miden sus respectivas fuerzas. Por eso, nunca confirmes lo que la policía desea saber, pues hacerlo es enfilar el camino de la concesión y la traición.

Sin obtener respuesta alguna, el pide amable asintió con gesto comprensivo al tiempo que se inclinaba sobre la mesa.

—Escucha, lo entiendo, haces lo que te dice tu marido, tienes una hija a la que cuidar, no te has metido en esta vida porque hayas querido, sino porque te has visto arrastrada.

Maria Luísa sabía que la PIDE podía mostrarse más indulgente con las mujeres de los militantes del partido —arrastradas a la ilegalidad por deber conyugal— que con las solteras, clandestinas por propia voluntad. Era ridículo que un cuerpo de policía que dilataba las detenciones y los interrogatorios hasta seis meses, sin la presencia de un abogado, considerara una circunstancia atenuante la obediencia de la mujer al marido, consagrada en el código civil.

—Dime tu dirección y asunto zanjado —sugirió el pide amable. Trataba de descubrir el refugio clandestino de la pareja y cualquier documento que pudiera haber allí, revelando así que no conocía la existencia de la casa de Évora ni lo que allí había sucedido.

Se hizo un nuevo silencio en la pequeña estancia sin ventanas, austeramente amueblada. En la inmundicia de los zócalos, en la bombilla que colgaba de un cable pelado, en la mancha ferruginosa de la pared, que tanto podía ser una filtración de humedad como sangre desvaída, había cierto abandono, no del todo fingido, que pretendía infundir miedo a los interrogados. El edificio de la PIDE había hecho suyos, a lo largo de los años, la rudeza de los agentes y la ruina de los detenidos.

—Quiero ayudarte, yo también tengo hijos. Dos chicos. —Un grito de dolor resonó en los pasillos y se coló por la rendija de la puerta, llenando la estancia de desesperación y dejando una amenaza en el aire. Maria Luísa no era la única detenida en esa planta—. A mí también me costaría estar alejado de mis pequeños. —El pide amable le enseñó una hoja de confesión—. Y lo cierto es que tu marido ya ha dicho todo lo que tenía que decir, solo necesito que confirmes sus palabras.

El grito lejano degeneró en un gañido como de animal en el matadero, agudo y sincopado; alguien estaba a punto de rendirse. Maria Luísa se debatía, notando cómo le palpitaba una vena en la sien, y se tocó la costra de sangre en la venda de la cabeza.

—Solo tienes que decirme la dirección —insistió el pide amable—. Si cuadra con lo que nos dijo tu marido, podrás marcharte.

Maria Luísa quería preguntar dónde estaba Alfredo, qué le habían hecho, si lo habían capturado por su culpa.

Algunos camaradas han caído en el gravísimo error de confirmar a grandes rasgos «aquello que la policía ya sabe», cuando lo cierto es que, a menudo, finge estar segura de cosas que supone, pero aún no sabe a ciencia cierta.

Al ver que Maria Luísa no despegaba los labios, el pide amable abrió la puerta y se asomó al pasillo.

—Oye, Mendonça, dile a Pacheco que haga menos ruido, que aquí hay gente trabajando. —Soltó una carcajada—. Ven un momento, que a lo mejor necesito que me eches una mano.

Mendonça, el pide brutal, también conocido como el pide feroz, llegó con la camisa remangada y dejó caer con estruendo sobre la mesa una carpeta de cartón abarrotada de documentos. Las cejas del pide brutal parecían ratas despeinadas. Tenía la punta de la nariz gruesa, claveteada de puntos negros, y el tinte marrón con el que se teñía el pelo empezaba a amarillear en torno a las orejas, haciendo juego con los dedos que estrangulaban un cigarrillo.

—Veamos. —Echó una bocanada de humo a la cara de Maria Luísa, abrió la carpeta y empezó a leer—: Alfredo Batista, militante del partido comunista portugués, detenido en 1963, puesto en libertad en el 65. —Chasqueó la lengua como quien constata su sabiduría frente a la estulticia ajena—. Este es de los que no aprenden. Estaba escrito que, más pronto que tarde, volvería a dar con sus huesos aquí. —Alzó la cabeza, miró a la detenida—. ¿Cómo te crees que te hemos encontrado? —A modo de conclusión, succionó el cigarrillo hasta que la brasa alcanzó el filtro—. Por lo que veo, no quieres soltar prenda. Ya te advierto que tu amado esposo no se lo merece. —Aplastó la colilla sobre la mesa, a escasos centímetros del brazo de Maria Luísa.

Los policías fueron alternando injurias y desagravios, usando las técnicas de la humillación y el chantaje, la calumnia y el señuelo. El pide amable sostuvo que, tras años de soledad y penalidades en la clandestinidad, una mujer con una hija merecía algo más que un marido delator y ausente.

A sabiendas del control que el partido ejercía sobre las relaciones amorosas y sexuales de sus activistas, separando a maridos y mujeres para ponerlos a convivir con otros camaradas, el pide brutal discurrió sobre las debilidades de Alfredo valiéndose de un fajo de documentos supuestamente incautados. Eran las autocríticas que los comunistas tenían el deber de presentar ante sus camaradas. Esa asunción pública de errores no solo buscaba expurgar culpas y corregir faltas, sino que representaba la sumisión incondicional al partido, que se traducía en autorreproches por ofensas comprensibles (no querer que el marido se fuese a vivir con otra camarada) o insignificantes (comprarse una chaqueta sin el permiso de la comisión).

—¿Sabías que tu marido ha mantenido relaciones sexuales, por lo menos en veintitrés ocasiones, con una camarada cuyo seudónimo es Laura? —le espetó el pide brutal.

El pide amable aprovechó para hurgar en la herida:

—No hay más que ver cómo vas vestida, y lo flaca que estás, para saber que tu hija y tú estáis pasando apuros. ¿Cuánto hace que no te compras una falda ni cenas en un restaurante? Tu marido es un adúltero y, en lo que respecta al responsable de tu célula, el que te abandonó en la sierra de Sintra, tiene botellas de whisky a su nombre en clubes nocturnos, se gasta todo lo que gana en mariscadas. Estás perjudicando a tu hija por esos hombres, ¿por qué?

Pasaron un día y una noche interrogando e intimidando a Maria Luísa, repitiendo las mismas preguntas hasta la náusea. En una pausa para que fuera al lavabo, permitieron que pasara junto a su hija, que dormía en el raído sofá de un despacho mientras los pides despotricaban de las pésimas condiciones de vida en los orfanatos.

Como no había manera de que Maria Luísa cambiara el silencio por el miedo, pese al cansancio, el pide brutal dio el pistoletazo de salida a un tormento que no había hecho sino empezar. Cogió su cabeza herida entre las manos y, con delicadeza, le quitó el vendaje.

—Esto tiene mala pinta —dijo, evaluando el corte suturado en el cuero cabelludo. Con el pulgar y el índice, pellizcó los puntos y los arrancó de golpe. Luego se miró los dedos manchados de sangre y los restregó en las mejillas de Maria Luísa.

—O hablas, pedazo de puta, o tu hija se criará en una celda de Caxias.

Construido en su día como parte del grupo de fortificaciones que defendían Lisboa de los invasores extranjeros, el fuerte D. Luís I servía ahora como cárcel para los opositores internos al régimen. Muchos llevaban meses encerrados allí, sin comparecer ante un juez ni recibir visitas, o bien llevaban años cumpliendo sentencias que, cuando llegaban a su término, se prolongaban a petición de la policía sin necesidad de juicio. La trampa jurídica de las «medidas de seguridad» creada por la dictadura contemplaba la «detención indefinida» para los condenados por subversión y delitos contra la seguridad del Estado. Hombres y mujeres sometidos a tortura y aislamiento por repartir panfletos políticos que denunciaban el fraude electoral o se oponían a la guerra colonial, o sencillamente porque eran peones en las tácticas de la PIDE, como Isilda, a la que detuvieron para doblegar a su compañero, un militante del partido, y arrancarle así las delaciones que no habían podido obtener mediante tortura.

Isilda llevaba casi medio año detenida cuando Maria Luísa fue trasladada, junto con Nádia, a la prisión de Caxias. El carcelero abrió la puerta de la celda y un bebé de ocho meses, macilento y raquítico, intentó salir al pasillo gateando.

—Se pasa la vida intentando escapar —dijo Isilda, como si comentara las diabluras de su hijo con las visitas un domingo cualquiera. Lo cogió en brazos y le limpió la baba. Acostumbrada a esas circunstancias aberrantes, enumeró las comodidades de la celda: dos catres, a compartir con los niños, un retrete y un lavamanos; la asistencia médica era arbitraria, nunca a petición de las reclusas, y la palidez del bebé se explicaba por lo limitado de la dieta y la prohibición de salir al patio, donde daba el sol. Isilda era una mujer dócil y tradicional. Por razones de clase y estudios, trataba a Maria Luísa con deferencia. Al final de la primera semana, le preguntó:

—¿Podrías enseñarme a leer y escribir mejor? No llegué a terminar segundo de primaria.

Maria Luísa había conocido a otras isildas en el partido, casi analfabetas pero eruditas en la santísima trinidad de la cama, la mesa puesta y la colada limpia para los compañeros y maridos. Sin acceso al trabajo político, eran jornaleras del hogar, las encargadas de mantener la fachada de una típica familia portuguesa, «con certeza», como decía la canción.

—Yo quería aprender, pero mi marido nunca tuvo paciencia para contarme las cosas de la política —le explicó Isilda con el bebé colgado de la teta—. Cuántas veces lo habré oído decir que había que acabar con el atraso y la explotación. Pero de mi atraso y explotación nunca quiso saber nada.

Maria Luísa pidió a los guardias una libreta y un lápiz para iniciar las lecciones. El alcaide no lo autorizó. En la cárcel, el país e incluso el partido, la mentalidad imperante era la misma, así como la asimetría en la educación. Incluso Maria Luísa, que formaba parte de un grupúsculo de mujeres comunistas e intelectuales, había pasado la mayor parte de su tiempo en la clandestinidad haciendo tareas domésticas, o bien mecanografiando textos ajenos, recortando noticias, escribiendo artículos de motivación para el boletín interno *La voz de las camaradas obreras,* recordando a todas las isildas que, pese a la soledad y monotonía de la vida doméstica, siempre a la sombra de sus compañeros, las mujeres constituían un colectivo, el de los tornillos indispensables para que la máquina de la revolución no se detuviera. En la miseria de esa celda de Caxias, la grandilocuencia de la propaganda del partido sonaba a premio de consolación para esas mujeres.

Nádia se resintió con el frío y la dieta de judías enlatadas, pan y café, por lo que cayó enferma en la segunda semana. Tenía las fosas nasales taponadas por un moco amarillo que se iba solidificando a lo largo del día, y sus bronquios emitían el angustioso silbido de los tuberculosos. Su madre no pegaba ojo, temiendo que la niña se atragantara al intentar expectorar mientras dormía. Increpó a gritos a sus carceleros, tal como hacían las reclusas a las que llevaban a rastras a las maratones de tortura. Consiguió que hicieran llegar al director su lista de peticiones —ajo, leche y miel para una tisana, mantas para los dos niños—, pero a cambio no recibió más que una lección de moral sobre la repercusión de sus ideas políticas en la salud de su inocente hija. Esa noche, Nádia tuvo tanta fiebre que los guardias accedieron a llevarla a la enfermería, pero sin que la acompañara su madre. Maria Luísa se opuso, no quería dejarla sola con el enemigo. Se irían las dos o ninguna.

—La niña necesita un médico —le dijo Isilda—. Con leche, miel y ajo no basta.

—No me digas que estás de su parte.

—Lo que estoy es detenida con mi hijo porque nunca he tenido elección. Pero tú sí has podido escoger, ¿verdad? —contestó Isilda, y, como quien devuelve un hueso dislocado a su sitio, añadió—: ¿Vas a consentir que tu hija muera por esa elección?

A lo largo de los días siguientes, mientras Nádia estaba en la enfermería, Maria Luísa volvió a conciliar el sueño. Con las ideas más claras, reflexionó sobre lo que Isilda le había dicho. Años atrás, cuando pasaron una noche a la intemperie entre dos casas clandestinas, Alfredo le había planteado algo similar:

—Están los que, como yo, somos comunistas porque lo hemos pasado mal y queremos librarnos de la opresión. Y luego están los que, como tú, solo empezáis a pasarlo mal y a sentiros oprimidos cuando os declaráis comunistas.

Debía de ser una nota de humor sobre los suplicios a los que se habían sometido en nombre de la causa. Maria Luísa, helada, muerta de hambre y con los pies destrozados después de haber recorrido kilómetros a pie, creyó distinguir en las palabras de Alfredo una crítica a su educación burguesa, una mancha indeleble para los comunistas puritanos, que solo reconocían la legitimidad de la lucha a los proletarios y campesinos.

—Soy la nieta de un cerrajero y un ama de casa que se ganaba la vida cosiendo, ¿no te basta con eso?

Después de esta réplica, se apartó de los brazos de Alfredo.

Su compañero afirmó que el estigma estaba tan solo en la mente de algunos camaradas, envidiosos de la belleza y la inteligencia de Maria Luísa, los mismos que no le perdonaban su desplante cuando, en una sesión de autocrítica, señaló que el secretario general era hijo de una familia más burguesa que la suya, pues tenía un padre abogado y terrateniente.

Alfredo no la había juzgado por ese desliz, jamás la había etiquetado según prejuicios clasistas. De hecho, esa era una de las razones por las que Maria Luísa había pasado a la clandestinidad con él, un hombre de acción y sentido común que entendía de armas y mecánica, que había ayudado a Álvaro Cunhal a fugarse de la cárcel de Peniche.

—La libertad es demasiado importante para excluir a nadie que quiera luchar por ella —le había dicho Alfredo, tirando de ella hasta acomodarla en el hueco de su hombro. Le besó el pelo—. Has demostrado tu valor en muchas ocasiones.

No era suficiente. La sensación de no encajar venía de lejos. La niña sin padre a la que su madre había dejado en casa de los abuelos; la hija de la cocinera de las niñas bien del colegio católico; la rebelde izquierdosa, según los amigos de su padrastro y, sin embargo, la burguesita caprichosa a ojos de unos cuantos comunistas. Decidida a forjar su propia identidad para blindarse frente a las críticas, Maria Luísa se sometía sin vacilar a todas las pruebas con tal de estar más cerca de las isildas, los alfredos o la pobre mujer a la que había visto en Alentejo, años atrás, implorando de rodillas que no llevaran preso a su hijo.

No obstante, como le había dicho Isilda, en esa celda de ambiente viciado que carcomía los pulmones y la sensatez, esa era su elección, y no podía imponer el mismo sufrimiento a Nádia. Maria Luísa decidió que mantener a su hija allí encerrada sería tan abyecto como el que la PIDE convirtiera a los niños en moneda de cambio. Además, sabía que, en cuanto dejara de tener a Nádia consigo en la cárcel, empezarían las torturas. De una tacada, liberaría a su hija y, poniéndose en manos de los torturadores, cumpliría los augurios del secretario general.

Si te detienen, camarada, tendrás ocasión de demostrar, ante el partido, ante tus camaradas, ante quienes confían en ti y ante ti mismo, que eres un verdadero comunista, capaz de mantenerte firme y fiel a tus ideales en las tesituras más difíciles.

Maria Luísa comunicó al alcaide que quería ceder la custodia de Nádia y repasó los consejos de *Si te detienen, camarada*. Enumeró todo aquello que la PIDE sabía y aquello que querría saber. No valía la pena perder el tiempo considerando la posible traición del responsable de célula o de Alfredo. Pese a confiar en ellos, sabía que, a lo largo de los años, la PIDE había logrado infiltrarse en las células comunistas.

Para prepararse, Maria Luísa imaginó que la única información importante que conocía sobre los planes del partido estaba dentro de una caja de plomo con la cerradura soldada. La caja se hallaba escondida en un refugio nuclear soviético que, a su vez, se encontraba en el lugar más recóndito de su cerebro, que ella debería proteger con su vida.

Antes muerta que delatora.

La víspera del día en que se llevarían a Nádia, Maria Luísa durmió con su hija en el catre de la celda. Le olió el pelo, enternecida y asustada a la vez, como solo pueden hacerlo las madres. Insomne, pensó en lo que estaba a punto de hacer: luchaba por darle un futuro mejor a su hija, un tiempo en el que pudiera ser libre y nunca la pusieran entre rejas por sus ideas o palabras. Por noble que fuera su propósito, Maria Luísa nunca podría amar o abrazar un propósito, ni quedarse embelesada viéndolo respirar mientras dormía, como hizo toda la noche con su hija. «Es por tu bien», le susurró al oído con la esperanza de que, algún día, Nádia la comprendiera y perdonara como ella no había podido perdonar aún a su propia madre.

A la mañana siguiente, la llamaron a la sala de visitas. Al otro lado del cristal, la esperaba Antónia. Casi cinco años sin verse, ni intercambiar siquiera una carta. Su madre seguía siendo una mujer hermosa y tan elegante que podría irse directamente desde la cárcel a la ópera sin desentonar en absoluto. A sus casi cincuenta años, habría podido pasar por la hermana de su hija. Estaban muy cerca, pero no podían tocarse. Cierto es que Antónia nunca se había prodigado en muestras de afecto, y justificaba esa hosquedad con el peligro que el beso baboso de un niño representaba para su distinguida apariencia. Sin embargo, pese a estar separadas por el cristal, Maria Luísa habría jurado que notaba en su madre la misma pulsión con la que ella había abrazado a Nádia durante toda la noche.

—La cuidaré. Te lo prometo. Mejor de lo que te cuidé a ti —dijo Antónia, revelando a su hija una mujer que quizá hubiese existido siempre, pero que había permanecido escondida en el pozo donde acaba todo aquello que los padres ocultan a sus hijos y todo aquello que los hijos prefieren no saber de sus padres. Tras años de relación tormentosa entre la madre austera y la hija indómita, Maria Luísa hubo de renunciar a Nádia, como había hecho su madre con ella diecinueve años antes, para descubrir que los padres y las madres eran personas como las demás, hombres y mujeres que acumulaban despropósitos e incongruencias, débiles cumplidores de promesas que se enamoraban y tenían hijos con la persona equivocada; a veces capaces de amar a los hijos sin cortapisas y, otras veces, desastrosos en la forma de expresar o reprimir ese amor.

Maria Luísa solo quería abrazar a su madre, tal como había abrazado a su hija durante la noche.

—Tengo fuerzas para cuidar de mi nieta —dijo Antónia antes de abandonar la sala de visitas—, pero no soportaría volver a verte así.

Maria Luísa se vio reflejada en el cristal. En vez de la comunista empeñada en demostrar su temple durante las sesiones de tortura, vio a una joven de rosto demacrado y mirada apagada. Comprendió que Antónia no volvería a visitarla, no porque discrepara de sus decisiones, como tantas veces había hecho, sino porque, al igual que Maria Luísa, conocía la pena de perder a una hija.

En el rato que Antónia permaneció en la sala de visitas, los guardias se llevaron a Nádia. También Isilda y el bebé habían desaparecido de la celda, ahora implacablemente desierta. Maria Luísa cerró los ojos y empezó a recitar *Si te detienen, camarada:* «Es verdad que, si eres honrado y firme, sabrás comportarte dignamente ante el enemigo».

Cinco días seguidos sin dormir.

El tiempo se diluyó, la mañana no llegaba después de la noche y no habría sabido decir dónde estaba, qué hacía allí, cómo se llamaba, preguntarse cuándo había empezado la tortura, cuándo terminaría. Principio y fin era conceptos que exigían comprensión, abstracción, continuidad, y su conciencia no era sino una bombilla intermitente, ora encendida, ora apagada, un péndulo que salía de las tinieblas para lanzarse a las alucinaciones: veía la pared forrada de reptiles viscosos, chapoteando como una sabandija de mil patas; sentía el roce de los murciélagos en su cabeza, batiendo las alas con una estridencia metálica, impidiéndole buscar cobijo en el magma oscuro del sueño.

Para que Maria Luísa no se durmiera, el Torturador número uno volvió a arrojar las monedas sobre la mesa, donde resonaron con un estrépito que era como un puñal clavado en la masa encefálica de los detenidos. El sonoro golpe desencadenó los espasmos de Maria Luísa, músculos asustados, movimientos descoordinados propios de alguien que padeciera alguna discapacidad.

—¿Otra vez ahuyentando murciélagos, madame? —se burló el Torturador número dos al entrar en la sala para relevar a su compañero en el cambio de turno—. ¿Joder, la tipa esta aún no está madura?

Tratando de disimular su irritación de funcionario contrariado, el Torturador número dos cogió la silla y tiró de ella hacia atrás. Sin reflejos, Maria Luísa era como un animal arrollado por un coche que pasaba a toda velocidad.

Desesperada por dormir, se quedó en el suelo sin moverse.

El Torturador número dos cogió una de las monedas que había sobre la mesa y empezó a golpear el cristal irrompible del ventanuco de la puerta.

—Joder, espera a que me vaya —protestó el Torturador número uno, masajeándose el tímpano. Cogió el diario abierto por la sección de deportes—. ¿Cuál es el plato del día en Cantinho?

—Hígado de ternera con patatas, más bueno que mear sentado —dijo el Torturador número dos—. También había pescadillas fritas.

—El médico me ha prohibido comer fritos, por el corazón.

Los compadres hicieron una pausa en su cháchara a la espera de que un preso dejara de gritar en otra de las salas.

—Por cierto, ¿cómo está tu señora? —preguntó el Torturador número dos.

—La semana que viene empieza la radioterapia.

—Qué putada. Lo siento mucho, tío —dijo el Torturador número dos, sinceramente compungido—. Rezaremos por vosotros en casa.

Le dio una palmada en la espalda a su compañero, que salió con el diario bajo el brazo y cerró la puerta.

El Torturador número dos cogió un cubo que había en un rincón e, imitando el toque de diana en el ejército, vertió el agua fría sobre la reclusa.

—No —dijo Maria Luísa con la cabeza empapada, boqueando como un pez varado en la orilla, abocada de nuevo al abismo sin fondo de la confusión, las náuseas y el vértigo, dando vueltas sin fin en el círculo vicioso de las agresiones y los delirios. Había visto criaturas monstruosas y oído los gritos de socorro de su hija.

Durante las horas de tortura e interrogatorio, solo había dicho esa palabra: «No». Cuando le permitían dormir unos segundos y la despertaban con el estruendo de un puñetazo sobre la mesa, elevando a la máxima potencia la sensación de ser arrancada de la cama a media noche y arrastrada hacia el vendaval de una calle lluviosa, la palabra «no» era su único escudo.

Para agravar la agonía de sentirse disputada, zarandeada de aquí para allá por los torturadores y el sueño profundo, el Torturador número dos cogió la silla y la colocó sobre la mesa.

—¡Se acabó lo de estar sentadita, ahora te quiero ver en pie! —gritó. Maria Luísa seguía tumbada, de modo que la levantó tirándole del pelo.

—No —balbució ella, un peso muerto.

—¿Quieres que vaya a por el calentador otra vez?

Se refería a la tira de cuero con la que le había azotado las piernas. El proceso había empezado con tres días de privación de sueño. Un intervalo de seis horas. Tres días más. Otro intervalo de seis horas. Luego se sucedieron cinco días de vigilia con una pausa de dos horas en medio. Desnudada y agredida por dos mujeres agentes nada más llegar, Maria Luísa se había resistido, mordiendo a una y pateando a otra, a sabiendas de que el contraataque en defensa del honor y la identidad de los comunistas solo le valdría más golpes de propina. Los hombres llegaron más tarde. Quisieron aplicarle el suplicio de la estatua, mantenerla de pie con los brazos erguidos, como Jesucristo en la cruz. Ella se negó sentándose en el suelo, cubierta de hematomas y con un diente menos, pero lo bastante lúcida para recordar las instrucciones del partido. El secretario general había rechazado la tortura de la estatua, pese a las palizas, cuando lo detuvieron por primera vez. Maria Luísa recordaba la autocrítica de un camarada que se declaraba arrepentido de haber resistido cincuenta y ocho horas de pie, puesto que aceptar la estatua era, según el partido, una forma de obediencia a la policía.

Durante la semana que llevaba en esa sala de los horrores, no la habían dejado asearse, ni siquiera cuando le vino la regla. Con la vejiga llena, se alivió en un orinal de hojalata delante de las agentes. Tenía el pelo grasiento y restos de vómito seco en la ropa. Degradar la higiene y la apariencia formaba parte del manual de deshumanización de los presos.

De vez en cuando, los torturadores recibían la visita de los interrogadores Perdigão y Mendonça, sus superiores jerárquicos, que preguntaban:

—¿Ya está madura?

No lo estaba y, aun así, se repetían las exigencias y preguntas de los inspectores, «Firma este papel», «Solo tienes que confirmar, de viva voz, lo que ya sabemos», «¿Cuándo ingresaste en el partido?», «¿Qué pseudónimo usas?», una desquiciante cadencia de martillo que perforaba las paredes del cráneo hasta provocar un agotamiento nervioso. Teniendo en cuenta el escaso valor de la información que podían obtener con esas preguntas, todas las técnicas parecían exageradas y obsesivas, como si para arrancar un pelo enquistado fueran en busca de una grúa y un regimiento de caballería.

—Eso es, en pie, y levanta los brazos —dijo el Torturador número dos.

Maria Luísa intentó apoyarse en la mesa. La privación de sueño le agarrotaba los músculos, le impedía la coordinación, los objetos presentaban contornos difusos, la carne hinchada de los pies desbordaba los zapatos. Puso las palmas sobre el tablero de la mesa y el Torturador número dos tiró de ella. Maria Luísa cayó al suelo, junto con la silla que estaba sobre la mesa. Él sacó una cinta métrica de costura, amarilla por un lado, verde por el otro, y empezó a tomarle medidas, como un sepulturero.

—De sobra sabes cómo se las gasta la casa: o cantas, o saldrás de esta celda con los pies por delante y un abrigo de madera.

Maria Luísa sabía que la PIDE había matado a A. Diniz de un tiro en el ojo; a António Almeida de una paliza; a Carlos Pato de un ataque al corazón tras ciento treinta horas haciendo la estatua; a José Dias Coelho en plena calle, de un disparo a quemarropa; ignoraba el nombre de muchos otros, como los supuestos suicidas que aparecían muertos en las celdas o se estrellaban en un patio después de haberse «arrojado» desde un tercer piso.

En el caso de Maria Luísa, los torturadores habían simulado un fusilamiento poniéndola de pie contra la pared y disparando un revólver sin balas. Le habían enseñado un machete cuya hoja supuestamente había extirpado los intestinos de incontables negros en África. Le habían puesto grabaciones de una niña llorando y le habían asegurado que era su hija, detenida en otra sala. Pese a la gravedad de las amenazas de muerte, las preguntas que le hacían recibirían respuestas tan irrelevantes para la seguridad del Estado que las escribirían a máquina y las enterrarían en un archivador. ¿A qué venía toda esa puesta en escena, todo ese terror y sufrimiento, para averiguar cuándo se había afiliado Maria Luísa al Partido?

Torturando a presos insignificantes como ella, sometiéndolos a castigos desproporcionados respecto a las infracciones cometidas, humillándolos y desmoralizándolos hasta reducir su identidad a un trapo inmundo, el objetivo de la PIDE era no solo lograr que el preso hablara, sino también silenciar a todos aquellos que, al otro lado de esos muros, tuvieran intención de alzar la voz contra el régimen. Se agredía de forma preventiva, para que los relatos sobre las torturas mantuvieran a raya a un pueblo supersticioso, temeroso de Dios y la autoridad, que no cuestionaría los poderes casi sobrenaturales de una policía que todo lo sabía y estaba en todas partes, a todas horas. En cada esquina, un soplón. En cada calle, un agente. En cada casa, un lacayo.

—Mañana traicionaré, hoy no —dijo Maria Luísa, ampliando su vocabulario más allá de la firmeza del «no» por primera vez desde que estaba allí.

—¿Mañana qué?

El Torturador número dos la agarró del brazo, la obligó a darse la vuelta. En su rostro abotargado y mugriento, con un mechón de pelo pegado a la mejilla por la sangre, resistía una sonrisa alienada.

—Mañana traicionaré, hoy no.

—¿Te estás cachondeando de mí?

—Mañana traicionaré, hoy no.

—¿Traicionar a quién?

—Mañana traicionaré, hoy no.

El Torturador número dos la sacudió como si golpeara un televisor con mala recepción. En la mente de Maria Luísa nada cambió, las sinapsis se habían quedado atascadas en una sola pista de la memoria. Si el Torturador número dos supiese que estaba recitando el verso de un poema, tal vez creyera que se trataba de un código secreto de los comunistas. Sin embargo, Maria Luísa no era consciente de lo que decía. «Mañana traicionaré, hoy no» era el aviso que precedía al cortocircuito cerebral, una despedida, un epitafio.

Antes de desconectar, Maria Luísa volvió a decir:

—Mañana traicionaré.

Se trataba del verso con el que Marianne Cohn, apresada por la Gestapo, empezó y concluyó un poema antes de morir asesinada por los nazis en un bosque francés a golpes de porra y culatazos de fusil.

1950/1962

Con el pretexto de que había encontrado trabajo en un hotel de Sintra, Antónia Alegria dejó a su hija, Maria Luísa, al cuidado de los abuelos maternos en el Bairro Alto, en Lisboa. Entre los cinco y los siete años, con el flequillo cortado a escuadra y cartabón, dos ojos inmensos y unos labios que formaban un adorable frunce, Maria Luísa se convirtió en la protegida de los empleados y espectadores del Cinema São Jorge, donde el abuelo Xavier trabajaba como proyeccionista. La niña adoraba las películas de aventuras que transcurrían en tierras y épocas lejanas, anunciadas en las presentaciones como:

La mayor producción de nuestros tiempos.

El colosal drama del mayor coloso que haya existido jamás.

Nunca antes había reunido la pantalla tanto talento y arte.

Maria Luísa prefería los finales en que los villanos eran castigados sin posibilidad de remisión: la muerte de Nerón en *Quo Vadis*, o de los filisteos en *Sansón y Dalila*. Las películas en color, más vívidas que la realidad, corregían las imprecisiones del mundo más allá de la sala. Por eso, cuando Xavier la llevó a ver una reposición en vez de un estreno en la pequeña sala del cineclub del que era socio, el blanco y negro de la película se le antojó decrépito, en absoluto a la altura de sus sueños infantiles. El actor principal tenía cara de indigente. En vez de los relucientes músculos de Tarzán, poseía la mirada de quien ha sobrevivido a una guerra pero no está del todo vivo. Cuando la palabra FIN apareció en la pantalla, Maria Luísa se quedó mirando fijamente a Xavier. Tenía que haber un error, ¿dónde estaba la justicia? ¿Cómo podía consentir su abuelo que pasara algo así?

La película se titulaba *El ladrón de bicicletas* y contaba la historia de Antonio en la destartalada Roma de posguerra. Tras años sin trabajo, Antonio consigue un apaño pegando carteles. El primer día le roban la bicicleta, sin la cual perderá su nuevo empleo. Con la ayuda de su hijo, que es un niño, recorre la ciudad intentando encontrarla, como un Ulises cuya odisea fuese el sustento de su familia. Ninguneado por la policía y humillado delante de su hijo, Antonio agota todas las posibilidades de recuperar la bicicleta. En ese destierro del alma, envía al niño de vuelta a casa para que no sea testigo de su infamia y roba una bicicleta, pero lo pillan in fraganti y sufre la agresión de una turba. El hijo, de la misma edad de Maria Luísa cuando vio la película, suplica que liberen a su padre, y se marchan los dos caminando uno al lado del otro, llorosos, hacia un horizonte sin vencedores.

Al acabar la película, las luces se encendieron y el abuelo Xavier le preguntó:

—¿Te ha gustado?

—No —contestó la nieta.

—¿Por qué no?

—Porque quería que se quedara con la bici.

—Pero no era suya, la había robado.

Con seis años, sin saber nada acerca de la apropiación de los medios de producción por parte de la clase obrera, Maria Luísa ya revelaba cierta predisposición a llevarse por delante todo aquello que obstruyera su idea de justicia:

—Quien roba a un ladrón tiene cien años de perdón.

El declive del abuelo Xavier empezó tras la muerte del presidente Carmona. Durante la emisión radiofónica de la ceremonia fúnebre, apagó el aparato, harto de la servil adulación del locutor, que lloriqueaba: «Hasta los hombres más fuertes, curtidos por la vida, parecen niños sacudidos por el llanto. Portugueses que nos escucháis emocionados, arrodillaos y rezad para que las puertas del cielo se abran de par en par a un hombre que siempre luchó por convertir la nación portuguesa en un cielo donde todos pudiésemos vivir en la dulce paz del Señor».

Durante el luto oficial, Xavier se negó a llevar una corbata negra o ponerse un brazalete negro, por lo que recibió una reprimenda del gerente del São Jorge.

Semanas después, un individuo esmirriado, con las patillas de las gafas atadas con cordel y un aliento a cadáver embalsamado, buscó a Xavier en medio de una sesión.

—Dígale, por favor, que ha venido a verlo el Tragasables —imploró el hombre en la taquilla del cine antes de que el portero lo echara sin miramientos.

Esa misma noche, el Tragasables se presentó en el piso de Bairro Alto. El abuelo Xavier lo recibió con un abrazo y un plato de comida, dejó que se aseara y se afeitara. Maria Luísa tomó nota de la inquietud de la abuela Celeste, que cogió al marido por banda.

—Me lo prometiste.

Cuando cerraron el cineclub del que Xavier era socio por proyectar una película prohibida por la censura, Celeste volvió a recordárselo:

—Me lo prometiste.

Cuando su nieta quiso saber el significado de esas palabras, Xavier no supo resistirse.

—¿Qué le prometiste, abuelo?

—Que no volvería a meterme en política.

Maria Luísa no entendió la respuesta. «Política» era una palabra inaudita, como «astrofísica», o prohibida, como «menstruación». Le resultó más fácil entenderlo cuando su abuelo le contó que, años atrás, había trabajado como cerrajero en los astilleros de Lisboa y que, para exigir mejores sueldos y condiciones laborales, había participado en una huelga que había acabado con una carga policial. Un golpe de porra lo había dejado postrado en una cama de hospital con un traumatismo craneoencefálico y daños en el oído interno. Los problemas de equilibrio resultantes, así como la fugaz insurrección, hicieron que perdiera su empleo.

En cambio, el Tragasables, compañero de su abuelo en la reparación de barcos y militante del Partido Comunista, había sido detenido cuando intentaba prender fuego a un furgón policial y había pasado seis años en la colonia penitenciaria de Tarrafal, en la isla caboverdiana de Santiago. Llegados a este punto del relato, el abuelo Xavier hizo una pausa y se quedó mirando la puerta de casa, desafiando una autoridad invisible. ¿De la abuela Celeste, de la policía política, de la contención que se esperaba ante un niño?

—Bueno, ya tienes edad para saber estas cosas —afirmó, no tanto por estar seguro de que su nieta tenía edad para saber esas cosas, sino porque temía no disponer de otra oportunidad para contárselas—. A Tarrafal lo llaman el campo de la muerte lenta. Cuando el Tragasables llegó allí, le dijeron, como a todos: «¿Crees que saldrás de aquí con vida?». Solo quedaba una mesa para todos los reclusos. Las demás se habían usado para hacer ataúdes.

Más que ilustrar a su nieta acerca del régimen, lo que hacía Xavier era convencerse de la cobardía de su silencio. Si en Tarrafal los presos se pasaban meses encerrados en la «sartén», un diminuto cubículo de hormigón sin techo ni ventanas, con temperaturas superiores a cincuenta grados y mosquitos preñados de malaria, ¿no debería el proyeccionista de una sala de cine de Lisboa negarse, por lo menos, a llevar corbata negra en señal de duelo por el presidente de una dictadura? Si los presos se pudrían trabajando, sin tener siquiera una sentencia firme dictada por un juez, ¿no debería él ofrecer un plato de comida y unas monedas al Tragasables, que había tenido la fortuna de sobrevivir al campo de la muerte? Si un guardia de la cárcel privaba a un preso de su correspondencia mientras le restregaba los sobres en la cara, diciendo «No te lo mereces», ¿no debería Xavier proyectar en un cineclub de rellano de escalera, para media docena de inofensivos cinéfilos, una película de Visconti sobre un pescador que se rebela contra quienes lo explotan?

Al cabo de unos días, Maria Luísa estaba en clase, recitando los nombres de los ríos y las colonias africanas, cuando la PIDE se llevó a su abuelo para exigirle explicaciones. Los agentes no siempre tenían que levantar la mano ni privar al detenido de sueño durante días. Habían aprendido a aplicar el terror en su justa medida. Entre otras cosas, la PIDE era una mirada de refilón al diario que descansaba enrollado sobre la mesa, suficiente para acojonar al más pintado.

El agente era joven y leía con la solvencia de quien había concluido los estudios secundarios: «Comisión de censura. Informe sobre la película *La tierra tiembla*».

Apartó los ojos de la página para examinar el lenguaje corporal de Xavier antes de volver al texto:

—«Un ambiente de revuelta contra la sociedad establecida sobrevuela esta cinta; la naturaleza de los personajes ha sido cuidadosamente elegida para ponerlos al servicio de los propósitos políticos del director.» —El agente resopló y sacó un bolígrafo del bolsillo de la chaqueta para corregir las faltas ortográficas del censor. Luego prosiguió la lectura—: «Todo ello subrayado por los símbolos comunistas pintados en las paredes»—. Dio la vuelta a la hoja, la estampó contra la mesa como si sujetara una cabeza bajo el agua y le preguntó de dónde había sacado la bobina de la película.

—Piense en su nieta, señor Alegria.

Que era otra forma de decir: «Me lo prometiste».

Antónia fue a recoger a su hija al enterarse de la detención de Xavier, casi tres años después de haberla dejado con los abuelos. Esa tarde, nació en el interior de Maria Luísa la ilusión de algo nuevo, algo más grande que la esperanza y la decepción que sentía cada vez que Antónia iba a verla. «Tengo mucho trabajo, pero algún día vendré a por ti», solía decirle su madre, que parecía más elegante con cada nueva visita, una evolución que desaprobaba la abuela Celeste, quejándose a Xavier del mecenazgo que había detrás de esa belleza fabricada:

—Se cree que es mejor que nosotros solo porque se ha liado con un médico.

En esas ocasiones, Maria Luísa intuía que había algo reprobable en la conducta de su madre porque la abuela negaba con la cabeza al verla, como cuando las mujeres de mala vida bajaban por la calle del brazo de algún marinero.

En la salita del piso de Bairro Alto, Antónia ordenó a Maria Luísa que hiciera la maleta y le dijo a su madre:

—Yo sé qué es lo mejor para mi hija. Me he sacrificado para poder darle una vida mejor.

—Igual que tu padre y yo —replicó Celeste.

Xavier llegó de la comisaría de la PIDE a media conversación. Tenía la mirada ausente, los hombros hundidos. Había salido de casa sin sombrero y con una barba incipiente, un descuido que su nieta nunca hasta entonces había visto. Venía acompañado por un caballero galante, alto y ancho de espaldas, que empequeñecía cuanto lo rodeaba.

—Lo prometiste, papá. —Esta vez, quien lanzó la acusación no fue Celeste, sino su hija Antónia.

Xavier no se defendió. Maria Luísa reconoció en su abuelo la misma vergüenza que sentía el protagonista de *El ladrón de bicicletas*. Quiso darle la mano, como había visto en la película, pero él agachó la cabeza y, antes de retirarse, les dijo a las tres mujeres de la familia:

—Perdón.

Solo al cabo de unos minutos comprendería Maria Luísa que ese caballero fornido que acompañaba a su abuelo se llamaba Gonçalo Storm y sería su padrastro. Pocos días después, descubriría que Gonçalo Storm había recurrido a sus influyentes amistades para rescatar a Xavier de las garras de la PIDE. Solo años más tarde comprendería que las relaciones familiares eran un laberinto de luces y sombras, crueldad y benevolencia. Por ejemplo: la tarde en que los abuelos lloraban su partida, ella creyó estar viviendo un cuento de hadas. No solo iba a vivir en un palacio, en el bosque encantado de Sintra, sino que además tendría una preciosa muñeca rubia con la que jugar. Se llamaba Pureza, tenía seis meses y era su hermana.

Gonçalo adoptó a Maria Luísa y le dio el apellido Storm. Cuatro años después, nacería Frederico, el niño mimado de su madre y sus hermanas.

Aquellos fueron los tiempos más felices de la familia Storm.

A mediados del siglo XIX, un aristócrata con tantos títulos como deudas vendió su mansión al comerciante inglés Jonathan Storm, que la convirtió en una posada. Levantada al pie de la carretera que subía hacia el Palácio da Pena, rodeada por el bosque de la sierra de Sintra, la casa no distaba demasiado del centro del pueblo. Para una niña de siete años que fue a parar allí durante las vacaciones de verano de 1952, el Hotel Storm's era a la vez un parque temático y un teatro al que cada semana llegaban nuevos personajes. Ese potencial de descubrimiento y diversión se le antojaba inagotable a Maria Luísa, embarcada en un viaje que iba desde los exóticos parajes del invernadero hasta el refinamiento del salón de fumadores, donde no le estaba permitido entrar a causa de los malos hábitos de los caballeros y la desnudez de los cuadros en las paredes, pero que visitaba con la complicidad de alguna criada a la hora de la limpieza y donde hojeaba periódicos, se hacía anillos con las vitolas de los puros e imitaba a los exploradores que cruzaban selvas y cordilleras para buscar vestigios de civilizaciones indescifrables.

Como hijastra del dueño e hija de la gobernanta, recién ascendida a directora del hotel, Maria Luísa iba aprendiendo las diferencias entre los bastidores y el escenario, cómo coexistían y se enfrentaban ambos mundos. Veía al *maître*, uniformado con chaqueta y pajarita, mudo y discreto en el comedor, soltando un torrente de palabrotas en cuanto terminaba su turno mientras apuraba un cigarrillo tras otro en mangas de camisa frente a la puerta del servicio y se quejaba de la arrogancia de los clientes. Veía a la duquesa española, asidua de la capilla del hotel y que siempre viajaba en compañía de un nuevo sobrino, convertida en la «vieja arpía» y la «cerda asquerosa» cuando la lavandera frotaba sus sábanas para eliminar la huella de alguna ofensa grave que la niña no alcanzaba a entender.

Con su madre ocupada dirigiendo el negocio y el padrastro ejerciendo de maestro de ceremonias de su particular *country club*, Maria Luísa se sumó al regimiento de las criadas. Así descubrió el drama de los amoríos entre camareros y sirvientas, aprendió a planchar el cuello de una camisa, a desplumar una gallina y a hacer una cama. En el Hotel Storm's descubrió que todas las cosas tenían su opuesto y que, en la vida, había que tomar partido. Los hombres y las mujeres, los padres y los hijos, los patrones y los criados, los ricos y los pobres, el libertinaje y la seriedad, la pereza y el trabajo, lo que podía decirse y lo que había que callar. Cuando, a los trece años, sintió una punzada de dolor en el vientre y algo pegajoso en las bragas, acudió a la criada que se iba a los bailes de pueblo en las motocicletas de los muchachos. Luciana se apresuró a explicarle la higiene de la menstruación y le advirtió de sus implicaciones:

—Ahora que eres una mujer, no dejes que ningún pelagatos te deje preñada: haz como tu madre y atrapa a un tonto con los bolsillos llenos.

En sus días libres, Luciana visitaba una casa de empeños donde vendía los objetos que sacaba del trastero del sótano del hotel donde se guardaban los objetos perdidos y adonde se iba a fumar en compañía de Maria Luísa.

—Será nuestro secreto —le decía—. Somos como Robín de los Bosques, quitamos a los ricos para dar a los pobres.

Cuando pillaron a Luciana con unos pendientes de perlas falsas, sin valor alguno, que una huésped había dejado olvidados, Maria Luísa irrumpió en el despacho de su madre.

—He sido yo, Luciana no ha hecho nada.

—Cállate y vete a tu habitación —contestó Antónia, haciendo caso omiso del martirio de su hija.

—Pero te digo que he sido yo.

—A tu habitación, y te quedas allí hasta que te lo diga.

Maria Luísa se fue corriendo a la casa de los antiguos aparceros, donde ahora vivía la familia Storm. Entró por la puerta principal, pasó por la habitación que compartía con su hermana y salió por la puerta de atrás con un hatillo de ropa recogida a toda prisa. Interceptó a Luciana en la carretera que iba hacia el pueblo y le anunció que huiría de casa para acompañar a su amiga.

—Tú y yo no somos amigas —replicó Luciana sin atisbo de maldad, sino más bien con la ternura que emplearía para informar a un niño de que había llegado el momento de descubrir la inexistencia de los Reyes Magos—. Tú eres la hija de la dueña, yo soy la criada.

Maria Luísa entró en el cuadro de honor del colegio en enero de 1961, el mismo mes en que el capitán Henrique Galvão secuestró el transatlántico *Santa Maria*, logrando que la prensa extranjera se interesara por la represión del Estado portugués en la metrópoli y las colonias. Un antiguo oficial del ejército ponía así en apuros, ante los ojos del mundo entero, al dictador-espátula de cocina.

Maria Luísa leyó en los periódicos que Jânio Quadros, recién llegado a la presidencia de Brasil, había ofrecido asilo político al disidente Galvão. Antes de ser jefe de Estado, Quadros había sido huésped del Hotel Storm's y, como hacía con todos los visitantes extranjeros, Maria Luísa le había preguntado si traía consigo prensa de su país y lo había interrogado acerca de Brasil, donde, según le habían dicho, vivía su padre incógnito. Durante su corta estancia, Jânio Quadros simpatizó con la joven curiosa y, al saber su nombre, comentó:

—Maria Luísa Storm es demasiado largo y demasiado gringo. Deberías llamarte Malu Tormenta.

Nadie sospechaba entonces que ese apodo acabaría adquiriendo la condición de título revolucionario para una nueva era.

Maria Luísa se interesaba por todo lo que llegaba de fuera del hotel y del colegio. Recogía las publicaciones que dejaban los huéspedes en el bar y la biblioteca, se encerraba en su habitación con periódicos y revistas, encendía el transistor que le habían regalado por su cumpleaños. Los sábados y domingos asistía a una sesión de cine tras otra, a veces de la misma película. En el televisor que Gonçalo había comprado para el salón del Storm's, tan pronto veía el magacín *TV Rural* como a João Villaret declamando el poema «El mostrenco».

Malu se quedó horrorizada con los relatos que llegaban del norte de Angola a través de los amigos de su padrastro: mujeres blancas violadas por turbas de negros, bebés arrojados contra la pared, decapitados con catanas; las haciendas y sus dueños convertidos en pasto de las llamas, la destrucción de todo lo que fuera blanco —neveras, coches, paquetes de algodón— como ritual justiciero. Le causó una gran impresión la historia de un piloto de avioneta que había asistido a los últimos instantes de vida de una familia en la azotea de una casa cercada por una patulea de negros armados. En los diarios, el Gobierno afirmaba que los autores de los ataques eran «bandas de maleantes» y «hordas llegadas de fuera», perseguidas al momento por la «multitud de nativos y colonos, tanto blancos como negros, que no dudaron en expresar su fidelidad a las autoridades».

A todo cuanto leía en la prensa, Malu contraponía la advertencia de los diplomáticos amigos de Gonçalo Storm: aquello era el inicio de una insurgencia organizada por movimientos políticos y militares, como ya había sucedido en las colonias de otros países europeos. «Se avecina una guerra, que es también un ajuste de cuentas», sentenció su padrastro.

Días después, la voz del dictador-espátula de cocina llenó todos los hogares que tenían sintonizada la Emisora Nacional en la radio, haciendo gala de una determinación que solo se explicaba por los miles de kilómetros que lo separaban del conflicto armado (nunca había salido de la península ibérica) y porque no tenía hijos que fueran a morir en la guerra: «Hacia Angola, deprisa y con fuerza».

El último día de julio de 1961, el cuerpo moreno de Malu Tormenta se zambullía y salía a la superficie entre las olas de Praia Grande para deleite de los chicos, entre los que se contaba Rodrigo Castro Souza, un joven de constitución atlética y pelo revuelto que sonreía como quien toma una curva tirando del freno de mano. Rodrigo había llegado de Londres unos días antes, armado con discos extranjeros, un compendio de experiencias sexuales con mujeres fáciles y la seguridad de que volvería a asumir el liderazgo de esa pandilla que veía en sus tropelías una vida destinada a grandes hazañas. Besó el crucifijo de plata que llevaba al cuello y avanzó hacia la orilla. Esperó a que Malu saliera del agua y, ya en la arena, se recogiera el pelo sobre el hombro derecho, inclinando el cuello, y lo escurriera en una cascada de agua salada. Estudió sus piernas firmes, la piel mojada, palpitante. Sabía que tenía tan solo unos segundos antes de que la naturalidad de esa belleza, cuando una mujer aún no se sabe observada, se truncara con la desconfianza aprendida de un ejército de madres, abuelas y monjas.

Él tenía diecinueve años y, de tanto oír decir que se parecía a Elvis Presley, había aprendido a mirar con los ojos entornados, como quien canta una balada romántica.

—Hola —dijo. Una sola palabra, para mostrarse afable, bajar defensas, sugerir misterio. Una de las comisuras hizo derrapar sus labios carnosos en esa sonrisa que debía de servirle para desabrochar la ropa a las chicas.

Ella, a los dieciséis años, era ingenua en la gimnasia de la seducción. Tenía agua salada en los oídos y solo alcanzó a oír una sílaba subacuática a la que contestó asintiendo con la cabeza. Subió hacia la arena seca, intrigada hasta el punto de volverse para mirar atrás cuando Rodrigo ya galopaba una gran ola, arrojándose al aire y apuñalando al mastodonte con todo el cuerpo. Después de esa ola vino otra, y otra, y otra más, sin que él asomara entre los borbotones de espuma. Malu sintió que el corazón le daba un vuelco en el pecho.

Rodrigo reapareció decenas de metros más al norte, arrastrado por la corriente. Arrebatada por el éxtasis que viene tras el susto, ella contempló su cuerpo y constató un anhelo que la acompañaría de por vida: el gusto por el riesgo y la transgresión, aquello que una adolescente describiría como «emociones fuertes», que un poeta épico llamaría «fuego que arde sin llama» y que Rodrigo, más partidario de actuar que de hablar, resumiría en una sola palabra: «erección».

Esa noche se cruzaron en la plaza de la iglesia de Colares, donde las familias de veraneantes convergían después de cenar. Los chicos y las chicas se escabullían hacia los callejones secundarios, siluetas morenas contra la blancura de las casas —el perfume a champú cítrico de ellas, el salitre en el pelo encrespado de ellos, los secretitos de unas, el vozarrón de otros—. Eran réplicas de sus padres y madres, todavía sin el lastre del desencanto y con la hipérbole de las hormonas en plena erupción. Una mirada, una crítica, el reto de trepar a un árbol, siempre traían consigo el drama del todo o nada.

Sentados uno al lado del otro en la frescura del muro encalado, Rodrigo rozó con el dorso de la mano el vestido de Malu, desatando en la piel de su muslo un tumulto como nunca hasta entonces había sentido. Todo parecía incendiarse: vientre, pecho, boca, la nube de mosquitos que revoloteaba alrededor de una bombilla. A miles de kilómetros de allí, otro fuego ardía de veras, en el fuerte de São João Batista de Ajudá, en la costa occidental africana, prendido por dos soldados portugueses al verse cercados por las tropas de la República de Benín.

En la estela de su célebre consigna «orgullosamente solos» pronunciada durante la segunda guerra mundial, Salazar inauguraba la estrategia de «Si no puedes ser mío, tampoco serás suyo», ordenando prender fuego al fuerte antes de que los invasores lo tomaran. La fortaleza, un diminuto enclave en el antiguo reino de Daomé, había sido una importante escala en la ruta del tráfico de esclavos. Su pérdida a manos de una joven nación africana que, tan solo un año antes, aún era colonia francesa, sonaba a profecía cuando ya se libraba una guerra en Angola.

El imperio había entrado en decadencia, pero en Praia Grande había días de mar sereno y cielo estrellado. Incluso las noches, en general templadas por la brisa atlántica y la humedad de las montañas, conspiraban ahora con temperaturas de insomnio, vasos rebosantes de hielo y baños de mar nocturnos. Se daban las condiciones ideales para un amor de verano. Hechizada por Rodrigo —que ya sabía conducir y vivía en el extranjero, lo que lo situaba muy por delante de sus coetáneos en el calendario luso—, Malu formaba parte de la tribu de la playa, tenía admiradores y amigas, quería probar los cigarrillos y los besos en la boca.

La tarde que Rodrigo puso en el salón un single de las Shirelles que había traído de Inglaterra, Malu no quiso darse cuenta de que Ticha, una rubia de ojos azules que siempre llevaba el pelo recogido con pañuelos de Hermès, tarareaba el estribillo mirando al anfitrión: «*Will you still love me tomorrow*». Tampoco dio importancia al hecho de que los amigos de Rodrigo se pasaran la funda del vinilo, en la que había una foto de las cantantes negras, mientras chillaban y se movían como chimpancés: «En Angola ha empezado la caza al negro».

Malu solo quería estar cerca de ese chico.

Esa misma noche, se escapó de casa y se reunió con sus amigos en la calle. Habían acordado ir al cine en Cascais a ver *Los canallas,* descrita en los diarios como «una película tórrida, de las que provocan sudores». Habida cuenta de los tópicos sobre la depravada cinematografía francesa, los chicos se hallaban en un estado de desenfreno acelerado por la botella de ginebra que alguien había sacado de casa a hurtadillas. En cambio, las chicas, sobrias y preocupadas por su reputación, empezaron a desertar. Solo Malu se quedó.

Cuando vaciaron la botella de ginebra, se había hecho demasiado tarde para ir al cine. Rodrigo agitó la llave de su Alfa Romeo rojo descapotable, modelo Giulietta Spider. Malu lo siguió y, respetando los códigos de la camaradería, los demás chicos se alejaron, salvo el hermano pequeño de Ticha, que los siguió hasta el coche. Malu no sabía cómo se llamaba, pero se había dado cuenta de que la miraba fijamente pese a que nunca le había dirigido la palabra. En la playa, en la plaza de la iglesia, en la casa de un amigo, un chico con tórax de nadador y cara de ángel en un fresco de museo montaba guardia en silencio. Esa noche, su voz de tenor, demasiado segura para sus diecisiete años, hizo que Malu se diera la vuelta:

—No te vayas con él, es peligroso, no está como para conducir.

Rodrigo abrió la puerta del copiloto, le hizo una seña a Malu para que se subiera al coche y miró al hermano de Ticha.

—¿Quién coño te has creído que eres?

Cerró dando un portazo para subrayar el desdén de una pregunta que no necesitaba respuesta. Y mucho menos literal.

—Soy Diogo Maria Vilela Bravo Montalvão.

Rodrigo se echó a reír y rodeó el coche hasta el asiento del conductor.

—Con razón dice tu hermana que eres medio mongólico. —Se subió al vehículo, giró la llave en el contacto, encendió un cigarrillo, bajó la ventanilla y vio a Diogo plantado en medio de la calzada—. Será mejor que te apartes, este cacharro está hecho de hierro.

Con la caja de cambios en punto muerto, pisó el pedal del acelerador como si la aguja de las revoluciones contara hasta tres. Sin más aviso, puso el coche en primera y pasó a escasos centímetros de Diogo. Por el retrovisor, vio como aumentaban la distancia y el pasmo de su adversario.

Apoyó la mano en la nuca de Malu, que solo entonces vio, enrollado en su muñeca, un pañuelo de Hermès.

De día, el deshabitado convento de los capuchinos recordaba una aldea de duendes en medio del bosque al que solo se pudiera llegar por un camino secreto: casitas de piedra oscura teñida por líquenes, musgo y plantas trepadoras; el sereno rumor del agua de la fuente, gigantescas piedras redondas, una cúpula de ramas y hojas de árboles que los rayos de sol lograban atravesar aquí y allá. Por la noche, la oscuridad todo lo devoraba. En sus entrañas bullía un hambre animal, con mandíbulas que crujían y patas que escarbaban la tierra.

—Chúpamela —dijo Rodrigo de pie, con el pantalón desabrochado, deslizando la mano arriba abajo sobre el pene erecto, dando fe de la calidad del material objeto de succión. Sentada en la losa de una celda que en tiempos habían habitado monjes, Malu bajó los ojos. Por muy insolente que se creyera, no pudo evitar el tradicional guardar silencio para no ofender al caballero, pasar de puntillas por el campo minado de las insinuaciones sexuales, hacer oídos sordos y llevarse consigo, en la retirada, la sensación de que alguien había entrado en su habitación y la había desnudado mientras dormía para hacer lo que le viniera en gana con su desnudez.

Rodrigo enroscó la mano derecha en el pelo de Malu y tiró de su cabeza.

—O me la chupas o te dejo aquí tirada. —Esa orden era el epítome de todos los silbidos, piropos y guiños de los hombres que la habían obligado a apretar el paso en la calle—. Ni se te ocurra dejarme en este estado. No te irás de aquí hasta que no acabes lo que has empezado.

Malu probó suerte con la lógica: ¿qué había empezado ella, al fin y al cabo, que justificara la obligación de meterse esa cosa en la boca? Y la lógica naufragó en la culpa: se había escapado de casa, había hecho caso omiso de las advertencias de las monjas sobre las intenciones de los hombres, se había subido a su coche sola y no le había pedido que aminorara la marcha en la carretera de la sierra, ni que diera media vuelta cuando se detuvieron delante del convento. Si no había hecho nada para impedirlo, merecía que Rodrigo presionara ese apéndice contra sus labios.

—Te lo advierto: si no es por las buenas, será por las malas.

Ella no quería llorar, pero las náuseas le llenaron los ojos de lágrimas. El olor a moho de los muros de la celda quedó eclipsado por el aliento agrio de Rodrigo, el penetrante olor a orina, sudor y leche cortada en el sexo de un hombre borracho.

—No te hagas la delicada, solo tienes que chupar, seguirás llegando virgen al altar.

La polla, el rabo, el cipote. Palabras que escandalizaban a las chicas y envalentonaban a los chicos. Malu clavó las uñas en la polla, el rabo, el cipote, lacerando las venas engrosadas. Rodrigo aulló de dolor y se dobló hacia delante, momento en el que se golpeó la cara con el hombro de Malu, que intentaba huir de la celda. Cayeron los dos al suelo y ella hizo amago de levantarse, pero él fue más rápido, y era más fuerte. En un solo movimiento, se le puso encima y le rodeó el cuello con una mano mientras con la otra le quitaba el vestido y le arrancaba la ropa interior de un tirón, dejándola desnuda de cintura hacia abajo. La abofeteó dos veces. La primera, con la palma de la mano, le abrió un tajo en el labio; la segunda, con el dorso, la alcanzó en un ojo.

—Ahora sí que no llegarás virgen al altar.

Le apartó las rodillas, volvió a cogerse el pene, notó un líquido espeso y se miró la mano. En un tono agudo y estridente, gritó:

—¡Sangre!

El sonido de la palabra lo vació por completo. Malu notó cómo se aflojaban los dedos que le rodeaban el cuello y le mordió el brazo, logrando así liberar una pierna y golpearle la barbilla con el talón. Rodrigo se tambaleó y retrocedió hasta darse contra un muro. Maria Luísa se levantó y echó a correr, internándose en el bosque en mitad de la noche oscura.

Durante las horas que tardó en encontrar el camino de vuelta a casa, desandando ocho kilómetros, sintió que la perseguían. Con cada crujir de rama, cada indecisión al llegar a un cruce de caminos y cada chillido de las gaviotas, aumentaba la corpulencia de una figura que, durante mucho tiempo, se le aparecería por la espalda en una calle desierta o cuando la ventana de su habitación golpeara azotada por el viento.

El día rayaba cuando Malu avistó la playa. Bajó hacia la orilla y se metió vestida en el mar encrespado. Qué fácil sería dejarse llevar, ahogar el dolor en el estruendo de las olas, dejando atrás la mala noche para abrazar la noche eterna, sin atender al ruego del poeta que alguien había recitado en las veladas de la biblioteca en el Hotel Storm's: *Do not go gentle into that good night*. Pero lo que llegaba no era la noche, sino el día, alzándose por encima de los inmensos acantilados, purificando el océano con el sol naciente. Y así, inmersa en los elementos esenciales de la creación —luz y agua—, Malu comprendió que no era la muerte, sino la vida, lo que la llamaba. Salió del mar. Las heridas le escocían por culpa de la sal, un dolor limpio que se yuxtaponía al dolor sucio.

Recordó algo que solía decir el abuelo Xavier: «Lo que arde, cura».

En la casa de Praia Grande, alquilada durante el verano, el ajetreo de preparar el desayuno para la familia no tranquilizó a su madre, que la esperaba despierta. Las tostadas estaban listas y el café a punto de hervir. Antónia no necesitó darse la vuelta para saber que Maria Luísa la observaba desde el umbral.

—No te atrevas a abrir la boca. —El café rompió a hervir—. ¿Cómo se te ocurre escaparte de casa, Maria Luísa? ¿Y llegar a estas horas? ¿Qué dirá la gente? Somos una familia respetable. —La tapa de hierro se levantó y la cafetera lanzó escupitajos sobre los fogones. De espaldas a su hija, Antónia seguía sin mirarla—. Se desvive una madre para esto... —Giró el mando del fogón y, al extinguirse, la llama sonó como el último aliento de un moribundo. Bajó la cabeza, los hombros renunciaron a la ira, la voz sonó temblorosa—: Me he pasado toda la noche preocupada por ti, temiendo que hubieses tenido un accidente.

En la insólita fragilidad de Antónia, Malu vio reflejada la suya. Madre e hija estableciendo la más elemental de las alianzas: yo soy tuya, tú eres mía. Antónia se volvió y vio a Malu, el ojo hinchado, la protuberancia en el labio, las piernas y los brazos rasguñados por la caminata en el bosque, un desgarrón en el vestido, el pelo mojado. Malu esperaba un abrazo, anhelaba el consuelo de su madre, quería volver a unir lo que se había separado al nacer.

Antónia no pudo abrazar a su hija.

—Mírate —dijo, apenada. Y luego, con amargura—: Mírate.

Nadie se compadecía de ella jamás, y mucho menos su hija, siempre emperrada en decepcionarla.

Gonçalo Storm entró en la cocina con los niños sin percatarse del enfrentamiento. Pureza y Frederico corrieron a sentarse a la mesa mientras su padre se servía café.

—¿Has visto lo que me ha hecho mi hija? —le preguntó Antónia.

Soñoliento y con la taza en la mano, Gonçalo era el tonto del pueblo que, convocado para hacer de testigo de cargo, no entendía que Antónia se quejara de lo que le había hecho su hija cuando era esta la que parecía herida.

—Yo no te he hecho nada —replicó Malu, cuando en realidad quería decir: «A mí sí que me han hecho daño, ¿acaso no lo ves?». La injusticia imponía una revuelta muda. Exponer lo que le había pasado sería motivo de mayor condena, por lo que sentía un regocijo malévolo, una pequeña victoria, manteniendo a su madre en la ignorancia.

—¿Qué crees que dirá la gente? —la acusó Antónia.

—Sé lo que dirán, porque llevo toda la vida oyéndolo: que soy la hija de una criada.

La mano abierta de Antónia se estrelló contra la cara de su hija a una velocidad supersónica, el anillo de boda golpeó de lleno el labio inferior y el corte que Rodrigo había hecho horas antes volvió a sangrar.

El pequeño Frederico rompió a llorar, contagiando a Pureza, y Gonçalo hizo acopio de la autoridad que podía tener un hombre en pijama:

—Seamos civilizados, por favor.

Malu se lamió el corte del labio, notó el regusto ferruginoso de la sangre. Una herida sobre otra. Primero, Rodrigo. Ahora, su madre. En esa cocina, rodeada por su familia, se sintió abandonada pero no derrotada, porque a esa edad el odio era una forma de afirmación. Enseñó los dientes rojos, la sonrisa sanguinolenta, y preguntó a su público:

—¿Habéis visto lo que me ha hecho mi madre?

El día 10 de noviembre de 1961, Malu se saltó la clase de preparación para la Confirmación y se fue al cine a ver *El cielo coronado*, película que se anunciaba en los carteles como «un violento caudal de sensaciones fuertes en el que el amor más realista estrangula los más puros sentimientos». Al terminar la sesión, fue recibida en la calle por una lluvia de panfletos. Cazó un papel al vuelo y leyó el evangelio que sustituiría a todos los demás en su vida:

FRENTE ANTITOTALITARIO
DE LOS PORTUGUESES LIBRES EXILIADOS
¡HOMBRES Y MUJERES DE PORTUGAL!
¡ESTUDIANTES, JUVENTUD SIN RUMBO!
¡MILITARES SALIDOS DEL PUEBLO
Y QUE AL PUEBLO PERTENECEN!
¡TRABAJADORES SIN LIBERTAD NI PAN!

Portugueses como vosotros, pero libres, que luchamos por vosotros arriesgándolo todo en países verdaderamente libres, anunciamos por este medio el único voto verdaderamente libre que la PIDE y la censura de Salazar no podrán someter. Y solo mediante este voto conocerán las elecciones en el Estado Novo un momento que no sea de fraude ni violencia contra la dignidad de todo un pueblo.

Un año más de Salazar y el país quedará sumido en el caos. Con vuestra ayuda y la conciencia mundial de nuestra dramática situación, podremos hacer mucho más. El mundo libre está con nosotros, no con Salazar. Libramos una guerra contra el Estado Novo y su verdugo. Ayudadnos a ganarla para vosotros, solo para vosotros, todos los que sufrís y anheláis libertad, salud, pan, educación y justicia.

Henrique Galvão, que a comienzos de ese año había desviado el rumbo del transatlántico *Santa Maria*, ponía ahora en marcha la cinematográfica Operación Vagô organizando el secuestro de un avión de la TAP desde el que sus operativos lanzaron cien mil panfletos sobre el país.

Al mes siguiente, un grupo de presos políticos se fugó de la cárcel de Caxias y cincuenta mil soldados indios asediaron a tres mil soldados portugueses en Goa, Damán y Diu. Desde la seguridad del palacete de São Bento, Salazar prohibió la rendición: «Solo podrá haber soldados victoriosos o muertos». En la India, el general Vassalo y Silva evitó una carnicería deponiendo las armas. A su regreso a Portugal, lo expulsaron del ejército.

Los últimos días de 1961 llevarían a Malu a creer que tenía un papel que desempeñar en la corrosión del Estado Novo. Gonçalo Storm y su familia habían sido invitados a pasar la Nochevieja en Alentejo, en una de las fincas de los Bravo Montalvão. Malu no reveló ningún interés por el complejo linaje de hijos, nietos, primos, yernos y nueras que dependían de los humores y el bolsillo de don Manoel, el magnate y patriarca familiar, hasta que vio llegar a Diogo y Ticha, los herederos más cotizados en el mercado matrimonial. Conociendo la virulencia de Ticha, consintió la protección que Diogo ya había querido ofrecerle en Praia Grande.

—Me gustan la tierra, los árboles y los animales —le explicó él. Hablaba sin ínfulas, cada palabra suya tenía la honestidad de la tierra, los árboles y los animales—. Mi hermana y yo no nos parecemos en nada.

Así fue como Malu se enteró de que Diogo consideraba a Ticha frívola como la cháchara de peluquería y que esta veía a su hermano como una yunta de bueyes en la era de los aviones a reacción.

Diogo invitó a Malu a dar un paseo a caballo. En esa mañana de invierno, el cielo era como un ventanal recién lavado, la claridad despejaba las llanuras hasta el horizonte. Malu se sentía libre y a salvo.

—Mi abuelo quiere que acabe la carrera de Derecho y me ponga a trabajar con él en sus empresas —dijo Diogo, montado en una yegua de pelaje moteado que parecía controlar telepáticamente—. Si por mí fuera, me quedaría aquí cuidando del ganado y los cultivos.

La familia Bravo Montalvão tenía negocios en Brasil y en las colonias de ultramar, así como astilleros e industrias químicas en la metrópoli, por lo que formaban parte de la selecta corte financiera del régimen. Valiéndose de los privilegios de su educación, Diogo podría buscarse la gloria o la ruina con idéntica facilidad. Sin embargo, con las botas de montar y el chaleco de cuero, parecía más bien un sheriff dedicado a preservar la tranquilidad de un pueblo apartado de la civilización.

Sin que hubieran abandonado las lindes de la finca —lo bastante grande para fundar un principado—, los caballos pasaron trotando frente al puesto de la Guardia Nacional Republicana. El soldado Bexiga salió al exterior. De tanto pasar hambre de pequeño, había quedado atrapado en un cuerpo de niño que parecía flotar dentro del uniforme.

—Saludos a su señor abuelo, que Dios lo proteja —dijo Bexiga. Allí, en lo más profundo del país, la GNR no obedecía solo al Estado, sino que tenía en don Manoel a un santo patrón y los agentes mantenían a raya a los jornaleros a cambio de los corderos, cerdos y garrafas de vino que recibían de la familia Bravo Montalvão.

—¿Cómo está su madre? —preguntó Diogo.

—Aguanta lo que le echen —le aseguró Bexiga, sin consentir que su debilidad física empañara el prestigio de su madre, que entre el Día de Todos los Santos y la Navidad de ese año había perdido al esposo por culpa de una cirrosis, había despedido a un hijo al que habían enviado al frente y tenía a otro buscado por las autoridades por incitar una huelga en la finca.

—Iré a visitarla —le informó Diogo, y encaminó a los caballos hacia la aldea. Media hora después, avistaron las casuchas blancas y las ventanas cerradas en las calles desiertas, pues todos los habitantes faenaban en el campo desde el alba. Desmontaron y Diogo extrajo de las alforjas de su montura un paquete de harina, otro de azúcar y un tercer paquete de café. No era la primera vez que Malu lo veía repartiendo pan y vino entre los jornaleros.

Hombres y mujeres callados, con los ojos clavados en el suelo, chiquillos que bebían, fumaban y trabajaban como los adultos. Le pareció ver en Diogo a un general que agasajaba a las tropas entre combates, procurando ser más amado que temido.

En la puerta de una de las casas del pueblo, una silueta enlutada se estiró para ver a los forasteros. Surcado de arrugas y sin un solo diente, su rostro parecía a punto de replegarse dentro de la boca. Era una mujer con manos de hombre, vestida de negro de pies a cabeza. Se quitó el chal de los hombros para cubrirse el pelo, recogido en un moño.

—Soy yo, Justina —le dijo Diogo, yendo hacia ella. Justina se debatía entre el hambre del perro callejero y el temor que le inspiraba quien le daba de comer. Miró hacia el interior de la casa y luego hacia Diogo, que se quitó el sombrero y puso cara de entierro:

—Mis condolencias por su marido.

Justina Bexiga se encogió de hombros, impasible ante la muerte de un borracho en la escala de todas sus pérdidas.

—He tenido quince hijos. Diez murieron. Ninguno por mi mano.

Diogo hizo ademán de entrar en la casa, pero ella sujetó la puerta.

—Estoy enferma, señorito, atacada del pecho, no se me acerque, que podría pasarle el bicho.

Diogo se llenó los pulmones, jactándose de la salud y los anticuerpos de quien se sabía bien alimentado.

—A mí no se me pega nada.

—Es una casa humilde, señorito.

Más que una explicación, parecía un ruego.

Diogo agitó el soborno de los paquetes de comida, pasó junto a Justina y abrió la puerta, creyendo haberla liberado de la ceremonia que los criados debían a los patrones. Quería demostrar a la progresista Malu que era inmune a los prejuicios que harían que sus tías se taparan la nariz solo de imaginar a su sobrino bebiendo agua del mismo cazo en el que esa gentuza se recalentaba las migas.

Con la puerta abierta, un abanico de luz barrió la bruma que reinaba en el interior de la casa, revelando la silueta de un hombre sentado junto al fuego. Una corriente de aire entró fresca y salió cargada de olores que hicieron pensar a Malu en sopa agria y cuerpos que dormían llevando puesta la ropa de faenar. El hombre suspendió el gesto de llevarse a la boca una rebanada de pan con una sardina de lata. Apartó el vaso de vino, el mismo que le había destrozado el hígado a su padre. Se levantó del banco, como le habían enseñado cuando había visitas.

—Doctor —saludó, inclinando la cabeza.

—No soy doctor —replicó Diogo con voz crispada—. ¿Puede saberse qué haces aquí?

—Solo he venido a visitar a mi madrecita. No quiero causar más problemas, se lo juro. Ya me iba.

El hombre se metió todo el pan en la boca, apuró el vino de un trago y dio un paso hacia la resplandeciente libertad de la puerta. Malu se percató de que, en realidad, no era un hombre, sino un muchacho, tal vez de la edad de Diogo. En sus facciones curtidas reconoció la misma delgadez y el aire aniñado que había visto media hora antes en el agente de la GNR. Este Bexiga era el agitador de los jornaleros, el hijo de Justina al que buscaban las autoridades por haber exigido una reducción de las horas de trabajo. Diogo le cortó el paso, colocando su corpachón delante de la puerta y sumiendo la casa en la oscuridad.

—Estoy en sus manos, doctor —dijo el chico—. Haga lo que crea conveniente.

—Ya te he dicho que no soy doctor.

El enfado de Diogo nada tenía que ver con el título que sabía no merecer todavía en su primer año de facultad, sino con el dilema al que ese imbécil lo abocaba delante de Malu. Debería llevarlo a la GNR para demostrar que los Bravo Montalvão no confundían la caridad con la amnistía. A la hora de explicar cómo se ejercía el poder de la familia, todos acataban sin rechistar los argumentos del abuelo patriarca: «Haced la prueba, id a trabajar al campo y dejad que los jornaleros os manden. Ya me contaréis qué tal os va».

Había que poner en su sitio al hijo de Justina antes de que la sublevación se contagiara. Y ese sitio era la cárcel, durante una buena temporada. Sin embargo, con Malu como espectadora, Diogo no quería ser el autor de una tragedia alentejana despachada en dos renglones:

Agente de la GNR detiene a su hermano fugitivo cuando mataba el hambre en casa de la madre de ambos, viuda y con un hijo en el frente.

Diogo tenía más ganas de partirle la cara a ese mentecato que había desbaratado sus planes románticos que de mandar detener a un enemigo de los patrones. El caso es que el embrollo se complicó, porque, confirmando la sabiduría del abuelo patriarca —«los pobres tienen vidas muy poco interesantes, por eso necesitan escabrosos melodramas domésticos»—, Justina se arrodilló en el suelo, deshaciéndose en lágrimas y alaridos al tiempo que unía las palmas de las manos:

—Por favor, no volverá a las andadas, se lo juro por el alma de mis hijos, que Dios los tenga en su gloria.

Diogo buscó a Malu: la contundencia de la nariz, la anchura de la boca, el cuerpo curvilíneo, los ojos como galaxias fulgurantes en el espacio sideral del pelo negro que se derramaba sobre los hombros. Si Ricardo III había ofrecido su reino por un caballo, ¿por qué no podía él renunciar temporalmente a su lealtad a los principios familiares con tal de ser feliz en el amor? Antes de salir por la puerta, le dijo al chico:

—Yo no te he visto y tú no me has visto a mí.

Los caballos se sabían de memoria el camino de vuelta, avanzaban al paso por la verde llanura donde las flores silvestres se ofrecían al sol de invierno a sabiendas de que no llegarían al verano. Diogo se regocijaba en la magnanimidad del juez que concede una segunda oportunidad a un pequeño delincuente. Malu, en cambio, se sentía atrapada en una maraña de cavilaciones y dudas. Había dado de comer muchas veces a los mendigos que su madre recibía en la puerta trasera del Hotel Storm's. No era ajena al paternalismo de las familias adineradas, con sus pobres predilectos y empleados mal remunerados, familias que perpetuaban la penuria y la dureza del trabajo con las migajas de sus limosnas.

Justina Bexiga nunca había visto el mar, no disponía de electricidad, agua corriente o cuarto de baño; no sabía leer ni escribir, como casi la mitad de los portugueses; sus hijos más pequeños ya estaban trabajando en el campo cuando los hermanos de Malu se despertaban para ir a la escuela. Pero lo que Malu acababa de presenciar era distinto. Más que la pobreza, era el sometimiento de Justina lo que la desconcertaba, verla implorando y a su hijo entregándose a Diogo sin resistirse. El régimen había conseguido que la miseria material fuese también existencial. Había generado una perversión por la que los oprimidos se mostraban agradecidos a los opresores. Tal como una degeneración genética, esa anemia del alma se transmitía de padres a hijos. Nadie podría ser feliz mientras esa enfermedad persistiera.

Malu creía haber descubierto algo que nadie más veía y quería compartir su revelación para buscar una cura. Los despertaría a todos de ese letargo colectivo, empezando por el heredero de una gran fortuna que había dejado escapar a un disidente buscado por la GNR. Miró a Diogo y se sintió invadir por el ansia de quien emprende un viaje. El último día de 1961 sería el primero de su nueva existencia.

Los caballos dejaron atrás el campo abierto y, cuando se adentraron en el encinar, los pájaros enmudecieron. Los alcornoques descorchados resplandecían como la lava. Diogo se acercó al árbol más majestuoso, le acarició el tronco en carne viva, rojizo como la tierra arcillosa.

—Este tiene catorce metros de altura y cuatro de contorno. Lo plantaron en 1783. Se llama Silbador por los pájaros que vienen a posarse en él.

Alzó los ojos hacia la maraña de ramas e imitó el canto de las aves, sonriendo cuando estas le contestaron.

Malu presionó con los talones los costados del caballo, tiró de las riendas para colocarse frente a él y se acercó despacio hasta que quedaron gualdrapeados, pierna con pierna. Infringiendo todas las reglas a las que estaban sujetas las mujeres, le cogió la cara entre las manos y le dio un beso con lengua. Diogo tenía la boca fría, pero, al instante, la sangre le latía en los labios y en el sexo, que palpitaba dentro del pantalón.

—Soy virgen —se disculpó él, con la misma inocencia con que había sonreído a los pájaros.

—Yo también —repuso ella, con la misma malicia con que lo había besado.

En lo que quedaba de trayecto, Malu se mostró menos inquieta, más sensorial. Era una chica que estaba de vacaciones, que montaba a caballo, y quizá podría disfrutar del presente, ser más como Diogo: nada más que tierra, cielo y animales.

La silueta negra no se lo consentiría. En un abrir y cerrar de ojos, esparció su fétido olor por el aire. Malu se encogió.

—¿Va todo bien? —le preguntó Diogo cuando estaban llegando a la mansión familiar.

Desde la noche en el convento de los capuchinos, Malu se imaginaba perseguida por esa silueta negra. Nunca alcanzaba a verla, pero notaba su presencia cuando se disponía a abrir una puerta o encender la luz en una habitación a oscuras. Hasta ese día, la silueta se le había insinuado mediante su ausencia, sin llegar a materializarse, pero ahora allí estaba, apeándose del Alfa Romeo descapotable de color rojo, con un portatrajes echado al hombro, un bolso de viaje en la mano, guiñando el ojo a Ticha, que lo recibió con un beso en los labios.

La operación Ícaro empezó a gestarse en Brasil, donde Humberto Delgado se había exiliado tras su derrota en las elecciones fraudulentas de 1958. El general había entrado en campaña como un justiciero del Salvaje Oeste, pegando una patada en la puerta y dos disparos al aire. Cuando le preguntaron qué haría con el dictador-espátula de cocina si resultara elegido jefe de Estado, contestó: «Destituirlo, evidentemente». El movimiento de apoyo popular había estallado en las calles y asustado al régimen, prendiendo una chispa de esperanza que la PIDE no tardó en extinguir. Una vez entronizado el candidato oficial de la dictadura, la policía del Estado persiguió a quienes habían participado en los actos de campaña. El general fue expulsado del Ejército y huyó del país. Aunque Delgado se había ganado el apodo de «general sin miedo» entre la oposición, la PIDE prefería llamarlo hombre muerto.

Para poner en marcha la operación Ícaro, el general tuvo que abandonar el exilio, viajar a España y esperar, cerca de la frontera, a que sus hombres invadieran el cuartel de Beja, donde debían establecer una base de operaciones para controlar el sur del país. Una vez tomada la ciudad, el aeródromo y la emisora de radio, se difundiría un mensaje del líder, que entraría en el país para liberar a los portugueses.

A las dos y diez de la madrugada, cuando los insurgentes saltaron el muro y sometieron a los primeros soldados del régimen, a los que requisaron las armas, la orquesta que tocaba en la fiesta de los Bravo Montalvão empezó a tocar un vals. Rodrigo bailaba con Ticha, y se les veía tan compenetrados —en el linaje, el estatus, la flema— que, entre las muchas banalidades que salían de labios de los borrachos en el salón de baile, la más habitual era: «Qué buena pareja hacen».

En un banco de mármol del jardín, Diogo se quitó la chaqueta para proteger a Malu del sereno. Ella le había pedido que salieran a tomar el aire, mareada por el humo, la música y el placer impune de Rodrigo, que hacía girar a Ticha en la pista de baile para deleite de los presentes. Era imposible que no hubiese reconocido a Malu, por más que no se le notara, pues la ninguneaba con la misma naturalidad con que ignoraba el nombre de los camareros que lo servían esa noche.

—Mi hermano se ha alistado para ir a la guerra —anunció Diogo en el jardín, entre setos, estatuas y fuentes ornamentales. Antes de que pudiera continuar su emotivo discurso patriótico, vio pasar a Rodrigo y Ticha al otro lado de los ventanales, dejando un rastro de fanfarronería y brillantina sobre la solemnidad con la que Diogo se refería a su hermano. En su lugar, un chico del pueblo habría escupido al suelo. Él se acomodó los gemelos con sus iniciales—. Menudo golfo. Se matriculó en una facultad de Londres para huir de la guerra, el muy cobarde. Dicen que pasa más tiempo en los bares que en las aulas.

Ajena a las competiciones de virilidad entre chicos, Malu habló como si apartara un cuchillo pegado a su garganta.

—Intentó aprovecharse de mí.

—Pero me dijiste que eras virgen.

Fue lo primero que se le ocurrió. Malu lo miró, decepcionada, y apartó la cara, deseando que ese cuchillo imaginario estuviese ahora en su mano.

Seguramente Diogo se comportaría como los invitados a la fiesta si Malu irrumpiera en el salón de baile, mandara callar a la orquesta y, haciendo caso omiso del decoro de las damas —y la impunidad de los caballeros—, se negase a reducir un delito a la categoría de eufemismo —«intentó aprovecharse de mí»— y acusara a su agresor con las palabras justas: «Intentaste violarme».

Dirían que estaba loca, que quería llamar la atención, que algo habría hecho la chica para provocarlo, y la condena de Rodrigo sería inversamente proporcional a la vejación de Malu. Al cabo de unos días nadie recordaría el suceso, pero ella no podría olvidar la vergüenza.

—Te tenía por una persona sencilla —le dijo Malu—, pero a lo mejor resulta que solo eres simple, Diogo.

—¿Qué?

—Creo que acabas de aclarármelo.

Malu le devolvió la chaqueta y empezó a alejarse. Él echó a correr tras ella, volvió a cubrirle los hombros.

—Perdona.

—No quiero que me compadezcas, sino que pague por lo que me hizo. —Diogo se resistió a comprender la exigencia que había en sus palabras y, como el silencio era su aliado, dejó que Malu volviera a tomar la palabra—. En Praia Grande, cuando me dijiste que no me subiera al coche con Rodrigo, ¿lo hiciste porque yo te gustaba o porque no te fiabas de él? —Esta vez la pregunta era directa, pero aun así Diogo no despegó los labios, porque intuía una encerrona—. Di la verdad —insistió ella.

—Por ambas cosas.

—Por lo primero no te preocupes, porque a partir de hoy seremos novios.

—¿De verdad? —repuso Diogo, pensando que todo saldría bien.

—Sí, pero para eso tienes que hacer algo respecto a lo segundo.

—¿Qué quieres que haga?

—Sorpréndeme.

Mientras tanto, en el cuartel de Beja, los insurgentes encerraron a los oficiales del ejército en una habitación, pero se olvidaron de arrancar el cable del teléfono, por lo que los detenidos llamaron a Lisboa para advertir de la sublevación. El subsecretario de Estado para el ejército se desplazó hasta allí a toda prisa, sin uniforme ni escolta. Cuando llegó a las inmediaciones del cuartel, un agente de la GNR lo confundió con un intruso vestido de paisano y, creyendo que se trataba de uno de los golpistas, lo mató de un tiro. Pese a las astracanadas y el amateurismo a ambos lados de la refriega, la voz de alarma llegó a Madrid esa misma madrugada y los tanques españoles avanzaron hacia Badajoz, con Franco decidido a invadir Oporto, Coímbra y Lisboa en el caso de que Salazar fuera derrocado.

El golpe de Humberto Delgado fracasó, dejando a su paso más de sesenta detenidos y muchas horas extra para la PIDE el primer día de enero, lo que intensificó la brutalidad de los interrogatorios; los pides eran funcionarios y, de vez en cuando, también les gustaba levantarse tarde en un día festivo.

En la hacienda de los Bravo Montalvão, el año 1962 amaneció con los improperios de Rodrigo y el llanto de Justina. Un culebrón inesperado, en el que las penas de ricos y pobres, aun sin tocarse, sucedían en el mismo lugar. Rodrigo protestaba entre los vehículos aparcados por la desaparición de su descapotable. Justina, plantada a la puerta de los patrones, rogaba que la llevaran al hospital, donde su hijo había ingresado herido por arma de fuego. En el vestíbulo, los invitados se reunieron para asistir al espectáculo del vocerío, unos con resaca, otros todavía bajo los efectos del champán y unos pocos informados del asalto al cuartel de Beja. Entre todos, iniciaron sin querer una suerte de «juego del cadáver exquisito» cuya versión final situaba al hijo de Justina robando el coche de Rodrigo con el fin de transportar a los insurgentes huidos tras la debacle del golpe de esa madrugada.

Malu intuía que la verdad acerca del Alfa Romeo era otra, y premió a Diogo con un beso en la mejilla.

—Muchas gracias.

A él, por su parte, le preocupaba el drama de Justina:

—Si hubiese entregado a Carlitos a la GNR, su madre no tendría a un hijo moribundo en el hospital.

—Bien que podrías acercarla tú —sugirió Malu.

—De acuerdo, pero como alguien descubra lo que hice por él, todavía me detienen por colaborar con los insurgentes.

Malu le dio otro beso, dejando que se rozaran las comisuras de sus labios.

—Tranquilo, que iré a verte a la cárcel, llegado el caso. —Sonriendo, hizo un voto que era también una provocación—: Y seguiré virgen hasta que hayas cumplido tu condena.

El hijo de Justina sobrevivió a la herida de bala en el hombro y pasaría los siguientes años en la cárcel de Peniche. Humberto Delgado permaneció en Portugal durante diez días, disfrazado con gafas y un bigote postizo. Salió hacia España por la frontera de Barca d'Alva y desde allí regresó al exilio en Brasil. Quedaría para la posteridad la foto que se empeñó en hacerse leyendo el *Diário de Notícias* en la lisboeta Avenida da Liberdade con el fin de ridiculizar a la PIDE. Poco dada a las chanzas, la policía se encargó de poner punto final a esta tragicomedia con una triquiñuela y varios disparos de pistola. En febrero de 1965, el antiguo general viajó desde Brasil a España con pasaporte falso. Había acordado reunirse en Badajoz con un grupo de supuestos militares opositores al régimen, pero una brigada de la PIDE lo recibió con un tiro en la cabeza. Lo enterraron en una cuneta, bajo varias capas de cal y ácido sulfúrico, junto a Jayra, la secretaria que lo acompañaba.

El coche de Rodrigo, hallado en el fondo de una cantera tras haberse precipitado desde una altura de decenas de metros, llegó a la finca antes de que concluyera ese primer día de 1962, aplastado y sin arreglo posible, a lomos de una camioneta. Ese día, Malu descubrió —tal como los agentes de la PIDE encargados de matar a Delgado— que la venganza podía ser tan gratificante como el placer carnal.

1970

Se despertó despacio. El olor de la grasa de un caldo de pollo se solapaba con el del sudor en el jergón de paja donde la habían acostado. Muerta de hambre, cogió el cuenco de plástico y sorbió el líquido caliente. ¿Cuántas horas había dormido? ¿Estaría aún en el edificio de la calle António Maria Cardoso, o de vuelta en Caxias? De pregunta en pregunta, el bienestar inicial desembocó en pánico: ¿qué habría confesado? Los daños en su memoria a corto plazo provocados por la privación de sueño no le permitían reconstruir los últimos días con precisión ni acceder al escondrijo donde había guardado la información que bajo ningún concepto podía revelar.

Dejó de sorber la sopa por unos instantes y respiró. El descanso no le había devuelto la perspicacia necesaria para resolver el gran problema: ¿cómo saber qué había contado, si ni siquiera recordaba lo que no debía contar?

Durante la tortura, creía haber superado el mayor temor de todo militante comunista: no al dolor físico, sino a traicionar a los camaradas, a «cantar», a la infame rendición, la vergüenza de postrarse de rodillas ante el enemigo. Cantar era la máxima deshonra, la muerte en vida. Pero ahora Maria Luísa no estaba segura de su silencio. De nada servía aducir que era víctima de la privación de sueño. El secretario general había sido claro: la superioridad moral de los comunistas empezaba en el individuo que, aun estando aislado en una habitación con sus torturadores, jamás renegaba de los valores que compartía con el partido: la rectitud de carácter, la lealtad hacia los camaradas, la renuncia al interés personal en favor de algo más elevado.

Ningún verdadero comunista ha dejado de serlo por culpa de la tortura. Si el camarada detenido es un camarada sincero, la tortura no hará tambalear su firmeza, no lo obligará a hacer declaración alguna. Mientras tú, en la cárcel, luchas en defensa del partido, ¡ahí fuera la lucha continúa!

Maria Luísa lamió el interior del cuenco y eructó, intentado avivar el recuerdo de las normas oficiales del partido. Si contaba aquello que la policía ya sabía, la suspenderían de la militancia. En el caso de que hubiese confesado algo inédito, la expulsarían. Eso era también lo que buscaba la PIDE: cada militante traidor quedaba liquidado políticamente a ojos de sus camaradas, convirtiéndose así en otra baja entre los enemigos del régimen.

Angustiada por la posibilidad de no cumplir uno de los requisitos de todo comunista que pasaba por la cárcel —ser capaz de mirar a sus camaradas a los ojos, sin vergüenza ni remordimientos—, se le escapaba un problema mayor: seguía detenida y la tortura no había llegado a su fin.

Tenía sed. Hacía mucho que no bebía agua, y la sopa estaba salada. No por casualidad, el inspector Perdigão, de nuevo en el papel del pide amable, entró en la habitación con una jarra de agua y un vaso, que dejó sobre la mesa. Recogió la silla volcada en el suelo y la invitó a tomar asiento. Vertió agua en el vaso, dibujando un arco fresco y cristalino.

—Siéntate, por favor. —La ayudó a levantarse del jergón, la sostuvo cuando se mareó y la acomodó en la silla con la deferencia de un pretendiente en una cena de gala. El pide amable se había duchado y vestía ropa recién sacada del tendedero, oliendo a mañana de fin de semana con las ventanas abiertas a un huerto. Con sus dedos morenos, le ofreció un vaso de agua que

Maria Luísa tragó con ansia, derramándola por las comisuras. El pide le sirvió más agua de la jarra. Esta vez la saboreó, cuidándose de respetar los modales de los que su madre tanto se jactaba a la mesa cuando tenían invitados.

Tan embriagador fue el paso de la agonía de la sed a la ecuanimidad de un vaso de agua que Maria Luísa dejó de oír en su cabeza las exhortaciones del secretario general.

Y tú, mujer comunista, repele los gestos amables de esos hombres que torturan a tus camaradas, pues mañana te torturarán a ti también sin piedad.

Maria Luísa buscaba, sin darse cuenta, un atisbo de humanidad y refinamiento, como si estuviese con ese hombre en una terraza, tomando un oporto y comentando la sesión de matiné que acababan de ver en el Cinema Mundial.

—Me incomoda que te traten como a una palurda —dijo el pide amable, ofreciéndole el pañuelo que había sacado del bolsillo de su chaqueta—. Una mujer con tus relaciones familiares, y encima estudiante universitaria, debería recibir un trato acorde con su estatus.

Era cierto que la PIDE reflejaba el oficioso sistema de castas del país. La beligerancia del abordaje a matacaballo que recibía un obrero industrial nada tenía que ver con el trato que se dispensaba a un licenciado de buena familia. Salvo que fuese un militante del partido: en las salas de tortura, los comunistas habían logrado el igualitarismo y el fin de la sociedad de clases que no habían podido alcanzar fuera. Desde el barrendero hasta el catedrático, todos cobraban según sus necesidades.

Maria Luísa se secó la boca en la tela de algodón que olía a cama recién hecha. Le devolvió el pañuelo al pide, que lo rechazó: era un regalo.

—El director ha venido a verme, se interesa por tu caso. El marido de tu madre, el señor Storm, es un hombre respetado, ha intercedido por ti, ha enviado cartas, ha pedido audiencia. Pero, en los tiempos que corren, se ha acabado el trato preferencial.

Fue la sinceridad de esa última frase lo que espabiló a Maria Luísa. A lo largo de los últimos meses, en efecto, el régimen había estrechado el cerco a los disidentes y repartía violencia a diestro y siniestro. El aumento de las protestas contra la guerra colonial y las acciones de la extrema izquierda, que incluían atracos a bancos y el robo de armas en los cuarteles, habían empañado la transición del despotismo de Salazar al ilusorio progreso de Marcello Caetano.

En 1968, el dictador-espátula de cocina se había caído de una silla mientras se cortaba las uñas de los pies y se había golpeado la providencial testa contra una más que providencial baldosa. Desde entonces, Marcello Caetano y sus secuaces sacaban tiempo de la gestión gubernamental para escenificar consejos de ministros con Salazar, haciéndole creer que seguía al frente del ejecutivo. Caetano podía travestirse de bondadoso educador del pueblo en el programa televisivo *Charlas en familia* o cambiar el nombre de la censura por el de «examen previo», pero los presos políticos seguían siendo víctimas de tortura en las cárceles y el Estado Novo se derrumbaba de puro caduco, con el dedo que apretaba el gatillo cada vez más tembloroso.

Maria Luísa pensó en la violencia de la que eran capaces quienes creían estar cerca del fin. Se acordó de los franceses, que habían vengado la independencia de Argelia con casi un millón de muertos. Se acordó de la mujer de Goebbels, que había envenenado a sus propios hijos en el búnker de Hitler, durante los últimos días del Tercer Reich. Se acordó de todos los maridos que veían en el homicidio de una esposa adúltera la única manera de salvar su honor.

¿Qué haría el régimen portugués al borde del precipicio?

El pide amable siguió desempeñando su papel, pero Maria Luísa se había liberado del hechizo y volvía a escuchar las palabras de Álvaro Cunhal:

Sería una gran ingenuidad creer, siquiera por un instante, que no estás tratando con verdaderos canallas. Esos que te hablan sonriendo son los mismos que dentro de una hora te torturarán sin compasión, los mismos que han torturado y asesinado a muchos de nuestros mejores camaradas.

Mendonça, el pide brutal, entró en la sala con los nervios de punta, repartiendo amenazas, oliendo a noche entre semana en una boîte y con pinta de no haberse cambiado de ropa. Por un instante, Maria Luísa percibió la banalidad de esa pareja de servidores del Estado. Reconoció en ambos al portugués de a pie, al hombre de familia, tan vulgar en su ambición de evitar problemas y querer lo mejor para sus hijos, heredero de la nostalgia de una grandeza imperial extinta y animado bailarín en los bailes populares. No solo de monstruos se valían las tiranías, sino también de la monstruosidad que representaba un pragmatismo cruel: obedecer sin hacer preguntas, porque era más cómodo acatar órdenes que sufrir opresión, ser cómplice que ser torturado.

Ante sí, Maria Luísa no veía tan solo a dos hombres, policías o torturadores, sino el marasmo en el que se hallaba el país. Ya no bastaba con panfletos, huelgas y manifestaciones. Lo que de veras hacía falta ya estaba en marcha en ese preciso instante. Y eso era lo que Maria Luísa no podía confesar: tras décadas de oposición pacífica, el Partido Comunista portugués se disponía a emprender la lucha armada.

—¿De qué te ríes? —le preguntó el pide brutal.

Maria Luísa lo imaginó con un disparo en la cabeza, explotando en un coche bomba o en la silla de tortura, en esa misma habitación.

Volvió a sonreír.

—Ríe mientras puedas… —replicó el hombre. Se dobló los puños de la camisa, se remangó, hizo crujir los dedos de ambas manos—. Dentro de nada, estarás llorando.

Así empezó oficialmente la tercera sesión de tortura.

No podía mirar al cielo, reír, cantar, silbar, recibir visitas ni correspondencia. No había hora del patio ni charlas con las demás reclusas. Nada de libros, prensa, cuadernos de notas. En su pequeña celda sin luz natural, no sabía cuándo era de día o de noche. Le estaba prohibido acostarse o sentarse en la cama fuera de las horas de descanso. Los guardias abrían el ventanuco de la puerta para interrumpir su sueño. La sorprendían acuclillada en la letrina. Eran los ojos que prolongaban indefinidamente la sensación de ser observada como un animal de laboratorio.

Si la privación de sueño hacía que el tiempo se diluyera, el encarcelamiento solitario en un espacio exiguo, sin ningún contacto humano, atrapaba al recluso en un instante infinito. El silencio iba subiendo de volumen hasta convertirse en un ruido insoportable. De vez en cuando se oía una gaviota allá fuera, como un recordatorio de que el resto del mundo —personas que se besaban y oían música y veían el sol— era un barco y nadie a bordo reparaba en la náufraga que agitaba los brazos en su isla desierta. Por más que se desgañitara, la olvidarían.

La fiesta continuaba y a nadie parecía importarle la suerte de quienes desaparecían en la cárcel. Hasta los muertos, en el cementerio, recibían visitas.

Privados del tacto y la voz humanos, los presos anhelaban que los sacaran de su celda para interrogarlos porque así podrían vislumbrar el exterior. Si los guardias se acercaban a la puerta, pero iban en busca de alguien que estaba en otra celda, la expectativa derivaba en frustración. Perversamente, el verdugo pasaba a ser el salvador, por ser el único que podía suspender el más doloroso de los exilios, la soledad, y por eso había más camaradas que se rendían con el aislamiento que con la tortura física.

Álvaro Cunhal empezó a presentarse en la celda de Maria Luísa cuando llevaba tres meses incomunicada, el primero de los cuales con una luz blanca siempre encendida en el techo. Aunque parecía una alucinación, Cunhal era en realidad un recurso de Maria Luísa para no perder la cordura.

A partir de las páginas escritas del puño y letra del secretario general, leídas y memorizadas en la clandestinidad, así como de las historias que había escuchado a los camaradas, Maria Luísa hilvanaba las conversaciones que mantenía con el carismático líder. Como nunca lo había visto en persona, ni había ninguna foto suya publicada, su Álvaro Cunhal se basaba en la descripción que Jorge Amado había hecho tras reunirse con él en 1948:

Las manos nerviosas, de esas manos que hablan, el pelo mal peinado, un hombre joven pero castigado físicamente, un hombre de sueño agitado, de paradero incierto, de inmensas responsabilidades y trabajo infatigable, lo veo sentado al otro lado de la mesa, frente a mí, hablando con su voz un poco ronca, los ojos ardientes al fondo de un largo y siempre vencido cansancio: Álvaro Cunhal, conocido como Duarte, el revolucionario portugués.

Maria Luísa recordaba lo poco que Alfredo le había contado de la época en la que había ayudado al secretario general a fugarse de la cárcel de Peniche. Imaginaba a Cunhal con aires de Espartaco, el personaje interpretado por Kirk Douglas en la película homónima, que ella había visto en el cine São Jorge. Por pura coincidencia, había ciertas semejanzas entre Cunhal y Douglas. Nacidos con tan solo tres años de diferencia, ambos tenían el rostro anguloso, la mandíbula poderosa, el pelo echado hacia atrás, la mirada de quien sabe de sobra a lo que se enfrenta y que, no por ser pródigo en ideas y sueños, deja de tener los pies plantados en el suelo y siempre está listo para la acción, aunque lo saquen a media noche de la cama donde duerme con un revólver bajo la almohada. El parecido físico se veía acentuado por la historia de Espartaco, el esclavo convertido en gladiador que lideró una rebelión contra el decadente Imperio romano. En las palabras de Jorge Amado, Cunhal defendía un objetivo igual de heroico:

Su pasión y su empeño: liberar al pueblo portugués de la humillación salazarista, liberar a Portugal de esta larguísima noche de infortunio, de silencios amedrentados, de voces aplastadas, de generalizada y permanente hambre del pueblo, de cuervos clericales que devoran el estómago del país, de tristes inquisidores salidos de los rincones mal alumbrados de las sacristías y la historia.

En esas conversaciones, Maria Luísa susurraba y, en su cabeza, oía a Cunhal hablándole de los catorce años que había pasado entre rejas, ocho de los cuales en aislamiento, catorce meses de incomunicación total. Inquebrantable y silencioso, se había negado a confesar qué puerta abría la llave que tenía en el bolsillo cuando lo capturaron. Podría haber evitado una paliza de los pides, pero jamás les dijo que era tan solo la llave de su casa.

—Estaba en la celda cincuenta y tres, ala C, de la cárcel de Lisboa —le dijo a Maria Luísa—. Eran tan mezquinos que, si quería papel higiénico, tenía que pedírselo por favor.

—¿Y lo hacía?

—Claro que no. Tuve un trastorno intestinal y me pasé tres meses sin papel higiénico. Querían humillarme, deshumanizarme. —Maria Luísa evitó inmiscuirse en la intimidad del líder. Cunhal se dio cuenta, pero insistió—. No creas, camarada, que la resistencia se reduce a himnos gloriosos y muertes antológicas. Todos somos humanos, estamos hechos de carne, huesos y excreciones.

—Cierto, se dice incluso que Stalin se cagó encima en el momento de su muerte —osó decir ella—. Por culpa del derrame cerebral que lo mató, se entiende. Perdió el control de su cuerpo.

Cunhal arqueó sus hirsutas cejas:

—¿Temes morir aquí dentro? ¿Es eso, camarada?

—¿Usted no tuvo miedo, cuando estaba detenido?

—Tutéame, camarada.

—Por supuesto, camarada —repuso Maria Luísa.

—El miedo, la soledad y el dolor son condiciones transitorias, todo pasa —dijo Cunhal—. Solo la lucha es perenne. Un comunista detenido prefiere la tortura o la muerte a hacer cualquier declaración que perjudique a su partido.

—Yo no les he dicho nada.

—De momento.

—¿Acaso dudas de mí?

—En tu estado, el riesgo de delación y locura es real. ¿Has hecho los ejercicios mentales que te recomendé?

—Recito poemas y pasajes de libros que aprendí de memoria. Hago muchos cálculos mentales, recapitulo las películas que he visto en el cine.

—¿Te he hablado del ajedrez? —le preguntó Cunhal.

—Creo que no.

—Cuando estaba en la cárcel, aprovechaba la miga del pan para tallar las piezas del ajedrez. Usaba la tapa del cubo de los excrementos como tablero. Jugaba solo, claro está, Álvaro contra Cunhal, Cunhal contra Álvaro. Era una forma de mantenerme cuerdo.

En el cuarto mes de su encarcelamiento, trasladaron a Maria Luísa a una celda con otra reclusa. Podía leer el *Diário da Manhã*, correa de transmisión del régimen, y escribir cartas de dos páginas, a lo sumo. De los libros a los que tenía acceso, quedaban excluidos los atlas, así como los tratados de filosofía, historia y sociología. Aunque tenía derecho a visitas, cuando sus hermanos, su madre y su padrastro se presentaban en Caxias con la pequeña Nádia de la mano siempre había alguna traba burocrática que les impedía cruzar la puerta. Generar esperanza y decepción era otra táctica más destinada a doblegar la resolución de los presos. Los carceleros justificaban las cancelaciones con un hastiado: «Así es la vida».

La prudencia recomendaba mantener la cabeza gacha y la boca cerrada. Cualquier nimiedad era motivo de castigo por parte de los guardias, para que así la PIDE pudiera alegar mala conducta a la hora de posponer la libertad condicional y prolongar las medidas de seguridad que ampliaban la pena. ¿Que la reclusa se ha puesto a cantar, a sabiendas de que no debería hacerlo? Dos meses más. ¿Que la reclusa no se ha dirigido al alcaide con el debido respeto? Un mes extra. ¿Que la reclusa ha escrito a su familia quejándose del médico, al que se ha referido como «el cabrón de Ruas»? Quince días en aislamiento.

Conocedora de las tensiones, neurosis y psicosis que generaba el hecho de compartir un espacio ínfimo, la PIDE juntó en una misma celda a Maria Luísa y Leonor, una militante de extrema izquierda, creyendo que la animosidad entre el PCP y los demás movimientos de la calle convertiría esa convivencia forzada en un avispero. Pero ocurrió todo lo contrario: las dos mujeres se llevaban bien y Maria Luísa, que siempre se había quejado del escaso sentido del humor de los comunistas, se divertía con Leonor, una entusiasta del amor libre, que había vivido el mayo del 68 en París y decía cosas del tipo:

—Si la oposición fuera música, vosotros, los comunistas, seríais los triángulos de un grupo folclórico y nosotros las guitarras eléctricas de Led Zeppelin.

En los relatos de Leonor, las rocambolescas acciones de LUAR (Liga de Unión y Acción Revolucionaria) parecían más emocionantes que cualquier experiencia de Maria Luísa en la clandestinidad. Incluso el nombre LUAR, luz de luna, sonaba a fantasía romántica, por no mencionar que varios de sus integrantes habían participado en el secuestro del transatlántico *Santa Maria* y el avión de la TAP que había arrojado los panfletos que, cierta tarde, Malu había cogido al vuelo al salir del cine.

—Háblame de la operación Mondego —pedía ella cuando salían al patio, alzando el rostro hacia las nubes y buscándoles formas. Mientras cocodrilos, corazones y hachas de guerra cruzaban el cielo de Caxias, Leonor le contaba por enésima vez que, cuando fueron a atracar un banco, los agentes de LUAR tuvieron que esperar media hora para que llegara el director de la sucursal, que ese día se había retrasado, para poder abrir la caja fuerte. En plena fuga, el coche no soportó el peso del dinero, por lo que se vieron obligados a esconder varias bolsas en un pinar de un sitio que se llamaba (llegados a este punto, Maria Luísa no podía contener la risa) Alhadas de Cima.* Ya en el aeródromo, el líder del movimiento, Palma Inácio, esperó educadamente a que la mujer del guardia calentara un biberón para su hijo, un niño de corta edad, antes de encerrarlos en una habitación, y solo entonces despegó la avioneta.

Al darse cuenta del interés de su compañera de celda por el arrojo de LUAR, Leonor concluía todas las historias del mismo modo:

—Cuando quieras cambiar los triángulos por el rock, no tienes más que decírmelo, que tengo enchufe.

Cierta mañana, sin previo aviso, soltaron a Maria Luísa a las puertas de la institución carcelaria. No tenía un duro y vestía la ropa que llevaba puesta en el momento de su captura: una larga falda negra de paño y un jersey de punto marrón. Había agotado el plazo máximo de prisión preventiva, seis meses. Las autoridades no habían informado a su familia, y tampoco se presentaría nadie del partido a recogerla. Bajó hasta la desembocadura del río en busca del mar, aturdida por la luz y la amplitud de la libertad. Caminó a lo largo de la carretera Marginal, en dirección a Cascais, suponiendo que era sábado o domingo. Había muchos coches con familias y niños que se encaramaban al respaldo del asiento trasero y observaban a Maria Luísa por la luna trasera, atraídos por esa figura flaca, harapienta y desgreñada.

Aspiró el aire cargado de salitre y del aroma de los pinos, el alquitrán y la gasolina. La brisa marina mecía las hojas de las palmeras, hinchaba las velas de los barcos, pulverizaba la espuma de las olas que rompían en los escollos. Allí estaba, por fin, el tan anhelado «mundo exterior» que había seguido adelante sin ella, rebosante de permanencia y novedad, injusticia y belleza,

* *Alhada* significa literalmente «ristra de ajos» o «salsa de ajo», pero, en sentido figurado, es un enredo o embrollo, de ahí la jocosidad del nombre, que podría traducirse como «Berenjenal de Arriba». *(N. de la T.)*

un mundo al que Maria Luísa regresaba con torpeza y muchas ganas. La margen sur del Tajo, claveteada por el puente Salazar, le recordó a su abuelo, que le había explicado que el cielo y el sol eran los mismos a ambos lados del río, aunque siempre hubiese distintos puntos de vista para el mismo fenómeno. Mientras caminaba, se entretenía imaginando que los pasajeros de los coches veían en ella a una novia enajenada después de que la abandonaran en el altar, mientras que los pides podrían exhibirla como la prueba de que los comunistas preferían la sordidez de los marginados a la prosperidad de la gente de bien. En ese instante, Maria Luísa era tan solo una madre que caminaría hasta Sintra para reencontrarse con su hija.

En Oeiras, volvió a acordarse de su abuelo: era allí donde el Tajo se entregaba al Atlántico. «Donde el río se acaba y empieza el océano», le había dicho Xavier. Maria Luísa bajó hacia la orilla. Pensó en zambullirse vestida y resucitar, como había hecho tiempo atrás en Praia Grande, después de la noche en el convento de los capuchinos. Mojó los pies y sintió la invitación de las olas, los talones hundiéndose en la arena, el deseo de flotar con el sol en la cara y la dulzura de los sonidos subacuáticos. Tal vez la libertad no fuera un concepto elevado por el que valía la pena morir, sino una necesidad fisiológica por la que valía la pena vivir.

El mar le llegaba por las rodillas cuando oyó las palmas acompasadas, una especie de cámara lenta del escarnio que ridiculizaba su intento de ser libre. El humo del cigarrillo anunció la llegada de los pides, situados a su espalda, antes incluso de la orden de arresto por «actividades subversivas en la cárcel», como hacían con tantos otros después de liberarlos al término de la prisión preventiva, asegurándose así seis meses más de detención sin cargos. Todo volvería a empezar. Tortura, interrogatorios, aislamiento.

El pide brutal, convencido de que estaban a punto de doblegarla, dijo:

—Si quieres, podemos bautizarte aquí en el río y purificar tus pecados. Solo tienes que confesar. Has llegado a nosotros como terrorista, pero podemos convertirte en una santa.

En su segundo paso por la celda de aislamiento, en Caxias, Maria Luísa intentaba relativizar su situación pensando en quienes se hallaban en peores tesituras. Soldados sin piernas en África, madres de hijos con enfermedades terminales, mujeres esclavizadas sexualmente. Se obligaba a valorar aquello que le quedaba (la vida, la lucidez, una hija en el mundo exterior) e imaginaba, acto seguido, cuánto le dolería perder todo eso.

En cambio, en lo tocante al endurecimiento emocional y físico sugerido por el secretario general del partido para hacer frente a los reveses, Maria Luísa empezaba a flaquear. ¿Acaso no bastaban los años en la clandestinidad y los meses que había pasado en esa celda? Si Jesucristo, que contaba con la protección de su Todopoderoso padre, había dudado de su vocación durante los cuarenta días que pasó en el desierto, ¿no podía una joven sin padrinos en las alturas tener algún momento de vacilación en la larga militancia comunista? Cansada de la perseverancia, buscaba el alivio de la distracción. Hizo una lista de todo lo que había perdido a lo largo de los últimos años en nombre de la causa comunista y fantaseó con lo que le gustaría haber hecho:

Ver decenas de películas en el cine. Contarse entre la multitud que había recibido a la selección de fútbol en el aeropuerto tras el Mundial de 1966 y besar a Eusébio. Comprar minifaldas en los almacenes Porfírios y aceptar la invitación que, una tarde, le habían hecho en una calle de la Baixa para trabajar como modelo para una revista. Asistir al programa *Zip Zip* en la tele y a la llegada de los estadounidenses a la luna. Pasar las noches discutiendo de poesía con los surrealistas en el Café Gelo, o de política con los compañeros de facultad en el Értilas. Retomar su relación con Diogo, dejando que la llevara en su moto Triumph

Roadster a las discotecas de la Linha, a la piscina del Estoril-Sol y a las fiestas de los millonarios extranjeros, decadentemente lujosas, donde habría conocido a Salvador Dalí, Audrey Hepburn y Vincente Minnelli.

—Si de veras querrías haber hecho todo eso, ¿cómo es que has acabado aquí? —le preguntó Álvaro Cunhal. Era la primera vez que la visitaba desde que había vuelto a la celda de aislamiento, y de nuevo se le aparecía con la cara de Kirk Douglas y la armadura de Espartaco.

—¿No me dijo que mantuviera la mente ocupada? —repuso Maria Luísa, alisando los andrajos que usaba a modo de ropa para recibir con la debida compostura la ilustre visita del secretario general del Partido Comunista portugués. Su impaciencia, sin embargo, pudo más que la formalidad—. No todo el mundo puede pintar cuadros y escribir una pila de libros o traducir a Shakespeare en la cárcel, como usted.

—Ya te he dicho que me tutees, camarada. Y recuerda que yo tuve catorce años para hacer todo eso. —Cunhal se apoyó en la pared. Sin bolsillos en el uniforme de cuero, cruzó los brazos sobre los musculosos pectorales—. De todos modos, no has contestado a mi pregunta. Dime cómo es que has acabado aquí encerrada.

—Vengo de una familia burguesa, tenía un novio muy rico que quería alistarse para irse a la guerra, lo que no hacía sino empeorar mi sensación de haber nacido en el lugar equivocado, en el tiempo equivocado. De no formar parte de nada importante. En la facultad de Letras, conocí a varios militantes del partido, empecé a leer libros prohibidos. Cuando participaba en las reuniones secretas para hablar de política, sentía que el pensamiento era inseparable de la acción, que las ideas comunistas debían llevarse a la práctica. Cuando el partido me propuso pasar a la clandestinidad, no lo dudé. Por desgracia, me imaginaba llevando a cabo un trabajo político de fondo, pero acabé haciendo de ama de casa.

Cunhal descruzó los brazos y, al modo de un profesor acostumbrado a pontificar en un anfiteatro y que, de pronto, se descubre encerrado en un cubículo, empezó a desplazar el peso del cuerpo ora hacia una pierna, ora hacia la otra:

—Tengo la impresión de que veías el comunismo como quien compra un televisor nuevo. Estabas aburrida con la vida que llevabas y la revolución era el juguete que te faltaba.

—A lo mejor crees que mis motivaciones eran superficiales, eso lo entiendo. Pero ¿no te parece que lo he pagado con creces? ¿Acaso no he vivido la dureza de la clandestinidad? ¿No estoy aquí, en esta celda? Mira, lo que yo quería de verdad era escribir, y ahora soy la reclusa número treinta y siete.

Cunhal comprendió lo enfadada que estaba Maria Luísa, interrumpió el balanceo y se metió los pulgares bajo las gruesas tiras de cuero que le cruzaban el pecho.

—¿Escribir? ¿Sabes lo que dijo Lenin? Que es más útil vivir la experiencia de la revolución que escribir sobre ella.

Maria Luísa empezaba a exasperarse con su paternalismo:

—Perdóname, camarada, ya sé que estuviste muchos años en la cárcel, que pasaste hambre y las peores torturas, no puedo comparar mi sufrimiento con el tuyo, pero, en lo tocante a emociones y aventuras, no puedes quejarte. Has estado en la guerra civil española, has vivido en Moscú. Organizaste con éxito la fuga más espectacular de una cárcel portuguesa y ahora vives en París. Yo, en cambio, he pasado de ser una insignificante estudiante de Letras a ser un ama de casa y la mujer de un hombre ausente.

—El camarada Alfredo, que me ayudó a escapar de la cárcel de Peniche.

—El mismo.

—Pero lo quieres, tenéis una hija en común.

—Prefiero no hablar de mi hija.

—De acuerdo. De todos modos, aún no me has dicho por qué estás aquí —insistió Cunhal.

—Porque los pides creen que sé algo sobre las actividades de Alfredo. Esta vez me han preguntado si sabía que había estado en Cuba en el 67.

—¿Y lo sabías?

—No.

—Entonces, ¿qué es lo que sabes?

—Que el partido va a emprender la lucha armada. Es lo único que me dijo.

—¿Por eso estás aquí?

—Supongo que sí.

—Maria Luísa, el régimen tiene agentes infiltrados desde hace décadas, la PIDE ya ha leído todos mis escritos. ¿De veras crees que necesitan tu confirmación para conocer nuestra estrategia respecto a la lucha armada?

—No te entiendo.

—Has pasado los últimos días imaginando lo que has perdido ahí fuera por culpa de esta vida, pero ni una sola vez has mencionado a tu familia. Sé que no pensar en ellos es una forma de protegerte. Somos iguales, Maria Luísa, sacrificamos lo más valioso que tenemos por la causa, y por eso te encuentras hoy aquí, en esta celda, porque estás dispuesta a perder la libertad para que otros puedan disfrutarla en el futuro. Cuando el último de nuestra estirpe desaparezca, entonces sí, habrán ganado. Pero, mientras quede un solo comunista, tenemos el deber de propagar la chispa de la resistencia.

—Empiezo a estar harta de la resistencia pacífica, ¿sabes? —dijo Maria Luísa—. Hay quienes hacen las cosas de manera distinta, atracando bancos, robando armas, mientras nosotros vamos por ahí repartiendo el *Avante!*

—Da nada sirve poner bombas si el pueblo no está de nuestra parte, la revolución solo se hace con las masas.

—Las masas llevan demasiado tiempo dormidas.

—El camino que se ofrece al pueblo portugués para derrocar la dictadura fascista es el levantamiento nacional.

—¿Te estás citando a ti mismo?

—En realidad, eres tú quien me está citando, puesto que soy una creación tuya, ¿o acaso crees que voy por ahí vestido como el gladiador de una película de Hollywood?

La puerta de la celda se abrió y alguien introdujo una bandeja deslizándola por el suelo.

—Hora de almorzar —dijo Maria Luísa.

—¿Un bocadillo con pan fresco? —se sorprendió Cunhal.

—Cortesía del guardia simpático. Nunca lo he visto, pero me trae bocadillos y fruta. —Mordió el pan, muerta de hambre, y habló con la boca llena—. Como lo pillen, lo encierran aquí conmigo.

—¿Lo ves? No todo el pueblo está dormido, hay quienes están de nuestra parte. Puede que sea simpatizante del Partido.

—Lomo embuchado y mantequilla, no está mal. —Maria Luísa notó algo extraño en la boca y sacó un papelito mojado entre la miga masticada. Lo desdobló, intentando leer las palabras manchadas de saliva y grasa:

«Salazar ha muerto de madrugada.»

Levantó la cabeza y Álvaro Cunhal sonreía, con el puño en alto.

—Hasta la victoria final. —Antes de desaparecer, el gladiador comunista alcanzó a gritar, como en la película—: Yo soy Espartaco.

Maria Luísa fue liberada al finalizar el segundo periodo de seis meses. Esta vez, la PIDE no permitió que se acercara a la costa. Tras cruzar la verja de la cárcel, le entregaron una nueva orden de detención como quien sella el enésimo documento del día. Sin embargo, el desinterés de los agentes no bastaba para detener el engrasado torniquete de la represión. Al cabo de unos días, cuando el alcaide de Caxias la llamó para comunicarle que su abuelo Xavier había muerto y le ofreció la posibilidad de solicitar permiso para acudir al funeral, añadió que, siendo viernes, su petición no se evaluaría hasta después del fin de semana, de lo que cabía deducir que Maria Luísa no se iría a ningún sitio, salvo a su celda.

Por el intento de agresión al alcaide la enviaron al temido búnker, símbolo de los malos tratos en Caxias y, por lo general, reservado a los hombres. El calabozo situado bajo tierra, como un refugio antibombas, no disponía de ventanas. El suelo era un charco de agua salobre que goteaba del techo y chorreaba por las paredes, afilando el silencio como la hoja de un cuchillo en la piedra. Una vez decretada la oscuridad, la luz solo se encendía para las comidas. El gladiador Cunhal no volvió a hacer acto de presencia. La soledad de Maria Luísa la acercó al abismo donde desaparecía el significado de la palabra «mañana».

Una de tres: solo saldría de allí convertida en una traidora, una fanática o un cadáver.

Cuando se despertó era Malu Tormenta, la muchacha que se había criado en esa misma habitación, en la casa familiar, y que aún dormía con una pierna flexionada, el vientre pegado al colchón, las manos debajo de la almohada. Sintió la angustia de llegar tarde al colegio. Abrió los ojos y se sentó en la cama. En vez de revistas desperdigadas por el suelo, el escritorio con el tocadiscos y la pila de ropa sobre la silla, encontró reproducciones de escenas de caza en las paredes, muebles descartados del Hotel Storm's con los que su madre había transformado el cuarto de sus hijas en una habitación de invitados. Volvió a acostarse y casi se convenció de que seguía siendo la Malu de quince años porque, pese a los cambios en la decoración, todo lo demás se mantenía intacto: la suave calidez de las sábanas, el chirriar de una lechuza en el bosque, el susurro de las copas de los árboles, el mecánico desperezar del primer tren que salía de la estación.

El tren que Maria Luísa debía coger para irse a Lisboa. Se levantó, se vistió, hizo la cama, dejó la carta dirigida a su madre sobre la colcha. Salió al pasillo y, procurando no hacer ruido, abrió la puerta de la habitación donde dormía Nádia. En la penumbra, buscó el vaivén de la respiración en la cama, la prueba de vida que cada noche, por unos instantes, calma el miedo crónico de las madres a que sus hijos mueran mientras duermen.

Entre las tribulaciones de volver a casa de sus padres tras casi cinco años en la clandestinidad y un año y medio en la cárcel, ninguna golpeó a Maria Luísa como oír a Nádia llamando madre a su abuela Antónia y a su verdadera madre por el nombre de pila.

En los meses que había pasado allí, Maria Luísa aprendió que el tópico «El amor de una madre es incondicional» significaba —equivocadamente y para la mayoría— la inmensidad del amor materno hacia los hijos, cuando en realidad «incondicional» no era una medida, no servía para cuantificar, ni siquiera representaba algo positivo.

«Incondicional» era que Maria Luísa quisiera abrazar a su hija y esta se negara.

«Incondicional» era que le contara anécdotas de cuando vivían juntas y que Nádia no las recordara.

«Incondicional» era salir de su habitación en plena noche para observar a su hija dormida, sin tocar ni ser tocada, mirando sin ser vista, y reconocer que esa pasividad contemplativa generaba la más tiránica de las relaciones: amar sin ser amada. Había pasado año y medio sin ver a su hija, se disponía a abandonarla de nuevo, pero estaba segura de que en ningún caso se libraría de ese amor.

Al salir de casa, vio el columpio que su padrastro había colgado para Nádia en un viejo roble. Delante del hotel, quedó bañada por el rojo resplandor que se reflejaba en la humedad del asfalto. En un intento de atraer el turismo internacional, en claro auge por todo el país, Antónia había instalado un letrero de neón en la fachada: «HOTEL STORM'S».

Maria Luísa miró hacia atrás y pensó que el conjunto —un palacete del siglo XIX con un rótulo luminoso— representaba a su madre a la perfección. Pese a ser conservadora, Antónia se había afianzado en un negocio que le exigía seguir la modernidad, superando las limitaciones impuestas a una mujer nacida en 1926, en el seno de una humilde familia portuguesa. Nunca se ponía pantalón, aunque hiciera el trabajo que su marido no podía o no quería hacer, desempeñando un cargo de dirección ocupado exclusivamente por hombres en un país donde las maestras, a las que les estaba prohibido usar maquillaje, necesitaban la autorización del Gobierno para casarse, un país en donde solo votaban en las elecciones locales y no podían tener pasaporte, salir del país, abrir una cuenta bancaria, fundar una empresa, firmar un contrato o alquilar una vivienda sin el aval del marido.

La dedicación profesional de Antónia al hotel le costaba la censura de las mujeres, el desprecio de los hombres y la incomprensión de sus hijos. Sin embargo, fue la mejor manera que encontró de mantener a los suyos a salvo de la pobreza y la irrelevancia que tan bien conocía. Empeñada en ver a sus hijos con estudios universitarios y bien casados, tenía una fijación con la apariencia y la condición social que ocultaba el temor a ser desenmascarada como una impostora. En el fondo, Antónia sentía de forma irremediable que nunca estaría a la altura de las circunstancias y, cuando menos en eso, su hija mayor la comprendía.

El día que Maria Luísa volvió a casa, recién salida de la cárcel, Antónia la desnudó, la bañó y hubo de reprimir las lágrimas, consternada por su extrema delgadez y las cicatrices, las arrugas y las canas, la discrepancia entre el quebranto físico y la dureza de la mirada.

—Nunca habíamos hecho esto —dijo Maria Luísa.

—Claro que lo habíamos hecho. ¿Quién te crees que te bañaba cuando eras pequeña?

—No me acuerdo.

Sentada al borde de la bañera, Antónia usaba un vaso de plástico para enjuagarle el pelo, una y otra vez.

—¿Puedes dormir conmigo esta noche? —le preguntó su hija.

En la cama, Malu notaba el pecho de su madre contra su espalda, como una marea. Pensó en Nádia, en las caricias, los baños, los besos, el contacto piel con piel mientras le daba de mamar, todas las horas que habían pasado juntas desde que su hija había nacido hasta que la PIDE se la llevó. Maria Luísa conservaba un relicario de esa vida y se preguntaba si también Antónia conservaría la colección de momentos tiernos e íntimos que había compartido con ella antes de dejarla con sus abuelos.

«Incondicional» era aceptar que los hijos acabarían olvidando cuanto se hacía por ellos en la precaria memoria de la primera infancia.

Esa noche, mientras se dormía en brazos de su madre, Maria Luísa creyó alcanzar cierta comprensión del amor y la pérdida.

Cuando volvió a despertarse, en mitad de la noche, su madre ya no estaba. La buscó a tientas en el espacio vacío de la cama, «¿Mamá?», sintiendo que se le escapaba de nuevo el entendimiento de algo fundamental que había atrapado mientras se dejaba vencer por el sueño.

Tras el estado de gracia de las primeras semanas, la convivencia en esa casa reabrió viejas rencillas y desavenencias sin remedio. Para Antónia, su hija volvía a ser la adolescente díscola, a veces incluso la niña difícil, que había sido. Maria Luísa, por su parte, redescubrió las dos líneas maestras del proceso educativo de su madre:

1) Aquello que Antónia no quería que ella hiciera (fumar, leer libros censurados, tirar compresas al váter, comer a deshora, usar faldas por encima de la rodilla, comerse las uñas, frecuentar malas compañías).

2) Aquello que Antónia quería que hiciera (ordenar la habitación, preocuparse por su aspecto, ir a misa los domingos, ser puntual, buscar un trabajo y mentir a las visitas sobre sus actividades políticas de los últimos años diciendo «He estado estudiando en París»).

El gran enfrentamiento vino cuando Maria Luísa no se presentó a una entrevista de trabajo que le había conseguido su hermana en el colegio de monjas donde ambas habían estudiado. Esa tarde, en la muralla del Castelo dos Mouros, Maria Luísa fumaba cigarrillos, se despellejaba los dedos hasta hacerse sangre y aprovechaba las vistas desde la cima del monte para mirar el océano e imaginar un punto de fuga. Mientras, un par de agentes de la PIDE husmeaba en su habitación y en la casa de los Storm. Mandaron abrir el armario que albergaba las armas de caza de Gonçalo Storm y exigieron ver todos los permisos. Apuntaron con las escopetas a un blanco invisible, apretando el gatillo, conocedores de la capacidad de sugestión de ese chasquido sin munición. Frustrados por no haber encontrado nada que comprometiera a Maria Luísa, se pasearon por el hotel, interrogando a empleados y huéspedes, contaminando cada estancia con una indisimulada amenaza.

Antónia no los había dejado solos ni un segundo. Fríamente cordial, había hecho caso omiso de las provocaciones de los pides —«Antes querría tener una hija haciendo la calle que comunista»— y les había mentido, diciendo que era el día libre de Maria Luísa, pero que trabajaba en el hotel, del que rara vez salía, aunque en realidad desaparecía durante días enteros, se llevaba consigo libros de la biblioteca y volvía apestando a tabaco y alienación para colarse en el cuarto de Nádia a media noche.

La noche posterior a la visita de los pides, Maria Luísa no despegó los labios durante la cena y apenas probó bocado. Gracias a una llamada de su otra hija, Antónia sabía que la primogénita no había acudido a la cita en el colegio. Gonçalo Storm y Frederico, que entonces tenía quince años, salieron con Nádia antes del postre.

—Si quieres seguir viviendo en esta casa, tendrás que buscarte un empleo —empezó Antónia. María Luisa, que se entretenía desmenuzando un mendrugo de pan, interrumpió la tarea y empujó la silla hacia atrás, anunciando así que abandonaba la escena.

—No quiero ser conserje en un colegio de monjas —contestó Maria Luísa.

—Tu hermana ha dado la cara por ti, está intentando ayudarte, y la has hecho quedar mal con la directora.

—También esto gira en torno a Pureza, por supuesto. La niña bonita de mamá no puede parecer menos que perfecta.

Antónia apartó la servilleta del regazo y, haciendo un ejercicio de contención, la dejó doblada sobre la mesa.

—Has pasado por lo que has pasado, y aquí estamos para acogerte. Pero fuiste tú quien tomó determinadas decisiones, y supongo que, a estas alturas, ya te habrás percatado de las consecuencias. Todo tiene su momento. El momento de equivocarse, el momento de arrepentirse y, ahora, el momento de dejar atrás el pasado y seguir adelante con la cabeza bien alta.

—¿Como hiciste tú con mi padre?

—Tu padre nunca quiso ser tu padre. —Antónia miró a su hija a los ojos—. De lo contrario, estaría aquí, teniendo esta conversación contigo.

—La verdad, no lo sé, nunca me has hablado de él.

—Porque no hay nada que decir. Fue mi mayor error. Después seguí adelante y rehíce mi vida. Eso es lo que debes hacer tú ahora.

—¿Qué entiendes por rehacer mi vida?

—Casarte, pensar en tener hijos.

—¿Como Pureza?

Antónia, que había desdoblado la servilleta, empezó a someter de nuevo la tela a los pliegues.

—Hoy ha venido la PIDE. Es malo para el negocio y para nuestro buen nombre. No sé qué andarás haciendo cuando no estás en casa, pero no quiero que esta familia vuelva a pasar por lo que pasó cuando desapareciste. Y mientras estuviste en la cárcel.

—No te preocupes tanto por el qué dirán.

—Me preocupo por proteger a mi nieta.

—¿Fue eso lo que hiciste el día que me llevaron detenida?

—¿Qué tratas de decir?

—El responsable de célula vino a traerte a Nádia y, sea casualidad o no, la PIDE lo detuvo por el camino.

—¿Insinúas que yo lo denuncié? —preguntó Antónia.

—¿Quién más sabía que estaba aquí?

—No, Maria Luísa, no lo denuncié. ¿Por qué iba a hacerlo? A ti la cárcel no te ha servido de nada, sigues igual.

Antónia estaba más cerca del límite. María Luísa se dijo que tal vez vulgarizando la conversación conseguiría la respuesta que tanto buscaba:

—¿Qué esperabas, que me curasen en la cárcel? ¿Que me arrancaran el comunismo a hostias?

—Tanto sufrimiento, ¿para qué? Dime, ¿para qué? ¿Qué ha cambiado?

—Tú no lo entenderías.

—Tampoco te pediré que me lo expliques. No estamos hablando de política, sino de la familia.

—¿Y?

—Y, si quieres formar parte de esta familia, tienes que dejar la política.

No era la expulsión de la casa que Maria Luísa buscaba como excusa para volver a partir, pero un ultimátum también le valía.

Ahora, en el tren a Lisboa, con la noche fuera y las luces del vagón encendidas, se veía reflejada en la ventanilla. Aunque evitara los espejos desde que había salido de la cárcel, ese rostro daba fe de dos hechos incontestables. El primero: por más que quisiera fingir la rebeldía juvenil de Malu Tormenta para convencer a Antónia de sus convicciones ideológicas, el suyo ya no era el rostro de una muchacha. El segundo: la política no era el único motivo del viaje que acababa de emprender, pero que llevaba semanas planeando. Cuando, tras salir de la cárcel, se dio cuenta de que no sería capaz de cuidar a su hija, tuvo que decidir entre dejar a Nádia con la abuela o entregarla al partido, que la enviaría a la escuela de Ivánovo, en la Unión Soviética, donde estudiaban en régimen de internado hijos de comunistas llegados de todo el mundo. Los estudiantes lograban así una educación formal de primera clase, pero, a cambio, perdían toda relación con sus padres. Maria Luísa había oído relatos de reencuentros familiares, años después de la separación, en que los hijos, olvidada la lengua materna y marcados por el abandono, renegaban de los padres sin pizca de emoción.

La claridad del alba, en el exterior del vagón, iba borrando su rostro espejado, ahora atravesado por las desoladas urbanizaciones de edificios en construcción a lo largo de la línea férrea. Los carteles, borrosos a causa de la velocidad, prometían: «Vivir en Reboleira es lo mismo que vivir en Lisboa».

Toda esa fealdad y mentira, en las nuevas ciudades dormitorio de las afueras de la capital, le recordaban las falsas promesas de futuro de un régimen putrefacto, lo que no hacía sino reforzar su decisión de partir. Algún día, su hija entendería lo que estaba haciendo, y entonces sería más fácil que la perdonara.

Maria Luísa se apeó del tren en la estación de Rossio. En la plaza, con la estatua del rey en su pedestal, vio el sol asomando tras la colina del castillo y a las floristas montando sus puestos. Una hora después, viajaba hacia el nordeste. El motor del autocar suturaba una herida abierta desde hacía demasiado tiempo, y ella se imaginaba horadando el paisaje como un proyectil seguro de su trayectoria. Tenía la sensación de que ese viaje cambiaría el rumbo de su guerra personal, así como el de la guerra que los jóvenes soldados portugueses y los independentistas libraban en África.

Se apeó en Guarda y cogió un taxi hasta São Pedro do Rio Seco, donde llegó ya entrada la noche. A las afueras del pueblo, el viento silbaba entre tres enormes cruces de granito. El taxista señaló el campanario:

—Hay quien decide confesar sus pecados antes de dar el salto. Cuidado con ese cura, que enseguida avisa a la GNR. Todas las semanas detienen a unos cuantos.

Un amago de vanidad casi llevó Maria Luísa a decirle que no era una emigrante ilegal, sino una disidente política, y que se disponía a luchar por los cientos de miles de portugueses que, en los últimos años, se habían negado a poblar las colonias y habían emprendido el éxodo hacia Europa y las Américas, la antiepopeya de los pobres descalzos, los analfabetos sin dientes que dormían en las eras con el ganado, los desertores del ejército que, para evitar las minas personales en algún camino perdido de Guinea-Bissau, recorrían las carreteras enfangadas del interior de Portugal tratando de llegar al extranjero para huir de los designios que el Imperio imponía y la Providencia bendecía.

Maria Luísa cruzó la frontera con España y se reunió con el «pasador» y una decena de emigrantes en un camión de transporte de mercancías. Atravesaron la meseta ibérica hacinados como pollos, sin derecho a parar para ir al baño y con unos cuantos desmayos por falta de aire. Abandonados a su suerte lejos de las carreteras principales, en algún punto del País Vasco, avanzaron a pie por montes y senderos. Compartían latas de comida, temperaturas negativas, el reposo posible en los pajares y el miedo a la muerte al escalar los Pirineos. En el fondo de los barrancos, restos de prendas de vestir y equipaje hacían las veces de memorial a todos los que se habían despeñado por el camino. Los valles se abrían con una promesa de paz que no pertenecía a quienes estaban de paso. Las cumbres nevadas rugían con la amenaza de una avalancha. Corrían detrás del pasador, sin el que todos estarían perdidos. Subiendo y bajando por los senderos montañosos, Maria Luísa conoció a los cuatro hermanos Cotovia. El mayor, de dieciséis años, cargaba a la más pequeña, de cinco, en brazos. Sus padres los habían enviado a casa de unos primos que vivían en los alrededores de París.

Cuando el grupo se detenía a descansar, sonaba la concertina de Chico Murça, que viajaba con el instrumento a cuestas y un par de zapatos agujereados por los que asomaban sus pies desollados.

—Llevo toda la vida trabajando en el campo —dijo, enseñando sus manos deformes—. El patrón me pagaba en comida y bebida, a veces un pantalón que había que remendar, una chaquetita vieja, pero nunca he tenido un sueldo—. Cogió una bota de cuero y se echó en la boca un chorro de vino paliativo. Tragó, chasqueó la lengua y continuó—: Mire, señorita, estaba hasta las narices de tanto respeto y tanto besarle la mano al cura. Unos hacían lo que querían, mientras que nosotros no podíamos hacer nada. Empecé a tocar la concertina en bodas y bautizos, los fines de semana, y así fui juntando el dinero para llegar hasta aquí.

Chico Murça sacó del bolsillo su retrato en blanco y negro, rasgado por la mitad. Lo contempló en silencio, pensando en la persona que se había quedado atrás, con la otra mitad, y que recibiría por correo el trozo de la foto que él sostenía en la mano como prueba del éxito del viaje. Esa era asimismo la señal para que la familia saldara, en el punto de partida, la deuda contraída con el pasador.

El viaje de Maria Luísa había sido pagado por terceros, y no le había dejado a nadie la mitad de su retrato. Esa noche, cerca de Chico Murça, alrededor de la hoguera con los demás emigrantes, se convenció de que su distanciamiento de la familia confirmaba lo que le había dicho el gladiador Cunhal cuando se le había aparecido en la cárcel: «Sacrificamos lo más valioso que tenemos por la causa».

Miró a los hermanos Cotovia y pensó en Pureza y Frederico. Les había cambiado los pañales, había pasado cepillitos de cerdas blandas por sus cráneos recubiertos de pelusa. Todos esos rituales se disipaban según los niños iban adquiriendo voluntad e incluso opiniones propias. Pureza se había afirmado aspirando a ser aquello que su hermana mayor no era: obediente y coqueta, el vivo retrato de su madre, irritantemente feliz cuando le regalaban un vestido y experta en las normas de etiqueta sancionadas por las buenas familias. La polarización entre las dos hermanas había alcanzado su máxima expresión cuando Pureza se prometió con Diogo, al que Maria Luísa había dejado tras años de noviazgo para pasarse a la clandestinidad. La boda, que había unido a los Storm y los Bravo Montalvão, se había celebrado un mes antes de que Maria Luísa saliera de Caxias.

Cuando volvió a instalarse en la casa familiar, Frederico era poco menos que un desconocido para ella. Había visto a su hermano por última vez cuando este tenía nueve años y se había reencontrado con un chaval de voz grave, patillas y el pelo demasiado largo para el gusto de su madre. Maria Luísa había buscado algo que la ayudara a superar la incomodidad de un acercamiento. Había decidido visitarlo en su habitación, donde los altavoces del equipo de música retumbaban con guitarras eléctricas y una voz rasposa que repetía «*Get up, get on up, get up, get on up*». Frederico le dijo que había heredado el tocadiscos y que Antónia le había prohibido quedarse a solas con su hermana.

—Cree que vas a convertirme al comunismo —reveló, bajando el volumen—. Pero yo le dije que eso era difícil, porque en la Unión Soviética no hay buena música.

La habitación olía a tabaco y zapatillas deportivas. Salvo por la colección de vinilos comprados en el mercado negro y alineados sobre un mueble, imperaba un desorden que también caracterizaba a Maria Luísa. Frederico le había dicho que, aun siendo pacifista, se sentía obligado a tomar partido en la Guerra Fría. Le enseñó la funda del álbum que estaba sonando, con la foto de un cantante negro y, en rojo, las palabras *Sex Machine*.

—En caso de apocalipsis nuclear —le dijo—, sería mucho más grave perder a James Brown que a las matrioskas.

Esa tarde, Maria Luísa apreció la actitud relajada de su hermano, su sonrisa de bufón de la corte, que decía verdades como si fueran tonterías. Fue una conexión esporádica. El envejecimiento de su cuerpo, precipitado por la cárcel, el hambre y la tortura, le había arrebatado la juventud, su afición a los placeres sensoriales y el humor absurdo, y le había negado para siempre la indolencia con la que Frederico deambulaba con los amigos o se encerraba en su cuarto, viajando lejos en la alfombra voladora de la música. Ante la ligereza y la vivacidad de su hermano pequeño, Maria Luísa se había preguntado si no seguiría varada como un náufrago, incluso fuera de la celda, mientras el mundo seguía adelante.

Meses después, al raso en los Pirineos, mientras contemplaba a los hermanos Cotovia, que dormían enroscados entre sí, se convenció de que, en realidad, los náufragos eran los miembros de la familia Storm, atados por sus privilegios y rodeados de alienación por todas partes.

Al alba, Chico Murça no podía caminar. Se descalzó para aliviar el dolor y la piel de las plantas se le quedó pegada a los zapatos, dejándole los pies en carne viva. El grupo debía avanzar, el camión que los llevaría hasta las inmediaciones de París no podía esperar. Maria Luísa se ofreció para quedarse con él. Chico Murça se negó, diciendo que podía esperar al siguiente grupo, y que tal vez se recuperara para entonces. Le dejaron pan duro, atún en lata y un chaquetón.

—Ojalá no acabe muerto —dijo el pasador, liderando el grupo, cuando Chico Murça ya no podía oírlos—. Ahora ya no está en mis manos, sino en las de Dios.

Miró al cielo, persignándose, entregando a los designios divinos lo que un hombre como él no podría salvar.

Al cabo de varias horas en la carretera, el segundo camión los dejó en un descampado. Las puertas se abrieron a la luz parda de un cielo erizado de chimeneas industriales, donde el humo y las nubes compartían el mismo tono triste. Los buscavidas los rodearon, ofreciéndose para cambiar los escudos por francos o llevarlos en coche hasta las *bidonville*s del cinturón de París. Los hermanos Cotovia dieron todo el dinero que les quedaba para subirse a un Citroën «Tiburón» rumbo a Champigny, el barrio de chabolas más grande de Europa, donde las diferencias entre la miseria del punto de partida y la del punto de llegada solo se percibirían años después, cuando los emigrantes lograran mudarse de una barraca a un piso, creyendo que algún día sus nietos solo hablarían francés y nadie los trataría como los árabes de Europa.

Maria Luísa se quedó atrás, sola, buscando a alguien que no encontraba. Tardó en reconocerlo, con la barba negra y el pelo largo, la cazadora de piel rozada en los codos, las botas con tacón, la novedad de una ligera barriga que presionaba la camisa ceñida de cuello picudo. En Francia, Alfredo era todo aquello que, en Portugal, el partido tenía prohibido a los hombres en la clandestinidad. Pero Alfredo ya no militaba en el Partido.

—Y ahora, ¿qué? —le preguntó ella, al enterarse de su deserción en el coche que aceleraba por la autopista en dirección a París.

—Ahora acabaremos con el fascismo a sangre y fuego —contestó él, y le puso una mano sobre el muslo, más cerca de la rodilla que de la ingle.

Obras inacabadas de un joven enamorado

1

Un improbable miércoles, a punto de cumplir diecinueve años, Frederico Storm pensaba que se disponía a hacer realidad sus mayores sueños: perder la virginidad y ver a Miles Davis tocar en directo. Antes, había que resolver una maraña de problemas, empezando por el malentendido que lo había situado entre todos esos jóvenes desnudos en la cola de la inspección militar. Por delante, Frederico tenía la cabellera piojosa de un adolescente al que le apestaban los pies. Por la retaguardia, le llegaba el aliento a vino del chaval que mantenía viva la tradición de las comilonas y los petardos en los pueblos la víspera de que los jóvenes lugareños bajaran a la capital del distrito para «entrar en quintas», donde un médico del ejército culminaría la evaluación física con la pregunta: «¿Tienes los dos testículos?».

Desde que los ataúdes habían empezado a llegar a los pueblos, despachados desde la guerra en las colonias de ultramar, se habían reducido las festividades del rito de paso que, con la palabra «APTO» sellada en un papel, convertía a los muchachos en hombres.

Media hora antes de que Frederico se desvistiera y se incorporara a la cola para ser examinado, habían sometido a algunos chicos al folclor de las novatadas.

Él había avisado al chaval piojoso de que los guripas del cuartel no tenían ninguna autoridad sobre ellos. Sin embargo, como tantos jóvenes deseosos de sentirse aceptados y convencidos del prestigio del ejército, el piojoso había accedido a hacer aquello a lo que Frederico se había negado: lustrar las botas de un soldado.

—¿Te crees que estás por encima de los demás? —le había preguntado el guripa, que se moría de ganas de iniciar las hostilidades.

(¿Y si, en vez de tocarme los huevos, te fueras a tomar por culo?)

El insulto del narrador interno de Frederico, disimulado por una sonrisa beatífica, desentonaba con la amabilidad de la propuesta que, en voz alta, le hizo al soldado:

—Si dejas que te invite a una birra, verás que no soy mal tipo.

Desconfiando de su simpatía, el soldado frunció el entrecejo.

—No podemos beber estando de servicio.

(Mucho fardar y hacerte el macho, pero resulta que eres un jiñado.)

—Y fumar, ¿puedes? —preguntó Frederico. Sacó un paquete de Marlboro de contrabando y le ofreció un cigarrillo. Había pasado de ser un recluta intimidado a convertirse en el centro de atención. Todos querían su tabaco americano. Frederico había aprendido con el portero del Hotel Storm's que un soborno era más eficaz que una agresión. No siempre resultaba fácil, y menos estando inmerso en la inflamable virilidad de un cuartel en jornada de inspección militar.

Cuando llegó su turno, lo midieron y pesaron, le inspeccionaron los oídos, la nariz y la boca. Aprovechando la pausa que el médico hizo para dejar constancia de su sorpresa ante una dentadura completa entre esa multitud de chicos a los que faltaba alguna pieza dental, Frederico expuso el engaño del que había sido víctima:

—Me han convocado antes de tiempo, doctor. No veo aquí a ningún otro chico de mi quinta ni de mi municipio. Quisiera solicitar...

—¿Tienes los dos testículos? —lo interrumpió el médico.

—Sí, doctor, pero, como le decía...

—Te declaro apto. Venga, ahueca el ala.

(Para acompañar este mutis de mierda, os dejo con «It Could Happen to You», *interpretada por el Miles Davis Quintet, grabación de 1958.)*

Además de rápido a la hora de formular juicios y pródigo en palabrotas, el narrador interno de Frederico Storm era el responsable de la banda sonora de su vida. Sus gustos musicales, con predilección por el jazz y el soul, aunque abiertos a otras sonoridades, eran compulsivos, enciclopédicos y caros. Su colección de álbumes y revistas de música extranjeras, conseguidas en buena medida a través del contrabando, incluía varios títulos que la censura no dudaría en confiscar.

En el viaje en tren de vuelta a Sintra, Frederico apenas pudo concentrarse en los retos de esa noche: la cena familiar, el concierto de Miles Davis, la cita con Violeta. Era consciente de que no había aplicado sus dotes de planificación —que tan buenos resultados le habían dado con la venta de tabaco ilegal, revistas pornográficas y discos prohibidos— a lo más importante: evitar que lo llamaran a filas y lo mandaran a la guerra. Entre las estaciones de Rio de Mouro y Mercês, el narrador interno susurró tres «me cago en todo», como si anticipara su muerte en un pantano de Guinea-Bissau.

(Nos viene al pelo, estimados oyentes, escuchar a Billie Holiday cantando «I Got It Bad and That Ain't Good».)

De pronto, haber suspendido por falta de asistencia el último curso de la secundaria, saboteando así una posible carrera en la universidad, se le antojaba algo más que un pretexto para que su madre le cortara la paga mensual y lo obligara a conducir la furgoneta del hotel por cuatro perras. Había confiado en que su padre y santo patrón moviera los hilos con sus amigos influyentes cuando llegara el momento de evitar que fuera a la guerra. Pero, por algún azar administrativo, ese momento se había adelantado.

Frederico anteponía el placer a las obligaciones, pero no era tonto. Tenía amigos estudiando fuera de Portugal, y algunos huéspedes del Storm's traían consigo periódicos extranjeros, contaban cómo era la vida más allá de la frontera y lo que allí se decía de su país. Había formado parte de la cadena de lectores clandestinos de una edición del *Times*, ampliamente manoseada, que recogía la noticia de la matanza de Wiriyamu que tuvo lugar al norte de Mozambique en 1972. Tras la muerte de dos capitanes del ejército portugués en un todoterreno que saltó por los aires al detonar una mina, la PIDE/DGS había orquestado la operación Marosca, ejecutada por una fuerza militar de élite, en la que perdieron la vida trecientos ochenta y cinco civiles, entre ellos mujeres y niños. Los soldados apilaron los cadáveres y les prendieron fuego, y luego arrasaron las aldeas, que quedaron reducidas a cenizas. La denuncia de la carnicería partió de varios sacerdotes católicos que trabajaban como misioneros en Mozambique, entre ellos Adrian Hastings, que testificó en las Naciones Unidas: «A la mayoría [de las víctimas] las mataron a tiros, una a una. A varias de ellas las obligaron a entrar en las chozas a las que [los soldados] prendieron fuego o destruyeron con granadas. Mataron a patadas a niños cuyas cabezas usaron como pelotas de fútbol, y a otros los asesinaron a machetazos».

El ejecutivo portugués negó la mayor, afirmando que se trataba de calumnias, y el gobernador de Mozambique aseguró a los periodistas internacionales que los portugueses jamás abandonarían África. Pero la noticia de la matanza había salido en el *Times* días antes de un viaje a Londres del presidente del Consejo de Estado, que fue recibido por un grupo de manifestantes al grito de «*Caetano, we want you dead*».

Frederico se apeó del tren en la última estación y, para conjurar los horrores de la guerra, subió hasta el pueblo de Sintra imaginando que le practicaba sexo oral a Violeta mientras sonaba *Let's Get It On*, de Marvin Gaye. Se le puso dura al instante. Nada como una erección para olvidar las penas.

Bajo una débil llovizna, se dirigió a la casa de su mejor amigo, cobijo de una familia de urracas donde la luz del sol tenía todas las de perder frente a la espantosa moqueta marrón, las cajas abarrotadas de trastos y las pilas de libros que no cabían en las estanterías. Juca le abrió la puerta y lo guio hasta la cocina de azulejos marrones y muebles del mismo color. Estaban merendando leche entera y panecillos con queso de bola cuando Juca le preguntó:

—¿Lo tuyo es una cuestión ética o simplemente te cagas de miedo?

—No quiero morir, ¿no basta con eso?

—Pero ¿estás a favor o en contra de la guerra?

—Opino que todo aquello nos pertenece —dijo Frederico—, pero nunca me habrás oído defendiendo la guerra.

—A ver si lo entiendo: ¿políticamente estás a favor, pero éticamente estás en contra?

—¿Te has tomado el día libre para tocarme los huevos?

—Si políticamente estás a favor, tendrías que ser consecuente con tus ideas —concluyó Juca—. ¿O acaso crees que Toino Jaquim, pastor de cabras en Carrazeda de Ansiães, está más obligado que tú a ir a la guerra?

Con la boca llena de pan, Frederico prefirió no contestar.

Juca aprovechó ese silencio:

—Unos quieren ser independientes, otros prolongar el colonialismo. Ambos bandos pueden esgrimir todos los argumentos que quieran, pero, en la selva, todo se reduce a matar o morir. —Juca era hijo de un profesor de historia y una profesora de portugués. Héroe entre las paredes de una biblioteca, tímido en un bar, presa del pánico en medio de una multitud. Llevaba jerséis de cuello alto y, a sus dieciocho años, fumaba en pipa. Su precoz desarrollo intelectual hacía prever una virginidad tardía, pero, sorprendentemente, la había perdido antes que su amigo, con una novia mayor que él, estudiante universitaria de Filosofía—. Hay soldados portugueses que se hacen collares con las orejas del enemigo y aviones que arrasan poblados con napalm. Pero también hay rebeldes negros violando a mujeres portuguesas y arrojando bebés contra las paredes.

Al ver la confusión de Frederico, al que un bigote de leche daba un aire aún más perdido, Juca concluyó:

—La guerra es una barbarie, no hay inocentes. Si cometes alguna atrocidad estando allí, siempre puedes echarle la culpa a la guerra.

—¿Ese es tu consejo?

—Si no te gusta, haz como yo, que soy objetor de conciencia.

Frederico soltó una carcajada.

—Ya verás de qué te sirve cuando te llamen a filas.

—Lo sé, pero suena mejor que insumiso o desertor. Lo que sí tengo claro es que, si me llaman, me largo a Francia.

Desde la seguridad de la casa familiar, donde el mayor peligro al que se exponía Juca era golpearse el meñique del pie con un volumen de las *Investigaciones filosóficas* de Wittgenstein, le resultaba fácil hablar de la guerra. Sin embargo, si hubiese que ocupar la última plaza de un barco con destino a Angola y le tocara decidir si subía a bordo o se quedaba en tierra, permitiendo así que otro chico fuera en su lugar, qué duda cabe de que sería Toino Jaquim, de Carrazeda de Ansiães, quien daría con sus huesos en la selva africana.

Frederico no quiso contrariarlo. Esa amistad, larga y sincera, tenía también las características de un matrimonio de conveniencia. El tarambana y el empollón se complementaban mutuamente. Frederico toleraba la arrogancia intelectualoide de Juca (una manera de compensar múltiples inseguridades) y este escuchaba los delirios pasionales de su amigo (una manera de compensar tanto vacío). Probablemente acabarían los dos como insumisos, compartiendo un piso en París y viviendo a costa de sus padres.

Una vez que Juca dio por concluido su alarde de ingenio, llegó el momento de que Frederico expusiera el motivo que lo había llevado hasta allí:

—Sal esta noche con Raposo y conmigo.

—Mañana tengo clase.

—Vamos a ver a Miles Davis en el Hot Clube.

—¿Jazz?

—¿Te crees que me apetecía ir a ver el Conjunto Marcos Resende?

Frederico echaba mano del crédito obtenido cuando Juca, que detestaba ir solo a lugares donde estaría rodeado de extraños, le había pedido que lo acompañara al Primer Encuentro de la Canción Portuguesa. El Coliseu dos Recreios estaba lleno a reventar, con cerca de cinco mil espectadores que querían escuchar en directo a varios de los cantantes más censurados por el régimen. La vigilancia de los agentes de la PIDE/ DGS en el interior de la sala, así como el despliegue de la policía antidisturbios alrededor del Coliseu, despertaban en el público las emociones contradictorias del miedo y la sublevación.

Sobre el escenario, en alusión al veto impuesto por la censura previa, los cantantes respondían a las peticiones diciendo: «Esa no la puedo cantar, amigo, se me perdió la letra por el camino». A Frederico le hacía gracia ese juego del gato y el ratón, aunque los versos y la contestación le generaran la misma indiferencia.

Sin embargo, cuando Zeca Afonso subió al escenario para cantar una letra sobre una aldea alentejana, a capela y arropado por miles de voces, se le puso la carne de gallina. Las palabras «fraternidad», «pueblo» o «igualdad» trascendían la poesía, prometiendo la comunión y la posibilidad de una victoria de la resistencia. Al finalizar el espectáculo, cuando pasaron delante de las patrullas de la policía antidisturbios, Juca y Frederico se sentían tan invencibles como cuando, de pequeños, combatían a los moros imaginarios de la sierra de Sintra.

—¿Tienes las entradas? —preguntó Juca en la cocina marrón, rematando la merienda con una pipa de tabaco francés.

—Pires se enteró de que Miles se aloja en el Ritz —dijo Frederico—. Y de que pidió en recepción que le reservaran una mesa en el Hot Clube.

Pires, el portero del Hotel Storm's, era aficionado al jazz y, años atrás, había visto al trompetista estadounidense tocando en el Pavilhão dos Desportos.

—O sea, que no hay ningún concierto, joder, lo que pasa es que el tipo está de vacaciones en Lisboa —replicó Juca.

—Sí, pero Pires ha visto cómo se montan *jam sessions* con menos excusa. Fíjate, estaba presente la noche que el Modern Jazz Quartet tocó por sorpresa con João Gilberto en un estudio de Radio Renascença.

Juca había oído esa anécdota decenas de veces. Sabía que, a falta de aspiraciones académicas o profesionales, Frederico siempre andaba buscando experiencias únicas. Un nuevo álbum, un concierto secreto, una improvisada *jam session*. Había llegado a preguntarse si la afición por el jazz de su amigo era sincera o tan solo un ardid para distinguirse de los demás cuando todo en él era convencional. Y luego estaba Raposo, el tercer integrante del grupo, que tenía el don de provocarle, en cuestión de segundos, una mezcla de deslumbramiento y rechazo.

—¿Por qué tenemos que ir con Raposo? —le preguntó Juca—. Le gusta tanto el jazz como a mí ver la tele.

Frederico cogió un Marlboro y golpeteó el filtro contra la uña de su dedo pulgar.

—Ya sabes cómo es. No quiere perderse nada.

Se levantó para coger las cerillas que estaban sobre la encimera. Raspó el fósforo en la lija de la caja y la llama esparció ese olor incendiario que lo deleitaba. Todos sus placeres eran impulsivos, de corta duración, y Raposo se los brindaba a menudo. Los porros, las borracheras, las tardes en que hacían novillos para jugar en las máquinas del millón. Esa noche, sin embargo, para sacar adelante su plan de perder la virginidad y ver tocar a Miles Davis, Frederico necesitaba contrarrestar la intensidad carnívora de Raposo con la moderación filosófica de Juca.

—Tengo coche —dijo. Una verdad a medias, oculta tras una bocanada de humo. Si conseguía de veras que le prestaran un vehículo, sería para impresionar a Violeta, no para satisfacer a Juca, que comparaba los trenes de la línea de Sintra con las antiguas diligencias.

—Quiero estar de vuelta en casa a las doce en punto —decretó Juca, convencido de que la pipa le prestaba autoridad.

—Puedes estar tranquilo —le aseguró Frederico, que había acordado verse con Violeta en Lisboa precisamente a esa hora.

Mientras volvía a casa, un claro de luz se abrió paso entre las nubes que sobrevolaban la sierra. En los canalones de los tejados se dilataba el silencio entre un goterón y el siguiente. Un olor mineral y terroso, de alquitrán mojado, subía desde la carretera después de la lluvia y las luces se encendían en el interior de las casas. Frederico iba pensando en Miles Davis y en Violeta. El día llegaba a su fin y empezaba la expectación por lo que depararía la noche. Recordó la lengua de Violeta en su boca, su piel pecosa marcada por la tira del sujetador. «La próxima vez, te daré una sorpresa —le había dicho ella—. Pero para eso necesitamos un coche.» Frederico creía que el cumplimiento de su promesa conllevaría para él la pérdida de la virginidad y desataría la misma fuerza creativa que había llevado a Miles Davis a grabar del tirón, sin ensayos, la banda sonora de la película *Ascensor para el cadalso*.

La asociación que Frederico establecía entre música y sexo tenía su origen en los efectos de una tarde de julio en Praia Grande, entre chapuzones en el mar y chicas en bañador. Al caer la noche, la combinación de la hierba que fumó y la trompeta en el tocadiscos le había hecho sentir que alcanzaba la magia que había galvanizado a Miles Davis: un estado de liberación que el músico estadounidense resumió como sigue cuando, estando en París, Sartre le preguntó por qué no se casaba con su novia, la actriz Juliette Greco: «Porque estoy enamorado de ella».

Esa mítica noche de julio, Frederico había vislumbrado la posibilidad de follar y amar con la misma belleza de cada nota que Miles arrancaba a la trompeta. Su cuerpo estaba hecho de música. Había descifrado el enigma, conocía el sentido de la vida e inauguraba el Panteón de las Primeras Veces, al que regresaría una y otra vez, como un adicto, para reproducir el éxtasis de las cosas inéditas.

Al llegar a casa, Frederico entró por la parte trasera del Hotel Storm's y usó la puerta de servicio para bajar hasta el cuarto del sótano que tiempo atrás había albergado el depósito de objetos perdidos. Antónia le había cedido ese rincón para estudiar, sin sospechar que allí se escondía su hijo cuando se saltaba las clases. El refugio de las obligaciones desatendidas disponía de un providencial tubo de extracción de humos donde antes había estado una caldera y ahora había un sillón. Frederico no tenía hierba para fumar, pero era allí donde guardaba sus discos más valiosos. Ese espacio era también el mausoleo de las cosas que había empezado con efusividad y abandonado poco después: una guitarra eléctrica, una raqueta de tenis, un curso de español en fascículos.

He aquí el programa de actividades de Frederico, antes de darse una ducha y cenar en familia:

1) Escuchar «Générique», el primer tema de la banda sonora *Ascensor para el cadalso* confiando en hallar resonancias de la emoción y el deseo de aquella legendaria noche de verano.

2) Masturbarse para disminuir el riesgo de una eyaculación precoz cuando perdiera la virginidad con Violeta.

Puso el disco en el plato, bajó la aguja sobre el vinilo y las primeras notas se dieron de bruces con el pánico del hallazgo: en el suelo, desperdigadas y revueltas, estaban las revistas pornográficas que guardaba debajo del sillón. En las páginas abiertas de *Ficken*, una mujer le hacía una mamada a un negro y miraba a la cámara como si fuera Frederico, y no ella, a quien habían cogido in fraganti.

Su naturaleza de jugador (herencia paterna) le decía que podría salir ileso de esa cena familiar. El restaurante del hotel estaba prácticamente lleno de huéspedes y, además de su hermana Pureza y el marido de esta, Diogo, estaría presente su sobrina Nádia, lo que reducía considerablemente el peligro de un escándalo público. Su instinto de supervivencia (herencia materna) le había armado la punta de la lengua con toda clase de excusas. Si se encaraban con él, Frederico diría que un amigo lo había obligado a guardar las revistas; podría haberse negado, claro está, pero los chicos lo habían acusado de ser maricón y, erróneamente, le había parecido más valiente esconder esa porquería en su casa que enfrentarse a las burlas. Con lágrimas en los ojos, pediría perdón a toda la familia.

Cuando se trataba de las infracciones del benjamín, su madre era propensa al castigo y su padre a conmutarle la pena. En algo estaban de acuerdo ambos progenitores: Frederico era la cría débil de la camada, la que necesitaba más protección, y su mala conducta siempre estaba motivada por terceros: un instructor de tenis que le tenía manía, una chica que quería llevarlo por el mal camino, un profesor que se negaba a reconocer su inteligencia. Aunque llegaran a la misma conclusión por vías distintas, padre y madre veían en su niño una víctima de la maldad del mundo.

Aunque las probabilidades y las mentiras jugaran a su favor, Frederico se sentó a la mesa creyendo oír, en el reloj del salón, la cuenta atrás de un mal desenlace. En su mente, reconstruía una y otra vez la escena en la que Antónia descubría la sórdida faceta de su hijo pornógrafo y, con la revista *Ficken* en las manos, rompía para siempre el vínculo de la inocencia con su bebé. Desesperado por la resolución aplazada de su agonía, se convenció de que lo confesaría todo antes del postre (no era verdad, Frederico pertenecía a la estirpe de aquellos que, con la soga de la horca al cuello, seguirían creyendo en una amnistía in extremis).

Con los digestivos sobre la mesa y Diogo perorando sobre la guerra como si estuviese allí, Frederico se fue acomodando en el papel de agraviado. En esa familia, solo él tendría que combatir en la selva. A Diogo le gustaba contar que había interrumpido la carrera de Derecho para alistarse como voluntario, pero lo cierto es que se había librado de ir a la guerra antes incluso de incorporarse a filas por un accidente de moto. Más valía quedarse cojo de por vida que morir en la selva, ¿no? Su padre había heredado un hotel, su madre lo dirigía y su hermana, Pureza, se había casado con el nieto de un millonario. Todos estaban a salvo, llevaban una vida holgada. ¿Qué derecho tenían a señalar con el dedo moralista a un chico que solo quería recrearse contemplando a unas mujeres desnudas antes de morir por la patria?

(Morir por la patria, eso es, joder, ¿cómo es que no te has acordado antes?)

El niño víctima de la maldad del mundo.

—Hoy he pasado la inspección militar y me han declarado apto —informó Frederico con el aplomo de un gran maestro del ajedrez moviendo la primera pieza.

(Madre, me voy a la guerra, apiádate de mí, no te enfades.)

—Enhorabuena —dijo Diogo, alzando su vaso de whisky para brindar—. Estoy muy orgulloso de ti. —Pureza intentó en vano advertir a su marido de lo inoportunas que eran sus felicitaciones en presencia de la madre de un futuro soldado—. Estás hecho un hombre —prosiguió Diogo, y le dio una palmada en la espalda.

El padre de Frederico bajó los ojos hasta el hielo que se fundía en su bebida. Pureza se disponía a hablar, pero reconoció esa arruga en la frente de su madre y prefirió callar. Frederico aprovechó el silencio:

—Esta noche hay un concierto de Miles Davis en Lisboa, ¿puedo coger la furgoneta?

—No —dijo Antónia—. Mañana a primera hora tienes que ir a recoger a los huéspedes americanos al aeropuerto.

—Pero, mamá, viene Miles Davis.

—Como si viene Nuestra Señora de Fátima y los tres pastorcitos. —Antónia se levantó, airada con el país, la guerra, la estúpida casualidad de tener un hijo en edad militar. Nunca lloraba en público, había aprendido a cambiar la tristeza por la rabia—. Haberlo pensado antes de suspender por falta de asistencia. —Alargó la mano hacia Nádia—. Ven, mi amor, son horas de irse a la cama.

Pureza, la buena hija, como la llamaba Frederico, abandonó la mesa y se fue tras las faldas de su madre. Pese a estar casada, vivía a quinientos metros del hotel. Gonçalo Storm aprovechó que las mujeres se retiraban y, ya de pie, mientras se abrochaba el botón de la chaqueta de tweed, hizo honor al lema de su existencia: huir del conflicto corriendo hacia el ocio.

—Caballeros, con vuestro permiso, me retiro porque mañana temprano pienso estrenar la Pietro Beretta que Diogo me regaló por Navidad.

Frederico no compartía el interés de los hombres de la familia por la caza, pero sabía que, vendiendo el rifle de colección que su padre había recibido como regalo del yerno, podría costearse los primeros meses de una posible deserción en el extranjero.

—Me alegro por ti, lo siento por las perdices. —Si bebía una copa de más, Diogo, un introvertido con buenos modales, se transfiguraba en un imparable opinador, el pelma que se empeñaba en repetir el final del mismo chiste. Envalentonado por el whisky, detuvo el brazo del camarero que se disponía a llenarle el vaso de nuevo—. Deja la botella, Marques, que aquí el muchacho se va a ver al negro tocando la corneta.

Frederico no dijo esta boca es mía. Sabía que el silencio le resultaría más provechoso que la contestación y le cedió la réplica a su narrador interno.

(Puto cojo de mierda, ¿quién eres tú para hablar de Miles? Te crees un héroe, pero te conformas con las sobras de la hermana que quedaba, porque la otra te dio calabazas.)

—Te estoy tomando el pelo, chaval. —Diogo sorbió un cubito de hielo, lo despedazó con las muelas—. No estoy tan chapado a la antigua, sé que hay negros americanos mucho más evolucionados que nuestros negros.

En las veladas familiares, delante del televisor, Frederico era un espectador pasivo. Cuando el telediario mostró cómo la PIDE invadía la sede de la asociación estudiantil de la facultad de Medicina, desatando la furia de Antónia (quien sabe si contra los pides que habían destrozado a su hija mayor o contra los alumnos contestatarios que habían engatusado a Malu), Frederico guardó silencio. Cuando Diogo se levantó del sofá durante el reportaje del Día de la Raza para hacer el saludo militar ante la oda triunfal del presentador —«Algunos solo pueden estar presentes en espíritu, porque han dado la vida por la patria, pero la juventud portuguesa ha demostrado ser digna de sus mayores y consciente de las razones por las que defienden las colonias de ultramar»—, Frederico también guardó silencio. Y cuando, tras el fracasado intento de golpe contra el régimen, su padre se dejó embaucar por la confusa sintaxis del Mentiroso Caetano —«¿En el entusiasmo con el que los medios de comunicación de tantos países magnificaron un triste episodio militar que la irreflexión, y acaso la ingenuidad, de algunos oficiales desencadenó lamentablemente, hace escasos días, en Caldas, se ha informado mejor al mundo de lo que sucede en Portugal?»—, Frederico también guardó silencio.

(En boca cerrada no entran moscas.)

Y seguiría guardando silencio, aunque fueran a buscarlo para ir a la guerra. A diferencia de su hermana Maria Luísa, no sufriría la cárcel, la tortura ni el exilio. Sin embargo, tampoco estaría a la altura de lo que se esperaba de él, a diferencia de su hermana Pureza y los consejos de las revistas femeninas a las que era aficionada: «Si tu marido fuma, no discutas por el simple hecho de que deje caer la ceniza en la alfombra. Reparte ceniceros por toda la casa».

En el restaurante del Hotel Storm's, Diogo podía alargar su monólogo sobre la diferencia entre la obstinada violencia del MPLA, el Movimiento Popular de la Liberación de Angola, y el pacifismo articulado de Martin Luther King. Mientras siguiera sirviéndole whisky y ofreciéndole dinero por su cumpleaños,

Frederico guardaría silencio. Su oposición no era política, sino lúdica. Practicaría la pecaminosa trinidad a la que los puritanos achacaban la decadencia de la civilización —música, pornografía y drogas—, porque creía que solo el terrorismo del placer acabaría con el régimen.

(Y ahora John Coltrane interpreta «My Favorite Things» con el saxo.)

Diogo sacó una llave del bolsillo y la deslizó sobre la mesa:

—Chaval, no voy a dejarte tirado. Si quieres ir a ver tocar al negro de la corneta, llévate mi coche.

Era posible que algún día le tocara pagar por su silencio, pero esa noche Frederico conduciría un Mercedes, escucharía a Miles Davis y descubriría hasta dónde llegaban las pecas que nacían en el escote de Violeta.

Miles Davis no hizo acto de presencia en el Hot Clube, Frederico no logró mantenerse sobrio y Juca no lo protegió de la avidez de Raposo, que nada más llegar chasqueó los dedos para pedir una botella de Jack Daniel's y un cubo de hielo. La borrachera tuvo el mérito de rescatar a Frederico de las garras del desencanto. Tal vez no hubiese visto a Miles Davis, pero aún le quedaba Violeta. Faltaba poco para la medianoche cuando los tres amigos dejaron atrás las infernales improvisaciones de un cuarteto de jazz. En el aire fresco de la Praça da Alegria, sucumbieron a la indecisión de los beodos respecto a su siguiente destino. Juca entró en la fase «de perdidos, al río» y se aferró a la petaca plateada de Raposo, negándose a poner fin a la juerga cuando, solo unas horas antes, quería estar en su casa al filo de las doce campanadas. Envalentonado por el alcohol, Juca adquiría el furor de una bacanal romana. Con cada trago, el pesimista dejaba paso al parrandero.

—Vámonos de putas —lo azuzó Raposo, maestro de ceremonias del desenfreno. Abriendo los brazos, presentó los clubes alrededor de la plaza.

—Tenemos el Maxime, el Fontória, el Ritz Clube.

El resplandor de los neones enfatizaba su silueta mefistofélica, la nariz puntiaguda, los acentos circunflejos de las cejas, las entradas precoces, los tacones de las botas que se confundían con cascos. Dos años antes, Raposo había entrado como repetidor en la clase de Frederico y Juca, transformando en trío una pareja de amigos que se remontaba a la guardería. El pretexto: fundar un grupo musical. Juca aprendería solfeo y bajo. Frederico les pediría a sus padres una guitarra eléctrica. Raposo, el vocalista, sería el primero en tener un club de fans. Nunca llegaron a ensayar, y Pires, el portero del hotel, los llamaba *The band that never was*, en alusión a un viejo disco de jazz.

—Tengo que irme, he quedado con Violeta —dijo Frederico. Si se quedaba allí, se vería arrastrado por el frenesí de sus amigos.

—Traidor, hemos venido aquí por ti ¿y ahora te largas? —farfulló Juca—. *Et tu, Fredericus.*

—Deja que el chaval vaya a estrenarse —dijo Raposo, a sabiendas de que su amigo se avergonzaba de ser virgen.

Posando juntos en una foto, Juca y Raposo parecían piezas inconexas. Juca, alto, desgarbado, introspectivo, con gafas y pelo rizado —su parecido con el cantautor Zeca Afonso no eran solo fruto de la casualidad—, desdeñaba el nuevorriquismo de Raposo, hijo de un promotor inmobiliario que había amasado una fortuna cargándose el paisaje suburbano con edificios que eran auténticas mamarrachadas y sobornando a los poderes locales. Raposo nunca había leído un libro, pero le chiflaba la Fórmula 1 y no se perdía las películas de kung fu, a veces en sesiones continuas, que dominaban la cartelera de los cinemas lisboetas. Achaparrado y ágil como Bruce Lee, su ídolo, era lo que ciertas mujeres consideraban un feo agraciado, poseedor de esa vaga cualidad —¿encanto, descaro, labia?— que compartían estrellas de cine y vendedores de coches.

—Si Violeta se echa atrás —dijo Raposo—, siempre puedes

unirte a nosotros más tarde. Estaré encantado de financiarte la empresa.

En circunstancias normales, Frederico habría replicado con alguna ocurrencia, que sin duda empezaría y terminaría con alguna palabrota. Cuanto mayor era el afecto, más elocuentes debían ser los insultos. Mofarse de los amigos era una prueba de amor fraternal. Sin embargo, Frederico había conocido otra clase de amor y, como todos los muchachos deslumbrados por una mujer mayor, creía haber ascendido al nivel superior de la experiencia masculina.

(Para todos los románticos que aún estáis despiertos, ahí va «In the Mood», tema interpretado por Glenn Miller y su orquesta.)

Frederico se despidió sin un contraataque y se encaminó al Mercedes. Encendió el motor, bajó la ventanilla, apoyó el codo en la puerta, la mano que sostenía el cigarrillo en el volante, la otra en la palanca de los cambios. Arrancó a toda pastilla y los neumáticos patinaron en la calle empedrada. Se sentía un hombre, en un coche de hombre, con el destino primordial de cualquier hombre: una mujer. Se dirigió al barrio de Príncipe Real, donde las palmeras tenían tonalidades tropicales y la ciudad se le aparecía como una película proyectada sobre la pantalla. Desde que Violeta lo había abordado, hacía poco más de un mes, en una fiesta en Praia Grande, el verano había empezado antes.

—¿Billie Holiday o Nina Simone? —le había preguntado ella. Frederico, el más joven de los presentes, al que habían invitado por su colección de discos, estudiaba el equipo de música y se disponía a inaugurar la pista de baile.

—Dinah Washington —repuso él con la jovialidad que los desconocidos tomaban por aplomo o incluso sabiduría. Lo que los desconocidos ignoraban era cuánto esfuerzo invertía Frederico en parecer original y alegre. El título de benjamín de los Storm no compensaba el que le hubiese tocado el último puesto en una competición cuya victoria, desde el primer momento, le habían disputado sus dos hermanas. Maria Luísa, la amazona morena, se había enfrentado al régimen, había sido encarcelada por la PIDE y vivía en París. Pureza, la rubia reina de las debutantes, trabajaba como voluntaria del Movimiento Nacional Femenino y escribía aerogramas para los soldados. La ausencia de Maria Luísa era un vacío imposible de llenar. La presencia de Pureza era un ejemplo imposible de seguir. Frederico carecía de la belleza, la inteligencia o la fuerza moral de sus hermanas. Mal que bien, desarrollaba su personalidad en la sombra, era el pícaro que vivía en los márgenes, la honda de David, el chaval espabilado que mitigaba su inseguridad con anécdotas descabelladas y respuestas rápidas.

—¿Dinah Washington? —había preguntado Violeta.

Mientras buscaba un disco entre decenas, en un maletín que había comprado en Londres, le dijo:

—Dinah Washington empezó cantando blues y actuó en el Three Deuces con Billie Holiday. —Al sacar el álbum, miró a Violeta—. Se casó ocho veces y murió joven, a los treinta y nueve años.

—¿Estarán relacionadas las dos cosas? —bromeó Violeta.

—Grandes artistas, grandes excesos.

—Ya nadie muere por amor.

—No se puede decir lo mismo del alcoholismo —apuntó él, tendiéndole el disco *Drinking Again*.

Violeta sonrió, olvidando todos los trucos y artimañas que la habían llevado hasta allí. No era la primera vez que una mujer abordaba a Frederico por interés en una de esas fiestas universitarias, fuera de temporada, en alguna casa de veraneo. Los servicios que él prestaba iban más allá de la música y, a veces, al habitual contrabando de bebidas y tabaco se sumaban el hachís o la hierba. Eran remesas raras, pequeñas, difíciles de conseguir, y las transacciones se circunscribían a su círculo de amigos, eran más un favor que un negocio, decía Frederico, que no quería acabar detenido ni tener fama de traficante. Identificaba el flirteo de esas mujeres como un marchamo comercial (ellas hacían la primera toma de contacto, pero eran ellos los que compraban) y sabía que el poder de seducción de un porro se limitaba al tiempo que se tardaba en compartirlo. Ellas agitaban el cotarro, fumaban e, invariablemente, ponían tierra de por medio.

Violeta se quedó después de que las ascuas llegaran al filtro. Habían subido al desván a fumar. La última bocanada se perdió en la noche y Frederico cerró la ventana abatible. En ese instante, todo se vio engullido por la distancia —el Atlántico, el viento, las voces en la planta baja— y los efectos de la hierba exacerbaron la cercanía entre Frederico y Violeta. Demasiado consciente de la presencia femenina, él había amagado una retirada, creyendo que, como de costumbre, la chica ya había perdido interés en él. Allá abajo, los altavoces chisporroteaban por la electricidad estática y la aguja arañaba el vinilo. Frederico miró hacia la escalera.

—No me digas que mi compañía no compensa la afrenta de que te toqueteen los discos.

Violeta tenía una voz madura que desmentía su edad y, en los gestos, la modulada impetuosidad de una bailarina. El resto de la velada fue el preludio de las semanas que siguieron. Violeta hablaba con propiedad y fascinación de cuanto había vivido y cuanto le quedaba por vivir. La carrera diplomática de su padre le había permitido criarse a caballo entre tres continentes. Cursaba el tercer año del conservatorio, hacía teatro y trabajaba en una galería de arte. Había en ella una exuberancia atemperada por la sofisticación. No era hippie, ni pija, ni nada que Frederico conociera o pudiese catalogar. En una buhardilla gélida a causa de la brisa marina y el viento que soplaba del norte, rodeados de flotadores, sombreros de playa y un sinfín de reliquias estivales en hibernación, Violeta representaba, en las postrimerías del invierno, la certeza de un imperecedero amor de verano.

Una cabeza parlante apareció a ras de suelo, en lo alto de la escalera de caracol:

—Baja a batirte el cobre y pon una lenta para que podamos restregarnos contra las titis antes de que se acabe la noche. —Unos peldaños después, la cabeza ascendió a busto. Era Yunque, el anfitrión de la fiesta. Sin quitarle ojo a Violeta, se pasó la lengua por los labios—. Ya me habían dicho que eras de armas tomar, pero no sabía que te fueran los jovenzuelos.

Mientras Frederico se planteaba defender el honor de Violeta —Yunque jugaba al rugby y aún no le había pagado los honorarios de esa noche—, ella se le adelantó:

—Ahora baja Frederico a echarte una mano, pero ya te adelanto que, con semejante careto, tú no te comes un rosco esta noche aunque los Beatles se vuelvan a juntar en tu salón.

Sin comprender el alcance de su humillación, Yunque se batió en retirada. En ese instante, Frederico se dio cuenta del prolongado silencio de su narrador interno, algo nada propio de él, siempre listo para soltar una ristra de palabrotas, inclemente con los tontos, los listos y hasta los inocentes transeúntes. Sin embargo, como habría de confirmar a lo largo de las semanas siguientes, en presencia de Violeta, Frederico practicaba la contención e incluso la farsa. Cuando salieron a cenar por primera vez y ella despotricó contra el diabólico imperialismo de Estados Unidos, él omitió su adoración por todo lo americano. En una tertulia en el Botequim, borró a su hermana comunista de la historia familiar después de oír a Violeta criticar al PCP porque, en vez de llamar a la deserción, instaba a los jóvenes a ir a la guerra para ganar adeptos dentro de las fuerzas armadas. Mintió respecto a su edad, ocultó que no había terminado la secundaria y nunca le mencionó su trabajo como chófer del hotel. Si por casualidad exponía sus fracasos —«No aprendí a tocar la guitarra y el grupo nunca despegó»— era tan solo para destacar sus ambiciones: «Quiero ser crítico y periodista musical, cubrir las giras de las bandas de rock internacionales, escribir para *Rolling Stone*».

Al volante del Mercedes, llegó al Largo do Rato y subió por la avenida Álvares Cabral sin cruzarse con un alma. La niebla que desbordaba del Jardim da Estrela enfrió la noche y la temperatura cayó otro grado centígrado cuando el coche enfiló el túnel de viento que ascendía desde el Tajo por la avenida Infante Santo, oxidando galerías y esparciendo el olor a marea baja. Tras conocer a Violeta, todo cobraba la relevancia de lo que habría de recordarse años después. Solo había experimentado esa noción del tiempo la única vez que salió de Portugal. Cada hora que pasó en Londres había valido por una década en Sintra. Y en el corto trayecto que hizo el Mercedes entre la Praça da Alegria y el barrio de Lapa también cabían grandes esperanzas, el signo irreversible de las noches que todo lo cambian. Otros hombres habían conocido esa metamorfosis al zarpar rumbo al Nuevo Mundo, o al sobrevivir al primer intercambio de disparos en una guerra. Frederico la había encontrado en Violeta, en la plenitud y la novedad de todo aquello que la conformaba: las botas de caña alta, la píldora anticonceptiva, el viaje en tren por Europa, los amigos profesores, músicos y poetas, la espalda que había aguantado los golpes de porra de la policía durante una huelga estudiantil, las cosquillas y las pecas, el espíritu contestatario en un cuerpo hedonista, el tabaco de liar, el piso donde se organizaban veladas de hachís, música y exploración sexual.

—La penetración es sexo burgués —se burlaba Violeta—. La posición del misionero oprime al obrero. —Sin más atuendo que una camiseta, se frotaba contra la pierna de Frederico con tal destreza, alcanzada a solas y en compañía de otros hombres, que exacerbaba su deseo—. Hay tantas cosas más obscenas que podemos hacer...

Acostumbrado a la crudeza del sexo de cadena de montaje de las revistas pornográficas, Frederico perdió la cabeza con su forma de decir «obscenas» y con el tacto de Violeta, cada vez más húmeda contra su muslo.

Gracias a la exuberancia hormonal propia de sus dieciocho años, Frederico era un esclavo de sus erecciones, que lo despertaban en plena noche, lo obligaban a tumbarse boca abajo en la playa y a ponerse la mochila sobre el regazo en el tren; tenían voluntad propia, no necesitaban estímulo alguno, superaban las limitaciones físicas de su pene y le secuestraban el cerebro, donde instalaban un régimen autoritario.

Violeta, maestra del aprendiz, aprovechaba el interés de Frederico por la música y le hablaba de movimientos eróticos, «ahora más despacio, *vivace ma non troppo*» o de la importancia de los solos, «no hace falta que sintamos placer a la vez, primero uno y luego el otro». De todas esas prácticas sin penetración, ninguna —ni siquiera cuando ella se lo metió en la boca y lo miró desde abajo— tuvo un efecto tan transformador como la tarde en que, después de compartir un porro, Violeta interrumpió los besos en la boca, lo cogió del pelo, lo empujó hacia su bajo vientre y le ordenó que siguiera besándola. Nada sería igual tras lo imprevisible de ese gesto: los orgasmos sísmicos, las réplicas, los dedos agarrotados, los estertores, los ojos en blanco, el contorsionismo que más de una vez lo llevó a pensar que Violeta le rompería el cuello con las piernas. Le encantó el sabor, el olor, la textura. De vuelta a casa, la llevaba consigo en la boca y los dedos. Sin embargo, la intuición le decía que él no era el verdadero artífice de la enormidad y frecuencia de los orgasmos, no todas las mujeres se corrían de ese modo. La excepcionalidad de Violeta lo espoleaba. Quería más. Descendiente de una estirpe de jugadores, alcohólicos y fumadores de opio, Frederico añadía ahora el *cunnilingus* a la lista de vicios de los Storm.

Puede que la disparidad de expectativas entre la virginidad masculina (había que perderla) y la femenina (había que conservarla) fuesen tan solo otro constructo de la sociedad patriarcal, machista y retrógrada, como pregonaba Violeta; puede que todo lo que ya habían hecho en el piso de Lapa fuese mucho más sexual que la clásica penetración entre marido y mujer; puede que la espera se revelara como el gran potenciador del placer. Puede. Pero, al entrar en la calle de Violeta, al volante del Mercedes prestado, Frederico solo pensaba en perder la virginidad antes de que saliera el sol.

Solo la fe amorosa, también llamada engaño, justificaba que Frederico aún siguiera allí, plantando cara al viento cortante que soplaba en la ribera del Tajo. Cargaba latas de pintura desde el maletero del coche hasta el muro del astillero a las órdenes de dos gemelos que le recordaban al Mesías de la *Biblia ilustrada* que sus padrinos le habían regalado cuando hizo la primera comunión. Esbeltos, casi femeninos, con melenas y barbas doradas, de ojos claros, los gemelos debatían con Violeta qué debían pintar en el muro.

Desde que, media hora antes, ella se había presentado ante Frederico, en la puerta de su casa, con un corte de pelo a lo chico, botas de trabajo, pantalón negro y una cazadora de piel, había empezado la noche de todas las decepciones. Pasaba de la una de la madrugada y la zona ribereña era un sepulcro de grúas y embarcaciones en dique seco. Frederico dejó las latas de pintura en el suelo mientras uno de los gemelos recitaba:

—Por esa tarde te vengaremos. Por esa muerte te cantaremos. Para nosotros no hay muertos, solo vivos.

—Se me ha puesto la carne de gallina —dijo Violeta.

—Es de Ary dos Santos.

—Demasiado poético, no funciona —terció el otro gemelo.

La primera vez que Frederico vio la misma cara por duplicado junto a la ventanilla del Mercedes —«Chaval, abre el maletero para meter las latas de pintura»—, la perplejidad y la borrachera le impidieron memorizar los nombres con los que Violeta los había presentado. El narrador interno había vuelto a aparecer entonces:

(Jesús María & Cristo María, los aguapolvos.)

—Es un homenaje a Ribeiro dos Santos —dijo Jesús María, pasándose el pelo por detrás de las orejas—. Ary le dedicó el poema.

—Nuestro público son los trabajadores del astillero, necesitamos algo más proletario —repuso Cristo María.

—¿Me estás diciendo que a los trabajadores les da igual que la PIDE haya asesinado a un estudiante? —le espetó Jesús María—. Eso sí que es complejo de superioridad *bourgeoise*.

Para Frederico, una sola palabra extranjera en labios de Jesús María ya sonaba a intolerable presunción. En cambio, todos los galicismos de Violeta, a lo largo del último mes y medio, subrayaban la irresistible peculiaridad de una mujer que había visto mundo. Todo en ella era apetecible, hasta el pelo corto, que le recordaba la noche en que él había tocado «The Man In Me» en el piso de Lapa mientras ella encarnaba a un Bob Dylan lascivo que señalaba a Frederico mientras cantaba:

—*Take a woman like you to get through...* —El gesto varonil de Violeta, llevándose la mano a la entrepierna— *to the man in me.*

Así como el intercambio de géneros de esa noche le había parecido una excentricidad sexual —el escándalo excitaba a Violeta, la perversión de las reglas formaba parte de su naturaleza—, también la ropa que ahora lucía pretendía ser una provocación frente a la hegemonía masculina. Solo que la cazadora de piel y los pantalones no lograban desdibujar su cuerpo voluptuoso, de reloj de arena, con curvas de mujer, ni ese rostro mediterráneo que recordaba al de Sophia Loren.

Cristo María sacó un recorte de diario del bolsillo, lo desdobló y leyó:

—Viva la grande, gloriosa y justa lucha revolucionaria de la liberación nacional de los pueblos oprimidos de las colonias.

—Demasiado largo, no vamos a escribir todo eso —dijo Jesús María.

Era la primera plana del diario clandestino *Luta Popular*. Frederico vio la hoz y el martillo, la estrella, las siglas MRPP, el dibujo de un obrero con un pico y una metralleta en la mano.

Los estragos que Maria Luísa había provocado en la familia Storm habían llevado a Frederico a alejarse de la política, aunque había oído hablar del Movimiento Reorganizativo del Partido del Proletariado y sus jóvenes díscolos que se dedicaban a hacer pintadas en los muros. Violeta nunca había mencionado el

MRPP, pero tampoco disimulaba su animadversión hacia el comunismo soviético —una especie de marido disoluto que había traicionado a su esposa marxista-leninista—, ni su pasión por la pureza ideológica de Mao Tse-Tung. En lugar de la revolución internacionalista y la guerra contra el imperialismo, sostenía, los cobardes de los soviéticos habían preferido la coexistencia pacífica con los americanos. Violeta los llamaba «revisionistas», insulto que Frederico nunca había entendido, ni siquiera después de que ella se lo explicara: «Es como si Miles Davis pasara del jazz y empezara a tocar en la banda filarmónica del Ku Klux Klan». Entre las obras prohibidas que Violeta le había prestado estaba el *Libro rojo* de Mao Tse-Tung, que Frederico había relegado al fondo de una pila donde solo le interesaba el ejemplar de *Nuevas cartas portuguesas* porque Violeta había subrayado las frases eróticas.

—Chaval, ¿has dejado el motor del coche en marcha, como te he dicho? —le preguntó Cristo María.

Frederico asintió en silencio, pero una ceja indisciplinada traicionó su obediencia.

—Pues ve abriendo las latas de pintura y quédate ahí al fondo montando guardia —ordenó Cristo María.

En vez de rebelarse contra la encerrona que le había tendido Violeta, consciente de lo que separaba lo útil (para ella) de lo agradable (para él) en esa relación, Frederico prefirió arrebatar la página de *Luta Popular* de las manos de Cristo María.

—¿De dónde coño sale este monigote? —Le dio un manotazo al dibujo—. ¿Dónde se ha visto a nadie que vaya por el mundo con un pico al hombro y una metralleta en la mano? —Desconocedor de la semiótica del arte revolucionario, sonaba como el Viejo de Restelo* con mal vino—. ¿Qué sentido tiene, joder?

* Personaje de ficción introducido por el poeta épico Luís de Camões en el Canto IV de *Los Lusíadas* (1572). El Viejo de Restelo representa el pesimismo de quienes no creían en el éxito de la epopeya de los descubrimientos. *(N. de la T.)*

O vas a currar, o vas a luchar. O te pones a cavar zanjas al borde de la carretera, o a pegar tiros.

Violeta se echó a reír. Los gemelos no le veían la gracia.

—¿Estás seguro de que eres amigo de Matos? —preguntó Cristo María, desconfiado.

—¿Qué Matos, joder?

Además de tener mal vino, el Viejo de Restelo sufría de amnesia.

—Violeta, dijiste que era amigo de Matos —señaló Jesús María en tono acusador.

En la mirada persuasiva de Violeta, Frederico vio el mérito de su engaño. Si otros hombres habían renunciado a su herencia, diezmado ciudades y perdido la vida en duelos por la mujer amada, él solo tenía que abrir las latas de pintura y montar guardia.

—Sí, soy amigo de Matos. —El tono monocorde de Frederico evocaba los *mea culpa* de los juicios populares que las revoluciones comunistas imponían a los inocentes antes de enviarlos a un campo de trabajos forzados.

—Ya sé qué vamos a poner —decretó Cristo María—: El pueblo declara la guerra a la guerra colonial imperialista.

Frederico abrió las latas, se metió las manos en los bolsillos y se encaminó al puesto de vigilancia.

(Hipócritas de mierda, venga a hacer pintadas mientras otros mueren en la guerra. Menuda revolución, con los obreros dando el callo mientras los pijos de turno los dibujan en los diarios.)

Frederico miró hacia atrás. Violeta sujetaba el mango de una brocha y Jesús María le guiaba la mano hacia la cubeta. Se sintió solidario con los defensores del Imperio portugués atacado por los independentistas africanos. Se alistaría como voluntario, y tal vez moriría o perdería un brazo, y le darían una medalla y una prótesis. Violeta quizá prefiriese a los gemelos, pero al cabo de muchos años, cuando fuera una anciana viuda, pasaría por delante del monumento al soldado desconocido y sentiría el aguijón de los remordimientos al recordar a Frederico.

(Dedicamos «My Foolish Heart», interpretado por el trío de Bill Evans, a todos los amantes que se han sentido engatusados.)

El amor no era tan solo el *cunnilingus*, ni la tira de piel que quedaba al descubierto entre la cinturilla de los pantalones y la camiseta cada vez que Violeta se desperezaba, ni tan siquiera la selección musical que amenizaba sus noches en el piso de Lapa. El amor era también querer que el otro sufriera el doble de lo que nos había hecho sufrir.

El consuelo de este hallazgo fue efímero. En el astillero, el viento silbaba en la oquedad de los cascos de los barcos. Las grúas detenidas, con sus cabinas vacías, eran mausoleos desolados que recordaban los cementerios después de un entierro. Una lluvia pegajosa, cargada de tristeza y humillación, se adhirió a la cara de Frederico y lo ayudó a llorar en secreto.

Por poco tiempo. Qué injusto que esa figura uniformada y con gorra, que ya venía blandiendo la porra antes de preguntar nada, lo sorprendiera llorando. Qué injusto que avisara a los jóvenes díscolos y los viera subirse al Mercedes, Cristo María al volante, Jesús María a su lado, Violeta en el asiento trasero, el coche dejando un rastro de goma quemada. Qué injusto tener que echar a correr y leer en el muro, con letras que sangraban tinta roja, la confirmación de aquello que lo esperaba: «GUERRA». Qué injusto que su madre lo pillara con revistas pornográficas, no poder ver a Miles Davis en concierto y admitir para sus adentros que Violeta solo quedaba con él cuando tenía hierba. Qué injusto que se viera obligado a dar esquinazo al vigilante nocturno del astillero y saltar a la vía del tren, tropezando en los raíles mojados y desollándose las manos en la grava, para adentrarse en la ciudad bajo la lluvia como el chico más solitario que haya pisado jamás la faz de la tierra. Qué injusto que Dios y el diablo lo eligieran como víctima inocente de la lucha entre el bien y el mal que iba tejiendo la trama del universo desde la noche de los tiempos. Qué injusto que, en la vida, solo la música tuviera sentido, pródiga en amor y gracia, tocando la escala de los sentimientos sin pedir nada a cambio.

(Nada está perdido, solo tenemos que poner otro disco. «We Can Work It Out», Stevie Wonder.)

Sudando y sin aliento, Frederico se detuvo y miró hacia atrás. El vigilante nocturno ya no lo seguía. Semejante cúmulo de desdichas le daba carta blanca para llenar ese vacío. De pronto, se sintió mareado, al borde de las náuseas. Echó a correr de nuevo.

Ya no huía de nada, sino hacia algo.

Los burdeles de la Praça da Alegria seguían abiertos, y un miércoles por la noche era tan buen momento como cualquier otro para perder la virginidad.

2

Al ver los carros de combate en la explanada de Terreiro do Paço, Frederico pensó que las alucinaciones habían vuelto. Horas antes, había avistado el cohete espacial de Tintín y un dinosaurio que, en realidad, eran un pilar del puente sobre el Tajo y un autobús verde de dos pisos de la empresa Carris. Los efectos visuales del LSD llegaron a su apogeo al principio del viaje y, desde hacía un rato, los tres amigos habían abandonado la fase alucinógena para adentrarse en la filosófica, compartiendo deducciones sobre el origen de la vida y el sentido de la misma. De ahí que, impulsado por una curiosidad metafísica, Frederico se apartara de Juca y Raposo para asegurarse de que todos esos soldados con subfusiles no eran espejismos.

—Estábamos entrando en Lisboa y el tío que iba al volante del todoterreno, encabezando la columna, va y se para en un semáforo en rojo, joder. —A la sombra de los soportales, el soldado hablaba con los policías militares encargados de custodiar los ministerios—. El capitán ha tenido que ordenar que pusiéramos en marcha las torretas de los blindados, y allá que nos fuimos, pisando a fondo y sin detenernos. —El soldado succionó el filtro del cigarrillo con la amargura de un hijo apaleado por su padre—. Tantos años de este puto régimen nos han vuelto mansos. —Aplastó el cigarrillo girando la bota sobre la colilla y sonrió con malicia y orgullo antes de compartir el secreto que debería pertenecer a todos—: No hemos venido a cumplir el código de circulación, joder, sino a hacer una revolución.

Con el sistema nervioso inundado por el bienestar del LSD, Frederico sintió afecto por esos jóvenes uniformados, incluso cuando el soldado se asustó al ver que él se le acercaba y, con el fusil de asalto G3 pegado al pecho, le dijo:

—Eh, amigo, ¿no has oído el comunicado del movimiento? Vete a casa, no puedes estar aquí.

Juca y Raposo esperaban a Frederico a orillas del Tajo, observando a la multitud que se agolpaba entre el Cais das Colunas y la terminal de los *cacilheiros*, los ferris que conectaban las dos márgenes del río. Como estaban de espaldas, no vieron los vehículos militares que, procedentes de Cais do Sodré, avanzaban por Ribeira das Naus. En el tiempo que tardó en pestañear, Frederico sintió el movimiento de rotación del planeta al ralentí. Sus ojos eran un sistema de alta definición que enfocaba desde lo microscópico a lo telescópico en cuestión de segundos. Al salir el sol, la mañana se reveló ultravívida. Una gaviota planeaba en vuelo descendente. Frederico vio y oyó cómo vibraba el aire en las plumas de sus alas, las gotas de agua llenándose de luz cuando sus patas rozaron la superficie del río.

En Ribeira das Naus se encontró con los vehículos militares detenidos y un oficial con boina oscura que parlamentaba con un soldado que lucía gorra de tela verde. Por su lenguaje corporal, era evidente que se encontraban en dos bandos opuestos de un conflicto. Boina Oscura se sacó la pistola de la funda y la entregó a Gorra de Tela Verde, al que siguió cabizbajo como un prisionero de guerra.

Intrigado, Frederico buscó a Juca y Raposo entre la muchedumbre cada vez más numerosa. Estaba pasando algo que había que entender con urgencia, y no sabía qué era. Con los ojos llorosos a causa de la blanca luminosidad que reflejaba la plaza, creyó oír el crepitar de un vinilo girando en el tocadiscos y los primeros acordes de «Here, There and Everywhere», y luego la voz de Paul McCartney cantando: «*To lead a better life, I need my love to be here*». Frederico experimentó un amor único por todo y por todos mientras los Beatles sonaban en su cabeza. Horas antes, ya bajo los efectos del LSD, Juca había discurrido sobre la contribución de las drogas psicodélicas a las artes y el pensamiento, mencionando los libros de Aldous Huxley y el álbum *Revolver* del cuarteto de Liverpool.

Al verse engullido por la multitud, Frederico sintió que la música daba paso a la estática de un transistor de pilas y que alguien giraba el dial entre cadenas de radio hasta sintonizar la buena nueva en la voz de un locutor:

«Al habla el puesto de mando de las fuerzas armadas. Como se ha venido informando, las fuerzas armadas han llevado a cabo, a lo largo de esta madrugada, una serie de acciones destinadas a liberar al país del régimen que lo domina desde hace mucho tiempo.»

Buscando a sus amigos, Frederico se encaramó a los letreros que indicaban: «ESTORIL SINTRA PUENTE».

Se imaginó en la cofa de vigía de un barco intergaláctico, rumbo a nuevos sistemas planetarios. Pero también tenía hambre. Un sándwich mixto y un café con leche se le antojaban tan fundamentales para la victoria de los sublevados como la rendición de las tropas del régimen. Avanzó siguiendo el curso del río hasta Campo das Cebolas, donde le constaba que había varios cafés. Juca y Raposo habían tenido la misma idea. Los encontró acodados en la barra de una pastelería repleta de hombres que no habían podido llegar al trabajo por culpa del golpe militar. Hablaban a voces y bebían aguardiente, cerveza a morro, café corto en tazas previamente escaldadas. Las primeras ediciones de los periódicos de la mañana circulaban de mano en mano. Abogados trajeados con corbata, de los que tenían despacho en la Baixa, se codeaban con pintores de brocha gorda que lucían pantalones salpicados de pintura. En el aire se mezclaban el sudor y el agua de colonia, el humo de los puritos y del tabaco matarratas. Era la sociedad de clases al completo, bien representada en la supremacía del cabeza de familia. En una pastelería lisboeta, los machos de la nación compartían un momento de inflexión histórica y conferían al primer acto de la revolución la energía de una final de la Copa de Portugal.

En la calle, alguien anunció a voz en grito que una fragata se disponía a disparar sobre la ciudad y que los insurgentes se habían refugiado bajo los soportales de los ministerios. Los tres amigos corrieron hacia la orilla del río para ver como el buque de guerra tomaba posición frente a Terreiro do Paço. Entre la multitud corría el rumor de que las fuerzas gubernamentales habían sitiado la plaza. Un miedo de décadas se precipitó sobre la esperanza que había despuntado esa mañana. Frederico, Juca y Raposo rodearon la explanada de Terreiro do Paço y, al llegar a la Rua do Arsenal, se unieron a los curiosos que un cordón de soldados mantenía a raya.

—Esto no va a ninguna parte, pero como me descuide me joden el negocio —dijo el dueño de una bacaladería mirando los carros de combate con la panza ceñida por el delantal, un bolígrafo encajado detrás de la oreja y el vello asomando entre los botones de la camisa de manga corta.

Sin previo aviso, la ametralladora de un tanque escupió una ráfaga de balas que rasgó el aire. Los disparos resonaron entre los edificios y, como las fauces de un perro rabioso, persiguieron los gritos de los civiles que huían en desbandada. Los tres amigos se colaron en una pensión cercana y subieron a toda prisa por la escalera de madera hasta el último piso, deshabitado y con acceso a la buhardilla, donde las ventanas sin cristal se abrían al tejado.

Permanecieron en silencio, sentados en la tarima de madera cubierta de plumas y excrementos de paloma. Por primera vez en las últimas horas, se preguntaron si habría sido buena idea tomar LSD esa madrugada. Raposo había comprado los sellos de ácido en la comuna de Christiania, en una incursión experimental a los países escandinavos, y los había guardado en la cartera para tomarlos en su cumpleaños. Sin embargo, los hechos desencadenados por Juca en el establecimiento nocturno donde las mujeres se desnudaban habían precipitado la odisea psicodélica.

Mientras estaban en el bar de alterne, Juca, inflamado por dos o tres vasos de whisky de más, había empezado a ver en las prostitutas a Dulcineas en apuros, convencido de que él era el don Quijote que habría de salvarlas. Deambuló de mesa en mesa, interrumpiendo las negociaciones entre clientes y prostitutas. Uno de esos clientes le propinó un bofetón que hizo que sus gafas salieran volando. Raposo acudió en defensa de su amigo y la novela de caballería que Juca había imaginado dio paso a un *spaghetti western* en el que no faltó la clásica escena de los perdedores arrojados por las puertas de vaivén de la cantina.

Tras huir del vigilante nocturno del astillero, Frederico los encontró en el mismo banco de la Praça da Alegria donde los había dejado. Les contó lo sucedido con Violeta y el Mercedes que los gemelos se habían llevado. Sus amigos le relataron la pelea en el bar. Sin saber qué hacer, ni adónde ir a continuación, Raposo había subido la apuesta ofreciéndoles los sellos de LSD:

—Un regalo para mis mejores amigos.

Animado por el alcohol, Juca había aceptado sin vacilar:

—Una oportunidad única de superar las limitaciones de la realidad.

Frederico se limitó a decir:

—Pásame esa mierda.

Era su forma de exigir la redención de esa noche desastrosa, un reembolso de todo aquello que le habían robado en las últimas horas.

En la fase alucinógena y de la risa, habían dado tumbos por la ciudad como si estuvieran en un parque de atracciones. Mientras paseaban junto al río, había empezado la disposición filosófica. Debatieron sobre si era mejor volar o ser invisible, si las mujeres sentían más placer sexual que los hombres y si, en el caso de que tuvieran una máquina del tiempo, avanzarían o retrocederían en la línea cronológica. Todos habían respondido:

—Hacia el futuro.

Pero ahora, refugiados en una buhardilla desangelada, con una vista aérea del campo de batalla donde pasado y futuro se enfrentaban con armas de fuego, el viaje de ácido perdía terreno frente a la realidad. Por la ventana, vieron a un representante de los insurgentes dirigirse a los tanques del régimen, donde un viejo militar con boina y gafas de sol tipo aviador los recibió a gritos. El mensajero debía de ser su inferior jerárquico, porque se cuadró frente al viejo militar, a lo que este le propinó tres puñetazos y, no satisfecho, ordenó a sus subalternos que abrieran fuego contra él.

—No quiero verlo —dijo Raposo, y se apartó de la ventana, aunque no quedó claro si se negaba a presenciar la muerte de un hombre o de la libertad por la que ese hombre parecía dispuesto a luchar.

—Qué espanto —dijo Juca, retrocediendo también hacia el centro de la estancia.

Frederico comprendió que sus amigos estaban entrando en la etapa confesional del viaje cuando oyó decir a Juca:

—Soy tímido y tengo la espalda llena de granos.

—Por lo menos no los tienes en la cara —lo consoló Raposo.

—No quiero ir a la guerra —imploró Juca con lágrimas en los ojos.

—Mi padre pasa de mí y mi madre empina el codo. —Los padres de Raposo estaban separados (solo el adulterio de la mujer y el aborto eran más ofensivos en el Índice de Indecencia Lusitano). Raposo sénior solo aparecía de tarde en tarde, con un regalo de cumpleaños o un cheque para compensar su ausencia—. Os he mentido. No me fui a Escandinavia de vacaciones, sino para huir de la guerra. Fue idea de mi padre, pero no aguantaba estar allí solo. —Juca se echó a llorar—. Nunca se lo he contado a nadie, pero, antes de que yo naciera, mis padres tuvieron un hijo que murió con dos años. Me pusieron su nombre. Siempre que vamos al cementerio, veo mi nombre en la lápida. A veces creo que no me ven a mí, sino a mi hermano. Es como si, en vez de haber nacido yo, él hubiese resucitado.

Juca y Raposo se abrazaron, danzando la balada de la compasión. Frederico también lidiaba con las inseguridades de los chicos en el trance de convertirse en hombres. Hijo de un padre permisivo que tenía problemas con el juego y de una madre cuyo grado de exigencia nadie podía satisfacer, no tenía ni la más remota idea de lo que quería hacer con su vida, pese a las patrañas sobre una posible carrera como periodista musical.

Frederico se sentía como un objeto arrojado al espacio, desconectado de la fuerza gravitatoria del punto de partida. El LSD lo había puesto de manifiesto con toda nitidez: buscaba la novedad frente a la repetición, los placeres inmediatos frente a los problemas de siempre.

—Tengo que salir de aquí —anunció, y bajó por la escalera como quien se sube a un tren en marcha. Avanzó pegado a la fachada de los edificios para evitar a las fuerzas del régimen, metiéndose por la Travessa do Cotovelo y corriendo hacia el Largo do Corpo Santo. Un renovado impulso lo llevó hacia el dédalo de callejuelas de Cais do Sodré. A esa hora ya no había putas ni chulos, solo quedaban las rejillas de desagüe atascadas, los neones apagados de los bares, el hedor a orines de los clientes. Dobló por un angosto callejón y salió a cielo abierto junto a la ribera del Tajo, donde había bajamar. Descendió hacia la franja de arena y piedras oscuras que separaba la ciudad del río. Con el LSD a flor de piel, se sintió proyectado hacia los veranos del pasado en Praia Grande y hacia los veranos que aún le quedaban por vivir, oyó el motor de una avioneta sobrevolando la arena y reconoció el olor a la crema Nivea que su madre le aplicaba sobre la piel morena.

—¡Acérquese!

El grito trajo a Frederico de vuelta a la mañana de Lisboa. No sabía cuántos minutos habían pasado, ni cuántos metros había recorrido siguiendo el cauce del río. Otra voz contestó:

—No, venga usted aquí.

Frederico miró hacia la Ribeira das Naus. En lo alto de un blindado estaba el viejo de las gafas de aviador, con la boina y la cazadora de piel. En vez de los puños que había usado en la calle Arsenal contra el emisario de los sublevados, apuntaba con el cañón del tanque a su oponente, el tipo de la gorra de tela verde que Frederico había visto allí horas antes. Con la displicencia de quien trata mejor a los caballos que a los sirvientes, el viejo ordenó, volviéndose hacia el blindado:

—Dispare a ese hombre.

El tipo de la gorra verde no se apartó del cañón del tanque.

Lo que mejor definía ese duelo no era la disparidad en el armamento, el rango militar o tan siquiera la causa que defendía cada uno de los participantes, sino algo atemporal y cíclico, que enfrentaba a padres e hijos, profesores y alumnos, soberanos y vasallos. El desenlace rara vez tenía que ver con el mérito o la justicia, porque el azar se imponía sobre todas las cosas. Y si el azar se imponía sobre todas las cosas, concluyó Frederico, lo mejor era dejarse llevar.

Los relojes contaron los segundos. Tal vez el viejo de las gafas de aviador tuviese la sensación de que pasaban volando, mientras que el tipo de la gorra verde iniciaba la lenta cuenta atrás para su ejecución. En las décadas siguientes, se hablaría hasta la saciedad del heroísmo de ese instante, de cómo, en un dramático compás de espera, se decidió el destino de todo un país.

El alférez que estaba dentro del tanque se negó a acatar la orden y no disparó contra el insurgente de la gorra verde. El viejo de las gafas de aviador dio instrucciones a la policía militar para que detuviera al alférez y repitió otra vez la orden.

—Abrid fuego.

Una vez más, los soldados la desobedecieron. El viejo desenfundó su pistola, disparó dos veces al aire y luego se subió al todoterreno y se marchó. Entonces, el tipo de la gorra verde dio media vuelta, se mordió el labio y volvió con sus tropas apostadas en Terreiro do Paço.

Solo años después conocería Frederico los pormenores de la escena que había presenciado: el hombre de la gorra verde era un capitán del regimiento de caballería, se llamaba Salgueiro Maia y llevaba en el bolsillo una granada con la intención de detonarla si lo detenían.

En una conversación con el periodista Fernando Assis Pacheco, el capitán relataría que se mordió el labio para no romper a llorar. Si Frederico hubiese leído esa entrevista, tal vez se habría dado cuenta de que se necesitaba tanto valor para reconocer una vulnerabilidad como para mantenerse firme delante de un carro de combate. El azar bien podría ser la gran fuerza motriz del universo, como él sostenía, pero sin carácter la vida carecía de valor.

Nadie sabía lo que iba a pasar, pero, en vez de aferrarse al miedo y la parálisis que habían reinado durante casi medio siglo de dictadura, la gente se arriesgó pasando a la acción, ocupando las calles, gritando «¡victoria!», aplaudiendo a los soldados que marchaban por la Baixa en dirección a la plaza de Rossio. Lo extraordinario convivía con lo prosaico. En las estrechas calles de Chiado, los tanques maniobraban con la ayuda de los civiles: «Gira, gira... vale, jefe, adelante». Los soldados que cercaron el cuartel donde se rumoreaba que se había refugiado la plana mayor del régimen recibían bocadillos y café con leche de manos de mujeres civiles que no querían que esos muchachos se fueran a hacer la revolución con el estómago vacío. Con las escuelas cerradas, los niños andaban a sus anchas por la calle, pese a los comunicados del movimiento de las fuerzas armadas en los que instaban a los portugueses a quedarse en casa y, hasta en ocho ocasiones, advirtieron del riesgo de un derramamiento de sangre no deseado. La misma población que exigía violencia —«¡Muerte a la PIDE!»— también reclamaba la paz: «¡Abajo la guerra colonial!». Cientos de civiles, entre ellos Frederico, se subieron a los tanques y enfilaron la Rua Augusta acompañando la columna de vehículos que acabó ocupando el Largo do Carmo. Durante el recorrido, más festivo que bélico, un pensamiento de Frederico resumió la esencia de esa mañana en la que todas las disparidades podían resolverse: en los cañones de los fusiles que mataban, brotaban ahora claveles que los civiles ofrecían al paso de los soldados.

Las campanas de las iglesias habían sonado a mediodía, cuando Frederico avistó a Raposo entre los civiles encaramados a los árboles. Él también trepó a la fuente de piedra abarrotada que se alzaba en el centro del Largo do Carmo. Visto desde arriba, condensado en ese rectángulo de suelo y edificios, el pueblo era un tapiz en el que no cabía una sola puntada más. Había gente colgada de las puertas, en los balcones, en los semáforos, en las farolas, hasta en los carros de combate cuyos cañones apuntaban al cuartel donde se atrincheraban Marcello Caetano y varios de sus ministros. Siempre que se cantaba el himno nacional o se entonaba el réquiem del régimen —«fascismo nunca más»—, con una sola voz hecha de miles de voces, la multitud se tensaba como el caparazón de un animal.

—¿Y Juca? —berreó Frederico tras captar la atención de Raposo con varios silbidos.

—Ha encontrado a su novia con unos amigos de la facultad. Han ido a llenarse el buche —contestó Raposo, moviendo la mano ahuecada hacia la boca abierta para imitar el acto de comer—. A mí tampoco me importaría picar algo.

Se reunieron delante del Teatro da Trindade y, al cruzar hacia el Bairro Alto, oyeron los disparos y los gritos de los civiles que huían por la Rua da la Misericórdia.

—Los hijos de puta de los pides han empezado a disparar desde los balcones —dijo un hombre, jadeando a causa de la carrera.

Frederico y Raposo se adentraron en el Bairro Alto en busca de una taberna abierta. No eran los únicos. Había carros de combate en la calle y la PIDE no dudaba en abrir fuego contra los civiles, pero también había quienes aplazaban la revolución para ir a comer. Frederico comprobó una vez más como lo inconcebible y lo mundano compartían espacio. Ya en el restaurante, esa conclusión lo hizo temer por el éxito del golpe. Todo era sumamente frágil y provisional. Los chicharritos fritos estaban blandos y rancios, la gaseosa desbravada, no le quedaban cigarrillos. La falta de sueño y el fin de los efectos del LSD se aliaban para que Frederico viese en su desánimo un augurio de la inminente hecatombe de la nación. Pero los cafés aterrizaron a tiempo sobre el mantel de papel, a Raposo aún le quedaba tabaco y, de vuelta en la calle, el sol se abría paso entre las nubes: suficiente para animar a Frederico, que no había heredado la constancia de su madre ni sus hermanas. Era más Storm que Alegria, necesitaba encadenar estímulos: la cafeína, la nicotina, la súbita certeza de haber vislumbrado a Miles Davies entre la multitud en el Largo do Carmo, aunque enseguida había perdido al músico de vista, porque bastaban unos segundos para que la euforia y la depresión se turnaran en el mecanismo de su temperamento.

El reencuentro con Juca lo estabilizó. Su amigo era un ancla desde la niñez. Llegó acompañado de Filomena, su novia, y de un chico azoriano que, como ella, estudiaba Filosofía. Se llamaba João Guilherme y se comportaba con el entusiasmo del mejor alumno la mañana del examen final. Hacía meses que creía en la inevitabilidad de una revolución. Mientras el militar de la gorra verde negociaba la rendición del Gobierno en el cuartel del Largo do Carmo, João Guilherme auguraba el fin de la guerra en las colonias de ultramar.

Frederico se quedó prendado por el fuerte acento de ese joven de pelo largo que, sin vergüenza ni rabia, hablaba de la pobreza en las Azores, de un padre barrendero y una madre que había dado a luz trece hijos. Dos de sus hermanas habían muerto de pequeñas, otra tenía un problema de salud que solo podía tratarse en Estados Unidos. Durante las vacaciones, João Guilherme embutía chorizos en una fábrica con el fin de reunir el dinero necesario para costearle el viaje y la operación. El interés de Frederico alcanzó su punto álgido con la anécdota de la camiseta. En una visita a sus padres, en São Miguel, João Guilherme se había presentado en casa con la cara de Martin Luther King estampada en la pechera. En una isla donde seguramente no había un solo negro, y en un país en guerra con miles de africanos, la camiseta era motivo de bochorno para la familia, que había enviado al continente a un estudiante ejemplar y había recibido a cambio un espécimen de la juventud descarriada.

A diferencia de los jóvenes díscolos que hacían pintadas, violentos con todo aquello que los contrariaba, João Guilherme se sentó con su madre y, empleando la misma humildad que Luther King, le habló del líder de los derechos civiles asesinado por defender la justicia y le explicó la situación de los negros en América, que comparó con la miseria, la explotación y el abandono de los azorianos, aunque, a diferencia de lo que pasaba con los negros en América, en el archipiélago nadie acababa colgado de un árbol como castigo por haber nacido allí.

Frederico pensó que João Guilherme era más merecedor que él de la revolución en marcha, confirmando así la relevancia de lo que estaba sucediendo en el Largo do Carmo. Sin embargo, cuando João Guilherme empezó a teorizar sobre el libro *Portugal y el futuro*, del general Spínola, se aburrió y se desentendió de la conversación, al tiempo que intentaba entender qué decía el tipo de la gorra verde a voz en grito por un megáfono.

—¡Atención, cuartel del Carmo! Las conversaciones están tardando demasiado. Están tardando demasiado. —Minutos después, volvió a la carga—. ¡Santos Silva, una ráfaga en lo alto del balcón central!

El estruendo de las balas espabiló a la multitud que llevaba horas esperando la salida de los gobernantes. Al no haber respuesta desde el interior del cuartel, el hombre de la gorra verde ordenó a sus hombres que subieran a los tejados. Esta maniobra no convenció a Frederico, quizá la única persona en toda la plaza cansada del enredo revolucionario.

—Me voy a dar una vuelta —anunció.

—Te acompaño —dijo Raposo—. Necesito estirar las piernas, los chicharritos me han dado acidez.

Junto al mirador de São Pedro de Alcântara, un hombre vendía botellas de Tuborg desde la parte trasera de una furgoneta aparcada en doble fila. Raposo pensó que la cerveza tibia haría las veces de un agua con gas.

—Quédese el cambio, jefe.

Cargó la caja de cervezas al hombro y las repartió entre los soldados que patrullaban el mirador. Asomado a la barandilla, Frederico advirtió que la fragata había desaparecido. En un banco cercano, una radio a pilas emitía un bolero y una pareja de ancianos bailaba. Ella llevaba un clavel rojo en la oreja. Él se había puesto la ropa de domingo para recibir la libertad. Los soldados le reían las ocurrencias a Raposo, hablaban en voz alta y brindaban con las Tuborg. El agua manaba de la fuente, las golondrinas habían vuelto del norte de África y las jacarandas no tardarían en florecer. Pese a ser la misma de siempre, la primavera se las arreglaba para resultar novedosa. Frederico contempló las casas apiñadas en la ladera del castillo y, a lo lejos, alguien abrió una ventana y el sol refulgió sobre el cristal como si Dios le guiñara el ojo a quien quisiera verlo. Entonces, la sinceridad que se había adueñado de Juca y Raposo horas antes, en una buhardilla de la Rua Arsenal, brotó en Frederico con el ardor de una experiencia religiosa. Su narrador interno se despojó de toda egolatría y empezó a rezar:

(Señor Dios, sé que rara vez hablamos, y que cuando acudo a ti es casi siempre para pedirte algo tonto y egoísta, como

aquella vez que te pedí unos patines que nunca llegué a usar, o cuando el chico que me conseguía hierba desapareció y te pedí que lo obligaras a entregarme el material que le había pagado. Sé que no soy un ejemplo para nadie, que miento y que siempre ando tramando algo. Además, soy débil y no voy a hacerte promesas que luego no cumpliré. Pero sé acatar un castigo, si lo merezco. No me importa que mi madre me dé para el pelo por las revistas pornográficas, y tampoco me importa llegar a casa sin el Mercedes de Diogo. Pero ponte de parte de los revolucionarios. Te juro que no te lo pido por mí, aunque me vendría de perlas no tener que ir a la guerra. Lo hago por los chicos que están luchando ahora en África, por los soldados que lo han arriesgado todo uniéndose al movimiento, por todos los jóvenes con estudios, más trabajadores y generosos que yo, como João Guilherme o mi mejor amigo, Juca. Muchas gracias por escucharme, amén.)

Se notó el cuerpo ligero y la mente despejada, como sucedía tras llorar o masturbarse. A lo mejor tendría que rezar más a menudo. Debía de ser esa armonía la que llevaba a su hermana Pureza a comulgar en misa y escribir aerogramas como madrina de guerra, o la que había permitido a Maria Luísa soportar la cárcel en nombre de la lucha por un país sin tiranía. Cabía la posibilidad de que Dios ya hubiese atendido sus plegarias, porque Frederico se sentía un hombre mejor. Abrió los ojos para comprobar como esas buenas intenciones afinaban su percepción de la realidad y...

(¡Hijos de la gran puta!)

En lo alto de la calle São Pedro de Alcântara, los gemelos salían de una casa palaciega. Se detuvieron frente a la verja de hierro, mirando alrededor con las piernas separadas, la barbilla erguida: un par de rompecorazones midiendo a las mujeres en la pista de baile después de detener a sus novios por traición a los ideales comunistas.

Frederico echó a andar por la acera a grandes zancadas.

(No dejes que abran la boca, pasa directamente a la violencia.)

Una oleada de adrenalina le llenó el pecho, pero, en vez de catapultarlo hacia la agresión, lo apartó de la zona de conflicto.

(Ahora no me seas gallina, me cago en todo. Dales con ganas. Muévete.)

Dos pasos más tarde, estaba empapado en sudor. Al ver el Mercedes aparcado, y a Violeta en el asiento trasero, empezaron las palpitaciones y la opresión en el pecho.

(¿Vas a marearte ahora, en serio? Échale huevos, joder.)

El pánico lo dejó clavado en el suelo como un pasmarote.

(Por lo menos escóndete detrás de un árbol, no dejes que ella te vea en semejante estado.)

Se inclinó hacia delante, vio una paloma aplastada en el asfalto y, antes de perder el conocimiento, alcanzó a oír:

(¿Cómo esperas perder la virginidad?)

Se despertó tumbado en la acera, con la cabeza apoyada en el regazo de Violeta. Cuando la miró desde abajo, tuvo la impresión de que levitaba envuelta en un halo luminoso, como una versión pagana de las apariciones marianas. Aunque la confusión provocada por su desvanecimiento permitiera a Frederico creer en el misticismo de ese reencuentro, no había duda de que era la belleza de la carne, no el candor del alma, lo que había acelerado su resurrección. Con un pañuelo de algodón, Violeta le secó el sudor de la frente y el pecho. Sonrió al verlo abrir los ojos, y él se sintió todavía más rehén de la sensualidad de esos labios. Cualquier enfermera de un hospital de campaña confirmaría la cantidad de hombres heridos que confunden cuidados médicos y sentimientos románticos. Frederico no necesitó la guerra para creer que el amor femenino lo salvaría de sí mismo. En esa conciencia recién recobrada, necesitada de sueño e hipersensible por culpa del LSD, sus cinco sentidos empezaron a funcionar antes que la sensatez.

—¿Quieres ser mi novia?

En la imaginación de Frederico (había ensayado esa escena decenas de veces para sus adentros), la trompeta de Miles Davis tocaría «I Loves You, Porgy», el sol iluminaría las cortinas blancas mecidas por la brisa y, presa de la emoción, Violeta se quedaría sin palabras antes de contestar que sí varias veces seguidas.

—Ay, pobrecillo... —dijo ella, apartándole de la frente un mechón de pelo empapado—. Verás, eso de ser novios es propio de reaccionarios. —El tono de hermana mayor, condescendiente con el niño febril, habría arrasado la virilidad del minotauro de Creta. Sin embargo, esclavo del deseo sexual, Frederico tenía una fe ciega en ese amor. La mínima retribución de la otra parte demostraba que era real. Allí estaba Violeta, sosteniéndolo en su debilidad, descubriéndole los defectos de las relaciones de la clase opresora. ¿Cómo podía Frederico, un joven del siglo XX, perpetuar tan arcaicas convenciones después de los *swinging sixties*, el verano del amor y la liberación sexual de mayo del 68? La revolución llegaba tarde a Portugal, como todo lo demás, pero él no se quedaría al margen de la marcha del amor libre. Había oído decir incluso que Mao Tse-Tung no solo era el gran líder de la nación china, sino que también comandaba un batallón de concubinas.

—¿Y qué tal si somos amantes? —rectificó él.

Violeta lo besó, un beso sin ayer ni mañana. En el vacío de esa respuesta, se abría un abismo en el que cabía todo lo que Frederico quería que ella fuese. El beso se vio abreviado por el guirigay que estalló junto al Mercedes. Los gemelos impedían a Raposo acceder al interior del coche.

—Que me des la llave —les dijo este—, o te parto la cara.

—Este vehículo imperialista queda confiscado por el Movimiento Reorganizativo del Partido del Proletariado para contribuir al esfuerzo de la revolución —anunció Jesús María. O quizá fuera Cristo María. Idénticos en atuendo e imbecilidad, resultaba imposible distinguirlos.

Una criada con uniforme franqueó la verja de la casa palaciega cargando una cesta de pícnic y se dirigió a los dos hermanos:

—Señoritos, su madre me ha pedido que les prepare algo de merienda.

Raposo se metió de cabeza por la ventanilla abierta del Mercedes: el torso dentro, las piernas fuera, la llave de contacto a su alcance. Los gemelos tiraron de él y Raposo pataleó al tiempo que gritaba:

—¡Policía, policía!

Los soldados de las Tuborg rodearon el vehículo y apartaron a los dos hermanos.

—¿A quién pertenece este coche, si puede saberse? —preguntó uno de los militares.

—A mi cuñado —informó Frederico, que se levantó, mareado y sin gota de sangre en las mejillas. Intentó no perder el equilibrio, sin entender a qué venía el tumulto que había estallado en la calle y los balcones adyacentes.

Desde el mirador, uno de los soldados dijo:

—Mi sargento. —Llevaba un transistor pegado al oído—. Acaban de anunciar por la radio la caída oficial del Gobierno.

Soldados y civiles se abrazaron entre risas, llantos, chillidos, bocinazos, la inefable emoción que traía consigo el fin de cuarenta y ocho años de dictadura. ¿Cómo explicar algo tan singular? Frederico no podría. La primera vez que abrió la boca en libertad, en vez de palabras le salió un chorro de vómito.

—¿Qué cojones es esto? —protestó el sargento, con las botas cubiertas por una pasta rosada.

Raposo ni siquiera necesitó mirar.

—Eso, sargento, son chicharritos con arroz de tomate.

Por Violeta, Frederico bajó hacia Restauradores y no presenció la salida de Marcello Caetano del cuartel del Carmo tras la rendición, en un blindado de los insurgentes, ni imaginó la cara del dictador mientras en la calle resonaban los gritos de «¡victoria!» en la voz de miles de portugueses.

Por Violeta, Frederico se separó de Raposo y se unió a la manifestación del MRPP, donde descubrió que sus partidarios eran más macarras y temerarios de lo que hacía sospechar la pareja de gemelos. La revolución aún estaba dando sus primeros pasos y el MRPP ya quería prenderle fuego.

Por Violeta, Frederico se enteró de lo que significaba la consigna que los militantes coreaban y que ya habían pintado en un muro:

Ni Spínola ni Cunhal, independencia nacional

Cunhal, seguidor de la línea soviética, representaba para ellos la traición a los ideales marxistas-leninistas. Spínola, al que Marcello Caetano acababa de confiar el poder, negándose a entregarlo al capitán Salgueiro Maia, estaba demasiado ligado al régimen para ir más allá del falso reformismo de la primavera marcelista.

—Spínola estuvo en la División Azul, luchando con los nazis, durante el sitio de Leningrado. Hay fotos que lo demuestran —le explicó Violeta—. Ya lo decía Lampedusa: para que todo siga igual, es necesario que todo cambie.

Por Violeta, Frederico supo que, horas antes, los agentes de la PIDE habían abierto fuego contra los civiles que rodeaban la sede de la policía, y que más tarde fueron a buscarlos al hospital para encerrarlos en los calabozos del Gobierno Civil.

Subiendo por Chiado, entre la multitud que se había sumado a los militantes del MRPP, Frederico señaló lo irónico del asunto:

—Hay que tener muy mala pata para que te pillen justamente hoy. Marcello acaba de entregar las llaves del palacio y esos desgraciados siguen en manos de la PIDE.

—¿Te parece gracioso? —le preguntó Violeta.

—Algo de gracia sí tiene —repuso Frederico.

—¿Y si fueras tú?

—Pero no lo soy.

—Exacto. ¿Qué has hecho tú por la libertad?

—Aquí estoy, ¿no?

—Ya veremos hasta cuándo.

Violeta apretó el paso y Frederico se quedó atrás. Cientos de personas marchaban al compás, coreando «¡Muerte a la PIDE!», manteniendo viva la tradición de la justicia popular que había hecho caer la Bastilla y que, ante la inacción de los militares sublevados, atacaría el bastión más detestado del régimen, donde tantos portugueses, incluida la hermana mayor de Frederico, habían sufrido torturas. Al doblar la calle António Maria Cardoso, Frederico se encontró con João Guilherme, que le dio un abrazo y le dijo:

—El día de hoy pasará a la historia, compañero.

Si estaba en lo cierto, la sonrisa del joven azoriano en ese instante, puro y radiante, debería formar parte de la colección del futuro Museo de la Felicidad Revolucionaria.

—El día de hoy pasará a la historia —repitió Frederico, consciente de que la palabra «hoy» no enmendaba el desbarajuste temporal provocado por el LSD y una noche en vela—. Por cierto, ¿qué día es?

—25 de abril de 1974 —contestó João Guilherme, ampliando su sonrisa victoriosa segundos antes de que un inspector de la PIDE lo matara de un tiro en la cabeza.

El día dobló la curvatura de la tierra a miles de kilómetros por hora, ajeno a los conceptos de noche y vigilia, sin la menor noción de la dicha o la pena que un nuevo amanecer traería a esa especie de seres vivos, entre los miles de especies del planeta, que había inventado las vacunas, el tocadiscos, la ametralladora, y para la que un nuevo día podía suponer el horror o el don de la vida, la servidumbre o la libertad.

La mañana en que la bomba atómica arrasó Hiroshima, en otros lugares de Japón hubo quien ganó la lotería, recogió flores o escuchó un «te quiero».

En Sintra, la luz del sol bañó el cielo y la montaña, se coló entre las copas de los árboles, iluminando por igual, sin favoritismos ni prejuicios, las primeras páginas de los diarios en el asiento del copiloto del Mercedes.

24 de abril, en tinta negra: «En Sudáfrica, dieciocho millones de negros y mestizos no podrán votar en las elecciones de hoy».

25 de abril, en tinta roja: «El Movimiento de las Fuerzas Armadas continuará con su acción liberadora».

El vigésimo sexto día del mes de abril, la madre de João Guilherme recibiría la noticia de la muerte de su hijo y Antónia sabría que el suyo estaba vivo.

El alba sorprendió a Frederico en el interior del Mercedes, después de haber despertado a millones de personas en Oceanía, Asia, Oriente Próximo y Europa Central y antes de seguir hacia las Américas sin mirar atrás. En el bosque, cerca del Hotel Storm's, Frederico oyó el canto de los pájaros con el que se había despertado desde que tenía uso de razón y, pese a que todo seguía igual, todo había cambiado. Abrió los ojos, reclinado en el asiento del conductor, y en un primer instante no comprendió por qué había pasado la noche en el Mercedes si estaba a escasos metros de su casa. Tenía la misma sensación que la mañana siguiente de su primer beso en los labios, cuando se dio cuenta de que algo profundamente transformador e inolvidable para alguien podía ser indetectable para todos los demás. Lo que le pasaba a él no le pasaba a nadie más.

Esa no era la mañana siguiente de su primer beso.

Apoyó las manos sobre el volante. Al ver una mota de sangre seca bajo la uña del pulgar, empezó a entender por qué había dormido en el coche: las ráfagas de fusil, el cuerpo de João Guilherme golpeando el asfalto con el ruido sordo de una pieza de caza al caer en la parte trasera de una furgoneta, el tropel de la multitud a la carrera, buscando refugio en los portales de los edificios cercanos, los heridos entrando en las ambulancias, un hombre corpulento, inconsciente, al que él había ayudado a arrastrar tirando de su gabardina, dejando una estela de sangre en la acera. Luego vino el contraataque de los civiles, con la caza a los pides, la persecución por las calles de Chiado, los gritos acusadores, un fugitivo acorralado a puñetazos y patadas, jurando que era un civil, Violeta tirándole del pelo, alguien berreando «¡cerdo fascista, ahora eres tú el que acabará entre rejas!».

Frederico no sabía cuánto tiempo había durado su estupor. En la calle, el día en que todo cambió, en vez de reaccionar, se había sentido maniatado por la cobardía y el asco, tan incapaz de marcharse como de participar en las agresiones. En algún momento, Violeta lo llevó al piso de Lapa y lo despertó con el chorro de la ducha y besos en la boca. Se fueron al dormitorio, desnudos, mojados, ella de pie, con la espalda contra la pared, la garganta a merced de la mano derecha de Frederico, el pelo enredado en su mano izquierda. Le lamió la boca, la mordió, la violencia del deseo contra la violencia de la muerte. Para un chico virgen, el gran misterio estaba a punto de ser revelado. Todas las horas que había pasado imaginándolo no eran sino un pobre simulacro de la verdad. Frederico y Violeta follaron como animales, reducidos al más elemental acto físico; follaron como quien respira, follaron para detener la juventud y el tiempo, follaron para negar la decadencia y la muerte, follaron contra todo y contra todos.

Los ascetas llevaban milenios buscando la trascendencia cuando, a fin de cuentas, la liberación del mundo material estaba en el cuerpo. La belleza de Violeta ya no tenía nada que ver con las estrellas de cine, la armonía de sus rasgos o lo que Frederico había aprendido en los libros y películas. Su magnetismo provenía de la animalidad de sus gemidos y la cadencia de sus caderas, la tirantez de los tendones, las venas copiosas, la impudicia con que lamía la saliva y el sudor de Frederico, uniendo dolor y placer en el filo de una navaja incandescente.

—Hasta el fondo —le dijo ella, como si quisiera tragarlo entero, y le succionó la boca como subrayando la petición—. Fóllame, hasta el fondo.

Tumbada de espaldas sobre la cama de sábanas blancas, lo ciñó con los muslos, entrelazando los pies, atrayéndolo.

—Córrete dentro de mí.

La petición, casi una súplica, y la carga erótica de sus palabras, el vertiginoso peligro de crear una nueva vida, todo ello desembocó en la pérdida de control por parte de Frederico, amo y siervo a un tiempo.

—Todo dentro de mí. Córrete, córrete, córrete.

Oh, el abandono, la cuenta atrás para el lanzamiento atómico, el galope de los nervios y los músculos a todo gas, el néctar de las excreciones y secreciones, la respiración acelerada, el ardor de la sangre, el superpoder de la erección, la mayor erección que había tenido nunca, oh, qué magnífico el cuerpo en su desempeño más cabal, qué fabulosa la unión de los cuerpos, oh, qué deslumbrante…

—¡Aaaarghhh!… —gimió Frederico al correrse.

Oh, qué breve.

Bajo la sonrisa bobalicona de Frederico, Violeta se deslizó hacia el otro hemisferio de la cama, se puso boca abajo y, con el culo un poco en pompa y una mano entre las piernas, retomó el ascenso que él no había sabido culminar. El pecho jadeante de Frederico se fue serenando, tenía los ojos cerrados, la cabeza apoyada en la almohada. Aturdido, sudoroso, disfrutaba del apogeo de su existencia, el comienzo de una nueva era y, desconocedor de los peligros que entrañaba la perfección posorgásmica, quiso saber:

—¿Has disfrutado?

Violeta no contestó, pero su rostro, pegado a la sábana, exhibía la concentración de las actividades que no requieren compañía.

—Dímelo.

—Calla —ordenó ella, sin parar de tocarse.

La burbuja del éxtasis estalló sin que tuviera cabida la ternura de las charlas poscoitales. Toda fantasía de futuro de los amantes quedó hecha añicos. El solitario orgasmo de Violeta devolvió a Frederico el desamparo que había sentido tras los disparos de los pides en Chiado. Allí estaba de nuevo, inmóvil, sin saber qué hacer, sin la menor utilidad.

Como si acompañara a un invitado hasta la puerta, ella le había dicho después de correrse:

—Ah, y no te preocupes, estoy tomando la píldora.

Luego se tapó con la sábana, buscando la mejor postura para dormir.

Un embarazo habría sido calamitoso, Frederico no quería ser padre a los dieciocho años. Sin embargo, el desinterés de Violeta por sus espermatozoides exponía la gran injusticia de su vida: el mismo día que perdió la virginidad, Frederico vio cómo asesinaban a un chico. El sexo no era, al fin y al cabo, un antídoto contra la muerte. Los hijos de puta de los pides le habían amargado un glorioso hito.

Se vistió y se fue sin despedirse de Violeta. Muchas otras noches, en el trayecto en coche hasta Sintra, Frederico había saboreado la satisfacción del deber cumplido. Encendía la radio, fumaba con la ventanilla bajada y, en la soledad de la carretera, se imaginaba un espía que regresara a la tranquilidad del pueblo donde nadie conocía su identidad secreta. De ese modo, la banalidad de lo que lo esperaba se volvía más soportable. A diferencia de los adultos, inmersos en las minucias de la rutina, Frederico conocía la esencia de la vida.

La mañana del 26 de abril de 1974, mientras millones de portugueses celebraban la libertad, Frederico se miró las manos apoyadas en el volante del Mercedes y, al ver esa mota de sangre reseca bajo la uña del pulgar, supo que también conocía la esencia de la muerte. Había dormido en el coche porque toda la banalidad que lo esperaba en casa se había vuelto insoportable.

Alguien dio unos golpecitos en la ventanilla. Era Nádia, su sobrina. Frederico se inclinó por encima del asiento contiguo para abrirle la puerta.

—Buenos días. ¿Quieres subir?

—No —contestó ella—. Quiero que me des cien escudos.

—¿Por qué?

—Porque si no lo haces, le digo a todo el mundo dónde escondes tus revistas guarras.

Entre las tribulaciones de las últimas cuarenta y ocho horas, el chantaje de una niña resultaba más cómico que alarmante. Frederico abrió el monedero.

—Tengo un billete de cincuenta. Luego te pago el resto.

Nádia le arrancó el dinero de las manos y Frederico se apeó del Mercedes, aliviado. Al fin y al cabo, había sido su sobrina, y no su madre, quien había descubierto su faceta pornógrafa.

Al verlo entrar en casa, Antónia le rodeó la cara con ambas manos, convirtiendo algo obvio en la mayor de las alegrías:

—Estás vivo.

Lo repitió una y otra vez, «estás vivo», para erradicar el miedo que la había atormentado durante las horas de una revolución en la que no había tenido noticias suyas. Agradecida y emocionada, repetía «estás vivo» como si lo diera a luz por segunda vez. «Estás vivo», las palabras que la madre de João Guilherme no volvería a decirle a su hijo. «Estás vivo», siguió escuchando Frederico cuando cerró la puerta de su habitación, bajó la aguja sobre un disco de Miles Davis y, al son de la trompeta, abrió la ventana a la abundancia de la sierra.

Prendió una cerilla. «Estás vivo», dijo en un susurro, notando el olor del sexo de Violeta en los dedos que ceñían el filtro del cigarrillo. «Estás vivo», dijo, elevando la voz, y, al oír toda la vida en su propia voz, supo que tendría que hacer algo con ella.

3

¿Quién ríe el último?

Desistí de Portugal en una noche de dictadura. Regreso en una mañana revolucionaria, diecisiete años después. Soy hijo de un piloto de la RAF que se despeñó en la sierra de Sintra, alcanzado por un caza alemán sobre el Atlántico, y que se enamoró de la mujer que lo auxilió. Sin una gran guerra, yo no habría nacido. Mi padre era el primero en reírse de la ironía: se alistó para luchar contra los nazis y, por amor, se quedó a vivir en un Estado totalitario.

«Te falta un tornillo en el corazón», le decía mi madre cuando lo acusaba de ser demasiado romántico, sin sospechar que sería un fallo cardíaco lo que acabaría con él. De haber estado vivo en su propio funeral, la referencia de mi madre a su corazón defectuoso también habría sido motivo de chanza. Mi padre creía que el humor era una manera de afrontar el dolor.

«El humor es una forma de llegar a la verdad, y la verdad libera», decía.

Después de unos días en Lisboa, visito la tumba de mi padre —estaba en Vietnam, haciendo un reportaje, cuando murió—, porque siento que ya he reunido suficiente material sobre esta revolución para arrancarle una carcajada. Le hablo del civismo del vehículo militar que, pese a participar en una misión para deponer al Gobierno, se detuvo en un semáforo en rojo en la madrugada sin tráfico de Lisboa. Le recuerdo el hábito portugués de aparcar en todas partes y le cuento que la aglomeración de coches en la calle de una discoteca de moda obligó a una columna militar a desviarse de su ruta e hizo que se perdiera, por lo que llegó tarde al aeropuerto, tomado por un insurgente solitario que, al no poder seguir esperando a los refuerzos, recurrió a la pistola y la mentira: «Que nadie se mueva, el aeropuerto está completamente rodeado».

Comparto con él el rumor del ministro que se lo hizo encima mientras lo llevaban en un vehículo militar que se abrió paso entre la multitud y le cuento que, la mañana del golpe, un brigadier del régimen al que habían dado plenos poderes para aniquilar a las fuerzas sublevadas contestó a sus superiores por radio: «¿Qué plenos poderes, si no tengo hombres? Se pasan todos al otro bando».

Por suerte, como dice una célebre canción portuguesa, «en la pobre comodidad de mi hogar abunda el cariño». De ahí que la escalofriante escasez de munición de los libertadores se viera compensada por el afecto de la población y la ausencia de combates en las calles.

Los diarios de todo el mundo celebran los claveles en los fusiles de los soldados y el bajo número de víctimas —cuatro civiles, un policía de la dictadura— para subrayar la naturaleza pacífica y melancólica de los portugueses. A siete palmos bajo tierra, imagino a mi padre soltando alguna ocurrencia sobre el pacifismo melancólico de la Inquisición, el tráfico de esclavos y la PIDE. *Siempre reconoció la capacidad de insurrección del humor. No solo el humor desdeñoso de los británicos, sino también el tragicómico de los portugueses, que a veces ni siquiera se dan cuenta del talento que tienen para la comedia.*

El día que pegué a un compañero de pupitre porque se había burlado de mi corte de pelo, mi padre me sentó en el sofá y me dijo: «Alguien sin sentido del ridículo, que no aguanta una broma, es alguien que se dejará persuadir fácilmente por la intolerancia».

Mi padre, que aborrecía el Estado Novo y amaba Portugal, no estuvo presente para ver el fin de la dictadura y la promesa de una democracia. Si siguiera vivo, sé que prestaría atención a todos esos que ahora cabalgan la revolución sin sentido del ridículo.

Por eso estoy aquí, papá, junto a tu tumba, relatándote las frases que florecen estos días en los muros de Lisboa: «Abajo los tejados, la lluvia es del pueblo», o «Muertos de las fosas comunes, ocupad los sepulcros familiares». Diecisiete años después de la sombría noche de mi partida, regreso a esta tierra para volver a oír tu carcajada.

Lisboa, 29 de abril de 1974
Escrito por Ricardo Walker
Traducción de Frederico Storm

—Ya casi está —dijo Ricardo, haciendo la última enmienda a la cuarta versión de la crónica traducida—. Vuelve a pasarla a limpio —añadió, tendiendo a Frederico la hoja mecanografiada y el bolígrafo.

Por la ventanilla del coche, vio el Boeing 727 de Air France descendiendo sobre la pista.

—Debe de ser él. —Su voz ronca se fundía con el rugido de los motores del avión. Abrió la puerta del copiloto—. Vamos.

Se apeó del coche. En el aparcamiento del aeropuerto había miles de personas y, por todas partes, el rojo y el verde del estandarte nacional, de los uniformes militares, de las banderas del Partido Comunista.

—Hay algo que no entiendo —dijo Frederico, intentando no quedarse atrás. Ricardo andaba, fumaba y hablaba con la premura de alguien que siempre llegara tarde para cumplir su lista de obligaciones—: ¿Qué tiene que ver tu padre con la revolución? ¿Y todo eso de la risa? Están pasando mil cosas importantes en este país, y el texto no habla de ninguna de ellas.

Sin aminorar la marcha, Ricardo se sacó un cigarrillo moribundo de la boca y lo usó para encender otro.

—Para todo eso ya están las agencias de noticias. —Inhaló el humo, miró por encima del hombro como si midiera los metros de ventaja que le llevaba a Frederico—. Lo que has traducido se llama, en la jerga del oficio, una historia personal de interés humano. Los diarios de lengua inglesa me pagan para escribir como Ricardo Walker, con los ojos, los sentimientos y las conclusiones de Ricardo Walker. Los lectores buscan mi experiencia, mi perspectiva. Pero también los hay que me consideran un cretino.

Soltó una risotada. Su tono desmantelaba toda presunción, floritura y pérdida de tiempo. En su caso, no siempre resultaba fácil distinguir entre sarcasmo y sinceridad. Tan pronto se maravillaba con el vuelo de las golondrinas como perdía la compostura —«¡Menudo imbécil me has salido, *mister* Walker!»— por un error de puntuación en una de sus crónicas.

Antes de entrar en el aeropuerto, se detuvo unos instantes a observar la multitud y los vehículos militares.

—El periodismo es una forma de ver y relatar, no se reduce a exponer los hechos con corrección gramatical. Hay hueco para desaprensivos como yo, aficionados a contar lo que se les escapa a los demás. No soy el único, ni soy especial. Es tan solo la estrategia de quienes no descuidan la verdad y cuentan historias con *pathos*.

Ricardo entró en el edificio.

—¿Patos? —preguntó Frederico.

—*Pathos*, del griego, con te hache. —Ricardo bajó su centro de gravedad, alargó las manos como si fueran alas e imitó el paso oscilante de un ánade—. No patos de los que hacen cuacuá. —Se detuvo frente al panel de llegadas—. *Pathos*, eso que sientes cuando escuchas una música o miras un cuadro. El arrebato emocional o racional que te saca de la monotonía. La lujuria vital. Tienes que escribir con los huevos, el corazón y la cabeza para que te lean con los huevos, el corazón y la cabeza.

Los últimos tres días, que habían pasados juntos, estaban llenos a rebosar de anécdotas sobre los años de periodismo de Ricardo y el desgobierno de la revolución, horas y horas de palabras, viajes, encuentros, entrevistas. No bien oyó la noticia del golpe militar, Ricardo cogió un avión que lo llevó de Londres a Lisboa y, puesto que no sabía conducir, hubo de buscarse un chófer. Su padre, Thomas Walker, había trabajado en el Hotel Storm's y su madre aún quedaba para tomar el té con Antónia de tarde en tarde.

Frederico fue contratado para conducir el Mini Morris que Ricardo había heredado de su padre y puso también al servicio del nuevo jefe sus conocimientos en el arte de buscarse la vida y persuadir a los demás. A través de un amigo suyo, hijo de un capitán, consiguió como por arte de magia una visita al cuartel general del MFA y se agenció una botella de Glenfiddich de doce años, el whisky preferido de Ricardo. Lo llevó a una manifestación obrera en la margen sur del Tajo, a una entrevista con un preso político recién liberado de la cárcel de Caxias y a la estación de Santa Apolónia para recibir a Mário Soares, líder del Partido Socialista, que regresaba a Portugal tras años de exilio en Francia. Fuera del horario de trabajo, aún tuvo tiempo de acompañarlo a una tertulia en casa de Natália Correia. Fue la escritora quien sugirió a Ricardo que tradujera al portugués las crónicas sobre la revolución que publicaba en diarios de lengua inglesa. Ella se encargaría de que salieran publicadas en un diario de tirada nacional. Sostenía que una mirada extranjera, que en parte era también autóctona, proporcionaría el necesario «punto inmóvil del mundo que gira».

Frederico no pilló la referencia literaria, pero la cita hizo que Ricardo Walker hablara en su lengua paterna:

—*At the still point of the turning world. Where past and future are gathered.*

Con su talento para los negocios, Frederico se había ofrecido para traducir las crónicas valiéndose de su inglés del instituto, los discos y las revistas musicales extranjeras.

Ricardo y Frederico nunca habían visto a Álvaro Cunhal, pero en el interior del aeropuerto, entre sus partidarios, los soldados y los periodistas, no les costó identificar al legendario líder comunista a su llegada a Portugal, tras catorce años en Moscú y París. Cunhal se vio envuelto por la multitud, Mário Soares lo abrazó, una hidra de manos quería tocarlo. Entre empujones y codazos, Frederico espió las notas en inglés del bloc de Ricardo. *Cejas negras pelo blanco traje corbata y gabardina / controla la apariencia y emociones / dureza que ha soportado tortura cárcel & Moscú / ¿director de escuela que encandila viudas o alto cargo funcionarial con viejos rencores?*

Un periodista le preguntó qué sentía, a lo que Cunhal contestó:

—Confianza. Confianza en que el pueblo, aliado con los militares del 25 de abril, guiará nuestro país por la senda de la libertad, la democracia y la paz.

Aplausos, vítores. A su espalda había un soldado joven de mirada distraída, con un cigarrillo entre los labios y la expresión ingenua que representaba la unión del pueblo y los militares.

De vuelta en el aparcamiento, Ricardo tomó unos apuntes sobre los cientos de comunistas que, días antes, vivían en la clandestinidad o en las cárceles del régimen y que ahora coreaban «¡PCP!» en libertad.

Álvaro Cunhal se subió a un blindado del ejército, agitando los brazos en señal de victoria. Se dirigió a la multitud. Con una sonrisa pícara, Ricardo escribió y subrayó:

Estación Finlandia.

—¿Qué pasa? —preguntó Frederico.

—Fue por este motivo —Ricardo dio unos golpecitos con el bolígrafo en el bloc de notas, y luego lo usó para señalar a

Cunhal— por lo que escribí sobre la importancia de la risa en momentos así. Cuando Lenin volvió a Rusia, tras años de exilio, salió de la estación de tren y se dirigió al pueblo subido a un vehículo militar. Cunhal lo sabe de sobra. Las revoluciones suelen ser ricas en gestos grandiosos y simbólicos. Sin embargo, por muy bienintencionadas que sean, al final siempre hay alguien que acaba malparado. Habrá mucha propaganda, mucha manipulación. Y la risa es una forma indispensable de cuestionamiento, ¿entiendes?

Ricardo se volvió y comprendió que había estado hablando solo. Yendo a contracorriente, Frederico intentaba atravesar la masa compacta del pueblo unido, alejándose de las palabras del líder comunista encaramado al tanque, poniéndose de puntillas para seguir al objeto de su interés. Cuando se abrió un claro en la multitud y, aprovechando una pausa en el discurso, se arriesgó:

—¿Tata?

Maria Luísa tenía el rostro más huesudo, pero la misma mirada desafiante. Ladeó la cabeza como quien busca un detalle en un cuadro de museo. La sonrisa de reconocimiento (la misma de cuando jugaba con su hermano pequeño en Praia Grande) suavizó esa rigidez del semblante que compartía con Cunhal y otros expresidiarios. Dejó la maleta en el suelo y abrazó a Frederico. Pese al abrigo que la cubría hasta los pies, su hermano le notó el cuerpo enjuto, la delgadez musculosa de quien caminaba mucho. La tela del abrigo olía a mañanas glaciales y a pisos repletos de papeles. Su pelo largo había recuperado la negrura que había perdido tras la cárcel, y desprendía la acidez del tinte y el aroma familiar de su hermana. Ese olor llevó a Frederico a apoyar la mejilla en su hombro y a dejar caer el signo de interrogación con que la había llamado. Esta vez no había duda, era ella:

—Tata.

La brigadista

Maria Alegria vuelve de París en el mismo avión que Álvaro Cunhal. Tienen en común el Partido Comunista, la clandestinidad, la cárcel y el exilio. En el aeropuerto, el líder del PCP, subido a un tanque, pronuncia un discurso dirigido al pueblo y los militares, emulando el regreso de Lenin a San Petersburgo. Maria prefiere ignorar la apoteosis de su antiguo ídolo: Cunhal es ahora su adversario político. Tras huir del país en 1971, Maria rompió con el PCP. Ya en Francia, se integró en las Brigadas Revolucionarias (BR), organización armada que ha reivindicado diversos atentados contra la dictadura y que ha dado origen al Partido Revolucionario del Proletariado (PRP).

Desde el aeropuerto, Maria se dirige al cuartel general del PRP/BR, donde participa en reuniones, debate sobre la creación de un periódico y concede su primera entrevista. El inmenso piso tiene escayolas ornamentales y techos altísimos, pero ese escenario burgués está ahora habitado por el tumulto ideológico de los barbudos con ansias de guerrilla. Hay máquinas de escribir martilleando comunicados y una atmósfera irrespirable donde se mezclan el humo de tabaco, la cola de pegar carteles y el ardor revolucionario. El ambiente recuerda la descripción orwelliana de la Barcelona republicana durante los primeros meses de la guerra civil española.

Nuestra charla debe someterse a una negociación previa. Maria Alegria quiere aprobar el texto antes de que lo mande a Londres. Le digo que la libertad que ella tiene, por fin, para hablar en Portugal es la misma que tengo yo para escribir. Pero me comprometo a reproducir ipsis verbis sus respuestas. Por ese motivo, me decanto por el formato de entrevista, en vez de la habitual crónica, sin perjuicio de los comentarios y descripciones que tenga a bien intercalar a lo largo de la misma.

P: ¿Había estado alguna vez en presencia de Álvaro Cunhal?

(Larga pausa, una vacilación, llega a abrir y cerrar la boca antes de contestar.)

R: Nunca.

P: ¿Y qué le diría, si tuviera ocasión de hablar con él?

R: Que no somos revisionistas estalinistas y que no borramos la historia. El PCP *se ha escorado a la derecha y prefiere el electoralismo a la revolución armada. Nosotros somos antiimperialistas y apoyamos todos los movimientos de liberación. Nos inspiramos en las revoluciones comunistas, ya sea en la Unión Soviética o en Corea, pero el modelo portugués respeta nuestras especificidades.*

P: ¿Cuáles son?

R: Una nueva síntesis entre la lucha política y la armada, donde tienen cabida la lucha contra la guerra colonial y la lucha por la revolución socialista.

P: Para alcanzar esos objetivos, ¿tienen de veras intención de entregar las armas al pueblo?

R: No se puede hacer la revolución socialista, ni acabar con el fascismo, el imperialismo y el capitalismo, sin un ejército revolucionario.

P: ¿El fascismo no ha terminado ya?

R: La lucha de clases no ha terminado. La lucha contra la derecha y la burguesía no ha terminado. Hoy, más que nunca, es una lucha a vida o muerte. Hoy, más que nunca, se dan las condiciones para la acción violenta de las masas.

P: ¿Siguen defendiendo las Brigadas Revolucionarias que los movimientos de liberación en África deberían abrir un cuarto frente de guerra en Portugal continental?

R: La guerra no se ha librado solo contra los pueblos de las colonias, sino contra todos los portugueses. Desde hace trece años, los jóvenes van a matar y morir a África. Mientras tanto, los portugueses de a pie se han visto obligados a emigrar para no pasar hambre, los ricos se han hecho más ricos y seguimos siendo un juguete en manos de los países imperialistas. Un cuarto frente de combate en la metrópoli permitiría al pueblo luchar contra sus opresores aquí, tal como los movimientos de liberación luchan en África.

P: ¿Cómo será Portugal si la revolución socialista triunfa?

R: Un Estado en el que el proletariado se asegurará el control de las demás clases, impidiendo la explotación capitalista, en vez de una democracia burguesa, cuya única libertad real es la de explotar a los trabajadores.

P: ¿Una dictadura del proletariado?

R: Sabemos qué representa la palabra dictadura para los portugueses, pero el Estado siempre es una forma de poder de una determinada clase sobre otra. Una dictadura del proletariado será, en el futuro, una democracia del proletariado. Esa es la forma más plena de libertad.

Maria Alegria se negó a contestar a las siguientes preguntas que le planteé:

¿Se ha entrenado a los agentes de las BR según un manual del ejército suizo que enseña técnicas de defensa personal y también a fabricar bombas con materiales domésticos?

¿Se hallaba usted entre los militantes de las BR que recibieron formación militar, financiada por el Gobierno argelino, en campamentos situados en zonas desérticas de África?

¿Ha participado en alguno de los atracos a bancos portugueses llamados «expropiaciones» que han llevado a cabo las BR con el fin de financiarse?

¿Ha participado en algún atentado o acción de sabotaje contra objetivos militares portugueses?

(En uno de los atracos/ expropiaciones de las BR, el segundo que tuvo lugar en la localidad de Alhos Vedros, los diarios portugueses hablaron de «Graça», pseudónimo de la brigadista que se presentó en la sucursal bancaria luciendo minifalda y cuya descripción física tiene varios puntos en común con Maria Alegria, algo que ella niega. Un testigo entrevista-

do por el diario A Capital, *manifestó: «Me ha gustado más este (atraco) que el primero. Esta vez, por lo menos, había una chica guapa, como en las pelis».*

Desde 1971, las BR han colocado artefactos explosivos en una instalación secreta de la OTAN, en la Compañía de Rádio Marconi y en una batería de cañones del ejército. Han destruido quince camiones destinados a la guerra colonial. Han liberado en las calles de Lisboa a dos cerdos disfrazados de almirante Américo Thomaz con el mensaje «presidente al kilómetro» en alusión a la fama de cortacintas del jefe de Estado ahora depuesto. Han robado doscientos mapas militares que mostraban el despliegue de las tropas portuguesas en África y que han entregado a los movimientos de liberación. En otros atentados contra diversos objetivos militares, un general resultó herido en Guinea-Bissau y dos agentes de las BR murieron durante la colocación de una bomba en Lisboa. Un comunicado oficial decía: «Ernesto y Luís son los nombres de guerra de los obreros militantes de las Brigadas Revolucionarias que dieron la vida por la causa de los trabajadores y el pueblo portugués».)

P: ¿Qué opina su familia de su actividad política?

(Segunda pausa larga. Por un fugaz instante, Maria abandona la retórica del partido. Habla con la misma convicción de siempre, pero la emoción constituye una novedad.)

R: La felicidad no es incompatible con el sufrimiento.

El sobre con la dirección del periódico portugués al que Frederico debía enviar el texto de Walker descansaba sobre el escritorio. Leyó y releyó la última frase. Ya la había oído de labios de su hermana, en la sede de las Brigadas. La había mecanografiado en el despacho del hotel. Accionó el pedernal del encendedor y, en el soplo de gas azulado, oyó el canto de las sirenas, la tentación de quemar la hoja, previniendo así, con un pequeño fuego, el incendio que desataría la publicación de esa entrevista. Encendió el cigarrillo y apartó el dedo del pedernal. La llama se extinguió, los dilemas persistieron. ¿Debería sabotear el trabajo de Ricardo Walker y la libertad de expresión recién conquistada, y más ahora, que parecía haber encontrado en el periodismo algo interesante, quizá incluso un oficio al que dedicarse? ¿O acaso tenía la obligación de proteger a su familia del radicalismo de Maria Luísa, sobre todo a su madre, que tanto había sufrido ya, y cuyas mentiras ante los amigos y huéspedes —«Mi hija está estudiando en París»— se interpretarían ahora como el intento de encubrir a una terrorista que, por haber entregado mapas militares a los enemigos, tal vez tuviese alguna responsabilidad en la muerte de soldados portugueses?

Al final de la entrevista, estando los dos a solas en un pasillo con carteles de propaganda en las paredes, Maria Luísa le había preguntado por su hija, a la que había dejado hacía tres años, y Frederico tuvo a bien contarle la verdad:

—Nádia está viviendo en casa de Pureza y Diogo.

—¿Con un facha y una beata? —replicó ella, sonriendo. En la pregunta había una inflexión burlona. Por fin, una pausa en la seriedad de quien creía en el poder de las bombas.

Ahora, en el despacho del hotel, con la crónica en una mano y el encendedor en la otra, Frederico volvió a leer la última frase.

«La felicidad no es incompatible con el sufrimiento.»

Cogió el bolígrafo y tachó una palabra:

«La felicidad ~~no~~ es incompatible con el sufrimiento.»

La ausencia de su hermana siempre había sido una presencia: en la silla vacía a la mesa durante la cena, en la habitación que su madre había conservado durante años, hasta que la convirtió en el cuarto de invitados; en todas las ocasiones en las que alguien había identificado a Frederico no por su nombre, sino como el hermano pequeño de Malu Tormenta.

Un hijo sin padres era un huérfano, pero ¿cómo llamar a lo que Frederico echaba de menos? ¿Qué diccionario de la pérdida traducía la desaparición de una hermana? No era una muerte ni un olvido, acaso un abandono, la esperanza de un regreso, un misterio sin resolver. ¿Cómo conciliar a la hermana cuidadora de su infancia con la diosa de la guerra que se había enfrentado a la PIDE y que los chicos y chicas de su generación recordaban como una mezcla de *femme fatale* y Juana de Arco? No era fácil querer a una mártir, respetarla por su tenacidad y, a la vez, recriminarla por sus convicciones.

Al día siguiente de la revolución, mientras asistía en el telediario a la liberación de los presos políticos de Caxias, Frederico miró a su madre, que estaba sentada a su lado en el sofá, y reconoció en su rostro el sufrimiento de una mujer frente a la tumba de su hijo. En la tele, los maridos abrazaban a sus mujeres, los padres cogían a sus hijos en brazos, recordando a Antónia aquello que había perdido y creía que nunca recuperaría.

Al cabo de unos días, Frederico encontró a Maria Luísa en el aeropuerto y, al decidir revelarle dónde estaba Nádia en vez de ocultarle esa información, había puesto en práctica la frase de su hermana que cerraba la crónica.

La felicidad de Antónia, al ver a Maria Luísa entrar en el hotel tras años de exilio, no era incompatible con el sufrimiento que esa visita desencadenaría en la familia Storm.

—Vengo a por Nádia. Sé qué es lo mejor para mi hija —dijo Maria Luísa, sin darse cuenta de que estaba repitiendo las palabras que le había oído a su madre, tantos años atrás, cuando Antónia la fue a buscar a casa de los abuelos.

Frederico se preguntó si el hecho de enviar la crónica al periódico era una forma de castigar a Maria Luísa o al resto de la familia. Si usaba la verdad, como pregonaba Walker, para consolar a los afligidos y afligir a los complacientes, o si lo único que quería era cobrar el dinero extra que le pagaban por las traducciones.

Antónia siempre le había dicho: «No te metas en política».

Maria Luísa, en la sede de las Brigadas, lo había desafiado:

—Es un buen momento para decidirte a hacer algo que marque la diferencia.

Ricardo Walker lo quería como chófer y traductor de un país en plena revolución.

A João Guilherme lo habían enterrado en las Azores.

Frederico estaba vivo, pero no quería estar allí. Metió la crónica en el sobre y se fue a hacer la maleta.

Cuando llegó a Souto da Serra, a finales de julio de 1974, Frederico Storm quería aparentar la solidez de quienes se despertaban de madrugada para trabajar en el campo, de alguien que pasaba más tiempo callado que hablando. Había viajado por el país durante dos meses y medio, transportando a Ricardo Walker en el Mini Morris. Estaba cansado de dormir en pensiones, de buscar historias para los diarios y de la camaradería alcohólica que cada noche le aseguraba una resaca a la mañana siguiente. Sabía, sin embargo, que no quería volver al Storm's. La invitación de Juca y Filomena para formar parte de las campañas de alfabetización y educación para la salud había sido el pretexto ideal para mantenerse lejos de casa. Sus amigos soñaban con cambiar el mundo, pero él solo quería descansar del sonido de la revolución: desde las emisiones de radio a las conversaciones en familia, desde los gráficos de los diarios a las reuniones en las fábricas, todo emitía el estridente ruido de la política.

A Juca y Filomena los destinaron a Minho, a Frederico lo enviaron a Beira Alta. La idea de un retiro lejos de la ciudad tal vez se inspirase en las películas de kung fu que había visto con Raposo, cintas en las que los héroes se aislaban para prepararse física y espiritualmente de cara al gran combate de su vida. O quizá Frederico creyera de veras que podría apaciguar su naturaleza, volverse sensato, introspectivo, dominar sus pulsiones.

El viaje hasta Souto da Serra fue largo y agotador, en un autocar cuyos asientos quemaban y entre curvas mareantes. Por la ventanilla, el paisaje agreste de rocas y maleza prometía la austeridad que anhelaba Frederico. Las montañas y el cielo tenían la magnitud de aquello que, aparentando no tener principio ni fin, revelaba lo efímero e insignificante de la vida humana.

En la primera reunión con los lugareños, en la escuela primaria donde se habían instalado los estudiantes, Frederico no demostró interés por ninguna de las actividades programadas, de modo que le asignaron la tarea de construir un muro y el afecto de Sónia, una joven pelirroja de muñecas delicadas, estudiante de Románicas y víctima del equívoco amoroso que ve misterio donde solo hay indiferencia.

Sin mirar a Sónia una sola vez, Frederico recibió una maza y una carretilla. Debía recorrer un sendero montañoso y romper las losas de piedra pulidas por el viento y la lluvia que parecían discos voladores. El primer día acabó baldado sin haber conseguido llenar la carretilla. El fracaso y el dolor se lo pusieron fácil para cumplir su voto de silencio. Esa noche comió el potaje de la cena y abandonó el corro estudiantil antes de que la botella de aguardiente cayera en su regazo. Se retiró a su saco de dormir, en el suelo del aula, refugiándose en el sueño, sin oír la música de las guitarras y las voces que cantaban:

En el cielo gris bajo el astro mudo
Batiendo las alas en la noche callada
Vienen en bandadas con pies de velludo
A chupar la sangre fresca de la manada
Se lo comen todo, se lo comen todo
*Se lo comen todo y no dejan nada**

Frederico era el primero en dormirse y en levantarse a la mañana siguiente. Día tras día, fue perfeccionando su destreza en

* Estrofa de «Os Vampiros», tema alegórico compuesto e interpretado por Zeca Afonso en 1962. *(N. de la T.)*

el arte de partir piedras y apilarlas. El trabajo en el campo hacía que las horas perdidas hojeando un diccionario y traduciendo las crónicas de Ricardo Walker se le antojaran ridículas. El choque con la naturaleza era una forma de ascensión. Frederico sintió que accedía a la función original de su cuerpo, descubriendo que los contratiempos —las manos encallecidas, las piernas despellejadas, las picaduras de los insectos, los músculos doloridos— formaban parte de un orden más simple, en el que la materia no se cuestionaba a sí misma, sino que simplemente existía. Los peñascos y las encinas no tenían ideología. El sonido de la maza rompiendo una piedra se propagaba por los riscos sin protestas ni vanidad. Había mañana, tarde y noche. Había despertar, comer y dormir.

Frederico no era indiferente al atraso en el que vivían sumidos los habitantes del pueblo. Tres meses después del 25 de abril, cuando él llegó allí, aún no se habían enterado de la revolución. Le daban agua, patatas y tocino, que él les pagaba con galletas maría y dulce de membrillo que había llevado consigo del hotel. El tío Raimundo, que solo se bañaba cuando había una boda o bautizo, le había enseñado cómo llegar a un arroyo donde hacer sus abluciones. Puede que Frederico fuera tan paternalista como sus compañeros, que asignaban a los aldeanos el exclusivo papel de víctimas del Estado Novo y de la Iglesia católica, pero él no había ido hasta allí para civilizar a nadie. Reconocía la oportunidad de propiciar un cambio a mejor, pero en su trato con los lugareños no mediaba el interés por la creación del hombre nuevo. Había oído a sus compañeros poner el grito en el cielo porque había un cacique que alquilaba arados mecánicos a precios de monopolio. Apoyó la huelga, pero no participó en la protesta. Se mantenía al margen tanto de la bienintencionada campaña de alfabetización como del proselitismo ideológico, una distancia que Sónia acortaba todas las noches, acercándose al saco de dormir de Frederico con la parsimonia de una deriva continental.

El décimo quinto día, el cacique, montado en un caballo negro, recorrió toda la extensión del muro hasta llegar donde estaba Frederico, descamisado. Empuñando la fusta, señaló la geometría de los mampuestos:

—¿Qué pasa, chaval, te han puesto a levantar la gran muralla china?

—Solo es un muro.

—¿Y para qué sirve?

Por toda respuesta, Frederico cogió otra piedra de la carretilla.

—¿Tanto trabajo y no sabes qué estás haciendo?

—Hago lo que me dicen.

—¿Y si te dicen que te tires a un pozo?

—Suena usted como mi madre. —El aire del campo era purificador, pero no le había extirpado la vena bromista. Frederico dejó caer la piedra sobre el muro y se escupió en las palmas de las manos—. ¿Se va a quedar ahí soltando monsergas o quiere echarme una mano?

—Ya me habían advertido de que no eras como los demás rojillos. —El cacique desanudó una bota de cuero que llevaba sujeta a la silla de montar y se la arrojó a Frederico—. No quiero que te mates trabajando sin recibir nada a cambio. Vamos, hombre, bebe, lo que no puede ser es que estés enfadado y encima sobrio.

El cacique se apeó de un salto y, como el muchacho no bebía, recuperó la bota y vertió un chorro de vino en su propia boca.

Se llamaba Teodoro Paino y confesó a Frederico que había persuadido a uno de sus compadres para que encargara a los zagales de Lisboa la construcción de un muro que, en realidad, no tenía utilidad alguna.

—Pido perdón por la bellaquería, pero tómate un trago conmigo y prometo compensarte.

El bucólico edén de Frederico había durado dos semanas. Ahora estaba mancillado por la malicia de los hombres. Pero no sentía despecho porque, en la jugarreta que el cacique había hecho a los educadores de la capital, había más socarronería que ruindad. Frederico cogió la bota de cuero y bebió un trago de vino.

—Cada cual nace para lo que nace —se congratuló Teodoro, conocedor de las quimeras fallidas y las tentaciones de los hombres. La bestia siempre había estado allí, dentro del chico, él se había limitado a abrir la puerta de la jaula—. Te invito a conocer mi casa.

El cacique distaba de ser el latifundista al que los estudiantes demonizaban. En su pequeña finca había una destartalada trilladora y un tractor a la espera de piezas de recambio. En la dehesa había tres caballos y varias vaquillas que se soltarían en las fiestas de agosto, como mandaba la tradición. Teodoro alquilaba las máquinas y daba empleo estacional a un puñado de jornaleros. Era viudo y tenía un hijo estudiando para procurador en Lisboa que se pasaba el verano trabajando en un crucero. Teodoro sacó una navaja del bolsillo del pantalón. Cortó el chorizo y el pan sobre la mesa de la cocina con la misma destreza con que ganaría una pelea de taberna. Era de baja estatura, moreno, se había afeitado a conciencia y llevaba un sombrero de fieltro inclinado sobre los ojos, como se estilaba dos décadas atrás. Se emocionaba al hablar de su caballo favorito, al que había tenido que sacrificar por una pata rota.

—¿Por qué no le pidió a otra persona que lo hiciera por usted? —le preguntó Frederico.

—¿Qué clase de hombre falta al deber de amar hasta el final?

Mientras descorchaba la segunda botella de vino, Teodoro dijo que necesitaba un ayudante.

—No soy un esquirol —se defendió Frederico.

—Ni yo vivo solamente de lo que me da la tierra.

Con los jóvenes del pueblo en la guerra o emigrados en Francia, la principal fuente de sustento de Teodoro andaba falta de brazos fuertes y corazones temerarios.

—¿Para qué diantres crees que tengo caballos? ¿Acaso me ves pinta de torero? —Hijo y nieto de contrabandistas, Teodoro tenía una remesa de café que entregar en España. A la vuelta, cargaría tabaco—. Será visto y no visto. Tus camaradas ni siquiera se darán cuenta de que te has ido. Te pagaré bien y, de propina, te invitaré a un bistec y una coca-cola al otro lado de la raya.

Frederico ya tenía la afición y el talento para el contrabando. En Lisboa había trapicheado con whisky, tabaco, discos, todo lo que le pidieran sus clientes.

—He prometido que no volvería a meterme en líos —se justificó al despedirse, resistiéndose al tumulto de lo ilícito.

—Como te he dicho, chaval, cada cual nace para lo que nace.

Contrariando las certidumbres de Teodoro, Frederico buscó la sombra de un pino resinero en el camino de vuelta y sacó el sobre que llevaba consigo a modo de amuleto desde que Pureza le había escrito. Otros tenían el ayuno y las oraciones para sostener la fe. Frederico releía la carta de su hermana.

Querido y amado hermanito:

Confío en que te encuentres bien ahí arriba. Por lo menos estás lejos de la plaga izquierdista que se ha adueñado de Lisboa y el sur del país. Ahora todo el mundo es comunista. Unos por defecto, otros por conveniencia. Sin ir más lejos, Teles Freitas, salazarista hasta la médula, al que tanto le gustaba fardar de su uniforme de la Legión, va por ahí organizando comités de trabajadores. Un chaquetero, un oportunista. Salen hasta debajo de las piedras.

Perdona que me desahogue. Parezco una portera, cuchicheando detrás de la ventana, y eso que intento resistirme a la vulgaridad que la revolución quiere imponer para acabar con nuestro modo de vida. Ya no hay respeto. A los criados del hotel se les ha metido en la cabeza que mandan más que sus jefes y han empezado a tutear a mamá. De nada sirve tener una hermana revolucionaria que ha salido retratada en el periódico. Al contrario, la entrevista a Maria Luísa no nos ha dado sino disgustos. Mitó Figueiredo puso a mamá a caer de un burro en la peluquería estando el salón lleno hasta los topes. Le dijo que, si hubiese educado a Maria Luísa como ella educó al hijo que perdió en la guerra, quizá estaría haciendo algo por la patria en vez de andar pasando secretos militares a los negros.

Papá aún no se ha hecho a la idea de lo grave que es todo esto. Sigue yendo a cazar, jugando al bridge y bebiendo coñac como si nada. Sospecho que ya no es solo cuestión de temperamento. Antes se ponía los calcetines desparejados y no sabía cuánto costaba un litro de leche, pero te recitaba la lista de los reyes del tirón. Ahora, más que despreocupado y distraído, como siempre lo hemos conocido, lo veo perdido, desmemoriado, en estado de negación. El otro día interrumpió una reunión de los trabajadores del hotel con el sindicato. Necesitaba que alguien le cepillara una chaqueta. Suerte del cariño que le tienen los criados más antiguos.

Tampoco hemos tenido noticias de Nádia desde que Maria Luísa se la llevó. No quisiera darte quebraderos de cabeza, pero la familia es la familia, y a lo mejor logras hablar con ella y averiguar cómo está la niña. No hay más que leer el artículo que tradujiste para saber que eso no es vida para un niño. Pero no te preocupes: mejor saberlo. Y, ahora que ha pasado algún tiempo, mamá reconoce que no lo hiciste con mala intención ni está enfadada contigo. De hecho, me ha pedido que te mande el billete de mil escudos que adjunto.

Me preocupa que estés tan lejos y durante tanto tiempo. Sé que tienes cierta tendencia para meterte en líos, y a ti te lo perdono todo, hermanito querido, pero ya no eres un niño. Tu familia te necesita. Por favor, prométeme que serás bueno y volverás de una pieza.

De tu hermana, que te quiere mucho y te echa de menos,

Pureza Storm

Frederico llegó a la escuela al anochecer y lo recibieron con malas caras. Sabían que había pasado la tarde con Teodoro Paino y lo sometieron a un interrogatorio, lo acusaron, amenazaron con castigarlo expulsándolo del grupo. El inquisidor jefe era un militante del PCP, el mismo que —siguiendo los mandamientos del partido— tergiversaba los hechos en las sesiones informativas que los voluntarios impartían a los aldeanos y prohibía la lectura de determinados diarios, reduciendo el complejo escenario político del país al principio: «A partir de ahora, quien manda es el pueblo».

Envalentonado por el vino que había bebido con Teodoro, Frederico restó importancia a la coacción y, cogiendo su saco de dormir y una botella de aguardiente, anunció:

—Me iré por mi propio pie.

Fue a sentarse en el muro que había levantado para nada, sintiendo lástima de sí mismo y rabia hacia todo lo demás. Atrapado entre el resplandor del firmamento y la oscuridad de la tierra, se creía el hombre más solitario del planeta, aunque no tardó en llegar a la conclusión de que miles de personas estarían sintiendo lo mismo en otros lugares, en ese preciso instante. Hasta en su desesperación era vulgar. Se rio de sí mismo. Todos tenían ideales, misiones, un destino que cumplir. ¿Qué tenía él? Nada de nada. Como para afearle su error a Dios, que había dejado morir al chico equivocado el 25 de abril, Frederico alzó los brazos al cielo y gritó:

—¡Estoy vivo, joder!

Cuando Sónia apareció, ni siquiera le dejó anunciar a qué había venido. La besó, la desnudó, echó el saco de dormir sobre el muro y la sentó encima, dando así una utilidad, por fin, a su obra maestra de la mampostería. El contrabandista estaba en lo cierto. Cada cual había nacido para lo que había nacido. Y Frederico, en el mejor de los casos, había nacido para arrodillarse y, con la cabeza entre los muslos de una mujer, contrariar a la muerte con el sexo.

Detrás de la montaña, el sol se elevó y engalanó al mundo. Pronto, las rocas y los insectos empezarían a crepitar como si los hubiesen arrojado al fuego. Sin embargo, entre el frío de la noche y el tórrido calor de la tarde, había un breve interludio. Entonces los animales salían de sus madrigueras y nidos en busca del rocío depositado sobre las hojas y la mañana poseía la frescura de todo lo que era efímero y no tardaría en pudrirse. Frederico no reparó en nada de todo esto. Su despertar fue un inventario de dolores. La resaca del aguardiente. Una luxación lumbar por haber dormido sobre una losa. Se levantó con la visión borrosa y la lengua reseca. Recordaba a Sónia tumbada, con la cabeza sobre su pecho, los dos mirando los astros en el cielo, ella hablando de las constelaciones, los horóscopos y una famosa anarquista (¿cómo se llamaba?) que había dicho: «Si no puedo bailar, no quiero formar parte de vuestra revolución». Frederico había retenido la frase porque Sónia la había repetido, pero cambiando una palabra: «Si no puedo enamorarme, no quiero formar parte de vuestra revolución».

Temiendo volver a quedarse solo, Frederico la había dejado hablar sobre la compatibilidad de los signos y el perfecto acoplamiento de sus cuerpos como prueba de que estaban hechos el uno para el otro.

Con el rayar del alba, al ver a Sónia durmiendo a su lado, Frederico comprendió la causalidad entre el sexo de los ebrios y el arrepentimiento de los resacosos. Bajó hasta el arroyo y se zambulló en el agua. Salió a la superficie al oír que alguien gritaba su nombre desde la orilla. Era Ricardo Walker, con una maleta en la mano y una máquina de escribir bajo el brazo.

Jesucristo no es comunista

Para llegar a Souto da Serra, recorrí cuatrocientos doce kilómetros y retrocedí cien años en el calendario. En esta pequeña aldea del nordeste de Portugal pegada a España, la revolución no es más que un «ardid de los herejes». Quien lo dice es el padre Hilário, enfundado en su sotana sudada, negra, polvorienta, que convierte los cuarenta grados de este agosto en una prueba de fe. «Si los veis por ahí, sacando fotos a los chiquillos —advierte a los fieles— es porque luego vendrán a arrebatárselos a sus padres.» Mientras guardo la cámara fotográfica en la bolsa, el padre Hilário prosigue la lectura de la circular que ha enviado la diócesis de Oporto. «Cuando esa gente que ha venido de Lisboa os pregunte cómo os llamáis, no contestéis, porque lo hacen para afiliaros al Partido Comunista.»

El párroco se refiere a los jóvenes universitarios que forman parte de las campañas de alfabetización y educación para la salud de la Asociación Nacional de Estudiantes Portugueses. Son más de mil, repartidos por la región norte, donde al parecer se concentra el mayor número de ciudadanos analfabetos, el atraso económico, el conservadurismo oscurantista y la resistencia al progreso.

Con el fin de poner en práctica uno de los preceptos revolucionarios —«Los estudiantes siempre con el pueblo»—, estos jóvenes, junto con varios técnicos sanitarios, ofrecen cuidados, ayudan en las tareas agrícolas y tratan de llevar el alcantarillado y el agua corriente a la zona.

Sónia, alumna de segundo curso de Filosofía y Letras, se levanta al alba para llevar las cabras de doña Josefa a pastar. Al caer la tarde, enseña a leer y escribir a la población local. «La alfabetización es fundamental para que todos participen en la vida democrática», sostiene con la piel quemada por el sol, tan solo un contratiempo más para los forasteros. Tras la primera visita del cura, que se desplaza hasta aquí una vez por semana, varias mujeres de la aldea han empezado a santiguarse cuando se cruzan con Sónia y han prohibido a sus hijos que le dirijan la palabra.

Sónia lo niega: «Doña Josefa no ha dejado de confiarme sus cabras, y la gente sigue acudiendo a las sesiones informativas que organizamos cada noche. Estamos viviendo un momento de cambio mágico, construyendo una nueva sociedad».

Sin embargo, tal vez sea un proyecto demasiado ambicioso para llevarlo a cabo en un solo verano. «Desde que esos demonios han venido de Lisboa, mi hija ni siquiera come, anda enferma, parece otra persona», se queja doña Umbelina, que ha colgado un cuerno detrás de la puerta para conjurar el mal de ojo. En el mejor de los casos, la superstición en Souto da Serra recibe a la pedagogía con talismanes. Pero los hay que la reciben con azadas, bastones y disparos al aire, como ocurrió en una aldea cercana después de que una técnica sanitaria impartiera nociones de higiene menstrual a las muchachas del lugar.

Antes de despedirse, el padre Hilário desmonta las patrañas del enemigo con una pregunta: «Andan por ahí diciendo que Jesucristo era comunista. En tal caso, ¿por qué han puesto una hoz y un martillo en la bandera y no una cruz?». El cura se sube al coche que usa para difundir la palabra del señor del cielo y los señores propietarios de las tierras. Ya en marcha, se cruza con un camión de soldados que llega a Souto da Serra, también ellos en gira doctrinal (estos días, se topa uno con camiones militares en los lugares más insospechados). El cura bendice a la tropa, que lo saluda tal como hacen los parroquianos, quitándose la gorra, porque así les han enseñado desde niños cuando entran en una iglesia o se dirigen a sus superiores.

—¿Llevas aquí un día y te crees que ya lo sabes todo? —le espetó Frederico a Ricardo Walker en una sala de la escuela primaria—. Te advierto que los comunistas no son mejores que el cura—. Arrancó un folio de la máquina y se la tendió a Ricardo Walker—. Escribe que lo controlan todo, que solo nos dejan leer el *Avante!*, que intentaron expulsarme solo porque tomé unos tragos con el dueño del tractor.

—¿El cacique?

—Si ese hombre es un cacique, yo soy Miles Davis.

Tras una temporada en Londres, Ricardo Walker había recibido el encargo de volver a Portugal y cubrir el intento, por parte de la Unión Soviética, de crear un país satélite en Europa Occidental. Esa era la teoría que circulaba en algunas embajadas y medios de comunicación internacionales. Ricardo había aprendido en los libros de historia, y en los reportajes que había realizado en otras latitudes, que las conversiones violentas al comunismo se parecían mucho a las evangelizaciones forzosas del catolicismo. Pero quería ver para creer. Y solo entonces se pondría a escribir. Durante los dos meses que había pasado viajando por el país en compañía de Frederico, nada más estallar la revolución, había comprendido que el sueño de la democracia portuguesa podría desembocar en otra dictadura, ya fuera de izquierdas o derechas. Ese era el conflicto que quería abordar. Por consiguiente, cuando Pureza Storm le dijo dónde estaba Frederico, siguió el rastro de los estudiantes progresistas de la capital en el conservador territorio septentrional del país.

—Pues llévame hasta el cacique que no es cacique —dijo el reportero—. Ayúdame a contar el otro lado de la historia.

Aún no habían apurado la primera botella cuando cerraron el trato. A cambio de ayudarlo a cruzar la frontera con los caballos y la mercancía, Teodoro concedería una entrevista a Ricardo y este prometía no divulgar nombres ni lugares. Frederico recibiría una parte de las ganancias del contrabando y una paga extra del periodista. Ya en España, comieron bistecs y bebieron coca-cola en el restaurante del hombre que le compraba el café a Teodoro y le vendía los cigarrillos.

—Agua sucia del capitalismo —se burló Ricardo, mirando el vaso—. ¿No me lo cambiaría por un tinto de la casa?

A su regreso, Sónia los esperaba en la finca de Teodoro con una advertencia. Los rumores sobre la presencia de agentes americanos que apoyaban a la Iglesia y financiaban la contrarrevolución en el norte de Portugal habían llevado a un militante del PCP a denunciar a Ricardo Walker como agente de la CIA ante los militares que pernoctaban en Souto da Serra. En la escuela primaria, se proponían organizar un tribunal revolucionario para juzgar al cerdo imperialista y a su lacayo Frederico.

Teodoro Paino acarició el cañón de la escopeta que llevaba en la silla de montar.

—Uno tiene que darse cuenta de que ya no es bienvenido.

Al despedirse de Sónia, Frederico comprendió que querer a alguien suponía mucho esfuerzo y que la revolución era un drama. Echaba de menos su casa, sus discos, a su madre.

Cuando entraron de nuevo en España, el caballo de Teodoro encabezaba la marcha sobre la llanura dorada. Aquí y allí, el oasis de la sombra de un olivo. Ricardo y Frederico iban un poco rezagados, uno al lado del otro, en sentido contrario a la puesta de sol. Tenían la boca sucia y los ojos inflamados por la polvareda que levantaban las patas del caballo que los precedía.

—Tienes entre manos una gran historia, deberías empezar a escribir sobre esto —lo animó el periodista—. Yo me encargo de que te la publiquen.

—No creo —contestó Frederico.

—¿Por qué no?

—Porque nunca logro acabar nada de lo que empiezo.

En el centro está la virtud

1

Entre padrenuestro y padrenuestro, Pureza Storm rezaba diez avemarías en el asiento del acompañante. Llevaba el rosario en la mano derecha y con la izquierda defendía el ombligo mientras decía «bendito es el fruto de tu vientre». Nunca esas palabras habían tenido tanto sentido. Carminho, si era niña. Manoel, si era varón, en homenaje al abuelo de su marido. Rezó otro avemaría mientras el Mercedes rasgaba el asfalto, sobresaltando la noche con los cuatro intermitentes de emergencia y el quita-de-en-medio del claxon con el que Frederico, al volante, anunciaba cada adelantamiento. De camino al hospital, el peligro de la velocidad no era nada comparado con los tormentos de un nuevo aborto espontáneo, las hemorragias, el estetoscopio sin dar señal de un segundo latido cardiaco, la reacción de los médicos: una consternación ensayada, la primera vez, y ya sin miramientos, en una sala con fluorescentes, la segunda. «No llores, por lo menos sabes que puedes quedarte embarazada.» El médico le había tocado la rodilla con el dorso de la mano fría. «Vamos, abre las piernas.»

Frederico redujo la marcha en la caja de cambios y pisó el freno.

—¿Qué coño pasa? —El Mercedes se detuvo al final de la hilera de coches inmovilizados—. Perdona, tata.

Sabía que las palabrotas le molestaban. Se bajó del coche, dejando la puerta abierta, y desapareció tras un recodo de la carretera. A solas, Pureza pudo tocar la tela de la ropa interior sin sentirse cohibida. No parecía haber perdido más sangre. «Bendito es el fruto de tu vientre.» Del coche de delante se apeó un hombre con un pitillo entre los labios. Se detuvo en el arcén, se bajó la cremallera del pantalón y se puso a mear. Pureza se apeó del vehículo para cerrar la portezuela del conductor y echar el seguro. Subió la ventanilla de su asiento, pese al calor que se había derramado del final del verano hacia el comienzo del otoño. Cuando era pequeña, una criada del Hotel Storm's que echaba las cartas y hacía conjuros de amor solía decir que un bochorno a destiempo auguraba una catástrofe. Pureza buscó el friso de madera de la puerta del Mercedes y le dio tres golpecitos con los nudillos. «Jesús, María, José.» Se santiguó otras tantas veces. En el nombre del padre, del hijo y del espíritu santo. El número tres divino es. La santísima trinidad. A la tercera va la vencida. Vaciló, traicionada por la numerología de sus creencias. Al fin y al cabo, también fue en el tercer mes del año cuando perdió a sus otros hijos (hijos, sí: aunque no hubiesen llegado a nacer, tenían ajuar y cuna y nombre y madre).

En los últimos días de septiembre de 1974, Pureza volvía a estar al final del primer trimestre de un embarazo.

El hombre del arcén soltó un gargajo sobre el asfalto y gimió de placer antes de sacudirse. Mientras se subía la bragueta, pasó por delante de los faros del Mercedes, intentando distinguir quién había dentro.

—Parece que esto va para largo, amigo. Ni se muere padre, ni cenamos.

Pureza se escudó la panza con las dos manos, protegiendo a su hijo de la inmundicia del mundo. Sabía que el caos y la degradación en Portugal no eran el fin del mundo, sino tan solo una prueba de fe. Si Sara, la mujer de Abraham, había esperado hasta los noventa años para que Dios le diera un hijo, ella aceptaría lo que el destino le tuviera reservado. «Todo sucede por alguna razón», le había dicho a su marido cuando salieron de la blanca habitación de hospital. Dios no la cargaría con un peso que no pudiera soportar.

Frederico tiró de la maneta de la puerta, pero estaba puesto el seguro. Pureza se inclinó sobre el asiento contiguo, sin apartar la mano del vientre, y levantó el pestillo.

—No dejan pasar a nadie, por la manifestación a favor de Spínola —dijo, sentándose al volante. El Mercedes cruzó al carril contrario y avanzó despacio a lo largo de la fila de vehículos detenidos, cuyos conductores los colmaron de insultos, bocinazos y señales con las luces. Frederico asió la mano de su hermana—. Están registrando todos los coches. No quieren que los manifestantes entren en Lisboa.

La noche anterior, Diogo había arrastrado a Pureza hasta la plaza de Campo Pequeno.

—¿Quieres que mi hijo se críe en la Unión Soviética? —la había chantajeado su marido antes de la corrida de toros organizada por los partidos de derechas con el fin de difundir la convocatoria a la manifestación de la «mayoría silenciosa» y expresar su apoyo a Spínola, presidente de la República desde el 25 de abril, pese a no haber participado en el golpe.

Pureza le tenía ojeriza al general. El monóculo insertado en el ojo, los guantes de cuero, la convicción de los salvadores de la patria, el tono clerical y la vanidad castrense. Le pegaría más liderar el ejército prusiano del siglo XIX. Por encima de todo, le molestaba esa fusta que llevaba consigo a todas partes. «¿Para qué necesita un látigo?», le había preguntado a su marido mientras se vestía para asistir a la corrida de toros. «¿Ha dejado el caballo en la puerta?»

«Si no es por Spínola, estamos en manos de esos animales», había contestado el marido, subiéndole la cremallera del vestido. Le plantó un beso en el hombro y le aseguró que los militares revolucionarios estaban controlados por el PCP. «Lo único que quiere el presidente es acabar con la deriva comunista del ejército. Y hay mucha gente que opina como él, lo que pasa es que no se atreven a decir esta boca es mía. Somos una mayoría silenciosa. Tenemos que poner el grito en el cielo y manifestarnos en la calle.

En la plaza de toros, abarrotada por la clase de personas que los diarios definirían como «destacadas figuras de la aristocracia de Estoril y la capital», Pureza había visto a un presidente galvanizado por los gritos de apoyo «¡Viva Spínola!» y «¡Vivan las colonias de ultramar!», que nada tenía que ver con el Spínola catastrofista, en blanco y negro, que había visto en la tele tras la firma de la declaración de independencia de Guinea-Bissau.

En Campo Pequeno, Pureza había temido por el hijo que llevaba en el vientre ante los bramidos de los hombres en las gradas, la sangre de los animales en el ruedo, la batalla campal entre los manifestantes de izquierdas y los partidarios de la derecha no bien terminó la corrida de toros. Al día siguiente, al ver que tenía pérdidas, había pedido ayuda a Frederico porque Diogo había salido con sus amigos para pegar los carteles de la manifestación de la mayoría silenciosa y aún no había vuelto a casa.

En el Mercedes, el miedo y la ansiedad saboteaban la respiración de Pureza. Al anochecer era propensa a los ataques de asma y, cuando avistó la barricada a través del parabrisas, sintió una opresión en el pecho, epicentro del pánico a la asfixia que la acompañaba desde niña.

Decenas de hombres hurgaban en los vehículos detenidos. Tenían las caras deformadas por las luces rojas de los faros traseros y, cuando rodearon el Mercedes empuñando palos y barras de hierro, una descarga de violencia electrizó la noche. Pureza escondió el rosario en el sujetador y se frotó el pecho como si así pudiera desobstruir las vías aéreas inflamadas. Había crecido con las limitaciones de la falta de aire y un miedo cerval a que cosas aparentemente triviales —la clase de gimnasia, un piso con gatos— desembocaran en su muerte. Para camuflar este impedimento, se había refugiado en la obediencia, tanto en casa como en la escuela. Seguía las reglas y tics de las niñas bien, con su confirmación y su baile de debutantes. Buscaba una excelencia que la salvara de la desdicha a la que estaban abocados los pobres y los contestatarios. Su buena conducta no era tan solo un contrapeso frente a la insolencia de su hermana mayor, una identidad por oposición. Pureza quería seguridad porque un sótano con moho podría matarla.

—¿Has traído la bomba? —preguntó Frederico, que conocía la liturgia asmática de su hermana.

Pureza no tuvo tiempo de contestar. Una piedra hizo añicos la ventanilla del conductor y un sinfín de manos atacó el chasis. Arrancado del vehículo, Frederico desaparecía y reaparecía al compás del parpadeo de los cuatro intermitentes. El haz luminoso de una linterna alumbró el interior del coche por la puerta abierta del conductor y Pureza apartó los ojos hacia su propia ventanilla, contra la que se aplastaban rostros embrutecidos.

—¡Mi hermana está embarazada! —gritó Frederico desde el arcén—. Vamos al hospital. —El haz luminoso apuntó al vientre de Pureza—. De tres meses, es una urgencia —dijo Frederico.

La linterna señaló la puerta del Mercedes.

—Señora, bájese del vehículo, si es tan amable.

Fuera, los tubos de escape emponzoñaban el aire caliente, que Pureza notaba empapado como una sábana febril en una gripe de verano. La opresión del pecho se iba extendiendo y esa legión de hombres que rodeaba el coche se disponía a arrancarle la carne, a devorar a su bebé.

El que sostenía la linterna apagó la luz, revelando las facciones, el peinado y la camisa almidonada de un estudiante que no se atrevía a tutear a su propia madre. Con delicadeza, la ayudó a salir del coche y solo entonces permitió a sus perros guardianes que registraran el Mercedes. Un chaval con un bigotillo ralo y caspa en los hombros sacó la llave del contacto y se dirigió al maletero. Pureza recordó que, la noche de la corrida de toros,

Diogo había guardado allí los carteles verdes de la manifestación de apoyo al general Spínola. En ellos había un monigote con las palabras «Mayoría silenciosa» garabateadas allí donde debería ir su boca, en letras rojas que recordaban la dentadura ensangrentada de un vampiro.

Frederico advirtió que su hermana respiraba con más dificultad:

—¿Has traído la bomba? —preguntó de nuevo.

Todos se volvieron hacia el maletero del Mercedes como si esperaran la detonación de un aparato explosivo.

—La bomba del asma —aclaró Frederico, provocando entre los presentes la misma sonrisa nerviosa que se adueña de los pasajeros de avión tras el susto de una turbulencia.

—Camarada, ven a ver esto —dijo el chaval del bigotillo.

El haz de la linterna alumbró el interior del maletero.

—¿Dónde están las armas? —preguntó el camarada de la linterna, al tiempo que arrojaba a Frederico una cartera de cuero. Dentro, estaban los documentos de las escopetas de Diogo.

—Mi cuñado es cazador. Pero en este coche no hay armas.

—¿Sabes cuántas veces he oído eso hoy y luego he encontrado un arsenal debajo del asiento?

El camarada de la linterna silbó y sus subalternos destriparon la tapicería del Mercedes, arrancaron los paneles de las puertas y hurgaron en los recovecos del motor.

El chaval del bigotillo cogió los documentos y leyó en voz alta:

—Diogo Maria Vilela Bravo Montalvão. Más burgués, imposible. —Estudió la piel, los ojos y el pelo claros de Pureza—. Súmale la madame, el Mercedes y las armas de caza y queda claro que el tal Diogo es un hijo de puta y un pedazo de facha. —Agitó las llaves del coche en el aire y señaló a Frederico con el mentón—. Esta noche no te vas a ningún sitio.

No encontraron armas en el Mercedes. Aun así, el camarada de la linterna se encogió de hombros como un burócrata que se limitara a acatar órdenes e inició los trámites del acoso. Estampó un folio sobre el techo del coche, sacó un pequeño lápiz del bolsillo de la camisa y, tras chupetear la punta de carbón, la apoyó al final de la lista de sospechosos.

—Nombre y dirección.

Pureza le agarró el brazo y dijo, con el escaso aliento que le quedaba:

—Maria Luísa Alegria. —El nombre despertó el interés del camarada de la linterna—. Así se llama mi hermana. Estuvo en la clandestinidad. Con el Partido Comunista. —Entre frase y frase, el silbido de un juguete de goma en las vías respiratorias—. Fue torturada por la PIDE. Estuvo en Caxias. —Se miró la mano que seguía reposando sobre su bendito vientre—. Es con ella con quien te las verás si le pasa algo a mi hijo.

Minutos después, el Mercedes entró en Lisboa con el interior destripado y el velocímetro enloquecido. Frederico alternaba su atención entre las calles desiertas y el ataque de asma de su hermana.

—Ya casi estamos.

Al otro lado de las ventanillas, una profusión de muerte invadía los muros.

Muerte al fascismo
Muerte al revisionismo
Fuera los muertos, la tierra para quien la trabaja

Esa noche se intercambiaron disparos, se cerraron periódicos, se cortaron emisiones radiofónicas, hubo militares que entraron en casas de civiles para hacer redadas y capturar a supuestos reaccionarios. Pureza se defendía apoyando una mano en el vientre y estrechando las cuentas del rosario contra el pecho con la otra. Sin embargo, sus oraciones no abarcaban los dramas del país. Solo rezaba a Dios por la salud de su hijo. Todo lo que importaba sucedía dentro de su cuerpo. El aire en los pulmones. El latido de un segundo corazón.

—Bendito es el fruto de tu vientre —susurró.

El Mercedes se detuvo frente al hospital y Frederico se apresuró a ayudar a su hermana, que ya se apeaba del coche. En la pared, por encima de su cabeza, alguien había escrito:

¡El pato Donald al poder!

Tras recibir el alta del hospital, Pureza se instaló en casa de sus padres, junto al Hotel Storm's. Diogo llamó brevemente para dar noticias y les advirtió de que los militares habían intervenido las líneas telefónicas. Estaba escondido tras el fiasco de la manifestación y la detención de sus responsables, a los que llevaron a Caxias, la cárcel donde la dictadura había encerrado a los opositores. A Pureza solo le importaba salvaguardar su embarazo, por lo que seguía un régimen de reposo que la mantenía a salvo de toda agitación nerviosa. La habitación donde descansaba era una fortaleza que se alzaba frente al guirigay de las conspiraciones políticas. Allí no tenía cabida la frenética sucesión de noticias que exaltaba y entretenía a los portugueses. Pureza desarrolló una obsesión por la canasta del bebé y los patucos tejidos a mano que su madre trató de atajar a partir del tercer día. En vez de llevarle la comida en una bandeja, Antónia se presentó con un vestido colgado de una percha, un neceser de maquillaje y un cepillo de pelo, e invitó a su hija a dar un paseo por el jardín del hotel.

Pureza rechazó la oferta y prefirió hablar del bautizo: era importante que el bebé recibiera los sacramentos cuanto antes, le pondría el mismo trajecito que ella había lucido el día que la ungieron con agua bendita, estaba segura de que su madre lo tenía guardado en alguna parte, ¿por qué no iba a buscarlo mientras ella preparaba la lista de invitados?

Con Pureza en la cama, la habitación parecía uno de esos cuadros antiguos en los que un cirujano de pelo canoso aparece junto al lecho de un moribundo, la clase de cuadros que a los médicos les gustaba exponer en las salas de espera de sus consultas. Antónia abrió las ventanas para conjurar la oscuridad y el olor del confinamiento.

—Venga, que hace un día precioso —dijo con la esperanza de que la luz de la mañana sacara a Pureza de ese trance. Al ver que su hija seguía tumbada en la cama, con las manos entrelazadas sobre el vientre, invocando los peligros del movimiento físico para el feto, Antónia se sentó a su lado—: Cuando tenías dos años, me quedé embarazada y también perdí al bebé. —Había paciencia y compasión en sus palabras. Hizo una pausa, esperando una réplica, la admisión de la pérdida, pero fue en vano—. Solo lo supo tu padre. El pobre intentaba consolarme diciendo que por lo menos ya teníamos dos niñas. Me juró que tendríamos un varón, que era solo cuestión de seguir intentándolo. No comprendía que, con ese hijo que nunca llegó a nacer, había muerto también una parte de mí. Nunca me he sentido tan sola.

Antónia desenlazó los dedos con los que Pureza se protegía el vientre vacío y los sostuvo en su mano fría:

—Pero tú, hija mía, me tienes a mí.

Pureza siguió aplazando la verdad. Dejó que su madre la ayudara a vestirse y a elegir unos pendientes. Dio un paseo por el jardín y se atrevió a tomar un té en el salón del hotel. ¿Cuántas de esas personas podrían intuir su secreto? ¿Cuántas habrían pasado por el horror de oír a alguien enfundado en una bata blanca explicando la necesidad de extraer, mediante un procedimiento quirúrgico, lo que quedaba de un feto inviable? ¿Cuántas de las presentes habían dado a muerte en lugar de dar a luz? Si callaba, si no lo mencionaba nunca, si seguía en sus trece, tal vez nada de todo aquello hubiese pasado. Se miró en la cucharilla: el reflejo deforme de su rostro era la prueba de que, pese a lo que aseguraba Antónia, esa clase de soledad no se curaba con compañía, ni siquiera la de una madre que había pasado por lo mismo; era una soledad irremediable como la culpa que la había originado. De nada servía charlar de trivialidades bajo una lámpara de araña mientras tomaba tisanas servidas por criados que seguían llamándola señorita. En ese escenario de manteles blanquísimos, la mancha de su pérdida se extendía como la sangre en el algodón.

El derrumbe de Pureza llegó más tarde, de la mano de un ayudante imprevisto. En la sala de estar, los Storm solo tenían ojos para el oráculo televisivo que transmitía un mensaje de Spínola al país. Sin el monóculo, el uniforme ni los guantes, vestido como un civil, con traje, corbata y gafas de abuelo jubilado, el general lamentaba que fuera imposible poner en práctica la democracia por culpa de las fuerzas izquierdistas radicales:

—Mi sentido de la lealtad me impide traicionar al pueblo al que pertenezco y para el que, bajo la bandera de una falsa libertad, se preparan nuevas formas de esclavitud.

El llanto de Pureza llegó con la frase «renuncio al cargo de presidente de la República». Su padre, su madre y su hermano sabían que lloraba otra pérdida, pero la súbita confesión de dolor, tras días de negación, era un torbellino en el que todo se mezclaba, como si el fin de su embarazo y de la presidencia estuvieran relacionados de algún modo.

Al día siguiente, Pureza pidió a su hermano que la acompañara a casa y que, en el corto trayecto a pie, le explicara qué había pasado en el país para que Spínola dimitiera y Diogo siguiera escondido.

—Nadie lo sabe a ciencia cierta. Los diarios dicen que los partidarios de Spínola estaban organizando un golpe fascista y que el pueblo y el MFA los detuvieron. Pero también hay quien cree que el MFA está controlado por el PCP y que los comunistas exageraron el peligro de la manifestación para echar a Spínola y conquistar el poder en las calles.

El otoño había desteñido el cielo y empezado a deshojar los árboles. Pureza tenía los párpados hinchados, el pelo tal como había quedado al despegarlo de la almohada, la novedad de unas ojeras sobre su piel de alabastro, la habitual elegancia empañada por la pálida delgadez de maniquí abandonado en una trastienda. Se detuvieron frente a la verja de su casa. Ella asió una de las barras de hierro como si fuese una lanza.

—Y tú, ¿de qué parte estás? —preguntó con una brusquedad desconocida para Frederico. El supuesto desaliño de Pureza esa mañana era, en realidad, su versión descarnada por la ira. No estaba triste, sino furibunda, y se parecía mucho más a su hermana Maria Luísa.

—De la tuya, tata —dijo Frederico, y le dio un beso.

Pasó a visitarla todos los días. En su casa sonaban a todas horas las noticias de la radio o la televisión, había diarios desperdigados aquí y allá, dos maletas hechas junto a la puerta y monedas para la cabina telefónica del pueblo, desde la que Pureza hablaba con Diogo y con las mujeres de los demás fugitivos, siempre en un lenguaje críptico para eludir las escuchas con las que, según le aseguraba su marido, el MFA y los comunistas trataban de reproducir en Portugal el control que la Stasi ejercía en Alemania Oriental.

—Recuerda que siempre hay varias versiones de una misma historia —le decía Francisco, refiriéndose a la desinformación y la propaganda de todas las partes implicadas, pidiéndole que tuviese en cuenta la ingenuidad y la ignorancia política de un pueblo al que durante tanto tiempo habían prohibido pensar y ejercer la participación cívica.

Aunque se limitara a repetir como un loro las frases que le había escuchado a Ricardo Walker, intuía su veracidad y podía incluso corroborarla con su propia experiencia. Le contó a su hermana que, en Souto da Serra, había encontrado en un mismo grupo de estudiantes a optimistas bienintencionados y a sectarios intransigentes. Entre los aldeanos, había conocido a los curiosos, los indiferentes y los impenetrables.

—Hay gente para todo, pero lo que no podemos hacer es reducir el país a los que visten mayoritariamente de verde, y por eso son de derechas, y a los que son de izquierdas solo porque lucen una zamarra.

Pureza cortaba verduras en la cocina y la hoja del cuchillo golpeaba la tabla con creciente agresividad. La templanza de Frederico la sacaba cada vez más de quicio. Qué cómodo resultaba no tomar partido cuando no había nada que perder.

—Tú temes a lo desconocido, tata, pero hay mucha gente que lo ve como una aventura.

Pureza, la hermana que tantas veces le había parado los golpes y ocultado sus fechorías, puso los ojos en blanco tal como hacía Antónia ante la puerilidad de su hijo.

—Eso díselo a Catarina Albuquerque —le espetó, señalando con el cuchillo a su hermano—. Estaba cuidando de su abuela, que se ha roto la cadera y no puede levantarse de la cama, cuando en mitad de la noche le entraron en casa los gorilas del COPCON* e interrogaron a la anciana inválida de casi ochenta años. Luego arrastraron a Catarina por el pelo y le pusieron una pistola en la cabeza para que confesara dónde estaba su padre.

—Ese hombre siempre ha sido bastante facha, la verdad sea dicha —apuntó Frederico, indiferente a la desgracia ajena, alargando los dedos hacia una rodaja de zanahoria que había sobre la encimera. Se la iba a meter en la boca cuando Pureza le propinó un fuerte palmetazo en la mano—. Tata, que era broma.

—Para ti todo es una broma. ¿Cuándo vas a madurar? —Pureza señaló el trozo de zanahoria que había caído al suelo—. Recógelo. —Frederico obedeció—. ¿El padre de Catarina es un facha solo porque tiene dinero? ¿Acaso no ha trabajado toda su vida?

Si Frederico pensó en los privilegios que el señor Albuquerque había heredado de su familia, y en cómo se habían preservado y multiplicado gracias a las desigualdades de la dictadura,

* Siglas de Comando Operacional del Continente, estructura militar creada en 1974 y liderada por Otelo Saraiva de Carvalho con el objetivo de controlar y neutralizar posibles amenazas a la democracia emergente. Se disolvió al cabo de un año, tras el golpe militar del 26 de noviembre de 1975 que puso fin al periodo revolucionario. *(N. de la T.)*

prefirió guardarse esos contraargumentos. Nunca había visto a su hermana tan enfadada. Ahora era ella la que le daba una lección sobre el signo de los tiempos, la estricta profesora que empuñaba un cuchillo de cocina y lo blandía con amargura y ansias de venganza:

—Todo es fascismo, todos somos fascistas. Le abres la puerta a una mujer, eres fascista. El carnicero no vende casquería, es fascista. ¿El vecino escucha fado, el padre regaña a su hijo, la madre se va a la peluquería? Fascistas, burgueses, opresores de la clase obrera. Ayer, en la tele, mostraron un mitin, ya ni recuerdo de qué partido era, y un zarrapastroso cualquiera dijo: «Adoptar una postura anticomunista es puro fascismo». ¿A quién le habré oído decir eso? Fíjate, a los fascistas de verdad, que decían «Quien no está con nosotros, está contra nosotros». No salimos de una para meternos en otra.

Pureza soltó el cuchillo, empezó a hojear los diarios de la pila que había sobre la encimera y le enseñó los anuncios, que más parecían esquelas, encabezados por grandes letras, «Desmentido» o «Declaración», acompañados de fotos de hombres con traje y corbata que juraban su inocencia.

> Fernando Mesquita, propietario de la joyería Santa Filomena, sita en el Largo Manuel Emídio, comunica por la presente que nunca ha pertenecido a la PIDE/DGS, según puede demostrar mediante declaración jurada de la Junta de Salvación Nacional.

Frederico advirtió que, en todas las páginas de los diarios, su hermana había subrayado titulares, párrafos y pies de foto de varios artículos. Profundos cercos de bolígrafo que rasguñaban el papel.

limpieza *comisión de trabajadores*
sabotaje económico *renuncia a las colonias*

movimientos de liberación
responsables abandonan el país
huelgas capitalismo imperialista
traidores al proletariado revolución socialista

En su siguiente visita, Frederico le llevó un disco. Pureza, la cuidadora y confidente de su hermano pequeño, era la única de la familia que revelaba algún interés cuando él llegaba con el entusiasmo de un nuevo hallazgo musical y le decía «tienes que oír esto». Gracias a él, había conocido a Ziggy Stardust y Charles Mingus. En la sala, junto al pequeño altar de la Virgen donde se encontraba el mueble del tocadiscos, Pureza había oído a Lou Reed cantando a las mamadas de Candy en *Take a Walk on the Wild Side*, o a Elton John haciendo lo propio con la adicción a la cocaína en *Rocket Man*. Ni Frederico ni ella acababan de entender esas letras ni las vidas que contaban, pero, cuando compartían una canción, sentían que estaban restableciendo la cercanía entre hermanos que había empezado a perderse con el final de la infancia.

Frederico fue a lo seguro. Nada de *glam rock*, con hombres maquillados que parecían mujeres en la portada del álbum. Le llevó una recopilación de temas cantados por un caballero que lucía esmoquin ante un público vestido de gala en la sala de espectáculos de un casino. *Sinatra at the Sands*, grabado en vivo en Las Vegas en 1966, con la orquesta de Count Basie. Una joya que jamás había prestado, un regalo para su hermana, que había escogido una canción de Frank Sinatra para bailar con su padre el día de su boda.

Frederico tuvo que apagar la radio y el televisor en la sala de estar de Pureza y esquivar los diarios desperdigados por el suelo, convencido de que la voz de Sinatra tendría el mismo efecto en el sufrimiento de su hermana que el alcohol sobre una herida: primero escocería, pero luego purificaría y brindaría alivio. Suponía que las canciones sobre penas de amor ayudaban a curar los corazones rotos, que el dolor se volvía menos egoísta si se compartía con quienes escribían, cantaban y escuchaban esas canciones. Como no conocía ningún tema sobre el aborto espontáneo, había buscado el equilibrio entre la tristeza y la regeneración. Bajó la aguja sobre la cuarta pista del vinilo. La aterciopelada voz de Sinatra y la calidez de las trompetas se expandieron por la estancia.

The shadow of your smile
When you are gone
Will color all my dreams
And light the dawn

Pureza era una criatura maltratada, en todo veía un ataque o un agravio.

—Y dale con tus cursilerías.

No entendió la ofrenda, pensó que la música era otra frivolidad más de su hermano, un cantamañanas que no quería trabajar y que, como tantos jóvenes, ocultaba su pereza y diletantismo detrás del proyecto de revolución socialista. Cada vez que ellos gritaban progreso, ella oía degeneración. Ellos escribían libertad, ella leía desvergüenza. Pureza desconectó el tocadiscos arrancando el cable del enchufe, porque el gesto de pulsar un botón no contenía la violencia con la que deseaba silenciar la música. Buscó algo entre los diarios, una hoja mecanografiada, y se la tendió a su hermano.

—Lee.

—¿Ahora?

—Sí.

Frederico cogió el papel y empezó a leer en voz alta:

—«A fecha del 22 de mayo recibí una carta que, si bien iba dirigida a la Junta de Salvación Nacional, se envió a mi atención. La escribió un solo portugués, aunque podrían haberla escrito todos los portugueses auténticos. Vale la pena darla a conocer.

Frederico miró a su hermana con una mezcla de reconocimiento y desconfianza. Se trataba de la misiva que el general Galvão de Melo —contrarrevolucionario para unos, el héroe que había osado romper con el pensamiento único de la revolución para otros— había llevado a la televisión un mes después de la caída de la dictadura. El texto se había copiado y circulaba, entre los medios conservadores de derechas, como la biblia de la resistencia. Frederico se saltó algunos pasajes y se centró en las frases que había subrayado su hermana.

> *Empiezo a preguntarme, y no obtengo respuesta, si esto es la* LIBERTAD *con la que soñaba el pueblo portugués […]. ¡Liberar a terroristas sin patria y convertirlos en héroes nacionales! […] ¡Fomentar la «caza al hombre», el insulto gratuito, las agresiones físicas, el saqueo de casas! […] ¡Permitir la infame transcripción, en periódicos que están al alcance de cualquier niño, del comunicado de las prostitutas y los homosexuales en un alarde de inmoralidad sin precedentes en cualquier país que sigue conservando la familia y la moral entre sus valores! […] ¿En esto consiste la libertad? […] Democracia carnavalesca […] clima de anarquía que se vive y respira.*

Pureza volvió a coger la hoja y, respetando escrupulosamente los pliegues del papel, dobló la carta con una solemnidad que molestó a Frederico. Lo sacaba de quicio la afición de su hermana por las ceremonias protocolarias, la sumisión a los códigos de clase, el ansia de ser invitada a las fiestas más exclusivas:

—¿Sabes qué dijo el general Galvão de Melo cuando los periodistas le preguntaron qué iba a hacer, ahora que lo habían echado de la Junta de Salvación Nacional por la manifestación de la mayoría silenciosa? —Pureza se escudó el pecho con la carta y Frederico continuó—: Dijo que volvería a montar a caballo porque echaba de menos la hípica.

Ella se echó a reír.

—Espera, no me lo digas, ¿montar a caballo es de fascistas? ¿Cómo te atreves a juzgar a un hombre que sirvió a la nación mientras tú le suplicabas a papá que te librara de hacer la mili? —Pureza mutiló el nervio de su orgullo varonil. Descubrió el punto débil de su hermano y ya no soltó la presa—. Ni la secundaria llegaste a terminar, pero estás convencido de que escuchar jazz te convierte en un genio.

Cuando eran pequeños, Pureza no iba más allá de llamarle imbécil o pellizcarlo. Frederico no daba crédito a la crueldad de la que era testigo. Quiso saber su origen:

—¿Qué te he hecho para que me trates así?

—Traicionarme.

—¿Qué?

—Han matado a mi bebé y tú los defiendes.

Frederico resistió la tentación de preguntar a quienes se refería. Tal vez se refería a quienes habían montado las barricadas y retrasado su llegada al hospital, al médico que le había dado la mala noticia o a quienes amenazaban a Diogo y lo perseguían, los rojos, los melenudos, los comunistas que desayunaban niños. Entre la realidad y la exageración, había algo innegable: Pureza había perdido a otro hijo y, abrumada por tanto dolor, necesitaba infligírselo a alguien:

—Perdóname, tata —dijo Frederico.

—Déjame, por favor. Quiero estar sola.

Él abandonó la estancia, cruzó la verja de la casa y se sentó de espaldas al muro. Solo regresó al Hotel Storm's cuando, una hora después, volvió a oír los acordes de la orquesta de Count Basie y la inconfundible voz que, en la sala de estar de Pureza, cantaba como en Las Vegas: «*Come fly with me, we'll fly, we'll fly away*».

Pureza salía de casa para rezar en la iglesia, fuera de las horas de misa y durante el telediario, mientras los portugueses saciaban su adicción a las noticias, quizá confiando en que les sirvieran para aplacar el miedo, justificar el ultraje o albergar esperanza. Aprovechando las calles desiertas, Pureza entraba en la cabina telefónica, en la plaza del pueblo, y hablaba con Diogo en el mismo tono de las cartas que le había escrito antes incluso de que se hicieran novios. ¿Cuándo vuelves?, te echo de menos, la vida sin ti no es nada. Era una pasión que, desde niña, había magnificado en secreto con el acicate de los amores imposibles que encontraba en los libros de Camilo Castelo Branco, creyendo ver reflejado en Teresa y Simão, o en Marta y José, el drama de querer para sí el novio de su hermana mayor. A diferencia de los personajes que le habían servido de inspiración, Pureza no había muerto, ni había perdido la cordura. Se había casado con Diogo creyendo haber eludido así la tragedia. Pero en realidad solo estaba dormida, anidando en su vientre.

En la cabina telefónica, le faltaba valor para contarle a Diogo que había perdido a su tercer hijo. Temía que, sabiéndola maldita, su marido la repudiara. Pero también creía que, como en las novelas de Camilo, todo gran amor requería una poderosa adversidad. Tal vez, si su amor fuese aún más colosal y sin reservas, Diogo no pudiera abandonarla jamás.

Pureza empezó a arreglarse cada mañana como si esperara que su marido fuera a recogerla para salir. Elegía el peinado, el maquillaje y la ropa con el fin de parecer una mujer casada mayor y más respetable. Sin embargo, la vehemencia de sus emociones —de la pena al éxtasis— solo era posible en alguien de veintitrés años. Pureza era joven, hermosa y rubia como la princesa nórdica de un cuento tradicional. Sus ojos azules y su tez blanca permanecían intactos, harían falta más tiempo y fatalidades para extinguir la «llama de la fe que disipaba sus tinieblas», en palabras de Camilo.

Cambió los diarios y la tele por las oraciones y los libros del escritor. En Dios hallaba el sentido del deber. En las novelas de su autor preferido, confirmaba que la alternancia entre ascenso y caída, dibujada en la línea de la vida, podía ser una forma de belleza. Amaba el desenfreno del lenguaje en esos libros, amaba a Dios, amaba a Diogo y a los bebés que habían muerto y a los que habrían de nacer.

En semejante estado de devoción febril entró cierta tarde en el confesionario. El padre Augusto, más intrigado por la ética kantiana que por la obsesión de san Agustín con el pecado original, se vestía de paisano demasiado a menudo para el gusto de las beatas. Si no había estudiado Derecho era porque el seminario les salía más barato a sus padres. Como sabía que Pureza era una católica moderada, le extrañó la ferocidad de monja delirante con la que le preguntó:

—¿Puede el alma de un bebé muerto encarnarse en el siguiente bebé de la misma madre?

Su experiencia como confesor permitía al padre Augusto intuir lo que le había sucedido a Pureza, así como lo importante que era oírla hablar sobre su pérdida:

—Lo que no se dice se vuelve maldito. Di lo que tengas que decir.

Le resultaba imposible compartir con otra persona la angustia de la muerte de los fetos y la crudeza del procedimiento clínico que los extirpó de su útero. Lo único que quería Pureza era el perdón celestial para la ofensa de la esterilidad.

Sin romper el secreto de confesión, el cura advirtió a Antónia del aislamiento de su hija. En los quinientos metros de carretera que separaban la casa de Pureza y el hotel, cabía la inmensidad de ese distanciamiento. Su madre recorrió el trayecto varias veces, a pie, a fin de presentar un monólogo para una sola espectadora indiferente a la función. Frustrado todo intento de acercamiento, le tocó a Gonçalo Storm visitar a su hija. El encuentro fue una reproducción de todas las interacciones que habían tenido lugar entre ambos. Su afecto siempre se manifestaba de forma indirecta. Desdeñaban la vulgaridad de una fiesta y elogiaban la sofisticación de otra. Citaban a Camilo, Ortigão e Eça, con predilección por *El misterio de la carretera de Sintra*. Recordaban las partidas de caza de cuando Pureza era adolescente y él había enseñado a toda la familia a disparar una escopeta. Agotados los recuerdos, uno de los dos decía: «A ver si nos vamos de caza un día de estos», aunque nunca lo hacían.

Pureza era su preferida, Frederico el protegido, María Luísa la hijastra a la que mejor se aplicaba su forma de ejercer la paternidad: quería a sus hijos, pero no despertaban en él demasiado interés. Pedirle a Gonçalo Storm —criado entre sirvientas y con la agenda social de un indolente lord inglés— que desempeñara el papel de educador era tan descabellado como esperar que un oso amaestrado usara sus habilidades con el monociclo para cazar salmones en los rápidos de Alaska. Gonçalo era generoso con el dinero y olvidadizo con los cumpleaños. Despistado pero no indiferente. Se había emocionado en la boda de Pureza cuando la acompañó hasta el altar. Tenía una lista de personas a las que pedir que dieran trabajo a Frederico. Y, cuando Antónia maldecía la militancia política de Maria Luísa, defendía la coherencia de su hija adoptiva en vez de capitalizar una alianza con su mujer.

En la sala de estar de Pureza, la incomodidad de Gonçalo se expresaba en el chirriar del sofá de cuero, donde su figura enjuta no hallaba acomodo. Su padre era alto, pero en absoluto desgarbado. Rara vez lo había visto en mangas de camisa y jamás le había oído una palabrota. Tenía una ilustre mecha blanca y un mentón viril. Todas las amigas de Pureza lo encontraban fuerte y apuesto. Sin embargo, ella conocía las flaquezas detrás de los trajes a medida y el apellido británico. Reparó en las palmas de las manos sudorosas, en el parpadeo nervioso de los ojos, en la marca de carmín impresa en su mejilla por el beso que ella le había dado al llegar. Su padre era un niño al que la matriarca había mandado hacer un recado para los mayores.

Gonçalo elogió las flores colocadas en un jarrón y le preguntó cómo se llamaban; enumeró a los inscritos en el torneo de bridge del Hotel Storm's y, cuando parecía haberse metido en el callejón sin salida de la charla trivial, una corriente de aire hizo que Pureza se estremeciera.

—¿Quieres ir a por una rebeca? —sugirió su padre.

Ella negó con la cabeza. Él le tendió un pañuelo con el monograma de sus iniciales y señaló una mancha de humedad en un rincón del techo.

—Te mandaré a alguien para que se encargue de eso.

Pureza recordó que, tras sus primeros ataques de asma en la infancia, Gonçalo había instalado un higrómetro y un deshumidificador en su dormitorio para intentar medir y atajar la omnipresente humedad de la sierra de Sintra. Años más tarde, en la sala de estar de Pureza, los abortos espontáneos de su hija lo asustarían tanto como las crisis respiratorias que, de pequeña, la habían enviado a urgencias. Gonçalo se armó de valor y, como si volviera a atornillar un medidor de humedad en la pared, dijo:

—No puedes seguir sola. Ya va siendo hora de que Diogo vuelva a casa.

Pureza se levantó y, con ternura, le frotó el carmín de la cara, aprovechando para rozarle a contrapelo la mejilla afeitada. De pequeña, esa resistencia era una prueba de la robustez de su padre, que la llevaba en brazos al hospital.

—Esto acabará bien para los nuestros, como siempre —afirmó Gonçalo.

—Por supuesto, papá.

A lo largo de los días siguientes, el optimismo se vio barrido por un frente frío de nubes atlánticas. El viento arrancaba las ramas de los árboles y hacía temblar la cabina telefónica donde Pureza escuchó que Diogo tenía asuntos que atender en España y no sabía cuándo volvería a casa. Ella no le habló del abrupto final de su embarazo, ni le imploró que volviera pese a sentirse sola. Se enfrentó a la tormenta de esa noche con una firmeza que su salud desmentía. Hubo de buscar refugio en el Hotel Storm's. Comería una sopa en el restaurante, se tomaría el jarabe pastoso de su madre, con ajo, miel, zanahoria y limón, se secaría los pies encharcados junto a la chimenea y se bebería un coñac para dormir mejor.

Encontró a la familia cenando, aunque sus padres y su hermano parecieran delincuentes pillados in fraganti. Solo Nádia celebró su llegada corriendo a abrazarla y, como queriendo demostrar que los meses de ausencia no habían borrado la complicidad del tiempo que había vivido con Pureza, le dijo «besito de esquimal» al tiempo que frotaba la nariz con la de su tía. Antónia ordenó a un camarero que pusiera otro plato en la mesa y, con idéntica diligencia, anunció:

—Tu hermana anda liada con sus politiqueos, así que nos pidió que Nádia se quedara con nosotros durante una temporada. Va a empezar la escuela aquí en Sintra.

En la justificación de su madre, que la miraba con lástima, Pureza comprendió que no la habían advertido de la llegada de su sobrina porque temían que la cercanía de Nádia desbaratara su convalecencia. No iban desencaminados; el tierno cuerpo de su sobrina, que ceñía en un abrazo, la ropa con lacitos y encajes (obra de la abuela, nunca de Maria Luísa) le recordaban la injusticia de todo aquello que le era negado y que otros, menos merecedores, habían recibido sin coste alguno.

Con delicadeza, se desasió de Nádia y miró a sus padres y a su hermano:

—Gracias, ya he cenado.

—No te vayas, tita, quédate —dijo Nádia, ignorando el alcance del chantaje de su mohín.

Pureza se despidió de la sobrina con un beso apresurado y de los demás con una sonrisa amarga, sin tocarlos. Padres y hermanos tan pronto salvaban como destruían. Ella no quería ayuda, compasión ni juicios. Compartir la velada con las personas que más de cerca conocían su pérdida hubiese sido una forma de mutilación.

Corrió a casa bajo la lluvia, azotada por el vendaval. Se desplomó sobre la cama, empapada, sin comprender si tenía el pecho ahogado por el llanto o el asma. Acertó a desvestirse, tiritando entre sudores fríos. Se envolvió en las mantas para protegerse de la casa vacía. Quería borrarse, pero su mente no le daba tregua, era una película desenrollada que daba vueltas y más vueltas, una película que se había soltado del proyector y derramaba imágenes, ruidos, recuerdos y pesares.

La primera vez que se quedó embarazada, se apresuró a informar a sus amigas. Más tarde, tuvo que pasar por el suplicio de contarles que lo había perdido. El tema del aborto, fuera espontáneo o programado, era de muy mal gusto, un tabú de clase, como hablar de dinero y sexo, de los sedantes a los que eran adictas las madres o de las putas que frecuentaban los padres. En las sucintas llamadas a sus amigas, Pureza había sentido la incomodidad de los velatorios. Le decían: «Eres joven, tienes tiempo», «En nada, vuelves a intentarlo», «Dentro de unos años ni te acordarás de esto, tendrás muchos hijos». Todas tenían marido, casa y un guardarropa que confirmaba su caché social. Los hijos no eran sino un epígrafe más de los derechos de posesión y estatus. Creían que el ansia de Pureza era consecuencia de no haber logrado todavía aquello que quería. Como si los hijos fuesen una televisión en color. Pero la gran pena de Pureza era haber perdido aquello en lo que ya se había convertido: una madre. Los demás podían relativizar las escasas semanas de gestación, comparar la elección de cuna con ir a hacerse la manicura, pero Pureza había sido madre tres veces. Y tres veces había perdido a un hijo. Había imaginado la cara de todos ellos, les había cantado mientras se bañaba y, al final, había incumplido la promesa más importante: «Te cuidaré para siempre».

En la cama de matrimonio, Pureza daba vueltas en sueños circulares. La piel ardiente, los músculos y las articulaciones doloridos. El sol ya estaba alto cuando un par de manos le tomaron la temperatura y la bañaron para bajarle la fiebre. Pureza creyó estar recibiendo la extremaunción para entrar en el reino de los cielos y reunirse con sus hijos interrumpidos.

—¿Me oyes? —le preguntaba el ángel con voz de mujer.

—Bendito es el fruto de tu vientre —balbució ella.

—Abre los ojos.

Era Maria Luísa. La había sumergido en agua fría y la sujetaba por la nuca, arrodillada junto a la bañera. Un destello de lucidez en la mirada de Pureza la llevó a pensar que la fiebre había bajado.

—Mamá ha ido a por el médico —dijo Malu. Secó a su hermana y le puso un camisón, le cambió las sábanas, le dio agua. Pureza creía estar en la habitación que habían compartido ambas en casa de los Storm, cuando fingían que sus camas eran cápsulas que viajaban en el tiempo. El realismo de esas fantasías se sostenía sobre las visitas que las hermanas hacían a los palacios de Sintra, donde conspiraban para retirar a Alfonso VI de la celda en la que estaba encarcelado o veían al rey don Manuel recibiendo el anuncio de su llegada a Brasil.

A menudo, en el Hotel Storm's, Maria Luísa había usado a Pureza como centinela para poder investigar, en las habitaciones de los huéspedes, si había entre ellos algún espía internacional o un informador de la policía. Cuando Gonçalo creó un club exclusivo para clientes del bar del hotel y encargó a sus hijas que rellenaran las tarjetas de los socios, Maria Luísa eliminó en ellas todos los títulos profesionales y nobiliarios. Ni doctores ni condes. Sin comprender la sutileza de ese vandalismo, Pureza se había sentido más cómplice de su hermana.

Un día, le preguntó a Malu:

—¿Qué tenemos que hacer para gustar a los hombres?

—Nada, eres lo que eres, si no les gusta es su problema. No te dejes enredar por mamá, que cree que todas debemos ser unas muñequitas.

Antónia solía decir a propósito de Pureza, la mediana de sus tres hijos: «En el centro está la virtud», pero su hija se sentía vulgar, atrapada entre la rebeldía de la hermana mayor y la calidad adorable del hermano pequeño.

Pureza tenía doce años cuando Maria Luísa la llevó al cine a una sesión de matiné, en Lisboa. Le puso un pañuelo en la cabeza, gafas de sol y, cuando se apagaron las luces, para recalcar lo subversivo de ese acto, le dijo que la PIDE tenía un agente en todas las salas. Para Pureza, la ilegalidad de esa aventura era más emocionante que la cinta para adultos de la pantalla. Luego se fueron a merendar a la pastelería Garrett, feudo de los estudiantes de Bellas Artes. Estaban los pasionales, que querían atentar contra las buenas costumbres. Uno de ellos había anunciado que pintaría el retrato de su madre con la sangre menstrual de su novia. Estaban los lánguidos, sin obra propia pero seguros de su genialidad. Uno de ellos había asegurado que Andy Warhol representaba la victoria de lo ridículo. Pureza remojaba la madalena de arroz en un vaso de leche tibia y se sentía parte de algo prohibido. Esa vez, lejos de acompañarla en un viaje al pasado de la realeza, Maria Luísa le abrió un portal a una sociedad secreta de un futuro alternativo.

Mientras un pintor amigo de Malu dibujaba a las dos hermanas al carboncillo en un mantel de papel, su hermana mayor le pasó al artista un pequeño sobre por debajo de la mesa.

Días después, Maria Luísa desaparecería sin previo aviso. Pureza nunca creyó que su hermana se había ido a estudiar a París, como afirmaba su madre. Sabía que los mayores tenían cajones cerrados bajo llave y que cambiaban de tema si ella aparecía de pronto. Sabía que su padre no era el mismo que el de Maria Luísa y que, las noches que llegaba de madrugada, no dormía con su madre, sino en una habitación de hotel. Sabía que su hermana andaba metida en política y que la política era algo prohibido, como tocarle el pito a un chico o recibir la hostia en misa sin haber pasado antes por el confesionario.

Tras la desaparición de su hermana, si las ramas de los árboles se agitaban al otro lado de la ventana durante la noche, proyectando sombras en la habitación, Pureza imaginaba que su cama era una cápsula del tiempo y retrocedía unos meses, esperando encontrar a Malu durmiendo en la cama de al lado.

—Has vuelto —dijo después de la calentura, una tarde de octubre de 1974, como si despertara de una anestesia.

Maria Luísa, tumbada en el lado del colchón que pertenecía a Diogo, devolvió *El libro de Cesário Verde* a la mesilla de noche y rozó con los labios la frente su hermana.

—Ya no tienes fiebre.

No hacía falta una cápsula del tiempo. Maria Luísa estaba allí.

—¿Por qué te fuiste?

Malu no sabía si Pureza estaba confusa por los delirios febriles o si quería, de hecho, empezar esa conversación tras diez años de distanciamiento. Se mantuvo en el presente:

—Ahora vendrá mamá, solo ha ido al hotel a por un caldo de pollo para ti.

—¿Qué había en el sobre?

—No hables, el médico ha dicho que necesitas reposo.

—Dímelo. ¿Qué había en el sobre?

—Habrá sido un sueño, Pureza, anoche estabas a treinta y nueve de fiebre.

—No fue un sueño. Aquella tarde, en la pastelería Garrett, antes de que te marcharas la primera vez, le diste un sobre a tu amigo pintor.

—No sería nada importante.

—A mí me pareció que lo que hacías era importante. —Al ver que su hermana no reaccionaba, Pureza insistió—: ¿Más importante que tu familia?

Maria Luísa rodó sobre la cama hasta quedar cara a cara con su hermana y comprendió que no distinguía pasado y presente, como si la desaparición de Malu y los abortos espontáneos fueran una sola y la misma pena.

—Lo siento mucho, tata —le dijo Maria Luísa. Lamentaba el presente, pero no pediría perdón por el pasado—. Sé por lo que estás pasando, me lo dijo mamá. —La atrajo, la envolvió con los brazos. Intentó distraerla de los hijos perdidos—: En la pastelería, el sobre tenía unas fotos mías. Mi amigo era falsificador. Iba a hacerme documentos para que pudiera pasar a la clandestinidad.

—¿Por qué me llevaste contigo esa tarde?

—Quería despedirme de ti.

Enmudecieron las dos. Eran tan solo tacto y consuelo, lo que quedaba de las hermanas que habían sido antes de la clandestinidad, la cárcel, el exilio, la boda, la revolución y los abortos.

Pureza se dejó vencer por el sueño. Al despertar, una hora más tarde, creyó ver a su hermana de pie junto a la ventana, a contraluz, diciéndole:

—Voy a calentarte el caldo de pollo, tienes que comer algo.

Pero Malu ya no estaba, era su madre la que había hablado.

Después de comer, se sintió reanimada y decidió ducharse. Miró los libros que se apilaban sobre la mesilla de noche. ¿De veras quería ser como las mujeres de las novelas de Camilo que, por amor, se marchitaban, se quitaban la vida y enloquecían?

Esa noche, en la cabina telefónica, le confesó por fin a Diogo que había perdido el embarazo:

—Tienes que volver a casa.

Se recompuso antes de salir de la cabina y encaminarse al Storm's con un regalo para Maria Luísa: el ejemplar de *El libro de Cesário Verde* que su hermana había cogido de la estantería para entretenerse. No encontró a nadie en recepción. El hotel parecía abandonado. Un mozo de cuerda pasó por allí a la carrera:

—Están todos en el restaurante, señorita Pureza, yo también voy para allá.

El lujo trasnochado del salón quedaba oculto por la multitud allí congregada. Criados y doncellas sin uniforme, para enfrentarse mejor a los patrones. Había planchadoras, camareros de las pastelerías del pueblo, trabajadores de otros hoteles. Habían retirado el mobiliario, salvo una mesa que hacía las veces de tarima y desde la que hablaba un militar empuñando un megáfono:

—Recordad que, durante mucho tiempo, no nos permitían estar aquí reunidos. Por eso, no consentiremos que los fascistas vuelvan al poder.

Pureza reconoció la escena. Era idéntica a todas las comisiones de trabajadores y comités de obreros que salían en los reportajes de la tele. Toses nicotínicas, carteles de apoyo a las Fuerzas Armadas, puños blandiendo el poder popular. Los patrones, cabizbajos, fingían arrepentimiento, tratando de evitar la expropiación del negocio. Pureza encontró a su madre apretujada entre las ayudantes de cocina, sin pendientes ni anillos, con los brazos cruzados para contener su contrariedad. En la mirada de Antónia, su hija descodificó el dicho que tantas veces le había escuchado: «No pidas a quien ha pedido, ni sirvas a quien ha servido». Sabias palabras que ninguno de sus hijos había osado refutar recordando a la matriarca que también ella había sido gobernanta de ese hotel.

El militar estaba llegando al final de su discurso. Si, para Pureza, los políticos del antiguo régimen sonaban todos como el cura en la misa de las siete, los soldados revolucionarios abusaban de la retórica de trazo grueso para llegar al pueblo. Eso fue lo que sucedió en el restaurante del Storm's. Megáfono y público se fundieron en un solo clamor.

—¡El pueblo unido jamás será vencido!

Cerca de donde estaba, Pureza vio a un hombre que se agitaba como si estuviera poseído. Había un fervor religioso en la sala, el trance de las multitudes que había visto en los peregrinos con las rodillas ensangrentadas en el santuario de Fátima. Cuando miró de nuevo hacia la tarima, era Maria Luísa quien sostenía el megáfono. La muchedumbre se serenó para escuchar a la camarada.

—La única vía posible es la revolución socialista. Queremos un Gobierno salido de la organización de los trabajadores, de gente como vosotros.

Malu Tormenta: la torturada por la PIDE, la exiliada, la disidente del PCP. Nada la había doblegado, cada nuevo revés había servido para endurecer aún más a la guerrillera. Su intrepidez era hechizante, su carisma subyugaba al público. Pureza sintió admiración por su hermana, miedo por la destemplanza de sus seguidores. Maria Luísa calzaba botas militares y empuñaba el megáfono como si fuera una de las pistolas que había aprendido a montar y desmontar en un campo de entrenamiento paramilitar.

—Los obreros no alcanzarán el socialismo con leyes. La burguesía no abandona el poder con leyes. Solo se les puede apartar mediante la violencia de las masas. No la violencia de antes, de los fascistas, sino la violencia de las huelgas y las ocupaciones.

El discurso de Maria Luísa inflamó al público: unos se adelantaban, otros desaparecían detrás de los aplausos y los gritos. Pureza perdió a su madre de vista. El humo del tabaco le escocía en la garganta, el tumulto de los cuerpos le oprimía el pecho. Tenía que salir de allí cuanto antes. Se abrió paso a codazos y, al mozo de cuerda que le afeó la retirada —«¿Adónde va, señorita? Esto no ha hecho más que empezar»— le espetó:

—Métete en tus asuntos.

En la calle, para aplacar la crisis respiratoria, inhaló durante tres segundos, retuvo el aire en los pulmones durante seis y exhaló a lo largo de otros tantos. Repitió varias veces esta técnica que le había enseñado una enfermera del hospital de Sintra. En las crisis asmáticas de su infancia, Maria Luísa repetía con ella el ejercicio y contaban al unísono. Pureza abrió *El libro de Cesário Verde*. Dentro, había guardado el dibujo que el pintor había hecho de las hermanas Storm en la pastelería Garrett en 1965 y que había conservado durante todos esos años. Pensaba ofrecer ambas cosas, el libro y el dibujo, a Maria Luísa, pero ahora comprendía que habría sido un error. Contempló los rostros trazados al carboncillo: esas muchachas no existían. Eran un producto de la imaginación, una mentira, como la cápsula que viajaba en el tiempo.

El oxígeno de la sierra, limpio y fortificado por la clorofila, aguzó el discernimiento de Pureza: su hermana era una fanática y una fanatizadora. Había humillado a su madre y manipulado a los empleados del hotel. Anteponía la política a su familia.

Pureza sería su opuesto.

No habría paz en el país a corto plazo, y ella debía prepararse para la guerra. Bajó al pueblo y entró en la cabina telefónica.

—No vuelvas a casa —le dijo a su marido—. Nos vamos a dar la vuelta al mundo.

2

Diogo entró en Lisboa antes de que se levantaran las barricadas destinadas a bloquear la manifestación de la mayoría silenciosa. No se fue a pegar carteles, como le había dicho a Pureza, sino a reunirse en la sede del Partido del Progreso con los *groupies* descontentos por la disolución del grupo de baile del Estado Novo. En las calles de la ciudad, apoyarían a Spínola con barras de hierro y cócteles molotov, granadas de mano y metralletas. Había veteranos de la guerra colonial, socios de los grandes bufetes de abogados, herederos de los grupos empresariales que dominaban la economía del país y financiaban el Partido del Progreso.

Pese a su diligencia, Diogo estaba en la base de la estructura de mando. Un accidente de moto, años antes, había hecho descarrilar su vida. No había cumplido el servicio militar, había dejado a medias la carrera de Derecho y se había visto relegado en los negocios familiares, ocupando un puesto intermedio de gestor en una compañía de seguros. A sus treinta años, conservaba los hombros anchos y las manos como martillos de sus tiempos de jugador de rugby, aunque sus músculos sobrevivieran bajo una capa de grasa y el apodo «Cojo» abarcara algo más que una pierna mal remendada con operaciones y tornillos.

—Cojo, tráeme el bidón de gasolina —le ordenó un compañero de partido en cuanto Diogo entró en la sede.

—¿Qué ha pasado?

—Haz lo que te digo, joder.

En todas las estancias del piso, los militantes destruían documentos y metían armas en bolsas. Empezaron a quemar papeles en la bañera. Diogo abrió las ventanas y el compañero le ordenó que las cerrara.

—Alguien podría ver el humo desde fuera. Ve a por las máscaras de gas, están en una caja, con los *nunchakus*.

Al pasar delante de la ventana, Diogo miró de refilón hacia la calle. Unos cientos de metros más abajo quedaba el cuartel general del Movimiento de las Fuerzas Armadas, que él creía dominado por la izquierda y listo para derrocar al presidente Spínola. Los comunistas controlaban las calles y tenían numerosos aliados en el ejército, lo que generaba un desequilibrio de fuerzas que ni siquiera el supuesto apoyo de la CIA al Partido del Progreso podría contrarrestar.

—¿Y los americanos? —preguntó Diogo al ver a su padrino de boda, Jaime Moreno, el único entre los presentes que no lo llamaba Cojo.

—Qué americanos ni que niños muertos, lo que hay que hacer es ahuecar el ala.

Jaime Moreno había combatido en Angola al lado de Vicente, el hermano mayor de Diogo. Ambos volvieron a casa ilesos y Vicente se alistó para una segunda misión en Guinea-Bissau de la que volvería hecho pedazos dentro de una caja envuelta en la bandera nacional.

—Aún quedan muchas cosas por quemar —dijo Diogo.

—Déjalo, ya han empezado las redadas —contestó Jaime—. A saber cuándo podré volver a casa.

Los años en la guerra y la camaradería entre compañeros de armas seguían teniendo su utilidad, porque alguien había alertado a Jaime de que el Comando Operacional do Continente —COPCON—, la fuerza de choque del MFA, se disponía a detener a los organizadores de la manifestación.

A sabiendas de que Pureza estaba embarazada y dando por hecho que el COPCON no tendría bajo su mira a un colaborador tan insignificante como Diogo, Jaime Moreno le dijo:

—Vuelve con tu mujer.

—Quiero ir contigo.

Diogo le había asignado el puesto de mentor tras la muerte de su hermano, y el sentimiento de culpa del soldado superviviente, que había perdido a un camarada en la guerra, había llevado a Jaime a asumir la tarea como si lo hubiese prometido en un pacto de sangre.

Los correligionarios del Partido del Progreso abandonaron el edificio y se dispersaron. Jaime y Diogo se fueron a un piso vacío en Avenidas Novas, patrimonio de algún banquero. Durmieron en el suelo y comieron conservas enlatadas. Diogo dejó de afeitarse, imitando a su padrino, que, comportándose como un agente infiltrado en las líneas enemigas, lucía pelo largo y bigote de sindicalista.

En una tele en blanco y negro con la pantalla salpicada de nieve, siguieron los reportajes sobre las barricadas, la caída de Spínola y los cientos de detenciones llevadas a cabo por el COPCON, cuyo líder, el capitán de abril Otelo Saraiva de Carvalho, afirmó ante los micrófonos:

—El Movimiento de las Fuerzas Armadas, en estricto cumplimiento de su programa y con la seguridad de interpretar los sentimientos profundos del pueblo portugués, del que es parte integrante, ha tomado las medidas necesarias para neutralizar las maniobras reaccionarias que pretendían derrocar el orden democrático instaurado el 25 de abril.

Con la aparición de Otelo, Jaime perdió los estribos.

—¡Quién te ha visto y quién te ve! De libertador a traidor en lo que se tarda en apretar el gatillo. —El desconcierto fue a más cuando Vasco Gonçalves, primer ministro del Gobierno provisional, salió en pantalla luciendo traje y corbata, sentado en un banco de terciopelo de algún palacio gubernamental. Jaime levantó la voz para hacerse oír por encima del sonido del aparato, como si Vasco Gonçalves pudiera escucharlo—: Mírate, jorobado y sin uniforme, eres una vergüenza para la institución militar, un títere de los rojos.

El ultraje enganchaba, y Jaime quería más. Giró el mando del volumen y se dispuso a oír las afrentas del primer ministro:

—Para celebrar la victoria sobre las fuerzas reaccionarias, exhortamos a nuestros compatriotas: que el próximo domingo sea de trabajo nacional, que el pueblo llene los talleres, los campos y las fábricas como manifestación de la alegría y la victoria nacional.

Jaime descargó un puñetazo en el televisor y la estática devoró a Vasco Gonçalves.

—Si nosotros pidiéramos que se trabajara un domingo, lo tacharían de explotación capitalista, pero para estos cubanos de mierda es una señal de victoria.

Jaime era un agente sobre el terreno, los estrategas aparecieron al día siguiente. Un profesor universitario, un fabricante de armas y un torero. Traían órdenes superiores de los exiliados en España. Saludaron a Diogo como lo harían en las fiestas donde se habían cruzado antes de la revolución y no tardaron en olvidarse de él para debatir los planes de futuro con Jaime. Mientras les servía café, Diogo se enteró de que el Partido del Progreso estaba a punto de ser ilegalizado, que el COPCON había asaltado su sede y requisado documentos comprometedores que no se habían quemado. Entre ellos, un inventario de armas. Aquella fue también la primera vez que Diogo oyó hablar del Ejército de Liberación de Portugal, cuyas siglas, ELP, le sonaban a grito de auxilio en inglés. Desde la cocina, mientras vaciaba ceniceros, alcanzó a oír que, tras la retirada y un periodo de organización, se formarían milicias para acciones de guerrilla y sabotaje. Primero había que poner la riqueza a salvo del afán confiscador del Estado. Se hablaba de incautaciones en la frontera portuguesa, de vehículos cargados con la plata familiar, maletas repletas de dinero y damas de la alta sociedad a las que registraban porque escondían las joyas en la ropa interior.

Jaime fue destinado a una casa en Minho para ayudar en las operaciones de transporte de grandes sumas de dinero a Galicia. Esa noche, intentó una vez más excusar a su ahijado de acompañarlo.

—Quiero ir contigo —insistió Diogo.

Su padrino se frotó la cara con las manos.

—De acuerdo, pero antes de ponernos en marcha aféitate esos cuatro pelos, que nadie te tomará en serio.

Diogo llamó al Hotel Storm's y habló con su suegro. Le pidió que avisara a Pureza: alguien le haría llegar un número al que podría llamar, siempre desde una cabina. Era improbable que el COPCON tuviese el teléfono de casa de Diogo bajo escucha, pero la mera suposición le brindaba el prestigio que perseguía desde que aquella moto le había fallado en una curva e impedido luchar en la guerra.

En la historia privada de los Bravo Montalvão, hilvanada durante las charlas familiares y en las comidas dominicales, la decadencia de Diogo había empezado antes del accidente. Para empezar, no había denunciado a Carlitos Bexiga, un huelguista buscado por la GNR, permitiendo así que participara en el golpe de Beja. Luego se había hecho novio de Maria Luísa, hija de una gobernanta de hotel.

—No eres el único Bravo Montalvão que tiene gustos plebeyos en materia de alcoba —le había dicho el abuelo Manoel. El patriarca admitía así haber conocido el placer de que lo sirviera en la cama quien lo servía a la mesa. Sin embargo, alertaba a sus descendientes varones—: Llévatela a la cama, pero no al altar.

En una familia como la suya, siempre habría alguien dispuesto a despilfarrar fortunas y volcar coches. Hacía falta un contrapunto como el de Diogo, aunque le faltara malicia e instinto asesino (Ticha, su hermana, tenía todo eso, pero una mujer jamás podría liderar la familia). Manoel Bravo Montalvão veía en su nieto a un hombre ajeno a su tiempo, dedicado a las tareas del campo, un defensor del honor y la fidelidad, principios que podrían usarse en su contra. Nunca lo habría elegido como sucesor, por lo que solo se inquietó cuando lo informaron de las conexiones políticas de Maria Luísa en la facultad. Entonces hizo llamar a su nieto y le dijo:

—Los coños no son el espejo del alma, así que ándate con ojo: el comunismo ha matado a más gente que la sífilis.

En cierto sentido, el patriarca no se equivocaba. El comunismo habría de contribuir a la perdición de Diogo, aunque a través de la mina antipersona soviética que desmembró a Vicente en Guinea-Bissau. Tras la muerte de su hermano, Diogo abandonó los estudios de Derecho para alistarse en el ejército, convencido del poder regenerativo de la venganza. Su abuelo volvió a convocarlo para decirle que hablaría con el ministro de la Guerra para deshacer semejante dislate.

—¿Irte a pegar tiros a la selva? Tenemos quien haga esas cosas por nosotros. Si crees que irte a matar negros servirá de algo, visita la tumba de Vicente y pregúntaselo.

Diogo no aceptaba la pérdida de su hermano. La juventud interrumpida era un error que había que corregir, había que castigar a sus autores y restaurar el previsible orden de la vida. No volvió a visitar la finca familiar, perdió todo interés por la tierra, los árboles y los animales. Oscilaba entre la rebeldía, para sentirse vivo, y las borracheras para no sentir nada. Mientras esperaba la movilización militar, se entregó al duelo de la evitación, combinando huida y autodestrucción. Disparaba las armas de la familia en la playa de Guincho, salía en la moto por la noche con los faros apagados. Quería sufrir y salvarse. Tan pronto rechazaba las atenciones de sus amigos como se quejaba de que no comprendían la medida exacta de su dolor. Esperaba que le dijeran «Ve a cargarte a esos cabrones que mataron a tu hermano», y acto seguido le suplicaran: «Quédate, por favor». El alcohol lo confundía aún más. Con tres cervezas, se ponía alegre. La euforia del primer whisky hacía que levantara la voz y, si estaba en casa, llamaba a los números de su agenda telefónica para tener compañía. En la barra de un bar, entablaba conversación con desconocidos y recompensaba su atención con otra ronda. Luego venía el borracho de las bromas de mal gusto, el pesado que no quería quedarse solo, el que iba por la calle en busca de algún local donde estuvieran dispuestos a servirle otra copa.

Durante las resacas, la pérdida de su hermano le dolía como el brazo fantasma de un amputado. No era posible que Vicente hubiese dejado de existir, seguía notando su presencia, escuchando sus regañinas y consejos, ocurrencias y desafíos. Diogo tenía que ir a la guerra y desquitarse para honrar la inmolación de Vicente. «Compórtate como un hombre», se decía, rehén de las mismas convicciones que habían matado a su hermano.

Cansada de ser su paño de lágrimas, Maria Luísa había llegado a la conclusión de que el tiempo del consuelo había pasado para ella, que era el momento de seguir adelante. Quedaron en el Parque Eduardo VII y se sentaron en el césped, que él se dedicó a escarbar con un palito como muestra de su desinterés por el jardín, el día soleado y el perro que corría detrás de una pelota.

—Sabes que me opongo a la guerra —le dijo Maria Luísa—. No puedo salir con alguien que se va a matar a otras personas por su propia voluntad.

Él levantó la vista, indignado, pero antes de que empezara el monólogo sobre su hermano y el deber patriótico, pidiendo compasión y rechazando ayuda con el fin de recibir aún más compasión y ayuda, Maria Luísa lo dejó desconcertado:

—Casémonos y larguémonos de aquí, podemos estudiar una carrera en el extranjero, en Francia o Inglaterra.

—Un Bravo Montalvão no deserta. —Como si la frase, por sí sola, no avalara la rectitud de su carácter, Diogo se puso en pie. Maria Luísa se quedó sentada, paciente, a sabiendas de que el absolutismo moral de Diogo era un ardid para aplacar el miedo—. No soy un cobarde, ¿me oyes? —clamó, un tanto patético, con el palito en sus enormes manos.

—Ya lo sé. Cuando te pedí una prueba de valentía, tiraste un coche al fondo de una cantera. Ahora te la estoy pidiendo de nuevo. Hace falta valor para oponerse a la guerra.

—Tú estás en contra de la guerra porque eres mujer. —Diogo iba a desarrollar este argumento, pero se dio cuenta de que no tenía sentido. Su razonamiento se quedó atascado, le escocían los ojos, tenía la cabeza a punto de estallar.

—No hace falta que me contestes ahora —dijo Maria Luísa—, pero necesito que te lo pienses los próximos días y tomes una decisión.

Ella le ofrecía comprensión, pero él escuchaba condescendencia. Cualquier excusa valía a Diogo para obligar a quienes lo querían bien a hacerle daño. Buscaba un culpable, un dolor que acallara otro dolor mayor.

—La que está confusa eres tú, por culpa de tus amiguitos de la facultad, ¿o acaso crees que no sé en qué andas metida?

—Nunca te he ocultado mis ideas.

—¿Y por qué valen más tus ideas que las mías?

—Yo no quiero matar a nadie.

—Eso díselo a Stalin.

—Tampoco quiero matarme.

Diogo se sintió desenmascarado, acusado de la cobardía de los suicidas. Esa verdad era una traición, y un hombre de verdad no perdonaba a las mujeres desleales. Un hombre de verdad no lloraba, y mucho menos en público, aunque fuera de rabia. Diogo le volvió la espalda y empezó a bajar la pendiente, convertido en una silueta cada vez más pequeña ante la monumental escala del Marqués de Pombal y la Avenida da Liberdade.

A lo largo de las semanas siguientes, para castigarse y castigarla, Diogo no abrió la carta que Maria Luísa le envió por correo. Cuando se dispuso a leerla, sin reprimir las lágrimas porque, al fin y al cabo, los hombres también lloraban, se montó en la moto y enfiló a toda velocidad la carretera que unía Lisboa y Sintra, como si fuera Maria Luísa la que estaba a punto de zarpar para irse a la guerra. Le pediría perdón y se casarían antes de irse al extranjero, donde él sería un marido fidelísimo y un desertor impenitente.

Maria Luísa no estaba en casa, ni en el Hotel Storm's. Gonçalo le dijo que su hijastra se había mudado a Francia, donde acabaría sus estudios. Diogo ni siquiera le pidió una dirección o un número de teléfono. Teniendo en cuenta lo que había leído en la carta, sabía que no daría con ella. Cuando ya se subía de nuevo a la moto, Pureza lo acorraló con la gravedad de quien ha sido víctima de un engaño:

—Mi hermana no está estudiando en París.

—Ya lo sé —dijo Diogo.

—¿Y dónde está, si no?

—Eso no sabría decírtelo.

Diogo accionó el pedal de arranque: los borbotones del motor, el olor a gasolina, el vértigo de la velocidad. Giró la empuñadura del acelerador en punto muerto y el rugido de la Triumph Roadster hizo estremecer las piernas y el pecho de Pureza Storm, que, a sus trece años, se puso de puntillas y le besó la mejilla. Un acto de caridad, pensaba él, el comienzo de un gran amor, esperaba ella.

Según la GNR, el conductor del autobús que unía Cabo da Roca y Cascais avistó un resplandor dorado en un recodo de la carretera y pensó que se trataba de un OVNI. Aminoró la marcha al comprender que era el depósito de gasolina de la Triumph, volcada al borde del acantilado, destellando bajo el sol. La carretera era sinuosa, tallada en la ladera de la montaña con subidas y bajadas, curvas y contracurvas. Abajo, al pie del desfiladero, el mar hurgaba entre los escollos.

Los agentes de la GNR que acudieron al lugar no hallaron ningún rastro de frenazo, como si el motorista hubiese renunciado a tomar la curva y se hubiese visto catapultado hacia el abismo cuando la rueda de la moto topó con el pretil de piedra que ladeaba los tramos más peligrosos. Diogo quedó atrapado en una maraña de zarzas tras golpearse la pierna con un pedrusco. La colisión le salvó la vida, porque impidió que resbalara cuesta abajo, pero se había roto la tibia y el peroné.

En el hospital, donde le esperaban meses de intervenciones quirúrgicas y fisioterapia, dijo que un animal se le cruzó delante, una excusa para apaciguar a la familia y convencerse de que el fin de su noviazgo, después de lo que había leído en la carta de Maria Luísa, no podía desmadejar a un Bravo Montalvão hasta el punto de hacerle perder la razón y renunciar a tomar una curva.

—Tal vez fuera un zorro o un perro callejero, no me acuerdo bien —explicó Diogo.

—Como vuelvas a hacer algo así, seré yo quien te mate —replicó el abuelo Manoel en su única visita al hospital.

Lo cierto es que Diogo no se acordaba de nada. El beso de Pureza era su último recuerdo previo al accidente.

En el otoño de 1974, nueve años después de haber salido del hospital apoyado en muletas, Diogo llegó a Minho en compañía de Jaime Moreno, dispuesto a vengar a su hermano y destacar entre sus pares. Lucharía contra los rojos, los socialistas, los militares traidores que ofrecían las provincias de ultramar a los salvajes tras quinientos años civilizando África. Empezó ayudando a los exiliados portugueses en España. Llevó a los menos pudientes a los conventos fronterizos de Tui y Verín, donde les ofrecían cama y comida. Transportó hasta las tiendas de Vigo a damas adineradas, a cuyos maridos acompañaba a las inmobiliarias de la ciudad para que compraran pisos. Aunque alejado de las maquinaciones políticas y el tráfico de armas, Diogo, el chófer de los simpatizantes del movimiento, aprendía mucho de las conversaciones de sus pasajeros.

—Están usando una agencia de viajes para sacar el dinero del país —le reveló a Pureza por teléfono desde la finca en la que se había instalado, propiedad de un patrocinador del Ejército de Liberación de Portugal. Era allí donde recibía las llamadas que Pureza hacía desde la cabina telefónica en Sintra—. Se compran un viaje alrededor del mundo, luego se bajan en la primera escala y la agencia les reembolsa el dinero en ese país.

—Yo no quiero irme de aquí —repuso ella.

Al cabo de unos días, en esa misma cabina telefónica, el desahogo fue mayor. Por tercera vez, Pureza había perdido un embarazo:

—Tienes que volver a casa.

Diogo ya estaba haciendo las maletas cuando Jaime Moreno lo llamó:

—Teléfono para ti, es tu señora otra vez.

Diogo enfiló el pasillo de la casa señorial, con tapicerías en las paredes y armaduras en los rincones. Cogió el auricular y escuchó:

—No vuelvas a casa. Nos vamos a dar la vuelta al mundo.

Hasta la Navidad de 1974, Pureza y Diogo vivieron una segunda luna de miel en Madrid. Se habían instalado en un estudio interior, sin calefacción, en una calle secundaria del barrio de Salamanca. En las mañanas de frío glacial y seco, cruzaban el parque del Retiro como estudiantes de instituto que hicieran novillos para besarse a escondidas. Tomaban chocolate caliente y leían la prensa en el Café Comercial de la glorieta de Bilbao. Pureza agradecía la ausencia de lluvia, el cielo infinito y azulísimo de la meseta en una ciudad sin horizonte, la sofisticación de las coctelerías, las mujeres siempre arregladas, la monumentalidad de los edificios, el desfile de trajes de gala las noches de ópera en el Teatro Real. Siempre había gente en las calles, comprando en las tiendas, animando los bares. Los madrileños hablaban sin rodeos y transmitían una alegría despreocupada, eso que los portugueses más acomplejados tachaban de arrogancia y grosería. En Portugal, la burguesía era la execrable enemiga del pueblo y debía ser aniquilada. En España, la burguesía iba a la peluquería todas las semanas y se emperifollaba al caer la tarde para salir a tomar cócteles y reír con los amigos.

Le habían dicho que España era una dictadura, pero en Portugal había conocido el miedo y la intolerancia. Pureza no entendía por qué los españoles organizaban excursiones a una Lisboa decrépita, con los muros llenos de pintadas y las aceras llenas de basura, en busca de una libertad que no pasaba de la estafa de los cines con películas para adultos. Intentaba disuadirlos hablándoles de los nuevos presos políticos, la expropiación de tierras y los trabajadores que encerraban a sus jefes en los despachos de las empresas. Pero los españoles tenían que ver de cerca la experiencia de la libertad y el proceso revolucionario. No querían oír hablar de los cristales rotos por la implosión de la dictadura, del mismo modo que la novedad de vivir en el extranjero la cegaba a ella ante la represión con la que el franquismo intentaba aplazar la muerte de la dictadura en España.

Los ahorros con los que Pureza había comprado la falsa vuelta al mundo solo alcanzaban para una excursión en autocar hasta los Pirineos. Una vez descontado el coste del vuelo a Madrid, la agencia le devolvió el dinero restante, al que se sumaba el sueldo que el movimiento le pagaba a Diogo. Vivían con las pesetas contadas, pero los fines de semana los invitaban a mansiones en la sierra madrileña donde se codeaban con el fundador del ELP y candidato al trono portugués. En Madrid, Pureza y Diogo conocieron la vida sofisticada y los privilegios de los exiliados de primera clase, maestros del ocio y la conspiración. En la ciudad imperial donde antaño se había gobernado buena parte del globo, vivieron un nuevo comienzo. Juntos, tendrían descendencia y reconquistarían Portugal.

Gracias a la política que hasta entonces había despreciado y que tanto daño había hecho a la familia Storm, Pureza frecuentaba ahora los círculos más exclusivos. Conoció a Spínola en una cena celebrada en el Hotel Palace. El general la saludó con una reverencia e hizo amago de besarle la mano, aunque no llegó a tocarla. El caballeresco detalle del expresidente de la República hizo que se sintiera importante y se tomara en serio a los invitados que veían en Spínola al único líder con la notoriedad necesaria para enderezar el rumbo de Portugal.

En Madrid, Diogo desempeñaba el cargo de secretario y se ocupaba de las diligencias operacionales. Traficaba con divisas, creaba apartados postales que servían de sede para las empresas que los exiliados usaban como tapaderas, ayudaba a hacer la primera criba de los voluntarios del ELP en los despachos de la Fundação Nossa Senhora de Fátima en las Torres de Madrid. Si recibían la aprobación de la cúpula, los candidatos a combatientes recibían una comida caliente al día y los instalaban en un hostal frecuentado por putas y carteristas en alguna bocacalle de la Puerta del Sol.

Diogo iba contando a Pureza lo que aprendía sobre el movimiento. Ella quería saberlo todo, ser más que un ama de casa. El exilio y las intrigas políticas despertaban en la pareja la pasión de los adolescentes que huyen del hogar familiar para vivir juntos. El exotismo y la bohemia madrileña animaban su vida sexual. Unidos frente a un amigo común, volvieron a sentir la atracción del noviazgo clandestino, como cuando ella tenía quince años y él veintidós. La mayor de sus transgresiones, sin embargo, iba más allá de la diferencia de edad: Pureza fue la segunda hermana que perdió la virginidad con Diogo, pese a lo cual se sentía victoriosa y creía haberse desquitado de Maria Luísa. Lo que ninguno reconocía era que ambos habían sido abandonados por la misma mujer.

En diciembre de 1974, puesto que Pureza insistía en colaborar con el movimiento y que una pareja de viajeros despertaría menos sospechas que un hombre solo, Diogo la llevó en una operación de rescate de bienes. Entrarían en Portugal en tren y volverían a España en el Jaguar del millonario Justo Vasques. Hombre de negocios fichado por la PIDE, había patrocinado a varios artistas opositores al régimen fascista. Su imperio no se habría construido sin el aval del Estado Novo, pero Vasques tenía vínculos con los movimientos independentistas en Angola y amigos en el PCP. Sus convicciones, como el corazón, latían a la izquierda, pero las cacerías con la realeza europea y el urinario de oro macizo que había hecho instalar en su casa eran imperdonables caprichos reaccionarios en la era revolucionaria. Bien conectado en todo el espectro político, Vasques recibió una llamada a tiempo y abandonó el país antes de que los milicianos armados echaran abajo la puerta de su mansión.

Diogo lo había conocido en el Hotel Palace, donde Vasques se alojaba cuando estaba en Madrid. El movimiento procuraba capitalizar las injusticias y los excesos de la revolución para cortejar a posibles patrocinadores, aunque el millonario los veía como meros prestadores de servicios. Recogerían el vehículo y una maleta repleta de dinero a cambio de un porcentaje. En esa reunión, Diogo se había sorprendido al constatar la ligereza del empresario. Más comediante de farsa que protagonista trágico, Justo Vasques no sufría la amargura de otros exiliados.

—Fueron a mi casa de Estoril tres noches seguidas para ver si me pillaban —contó en la suite del Palace—. Yo ya había puesto tierra de por medio, así que los chicos de las metralletas se entretuvieron bebiendo los tintos de mi bodega. Me sentí halagado. Mi buen gusto los llevó a cometer un delito contrarrevolucionario: probar vinos burgueses. A lo mejor querían detenerme por eso: transformo a los milicianos en epicúreos.

Diogo y Pureza no estaban buscados por las autoridades, pero, en las carreteras portuguesas, el Jaguar de Vasques resultaba tan extravagante como su propietario. En el viaje de regreso a España, para evitar Lisboa y las rutas principales, bordearon la costa en dirección norte, empezando por la sierra de Sintra. Dejaron atrás la curva donde Diogo se había salido de la calzada y el automotor que tantas veces había llevado a Pureza hasta Praia Grande. En el arcén, vieron a un niño montado en un burro, mujeres enlutadas vendiendo verduras, paneles de azulejos con la Virgen presidiendo casas que, en lugar de número, tenían un nombre:

Villa Amália

Villa João y Joana

Villa Primavera

Dejaron atrás la pastelería de Colares donde Pureza comía pastas rellenas de cabello de ángel y la consulta del médico de Mucifal que le había enderezado una muñeca rota y no cobraba a los pobres. Cada lugar conocido era un punto más que Pureza iba uniendo en el mapa de la memoria que debería llevarla de vuelta a casa. Sin embargo, la última carta de Antónia decía que la comisión de trabajadores, ahora afecta al Partido Revolucionario del Proletariado por influencia de Maria Luísa, pretendía asumir la gestión del hotel. Visto lo visto, sería una locura detenerse en el Storm's con tanto dinero escondido en la tapicería de un coche de lujo.

—Cuando yo era pequeña, mi padre nos traía aquí a mis hermanos y a mí —dijo, señalando el bosque—. Teníamos que escoger un pino bebé para hacer el árbol de Navidad—. No apartó los ojos de la ventanilla, no quería sostenerle la mirada a Diogo—. Un pino bebé —repitió, negando con la cabeza. Se sorbió la nariz para recalcar la desdichada elección de la palabra bebé y todo lo que evocaba.

Había salido de Portugal asqueada por la compasión que sentía por sí misma. En Madrid, había vuelto a bailar y ya no lloraba al ver a un niño de pecho. En su regreso, sentía el desgarro de dos fuerzas divergentes: el país que amaba y la había visto crecer también la había expulsado. El país donde quería que nacieran sus hijos era el mismo donde habían muerto.

Pureza dejó caer la anécdota del pino de Navidad al abismo del silencio y, durante cientos de kilómetros por carreteras secundarias, flotó a la deriva, cada vez más lejos de ese coche. Diogo la dejó ir porque sabía que volvería. Estaba seguro de que quedaría impresionada por el banquete de Nochebuena, la categoría de los invitados a la finca, la importancia de aquello que las máximas figuras del movimiento decidirían sobre el futuro de Portugal durante esos días festivos en los alrededores de Salamanca.

El Jaguar y el dinero entraron en España sin contratiempos. La anfitriona recibió a sus huéspedes con primor y simpatía, los manteles estaban perfumados, los regalos eran exquisitos. Pureza recibió una edición ilustrada de la Biblia con cubierta de piel. Los guantes de piloto de carreras que Diogo encontró dentro de una caja forrada en terciopelo sobre la cama eran italianos, cosidos a mano, y premiaban su trabajo como conductor. Hubo tiro al plato, brindis por Portugal y reuniones a puerta cerrada para definir las acciones de guerrilla. Excluido de estas, Diogo unía los nombres que había oído pronunciar en Madrid a las caras que veía en Salamanca.

Exentos de la cautela que debían observar los militares y pides allí presentes, los civiles, bien comidos y mejor bebidos, hablaban sin tapujos, se jactaban de sus contribuciones financieras al movimiento y aludían al genio ejecutivo de Pinochet, que por entonces había convertido el estadio nacional de Santiago en un campo de concentración, tortura y exterminio para miles de chilenos.

Al final de cada velada, Diogo subía a la habitación con vistas a la llanura, donde la escarcha reflejaba la luz de luna, y le contaba a Pureza todo lo que había aprendido. El Ejército de Liberación de Portugal desplegaba células por todo el país. Había un núcleo político y otro de información, compuesto por agentes de la PIDE que habían escapado tras la revolución. La tercera noche, Diogo le dijo que había conocido al inspector Rosa Casaco:

—Se dice que fue él quien mató al general Humberto Delgado.

Pureza estaba en la cama, acostada de lado, las rodillas flexionadas, una mano debajo de la almohada, de espaldas al marido.

—Al parecer, la cúpula aún no se ha puesto de acuerdo respecto a las operaciones —continuó Diogo—. Los hay que solo quieren animar a los portugueses a no pagar impuestos y fundar un periódico en el que se publique el domicilio de los militares comunistas. Otros quieren sembrar el caos social y económico. Dicen que hay que prender fuego a todo para luego sofocar las llamas.

Diogo hablaba de secuestros y homicidios, de atentados con bomba contra objetivos civiles y militares. Pureza se levantó de sopetón, arrojó al suelo las flores y el agua del jarrón que tenía en la mesilla de noche y vomitó en su interior.

A la mañana siguiente quiso volver a Madrid, pero Diogo pospuso su partida, pues le habían encargado transportar a un grupo de invitados a una reunión secreta en la que se negociaría la compra de metralletas a un antiguo oficial de las SS. Otto Skorzeny había eludido la justicia en la posguerra y trabajado como guardaespaldas de Eva Perón en Argentina. Años después, volvía a Europa para enriquecerse con el tráfico de armas.

Sin conocer a ciencia cierta el origen de las náuseas de Pureza la víspera —¿un nuevo embarazo o la violencia anunciada de las acciones del movimiento?—, Diogo optó por la prudencia del silencio, ocultando a su mujer la reunión con el alemán, apodado Caracortada debido a la cicatriz que tenía en el lado izquierdo del rostro. Otto Skorzeny encarnaba, en sus dos metros de estatura y su biografía militar, la idea de que el héroe de unos es el monstruo de otros. Si su participación en la Noche de los Cristales Rotos, en 1938, recordaba las atrocidades cometidas por los nazis, su liderazgo en la operación que había rescatado a Mussolini de Hotel Campo Imperatore, donde el dictador permaneció detenido en 1943, suscitaba en Diogo la admiración por la valentía física de la que carecía un lisiado que no había hecho el servicio militar.

Esa mañana, Pureza salió de la habitación más tarde, tratando de esquivar a la turba de falangistas españoles y dirigentes de la Legión portuguesa, oficiales del ejército buscados en Portugal y mercenarios de la bahía de Cochinos. Creyéndose a salvo entre las criadas que aireaban el salón y recogían la mesa del desayuno, pidió una infusión de manzanilla y se sentó en un banco del jardín, a la sombra de una pérgola. La luz se colaba entre las hojas de la enredadera, y Pureza inspiró el aire campestre mientras se calentaba las manos en la taza. Los sonidos de las obligaciones ajenas —el canto del gallo, las tareas de limpieza dentro de casa, el tractor que rasgaba el silencio a lo lejos— daban fe de su paz, del desapego que representaba no querer nada más. Se hablaba mucho de los hombres que salían a por tabaco y se iban para siempre. ¿No habría también mujeres que se apeaban de la vida en marcha, sin equipaje y con un billete solo de ida? ¿No podía ella cambiar el peso de querer algo —una familia, un hijo, un país— por esa mañana de infusión caliente y sol de invierno?

Por supuesto que no.

El humo del cigarrillo anunció la llegada del hombre que habría de aniquilar su tranquilidad.

—Hermoso día, ¿verdad? —Pureza hizo caso omiso de la pregunta—. ¿Me permite? —preguntó él, de cara a la galería, puesto que ya se había sentado en el banco del jardín—. Desde que la he visto no he parado de devanarme los sesos: ¿de qué la conozco? —Hizo una pausa para dar una calada al cigarrillo, aclararse la garganta—. Tengo un montón de caras y nombres archivados aquí arriba. —Se golpeó el cráneo con el puño—. Tarde o temprano, doy con el cajón correcto. —Ella se volvió en su dirección y se topó con la mano que el hombre tendía para saludarla. Pureza reparó en los dedos índice y corazón, amarillentos a causa del tabaco, pudriéndose como mostaza caducada—. Inspector Mendonça, oficina de inteligencia y seguridad.

Tenía cejas pobladas, nariz de patata y, estampada en la cara, la brutalidad de los pides de la vieja guardia.

—Pureza Bravo Montalvão —se presentó ella, sin mover los dedos entrelazados en torno a la taza.

El agente Mendonça retiró la mano que Pureza no había querido tocar y replicó:

—Pureza Storm.

—Ese es mi nombre de soltera.

Él separó las piernas ostensiblemente y apoyó las manos sobre las rodillas como si pretendiera instruirla:

—Cuando cogíamos a algún comunista, como su hermana, teníamos que investigar a toda la familia por motivos de seguridad nacional. Y dos hermanas guapas con un apellido como Storm no se olvidan fácilmente. Sobre todo porque ella era de armas tomar, no se venía abajo en los interrogatorios. En el amor y la guerra, las más peleonas son las que mejor recordamos.

Pureza no había visto a Maria Luísa al poco de que saliera de la cárcel, pero su madre le había descrito el rostro cadavérico, la mirada extraviada de enferma mental, los terrores nocturnos en los que revivía las torturas. Y ahora, acosada por el inspector Mendonça, intimidante como un piropo obsceno en un callejón oscuro, Pureza entendía mejor la rabia de Maria Luísa. Se le ocurrió que podía quemar a ese torturador con la infusión caliente, o romperle la nariz con la taza. No tanto un acto de justicia, porque seguiría impune sirviendo a sus antiguos amos, cuanto la única represalia posible, una cicatriz en la cara, la señal de su ignominia, visible para todos y en el espejo cada mañana. Pese a ese impulso, Pureza no era Maria Luísa. El miedo a morir de un ataque de asma le había enseñado que solo la serenidad, y no el ímpetu, podría salvarla.

—¿Qué pretende?

—Que me digas qué se trae tu hermana entre manos.

—No hablo con ella desde hace meses. Vivo en España, y ella en Portugal.

—En ese caso, va siendo hora de descolgar el teléfono, hacerle una visita. Ponerse al día de las actividades revolucionarias de tu hermana mayor.

—Me temo que no lo entiendo.

—Por supuesto que me entiendes. —El inspector Mendonça se dio una palmada en las rodillas—. Si algo no tienen las hermanas Storm es un pelo de tontas. Volveremos a hablar pronto.

Se levantó, liberó los testículos del tiro del pantalón y, en coherencia con sus principios políticos, los acomodó hacia la derecha. En el sendero que lo llevaba de vuelta a la casa, fue apisonando la gravilla como si marchara sobre un país que ya se había rendido al enemigo.

Pureza cerró los ojos y pensó en lo que distinguía a los hombres del movimiento, como el inspector Mendonça, de los revolucionarios que irrumpían armados en las casas de madrugada para capturar a quienes consideraban fascistas. ¿Acaso se reducía todo a una cuestión de alternancia y, concluido el reinado de unos, llegaba el turno de los otros? ¿No le quedaba más remedio que aceptar la protección del grupo al que pertenecía porque había nacido en determinado momento, lugar y familia, sin haberlo elegido? Maria Luísa había cambiado de grupo, y ¿de qué le había servido?

Pureza abrió los ojos para atajar ese desenfrenado alud de pensamientos y trató de restablecer el equilibrio de la mañana. Pero la paz siempre era efímera y la infusión se había enfriado. No habría sabido decir si temblaba de frío, de miedo o porque había notado el flujo menstrual que venía a confirmar, una vez más, que no estaba embarazada.

Madrid empezó a perder su encanto tras la primera Navidad lejos de la familia. Con Diogo ausente durante buena parte del tiempo y un frío en la calle que se calaba hasta los huesos, el ánimo de Pureza ese primer mes de 1975 parecía reflejar la gama cromática de las fachadas madrileñas, que iba del beige al marrón. Buscó salvación en la literatura, pero no la encontró en las escasas novelas que había llevado consigo desde Portugal. Conocía su desenlace y, envuelta en gruesas mantas, encerrada en un piso interior y minúsculo, con todas las bombillas encendidas en un constante anochecer, Pureza se esforzaba en evitar que el tedio desembocara en depresión.

Una mañana de domingo, visitó el Rastro para comprar libros y un abrigo de invierno. Todo de segunda mano, pues la paga mensual de su marido seguía siendo escasa y solo recurría a los ahorros en caso de emergencia. Temía encontrar a mucha gente en la calle, las aglomeraciones en los tenderetes rebosantes de trastos y cachivaches, la ristra de figuras decorativas, despertadores, loza rayada, zapatos desparejados, máquinas de coser y cadenas de bicicleta. Sin embargo, cuando llegó al mercadillo, se sintió como en un templo donde los despojos se consagraban como reliquias. Cada vendedor era un guardián de genealogías, cada objeto, un vestigio de vidas pasadas, un eslabón de continuidad que arrancó a Pureza del aislamiento de las últimas semanas. Compró un abrigo de piel sintética, una antología poética y varias novelas de la colección G. P. Policiaca:

El caso de la pelirroja asustada
Ella no dirá quién fue
¿Pueden matar las señoras?

Animada por las compras, entró en una taberna, pidió un pincho de tortilla, una tapa de boquerones y una copa de vino tinto. Abrió la recopilación de poetas españoles, con el lomo desencuadernado y notas manuscritas en varias páginas, empezando por la guarda anterior: «Este ejemplar se libró de una quema de libros en Madrid tras la ocupación, 1939». El autor de la nota había añadido información biográfica sobre casi todos los integrantes de la antología. Pío Baroja: «Exiliado durante la guerra civil; regresó a España, donde la censura prohibió varios de sus libros». Antonio Machado: «Ante la inminente caída de Barcelona, se sumó a los miles de españoles que huyeron a Francia. Murió a los pocos días de haber cruzado la frontera». Miguel de Unamuno: «La cárcel y el fusilamiento de varios de sus amigos le hicieron arrepentirse de haber apoyado inicialmente a los nacionalistas. A la proclama falangista "¡Viva la muerte!" contestó: "Ese necrófilo e insensato grito se me antoja lo mismo que decir 'muerte a la vida'". Falleció poco después, estando bajo arresto domiciliario».

Como si no bastara con estas muertes, el anotador del libro había copiado, en la página del colofón, el poema «Explico algunas cosas», de un tal Pablo Neruda, al que ella desconocía y que seguramente estaba prohibido por la censura franquista. Los primeros versos eran hermosos: el poeta afirmaba vivir en un barrio de Madrid con campanas, relojes y árboles, en una casa con geranios, perros y chiquillos. Pero la paz, como había aprendido Pureza, siempre era efímera.

Y una mañana todo estaba ardiendo
y una mañana las hogueras
salían de la tierra
devorando seres,
y desde entonces fuego,
pólvora desde entonces,
y desde entonces sangre

Pureza abandonó el poema sobre la guerra civil cuando los aviones empezaron a matar niños. Demasiado tarde: «y por las calles la sangre de los niños / corría simplemente, como sangre de niños». Se llevó una mano al vientre, buscando la sangre de sus niños. En la mesa de al lado, una señora mayor, bien vestida y acompañada de su marido, reparó en su rostro pálido:

—¿Estás bien?

Ella asintió con una sonrisa amarga y, con dedos temblorosos, hurgó en el monedero para intentar pagar la cuenta.

—No te preocupes por eso —le dijo la mujer, comprendiendo que Pureza necesitaba salir de allí—. Paco, pídele un taxi.

El marido salió de la taberna y volvió al cabo de un instante. Le ofreció el brazo a Pureza y le abrió la puerta del coche con una bondad que, tantos años después de la guerra civil española, insistía en negar la victoria a quienes aclamaban a la muerte.

En los primeros tiempos en Madrid, cuando los exiliados echaban de menos el mar —un cliché solo superado, entre los portugueses, por las quejas sobre el café español—, Pureza contestaba:

—Quien tiene el prado no necesita la playa.

Era un juego de palabras pretencioso y poco sincero: Pureza añoraba el mar y nunca había visitado el Museo del Prado. Solo más tarde, harta de poemas sangrientos, la penumbra del piso y el humo de los cafés, entró en el museo para cobijarse de la lluvia durante un paseo. Frente a lienzos más grandes que su habitación, en el silencio de las galerías con claraboyas por las que se derramaba la blancura del cielo, Pureza volvió a encontrar la paz y el color. Tuvo que aprender a evitar algunas salas, porque, además de los poetas, también los pintores se complacían en retratar lo morboso. Ignoró los fusilamientos de Goya, los incontables cristos crucificados y los campos de batalla, el resumen de toda la barbarie que era *El triunfo de la muerte* de Brueghel el Viejo. Por encima de todo, el cuadro de Rubens en el que Saturno, desnudo y desgreñado, mordía el pecho de su hijo en una amalgama de barba canosa y carne de bebé.

Pureza gravitaba hacia los paisajes y las reproducciones de una felicidad que parecía más auténtica que la propia vida, como los chiquillos a los que Sorolla había pintado a orillas del mar en Valencia. Su obra preferida, pintada en 1435, era un refugio frente al caos que atravesaba los siglos y fronteras. En *La Anunciación*, el retablo de Fra Angelico, la Virgen, una joven rubia, recibía la buena nueva de su embarazo. Pureza podría justificar su fascinación por la pintura aludiendo a la maestría de la composición y los colores, pero el milagro de la concepción era el verdadero motivo de su embeleso. Solo allí lograba permanecer al margen de la crisis del petróleo, la inflación al alza, la entrega de las colonias a los africanos, el ascenso de los comunistas en Portugal y, sobre todo, lo absurdo e incluso egoísta que era desear un hijo en el año de desgracia de 1975.

—Todos los artistas son unos invertidos o unos subversivos. —Pureza reconoció la voz del inspector Mendonça por las flemas y el sarcasmo de los malos perdedores. Mendonça se inclinó sobre la cartela informativa de la obra en la pared del museo—. En el caso del fraile italiano aquí presente, apuesto a que era un invertido. —Entrelazó las manos a la espalda, fingiendo interés por el cuadro. —Este te gusta mucho, ¿verdad? Me he dado cuenta de que vienes a verlo casi a diario. —La insinuación de que la estaba vigilando era más siniestra si cabe porque estaban solos en la galería—. Espero que hayas tenido tiempo de hablar con tu hermana.

—¿Sobre qué? —Su duda era tan sincera como el malestar de tener a un pide ocioso acechándola—. Ya le he dicho que no nos hablamos.

—¿Tal vez porque te has casado con su novio? Aun así, supongo que te resulta más fácil charlar con tu hermana de lo que le resultaría a tu marido, ¿verdad? Al fin y al cabo, fue él quien se quedó compuesto y sin novia. No habrá sido fácil para don Diogo Bravo Montalvão saberse reemplazado por un comunista de la clase obrera. —Como Pureza no lo miraba, Mendonça se volvió hacia ella y se metió las manos en los bolsillos, abriendo el abrigo y exhibiendo la prominente barriga—. De hecho, precisamente por eso no le pedí ayuda a tu marido. No digo que lo expulsaran del movimiento si se enteraran, pero tampoco hace falta que la gente empiece a preguntarse si el Cojo no sabía que su novia era comunista, con lo que sería más tonto de lo que parece, o bien si, aun sabiendo que era una roja, calló como un muerto, lo que revelaría que es más gallina de lo que todo el mundo cree.

Un grupo de estudiantes de secundaria entró en la galería. El inspector Mendonça los miró como el padre al que los hijos interrumpen la siesta. Ante la imposibilidad de pegarles, se contentó con darse una palmada en el bolsillo del abrigo, luego en el otro, y se tranquilizó al oír el celofán del paquete de tabaco.

—Fuera se fuma mejor.

Se instalaron bajo los árboles del paseo del Prado, con vistas al tráfico que rodeaba la fuente de Neptuno.

—Dentro de unos días, tu marido y tú volveréis a Portugal. Cuando estéis allí, quiero que vayas a ver a tu hermana a la sede del PRP. Intenta averiguar si hay maniobras raras, referencias a armas, cualquier cosa que te parezca secreta.

En el anonimato de una gran capital extranjera, Pureza escuchaba las instrucciones del pide que había torturado a Maria Luísa y su miedo inicial daba paso a la incredulidad. Tal vez fuera la ropa raída del inspector Mendonça, las bolsas alrededor de los ojos, como menudillos de pollo, o el abandono de un hombre perseguido en su tierra, que había dejado atrás a su familia y vivía solo en alguna pensión de Chueca. Mendonça era el payaso pobre que desentonaba en las promesas de Diogo y el ELP y los supuestos planes de invasión por parte del Gobierno español, en colaboración con la CIA, para exterminar la pandemia comunista en Portugal.

Pureza pensó que obligar a un ama de casa a obtener información entre los militantes de la izquierda radical era una táctica digna de aficionados, si no directamente descabellada. Al cabo de unos días, vería confirmadas sus sospechas cuando Diogo llegó a casa y le pidió que hiciera las maletas:

—Nos vamos a Portugal, los rojos planean matarnos a todos.

3

Mediodía, el sol cayendo a plomo, el espejo del Tajo deslumbrando la ciudad. El invierno se precipitaba hacia la primavera y la luz de las primeras horas de la tarde deshacía los últimos jirones de niebla matinal. En la mansión de Restelo, Diogo y su abuelo paseaban despacio entre los arcoíris que los chorros del riego automático esparcían por el jardín. Para contemplar mejor a su marido en esa postal, Pureza se apartó de la familia Bravo Montalvão, que tomaba un espirituoso antes del almuerzo, y dejó atrás el salón para salir al exterior con un vaso de agua. El regreso a Portugal había desmentido el fatalismo que Diogo manifestó al abandonar España. Seguían todos vivos y él le había explicado el plan para detener la carnicería y recuperar el poder: el Ejército de Liberación de Portugal no era sino un regimiento de un contingente mucho más numeroso liderado por el general Spínola, un estratega de primer orden con experiencia bélica y que contaba con el apoyo de numerosos militares descontentos con el desenfreno comunista.

Al volver de España se habían encontrado con otra buena noticia: Nádia estaba viviendo de nuevo con sus abuelos, de modo que Pureza pasaba mucho tiempo con su sobrina, asumiendo las funciones que Maria Luísa solo desempeñaba de forma intermitente.

En el interior de la mansión de Restelo, la prepotencia de las voces subrayaba el desprecio de los Bravo Montalvão hacia los de fuera y la rivalidad con los de dentro. Pureza opinaba que, como los emperadores locos, todos ellos se creían dioses por derecho y superiores por naturaleza. Maltrataban a los plebeyos como ella y se regocijaban en el fracaso de sus parientes, sobre todo de aquellos que divergían respecto a la familia, como Diogo y su novia comunista, hija de una criada, que había acabado dándole la patada. Lejos de aprender la lección, se había casado con los despojos de la descendencia de esa misma criada.

Sus tíos, primos y sobre todo su hermana se burlaban de los defectos físicos de Diogo porque ni siquiera tenían en cuenta su dimensión intelectual. Para ellos, era un lisiado parco en palabras, el hazmerreír de la familia, cada vez más rechoncho, que había acabado rellenando formularios en una compañía de seguros.

Pureza, la infértil, bebió un trago de agua y miró hacia el salón, donde Ticha, su cuñada, embarazada del segundo hijo, fumaba y bebía como la madame de un burdel. Pureza tal vez no pudiera dar continuidad al linaje de los Bravo Montalvão, pero aun así se consideraba una elegida, pues solo ella conocía la integridad de Diogo. ¿El supuesto suicidio y la pierna lisiada? ¿El abandono de Maria Luísa y el desdén de la familia por haberse casado con una mujer que no pertenecía a la casta suprema? Nada lo había debilitado, al contrario: todos los reveses lo habían hecho más fuerte. Diogo había pagado el precio con la cabeza bien alta y seguía siendo inquebrantable.

Si ser esnob era coger un fragmento de alguien, ignorando todo lo demás, para fabricar juicios absolutos, Pureza, que ni siquiera se había molestado en conocer los nombres o las relaciones de parentesco de los invitados, era una esnob en legítima defensa. Para ella, los Bravo Montalvão eran una troupe de alcohólicos funcionales, a cuál más inútil, que vivían de las rentas familiares, preocupados por la falta de nieve en las pistas de Saint Moritz, mientras Diogo se jugaba el cuello para impedir que acabaran todos fusilados.

Se volvió de nuevo hacia el jardín, donde Diogo advertía a su abuelo del peligro de la Matanza de Pascua. Había una lista con miles de nombres, gente a la que los comunistas, en colaboración con el MFA, querían detener y aniquilar. Era probable que Manoel Bravo Montalvão se hallara entre los señalados, pero el patriarca no tenía nada que temer, su nieto estaba al tanto de las maniobras que, de una tacada, desmantelarían la ofensiva y pondrían de nuevo a Spínola al frente del país.

Pureza vio como el abuelo, agradecido, posaba la mano en el rostro de su nieto y, conmovida por ese gesto de ternura, reiteró la promesa de que, por amor a Diogo, uno de sus hijos se llamaría Manoel Bravo Montalvão.

Manoel Bravo Montalvão le pellizcó la mejilla, como solía hacer cuando Diogo era un niño. El reconocimiento de su abuelo siempre implicaba un reparo o una nueva exigencia.

—Muchas gracias por el aviso, pero ¿quién te crees que les paga las facturas? Les he dado dinero a todos, desde los socialistas hasta tus amigos del ELP, y si no he ayudado a los comunistas es porque no me lo han pedido. De momento, de momento. Si apuestas a todos los caballos, siempre acabas ganando. Nuestro lugar está en las gradas, no corriendo en la pista. Estate quietecito, no quiero que te metas en líos.

Le pellizcó la mejilla con fuerza. Seguro de haber cruzado el umbral entre el afecto y el dolor, acarició la cara de su nieto. Manoel había nacido en el último año del siglo XIX; la ternura entre hombres solo podía existir si ocultaba un trasfondo de violencia.

—Esta vez no podemos limitarnos a esperar en las gradas. Tenemos que defendernos. Corre usted peligro, abuelo.

Diogo estaba tan empeñado en convencer al patriarca de su valía como Colón en alcanzar las Indias.

—No, Diogo, el que corre peligro eres tú, porque te has pasado todos estos meses jugando a indios y vaqueros. Si esa tal lista de la Matanza de Pascua existe de veras, será por culpa de vuestras patochadas. Y, si mi nombre está ahí, entre los que irán al paredón, es porque no puedo esconder lo que he construido en los últimos cincuenta años. No reniego de lo que he hecho por este país —Manoel se dio cuenta de que el agua de riego le había salpicado los zapatos de piel—. Mierda. —En el interior de la casa, una carcajada, seguida de un coro de risas, le recordó el compromiso familiar. Consultó el reloj de pulsera y luego miró hacia el río como el capitán que, a través de la radio, ordenó a las Fuerzas Aéreas bombardear las posiciones enemigas—. Acabemos con esto de una vez.

Le faltaba paciencia para soportar a sus descendientes, pero los almuerzos era una demostración de su poder sobre la familia. Recio de mente y de carnes, frugal en sus hábitos y con el pelo canoso desde que Diogo tenía uso de razón, el abuelo gobernaba la familia tal como gobernaba su imperio empresarial. Si tanto éxito había tenido en los negocios, ¿cómo no iban a consentirle sus caprichos privados?

En ese mismo jardín, una década antes, al ver un transatlántico y un yate en la desembocadura del Tajo, Manoel le había dicho a su nieto:

—En esta vida, puedes tener un barquito de recreo y sacarlo de vez en cuando para dar un paseo frente a la costa, con el buen tiempo, o puedes ser el dueño del carguero que da la vuelta al mundo y transporta las materias primas que sirven para construir casas, puentes, túneles.

Entre los Bravo Montalvão, Diogo creía ser el que menos interés tenía en la herencia, el que más respetaba al patriarca, el que mejor acogía su cosmovisión. En determinados momentos, eso le había valido el trofeo de un pellizco en la mejilla. Con el abuelo, todo era una prueba y, con cada prueba superada, Diogo se creía más cerca de concluir su reclutamiento en la empresa de seguros.

Manoel se cogió del brazo de su nieto y echó a andar hacia la casa.

—¿Harás lo que te digo?

—Sí, abuelo.

Manoel tiró de Diogo para que el chorro de agua no los alcanzara. Pese a su supremacía física, el nieto se dejó arrastrar por un anciano con treinta kilos y veinte centímetros menos.

—De sobra sabes que prefiero a quienes me obedecen que a quienes tratan de impresionarme.

Diogo creyó reconocer un tono de broma en su voz.

—Sí, mi general —aventuró al ver el amago de una sonrisa en los labios de su abuelo.

Pero la boca de Manoel se endureció:

—Pues ve a desconectar el puñetero sistema de riego, que me está poniendo de los nervios.

Pureza apenas participaba en las celebraciones de su familia política. Los padres de Diogo ni siquiera habían asistido a su boda. Vivían en São Paulo, donde su suegro dirigía los negocios brasileños de los Bravo Montalvão, y habían justificado su ausencia con un periplo anual por las fincas y fábricas de la familia.

—No soy la novia, no necesito que mi padre me acompañe hasta el altar —había dicho Diogo con mal disimulada amargura. Pureza no replicó, pero hubiese querido preguntar: «¿Y cuál es la excusa de tu madre?».

Más que acusar a sus suegros, a los que no conocía, tenía por misión remediar el daño que le habían hecho a su marido.

Pureza y Diogo se bastaban el uno al otro, en la salud y en la enfermedad, en la riqueza y la pobreza, exiliados en Madrid o en un almuerzo en la mansión de su abuelo. Sin embargo, sentada en el extremo opuesto de la larga mesa, en un salón con antigüedades y un reloj de cuco suizo que serviría para pagar la deuda externa de un país pequeño, no podía socorrer a Diogo con un gesto tan simple como apartar de su vista la tercera copa de vino. Los separaban soperas de la Compañía de Indias, decantadores de vino, una borrosa mancha de hombres trajeados y encorbatados, mujeres sin joyas porque sabían que el anciano imponía la modestia. Diogo, avezado a los juegos romanos que eran esas reuniones familiares, aguantaba las pullas que le lanzaban todos sin recurrir al favoritismo del emperador, diciéndose que así tenía ocasión de demostrar sus méritos. El cojo, el pánfilo, el mendrugo: lo atacaban dando por sentado que esa era la tradición de los clanes que se insultaban porque se querían bien.

—¿Os acordáis de cuando nos daba la tabarra con Egas Moniz? —preguntó Ticha.

Pureza vio como Diogo se servía la cuarta copa de vino, apoderándose de la botella con su mano descomunal como si sujetara una granada de mortero.

—Una vez, hasta se disfrazó de Egas Moniz por carnaval. —Ticha sabía cómo buscarle las cosquillas—. Con la soga al cuello y todo. Pero nadie sabía quién era.

—Yo sigo sin saberlo —dijo una de las mujeres.

—Era el preceptor del rey Alfonso I —aclaró Diogo—. Se entregó al emperador de Castilla porque don Afonso Henriques faltó a la palabra dada y puso su honor en entredicho.

—Y se presentó ante el emperador con una soga al cuello, para que los españoles no tuvieran que gastar dinero ahorcándolo —se mofó Ticha—. Si Alfonso I hubiese hecho caso al papanatas de Egas Moniz, ahora hablarías español.

—Antes español que comunista —bromeó Rodrigo, el marido de Ticha. Aunque estaba casado, lo habían colocado a dedo en una de las empresas familiares y tenía un segundo hijo en camino, Rodrigo seguía creyéndose el adolescente de Praia Grande que se tiraba a todas las mujeres que le venía en gana.

—No digas tonterías —replicó Diogo, irritado. Pureza se preparó para un enfrentamiento, pues su marido siempre parecía a punto de asestarle un puñetazo a Rodrigo.

El mayordomo entró en el salón y se acercó a Manoel:

—Siento interrumpir, señor, pero al parecer se está produciendo otra revolución.

El séquito familiar siguió al patriarca hasta la sala donde la televisión transmitía imágenes en directo de un cuartel, el RAL 1, al norte de Lisboa.

En la pantalla, el periodista miraba a cámara:

—Espero que mi compañero pueda captar imágenes de los tres soldados que están delante de este edificio, a unos ciento cincuenta metros del cuartel RAL 1. —El reportero siguió a los militares pegado a la pared—. ¿Puedes mostrar a esos soldados de ahí, los que están atrincherados? Por lo general, en este punto suele haber varias personas fumando un cigarrillo.

Pureza distinguió a un civil con las manos en los bolsillos, otro apoyado en una bicicleta. Como si estuvieran en el bar, viendo pasar el tráfico, los hombres contemplaban a los militares en posición de combate. Había ropa en un tendedero de la planta baja y la indolencia de los arrabales de la ciudad rasurada por los aviones que sobrevolaban los edificios y bombardeaban el cuartel. Los soldados apuntaban con las metralletas a la estela que dejaban los motores. Una mujer gorda, de pelo aceitoso, entrelazó los dedos en una plegaria al cielo. Lejos del micrófono sus gritos resultaban ininteligibles, aunque era una escena común frente a las puertas de los hospitales. El melodrama dio paso a lo burlesco cuando el periodista entrevistó a un responsable del COPCON, mitad cantautor, mitad intelectual de salón. Barbudo, luciendo grandes gafas con montura de pasta y pañuelo al cuello, hablaba con la indignación de quien se entera de que hay huelga de transportes mientras espera al autobús:

—Ah, fíjese, yo, en resumidas cuentas, fíjese, si quiere que le diga cómo se originó esto... —Hizo una pausa, confuso—. Pues no lo sé. El comandante de los paracaidistas, fíjese usted, según me dijo él mismo, estaba haciendo ejercicio cuando los metieron en cuatro helicópteros y los mandaron para acá. Y luego, fíjese, de repente, pues van y se presentan aquí dos compañías, las lanzan desde los helicópteros para atacar el RAL. —Se oyen disparos a lo lejos—. Pero, fíjese, antes que ellos, nos bombardeó la Fuerza Aérea.

Pureza contuvo las ganas de reírse al ver que los Bravo Montalvão emulaban el gesto grave del patriarca. Manoel subió el sonido de la tele y ordenó correr las cortinas para ver mejor la pantalla.

—Estamos en tierra de nadie —iba diciendo el periodista—. A un lado, las paracaidistas, al otro las fuerzas del COPCON.

Pureza oyó una voz masculina susurrando a su espalda:

—Los del COPCON son los revolucionarios, así que los paracaidistas serán de los nuestros.

—¿Qué quiere decir COPCON? —preguntó una mujer.

—Comando Operacional del Continente.

Manoel alzó la mano para imponer silencio.

Varios hombres uniformados convergían en un lugar feo e inhóspito, encajonado entre edificios suburbanos y un terreno baldío erizado de maleza.

—No sabemos qué va a pasar aquí —dijo el periodista, expectante, como los portugueses delante del televisor—. Las negociaciones van a empezar, prestemos atención.

Pureza intentó identificar a los interlocutores. En el lado del COPCON estaba el capitán Diniz de Almeida, aparentemente sereno, sin levantar la voz. En el lado de los paracaidistas, había alguien que la cámara apenas captaba de refilón. Los dos hombres se estrecharon la mano.

Diniz de Almeida:

—A ver, ¿qué tenemos aquí?

Paracaidista:

—Pues, verá, eso era lo que venía a explicar —replica, nervioso—. Tengo órdenes de tomar vuestra unidad.

Se ve un mar de cabezas, la cámara se tambalea, la gente observa la escena desde la distancia.

Diniz de Almeida:

—Pero ¿quién ha dado la orden?

Paracaidista:

—Mi comandante.

Diniz de Almeida (mordiéndose el labio):

—Ya, pero, como comprenderá, nosotros tenemos órdenes de mi comandante, el brigadier Otelo Saraiva de Carvalho, de que no nos dejemos ocupar.

Paracaidista:

—Por supuesto —repone, demasiado cortés, casi disculpándose.

Diniz de Almeida:

—Y de Carlos Fabião, comandante en jefe de las Fuerzas Armadas —remata con una fugaz sonrisa que delata su nerviosismo.

Paracaidista:

—Precisamente por eso he intentado, en esta fase de la ocupación, empezar dialogando para evitar muertes.

Diniz de Almeida:

—Claro, claro.

Paracaidista:

—Por lo tanto, yo he recibido unas órdenes, vosotros habéis recibido otras. Por lo tanto, a fin de evitar, en la medida de lo posible, que haya que lamentar bajas, tanto por nuestra parte como entre los civiles, habrá una fase en la que, o bien vosotros os rendís —Diniz de Almeida niega con la cabeza—, o bien tendremos que abrir fuego unos contra otros.

Diniz de Almeida:

—No, no. —Cambia el fusil de mano—. Tenemos que conocer los motivos. Sus hombres tienen que saber qué están haciendo, si están llevando a cabo una traición, si están desobedeciendo las órdenes establecidas.

Paracaidista:

—Se han repartido panfletos de este tipo. —Baja la mirada hasta el panfleto que sostiene en las manos, se lo tiende a Diniz de Almeida, que lo lee en silencio durante quince segundos.

Diniz de Almeida:

—O sea, ¿que venís a tomar un cuartel por lo que pone en este panfleto?

Paracaidista:

—No, no, no, detrás de esto, en fin —se encoge de hombros—, existe cierto número de personalidades importantes que no están de acuerdo con la forma en que se está desarrollando la democracia en nuestro país.

En la sala, Diogo sintió cómo su abuelo apartaba la mirada de la pantalla para buscarlo.

Diniz de Almeida:

—Por lo tanto, se trata de un golpe de Estado.

Manoel negó con la cabeza en señal de reproche, el gesto de quien estaba de vuelta de todo.

Paracaidista:

—No es un golpe de Estado.

Diniz de Almeida:

—Tipo Chile.

Paracaidista:

—No es un golpe tipo Chile, al revés, se trata de garantizar que las próximas elecciones se hagan en la fecha señalada.

Manoel soltó un suspiro, impaciente, y dijo:

—Me voy al despacho antes de que esto se vaya aún más al garete.

Los hombres lo siguieron, salvo Diogo y Rodrigo, los únicos que no trabajaban en la sede de la empresa con el patriarca.

Mientras tanto, en la tele, proseguía el rocambolesco preludio de una posible guerra civil. Paracaidistas balbuceantes, que no sabían a lo que iban y que habían bombardeado el cuartel de sus compañeros de armas, matando a uno de ellos e hiriendo a varios. Errores, embrollos, malentendidos. Ese aparente sainete, en el que solo faltaba un hombre disfrazado de mujer, podría desencadenar la matanza con la que algunos querían desbaratar el equilibrio de fuerzas entre la revolución y la reacción.

En el televisor, un militar del COPCON hacía alarde del talento luso para el lamento:

—Hombre, yo lo único que sé es que estaba sentado al escritorio, tan tranquilo, haciendo las listas de turnos, cuando de pronto ha estallado una bomba al lado de la ventana, eso es lo único que sé.

Pureza se echó a reír y, en la estancia casi a oscuras, los Bravo Montalvão, siniestramente iluminados por el blanco y negro de la pantalla, se volvieron para mirarla. Pureza percibió en ellos el insólito miedo que profanaba, por fin, la impunidad de la familia. ¿Sabrían algo que a ella se le escapaba? ¿O acaso, al igual que las criadas en la cocina y los millones de portugueses en sus casas, tampoco los Bravo Montalvão tenían ni la más remota idea de lo que estaba pasando, aunque intuyeran que el desenlace sería más favorable a las criadas que a los señores?

Pureza buscó a Diogo en la penumbra del salón: lo encontró desfigurado por la ira y el vino. Aferraba en un puño la botella vacía, ahora convertida en el bastón que todo lo arreglaría con violencia, la más inmediata, desmedida y redentora violencia.

—Hijos de puta —mascculló con voz cavernosa y visceral. Respiraba como un animal de gran porte y tenía los músculos en tensión desde el cuello hasta los puños—. Hijos de la gran puta.

¿Se refería al COPCON o a sus correligionarios, que habían pasado a la acción sin avisarlo? Con independencia del éxito o el fracaso del golpe, él había quedado al margen, olvidado por sus compañeros de lucha, desautorizado por su abuelo, convertido en blanco de las burlas familiares.

—Revolución, dos. Reacción, cero —sentenció Rodrigo.

Diogo apuntó con la botella a su pecho:

—A ver si quieres que te haga en la cara lo mismo que le hice a tu coche.

—¿Fuiste tú, cabronazo?

Tantos años después, la estupefacción de Rodrigo era idéntica a la mañana en que había encontrado su Alfa Romeo arrugado como el trapo de un mecánico.

—Solo lamento que no estuvieras dentro cuando lo tiré a la cantera.

Diogo descubrió que solo la violencia podría equilibrar el saldo de las ofensas que durante tantos años había aguantado en silencio.

—Aquí me tienes ahora —lo provocó Rodrigo.

En la pantalla, los paracaidistas confesaban haber sido enredados por la cúpula, negaban ser reaccionarios, pedían perdón en directo y abrazaban a los mismos camaradas del COPCON a los que, minutos antes, habían apuntado con sus armas. Treguas, fraternidad, el pueblo estaba con las Fuerzas Armadas.

En la mansión de Restelo, Diogo renunció al decadente espectáculo de la paz. El gigante se había despertado y la violencia era su única forma de expresión, espléndida en su abandono, rápida y satisfactoria en la ejecución, como hacerse una paja o derribar una puerta de una patada.

Estrelló la botella de vino contra la pared y, haciendo caso omiso de los gritos de las mujeres y la mano de Pureza en su brazo, decidió hacerle a su cuñado aquello que los paracaidistas no habían podido hacer a los revolucionarios.

Por la radio, Otelo Saraiva de Carvalho, comandante del COPCON, aseguró que la intentona reaccionaria había sido neutralizada y que, llegado el caso, no dudaría en repartir armas a los civiles, que habían salido a la calle al grito de «¡abajo el fascismo!». En la tele, el primer ministro, Vasco Gonçalves, afirmó que la alianza entre el pueblo y el MFA había derrotado a una «minoría de criminales». Spínola, autor intelectual del golpe y expresidente de la República, huyó a España en helicóptero después de que Salgueiro Maia y Jaime Neves, protagonistas de la revolución de abril, se negaran a abandonar sus respectivos cuarteles. La tercera edición del *Diário de Lisboa* del 11 de marzo de 1975 abría con el titular: «Situación bajo control». Esa noche, Manoel y los administradores del grupo empresarial Bravo Montalvão se vieron sitiados por los trabajadores, que los denunciaron al COPCON, por lo que se quedaron bajo arresto a la espera de los soldados que habrían de llevarlos a la cárcel de Caxias. Ante la avalancha de órdenes de detención, los militares tardaron dieciocho horas en llegar. Los administradores, que no tenían acceso a tabaco, teléfonos ni cuartos de baño, se rebajaron a usar una caja para aliviarse. Manoel les permitió semejante degradación, pero nadie, y mucho menos unos obreros en pie de guerra, lo obligarían a mear en público.

En el dormitorio de su casa de Sintra, salpicado de sangre, con las manos doloridas y en carne viva a causa de los puñetazos, Diogo seguía notando los últimos coletazos de la adrenalina reverberando en su sistema nervioso. Pese a las malas noticias, la victoria en la pelea con su cuñado había eclipsado el fiasco del golpe.

—¿Qué ha pasado, Diogo? —Mientras lo ayudaba a desvestirse, Pureza repitió la pregunta que ya le había hecho en el trayecto en coche sin recibir respuesta—. Prometimos que no habría secretos en este matrimonio.

En lugar de contarle lo que Rodrigo le había hecho a Maria Luísa en el convento de los capuchinos, años atrás, Diogo cogió a Pureza por la nuca. Con dedos como tentáculos, rodeó su esbelto cuello. La besó, la desnudó y la arrojó sobre la cama. Dominante sin ser brusco, la penetró y atrajo las piernas dobladas de Pureza hacia su propio pecho, iniciando una cadencia que parecía una marcha, con los ojos abiertos pero sin mirar nada, un animal incapaz de formular pensamientos abstractos, capaz tan solo de una intención carnal que, de no ser por las únicas palabras que pronunció entonces, Pureza habría interpretado como un trastorno:

—Voy a hacerte un hijo.

No sabía cuánto tiempo llevaba allí, desnudo, todavía manchado de sangre, oliendo a sudor y sexo. Salió de la bañera sin haber abierto el grifo de la ducha y entró en la habitación.

—Haz las maletas, tenemos que marcharnos esta noche.

Pureza se despertó del sopor en el que había caído tras la eyaculación de Diogo, que se había metido en el cuarto de baño mientras ella permanecía en la cama, con las piernas flexionadas y cruzadas para salvaguardar el semen de su marido.

—¿Qué? —dijo Pureza, balbuceante a causa del sueño.

—Si me quedo aquí, vendrán a por mí. Y entre rejas no sirvo para nada. Spínola se ha ido a España. Nuestros hombres están allí, y es allí donde debemos estar.

Pureza se sentó en la cama y se cubrió con la sábana por el pudor, e incluso el miedo, que le inspiraba ese hombre al que horas antes había visto golpear a otro hasta dejarlo inconsciente.

—No pienso volver a irme de mi casa.

—Haz la maleta —ordenó él, y empezó a vestirse.

—¿Se puede saber qué te pasa? Te lías a golpes con tu cuñado y ahora me hablas como si fuese tu criada. Hay algo que no me estás contando.

—Lo único que necesitas saber es que tenemos que salir de esta casa cuanto antes.

—Tú no estás bien.

—Al contrario. —Desnudo de cintura para arriba, sin más atuendo que los pantalones, Diogo se abrochó el cinturón—. Nunca he estado mejor.

—Con esas pintas, no me iré contigo a ninguna parte.

—Eres mi mujer y harás lo que te diga.

—Diogo, no quiero irme a España, necesito estar cerca de mi familia, y más si me quedo embarazada.

—En España también nacen niños.

—¿Por qué me tratas así? ¿Acaso no sabes por lo que he pasado?

Diogo buscaba algo —¿los zapatos, la cartera, las llaves del coche?— y el empecinamiento de Pureza lo distraía de la búsqueda, irritándolo y desorientándolo. Como un superhéroe expuesto al antídoto de sus poderes —recién descubiertos, para colmo—, sentía que empezaba a perder la contundencia de la violencia física y el sexo, acobardado por el miedo de su mujer y los deberes conyugales. Minutos antes quería hacerle un hijo, obedeciendo a un instinto animal que nada tenía que ver con la paternidad. Tener un hijo le parecía ahora un talón de Aquiles para toda la vida. Y bastante tenía con ser cojo. El abuelo y los hombres de la familia debían de ir camino de la cárcel de Caxias. Solo quedaba él para liderar a los Bravo Montalvão.

—No te hagas la víctima —dijo, asqueado por la vulnerabilidad de Pureza.

Cogió un zapato de la moqueta y lo observó como un mono al que hubiesen dado una calculadora. No sabía qué hacer con el zapato, la truculencia de sus pensamientos obstruía el poder de lo físico. ¿Por qué demonios se empeñaba ella en destruir la victoria de su masculinidad? Diogo estaba más acostumbrado a lidiar con los abusos de su familia que con la debilidad de su mujer, que, obsesionada con ser madre, lo asfixiaba con las trivialidades del embarazo. Tenía que salir de allí antes de que ella rompiera a llorar. ¿Dónde estaba el otro zapato? Necesitaba el zapato que faltaba para salvar los negocios de la familia y preparar un contraataque desde España.

—¿Que no me haga la víctima? —replicó ella—. ¿Acaso sabes lo que es estar embarazada tres veces y perder a tres hijos?

Solo la crueldad podría salvarlo.

—Lo único que sé es que, por más que lo intentemos, tú no logras quedarte embarazada.

El llanto de Pureza se secó de golpe, se le tensaron las facciones como un animal que se dispone a gruñir:

—¿Y quién te dice que el problema soy yo? A lo mejor lo eres tú, con esa sangre envenenada que corre por las venas de tu familia.

—No, no soy yo, de eso puedes estar segura.

—¿Qué quieres decir con eso? —replicó ella.

Diogo había probado la sangre humana y le había gustado el sabor. No había manera de detenerlo. Era consciente de hallarse ante la última oportunidad de poner su valentía y juventud al servicio de la patria. Como aquella tarde en que la moto había seguido recta en una curva, se dejó llevar, solo que ahora, en vez de aniquilarse a sí mismo, renacía con la aniquilación ajena:

—Pregúntaselo a tu hermana.

—¿De qué hablas?

—¿Querías un matrimonio sin secretos? Pues ahí lo tienes.

—No puede ser —dijo Pureza, tan aturdida que, en vez de taparse los oídos para no escuchar lo que ya intuía, se cubrió la boca con las manos.

Era ahora o nunca, la quimera de los aguerridos contra la monotonía de los domesticados. Diogo empuñaba las dagas sangrientas que mataron a Duncan y, en vez de las palabras asesinas de Macbeth —«Ya está hecho»—, sentenció:

—Claro que puede ser, lo pone en la carta que tu hermana me mandó antes de pasarse a la clandestinidad.

Pureza ni siquiera oyó el timbre del teléfono, que sonaba como una alarma antiincendios.

—¿Me estás diciendo que ese día, cuando viniste buscándola en la moto y yo te besé, me estás diciendo que ya lo sabías?

Diogo fue a contestar la llamada, dejándola en caída libre. Al volver, dijo:

—Los empleados quieren tomar el hotel.

Se puso la camisa manchada con la sangre de su cuñado y, como si no acabara de anunciar que era el padre de Nádia, dijo:

—Voy a echarle una mano a tu madre.

Desarbolada por lo que acababa de saber, Pureza advirtió que su marido solo llevaba un zapato puesto. Se agachó para mirar debajo de la cama y le tendió el otro. Se vistió y lo siguió calle abajo, pisando el asfalto humeante, cubierto por la humedad que desenfocaba las incandescentes copas de las farolas. El ulular de una lechuza, el penetrante aroma del bosque, el rumor del agua que manaba sin cesar. Todo le resultaba familiar y, al mismo tiempo, se le antojaba propio de una pesadilla.

En un muro, alguien había escrito:

¡Democracia sí, falocracia no!

Cuando llegaron al hotel, Diogo se detuvo en seco delante de la verja y se frotó la frente como si se hubiese olvidado de las llaves:

—No puedo presentarme ahí dentro con las manos vacías.

Era más fácil bajar la pendiente que llevaba a la casa de los Storm que deshacer todo el camino de vuelta.

Nádia le abrió la puerta a su padre, el hombre que creía ser su tío, y fue a sentarse delante del televisor; a esa hora, ponían los dibujos animados de *El Gordo y el Flaco* en la segunda cadena. Diogo se dirigió al armero, cargó la escopeta Pietro Beretta que había regalado a su suegro en las Navidades de 1973 y se fue hacia el hotel, dejando la puerta abierta. Pureza la cerró y se sentó en el sofá junto a Nádia. Antes de que pudiera mirarla o sopesar lo que acababa de descubrir, la niña se acurrucó en su regazo, ajena a los secretos familiares y los hombres armados de la calle, riendo porque el Gordo y el Flaco se pasaban un cartucho de dinamita que estaba a punto de explotar.

Tal vez no hubiese ido a la guerra, pero la guerra iba a su encuentro. Levantó la trampilla y bajó al sótano. A oscuras, con gestos furtivos y el salvoconducto de la escopeta, Diogo improvisaba por falta de tiempo y, sobre todo, porque lo imprevisible de la violencia lo hacía sentirse vivo y hábil. Había descubierto una llamada. No sabía si, al presentarse con el arma en ristre en el interior del hotel ocupado por los empleados, salvaría a los inocentes o castigaría a los culpables, si estaría subrayando sus ideas para el país o contrariando las ideas ajenas. Ignoraba qué le tenía reservado el destino, pero se regocijaba en la senda que lo llevaría hasta allí. El principio de la acción, el final de la contención.

Abrió la puerta que daba a la escalera de servicio y pulsó el interruptor. Oyó un zumbido eléctrico, los conductos de aire y las cañerías del agua. Estaba en las entrañas del hotel, dentro del sistema capilar que alimentaba lámparas de araña, máquinas de café y baños de agua caliente. Todo tenía un orden, un lugar, una jerarquía. Diogo sería el celador de ese mecanismo. De haber tenido dos piernas en igualdad de condiciones, hubiera saltado los escalones de tres en tres. Subió un tramo como pudo y, al llegar al rellano, oyó pasos al otro lado de la puerta. Miró el cañón y la culata de la escopeta y se decantó por esta última, invirtiendo el arma. Rompería una mandíbula a modo de presentación. Así, cuando empuñara la escopeta, nadie dudaría de que era capaz de apretar el gatillo.

Las bisagras chirriaron y el pomo rechinó. La puerta se abrió.

Semejante reencuentro merecía algo más que un hueco de escalera apestando a lejía.

Pero allí estaba ella, en el umbral, reconocible al instante porque nunca la había olvidado: Maria Luísa Alegria Storm, madura, con las primeras arrugas en torno a los ojos y las facciones ligeramente menos voluptuosas. Nada se había perdido, solo refinado.

—Hola, Malu —saludó Diogo, como si se hubiesen visto la víspera. Le hablaba a su novia adolescente, a la que conocía bien, porque la sorpresa hacía imposible suponer todo lo que ignoraba de esa mujer.

—Llegas tarde —dijo ella, como una niña traviesa—. Unos diez años, por lo menos.

—Por lo menos —concedió él, relajando la mano que asía la culata de la escopeta, cediendo al magnetismo de las historias mal resueltas y de lo que podría haber sido.

El temporizador de la luz llegó al final de la cuenta atrás y Malu desapareció, igual que en 1965. Diogo buscó a tientas el interruptor de la pared, como si este pudiera devolverle lo que le había sido arrebatado. Lo mismo daba que se hubiese casado con su hermana, que estuvieran en lados opuestos de la lucha, que él empuñara una escopeta para liberar un hotel tomado por los discípulos de la revolución a los que ella entregaría un arsenal de armas sin pestañear. ¿Qué eran diez años y los caprichos de juventud —él y la guerra, ella y el partido— si, cuando se encendiera la luz de la escalera, esa mujer de ojos negros, que le había mordido los labios y echado por tierra tabús sin más amenaza que un incisivo desplazado, lo dejaba enteramente a su merced? ¿Qué era la discordancia ideológica frente a la vehemencia del deseo? ¿Aborrecía Diogo el comunismo y la revolución? Por supuesto que sí. ¿Quería a Pureza y habría deseado ser el padre de sus hijos muertos? Sin duda. Por eso, podrían tacharlo de frívolo e irresponsable, pero peor sería negar la verdad: los detalles más nimios de otra mujer, como el tamaño de sus ojos o la posición de un incisivo, eran cuanto bastaba para acabar con un matrimonio.

Diogo pulsó el interruptor, la luz se encendió y, en vez de aclarar lo que había quedado pendiente entre ambos durante años, reveló a los acompañantes de Malu.

—Venía a ayudaros —dijo Diogo al ver a sus suegros.

—Al contrario —corrigió Maria Luísa—. Eres tú quien necesita ayuda. —Y, antes de que la luz volviera a apagarse, le quitó la escopeta de las manos.

Proceso Revolucionario En Curso

1

En el sofá del salón de los Storm, Pureza vio como su hermana mayor comunicaba a toda la familia aquello que su marido ya había escuchado en la escalera de servicio del hotel: los trabajadores habían tomado el edificio y destituido a Antónia. A causa de sus amistades con dignatarios del antiguo régimen, muchos de ellos clientes habituales del Storm's, pero sobre todo por tener como yerno a un integrante del infame clan de los Bravo Montalvão, Gonçalo Storm podría ser víctima en cualquier momento de la caza al reaccionario que estaban llevando a cabo las fuerzas del COPCON. Alfredo, el compañero de Malu al que la familia nunca había conocido, les entregaría una furgoneta del hotel y Frederico se encargaría de sacarlos de allí.

—¿Adónde nos llevaréis? —preguntó Antónia.

—Lo importante, ahora mismo, es que salgáis de esta casa lo antes posible —dijo Maria Luísa, al tiempo que le entregaba la escopeta a Frederico—. Guarda esto y acompaña a Nádia a su habitación.

Frederico, despeinado y con bolsas bajo los ojos por haber dormido de día, abandonó la estancia llevando a su sobrina de la mano y sujetando la Beretta con la otra.

—Menudo morro tienes, Maria Luísa. —Pureza se recostó en el sofá para disfrutar al máximo de su superioridad moral, cómodamente instalada en la certeza de que no se iría a ninguna parte, y mucho menos por orden de su hermana—. Fuiste tú quien les lavó el cerebro a los empleados, ¿y ahora vienes a salvarnos?

Gonçalo Storm hizo amago de levantarse y llegó incluso a aferrar los brazos del sillón patriarcal, los mismos cuya tapicería había rascado con las uñas durante los últimos meses mientras veía las noticias en la tele.

—Siempre los hemos tratado muy bien, no entiendo por qué nos hacen esto. —No llegó a erguirse, sino que se quedó a medio camino, el cuerpo encorvado bajo el peso de la incomprensión, buscando a su mujer—. ¿Cuándo podremos volver?

—El hotel ahora pertenece a los trabajadores —explicó Malu a su padrastro, que empezaba a chochear, mientras Antónia lo ayudaba a sentarse.

A juicio de Pureza, su hermana mayor se comportaba con una condescendencia que no ocultaba su regocijo ante algo que le había costado años conseguir: acabar con los Storm. Había sido desde siempre una opositora a la familia, una agente doble en su seno. Empezó siendo la niña obstinada, la joven que contrariaba todo lo que partiera de su madre; la estudiante que desaprovechó el privilegio de una educación universitaria y la cambió por la militancia comunista, movida por el idealismo, según ella, por la amargura y la ingratitud pese a todo lo que le habían dado los Storm, aseguraba Pureza. Tan dispuesta a luchar por las masas anónimas y tan indiferente al sufrimiento de su propia familia, porque, en el fondo, jamás había aceptado a los Storm.

Pureza sintió que los recuerdos que tenía junto a su hermana en esa casa eran el decorado de una farsa. El jarrón que habían roto durante una pelea de almohadas y luego habían pegado para que su madre no se diera cuenta; la ventana por la que se habían escapado para ver la rúa de carnaval; las entradas de cine de cuando Maria Luísa la llevaba a la matiné y que su hermana seguía usando como puntos de libro. Pureza, la ingenua, la derrochadora, que no decía a sus amigos que eran hijas de padres distintos porque hubiese deseado que fueran hermanas de pleno derecho. Y, ahora que habían usurpado el hotel a los Storm, sentía el desamparo de las grandes injusticias. No la injusticia de que Nádia fuera hija de Diogo, ni de un país que perseguía a inocentes como su padre, sino la lacerante traición de una hermana que nunca había querido serlo.

—No tener familia es como estar muerto —dijo Pureza, de pie—. Y yo aún no me he muerto. Nos quedaremos aquí luchando por lo que nos pertenece.

Nadie respondió a su grito de guerra.

Maria Luísa buscó en la ventana la inminente llegada de Alfredo con la furgoneta que habría de llevarse a los Storm. Gonçalo ladeó la cabeza, boquiabierto, antes de decir algo que no venía a cuento, como sucedía desde hacía unos meses. Nada chocante ni malévolo, sino más bien cierta tendencia, ante la incertidumbre, a mencionar aquello que le era conocido:

—Me gustaría llevarme un pijama planchado. Un caballero no debe descuidar su apariencia por más que algún contratiempo lo obligue a salir de la cama en mitad de la noche.

—No te preocupes —le dijo Antónia, acariciándole el dorso de las manos con los pulgares—. Pureza, ve a hacer las maletas y pon dentro un pijama de tu padre.

—He dicho que no me iré a ninguna parte —replicó su hija, sin advertir que, llevándole la contraria a su madre, se parecía a su hermana mayor.

Maria Luísa sabía cuándo alejarse de un conflicto que no le concernía.

—Salgo a ver qué pasa.

Antónia esperó a que su hija mayor abandonara la estancia para acercarse a Pureza y decirle, bajando la voz para no perturbar a Gonçalo:

—¿No tenemos bastante con lo que me ha pasado? ¿Quieres que metan a tu padre en la cárcel, como a tu hermana? ¿O que acabe como tu abuelo Xavier?

En esa familia, la amenaza de las consecuencias de la política se había esgrimido más que la leyenda del hombre del saco para mantener a los hijos bajo control.

—¿No te parece irónico que Maria Luísa nos ayude a dejar atrás lo que nos pertenece cuando fue ella la que nos metió en este lío? —preguntó Pureza.

—¿Irónico? —Antónia pronunció la palabra como si, tras una primera cucharada, descubriese que el caviar sabía a pescado podrido—. No me vengas con paparruchas. Lees demasiadas novelas. A mí qué más me da la ironía, la necesito tanto como un dolor de muelas.

Con el tiempo, Pureza había llegado a la conclusión de que, pese a querer a sus hijos, Antónia no aprobaba a los adultos en que se habían convertido. Rebajaba sus intereses a meros caprichos: las películas de Malu, la música de Frederico y los libros de Pureza eran manías, excentricidades, lujos que ella les consentía y que, en su cabeza, sus hijos usaban para desdeñar la escasa educación formal de la madre. Era la pescadilla que se muerde la cola: se dejaba la piel trabajando para que sus hijos no pasaran las mismas privaciones que ella, para que llegaran a ser algo en la vida. Pero el hecho de que no pasaran privaciones los convertía, a sus ojos, en niñatos consentidos y por ello menos dignos de su sacrificio. La vida de sus hijos solo podía estar equivocada. Y había una única manera de evitar que la pescadilla se devorara a sí misma: que los hijos obedecieran a su madre. Más que hijos, Antónia quería muñecos de ventrílocuo, algo que ni siquiera Pureza, la más complaciente, estaba dispuesta a ser.

—No pienso abandonar mi casa.

—Ya lo creo que sí.

—¿Por qué?

Como las autoridades eclesiásticas que recurrían al misterio de la fe para acallar las dudas de los fieles, Antónia siguió la larga tradición de los progenitores que se limitaban a decir:

—Porque sí.

⁂

Maria Luísa salió de casa y se asomó a la carretera. La convivencia con la familia le provocaba más ansiedad que los atracos llevados a cabo por las Brigadas Revolucionarias. Sintra, el hotel, la sala de estar de los Storm despertaban en su interior una contradicción que, en el trance de construir la dictadura del proletariado, no tenía tiempo para resolver. Allí, todo formaba parte de una identidad antigua, contraria a la presente: cada jarrón que había roto con su hermana, cada frase sacada del amplio repertorio de su madre —«nunca se ha visto a un gato llorando en el funeral de un perro»—, cada postre que sus hermanos y ella comían cuando se celebraba un cumpleaños, cada página del menú del servicio de habitaciones o del boletín de notas del colegio.

La comodidad de volver a esa identidad la alejaba de su deber ideológico.

Sacar a los Storm del hotel, ayudando así a su padrastro y a Diogo a esquivar la cárcel, ya era un peligroso relajamiento de la coherencia revolucionaria. Cualquier atisbo de sentimentalismo para con la familia solo serviría para agravar su deslealtad a la causa. En la Unión Soviética, en Cuba, en China, los hijos habían denunciado a sus padres reaccionarios sin remordimiento alguno. Solo la inflexibilidad conducía a la victoria. Y, sin embargo, allí estaba Maria Luísa, prevaricando en sus sentimientos y actos, dependiente de personas a las que había querido, pero que —se decía una y otra vez, en aras del cumplimiento de su ideario— eran ahora personas distintas, del mismo modo que en la militante detenida, torturada, exiliada, atracadora de bancos y colocadora de bombas apenas quedaba rastro de la Malu con la que habían convivido.

Cruzó la carretera y enfiló un sendero: quería perderse en la sierra. Seguía aferrándose a los hábitos adquiridos durante los años de clandestinidad, conservaba los automatismos del anonimato para salvar el pellejo. No ser vista, reconocida, identificada. Ninguna fotografía, muchos disfraces. Desaparecer al menor indicio de sospecha. Incluso en París, los servicios secretos franceses vigilaban a los opositores portugueses, en cuyas filas la PIDE había buscado delatores. A su regreso a Portugal, tras el 25 de abril, la libertad no había disuadido a Maria Luísa de la prudencia de cambiar de ruta a diario o estudiar las salidas de un café y escrutar a la clientela. Era capaz de liderar comisiones vecinales y gritar a través de un megáfono en una fábrica ocupada por los obreros, pero el esfuerzo la dejaba agotada y, acto seguido, solo quería sumergirse en una bañera llena de agua, con la llave echada en la puerta, no hablar, desaprender su nombre, volver a ser nadie.

Se adentró en el bosque y comprendió que los fantasmas resucitaban a su paso. Incluso de noche, reconocía los árboles y rocas de la sierra. Allí se aventuraba de niña, antes de ser Malu Tormenta o militante de ningún partido, cuando creía en la magia de las criaturas del bosque y el olor a leña confirmaba la cercanía de una casa donde su madre soplaba para aliviar el escozor de los rasguños en las piernas y el agua oxigenada burbujeaba en la herida, formando una espuma que todo lo curaba.

Maria Luísa se detuvo. La incursión por el bosque había tenido el efecto contrario al deseado. Una vez más, recordaba una familia que había dejado de existir, que nada tenía que ver con la que la esperaba en el salón de los Storm. Si la anteponía a la revolución, no sería sino una impostora para sus camaradas. Sintió el pánico a que la denunciaran, a que alguien la acusara: «¿Qué eres, aparte de un puñado de nombres falsos?».

Para ser libre y servir a la causa, Maria Luísa necesitaba que los Storm cuidaran de Nádia en algún lugar seguro. Bien que había intentado ejercer de madre al volver a Portugal, tras años de separación, pero fue un desastre. El trabajo en la calle, los mítines, sus ocupaciones y la guerrilla no admitían niños. La propaganda se complacía en invocar a los hijos de la revolución, pero la revolución no sabía qué era vestir, calzar, tomar la fiebre, bañar o cortar el bistec a trocitos a una niña de ocho años.

Salvar a Diogo de ser detenido por el COPCON tampoco era un gesto de consideración hacia Pureza. Maria Luísa creía que, con la ayuda de los Bravo Montalvão, su cuñado dispondría de los medios necesarios para albergar a los Storm de forma segura. El hecho de que fuese el padre biológico de Nádia y siempre hubiese tratado bien a su hija, sin irse de la lengua, también había pesado en su decisión. Después de quitarle la escopeta de las manos, Maria Luísa lo llamó aparte y le dijo:

—Me estoy arriesgando mucho para ayudarte a huir. Necesito que protejas a mi familia.

Por más que su afán de manipulación fuera cuestionable, ¿acaso no eran nobles sus intenciones? Uno de los grandes cismas entre los comunistas residía en la duda sobre si los fines justificaban los medios. Los que así lo creían construían campos de trabajos forzados para encerrar en ellos a quienes sostenían lo contrario. Mientras se debatía sobre su propia postura al respecto, Maria Luísa confiaba en que no se llegara a ese extremo en Portugal.

Las luces giratorias se colaron entre la vegetación y, en la carretera, el suelo se estremeció al paso de un vehículo militar. Maria Luísa supuso que Diogo se adaptaría a la cárcel, pero, en el caso de su padrastro, aceleraría la decadencia que Antónia ya no podía detener, aunque lo privara del alcohol y la imparable avalancha de noticias sobre la marcha del país.

A sus treinta años, que valían por sesenta, Maria Luísa reconoció que tenía más en común con su madre de lo que le hubiese gustado. Tal vez quisieran cosas opuestas, pero la abnegación con la que se aplicaban hasta conseguirlas era idéntica.

De vuelta en la casa de los Storm, que pronto pertenecería a los trabajadores del hotel, Maria Luísa supo que el poder no pasaba solo de la clase opresora a la clase oprimida. Esa madrugada, también una madre se vería despojada de lo que siempre había querido en favor de su hija mayor.

Mucho antes de que Frederico se enfrentara a su dilema, personas de carácter e inteligencia superiores a la suya se habían visto obligadas a tomar una decisión difícil: Sócrates, Jesús, Galileo, cualquier resistente anónimo en el gueto de Varsovia. Frederico se acordó incluso de Charlie Parker, que, en aras de la excelencia artística, tuvo que suplicar a su mujer que se divorciara de él, para que, liberado de las ataduras del matrimonio, pudiera viajar a Nueva York, revolucionar el jazz y pagar el precio de su genialidad con la adicción a la heroína.

Al igual que Jesús o Parker, Frederico tenía que decidir qué hacer en una encrucijada que podría marcar el resto de su vida. La noche del 11 de marzo de 1975, su mirada trágica y la escopeta que yacía sobre la cama sugerían un conflicto existencial. El objeto de su vacilación, sin embargo, era un prosaico cigarrillo compuesto por marihuana angoleña, un trozo de cartón haciendo las veces de filtro y un papel de liar sellado con saliva.

¿Fumar o no fumar? He aquí la cuestión que se planteaba justo después de que el país hubiese sufrido un intento de golpe de Estado que había puesto a la familia Storm en el punto de mira de las fuerzas antigolpistas.

Frederico siguió meditando sobre quienes, a lo largo de la historia, habían defendido sus convicciones y acabado por ello entre rejas, torturados o muertos. Giró el porro a la luz de la lámpara que hacía que la Beretta refulgiera sobre la colcha. Disparar una escopeta era quizá el único talento en el que superaba a sus hermanas, aunque nunca hubiese hallado utilidad alguna en la habilidad de la puntería. Miró la Beretta de reojo y recordó el «principio del arma de Chéjov» que Ricardo Walker le había enseñado: «No hay que poner en escena una escopeta cargada si nadie va a dispararla. Está mal hacer promesas que no vamos a cumplir».

Flirteando con el vértigo, Frederico deslizó la llama del mechero a lo largo de la cola que sellaba el papel de liar.

(No hay que poner en escena un porro si nadie va a fumarlo. Está mal hacer promesas que no vamos a cumplir.)

Como todo individuo propenso a los excesos, el narrador interno de Frederico era un maestro a la hora de negociar.

(¿Cuánto hace que no fumas? ¿Cuánto hace que no te emborrachas? ¿Cuánto hace que te mantienes a raya? Tienes un trabajo, las cosas te van bien, te mereces un premio. Es tu primer día libre en dos semanas.)

Frederico estaba de acuerdo con los argumentos. Gracias a un enchufe de Walker, ahora trabajaba en un periódico. Se había fogueado en las tareas menores, componiendo las «farmacias de guardia» y la «programación de la radio y la televisión», pero pronto se había beneficiado del desfase entre la escasez de periodistas y el exceso de acontecimientos en el país. Ya redactaba noticias breves y buscaba información en el archivo para los artículos de mayor enjundia, escritos por las estrellas del diario. Lejos aún de convertirse en el reportero cultural que decía ser a las extranjeras que hacían turismo revolucionario en Lisboa, usaba su experiencia como pequeño contrabandista para formar una red de informadores en las comisarías, sindicatos y cuarteles. Salía tarde de la redacción y nunca se iba derecho a casa, sino que peregrinaba de taberna en taberna, como sus colegas —perdón, camaradas— mayores, porque si alguien decía colegas en una redacción lo corregían al instante, «colegas son las putas», sin ánimo de faltar al respeto a un colectivo tan frecuentado precisamente por ellos, periodistas de día, clientes de noche. Entre locales como Procópio y Botequim, Frederico iba conociendo a fadistas, actrices, novelistas y pensadores. Era un chaval espabilado, con buenos modales, que proveía a sus amigos de puros y libros extranjeros. Escuchaba más de lo que hablaba, sabía guardar confesiones extemporáneas y, en más de una ocasión, ayudó a sus camaradas borrachos a encontrar el camino de vuelta a casa y el ojo de la cerradura. El aprecio de sus mayores reforzaba en él la vocación. Todas esas charlas, lugares y protagonistas a los que el común de los mortales no tenía acceso disipaban su convencimiento de ser un hombre normal y corriente que se inclinaba peligrosamente hacia la mediocridad. Por primera vez, Frederico disfrutaba de ser adulto.

Y de pronto Malu había irrumpido en su casa, como una diosa de la destrucción, exigiéndole que acompañara a sus padres en un viaje que no quería hacer.

(Que le den a tu hermana, eres tu propio amo, fúmate el porro y te sentirás mejor, todos tus problemas desaparecerán.)

El intento de golpe militar lo había sorprendido en su día libre, que había pasado durmiendo. Lo que oyó por la radio, al despertar, confirmaba la urgencia de correr hacia el diario y participar en la cobertura de los acontecimientos.

(Enciéndelo, ya verás como todo se vuelve más fácil. ¿Acaso formas parte de la patronal, has oprimido a los empleados, tienes la culpa de que tu cuñado se apellide así? Que se encargue él de llevar la puta furgoneta.)

Pero luego estaba su padre, cada vez más desapegado a sus responsabilidades terrenales, listo para seguir a una mariposa por la puerta o invitar a los soldados del COPCON a tomar un chupito de whisky añejo. Frederico nunca había visto a su madre tan derrotada, ni siquiera cuando su marido desaparecía durante días seguidos para entregarse al juego con desenfreno. Antónia acababa de entregar el hotel, la magna obra de su vida, sin oponer resistencia, sometiéndose a los planes de Maria Luísa como una prisionera a la que solo queda confiar en su captor. Era demasiado pronto para que Frederico pasara la última prueba de madurez, que consiste en que los hijos cuiden de sus padres.

(Aún no ha llegado tu hora, que den un paso al frente tus hermanas. Una de ellas ha vivido en París, la otra en Madrid, y tú, ¿qué? Estuviste una semana en Londres, y gracias. No volverás a ser joven. No volverás a vivir una revolución. Este es tu momento. Enciende el puto porro, llénate los pulmones, libérate, emprende el viaje, entra en el Panteón de las Primeras Veces.)

Si no servía para calmarle los nervios, serviría al menos para entretenerlo. El reto de desempeñar tareas menores —ir al mercado o conducir un coche— con la conciencia alterada por la droga salvaba a Frederico del tedio cotidiano y lo metía de lleno en una película sin desenlace previsible. El máximo exponente de esas experiencias había sucedido con el LSD la mañana de la revolución y le había imprimido una emoción única, como la que había conocido, al final de una tarde de calor y hierba, al oír la trompeta de Miles Davis.

¿De veras necesitaba la maría para animar la noche? ¿No tenía bastante emoción con el intento de golpe de Estado y su familia a la fuga?

(Me cago en todo, ¿eres un hombre o una rata?)

¿Qué haría Miles Davis en su lugar?

(El tío compuso «Birth of the Cool», ¿tú qué crees que haría?)

Frederico apagó la luz, abrió la ventana, encendió el mechero y el halo de la llama se expandió, revelando la figura de Maria Luísa al otro lado.

—Joder.

Con un sobresalto, Frederico escondió el porro en la palma de la mano.

—Venía a buscarte —dijo su hermana, enmarcada por el hueco de la ventana—. Tenemos que irnos.

—¿No sabes llamar o qué?

Con el tono de fastidio, disimulaba que lo había pillado in fraganti. Astuto, Frederico abrió el paquete de tabaco e introdujo el porro en el hueco que quedó después de sacar un pitillo. ¿Se habría dado cuenta su hermana? ¿Qué opinaban los rojos de las drogas? Tanto el estalinismo como el maoísmo exhibían el celo controlador de los moralistas, imponían los intereses colectivos y los gustos personales: una revista o un disco bastaban para descubrir a un traidor. Las delaciones entre miembros de una misma familia eran algo habitual. En China, la Guardia Roja, compuesta a veces por adolescentes, acusaba a chicos de doce años de ser intelectuales burgueses, los arrancaban de sus casas y los ponían a trabajar en el campo.

(¿Y si ha visto el porrito? ¿Qué problema hay? ¿Te llevará ante un tribunal popular? ¿Se chivará a mamá? Tú lo que tienes que hacer es decirle que no piensas irte a ninguna parte.)

—Deja al menos que me fume un pitillo —pidió Frederico. Podía disentir de las ideas de Maria Luísa, pero admiraba la perseverancia de su hermana durante los años de plomo y que se hubiese convertido en una estrella de la revolución. Quería decirle que había conseguido un trabajo que le gustaba en el periódico y que estaba al servicio de los demás, de los lectores, de la sociedad, contrariando la imagen que ella tendría de un chaval que no pegaba un palo al agua. Pero no podía hacerlo. Para demostrarle que no era un inútil y que, como ella, estaba dispuesto a defender sus convicciones pese a las consecuencias, tendría que decirle, cara a cara, que no pensaba transportar a su familia en apuros, lo que solo serviría para confirmar su egoísmo y escasa prestancia en un momento de crisis.

(O sea, que estás entre la espada y la pared. Venga, dale, sin miedo.)

—No. —La voz de Frederico tembló como la llama del mechero en la corriente de aire.

—No, ¿qué?

—No cuentes conmigo. —Encendió el cigarrillo, inhaló, bajó los ojos y exhaló el humo hacia el suelo—. Mi trabajo y mi vida están aquí, no pienso dejarlo todo.

(Así se hace, chico, ya era hora.)

—No es momento de rabietas. —Maria Luísa hizo una pausa, como si dudara entre mostrarse paciente o imperativa. Le salió la supremacía de la hermana mayor—: Ya sabía que no podía contar contigo.

—Tú tienes deberes elevados, pero ¿lo mío son rabietas? —replicó Frederico—. ¿Dónde has estado todos estos años?

Maria Luísa se acercó al alféizar, le quitó el cigarrillo de la boca y le dio una calada.

—No sabía que fumaras —dijo él, desarmado por la banalidad de ese gesto.

—Hay muchas cosas que no sabes sobre mí —repuso ella—. Confío en ti para que los saques de aquí. Eres su hijo preferido y te necesitan.

—Os pasáis la vida diciendo que soy el niño mimado de mamá y papá y ahora me criticáis porque quiero ser independiente.

—Tienes toda la vida para ser independiente.

—¿Eso fue lo que te dijeron cuando desapareciste de la noche a la mañana y te pasaste a la clandestinidad?

—No es lo mismo.

Los malos argumentos y la vulgaridad del cigarrillo debilitaban la mística de su hermana. Ni ella era un icono dibujado en pan de oro ni él una causa perdida.

(A ver si, en vez de matar a tu padre y follarte a tu madre, como el griego ese de las tragedias y el pirado del psicoanálisis, lo único que tienes que hacer para convertirte en un hombre es llevarle la contraria a tu hermana.)

—¿Qué quieres a cambio de llevártelos de aquí? —preguntó Maria Luísa.

—Ah, un soborno, por supuesto, porque yo soy el vendido.

—No me seas infantil.

—Lo que quiero es ser libre.

—Hay una diferencia entre la libertad y el egoísmo. —Su hermana le devolvió el cigarrillo—. Pero te lo digo en serio, no hay tiempo para debates filosóficos.

Impulsándose con las manos, Maria Luísa se sentó en el alféizar. Pasó una pierna por dentro de la ventana, luego la otra, y saltó al interior de la habitación. A media luz, pasó revista a los carteles de grupos de música y conciertos. La ropa desperdigada olía a bar y a redacción de diario. Calzoncillos en el suelo, camisetas y pantalones en una silla. Sobre la cama, yacía la escopeta. ¿Qué quedaba en esa habitación del niño al que Maria Luísa había cuidado? Iba a recogerlo a la escuela, lo ayudaba con los deberes, le enseñó a decir las erres de su nombre de pila, que él pronunciaba «Fedeíco». ¿Se acordaría su hermano de que había pasado horas jugando con él a la pelota en el jardín, con dos pinos haciendo de portería y unos guantes de lana por todo equipamiento de guardameta? ¿Recordaría que las sirvientas le preguntaban «¿quién es tu novia?» para divertirse cuando respondía: «la tata»?

¿Dónde había ido a parar todo ese amor? ¿Qué hacer, ahora que el bebé de la familia era un hombretón, malcriado por la indulgencia de sus padres y los privilegios de clase, que rendía culto a la música imperialista, intoxicado de testosterona y entregado a todos los excesos? ¿Podría salvarse? ¿Estaría perdido? Dudando si, para hacer lo que se le pedía, Frederico necesitaba ternura o una voz de mando, Maria Luísa dijo:

—¿No te he pedido que guardaras la escopeta? —Cogió la Beretta y apuntó con ella a su hermano.

Él retrocedió un paso y dijo:

—*Bang, bang, my baby shot me down.* —Arrojó la colilla por la ventana—. Música compuesta por Sonny Bonno para el álbum *The Sonny Side of Chér.*

Maria Luísa sonrió sin bajar el arma:

—A mí no me engañas. Tú tienes miedo, lo que no tienes es vergüenza.

—Ahora has sonado como mamá. Ella es la que se pasa la vida diciendo eso.

Malu dejó la escopeta a un lado. Remedó el tono severo de Antónia:

—No puedes estar en misa y repicando.

Frederico se unió al juego de imitación:

—Tendría que haber ido a que me echaran la suerte antes de tener hijos.

Antónia los había educado con una antología de frases hechas que, de tanto repetirlas, desgastaban las verdades que profesaban.

—El dinero no crece en los árboles —continuó Maria Luísa.

—A quien tiene hijos y ovejas, nunca le faltan quejas.

—Hay días en los que no tendría que salir de la cama.

—A buenas horas, mangas verdes.

—Donde hay patrón, no manda marinero.

Como buenos hermanos, se reían a costa de su madre, unidos por una complicidad que el distanciamiento de la última década les había negado. En la burla había también afecto hacia Antónia, el reconocimiento que trae consigo el paso del tiempo, cuando los hijos comprenden, por fin, que las buenas intenciones de los padres se encuentran limitadas por el hecho de que también ellos han sido hijos.

—Mamá no ha tenido una vida fácil —dijo Maria Luísa.

—¿Por qué lo dices?

—¿Te has preguntado alguna vez cómo se sintió siendo una madre soltera, con una hija pequeña, que vino aquí a formar una nueva familia en un lugar donde todos la miraban por encima del hombro? ¿Te imaginas lo que debían decir de ella? —Frederico se encogió de hombros, prefería no saberlo. Maria Luísa prosiguió—: Decían que era una palurda, una sirvienta, una estafadora que se había casado por dinero y que tu padre la había conocido en un burdel.

—Eso es mentira.

—Pues claro que es mentira. Se ha dejado la piel trabajando toda la vida. Si no fuese por ella, tu padre ya habría perdido el hotel. Y mamá lo quiere como quizá no nos haya querido nunca a ninguno de nosotros. —Maria Luísa advirtió la tristeza de Frederico, que se mordía la cara interna del labio—. No digo que no quiera a sus hijos. Sé que nos quiere, aunque no sepa demostrarlo. Una cosa es segura: ya sea por cómo me crio o porque he crecido llevándole la contraria, le debo buena parte de lo que soy. Y es por eso que la he sacado del hotel esta noche y no voy a dejar que metan a su marido entre rejas —Maria Luísa hizo una pausa. El chaval estaba a punto de caramelo—. Hermanito, ¿podrías ayudar a mamá y conducir la furgoneta?

Frederico asintió en silencio. Malu lo besó en la mejilla y miró la escopeta que descansaba sobre la cama.

—«Suelta eso. Dame los canoli.» —Se fue hacia la puerta—. De la película *El padrino*, dirigida por Francis Ford Coppola. —Miró hacia atrás y sonrió—: ¿O acaso te crees el más culto de la familia?

—No sabía que te iban las películas de cerdos imperialistas americanos —replicó Frederico.

—Ya te he dicho que no lo sabes todo de mí.

Maria Luísa salió de la habitación, dejando la puerta abierta.

(No quisiera estropear este momento tan tierno entre hermanos, pero en esa escena de la película... se cargan a un tío de un disparo en la nuca.)

Antes de seguir a su hermana por el pasillo, Frederico cogió el paquete de tabaco.

(Si eres lo bastante hombre para salvar a tu familia, también lo eres para fumarte ese porro.)

Nunca volverían a estar todos juntos.

Aunque hubiesen tenido a mano una cámara para hacer un retrato de familia, la luz de la luna apenas si traspasaba la cúpula de los árboles, era más bruma que claridad. Los Storm estaban escondidos en lo más profundo del bosque, unidos por la urgencia del momento. Sería un hito en su historia, pero no quedaría registrado en celuloide, a diferencia de la boda de Gonçalo y Antónia, el primer día de escuela de Frederico, la confirmación de Pureza o las fotos de la detención de Maria Luísa en los archivos de la PIDE. Aunque eran poco más que siluetas borrosas, se sabían de memoria el perfil de cada cual. Se conocían tanto como se desconcertaban entre sí. Gonçalo olía a puros sin encender, y el alfiler de oro de su corbata era el único punto de luz en su cuerpo. En un arranque de lucidez, dijo, con la entonación de quien estaba acostumbrado a citar pasajes de libros: «Tantos millones de años de evolución de la especie para llegar a la luna y basta una noche como esta para devolvernos a la condición de animales terrenales. La civilización nunca se aleja demasiado de la barbarie».

En el tiempo que llevaban allí, esa fue la expresión más elevada de una idea que nadie manifestó. Hasta entonces, las concisas charlas en susurros habían versado sobre las preocupaciones de una familia que emprende un viaje —«tendría que haber cogido un calzado más cómodo», o bien «en cuanto paremos en algún sitio, hay que comprar un jarabe para esa tos»—, lo que daba fe del talento humano para seguir adelante cuando todo amenaza con derrumbarse: el soldado que remienda los calcetines en la trinchera, el marido que redacta su testamento después de que le diagnostiquen un tumor maligno, la madre que despioja a su hija mientras se encaminan a la cámara de gas. En el cumplimiento de las tareas menores, la vida recupera la dignidad que el miedo le ha arrebatado.

Frederico seguía negociando consigo mismo. Podía conducir unos kilómetros para dejar a sus padres en un lugar seguro y luego volver a Lisboa.

(O bien dices que te vas a mear y no vuelves, te das una ducha en casa, te fumas el porro y sales pitando hacia la redacción a tiempo para la segunda o tercera edición. En días así, siempre hay más de una tirada.)

Como si le aburriera el silencio de la espera, Diogo empezó a interrogar a Maria Luísa sobre los planes del Partido Revolucionario del Proletariado. Las preguntas y respuestas abordaron la abolición de la propiedad privada o la creación de un ejército popular sin que la conversación se volviera hostil en ningún momento. Se esperaba de Maria Luísa que deseara ver entre rejas a Diogo y sus compañeros golpistas. Las divergencias ideológicas estaban rompiendo Portugal en pedazos. Sin embargo, en el subtexto de ese debate, Pureza creyó oír el coqueteo de dos antiguos novios.

—¿Será hoy el día en que conoceremos a tu padre? —le dijo a su sobrina Nádia, sentada junto a ella en un tronco caído, aunque en realidad se dirigiera a su marido y a su hermana.

—Alfredo no tardará en llegar —repuso Maria Luísa. Se apartó un poco de Diogo y miró hacia la carretera engullida por la noche y el bosque.

—Me pregunto si ese tal Alfredo existe de veras. Nunca lo hemos visto. A lo mejor resulta que Nádia es hija del espíritu santo.

—Pureza Maria —le regañó Antónia. La ley de la enunciación de los dos nombres de pila bastaría a cualquier madre portuguesa para acallar a una hija bien educada. Pero Pureza Maria Alegria Storm estaba allí en calidad de cobradora de cuentas pendientes.

—¿Quién nos asegura que no va a traicionarnos, que no se presentará aquí con una panda de maleantes y nos meterá en la furgoneta para entregarnos al COPCON?

—Que está la niña delante —aventuró Diogo.

—Tú cállate —le espetó Pureza—. Si no fuera por ti, no estaríamos en este fregado.

Los pasos que Maria Luísa dio, en medio de la oscuridad, para alcanzar a su hermana, rompiendo las ramas con las botas, reverberaron con la misma violencia que las persecuciones de su infancia, cuando se peleaban las dos en la casa familiar, entre portazos y un mismo grito de auxilio: «¡Mamá!».

Pureza se preparó para el enfrentamiento, pero Malu habló en un tono apenas audible, rozando con el pelo las mejillas de su hermana:

—Por favor, necesito hablar contigo.

Le dio la mano y se apartaron del claro donde los Storm hacían el ensayo general de la última cena.

(Ahí está la señal que esperabas para darte el piro, chaval.)

Frederico se alejó en dirección contraria a sus hermanas.

—Voy a hacer pis, ahora vuelvo.

Antónia vio los millones de puntos de luz flotantes de la llovizna. Sentía la amenaza del desistimiento, la fatiga de los nuevos comienzos. A los dieciocho años había escapado de casa de sus padres con un hombre mayor, supuestamente actor, un estafador al decir de la policía y de todas las chicas a las que había confiscado el himen y el sueldo. El padre incógnito de Maria Luísa nunca se había ido a Brasil en busca de trabajo, era posible incluso que siguiera viviendo en Lisboa, si es que sus patrañas no habían propiciado que, entre tantas víctimas, hubiese alguna dispuesta a tomarse la justicia por su mano. Antónia se había inventado lo de Brasil por la distancia. Habría preferido decir a Maria Luísa que, en vez de incógnito, su padre estaba muerto. Tras el nacimiento de su hija, trabajó en casas, restaurantes, hoteles; todo en su vida era temporal, sobre todo el interés de los hombres, al ser ella madre soltera. Conoció a Gonçalo mientras trabajaba en el Storm's, se quedó embarazada, se casó, volvió a quedarse embarazada, fue una mujer fiel y una madre abnegada, llegó a ser la directora del hotel. Treinta años habían pasado desde que hizo las maletas por primera vez, y ahora, con otra maleta a sus pies, sentía el mismo desamparo que la noche en que dijo «tengo un retraso de dos semanas» y el futuro padre incógnito ni siquiera tuvo que preguntarle de qué clase de retraso estaba hablando para no volver a poner un pie en ese cuarto de pensión.

A punto de cumplir cincuenta años, Antónia había aceptado que la vida era una interminable lista de quehaceres: comprar en el mercado esta tarde, una infiltración de humedad en el baño al anochecer, la visita médica de una de sus hijas mañana, su marido buscado por los prestamistas del casino al día siguiente. Insomnio, pies hinchados, ojeras, la primera en levantarse, la última en acostarse tras apagar las luces y arropar a los niños. Era una malabarista con mil platos girando a la vez; se encerraba en el despacho, cerraba los ojos buscando un minuto de descanso y entonces alguien llamaba a la puerta para darle otro plato. Si el incesante día a día de una mujer con hijos y trabajo era la prueba de un amor superior, ¿qué motivo tenían los hombres de las altas esferas (siempre eran hombres) para invadir países, hacer revoluciones, imponer golpes y contragolpes sin la menor consideración por el amor y el esfuerzo de quienes, en las bajas esferas, tenían una familia de la que cuidar y un trabajo que atender?

Buscó a Maria Luísa, Pureza y Frederico en el bosque para pedirles una explicación. No encontró a ninguno de ellos. Si sus propios hijos la abandonaban ¿por qué demonios iban a preocuparse los políticos y militares por Antónia Alegria Storm? A ellos nunca los había reconfortado tras un aborto o un año y medio de cárcel, nunca les había sujetado el rostro mientras decía una y otra vez: «Estás vivo».

En la oscuridad, flotaba una llovizna fina como el polvo que la luz de la luna teñía de blanco y que, ya fuera por una ilusión óptica o por nostalgia, Antónia confundió con la nevada caída muchos años atrás, cuando la rareza de ese fenómeno atmosférico y la felicidad de sus hijos pequeños, que nunca habían visto la nieve, cristalizaron, un día cualquiera de diciembre, en el deslumbramiento de una Navidad adelantada. Nunca más había vuelto a nevar en Sintra, y ese día había quedado a salvo de todo lo que desmembraba a las familias, estación tras estación. Antónia revivió ese recuerdo de un tiempo en que sus hijos querían estar cerca de ella, eran suyos, solo suyos, dependían de su madre para todo, les gustaba que los cogiera en brazos y los besara, no se iban a ninguna parte sin ella. Para Antónia, la nevada había sido un día de pausa en la desdicha de ser quien era, libre de hojas de nóminas o ropa sucia. Qué hermosa era la risa de los niños y la blancura de los copos que todo lo purificaban. Una felicidad que ella creía indestructible, hasta que una ráfaga de metralleta violó la santidad del recuerdo.

—Vienen por nosotros —dijo, tirando de su nieta.

Tal como el estampido de las balas, también el miedo era supersónico y sorprendió a Frederico intentando encenderse el porro con la desdentada cartera de cerillas de un bar lisboeta. El estrépito de los disparos lo devolvieron al instante en que las balas de la PIDE mataron a João Guilherme. Cerca de allí, Pureza se llevó las manos al vientre maldito. Ante sí, Maria Luísa se encogió como el animal que había sido, en Caxias, con cada puñado de monedas que su torturador arrojaba sobre la mesa.

Los faros de un vehículo militar derritieron la nieve de los sueños de Antónia.

—¿Estás llorando, abuela? —preguntó Nádia.

No lloraba, pero la lluvia le había emborronado el maquillaje. El rímel y la sombra de ojos se escurrían como lágrimas negras. Antónia oyó a alguien abriéndose paso entre la maleza y rogó a Dios que fuesen sus hijos.

2

Con el Proceso Revolucionario en Curso, Maria Luísa vivió la impetuosidad de una profecía que por fin se veía cumplida. El país había cambiado, era un laboratorio de vanguardia donde se encontraría la cura para cualquier enfermedad. Todo era nuevo y posible y emocionante. En una de las naciones más putrefactas del Viejo Mundo, había ahora la oportunidad de crear una sociedad de raíz, una perfección intentada, pero jamás alcanzada, en ensayos previos por todo el planeta.

Sumido en un coma durante medio siglo, Portugal despertaba en el futuro. Donde hasta entonces nada sucedía, los días rebosaban ahora de acontecimientos decisivos que no cabían en un giro completo de las agujas del reloj. Era un tiempo fuera del tiempo. El resto de la humanidad seguía encadenado a los preceptos que le habían sido impuestos, mientras que los portugueses habían descubierto la puerta secreta a un universo alternativo que habría de ser el definitivo.

También Malu había cambiado. Más Alegria y menos Tormenta. Vivía la juventud perdida en la clandestinidad y la cárcel. Probaba la levedad de las pasiones en estado de gracia. Había sufrido lo bastante para aceptar las recompensas. Ya no tenía que tomar las decisiones de los mártires por la causa.

Libertad o muerte.

Antes morir de pie que vivir de rodillas.

Estaba viva, de pie y era libre. Después del sufrimiento para extinguir la dictadura, conocía la felicidad de participar en la revolución. Podía estar a favor de algo, no tenía que dedicarse en exclusiva a estar en contra. Había cambiado la espera por el movimiento. Pasaba días y noches en la calle, en manifestaciones, en comités de obreros, en reuniones vecinales, en ocupaciones de fábricas, escuelas y edificios de viviendas. Debatía sobre política en los cafés, organizaba los titulares del periódico *Revolução*, compartía comida y techo con sus camaradas en la sede del PRP. Todos vivían en un estado de constante exaltación, en una realidad que, aunque parecía fruto de una alucinación, era de veras la realidad. Un pueblo sin sueño, se decía, y ni siquiera Maria Luísa, que había conocido la privación de sueño como la peor de las torturas, pasaba mucho tiempo en el colchón de su cuartito en el cuartel general del partido. Dormir implicaba renunciar a vivencias extraordinarias, a la comunión de algo irrepetible y transformador. Dormir era prescindir de ser parte de la historia cuando estaban tan cerca de la estación final de la utopía.

Como un fumador que se levanta de la cama a media noche para encender un pitillo, Maria Luísa programaba el despertador para oír las noticias de madrugada, porque todo cambiaba de una hora a la siguiente.

El Proceso Revolucionario se desarrollaba con una celeridad y una intensidad nunca vistas, saltando de los manuales a las manos de los trabajadores. Como militante comunista y clandestina, Maria Luísa había sido cautiva de las tareas domésticas y el miedo a la PIDE. En París, el trabajo de concienciación política entre los emigrantes se hallaba minado por los sortilegios del capitalismo: habiendo dejado atrás la miseria de un recóndito villorrio, ¿para qué iban a querer los portugueses una sociedad sin clases, en la que cada cual cobrara según sus necesidades, si la Francia consumista prometía saciar su gula de necesidades hasta entonces desconocidas? Incluso la emoción que Maria Luísa había conocido al regresar temporalmente a Portugal para requisar a los bancos la financiación de las Brigadas había implicado el riesgo de que la detuvieran por atraco a mano armada.

Solo con la revolución avanzando a todo vapor había conquistado al fin la libertad.

Era libre porque, en el tiempo que había pasado con su hija tras volver del exilio, durante los primeros meses de la revolución, cuando Nádia se quedaba dormida con la cabeza apoyada sobre un escritorio durante las reuniones del partido, o mientras se resguardaba de las pedradas debajo de un coche durante los disturbios callejeros, Maria Luísa había aceptado, finalmente, la incompatibilidad entre el Proceso Revolucionario y el compromiso de ser madre. En vez de preparar meriendas, jugar y ayudar con los deberes escolares, ejercería la maternidad construyendo un país comunista para Nádia y los niños portugueses. Si la importancia de la misión la eximía de culpa, la ausencia de su hija le concedía la ligereza de equipaje necesaria para seguir la voracidad del proceso revolucionario.

En la construcción del futuro, su misión preferida era la creación de escuelas en espacios que hasta entonces había ocupado el poder. En un ala del palacio de Queluz, donde se había acuartelado la Guarda Nacional Republicana, Maria Luísa ayudó a instalar una guardería cooperativa. Menos lírica era la ocupación de fábricas y propiedades agrícolas, aunque le brindara la satisfacción de la presa que, subvirtiendo la lógica de la caza, devora a su depredador. Al final, resultaba que era posible derrocar —y hacer que respondieran por sus crímenes— a los terratenientes esclavistas, los magnates financieros, los caciques leales al Estado Novo, los obispos de la represión moral y, en definitiva, a todos los representantes del antiguo poder.

—Los perros grandes —decía Alfredo— están cagados de miedo pensando en lo que les tendrá reservado el pueblo.

En una fábrica textil, Maria Luísa vio como los trabajadores expulsaban al propietario de la misma de su despacho al grito de «¡A la calle!». Le cerraron la verja en las narices y le dijeron: «Ahora ya no mandas, quien manda somos nosotros». En una planta procesadora de leche, oyó a un empleado decir: «Yo chillo, sí, pero con voz de trabajador, mientras que tú siempre has chillado con voz de fascista». El propietario buscó en los militares presentes la defensa de lo que era suyo, y le costó entender que los soldados estaban allí para garantizar el fin de la propiedad privada.

En los muros y las gargantas, se repetían las consignas del momento:

La tierra para quien la trabaja, los patrones a comer paja
Abajo los tiranos, los obreros son los nuevos amos

De vez en cuando, la unanimidad popular se resquebrajaba. En un taller mecánico de camiones, el trabajador más antiguo del lugar, veterano militante del Partido Comunista, sugirió que cerrar el negocio, como pretendían sus compañeros, perjudicaría a todos los trabajadores. A Maria Luísa no se le pasó por alto el dolor de la injusticia cuando acusaron a ese hombre mayor, que había luchado contra la dictadura, de ser un «facha». Ni la indignación de la mujer de la limpieza, en la guardería del palacio de Queluz, cuando las madres proclamaron «Los niños a los salones, los muebles a la calle» y exigieron que sus hijos se instalaran en la lujosa ala del edificio donde hasta entonces se había alojado a los altos dignatarios de Gobiernos extranjeros.

—¿Se lo han dado todo y aún quieren más? ¡Ingratas, avariciosas! —bramó la mujer, enfundada en una bata a cuadros y empuñando una fregona—. Si esto es comunismo, que baje Dios y lo vea.

Maria Luísa tomaba nota sin decir nada. Los moderados eran parientes de los reaccionarios y, en una revolución, el comedimiento podía representar un boicot o incluso una traición. En un mitin celebrado en la plaza de toros de Campo Pequeno, la postura del Partido Revolucionario del Proletariado había quedado muy clara: «Ninguna transformación parcial del sistema soluciona nada, porque se mantiene la estructura capitalista. No creemos en el socialismo de medias tintas».

En la fogosidad del todo o nada, Maria Luísa empezaba a vislumbrar excesos, aunque prefería llamarlos reparaciones. Vio a civiles irrumpir en las casas de quienes habían huido tras el fallido golpe de Estado y, en vez de transformarlas en viviendas para los sintecho, habían salido de allí cargando televisiones en color, tapices, pilas de ropa de cama, llevando a cabo saqueos en los que no se salvaban ni los álbumes fotográficos. Ella quería creer que, detrás de esa profanación de la intimidad, el robo de los retratos de una familia desconocida era un gesto simbólico, como ver al pueblo botando sobre la cama del monarca. Sin embargo, con el paso del tiempo, una sospecha germinó en su interior: en vez de acabar con las clases opresoras, había quienes deseaban suplantarlas y, con cada confiscación de un abrigo de pieles o una cubertería de plata, se celebraba la codicia pequeñoburguesa que se pretendía extinguir.

La novedad del socialismo se oponía a la práctica humana de la compensación: tras décadas de privación, la gente quería abundancia. No bastaba con tener comida, casa y trabajo. También querían coches, pastores alemanes y mariscadas. Maria Luísa era consciente de que en todas las revoluciones había que hacer ajustes. Pronto, los escrupulosos se distanciarían de los impíos. Hasta entonces, las derivas no bastaban para aguar la gran fiesta de las ocupaciones. Quienes llevaban toda una vida sin nada tenían ahora una casa en la que vivir, tierras que trabajar y, por encima de todo, una voz que se hacía oír.

—¿Y por qué no quieres que voten? —le preguntó Frederico. Bajaban hacia Restauradores en el elevador de la Gloria, casi vacío, que chirriaba colina abajo. Desde aquella noche en la sierra de Sintra, tras el golpe, los dos hermanos quedaban una vez por semana, iban al cine y luego a cenar, charlaban sobre política.

—Los problemas fundamentales de las clases trabajadoras no se solucionan con elecciones —dijo Maria Luísa.

—¿Y cómo se solucionan?

—Mediante la insurrección armada de los trabajadores.

Era la primera vez que se veían desde que había empezado la campaña electoral para elegir a los representantes de la asamblea encargada de redactar la nueva Constitución. Frederico cubría los mítines y concentraciones electorales para el diario *República* y con una mano tomaba el pulso a los portugueses mientras con la otra atacaba a su hermana en la yugular:

—Después de trece años de guerra colonial, ¿de veras crees que queremos seguir pegando tiros?

—¿Sabes que dijo Jean-Paul Sartre cuando estuvo de visita en Portugal?

—¿Que la vida es una mierda y todos vamos a morir? —bromeó Frederico.

—Que el sufragio universal, como forma de expresión del pueblo, ha quedado desfasado.

—¿Me estás diciendo que no vas a votar?

—Por supuesto que no.

—¿Por qué no?

—Solo creo en una democracia popular en la que el pueblo ha tomado el poder. Además, los americanos no se salieron con la suya el 11 de marzo, con el golpe de Estado, y lo más probable es que manipulen los resultados electorales.

—¿Los americanos?

—¿De veras crees que Spínola se hubiese metido en semejante jardín él solo? Contó con el apoyo de la CIA y los servicios secretos españoles. Los franquistas no quieren un vecino comunista.

Los dos hermanos se apearon del funicular y empezaron a subir por la Avenida da Liberdade. Había basura y coches mal aparcados sobre las aceras. En una caja de empalmes, alguien había escrito:

Más vale una en la mano que dos en el sujetador

Un taxi pasó a toda pastilla, soltando una humareda negra que haría toser a todo un bosque:

—¿Sabes algo sobre los fusilamientos? —Frederico se refería a la asamblea del MFA, tildada de salvaje por los oficiales participantes, donde se había decidido la creación de un tribunal revolucionario y la detención de cientos de golpistas. Según avanzaban algunos periódicos, los militares de extrema izquierda se habrían decantado por ejecutar a los insurgentes, solución que rechazaron otros militares de la asamblea, pero el rumor de una inminente purga se había extendido por todo el país.

—Puedes estar tranquilo, nadie va a hacerte daño —repuso Maria Luísa, y tiró a su hermano del brazo para evitar que pisara una mierda de perro—. Aquello fue un desahogo en caliente, los ánimos estaban exaltados.

Maria Luísa tenía acceso directo al MFA, puesto que varios militares del movimiento eran militantes del PRP.

—¿No ves la contradicción? —Frederico apretó el paso para no quedarse atrás—. Evitan la supuesta Matanza de Pascua y, acto seguido, ¿proponen otra matanza?

—Los fachas han huido o están detenidos. Ha pasado más de un mes y no se ha fusilado a nadie.

—Es una cuestión de principios, no podemos fundar un nuevo régimen con el mismo odio y violencia del que hemos derribado. Si queremos una democracia, tenemos que actuar de forma justa.

—¿Queremos una democracia? —Maria Luísa se detuvo en el bordillo y dejó pasar los coches—. ¿Una democracia como la americana, que invade países y apoya golpes de Estado? —Cruzó la calle y añadió, valiéndose de su condición de hermana mayor a la que el súbito interés de su hermano pequeño por la política aún no había convencido de la regeneración de ese chaval que ni siquiera había acabado los estudios secundarios—: Con lo que opinas, a ver cuándo te dan una columna en el diario.

Se detuvo a esperar que Frederico la alcanzara delante de la escalinata del cine São Jorge. De pronto, su gesto burlón dio paso a una melancólica perplejidad. Se quedó mirando la fachada como si fuera un espejo en el que buscara, entre las arrugas de la mujer adulta, algún vestigio de la niña que había sido.

—El abuelo Xavier trabajaba aquí. Pasé muchas tardes en estas salas.

A Frederico le resultaba más fácil hablar de fusilamientos de golpistas que de duelos familiares. Le costaba entender la dualidad de su hermana, nostálgica de un tiempo y un país a los que había querido poner fin, de modo que cambió de tema:

—¿Qué película vamos a ver?

—*Danzad, danzad, malditos* —contestó ella, distante, todavía en la sala de proyección de una matiné en algún momento de la década de 1950, viendo como su abuelo cambiaba las bobinas.

—¿No es una peli americana? —preguntó Frederico.

—Sí, es americana, sobre la Gran Depresión y el descalabro del capitalismo —repuso ella. Subió los primeros escalones, dibujó en el aire unas comillas imaginarias y adoptó el tono solemne de las citas para añadir—: «Un verdadero libelo contra una sociedad que hace de la competición desenfrenada su vellocino de oro».

—¿Dónde has leído eso? —preguntó Frederico, siguiendo sus pasos.

—En tu diario, hermanito.

3

Lisboa se despertó sumida en una calma posapocalíptica. A falta de lluvias que lavaran el tumulto de las multitudes, en los días previos una brisa atlántica había despejado las calles durante la noche. El aire era fresco y en las ventanas resplandecía la mañana del primer domingo de primavera. Dos días antes, el viernes 25 de abril de 1975, se celebraron las primeras elecciones libres de Portugal, con sufragio universal y directo, coincidiendo con los festejos del primer aniversario de la revolución. El sábado, tras el recuento de los votos, con la participación del noventa y uno por ciento de los electores, Frederico había celebrado la apoteosis de la democracia con Ida, una danesa que formaba parte del contingente de cientos de periodistas internacionales desplazados a Portugal para determinar si el país pasaría a ser un enclave soviético en la periferia de Europa, una inédita experiencia revolucionaria de largo aliento o una democracia parlamentaria al estilo occidental. Y, ahora que Frederico salía del hotel a las calles en silencio de las ocho de la mañana, llevando consigo el estremecimiento del sexo y la belleza de la desnudez de Ida, sentía que la emancipación de esa mujer doce años mayor que él, que había tomado la iniciativa de besarlo, auguraba un futuro de progreso, en el caso de que Portugal siguiera el modelo escandinavo.

En ese último mes cabían cien años y, en la clasificación de las drogas del pueblo, las anfetaminas de la política habían superado al opio de la religión. También Frederico se había vuelto adicto a las elecciones, y relató en las páginas de *República* una campaña en la que todo era nuevo: los mítines, los tiempos de antena en la televisión, la guerra de pegado de carteles cuyo campo de batalla eran los muros de las iglesias y los laterales de los tranvías.

La revolución, llevada a cabo por los militares y vivida en las calles a lo largo de un año, se había encaminado con ejemplar espíritu cívico a los colegios electorales en una expresión colectiva de la voluntad de los portugueses, que, aun desconociendo el origen de la palabra democracia, reclamaban el poder para el pueblo.

Como tantos otros jóvenes, a lo largo de ese año Frederico se había sentido obligado a participar en algo que lo trascendía, algo que no sabría definir, aturdido por el batiburrillo de ideas y el alud de partidos, facciones y grupúsculos que tan pronto se aliaban como se odiaban a muerte. Los había que querían la libertad para construir un mundo mejor, o para destruir lo peor del mundo. Los había que buscaban la libertad artística, política, de expresión. Y él, ¿para qué quería la libertad?

Su trabajo en el *República* vino a confirmar algo que ya había descubierto en Souto da Serra: había vida más allá de las fiestas en Praia Grande y los conciertos en el Hot Clube. Si la redacción del diario era, en sí misma, un ecosistema independiente, cuando cambió el escritorio por la calle para colaborar en la sección de sucesos y noticias locales, entró en contacto con el infinito cosmos de la experiencia humana. Trabó amistad con los policías que patrullaban las calles y las ancianas apostadas en las atalayas de sus ventanas. Sabía cómo se llamaban los mendigos, dónde vivían los carteristas, hacía de escriba a prostitutas analfabetas. En el diario, aún no había alcanzado la categoría necesaria para firmar sus textos breves, pero la saga de Urbino Tremoceiro le había valido una cita en *Libération* y unas cuantas rondas de cerveza, cortesía de sus camaradas reporteros, que preferían las pequeñas historias de barrio a las ruedas de prensa de los líderes de partidos.

Después de servir a la nación en una guerra que, de la noche a la mañana, había pasado de patriótica a maldita, Urbino Tremoceiro desembarcó en la metrópoli con los bolsillos vacíos. No encontró trabajo y de nada le sirvió pedir limosna, traicionando la dignidad de sus difuntos padres. Desesperado de hambre y frío, pasó por delante de uno de esos restaurantes lisboetas que lucen piezas de marisco y trozos de carne en el escaparate. Un grupo de clientes salía en ese instante del establecimiento y, por la puerta abierta, Urbino percibió el ambiente acogedor de la sala caldeada, las conversaciones de quienes no sabían lo que era cenar solo, los aromas del plato del día volando en las manos del camarero que contaba los mejores chistes.

A lo largo de la hora siguiente, Urbino Tremoceiro se desquitó del hambre atrasada. Empezó por el pan con mantequilla y, atravesando todo el menú, solo se detuvo en los digestivos. Sopa, pescado, carne, postre, café, aguardiente. Cuando llegó la cuenta, alargó las manos para que lo esposaran:

—Llamad a la policía. Estaré mejor en la cárcel que en la calle.

Quiso la suerte que hubiese entrado en un restaurante marxista. El dueño, militante de la Unión Democrática Popular y excombatiente en Angola, al enterarse de las penurias del soldado sin familia, decidió indultarle el gasto y añadió:

—Tengo trabajo para ti en la cocina, pásate mañana.

El corresponsal del *Libération* había usado la anécdota de Urbino Tremoceiro, escrita por Frederico en el *República,* para describir el espíritu del momento en Portugal. Los hijos del Estado Novo se habían ido a la guerra jóvenes y enteros, pero ahora volvían, exhaustos y maltrechos, a un país que no reconocían. Eran huérfanos de la dictadura y bastardos de la revolución. Deambulaban en una tierra de nadie, precarios y sin haber acabado la secundaria, sin entender las nacionalizaciones de la banca ni el aumento de la inflación. Si Urbino Tremoceiro representaba a los olvidados por la transición de régimen, al dueño del restaurante le cupo el papel de redentor.

Poco dado a teorizar, Frederico creía simplemente que había escrito una historia entrañable con un final feliz y aceptó sin falsa modestia las ventajas que, en un país provinciano, se podían extraer de cualquier cosa apadrinada por el extranjero. El reconocimiento de los cuadros superiores del *República* tras la referencia en el *Libération*, así como la escasez de periodistas para seguir a tantos partidos políticos, llevaron a Frederico a cubrir la campaña electoral. Ganaba un sueldo, hacía lo que le gustaba y, aunque lo llamaran para hacer la mili, la guerra se había terminado. Estaba lejos de la vigilancia paterna, la casa de Sintra había sido ocupada, además del hotel, algo que tampoco vivía como una catástrofe porque vivía en el piso de su amigo Raposo, en Lisboa, sin horarios que cumplir ni explicaciones que dar.

Frederico había sentido la conmoción de votar en libertad, había sido testigo de la alegría de las mujeres que nunca lo habían hecho, se había cruzado con los ancianos que, con lágrimas en los ojos y tras tantos plebiscitos manipulados por la dictadura, depositaban la papeleta en la urna. A medianoche, miles de personas se habían reunido en las calles para celebrar un año de revolución cantando el himno nacional.

Todo parecía salir a pedir de boca la mañana del primer domingo de primavera. Con el perfume de la piel de Ida en su piel, sin más deber que el de dormir hasta media tarde, Frederico levitaba de camino a casa. Se notaba el cuerpo enrarecido por el sexo, en el tocadiscos de su narrador interno sonaba «Feeling Good» de Nina Simone y, poco acostumbrado a ver las calles desiertas, se sintió como el único hombre despierto en un país con resaca. Convencido de la singularidad de eso que sentía, desentrañó la naturaleza de su felicidad: era un hombre libre. Una libertad primitiva, sin elaboraciones intelectuales ni tratados filosóficos, una libertad personal, intransferible, a salvo de las agendas políticas.

La libertad de ser libre.

El éxtasis le había quitado el sueño. Quería más. Al fin y al cabo, era deseado por extranjeras treintañeras y su trabajo, citado por periodistas franceses. Decidió pasar por la redacción antes de irse a casa. A esas horas tempranas de una mañana de domingo, el diario estaba desierto. Ni el martilleo de las máquinas de escribir, ni el timbrazo de los teléfonos, ni el traqueteo de los teletipos descifrando las noticias planetarias, ni el metálico chirriar de los cajones en los archivos: todo era silencio. Sin un alma (otra experiencia para el Panteón de las Primeras Veces), la redacción se acomodaba a la soledad del guerrero.

Si los diarios dejaran de escribir sobre el mundo, ¿se daría cuenta este de que nadie contaba su historia?

Frederico guiñó el ojo a la estampa de san Francisco de Sales, patrón de los periodistas, clavada con chinchetas sobre la barba del Che Guevara en un póster. Oyó el tictac del gran reloj de pared, no había un solo cigarrillo consumiéndose en los ceniceros, flotaba un olor a diarios antiguos apilados en los rincones. Fuera, los cables chispearon al paso de un tranvía que trepaba por la Rua da Misericórdia.

La libertad de ser libre.

Frederico se sentó y sacó del cajón una página arrancada del *República*. La desdobló y se reclinó en la silla, con los pies sobre el escritorio, disponiéndose a leer por enésima vez lo que había escrito sobre Urbino Tremoceiro. Oyó el resollar de un motor de arranque, el crujir de la tarima bajo un cuerpo demasiado acelerado para su sobrepeso. Ricardo Walker llevaba en su pecho de nadador olímpico la bomba de reloj de un infarto. Ni la falta de aliento, tras subir la escalera, le impidió hablar. Irrumpió en la redacción como si fuera un cabaret en el que tuviese mesa reservada, seguido por dos redactores del diario. Había ido hasta allí para alargar una noche en blanco y, en pleno monólogo sobre las elecciones, hizo un paréntesis para desmentir su desprecio hacia el silencio y la sobriedad:

—Correia, enciende la radio. Lucas, ¿no habías dicho que aquí podíamos beber sin cortapisas?

Walker, que había vuelto de Londres para cubrir las elecciones, tenía buenas relaciones con la dirección del *República*, que le había ofrecido una mesa de trabajo y publicaba algunos de los textos que escribía para los diarios de lengua inglesa.

—Los tíos ya le están restando valor a los resultados. ¿No habéis visto a ya sabéis quién diciendo que las elecciones se hacían en libertad, pero no eran libres? —Walker estaba plantado en medio de la redacción, desgranando ideas que más tarde trenzaría en una crónica—. Bien que intentaron aplazar las elecciones. Como no lo consiguieron, ni han sacado mayoría, ahora salen con eso de que pueblo no tiene cultura política.

Escondido en su rincón, Frederico comprendió que Walker se refería a la derrota de los comunistas y el ala izquierdista del MFA. El Partido Socialista había resultado vencedor. Los socialdemócratas del PPD habían quedado en segundo lugar. Juntos, sumaban el sesenta y cinco por ciento de los votos, confirmando así la preferencia de los portugueses por el centro político. El doce por ciento de los votos obtenidos por el PCP revelaba el desfase entre la voluntad popular y el poder de los comunistas en los municipios, las fuerzas armadas, los sindicatos y los medios de comunicación.

Correia sintonizó la radio mientras Lucas rebuscaba una botella de oporto en un archivador y se la pasaba a Walker, que le dio un trago.

—¿Habéis visto la cobertura de la televisión? Solo les faltaba llevar puesto un pin del PCP. Se morían por demostrar que la gente no está preparada para votar. Lo que me he reído cuando le han insistido a una anciana si sabía qué era la Asamblea Constituyente, y va la vieja y le pregunta al reportero con toda su mala leche: «¿Y usted, por casualidad, sabe qué es un almud?». —Walker le dio otro trago al oporto, sacó un pitillo y lo encendió—. Vasco Gonçalves, que, dicho sea de paso, no ha sido elegido primer ministro, sino nombrado por los militares, ya ha advertido: «No podemos perder en las urnas aquello que tanto le ha costado conquistar al pueblo portugués». Y Otelo ha ido más lejos todavía: «La gente no va a votar conscientemente». Atentos, chicos, que esto no ha hecho más que empezar.

A Frederico le seguía fascinando la capacidad de Walker, aun borracho y sin haber dormido, para reproducir, palabra por palabra, citas de libros, conversaciones con entrevistados, frases que había escuchado una sola vez. Le estaba agradecido por ese puesto en el diario y admiraba su valor. En los mítines de derechas boicoteados por las fuerzas de izquierdas, o en las manifestaciones de la izquierda reventadas por macarras de derechas, Ricardo Walker había recibido empujones, puñetazos, escupitajos, insultos de cerdo fascista o de rojo hijo de puta sin arredrarse jamás. Por su equidistancia y su desinterés en el poder para uso personal, Frederico lo tenía como referente, algo de lo que el propio Walker se mofaba siempre que bebía más de la cuenta. Estando sobrio, desplegaba una mordacidad bienintencionada. Bajos los efectos del alcohol, su cinismo pasaba al ataque y, tan fanático como los religiosos y los políticos a los que criticaba, anunciaba el inminente fin de la civilización. Todo era una mierda. Nada valía la pena. Los mejores estaban enterrados. Entre los vivos no se salvaba nadie. Ese pesimismo incomodaba a Frederico, sin que ello refrenara en el aprendiz la necesidad de aprobación del maestro.

—Y el ministro de Comunicación Social ha exigido a los trabajadores de los periódicos que obedezcan al centralismo burocrático —terció Frederico, al que solo le faltó alzar el brazo y llamarle «profesor».

Walker lo miró sin sorpresa, como si estuviera al tanto de su presencia desde el momento en que había llegado.

—Pues prepárate, porque el *República* será el siguiente.

Menos estupefactos por la intervención de Frederico que por el presagio de Walker, Correia y Lucas quisieron más detalles sobre el futuro del diario, que, a diferencia de la mayor parte de la prensa, había escapado a las nacionalizaciones. Walker ofreció la botella de oporto a Frederico.

—Aún no he desayunado —se disculpó el chaval, dudando entre complacer a su mentor o desbaratar la perfección de esa mañana de domingo bebiendo en ayunas.

—Menudo moñas me has salido. Como el perro del hortelano, que ni come ni deja comer.

Walker tendió la botella a Correia mientras empezaba a explicar que el Partido Comunista ya controlaba a los trabajadores gráficos del diario y que era tan solo cuestión de tiempo que estos se adueñaran del *República.*

Frederico abandonó la estancia sin que Walker se diera cuenta. Más que la crueldad de su ídolo, el joven reportero sufrió la humillación de no ser necesario.

(Buenos días, queridos oyentes, les dejo con el tema «Shame, Shame, Shame», interpretado por Linda Fields y sus Funky Boys.)

Mientras volvía a casa, Frederico fracasó en el empeño de rescatar la plenitud que había sentido al salir del hotel de Ida. En vez de la libertad de ser libre, sentía la opresión de aquello que los demás opinaban de él. Si es que opinaban algo. Ahora había más gente en las calles, los desechos de la campaña y las manifestaciones añadían una capa extra de suciedad a Lisboa y, al pasar por el mural de las Brigadas de Vigilancia Popular, que colaboraban con el MFA en la caza a los supuestos reaccionarios, Frederico creyó leer el nombre de sus padres. Se plantó frente al paredón y empezó a leer las denuncias.

> Última hora
> Datsun 1220 blanco
> EC-89-91
> En la carretera a Coímbra escapó al control de las Fuerzas Armadas
> Los reaccionarios no pasarán.

> En el municipio de Vila Franca de Xira y alrededores, la Vigilancia Popular ha demostrado su eficacia levantando barricadas. Las grandes fábricas han instalado, según su situación geográfica, puntos de control que han funcionado a la perfección.
>
> Beja
> Detención de los siguientes reaccionarios de dicha región:
> Ingeniero Leal de Oliveira.
> Doctor Fernando Nunes Pereira.

Había cientos de nombres, y los nervios desconcentraban a Frederico. Se vio obligado a interrumpir la lectura varias veces, como cuando se descubrió pensando en lo absurdo que resultaba conservar los títulos de doctor o ingeniero en esas listas, toda vez que la revolución renegaba de los formalismos del anterior régimen, a excepción, claro está, del mecanismo de delación, ya que los chivatos de la PIDE se habían visto reemplazados por las Brigadas de Vigilancia. Frederico desistió de encontrar a sus padres en ese inventario de nombres y se fue a casa, diciéndose que, si los hubiesen cogido, ya lo sabría.

En la calle donde vivía, alguien había escrito en la fachada de un edificio:

Abajo los organismos de cúpula, vivan los orgasmos de la cópula

Raposo no estaba en el piso. El caos de colillas en el fregadero, botellas desperdigadas por la moqueta y orines secos en la taza del retrete indicaba que había habido una fiesta la noche anterior. Frederico se encerró en su habitación. En el cajón de la mesilla de noche, donde guardaba los calzoncillos y calcetines, seguía el porro que no había llegado a fumar la noche en que había visto a sus padres por última vez.

(Libertad para ser libre, y a tomar por culo todo lo demás.
Ser libre para ser lo que quieras.
Ser libre para ser lo que no quieras.
Ser libre para no ser lo que los demás quieren que seas.
Ser libre, joder.)

Su narrador interno no tuvo que decir nada más. Frederico encendió el porro talismán. Mientras el humo dulzón ascendía desde sus pulmones hacia la cabeza, buscó un disco nuevo. La música brasileña había entrado recientemente en su Panteón de las Primeras Veces. Frederico cerró los ojos y reconoció el sonido de una guitarra, un birimbau, la voz de Cartola:

A sorrir eu pretendo levar a vida
pois chorando eu vi a mocidade
perdida

En un momento en que las utopías parecían posibles, Frederico quería volver a sentir que tenía toda la vida por delante. Su proceso revolucionario, decidió en ese instante, situaría al placer como bien supremo. Solo entonces pudo explorar libremente los recuerdos de la boca, el cuello, las tetas y el vientre de Ida, evocando su forma de mirarlo antes y después de besarlo por primera vez.

4

Los días en que las mujeres hacían un alto en la finca, de camino al extranjero, Pureza Storm se mostraba intachable en su papel de anfitriona y esposa de la causa. Nadie advertía la envidia que le provocaban esas mujeres que se disponían a viajar a Madrid, Londres o París, la repulsión que le generaba la frivolidad de sus perfumes y maquillajes, las ganas que tenía de desgreñarlas, de verlas lavando la ropa arrodilladas en el río, o en cuclillas sobre un orinal en mitad de una noche helada. Cuanto más viejas eran, más se parecían entre sí: el timbre nasal, los nombres reducidos a su mínima expresión —Pipa, Tucha, Biba, Nonô—, como si fueran niñas a las que les costara hablar. Y, sin embargo, durante esos meses de lluvia y aislamiento en la falda del monte Gerês, solo ellas la hacían reír.

—Sabíais que, ahora, si nos cruzamos con alguien en la calle, ya no hay que preguntarle «¿Cómo estás, y los tuyos, todo bien?» —explicó la mujer de un banquero detenido en Caxias que había llegado a Minho con un Monet en la maleta y fajos de billetes escondidos en la ropa interior—. Tal como van las cosas, lo más lógico es decir «¿Cómo estás, y los bienes, todos tuyos?».

El público femenino prorrumpió en carcajadas, derramando la ceniza de sus cigarrillos en las alfombras del salón, haciendo tintinear las pulseras que habían escapado a la confiscación de bienes. Siendo ellas tan semejantes y estando siempre de paso, Pureza había renunciado a memorizar sus nombres, creyendo más cabal identificarlas por la profesión de los hombres de la familia a los que tanto se referían. A la mesa, tomando el té, se encontraban la Banquera, la Industrial y la Tesorera, ordenadas según su condición jerárquica.

Ahora que era cuestión de días que liberaran al marido de la Banquera, tras la intercesión de su amigo y presidente de Francia, Giscard d'Estaing, ante el Gobierno portugués, esta concluiría el viaje junto al lago de Zúrich, donde su familia tenía una casa.

—Antes de salir de Cascais, llamé al restaurante de João Padeiro para pedirles que le sigan enviando la *açorda* de gambas a Caxias hasta que lo liberen —se jactó la Banquera.

La Industrial dejó una marca de carmín en el filo de la taza.

—Siempre que iba a visitar a mi marido, estaba hecho un pincel, recién afeitado y con la ropa impecable. Incluso en esas circunstancias. El alcaide, los guardias, los ladrones, todos lo respetaban. La nobleza se tiene desde la cuna, no se compra ni se roba.

Para poder abandonar el país sin peligro, la Industrial había recibido un salvoconducto firmado por un militar del Consejo de la Revolución al que Pureza había oído decir por la radio: «Hay que reprimir las iniciativas populares que vayan en contra del socialismo.»

¿Cómo no reírse de la inconsciencia de esas mujeres y de un proceso revolucionario que detenía a la gente a troche y moche, con órdenes de detención en blanco, y luego transigía con los caprichos gastronómicos de los reclusos que, tarde o temprano, se aprovechaban de la red de influencias establecida durante la dictadura para salir de la cárcel, como había sucedido con Manoel Bravo Montalvão? A izquierda y derecha de las barricadas, la comedia formaba parte del espectáculo. El cuñado de la Banquera, detenido cuando huía a España en su yate, había participado más tarde en los campeonatos de batalla naval organizados en la cárcel. Debido a la nacionalización de la banca, todos los portugueses apellidados Espírito Santo, incluidos los que nada tenían que ver con la conocida familia que dominaba las altas finanzas, vieron sus cuentas congeladas. Se decía que los presos de Caxias estaban custodiados por militantes comunistas con brazaletes del PCP. Se rumoreaba que drogaban a los reclusos con marihuana y recibían maletas llenas de billetes a cambio de liberaciones que nunca llegaban a producirse. Entre la propaganda y las habladurías, costaba distinguir los hechos de las especulaciones. Verdad y mentira eran igual de rocambolescas. No obstante, si la prensa extranjera estaba en lo cierto, había ahora más detenidos sin acusación formal en la cárcel de Caxias que presos políticos había albergado cuando estalló la revolución: reaccionarios, responsables de sabotajes económicos, traficantes de capital para las fuerzas fascistas que actuaban desde el extranjero. Entre unos y otros, había hombres sin actividad política que caían en la red solo porque trabajaban para tal persona o eran amigos de tal otra, como había sucedido con el padre de la Tesorera.

—Cuando fui a verlo, estaba cadavérico, cubierto de piojos.

La Tesorera no fumaba con la indolencia de las demás mujeres, sino que masticaba los cigarrillos. Contó que su padre se vio cercado por los trabajadores, que lo hirieron con la contera de sus paraguas antes de que lo detuvieran unos militares de paisano, todo esto mientras sonaba «La Internacional» por los altavoces de la fábrica.

—Le llevé mantas, porque la ventana de la celda tenía los cristales rotos y pasaba mucho frío por la noche. —Después de sufrir una neumonía, el padre de la Tesorera había salido de la cárcel y aceptado la oferta del marido de la Industrial, para el que había trabajado durante años: un billete de avión a Brasil, donde su hija no tardaría en reunirse con él—. Si mi madre viviera, esto habría acabado con ella —afirmó la Tesorera—. Cuando lo llevé al aeropuerto, mi padre apenas se tenía en pie y no veía ni torta, ni el número de su asiento podía leer en el billete.

También Pureza se había despedido de un padre enfermo antes de que partiera hacia un Nuevo Mundo que no haría sino acelerar la decrepitud de quienes ya no tenían edad para cambiar de vida. También Pureza había sentido la angustia de las mujeres cuyos maridos, ya fueran culpables o inocentes, se veían perseguidos por su participación en el golpe del 11 de marzo. También Pureza había conocido las penurias, la vejación, la incertidumbre. Sin embargo, nada de eso bastaba para hermanarla con unas mujeres que interpretaban sus infortunios, aun siendo graves, con la displicencia de quien se rompe un tacón al volver a casa después de la ópera.

—Héroes del mar, qué más quisieran. Ahora los portugueses son los héroes del miedo —dijo la Banquera mientras se subía al coche en el que Diogo llevaría a las tres mujeres al otro lado de la frontera.

Pureza les dijo adiós con la mano en un gesto protocolario y se quedó allí plantada, esperando que el silencio cicatrizara la herida abierta por el vehículo en la paz del campo.

Cuando llegó allí, tras viajar toda una noche y una mañana en la furgoneta del Hotel Storm's, Pureza había somatizado el resentimiento en una súbita mudez. El resentimiento hacia Frederico, que había desertado en el bosque. El resentimiento hacia su madre, que la había obligado a dejar la casa de Sintra. El resentimiento hacia Maria Luísa, que, tras confesarse incapaz de ejercer la maternidad, le había pedido que llevara consigo a Nádia, abandonando así a su hija por tercera vez —tres veces había negado Pedro a Jesús, tres veces había abortado Pureza. El número tres demoniaco es—. El resentimiento hacia su marido, que tras haber pasado años ocultando la paternidad de Nádia, incapaz de asumir el fracaso de sus devaneos golpistas, le había arrojado el secreto a la cara. El resentimiento hacia los militares del COPCON que, esa noche, en Sintra, habían disparado una lluvia de balas contra los perros del hombre al que iban a detener. El resentimiento hacia un país donde los abusos, el miedo y las injusticias se contagiaban con la ligereza de una moda. El resentimiento hacia sí misma, porque ni siquiera era capaz de mirar a Nádia, y mucho menos dejarse querer por ella o aceptar la responsabilidad de educarla. Pureza había leído en alguna novela que el resentimiento era como beber un vaso de veneno confiando en que fueran los demás quienes se muriesen. Quizá por eso, había sufrido un agotamiento mortal nada más llegar a Minho. Si todos en la familia podían satisfacer sus deseos, ella también podía encerrarse en su habitación, no ver a nadie, descansar del cargo de hija cumplidora y madre sustituta.

El largo trayecto al volante de la furgoneta, entre Sintra y Gerês, había ayudado a Diogo a templar sus desvaríos viriles y ajustar sus expectativas como brazo justiciero de los Bravo Montalvão. El mutismo de Pureza había hecho el resto. En la habitación de la que no salía, su marido le había suplicado perdón.

—Cuando te pedí que fueras mi novia, ni siquiera sabía si Maria Luísa estaba de veras embarazada, me escribió esa carta y luego se desvaneció, podía haber... qué sé yo... —Se mordió la lengua antes de decir «perdido al bebé» o «abortado» y carraspeó antes de corregir el desliz—: Cuando volvió a aparecer, años después, tú y yo ya habíamos puesto fecha a nuestra boda. No quería perderte. —Hincó la rodilla en el suelo, como si renovara el ritual del noviazgo—. Por favor, vayámonos a Brasil, a reunirnos con mi abuelo, y empecemos de cero.

Una escena sacada de las fotonovelas que leían las amas de casa, decidió Pureza, porque despreciar la cursilería de su marido era una forma de resarcirse de su propia humillación. Sin embargo, en ese gesto sentimental reconocía la bondad del chaval del que se había enamorado. Diogo era cojo, existía en la fina línea que separaba al hombre solícito que todos apreciaban del papanatas del que se aprovechaban. Le faltaba malicia, para disgusto de su abuelo y beneficio de Pureza, que, aprovechando que lo tenía de rodillas, le dijo:

—Nos han expulsado de nuestra casa, ¿dejarás que nos expulsen también del país?

Diogo había cumplido su acto de contrición acompañando a sus suegros y a Nádia hasta Madrid, donde cogieron un avión rumbo a Brasil, destino de muchos portugueses que huían del proceso revolucionario. Esa misma mañana, Pureza salió de su habitación, dando gracias de que no hubiese nadie más. Exploró la casa señorial, satisfecha con el orden y la tranquilidad que allí reinaban. No había diarios, el teléfono estaba desconectado y el granito de las paredes le brindaba protección frente a la inconstancia ajena. Salió al jardín, vio el estanque de piedra, el laberinto de setos, las viñas que se extendían por un valle de incontables verdes, el río que fluía al pie de un risco. Al volver a su habitación, encontró la cama recién hecha con sábanas limpias y un jarrón con flores. En la mesilla de noche, junto a la taza de té y las galletas, alguien había dejado una notita, en papel de estraza, con la caligrafía de una anciana que escribía como la niña que había dejado la escuela para entrar a servir en esa casa: «Bienbenida señora».

Pureza se había desmoronado y reconstruido. En su interior, y en el país, aún quedaban enclaves de ternura que el resentimiento no podía alcanzar. Conoció a los responsables de esos cuidados, Ermelinda y Armindo, los sexagenarios aparceros de la finca que, más por afecto que por deferencia, la llamaban señorita y la invitaban a sentarse con ellos frente a la chimenea de la cocina, donde conversaban sobre los hijos emigrados y el ciclo de las estaciones. El ahumadero, la vendimia, las nevadas, las madreselvas, la Nochebuena, las fiestas de agosto. Había un tiempo para todo, el calendario era antiguo, tal como el respeto por la tradición y los antepasados. En una época de incertidumbre, masacrada por el desorden, Pureza halló refugio en la sencillez campestre. Gente buena, aire puro, comida sabrosa, el mejor lugar posible para recuperar la inocencia.

Diogo tardó dos semanas en volver de Madrid, trayendo consigo malas noticias y conspiraciones sobre el golpe del 11 de marzo. Según dijo, la KGB había usado a un agente doble para advertir a los servicios secretos franquistas de la Matanza de Pascua. Pecando de crédulos, los españoles habían avisado a Spínola, y el general, acudiendo heroicamente en auxilio de sus compatriotas, había caído en la trampa de los comunistas portugueses que, conchabados con los espías soviéticos, ya tenían a sus tropas dispuestas y a sus militantes en la calle.

—Le dieron cuerda a Spínola para que se ahorcara —concluyó Diogo, antes de clamar contra la rueda de prensa, transmitida por televisión, en la que se había acusado al Ejército de Liberación de Portugal de querer «provocar un baño de sangre y sembrar la muerte entre el pueblo portugués». Varios agentes y patrocinadores del ELP fueron detenidos. El Gobierno nacionalizó los transportes, las industrias básicas y buena parte de la prensa. Se derribaron estatuas de personalidades del anterior régimen, se atacó la sede de los partidos de derechas.

—O nos largamos a Brasil, o nos quedamos a luchar —le dijo Diogo.

—Haz lo que tengas que hacer, ya te he dicho que yo no me voy de aquí.

Pureza sabía que había un límite al castigo que le había impuesto a su marido. Era mujer, estaba casada por la Iglesia, no tenía trabajo, dependía de él económicamente, sus desleales hermanos vivían en el antro de la capital y el resto de la familia, desposeída del negocio, estaba en otro hemisferio del planeta.

—Pues nos quedamos a luchar —zanjó Diogo.

La finca de Gerês era propiedad de un patrocinador del ELP y, además de servir como plataforma para sacar a personas y bienes del país, había sido el refugio de Diogo tras la debacle de la manifestación de la mayoría silenciosa. Había pasado poco más de medio año desde que, en esa misma casa señorial, recibía las llamadas que Pureza hacía desde una cabina telefónica. Medio año en el que, pese a haberlo perdido todo, aún se tenían el uno al otro.

Pureza había aceptado el compromiso y empezado a recibir a los visitantes con la hospitalidad de una rica heredera del siglo XIX, pero jamás había podido contestar al teléfono a través del cual, medio año antes, su marido la había oído decir durante una tormenta:

—He perdido al bebé. Tienes que volver a casa.

En Gerês, con la llegada de la primavera, Pureza asistió al regreso de las aves migratorias, aprendió a hacer pan y se bañó en el río. Aquella era su fortaleza, el Shangri-la que no aparecía en el mapa de actualidad de los periódicos. Evitaba enterarse de que el resto del país avanzaba en sentido contrario al de ese renacer. Le llegaban retazos de las conversaciones de Diogo con el aparcero, la portada de un diario olvidado en la casa, las anécdotas de los viajeros que se detenían allí antes de cruzar la frontera con España. Según su marido, el número de traidores a la patria aumentaba día tras día: el comentarista televisivo que había escrito: «Hay que nacionalizar a los trabajadores»; el primer ministro, descontento con el resultado de las elecciones libres, que había dicho: «La voluntad del pueblo debe coincidir con los intereses del pueblo. Este debe saber distinguir sus verdaderas opciones: revolución o reacción»; los periodistas que acusaban al ELP de haber «salido de los laboratorios de la CIA» y de pretender «imponer un régimen de terror fascista»; los trabajadores que habían decidido cambiar el nombre de las tiendas Pão de Açúcar por Supermercados del Pueblo.

Mayo era el mes de María y los milagros. En Río de Janeiro nacía el Movimiento Democrático de Liberación de Portugal —MDLP—, liderado por el general Spínola y financiado por los empresarios que habían buscado refugio en las dictaduras brasileña y española. Según el panfleto que había llegado a las manos de Diogo, se disponían a emprender acciones de guerrilla, desde el norte y el interior de Portugal, para recuperar el país e impedir que se extendiera el cáncer de la esclavitud comunista. Lo llamaban «cruzada blanca contra la opresión roja».

Hasta que el general Spínola regresara de Brasil, sus admiradores irían abriendo camino. Tras dejar a la Banquera en España, Diogo se unió a la primera operación del ELP: asaltar, destruir e incendiar la sede de un partido de izquierdas en Bragança.

Ajena a todo, Pureza lo esperaba en el mismo lugar donde lo había despedido días antes. Conocía el sonido del motor y, antes de que la furgoneta entrara en la finca, solía salir de casa a recibir a los viajeros con el ceremonial propio de la esposa de un embajador. Esta vez, su marido estaba solo y se apeó del coche con ganas de descorchar una botella de vino para celebrar el inicio de la nueva reconquista cristiana.

Pureza le cambió el orden de las celebraciones hablándole de otros inicios:

—Estoy embarazada.

5

Frederico descansaba poco, vivía mucho, el tiempo ardía a toda mecha. Portugal era el mismo de siempre. Portugal era algo nunca visto. Los diarios escribían sobre los peregrinos en Fátima. Los diarios escribían sobre las películas para mayores de dieciocho años. En una manifestación del Movimiento de Liberación de las Mujeres, decenas de hombres persiguieron a las participantes entre insultos y manoseos al grito de «¡Desnudadlas!». Pese al fin del comité de censura, una asociación de tipógrafos requisó el libro de un militar por considerarlo fascista. En vez de «criada», pasó a decirse «empleada del hogar», aunque la mayoría de las empleadas del hogar siguieran siendo, a efectos prácticos, criadas. La orquesta de la fundación Gulbenkian interpretó composiciones de Beethoven en mangas de camisa para los operarios de una fábrica de contrachapados. Un complejo turístico de la margen sur del río se rebautizó como Comuna Che Guevara. Los alumnos del instituto de secundaria Pedro Nunes llamaban «nueva PIDE» a los militares que lo dirigían mientras la academia donde se habían formado los agentes de la verdadera PIDE se convertía en una guardería. Los comunistas de Álvaro Cunhal impedían a los socialistas de Mário Soares participar en las celebraciones del Día del Trabajador. Se nacionalizó la Tabacalera y se propuso hacer lo mismo con todos los teatros. En el muro lateral de un edificio de Príncipe Real, alguien escribió:

Rogamos disculpen esta democracia. La dictadura se reanudará en breve

En la estación de metro de Avenida, alguien hizo la siguiente pintada:

Lucha por el solomillo

En la fachada de una iglesia, en São Sebastião, alguien proclamó:

Si Dios existe, es su problema

Los portugueses eran más libres. Los portugueses no eran libres. La píldora anticonceptiva y el confesionario antes de la hostia. Los mítines políticos abarrotados de gente. Las iglesias llenas hasta los topes. Los primeros puestos de los «libros más vendidos» se los disputaban *Sexus*, de Henry Miller, y *URSS, La empresa frente al Estado*, de Erick Egnell. Un crítico cinematográfico escribió a propósito de *Emmanuelle*, el lascivo éxito de taquilla: «Película más reaccionaria de lo que parece». *Gina*, la primera revista pornográfica nacional, con imágenes de fornicadores alemanes y pies de foto escritos por portugueses ingeniosos, se agotó en los quioscos. El diario *República* reprodujo un documento interno de la televisión estatal:

Empleados de RTP objeto de purga (lista provisional):
Frustrado homosexual, posiblemente no activo.
Amante de [...] (ya purgado).
Sin historial antifascista.
Es suegro del doctor [...]

Corrupto casi con toda seguridad.
Beato filofascista y cuñado de [...]
Retrasado mental.

En medio de este torbellino de acontecimientos y discordancias, pocos concedieron importancia al hecho de que el imperio naufragara frente a las costas de la metrópoli, retorciéndose sobre sí mismo y volviendo al punto de partida. En lugar de los tatuajes en los bíceps que lucían los soldados de ultramar —«Amor de madre Angola 68»—, lo que abundaba ahora eran los nombres de los colonos en las cajas apiladas en un muelle de Lisboa, despachadas por barco desde África, y los dueños de esas cajas, otrora poderosos jefes blancos de la población negra, reducidos a la condición de refugiados, africanistas, desposeídos que acampaban en el aeropuerto de Lisboa y contestaban a las preguntas de los cuatro gatos de la prensa. Frederico, bolígrafo en ristre, esperaba poder anotar las peripecias de una gran epopeya en su bloc de notas, pero lo que encontró no fueron héroes ni villanos, sino tan solo amas de casa, dueños de tiendas de comestibles, peluqueras, mecánicos arrastrados a regañadientes por la corriente de los descubrimientos.

«He venido con lo puesto.»

«Lo dejamos todo atrás para no tener que quedarnos también allí.»

«Necesito ropa para la chiquilla.»

En lugar de carabelas cargadas de oro, regresaban en aviones abarrotados, con pasaje solo de ida, y desgranaban el inventario de las cosas perdidas: casas, negocios, contenedores en el muelle, la rebeca de punto para la chiquilla, porque, incluso en primavera, las noches en la metrópoli son destempladas. Acostumbrado a debatir los grandes temas en ese Portugal convulso, Frederico tardó en comprender la obsesión de esa gente con la propiedad. ¿Qué importancia tenía un vehículo perdido en las calles de Luanda frente a la abolición de la esclavitud y el colonialismo, frente a la inminente independencia de Angola?

Frederico se movía entre las familias que, por no disponer de alojamiento en la metrópoli, malvivían en el aeropuerto, en un barrio hecho de maletas, cajas y mantas, un equipo de música haciendo las veces de pared, una cesta de mimbre usada como almohada, bocadillos fruto de la caridad y vasos de agua para desayunar. Chavales blancos y negros jugaban a policías y ladrones con pistolas de plástico, sin sospechar que pronto se aboliría la discriminación por motivo de raza. ¿Cómo podía quejarse esa gente, cuando siglos de imperialismo, trece años de guerra y unos cuantos meses de incertidumbre llegaban a su fin?

Frederico creía que se acercaba el tiempo de la paz y la hermandad entre los pueblos, pero luego los niños blancos y los niños negros rompieron a llorar, y los adultos comentaron las noticias de los enfrentamientos armados entre los movimientos de liberación en Angola. En el aeropuerto de Luanda había una lista de espera con treinta mil personas que querían volar a Lisboa, y de pronto allí estaba toda esa gente recién llegada, los pepes y las marías de allí, con los mismos bigotes y peinados que los pepes y las marías de aquí, hablando una lengua que se entendía perfectamente, cargando bolsas de piel del Sporting Club de Portugal, llevando en brazos bebés con las orejas perforadas y pulseritas con su nombre grabado, como en las fiestas del pueblo, de cualquier pueblo entre Viana do Castelo y Vila Real de Santo António. Porque resultaba que los de allí eran idénticos a los de aquí.

En las paredes del aeropuerto, carteles que buscaban a parientes y hermanos de ultramar. «Aquí no tengo ningún familiar.» Frederico copiaba las palabras de la mujer en su bloc de notas. «No tengo adónde ir, ni adónde volver —prosiguió—. Mi padre nació allá, y yo nunca había estado en Lisboa, pero me han dicho que, por las noches, incluso en primavera, refresca bastante, y necesito una prenda de abrigo para mi nieta.»

Una rebeca de punto y una caja perdida podían no ser tan solo trastos, sino el compendio de toda una vida, y de pronto esa mujer ya no era una esclavista, una colona, una quejica que se lamentaba de haber llegado «con una mano delante y otra detrás», y se parecía cada vez más a la madre de Frederico, también ella una refugiada en Brasil, lejos de sus trastos y de toda su vida, escribiendo cartas sobre la extrañeza de un lugar que no era el suyo, al que se había visto empujada, tal como la mujer del aeropuerto, que decía:

«Solo estamos mi marido, la niña y yo. Nuestros hijos se han quedado allá.»

Frederico entró en la redacción seguro de tener el titular que ocuparía la portada del diario. Sujetaba su pequeño bloc de notas garabateado como si hubiese descubierto los manuscritos del mar Muerto en las cuevas de Qumrán. El editor se sacó el bolígrafo de detrás de la oreja, se sacudió la caspa de los hombros y, sin apartar los ojos de las pruebas que estaba revisando, dijo:

—La cosa no pinta bien, chaval.

En el otro extremo de la sala, el jefe de redacción se mordisqueaba el pulgar como un recluso descontento con su última comida en el corredor de la muerte:

—Si el diario sale mañana, me daré con un canto en los dientes.

En la centralita, los tentáculos de las telefonistas obedecían las peticiones del director y sus adjuntos, había un vaivén constante en el gabinete del redactor jefe, que más parecía un búnker al que solo le faltaba un mapa militar con miniaturas de tanques. Algo monumental estaba a punto de suceder, pero ¿qué podría ser más monumental que la caída del imperio y la fuga masiva de sus súbditos?

—Los trabajadores quieren la cabeza de la dirección —apuntó la secretaria, fingiendo degollarse con la uña escarlata del pulgar. Frederico observó la sala: el mismo caos productivo de siempre, periodistas concentradísimos en sus máquinas de escribir pese a la radio encendida, la estridencia de los teléfonos y los gritos que, como palomas mensajeras, revoloteaban por la redacción:

—Oye, Neves, ¿quién marcó los goles de Inglaterra en la final del sesenta y seis?

La secretaria le aclaró el malentendido a Frederico:

—No son estos trabajadores, sino los otros, los de la comisión.

Lo que no dijo, porque por la boca muere el pez, fue que el PCP controlaba a los trabajadores de dicha comisión, en particular a los tipógrafos, y que, teniendo en cuenta la historia reciente de los diarios portugueses, no dudarían en poner de patitas en la calle a quienes no les juraran fidelidad ideológica.

Después de que el *Diário de Notícias* afirmara en un editorial que el matutino era una herramienta para la construcción del socialismo, veintidós periodistas se habían ido a la calle. En *Século* se había creado un comité de vigilancia para prevenir derivas contrarrevolucionarias. En el *Diário Popular*, una asamblea general acababa de eliminar de su cabecera el lema: «El periódico de mayor expresión del mundo portugués» por considerarla colonialista y, acto seguido, había aprobado por unanimidad un manifiesto editorial titulado «Desparasitación y saneamiento».

Frederico estaba acostumbrado a asambleas que duraban horas y horas, a debates que se prolongaban hasta la madrugada sobre artículos polémicos, a las hipérboles de quienes se dejaban llevar por el entusiasmo, a los sesgos y desmentidos, a las presiones de políticos y militares. Comían ambigüedad para desayunar, voracidad para almorzar y un vuelco del tablero para cenar. Si Portugal se había convertido en epicentro informativo del universo, el diario era su ombligo. Frederico recordó las enseñanzas de Ricardo Walker —«El día que el diario sea la noticia, algo no va bien»— y volvió a hablar con el redactor:

—Quiero escribir sobre la llegada de los colonos.

—Y yo unas vacaciones en la Toscana, para visitar museos y tomar *chianti* con Claudia Cardinale. —Se hurgó los recovecos de la oreja con la punta mordisqueada del bolígrafo—. Hoy, a nadie le importan los colonos. Lo que tienes que hacer es mover el culo y bajar al Rossio, porque dicen que el ELP anda reclutando a la gente y ofrece diez mil escudos por barba.

—¿Qué dices?

—Lo que oyes.

—¿Y eso es más importante que la llegada de los refugiados de África?

El redactor, un admirador del padre António Vieira que reunía expresiones callejeras en una libreta de tapas duras, le dijo:

—A ver, chaval, cómo te lo diría para que me entiendas: date el piro, ahueca el ala, lía el petate, haz mutis por el foro, vete con viento fresco, con la música a otra parte, coge las de Villadiego y, ya que estás, dale a la alpargata y pon pies en polvorosa.

(Andando que es gerundio, o lo que es lo mismo, «Hit the Road Jack», en la voz y el piano de Ray Charles.)

Pese a que el rumor no tenía sentido, Frederico buscó a los agentes del ELP que supuestamente reclutaban guerrilleros en el Rossio. ¿Cuál de las tribus que pululaban en esa plaza de fachadas ennegrecidas querría unirse a una organización armada de extrema derecha? ¿Los negros que lucían melenas afro dignas de un cantante de soul? ¿Los anarquistas, los trotskistas, los maoístas? ¿Los camellos que traficaban con ácido y hachís? ¿Los jubilados con boina y sus *troupes* de palomas amaestradas con migas de pan? ¿Los charlatanes que ofrecían una cámara fotográfica a buen precio y luego te entregaban una caja con un pedrusco dentro? ¿Los mendigos, las putas, los niños limpiabotas? ¿O acaso la estatua del emperador, en cuyo pedestal alguien había escrito:

Abajo la explotación sexual de la gallina, que cada cual ponga los huevos que necesita

Frederico observó a la fauna, preguntó entre los lugareños y, sin haber averiguado nada reseñable sobre el ELP en su bloc de notas, se sentó en el café Pic-Nic. Pidió una cerveza, y luego otra, fumó un libertino cigarrillo detrás de otro, dejándose excitar por las burguesitas radicales que lucían camisetas ceñidas y botas de caña alta, que hablaban de política como sus madres hablarían de cremas hidratantes. El Rossio era un club donde las dudas y extravagancias de la revolución prometían el abismo de los placeres mortales. Allí se encontraba de todo, y todo estaba a la venta. O quizá fuera tan solo lo que creía ver Frederico, siempre persiguiendo el frenesí del más allá. Si Maria Luísa quería cambiar el mundo, él quería engullirlo, escribirlo, follárselo. A lo largo de las siguientes horas intentó todo eso y se despertó a la mañana siguiente con la misma ropa, en el suelo de una casa ocupada, rodeado de anarquistas que, a la luz del día, habían perdido el interés de la víspera.

(Para la despedida, vamos a escuchar «Não vou ficar», del gran Tim Maia.)

Frederico empezaba a intuir que la realidad, cuando estaba sobrio, era un gusto que tal vez le llevara toda la vida adquirir.

En los días siguientes, la comisión de trabajadores tomó el control del *República* y, una vez apartada la dirección, el diario se publicó en ausencia de los periodistas, con una advertencia en la portada: «Rechazamos las derivas partidistas; rechazamos contar medias verdades; rechazamos ignorar la lucha de los trabajadores».

Los reporteros se concentraron en defensa de la libertad de prensa, repartieron comunicados y engrosaron la multitud que colapsó la Rua da Misericórdia al grito de: «El *República* es de quien lo lee, no de la KGB».

Camiones del ejército repletos de militares del COPCON formaron un muro frente a la sede del periódico. Al caer la noche, una llovizna plateaba el abrigo y el megáfono de Mário Soares. Subido a un coche, el líder del Partido Socialista, que había convocado la protesta, denunció que los comunistas pretendían amordazar a la prensa portuguesa. Los manifestantes invadieron la redacción y prendieron fuego a los ejemplares editados por la comisión de trabajadores mientras, en la calle, un vendedor de diarios pregonaba «¡Compre el *República* para quemarlo!». Al día siguiente, solo quedaban las cenizas y la prohibición de acceder al edificio por orden del COPCON. Con más de seis décadas de vida y una larga trayectoria de resistencia frente al fascismo, el *República* cerraba sus puertas.

Sin empleo pero animado, Frederico siguió descansando poco y viviendo mucho. Quedaba con los compañeros de oficio en los bares y escribía en su bloc de notas las crónicas de un tiempo volátil.

Todos los días volaban chispas, puños y piedras de la acera.

Una reunión de los trabajadores del textil acabó en una orgía de patadas y bofetones. En Lisboa, el ELP hizo estallar una granada y dos cócteles molotov. Los trabajadores de la emisora católica Rádio Renascença ocuparon su sede y tomaron el control de la emisión. Hubo dos explosiones más en sucursales bancarias y disparos en las calles de la capital. Se registraron enfrentamientos con varios heridos en la isla de São Miguel, en una escuela secundaria de Oporto y en Bragança, después de que se incendiara la sede de un partido de izquierdas. Se produjo el robo de medio centenar de armas automáticas de un cuartel. Soldados simpatizantes del MRPP secuestraron, interrogaron y acusaron a un infante de marina de ser un agente del ELP. A continuación, lo llevaron a un cuartel, donde el alto mando militar impidió la celebración de un juicio sumario.

Una manifestación de los trabajadores de Rádio Renascença se enfrentó a una contramanifestación delante del Patriarcado de Lisboa. El COPCON intervino y se contabilizaron treinta y ocho heridos.

Una manifestación de la Secretaría Nacional de los Consejos Revolucionarios de los Trabajadores casi desembocó en la invasión del Parlamento mientras la muchedumbre coreaba: «¡Gobierno revolucionario ya!».

Una manifestación del MRPP frente a la cárcel de Caxias para exigir la liberación de los militantes detenidos por el COPCON tras el secuestro del infante de marina acabó abruptamente cuando los soldados abrieron fuego.

Manifestaciones, protestas, algaradas.

Frederico, que no se perdía ni una, iba dibujando en su bloc de notas un laberinto de violencia y sinsentido. En la misma cárcel, estaban detenidos un ministro del Estado Novo y los maoístas del MRPP. Presos políticos que habían recuperado la libertad con la caída de la dictadura volvían a Caxias, de nuevo sin cargos judiciales, transportados en los mismos vehículos militares que habían hecho la revolución y que ahora invadían las sedes del MRPP para detener en una sola redada, sin que mediaran órdenes de detención, a medio centenar de militantes.

De izquierda a derecha, brotaban las amenazas, la propaganda y las garantías absolutas.

El MDLP de Spínola afirmaba: «Urge lanzar en todo el país una cruzada contra el comunismo extranjero, usurpador y ateo».

Otelo Saraiva de Carvalho, héroe de la revolución y comandante del COPCON, afirmaba: «Me pregunto a menudo si no habría sido mejor, en abril del setenta y cuatro, mandar al paredón o a Campo Pequeno a unos cientos o miles de contrarrevolucionarios y cortar el mal de raíz».

En una entrevista a la periodista italiana Oriana Fallaci, Álvaro Cunhal afirmaba: «Le aseguro que en Portugal no habrá ningún Parlamento».

La sección de información y propaganda del Partido Comunista aseguraba: «La transcripción de esa entrevista revela una tendenciosa deformación de las palabras de nuestro camarada Álvaro Cunhal».

El intelectual Prado Coelho, en su crónica periodística, aseguraba: «Ser de izquierdas no es lo mismo que ser revolucionario. Y la revolución la hacen los revolucionarios».

El corresponsal del *France-Soir* aseguraba: «Algarve quiere la independencia».

El Movimiento de las Fuerzas Armadas aseguraba: «Queremos una sociedad sin clases, nacida de la colectivización de los medios de producción, eliminando todas las formas de explotación del hombre por el hombre».

El mismo Movimiento de las Fuerzas Armadas aseguraba: «Tomaremos el control de la radio y la televisión estatales para transformarlas en órganos oficiales que reflejen las posturas del MFA».

Maria Luísa Alegria Storm aseguraba: «Esa gente se ha pasado toda la vida explotando a los negros y ahora llegan aquí y esperan gozar de los mismos privilegios que tenían en África».

Estaban sentados a una mesa del Caprília, donde los periodistas coincidían con los agentes de extrema izquierda en su querencia por las conspiraciones y el cocido portugués. Se intercambiaban informaciones y armas ligeras. Con los labios fruncidos en torno a una pajita a rayas, Frederico dejó de sorber su refresco de grosella y se frotó los ojos, irritados por el humo de los cigarrillos y las noches en vela:

—Son personas como nosotros, están dejados de la mano de Dios en el aeropuerto, madres solas con niños a su cargo y sin tener adónde ir.

—Suerte tienen de que los acojamos. Lo que tendrían que hacer es quedarse allí, para responder por lo que han hecho.

—¿Solo porque vivían en ultramar?

—De ultramar nada, así hablan los fachas. Ahora se dice colonias.

Frederico quería alertar de la escasez de víveres y los cadáveres que se pudrían a las puertas de la morgue en Luanda. Quería hablar del éxodo de decenas de miles de personas, en el norte de Angola, a causa de los combates entre los movimientos independentistas, que habían provocado cientos de muertos. Maria Luísa se desentendía por completo de la suerte de los blancos en África, algo que su hermano ya había notado en los blancos de la metrópoli. Cambió de tema, pasando de la preocupación por los demás al interés propio:

—¿Qué sabes del *República*?

—No te hagas muchas ilusiones, hermanito, tu diario ya no volverá a manos del masón.

—¿Qué masón?

—Tu jefe. —Maria Luísa no había visto a Frederico tan perplejo desde que le había revelado, de golpe, la naturaleza ficticia del ratoncito Pérez y de Jesucristo—. Vaya, no me digas que el gran reportero ignoraba que el director de su diario se ponía delantales en ceremonias secretas de masonería. ¿Qué te creías, que los socialistas hicieron del *República* su caballo de batalla por defender la libertad de prensa? No me seas iluso, has estado trabajando para el órgano oficial del PS.

—Solo lo dices para darme por culo.

—Oye, esa lengua, que todavía soy tu hermana mayor.

—El diario tiene conexiones con los socialistas, ya lo sé, pero nunca he sentido que me presionaran para escribir tal cosa o no publicar tal otra. Tanto el director como el *República* tienen sobradas credenciales antifascistas.

—Lo que más abunda ahora mismo son antifascistas enemigos de la revolución —dijo Maria Luísa.

—Pero ¿qué revolución? ¿La que cierra periódicos y los entrega a los comunistas?

—Ya sabes lo que pienso del Partido Comunista, pero la opinión que me merecen los socialistas es peor todavía. ¿El enemigo de mi enemigo es también mi amigo y todo eso? No creas. Por mí, como si socialistas y comunistas se matan entre ellos, ahí me las den todas. —Malu sacó un cigarrillo del paquete de tabaco de su hermano, que estaba sobre la mesa, y lo encendió con la ligereza de quien ocupaba la fábrica número cien. La revolución le estaba saliendo a pedir de boca—. Tengo que irme. A ver si contestas a las cartas de mamá, ¿me oyes? —Se levantó, le dio dos caladas al cigarrillo y lo apagó en lo que quedaba de arroz blanco en la bandeja—. Y no te levantes de la mesa hasta que hayas comido todo lo que tienes en el plato.

En el dedo acusador de su hermana y la frase trillada, Frederico debería reconocer una imitación de su madre, en parte parodia, en parte homenaje, pero había algo auténtico en la forma en que, desde hacía un tiempo, Malu le daba órdenes. Quedaba por ver si lo hacía con la exigencia de una hermana bienintencionada o con la superioridad moral de una revolucionaria a punto de asaltar el poder.

Frederico apartó el refresco de grosella, sintiéndose traicionado, estúpido, impotente. Sin su trabajo en el periódico, perdía también la capacidad de honrar su propósito de consolar a los afligidos y afligir a los acomodados. La revolución era un magma inconexo de objetivos individuales que se lo llevaba todo por delante y en el que no había lugar para el objetivo de Frederico. ¿Cómo podía pensar tanta gente que tenía razón a la vez sin que una parte de esa misma gente estuviera profundamente equivocada? ¿Acaso no eran las certezas absolutas el truco de los farsantes, demagogos y tiranos?

(Que les den a todos. Al director del periódico, a los socialistas, a la masonería, a tu hermana, al COPCON, *a los comunistas. Aprovecha mientras puedes, ya lo decía nuestra querida madre, que todo lo bueno se acaba. Tarde o temprano, amigo mío, nos fastidiarán la fiesta de la libertad con el sectarismo de la política.)*

Frederico pidió una jarra de vino tinto para no acabar el almuerzo solo y, haciendo caso a su narrador interno, lo remató con una copa de aguardiente a modo de postre.

(Arrancamos la tarde con «Blame It On My Mouth», en la versión grabada por Carmen McRae en 1966.)

Al salir del restaurante hacia la Avenida da Liberdade, Frederico se topó con la enésima manifestación. Amodorrado por el alcohol y el calor de la primavera, se dejó arrastrar por la marea humana, entregándose al ritmo de la marcha y la cadencia de los gritos de protesta o apoyo, lo mismo daba, porque lo relevante era el mantra de la repetición, los brazos entrelazados, el hecho de compartir ese momento y el anonimato de la masa, el animal colectivo en que el individuo se diluía y se dejaba manipular para ser algo distinto a sí mismo. Había una parte recreativa en las manifestaciones, que tan pronto podían ser un pícnic familiar como una catarsis de vándalos que destrozaban cristales y huesos.

Frederico necesitaba distracciones. En torno a su vacío se arremolinaban las creencias ajenas, las consignas, las noticias de la radio y la intermitencia de las pantallas de televisión, los comunicados oficiales, el galope de las masas que huían de una carga policial, el aire acribillado por las ráfagas de las metralletas de los militares, los carteles electorales descascarillados como pintura sobre madera podrida, los llamamientos, las amenazas, las exigencias, los comités, las comisiones, los consejos, las cooperativas, los mítines, la cacofonía de siglas.

PREC

VOTA EN BLANCO

MDP/CDE

ELP

CR KGB

¡Contratos ya, despidos no! COPCON

MDLP

Quien no teme al mar, no teme a los patrones

CIA

PRP/BR

Comité de Lucha de los Ocupantes y los Inquilinos Pobres

Ni Kissinger ni Brézhnev

MFA Cooperativa

MRPP

Estrella Roja

FSP

PPD

MES

PCP

CDS

UDP

Recoger

Sembrar

Repartir

Producir

El entusiasmo está socialmente reprimido

¡Basta!

Pero ni siquiera la extravagancia de la revolución le bastaba, sino que necesitaba más: más información, más deseo, más calle, más noche, más pasión, más agonía, más éxtasis, más algo que, conjurando el tedio, exacerbara el placer y aplazara la resaca.

Salió de copas con Raposo durante toda la noche y volvieron a casa en taxi cuando ya salía el sol. Delante del edificio, el coche de su amigo tenía un papel metido en el limpiaparabrisas. Hacía semanas que el mismo policía lo multaba por aparcar en la acera.

—El hijo de puta del madero no me deja en paz. —Raposo desdobló el papel—. Fíjate, esta vez me ha dejado una carta de amor.

Estrujó la multa con las dos manos y la arrojó al suelo.

—Ve subiendo —le dijo Frederico—. Voy a ver si ya ha abierto el quiosco para comprar la prensa.

A solas en la calle, recogió y leyó la nota del policía:

Así no se construye la democracia.

Frederico miró a su alrededor, sin poder deshacerse del mensaje, como si tirarlo al suelo fuese la más vil de las traiciones, el abandono de toda esperanza. Se llevó el papel a casa y lo guardó entre las cartas que su madre le había escrito desde Brasil.

6

Pureza Storm era tan solo el envoltorio que albergaba al renacuajo. Nada de tejer afectos o peúcos, confeccionar listas con nombres, imaginar la carita del bebé o caer en ninguna de las artimañas con las que el cerebro femenino convencía a las madres para que cuidaran de los embriones. Ella habría muerto tres veces para salvar a sus tres hijos que no llegaron a nacer. Tres, el número que Dios y el demonio habían acordado para su propio entretenimiento. Superada esa cifra, Pureza había renunciado a contabilizar el dolor y afilaba la supervivencia en la dura piedra del cálculo.

Ni siquiera su cuerpo en constante mutación la convencía de que había otro organismo creciendo en su interior. En el baño, se enjabonaba los hombros y dejaba que la espuma se deslizara desde el pecho hacia el vientre, evitando así frotarse la barriga. Apartó los espejos de sus trayectorias por la casa, tiraba de la ropa hacia abajo y, a medida que le iba quedando justa, incómoda, delatando el embarazo, la adaptaba a golpe de tijeras, sin plantearse siquiera renovarla con prendas nuevas y más holgadas. ¿Las náuseas, el sueño, las ganas de hacer pis a todas horas? Lo achacaba todo a los condimentos del almuerzo, a una noche de insomnio, al agua que había bebido de más en plena canícula.

Estos artificios no bastaban para que Pureza dejara de advertir los cambios físicos, y se escondía de su propio cuerpo manteniendo la mente ocupada. Se dedicaba a la jardinería, leía los volúmenes encuadernados en piel de la biblioteca de la finca —desde anuarios de la nobleza hasta tratados agrícolas— y se hizo cargo de la administración de la casa, fingiendo no percatarse del cambio en el perfil de los huéspedes. En lugar de mujeres con maridos presos o exiliados, ahora llegaban hombres solos o en pequeños grupos que hablaban en jerga militar. Traficantes de armas que se vestían como vedetes de teatro, mercenarios de la guerra en África, alborotadores para los que la defensa de la patria era tan solo una oportunidad de ejercitar su talento para la delincuencia y ganar unas perras extras. En comparación con el miedo a lo que podría suceder en su útero, nada de ello intimidaba a Pureza.

No le dijo a nadie que estaba embarazada, ni siquiera a sus padres, en las cartas que les escribía a Brasil. Diogo era el único conocedor de un secreto que, de haber osado mencionarlo, no sonaría a nada en absoluto, porque ella no escuchaba, no reconocía, no se planteaba siquiera hablar del tema y, la única vez que su marido sugirió la posibilidad de que tuvieran un hijo varón, al volver de una de sus misiones con un pequeño camión de madera comprado en algún mercadillo, Pureza enterró el juguete en el fondo de un baúl, atajando de raíz la intención de Diogo.

—No quiero sentir que «eso» existe.

Referirse a su hijo por el pronombre demostrativo, acentuando así su distanciamiento respecto a él, selló el pacto de silencio entre marido y mujer. Cuando Diogo le dijo «he pedido hora con Guimarães», ni siquiera hizo referencia al motivo o la especialidad del médico. Días después, al salir de la consulta con una receta de vitaminas, Pureza le ordenó:

—Compra una sola caja.

Los habituales planes para preparar el nido con los bártulos del bebé se vieron desplazados por la preparación de viajes a Roma, escapadas a Andorra para practicar esquí, una visita a sus padres en Río de Janeiro, distracciones que Pureza creía merecer por todo lo que había perdido y todo lo que aún podía perder.

Diogo, por su parte, andaba atareado con las operaciones del ELP. En los escasos días que la pareja pasaba junta en la casa de Gerês, él le hablaba de un país que, para ella, solo existía como ficción. En las frecuentes ausencias de su marido, Pureza se sentía libre de la única persona que conocía el secreto. El Diogo guerrillero inhibía al Diogo padre, y el matrimonio se semejaba a las relaciones epistolares que ella había tenido como madrina de guerra, cuando intercambiaba aerogramas con soldados a los que nunca había visto ni llegaría a conocer, permitiéndose ser útil, incluso afectuosa, porque la lejanía le garantizaba la satisfacción de las buenas acciones sin el riesgo de involucrarse.

Cada vez que Diogo volvía a casa, los regalos que le llevaba a su mujer —nunca para «eso»— delataban el itinerario de sus incursiones. Un jersey de lana (recuerdo de la batalla campal con los seguidores de la UDP en Póvoa de Varzim), una caja de galletas (de cuando habían prendido fuego al coche de un sindicalista en Resende), una tele en color (robada de la sede destrozada e incendiada del Partido Comunista en Esposende).

—Cuando vuelva, te traeré una antena y ya podrás ver las noticias —le prometió su marido antes de partir hacia otra misión con la fe de un cruzado rumbo a Jerusalén. Diogo veía como se desmoronaba el imperio con la independencia de Guinea-Bissau, Cabo Verde, São Tomé, Mozambique, y se rumoreaba incluso que las Azores y el Algarve no tardarían en sumarse a la lista. Pronto se verían reducidos al condado Portucalense. Pero Diogo Bravo Montalvão se contaría entre quienes habían emprendido la nueva Reconquista cristiana.

Partió de Gerês con Jaime Moreno, su padrino de boda, y recogieron a unos pocos camaradas más en Braga. Bajaron hacia la zona oeste y montaron campamento en una finca aislada que pertenecía a Barbieri Cardoso, antiguo subdirector de la PIDE y jefe de operaciones del ELP desde Madrid.

—El profesor estuvo aquí de vacaciones —dijo Jaime, señalando un panel de azulejos con la cara de Salazar.

A los agitadores de Braga, que disputaban una partida de brisca con dinero, sumidos en un estupor alcohólico, les importaba una higa el viejo dictador que, cinco años antes, había estirado la pata. Diogo, en cambio, comprendió la solemnidad del momento, como si visitara la tumba del gran líder. Tras la caída del régimen, la figura de Salazar se invocaba para inspirar a las huestes de sus herederos políticos. Ante la imposibilidad de resucitar al fundador del Estado Novo, pretendían volver a fundarlo. Diogo nunca había sido un salazarista convencido, por influencia de su abuelo. Manoel, que a menudo se había burlado de la estrechez de miras y el provincianismo de Salazar —el gallinero en la residencia oficial, la devoción por su madre—, también había mantenido con el profesor de Coímbra una relación que definía como «una mano lava a la otra y entre las dos me llenan los bolsillos». Sin embargo, para Diogo, ver ese altar de azulejos horas antes de emprender una misión, saber que estaba en el mismo lugar que Salazar había visitado, le hacía sentir la excepcionalidad de los elegidos.

Al caer la tarde, se subieron a las furgonetas y aparcaron en un punto del mapa señalado, en la letra de Jaime, como Ponderosa.

—¿Qué es esto de Ponderosa? —preguntó Diogo desde el asiento del acompañante.

—Así llama la gente de por aquí a este cruce de caminos —informó su padrino, que iba al volante—. Ponderosa, como el rancho que sale en la serie de la tele.

—¿Nunca has visto *Bonanza*? —preguntó un macarra de Braga desde el asiento trasero, y empezó a silbar la sintonía del western. Se llamaba Calígula, tenía ojillos porcinos y, usando el índice y el pulgar, fingió apuntar a Diogo con una pistola—: «Bang, bang». —Al reír, reveló un diente de oro y la ausencia de tres muelas. El arma de verdad, que había bautizado como «Nuestra Señora de los Apurados», la llevaba metida en la cinturilla del pantalón—. No es vaquero quien quiere, sino quien puede. —Le lanzó un beso—. Menuda nenaza tenemos aquí.

Con un revólver Smith & Wesson del 32 metido en la bota campera de la pierna lisiada, Diogo se volvió hacia atrás en el asiento, dispuesto a exigirle una disculpa, pero Jaime le dio una palmada en la pierna buena —«Ahí vienen»—, y el pico de hostilidad quedó sepultado bajo una oleada de adrenalina. Los pides fugados se descolgaban del altísimo muro de la cárcel por una escalera de mano improvisada con cuerdas de plástico y armazones de las camas.

—Me cago en todo lo que se menea, son ciento y la madre, ¿dónde cojones metemos a toda esta chusma? —preguntó el bravucón de Braga.

No hizo falta. La mayoría de los ochenta y nueve agentes e inspectores de la Policía Interna de Defensa del Estado que se escabulleron de la cárcel de Alcoentre echaron a correr en todas las direcciones que la noche permitía. Diecisiete de ellos fueron detenidos en cuestión de horas por las fuerzas del COPCON y las milicias populares.

Al día siguiente, tras dirigirse hacia el norte, llenaron los depósitos de las furgonetas en una gasolinera situada en territorio amigo. En una papelería, al otro lado de la calle, Diogo compró los diarios que publicaban las fotografías de algunos forajidos. De paso, leyó la noticia de un mitin del Partido Comunista que había llenado la plaza de toros de Campo Pequeno y se fijó en varias casualidades. Álvaro Cunhal, detenido por la PIDE en tres ocasiones, había dado un discurso en libertad a la misma hora en que los pides fugados se descolgaban por el muro de una cárcel. El mitin se había celebrado en el mismo lugar donde Spínola había hecho su última aparición pública antes de caer en desgracia y donde Otelo había sugerido fusilar a los contrarrevolucionarios. Diogo estableció estas conexiones convencido de que lo importante no era ser el más fuerte, sino el que veía aquello que se les escapaba a los demás. Cerró el periódico y se topó con el macarra de Braga encendiendo un cigarrillo en la gasolinera. Ante semejante alarde de estupidez, la perspicacia valía tanto como la pistola que Diogo llevaba en la bota.

Dejó a los pides en España y volvió a casa con una antena interior, comprada en Vigo, que colocó encima del televisor. El vendedor gallego se había deshecho en elogios sobre la fiabilidad de la tecnología alemana, pero no le dijo que, entre paredes de granito y rodeado de bosque, no cabía esperar que el receptor transmitiera con claridad las imágenes de un país sumido en el caos. Aun así, a lo largo de los días siguientes, Diogo intentó descifrar lo que pasaba entre la nieve de estática que llenaba la pantalla. Así se enteró de que:

Una bomba de escasa potencia había explotado frente a una iglesia en Lisboa, mientras se celebraba misa.

Había habido una huelga en la compañía telefónica.

El consejo de ministros había nacionalizado las petroquímicas, las industrias mineras, las empresas de transporte de mercancías y las compañías vidrieras.

El gasto de las familias en alimentación había aumentado un veinticinco por ciento en el último año.

El *República*, diario donde trabajaba su cuñado, había vuelto a los quioscos, ahora escrito y editado por los trabajadores de la imprenta.

El Partido Socialista había renunciado a las carteras que tenía en el cuarto Gobierno provisional.

Se había suspendido una sesión de la Asamblea Constituyente por amenaza de bomba.

Contraviniendo las órdenes del Gobierno, Otelo, líder del COPCON, no puso fin a la ocupación de Rádio Renascença por parte de los trabajadores ni devolvió la emisora al episcopado.

En la casa de Gerês, Diogo movía la antena de la tele, alzándola por encima de su cabeza, alejándola todo lo que le permitía el cable, intentando dar mayor nitidez a las imágenes granuladas de la pantalla. En un reportaje sobre la Feria del Libro, un periodista entrevistaba a una vendedora de altramuces.

—¿Ha podido echar un vistazo a los libros?

—No sé leer.

—Qué lástima.

—Según cómo, es mejor así, para no sufrir.

Diogo tal vez fuera cojo, pero, entre tanta oscuridad, se sentía como un visionario. Sabía que las verdades eran como puños, y que solo los puños podrían aplastar la perfidia de los comunistas. Se sentía más que un asalariado, un chófer, un soldado raso. Había recibido la luz de una vocación y había sido elegido para abrirse paso hasta la verdad en medio de un lodazal de mentiras. El misionero, el guardián, el liberador. Dondequiera que mirara, se sucedían las señales.

Tras bajar hasta Rio Maior con los macarras de Braga e incitar a una turba a destrozar otra sede del PCP, Diogo tuvo la ocurrencia de asaltar las furgonetas de reparto de prensa en Lisboa para arrojar al fuego la desinformación izquierdista, páginas y más páginas de propaganda ardiendo en la calle, un auto de fe que, reduciendo la mentira a humo negro, alumbraría la senda de la verdad. Había vuelto de Rio Maior con su llamada consagrada por el fuego y una antena de exterior arrancada de la azotea de los comunistas, que puso al servicio del bien instalándola en el tejado de la casa de Gerês. Otro regalo para su mujer, que ahora podía entretenerse con los canales portugueses y españoles sin el zumbido efervescente de la estática en blanco y negro.

Descalza y con las piernas estiradas sobre el sofá de tres plazas, Pureza bebía una limonada a sorbitos un caluroso día de julio, a solas con el silencio y los largos crepúsculos estivales. Estaba esperando que empezara la serie *Joseph Balsamo*, adaptación de una novela de Alejandro Dumas sobre un adivino que pretendía destronar a las monarquías absolutistas de Europa e instaurar una república basada en los valores de la libertad y la igualdad. Diogo entró en el salón y fue a sentarse, levantando los pies de Pureza y apoyándolos en su propio regazo, un gesto de intimidad para él, perturbador para ella, que se había desacostumbrado al tacto de su marido desde que estaba embarazada.

Sin reparar en el malestar de Pureza, Diogo cambió el telediario por el libro que había llegado de Madrid, *El engaño del 25 de abril en Portugal*, escrito por un partidario de la causa espinolista exiliado en España. Había en ese salón de Gerês: una mujer embarazada, su marido, una televisión, un libro. Una escena familiar idéntica a tantas otras en las casas portuguesas después de cenar, hasta que el presentador informó de una manifestación en Lisboa y el reportaje mostró a una multitud con el puño en alto, clamando: «¡Viva la dictadura del proletariado!». La imagen se detuvo en la cara de una mujer. Puede que el cámara y el editor tuvieran el mismo sentido de la belleza, porque la mujer se prolongó en el plano, sin saber que la estaban filmando y que la verían en los hogares de todo el país.

Pureza no vio tan solo a la militante del Partido Revolucionario del Proletariado, con la fisonomía marcada por la dureza de quien, otrora marginada y humillada, estaba ahora en condiciones de ganar la lucha. Por encima de las capas geológicas de su piel y de todo lo que Pureza no sabía acerca de esa militante, asomaba una expresión de Maria Luísa con la que ella había crecido, algo que solo la intimidad de un dormitorio compartido durante años permitía reconocer, el lenguaje secreto de las hermanas, el código fundacional que la vida adulta no podía borrar porque había quedado impreso mucho antes de que perdieran la inocencia. Maria Luísa miraba algo que quedaba fuera de plano, algo que amaba y que quería tener cerca. Pureza conocía de memoria esa expresión y la mimetizó sin darse cuenta, como si un gesto bastara para unir lo que había quedado destruido. Tú eres mía, yo soy tuya. ¿Por qué estamos tan lejos?

Antes de desaparecer de la pantalla, Malu se llevó el pulgar y el índice a la boca, como hacía en los veranos en Praia Grande. Era la única chica que silbaba mejor que los chicos, estilosa, arisca, cinematográfica, la hermana que protegía a Pureza de las alumnas mayores del colegio y le prestaba ropa, prestigio, una identidad. Pese a la buena conducta de una y las insurrecciones de la otra, de los roces y pataletas entre hermanas, Pureza idolatraba a Maria Luísa y creía que se casarían el mismo día, en la misma iglesia, y vivirían felices para siempre en el Hotel Storm's.

La realidad era que Pureza estaba embarazada del hombre que le había hecho una hija a Maria Luísa. Nada era como debería haber sido, los sueños degeneraban en decepciones, los niños en adultos, la inconstancia era la tónica dominante. Unos meses atrás Pureza solo quería un hijo, y ahora su vientre orondo ya no era bendito, ni maldito, sino ninguneado. ¿Para qué tener un hijo, si también él se vería obligado a crecer y degenerar?

En el sofá, Pureza apartó los pies descalzos del regazo de su marido y se apresuró a mentir cuando Diogo interrumpió la lectura para preguntarle:

—¿Qué ha pasado?

—Ha dado una patada —dijo, con la mano en la barriga, porque inventarse que el renacuajo, que «eso», que el cuarto primer hijo nonato existía y se movía era menos doloroso que confesar la aparición de su hermana y el amor que aún la unía a ella, el amor que se siente por los muertos que traicionan a los vivos sin despedirse, el amor por lo que no podía heredarse, pero tenía más valor que las joyas familiares, el amor de las camas cápsula donde viajaban juntas en el tiempo.

—Ha dado una patada. —Diogo repitió las palabras de Pureza para asegurarse de que eran ciertas, verdades como puños, sin atreverse a añadir nada.

A los pocos minutos, demostrando así que nada dura para siempre, Pureza volvió a olvidarse de su hermana, de su marido, de su hijo, distraída con las aventuras de Joseph Balsamo en la pantalla. Como todo lo que pasaba en la ficción —la familia, el matrimonio, la maternidad o el duelo—, también las revoluciones podían verse desde el sofá, cabían en siete episodios de cuarenta y cinco minutos, o en las trescientas páginas de un libro, porque la ficción tenía un principio y un fin, una lógica y un sentido, mientras que la realidad, en julio de 1975, en un país llamado Portugal, parecía no tener ningún sentido.

7

Maria Luísa lo avistó entre la multitud e, introduciendo el índice y el pulgar bajo la lengua, reprodujo la secuencia de notas que, muchos años antes, habían establecido como código familiar. El silbido rasgó el coro de voces —«¡Viva la dictadura del proletariado!»— y alcanzó a Frederico. Los dos hermanos intentaron converger uno hacia el otro, distanciados por la riada de gente y el pensamiento único. Se toparon con obreros enfundados en monos de trabajo, reporteros y cámaras, pasaron por debajo de pancartas que rezaban «Los soldados siempre al lado del pueblo», se estremecieron con la vibración de miles de cuerdas vocales que clamaban «¡Contra la reacción, contra el capital!», y se vieron apretujados entre las delegaciones de la Unión Democrática Popular, la Liga Comunista Internacionalista, el Comité Marxista-Leninista Portugués —un degradé de facciones y ortodoxia que se había unido para exigir la dimisión del Gobierno y la asamblea que preparaba la Constitución. Frederico pidió permiso con por favores y gracias mientras Maria Luía se abría paso a empujones. Se reunieron en el instante en que los blindados del ejército se sumaron a la manifestación y la multitud entonaba «La Internacional»:

«¡Ni en dioses, reyes ni tribunos está el supremo salvador. ¡Nosotros mismos realicemos el esfuerzo redentor!»

¿Acaso era posible que solo Frederico, entre todos esos admiradores de Mao o Stalin, advirtiera la ironía de esa letra?

Aunque Maria Luísa le había dado la mano, como cuando era un niño, Frederico solo veía en ella a la militante del Partido Revolucionario del Proletariado, la fisonomía marcada por la dureza de quien, otrora marginada y humillada, estaba ahora en condiciones de ganar la lucha. Por encima de las capas geológicas de su piel y de todo lo que Frederico ignoraba sobre ella, le quedaba por descubrir una expresión familiar de su hermana.

María Luísa era tan solo un átomo más de ese trance colectivo que Frederico ya había presenciado en el extremo opuesto de las creencias, como integrante de las Juventudes Portuguesas, obligado a participar en el Día de la Raza, cuando los adultos se llevaban la mano al pecho y cantaban el himno nacional con lágrimas en los ojos, tal como ahora otros coreaban «La Internacional». Un trance que permitía a quienes antes criticaban a un Estado policial considerar aceptable que soldados uniformados y carros de combate participaran en una manifestación para pedir la dictadura del proletariado. Un trance del que su hermana formaba parte.

La extrañeza que él atribuía al comportamiento de María Luísa existía, en idéntica medida, en la percepción que esta tenía de su hermano. El «perfume del día siguiente» —alcohol, tabaco, sudor, sexo— era cada vez más intenso en Frederico, así como la obsesión por las manifestaciones: no se perdía ni una, siempre con su bloc de notas y el bolígrafo, como si siguiera trabajando en el diario; de hecho, el diario era otra de sus fijaciones. La semana anterior, Frederico se había presentado en un mitin del PRP para quejarse a su hermana del Consejo de la Revolución, que había entregado el diario de forma definitiva a la comisión de trabajadores. Cuando Maria Luísa le señaló lo inoportuno de sus protestas —el PRP había convocado ese mitin, precisamente, para defender el regreso del *República* a los quioscos, controlado por la comisión de trabajadores—, Frederico se expuso a la ira de los militantes, como si le importara un bledo que le cayeran unos cuantos sopapos, poniéndose a leer los fundamentos de su postura anotados en el bloc. En pleno arrebato, se refirió a la amenaza gubernamental de poner a militares en las redacciones de los periódicos y divagó sobre la frase «acabar con la explotación del hombre por el hombre», uno de los tópicos de la neolengua revolucionaria.

—¿Y qué esperabais? —refunfuñó—. ¿La explotación del panda por el hombre? ¿Del hombre por el lince ibérico?

Para que Frederico no volviera a hacer de las suyas, Maria Luísa le dio la mano en la primera estrofa de «La Internacional», con la esperanza de que esa intimidad impuesta le mantuviera la boca cerrada. Delante del Parlamento sitiado por vehículos militares, soldados y manifestantes, Malu se despidió de su hermano porque era una de las oradoras del mitin. Sobre el escenario, sin distraerse de su discurso, lo vio tomando notas de lo que ella decía ante el micrófono:

—Hay que radicalizar el proceso político y tener al ejército como brazo armado del pueblo. Frente a esa alianza, los politicastros y los contrarrevolucionarios acabarán en la papelera de la historia.

Aplausos, aclamaciones y un hueco allí donde antes había estado Frederico.

Mejor así. No había renunciado a su hija para tener que hacer de niñera de su hermano. La lucha no permitía dispersiones, la revolución pendía de un hilo, no podían fallar ni concederse una pausa. Los socialistas habían abandonado el Gobierno y el PPD iba por el mismo camino, seguro que se disponían a dar un golpe, amparándose en el hecho de ser los partidos más votados, como si el sufragio fuese la única manifestación de la voluntad popular. Urgía detener las fuerzas de la burguesía capitalista, lideradas por un Mário Soares que ya había prometido movilizar a todo el país.

En los días siguientes, el PRP de Maria Luísa se unió a otras organizaciones de izquierdas para ejercer la vigilancia popular y, junto con los soldados del COPCON, bloquear la entrada de los reaccionarios en las ciudades donde se celebrarían mítines del Partido Socialista. La alianza acaparó la portada del *Diário de Notícias*: «El pueblo y los militares, a las barricadas en defensa de la revolución».

El nuevo *República* advertía en su primera página: «La reacción quiere marchar sobre Lisboa como Mussolini sobre Roma».

El Partido Comunista movilizó a sus militantes para formar una «muralla de acero» alrededor de la capital.

Y Mário Soares contraatacó: «No queremos que el país se convierta en un gran campo de concentración».

Se produjeron enfrentamientos en Porto de Mós y en Rio Tinto. En Oporto, la caseta de propaganda del Partido Comunista fue pasto de las llamas. En Batalha, se impidió la distribución de los periódicos alineados a la izquierda. En Caldas da Rainha, una discusión política acabó a navajazos, dejando una víctima mortal.

En Lisboa, en un gran mitin en la Fuente Luminosa, Mário Soares pidió un Gobierno de salvación nacional. Maria Luísa se situó en el extremo opuesto de la Alameda con el fin de estudiar las nutridas filas enemigas. Esa misma noche transmitió a sus camaradas del PRP lo que había visto: esa marea humana de miles de personas era el comienzo de un movimiento imperceptible en las fotos de los periódicos, era algo más que el recuento de asistentes o los gritos que pedían la dimisión del primer ministro: «¡Fuera Vasco!».

—Si algo no falta en este país son manifestaciones —le dijo un camarada, y Maria Luísa insistió en que había vislumbrado, en el aleteo de mariposa de esa muchedumbre, el posible epicentro del colapso del proceso revolucionario. Portugal estaba sumido en un caos de hierro, fuego, pedradas, porrazos, disparos y cócteles molotov, había que ver más allá del ruido de las luces y el olor a cristales rotos, despertar de los cantos de sirena propagandística y ganar el país calle a calle, casa a casa, antes de cantar victoria.

—Desde luego, camarada —le dijo un dirigente del PRP, miembro de la vieja guardia antifascista y veterano de las cárceles de la PIDE que, aunque siempre fuese armado, hablaba con la serenidad de un pacificador—. Pero, de momento, te pido que hagas las maletas, porque te vas con Otelo a Cuba.

—Si puedo hacer la revolución aquí, ¿por qué iba a verla desde un museo en el extranjero?

—Porque queremos a Otelo con nosotros. Y el PC ya lo está rondando.

Otelo Saraiva de Carvalho, capitán y estratega del fin de la dictadura, ahora general y líder del COPCON, era simpatizante de la izquierda popular y tenía un regimiento armado bajo su mando. Había elogiado al PRP y sus consejos revolucionarios equiparándolos a los soviets en la Rusia de principios del siglo XX. También había protestado contra esos mismos consejos revolucionarios, afirmando que se aprovechaban del poder que ejercían sobre las masas trabajadoras. ¿Era ambivalente o manipulador? ¿Una veleta que cambiaba de opinión según cómo soplara el viento o un maestro de la prudencia que no se casaba con nadie? Simpático, cordial, había confesado en más de una entrevista que le habría gustado ser actor. Influenciable en las ideas e impulsivo a la hora de tomar decisiones, aventuraban algunos. Un vivo ejemplo de las buenas intenciones que llenaban el infierno, al decir de otros, como de hecho demostraba su ocurrencia más famosa, sobre los fusilamientos en la plaza de toros de Campo Pequeno. Entonces, Maria Luísa pensó que lo había dicho sin pensarlo, tal como un padre que prometía detener el coche y usar el cinturón si sus hijos no se callaban en el asiento trasero. Después, a fuerza de oírselo repetir a detractores y admiradores, el exabrupto se había convertido en una amenaza a tener en cuenta. Maria Luísa ya no sabía si Otelo era perro ladrador pero poco fusilador o si, entre el pelotón y el muro, siempre era mejor estar de su parte cuando ordenara abrir fuego.

—Nunca se me ha dado bien reclutar a nadie —repuso Maria Luísa en la reunión del partido—. Lo que se me da bien es la calle, y es en la calle donde vamos a necesitar gente los próximos días.

—El partido te quiere en Cuba, con Otelo —insistió el dirigente—. Tienes estudios, inteligencia, sabes escuchar y hablar, y a él le gusta todo eso.

—Solo te falta decirme que me acueste con Otelo.

Una voz masculina le espetó:

—Mucho quejarte, pero siempre te han gustado mayores.

Risas entre el público, donde Maria Luísa no logró identificar el origen del comentario. El dirigente hizo caso omiso de la interrupción:

—El general está felizmente casado y, entre las cosas que pueden comprometerlo, no consta la infidelidad. Queremos que le abras la mente, no la bragueta.

Más tarde, en el cuartucho donde dormían, Alfredo repitió a Maria Luísa la lección del tornillo.

—Recuerda que la revolución es mucho mayor que tú, que eres una pequeña pieza. Eres un tornillo.

Habían vivido juntos en la clandestinidad y en el exilio. Él conocía como nadie el malestar de su compañera frente a la autoridad. Aun así, pese a tener doce años más que Maria Luísa, no acertó a comprender la verdadera causa de su insomnio de esa noche.

Siempre te han gustado mayores.

Mientras hacía la maleta, de camino al aeropuerto, durante el vuelo a Cuba, en la habitación del hotel de La Habana, esas cinco palabras reaparecieron con la inclemencia de una humillación antigua, como uno de esos recuerdos de la escuela primaria que, tantos años después, siguen reproduciendo el horror del instante en que sucedieron.

Maria Luísa viajó con la delegación de periodistas. Su tarjeta de factura artesanal del *Revolução*, el periódico del PRP, valía tanto como los pesos cubanos. Pronto comprendió que no tendría acceso a Otelo. Los dirigentes locales acapararon la atención del general y, en las pocas ocasiones en que Maria Luísa se codeó con los periodistas en el bar del hotel, se enteró de que el viaje era una maniobra de seducción por parte del Partido Comunista Portugués. Si los especuladores de la City y de Wall Street engatusaban a los inversores con noches de copas y putas, los comunistas se ganarían a Otelo con honores de jefe de Estado y con Fidel Castro como maestro de ceremonias.

Solo alcanzó a verlo de lejos, durante las celebraciones del Día de la Rebelión Nacional, que conmemoraba el asalto al cuartel Moncada. El general con vocación de actor llegó en un descapotable conducido por Fidel Castro, y parecía más interesado en figurar junto al líder guerrillero de Sierra Maestra que en conocer el funcionamiento de los modelos comunistas de producción. Ya fuera por vanidad o deslumbramiento, Otelo había abandonado Portugal a su suerte durante una etapa convulsa y, como una estrella del rock, se subió al escenario para dirigirse a medio millón de cubanos. Maria Luísa se dijo que el general tal vez no saliera de la isla convertido al comunismo prosoviético, pero, aunque llegaba tarde para una carrera como galán del cine, le quedaba todavía el papel de protagonista en un proceso revolucionario a la portuguesa.

Los nueve días que Malu pasó en Cuba no se parecieron en nada al viaje paradisiaco de Otelo. Víctima de la paranoia de los tiempos de la clandestinidad, se convenció de que los servicios secretos cubanos tenían bajo vigilancia a esa apóstata del PCP a la que pronto castigarían por traición y encarcelarían por espionaje. Tuvo pesadillas con las purgas del partido durante el Estado Novo y se despertaba encharcada en sudor tropical. Las pocas veces que se aventuró a salir del hotel, el omnipresente olor a gasolina le produjo náuseas y sus pulmones amenazaban con griparse por culpa de la humedad. Vivía en un estado delirante, imaginándose secuestrada, metida a la fuerza en el asiento trasero de un Chrysler, despachada a la

Unión Soviética. En el país de la revolución en marcha desde hacía dieciséis años, Maria Luísa no logró ver más que banderas, murales, pintadas:

Patria o muerte
Libertad o muerte
Prefiero vivir de pie que morir de rodillas

Volvía al hotel poco después de haber salido, pringosa de sudor caribeño y muerte glorificada. Se encerraba en la habitación y se daba una ducha fría, o se ponía debajo del ventilador de techo, para apaciguar otra revolución interna, en la que había una única consigna:

Siempre te han gustado mayores.

Fantaseó con descubrir al camarada que la había pronunciado y sonsacarle a hostias el significado oculto de esas palabras que, tantos años después, la hacían sentirse abandonada por su padre incógnito, violentada por Rodrigo en el convento de los capuchinos, abandonada por Diogo en el Parque Eduardo VII. Se preguntó una vez más si podría haber sido Alfredo quien la entregó a los pides en 1970, aunque luego se encargara de organizar su huida a Francia, recibirla en París y vivir con ella desde entonces sin reprocharle jamás la castidad impuesta. Después de la cárcel y la tortura, el cuerpo de Malu no soportaba el sexo.

Tal como el ventilador de techo de la habitación, la mente de Maria Luísa daba vueltas sin cesar, volviendo una y otra vez al punto de partida.

Siempre te han gustado mayores.

Sentía lástima por la niña que nunca había conocido a su padre. Sentía miedo, como la adolescente abofeteada en medio del bosque.

O me la chupas o te dejo aquí tirada.

Revivía el desamparo de saberse embarazada de un chico de buena familia que la había abandonado para ir a la guerra. Y entonces volvía a desconfiar de Alfredo, pero no, por supuesto que no, Alfredo era un protector, más compañero que amante, porque, incluso en la clandestinidad, ellos casi nunca habían... y no digamos ya en París, ni un beso en la boca. Después de la tortura, ella no podía verse desnuda en el espejo, como estaba ahora en el suelo de la habitación de hotel, postrada por la fiebre y los vómitos porque el agua cubana le había soltado las tripas, o quizá los servicios secretos la hubiesen envenenado y dejado allí tirada, pensando en los hombres de su vida, preguntándose por qué le gustaban mayores cuando, a decir verdad, seguramente no le gustaban ni mayores ni jóvenes, puesto que los hombres, ya fuera por orgullo, indiferencia o su propia naturaleza, siempre habían sido sus verdugos.

Cuando regresó a Lisboa, Maria Luísa había perdido peso, color y belleza, pero había vuelto a aprender la lección que el espectro de Álvaro Cunhal —los hombres mayores, siempre los hombres mayores— le había enseñado en la cárcel: una mente sin misión era terreno abonado para el demonio y había personas que eran como determinadas especies de tiburones: si dejaban de moverse, se asfixiaban.

Maria Luísa volvió a ver a Otelo antes de su partida. El general se encaminaba a un avión soviético fletado por el Estado cubano y los periodistas portugueses comentaban que la nave iba abarrotada de regalos. A su llegada al aeropuerto de Lisboa, Otelo, luciendo el uniforme de gala, fue aclamado por una multitud de ciudadanos y reporteros, se encaramó al coche que había de trasladarlo a una reunión del COPCON y dijo:

—Por todo lo que he visto en Cuba, he llegado a la conclusión de que vale la pena construir el socialismo.

Vaya una mierda de revolucionario, se dijo Maria Luísa. Un vendido a las prebendas pequeñoburguesas, las zalamerías del poder, el materialismo capitalista, creyéndose un rey don Sebastián del que dependía la salvación de la patria mientras, durante sus vacaciones caribeñas, Portugal se rompía aún más por la mitad. El MFA se dividía entre moderados y revolucionarios, la extrema derecha ponía bombas, ardían sedes del PCP, el presidente de la República, Costa Gomes, echaba el freno —«El avance de la revolución ha tomado un impulso que el pueblo no tiene capacidad para asimilar»— mientras el primer ministro, Vasco Gonçalves, pisaba el acelerador: «No podemos aflojar el ritmo, las revoluciones no se hacen con ensayos generales».

Entre todas las sandeces con las que Otelo aturdía los micrófonos, las cámaras y a sus admiradores, se salvaba una frase: «Parece cada vez más imposible hacer una revolución socialista totalmente pacífica».

Había que radicalizarse, empuñar las armas, tomar las calles.

Quedaba por ver si Otelo tenía los ovarios que hacían falta para, como Malu y los tiburones, cambiar la inacción por el movimiento.

—Que recaudación de fondos ni que niño muerto— diría ella a sus camaradas días después, dentro de una furgoneta robada, antes de cubrirse la cara con un pasamontañas y entrar en el banco empuñando una pistola para aclarar a todos los presentes—: Esto es un atraco.

8

Un mes viajando por el país, lejos del torbellino de la capital, le sirvió a Frederico para desprenderse de la gula informativa, para dejar de sentir el ansia por estar en todas partes y enterarse de todo. También superó su destitución como periodista para volver a trabajar de chófer a las órdenes de un reportero internacional con mañas de detective *noir* y hábitos de infarto de miocardio. Ricardo Walker bebía hasta perder el sentido y comía hasta reventar, y su monumental pecho exhalaba tanto humo como la caldera de un transatlántico. Sin embargo, los textos que saltaban de su cabeza a la máquina de escribir se parecían al desempeño de un atleta condecorado: eran todo músculo, estética y precisión. Walker veía más allá y enseñaba aquello que, de otro modo, se perdería para siempre en los ángulos muertos de la realidad de cada cual. Si tenía un público y una botella de whisky en las venas, podía ser abusivo con las mentes mediocres y pesado con las mujeres hermosas. Sobrio y en el mano a mano con Frederico, en los larguísimos viajes en coche por las remotas carreteras de Portugal, era como un tío que hubiese emigrado y vuelto a casa para enseñarle a su sobrino a pensar y sentir desgranando victorias y penas, recordando que Caravaggio era un genio y un asesino, comparando la brevedad de la vida con el eterno embate del mar en los acantilados, advirtiéndole de que algún día también los océanos, las rocas, la tierra entera, dejarían de existir, y que, precisamente por eso, dichosos aquellos que, aun aceptando el final de todo, habían conocido la belleza, el amor, el arte, una pasión de juventud a la que habían recitado versos de E. E. Cummings:

i like my body when it is with your
body.

Necesitado de dinero y de nuevas aventuras, Frederico había accedido a conducir una vez más el Mini Morris de Ricardo Walker, que había vuelto a Portugal aprovechando un periodo sabático para escribir el clásico libro de un explorador del norte en tierras sureñas. «Una guía de viajes biográfica», le había sugerido su editor londinense, convencido del éxito de ventas que aseguraba la fórmula: país donde los ingleses pasan las vacaciones + interés por la revolución + autor hijo de portuguesa y piloto de la RAF abatido durante la segunda guerra mundial.

El viaje empezó justo ahí, en el lugar donde su madre había rescatado a su padre del avión, en la sierra de Sintra, la chispa inicial de la provocadora existencia de Ricardo Walker.

—A diferencia de miles de personas, yo debo mi vida a los nazis. Si no fuera por un piloto de la Luftwaffe con buena puntería, no estaría aquí —dijo, en lo alto de un peñasco, contemplando el Atlántico como si escribiera su libro desde la cofa de una carabela.

Luego dio la orden de partir y, con Frederico al volante, se dirigieron al sur del Tajo. Con el puente como pista de despegue, sobrevolaron astilleros, grúas industriales, chimeneas de fábricas y postes eléctricos con nidos de cigüeñas hasta aterrizar finalmente en la llanura tostada de la dehesa, salpicada de alcornoques que sangraban sobre un cielo de acuarela. Dejaron atrás casas en ruinas, restaurantes de camioneros, perros sin dueño con costillas que parecían jaulas abandonadas. Los acompañaba el silbido del viento que se colaba por las ventanillas sin bajar un solo grado la temperatura respecto a los cuarenta que marcaba el mercurio en el termómetro pegado en el salpicadero; el rodar del dial de la radio en busca de una banda sonora y la ilusión óptica del asfalto derritiéndose en un punto de fuga; la velocidad de crucero en una carretera sin destino, aunque los letreros indicaran «Algarve», las chimeneas árabes festonearan los tejados, las luces de los bares cercanos a la playa coloreasen los vestidos de las turistas y el mar impidiese que el Mini siguiera avanzando hasta la línea del ecuador.

Amanecieron en una playa de Ria Formosa donde los cangrejos correteaban por la arena aprovechando la marea baja. Se cortaron las manos abriendo ostras, bebieron aguardiente de madroño a morro y agua fresca de un aljibe en la sierra. Olieron las jaras y los pinos en los acantilados que la puesta de sol incendiaba. Comieron higos maduros, pollo asado y pescado a la brasa sin usar cubiertos. Bailaron hasta la madrugada con dos divorciadas de Bristol, Frederico desnudó a una en la playa, Walker se durmió vestido en el hotel de la otra.

Arrancaron de nuevo hacia el norte, horadando el paisaje del interior alentejano en medio de un silencio sin fin; el movimiento del coche favorecía un estado meditativo, sin prisa, una dilatación del tiempo y la perspectiva. El país, a fin de cuentas, no se reducía a una revolución. Estaba hecho de cordilleras, ríos y aves de rapiña. Frederico sentía que estaba cruzando el universo de la creación, desde el primer ser unicelular hasta los blancos rasguños de los aviones en la troposfera. De vez en cuando, veía una casa perdida, una cantera excavada hasta el tuétano, la estatuilla de una santa y flores secas en una curva de la muerte, un viejo en un carro, y lejos de abrazar la melancolía de todo lo que dejaría de existir, celebraba la dádiva de los viajeros en busca de nuevos hallazgos, «la lujuria vital», como decía Walker, creador del mandamiento «escribir con los huevos, el corazón y la cabeza para que te lean con los huevos, el corazón y la cabeza».

Cuando se detuvieron a almorzar, Walker se zampó un cazón frito y se empachó con unas carrilleras de cerdo al vino tinto.

—Cuando me fui de Portugal, con veinte años, lo hice para estudiar Derecho, pero me di cuenta de que solo vagabundeando llegaría a alguna parte. —Una botella de tinto durante la comida. Una *sericaia* con ciruelas de Elvas y un aguardiente para rematar—. Trabajé como mozo de recados en Bruselas, lavaplatos en Róterdam, ayudante de cocina en un carguero que zarpó desde Southampton. Viví a salto de mata, viajé solo y con novias, acepté la bondad de extraños y fui maltratado por conocidos. Lo importante era probarlo todo: cuerpos, lugares, ideas. Tenía querencia por lo transitorio, me atraían los lugares de paso y encuentro, una estación de metro, la puerta de embarque de un aeropuerto, un bar en el muelle. Nunca quise perder la cabeza del todo, ser un golfo o un holgazán; sabía que, tarde o temprano, publicaría lo que ya había empezado a escribir.

Siguieron hacia el norte, castillos y antenas de televisión, arados y tractores, la quietud de las marismas, las contracurvas de la sierra, pueblos como Purgatório, Vales Mortos, Degolados, Venda das Raparigas, Picha, Alçaperna, Catraia do Buraco o Pedaço Mau. Los latifundios sin fronteras dieron paso a la tierra recortada por muros de piedra. Y el calor, siempre el calor de ese verano marcado por los incendios, columnas de humo que desdibujaban la línea del horizonte, árboles y animales calcinados, llamaradas que cortaban la carretera y obligaban al Mini Morris a dar media vuelta.

La radio del coche aseguraba que los incendios forestales y en las sedes de los partidos de izquierda eran obra de los mismos pirómanos. El locutor iba enumerando los enfrentamientos, tiroteos y artefactos explosivos, trazando una ruta de muertos y heridos que iba desde Vila Nova de Famalicão hasta Luanda.

—Hemos pasado de la revolución de los claveles a la revolución de los cardos —dijo Walker. Torció el gesto en el retrovisor, insatisfecho con su propio juego de palabras, subió la ventanilla del coche y apagó la radio—. Habéis presumido antes de tiempo del pacifismo lusitano. Más por ingenuidad que por arrogancia, creo yo. —Enseñó la mano abierta y la cerró con fuerza—. Demasiados años de represión, tortura, guerra. Demasiadas voluntades aplastadas, demasiados gritos ahogados, demasiados ajustes de cuentas que saldar. Nada de eso desaparece de la noche a la mañana.

Abrió el puño de repente, como si soltara medio siglo de infamia. Frederico se acordó de João Guilherme, de los disparos de metralleta frente a la sede de la PIDE, de la sangre en la uña de su pulgar. Mantuvo los ojos en la carretera para contener los latidos desbocados de su corazón.

—Lo he visto antes —continuó Walker—. Uno de los mayores errores es creer que una revolución puede reparar el pasado de un plumazo, cuando, a menudo, las atrocidades del pasado se repiten de la mano de gente con demasiada prisa por alcanzar el futuro. Por supuesto, todo esto podría ser más trágico. Menos cómico. En vez de fosas comunes, aquí tenemos el garrote de Rio Maior.

Walker había quedado tan fascinado con el arma de madera que había escrito una crónica para Inglaterra sobre la famosa porra recubierta de chinchetas que blandían las milicias anticomunistas tras declarar a Rio Maior como el primer muro de contención frente a la depravación en la que había caído el sur del país.

—Pero no lancemos las campanas al vuelo, que aún estamos lejos de un final feliz —dijo, y se explayó sobre el Gobierno provisional, que acababa de tomar posesión, y la respuesta de los moderados del MFA en un manifiesto conocido como Documento de los Nueve, sin darse cuenta de que Frederico ya no lo escuchaba.

(Ni João Guilherme ni muertos en la radio. Tú imagina que estás de vacaciones y aprovecha mientras puedas.)

A media perorata, Frederico miró a Walker con el rabillo del ojo.

(No pienses más en eso, chaval. ¿Este tipo no es el que se pasa la vida fardando de lujuria vital? Pues no hay lujuria que sobreviva a sus monólogos. Si quisieras aguantar semejante tostón, te habrías ido a la facultad.)

El coche tomó una curva, enfiló una recta y una franja de sol se posó en el brazo izquierdo de Frederico, le surcó el hombro y le rayó la cara, recordándole que era verano y estaba de viaje.

(Ahora mismo solo nos vale un clásico: «Summer Time», de los hermanos Gershwin, interpretado por Ella Fitzgerald y Louis Armstrong.)

Frederico alargó el brazo por fuera de la ventanilla y abrió la mano, notando la resistencia del aire caliente, como hacía de pequeño en el coche de su padre. El gesto aunaba recuerdo y novedad. Nunca había estado en esa carretera, cada instante era inédito y, sin embargo, regresaba también a los veranos de su infancia en Praia Grande, cuando correr por la orilla y zambullirse en el mar bastaba para satisfacer su ansia de velocidad. Luego se acordó de sus padres, en Brasil y, al coger otra curva, no giró el volante a tiempo de esquivar a un animal reseco que yacía en el asfalto; las ruedas pasaron sobre su cuerpo sin vida con una leve sacudida.

—*Memento mori* —dijo Walker, refiriéndose al cadáver.

—¿Qué? —preguntó Frederico.

—Recuerda que vamos a morir. En latín.

(¿Qué te he dicho? No hay lujuria que sobreviva a esto.)

Frente a la muerte, como aseguraba Walker, teníamos por lo menos la belleza, el amor, el arte, una pasión de juventud a la que recitar versos de amor (y lujuria), todo aquello que Frederico encontraría, días después, en la chica delgada, de rizos dorados, piel morena y ojos verde agua que se había encaramado a un contenedor que hacía las veces de escenario donde Zeca Afonso y Sérgio Godinho tocaban en el puerto de Leixões, invitados por la comisión de trabajadores. En sus largas piernas, talle esbelto y pelo alborotado, Walker reconoció la exuberancia de las palmeras imperiales. A ojos de Frederico, se movía armoniosamente entre los músicos y, al filmar el concierto con una cámara de ocho milímetros, subvertía el orden natural del cine: las estrellas deberían estar delante del objetivo, no detrás de este. Sérgio Godinho cantó «Romance de um dia na estrada» y Frederico interpretó ese título como una señal del destino.

Entre el público, los trabajadores se dividían entre aplausos y silbidos. Unos se mostraban agradecidos al sindicato por ese interludio musical, mientras que a otros les irritaban los gorgoritos de esos melenudos, sin duda misioneros de la evangelización izquierdista. Todos sin excepción sudaban la gota gorda bajo el tejado de chapa y, al echar mano de la cerveza para refrescarse el gaznate, segregaban más bilis. Entre tema y tema, Zeca Afonso contó que unos cuantos capitanes de abril habían escogido «Grândola» como contraseña de la revolución después de haberla oído en el Coliseu dos Recreios, semanas antes del golpe. Frederico presumía ante Walker de haber estado en ese concierto cuando empezaron los empujones. Alguien arrojó una botella a la parte delantera del escenario, otra fue a estrellarse contra los platos de la batería. Los instrumentos enmudecieron, el retorno de un micrófono chirrió por los altavoces. Habían empezado las hostilidades entre los estibadores del puerto de Leixões.

Frederico miró a la chica palmera sobre el escenario y Walker lo animó a convertirse en héroe:

—El talento es una cuestión de suerte. No puede decirse lo mismo de la valentía. —Como el chaval no reaccionó, Walker se lo dijo de forma más clara—: Te acompaño.

Se llamaba Graça y, una vez a salvo de la escaramuza, dio las gracias a Frederico por haberla escoltado. Protegía la cámara como si fuese un hijo rescatado al mar. Se había fugado de casa por desavenencias artísticas. Ella quería documentar la revolución, su padre le decía «Tú lo que quieres es juerga», de modo que Graça se había marchado con una maleta y una Super 8, depositando en su cámara la misma fe que su madre ponía en santa Caterina, patrona de las modistas. Cuando el batería que le daba cobijo recibió una llamada para ir a tocar a Leixões con las estrellas de la canción protesta, Graça se gastó todo el dinero que tenía en rollos de película.

Para Frederico, un almacén y un contenedor industrial que hacía las veces de escenario quedaban unos escalones por debajo del glamur de la sombra de ojos verde con la que Graça realzaba el color de sus iris. Tenía más pinta de musa del grupo que de documentalista, una estrella a la espera de ser descubierta, ajena a la sensualidad de sus pequeños gestos y el perverso efecto de sus labios mojados al despegarse de un vaso. Le gustaba la poesía y, usando palabras como «crepúsculo», declaraba su amor al sol. Frederico se dejó llevar por los pasos lentos y las confesiones rápidas, junto al mar y bajo la luz de neón de la pensión donde —otra señal del destino— se alojaban en la misma planta. Esa noche, a falta de un beso de despedida, Frederico le escribió un poema.

—Yo que tú no lo haría —le dijo Walker a la mañana siguiente en el comedor de la pensión, devolviéndole la hoja con los versos.

—¿Tan malo es?

Walker cogió su taza de café y dirigió la mirada al otro lado de la estancia, donde Graça estaba desayunando con el grupo.

—Puede que a su novio no le guste.

—¿Tiene novio?

—Y puedo asegurarte, por experiencia propia, que de nada sirve competir con un batería.

—No puede ser, ayer me dio a entender que yo le interesaba. Me dijo que soy muy intenso.

—No estoy seguro de que fuera un elogio.

—¿Por qué lo dices?

—No puedes acostarte con todas las mujeres que te pongan ojitos.

—Puedo intentarlo.

—No hay nada peor que un romántico impenitente, salvo quizá un romántico impotente.

—Vete a la mierda con tus juegos de palabras.

Frederico cogió la hoja con el poema y se fue hacia Graça.

Walker ya había identificado en el chaval la cólera de los mimados y la desesperación de los necesitados. Su primer impulso fue castigarlo —¿cómo podía nadie mendigar así la atención de los demás?—, pero, al ver el arrobo de Frederico en presencia de la chica, sintió nostalgia, pues sabía que lo mejor de las pasiones estaba reservado a los muy jóvenes. En otros tiempos, también él se había mostrado imprudente con sus afectos e intempestivo con su cuerpo. En el comedor de la pensión, Walker comprendió que, además del chico que había sido, Frederico también le recordaba todo aquello que no podría volver a ser. «*Memento mori*», susurró, porque el duelo por sí mismo se expresaba mejor en una lengua muerta.

—Me ha dado calabazas —dijo Frederico al volver a la mesa.

Walker le arrebató la hoja de la mano.

—¿Y qué esperabas, con un poema?

9

Calígula entró en el café Ding-Dong con el casco puesto. Los camareros y clientes conocían bien el estrépito de la moto y las estrafalarias apariciones de su propietario. La semana anterior, se había hecho acompañar de un mastín atado a una cadena y lo había sentado a la mesa, con una servilleta blanca al cuello, «dos solomillos», y luego se había metido con el camarero por no haberle puesto cubiertos al perro: «¡ni que fuéramos animales!». Era otro de sus espectáculos de comedia y terrorismo, de esos que, en clase, habían llevado a la profesora a ponerle el apodo del emperador que se presentaba como Hércules y obligaba a sus familiares a suicidarse.

Como en las películas del oeste que veía en el cine S. Geraldo, el Calígula de la ciudad de Braga irrumpió en el Ding-Dong dando un portazo y dejó que se instalara el silencio previo a los tiroteos. Levantó la visera del casco y, mirando a su alrededor, dijo:

—Si hay algún comunista entre los presentes, será mejor que no se me ponga a tiro.

En ausencia de enemigos visibles, se encaminó a una mesa donde hombres adultos y padres de familia se habían refugiado de la homilía dominical. Calígula presionó con los nudillos el tablero de madera e, inclinándose sobre el individuo más alto de la mesa, añadió:

—¿No te has enterado de lo que ha dicho el arzobispo? —Todo el mundo sabía lo que había dicho el arzobispo—. Dios está ahí fuera con el pueblo, y tú aquí, gastándote el sueldo en vino. —Una nota de humor, solo podía ser eso, habida cuenta de que la reprimenda procedía del líder de una banda de atracadores que traficaba con armas y había pasado por la cárcel con varias condenas por robo, atentado contra la integridad moral y violación—. Sal a la calle, como la gente de bien —ordenó Calígula. El hombre miró a sus amigos y luego al resto de los presentes, en busca de respaldo para preservar su honor. Todos le volvieron la cara. Calígula se enderezó y enganchó los pulgares en el cinturón—. ¿Quieres salir por la puerta o por la ventana?

Quizá el hombre alto estuviera aturdido por el miedo y la humillación, porque miró a través del cristal como si sopesara la segunda opción. Por las calles de Braga desfilaban miles de portugueses, familias urbanitas endomingadas y campesinos recién llegados a la ciudad en decenas de autobuses, en respuesta al llamamiento del arzobispo contra la ocupación de la emisora católica por parte de los trabajadores de extrema izquierda.

Desde la mesa del rincón, Diogo Bravo Montalvão vio como el hombre alto se levantaba y escogía la puerta, reducido a la escasa estatura de un chiquillo que se hubiese mojado el pantalón en clase. Calígula se quitó el casco y se peinó el flequillo apelmazado. Luego se limpió el sudor de la frente, donde la cicatriz de un martillo de cocina recordaba los años de palizas que le había propinado su madre. Tenía pómulos de calavera y, pese a una higiene personal irreprochable, jamás se libraría de ese tono de piel macilento, transmitido de generación en generación, de quienes vestían harapos, trabajaban en el campo, vivían en chabolas y comían el pan sin nutrientes que amasó el diablo. El cableado de los antebrazos, todo venas y tendones, desembocaba en un par de manos con la experiencia y la maña para hacer puentes eléctricos en coches robados. Calígula era un delincuente común ascendido a contraterrorista para frenar la hemorragia roja en Portugal.

La semana anterior se había creado el Tribunal Militar Revolucionario que juzgaría a quienes habían participado en el golpe reaccionario del 11 de marzo. Además, el nuevo Gobierno provisional había tomado posesión con el apoyo exclusivo de partidos de izquierda, y Vasco Gonçalves, primer ministro por cuarta vez consecutiva, había prometido un frente político que hiciera «irreversible el proceso revolucionario». Para detener ese frente no bastaban las manifestaciones católicas, organizadas por todo el país, contra la decadencia de las costumbres y la conversión de los niños al comunismo. Diogo, que compartía la fascinación de las clases privilegiadas por los individuos marginales, reconocía que la causa necesitaba a hombres como Calígula, que, incluso desarmados, obligaban a otros hombres a comportarse como niños sin control sobre su vejiga.

En el café Ding-Dong, Calígula se sentó a la mesa del rincón con los demás «Ángeles del Arzobispo». Allí estaban sus hermanos, además de Toino Gitano, el Navaja, el Tarambana, el Mamporrero, el Anaconda, el Bastardo y, como artista invitado, creyéndose el estratega al frente de las operaciones, aunque en realidad no era sino el intermediario entre los amos del dinero y los sicarios que aplicaban la fuerza bruta, Diogo Bravo Montalvão, al que los demás llamaban Nenaza.

El plan era el mismo que se había empleado en otras ciudades. Esperar a que la manifestación llegara a su fin y las familias se hubiesen retirado para instigar a los fanáticos y los alborotadores. Se repartían panfletos sobre las perversiones de los comunistas y se apelaba al deber patriótico de actuar contra quienes pretendían silenciar la voz de Dios. En verano siempre se discutía mucho, se bebía más. El calor rabioso de las noches en vela empujaba a los hombres a la calle y los cafés abiertos hasta la madrugada. Decenas, cientos o incluso miles de esos hombres, como en el caso de Braga, convergían entonces en la sede de algún partido de izquierdas. Ese atardecer de agosto, los militantes comunistas reunidos en el balcón del edificio que albergaba su sede no esperaron a que los provocadores arrojaran la primera piedra y empezaron a increpar a la turba. En respuesta a sus argumentos, llovieron los primeros pedruscos. Los Ángeles del Arzobispo se calaron los cascos y, liderados por Calígula, intentaron echar abajo la puerta valiéndose de una señal de stop. Desde arriba, los comunistas, armados con un megáfono, anunciaron que quien se atreviera a entrar sería recibido con plomo. Estaban escaldados por los reportajes de la tele en los que hombres con el tronco desnudo se dedicaban, por todo el país, a arrojar muebles y papeles por las ventanas de las sedes del partido, purgando la peste roja mediante el fuego, volcando coches y rascando los muros para borrar las siglas del PCP.

Calígula ordenó avanzar a Toino Gitano, que, con el casco puesto y montado a caballo, lanzó un cóctel molotov por el hueco de una ventana rota. Bastardo, Anaconda y Mamporrero treparon por la fachada y arrancaron la bandera roja de la hoz y el martillo. Botaron, gruñeron, se golpearon el pecho, y solo la manipulación del fuego con el que quemaron la bandera los distinguía de un grupo de monos celebrando la conquista del territorio. Ni la policía, ni la GNR, ni los soldados de infantería del regimiento de Braga hicieron nada por evitar la batalla campal. Los bomberos acudieron a apagar las llamas y la turba les prohibió desenrollar las mangueras. Empezaron a hablar de prender fuego a las tiendas y casas de los comunistas, alguien denunció a un chaval que pasaba por allí, un infiltrado, un rojo, un hereje. «¡Matadlo!», gritó alguien, y quizá porque se creía superior al populacho, dando por sentado un código de honor que le impediría patear a alguien tendido en el suelo, Diogo se dio cuenta de que el plan de los ángeles se había convertido en una caza de brujas. Llamó a Calígula y le recordó a voz en grito que el arzobispo no quería muertos. Pero los comunistas ya no estaban para treguas y abrieron fuego con sus escopetas. Diogo se miró los dedos ensangrentados.

—Te está bien empleado —le dijo Calígula.

Diogo se concentró en las gotas de sangre que se deslizaban por sus falanges y se detenían en un compás de espera, gruesas y oscuras, hasta que se estrellaban en el suelo. Pálido como una mañana de analíticas en ayunas, se compadeció de su hijo nonato, al que dejaría huérfano de padre. Le flaquearon las rodillas, se le nubló la visión y de pronto todo, la sangre, la plaza, el humo, parecía estar sumergido bajo el agua.

—Tranquilo, Nenaza, para de lloriquear, que no son más que unos perdigones.

Calígula lo sujetó y lo ayudó a buscar refugio detrás de un coche. Luego ordenó a Bastardo que lo llevara al hospital. Diogo se perdió la llegada de los soldados del COPCON, las balas de goma, las ráfagas de metralleta, el gas lacrimógeno y el cambio de escenario de los Ángeles del Arzobispo, que se fueron a arrasar la sede de la Intersindical y el Mercado del Pueblo. Además de diversas heridas de bala en la mano y en la pierna mala, Diogo se llevó consigo la maldición de Calígula:

—El plomo comunista es como la mordedura de un vampiro. Si no te mueres esta noche, mañana serás uno de ellos.

Diogo volvió a Gerês con doce pequeños proyectiles que el médico consideró más prudente no extraer. Echó de menos a Pureza, que no lo estaba esperando a la puerta de la casa solariega, como de costumbre, y siguió el rastro de pistas: un coche aparcado, platos sucios sobre la mesa del emparrado, humo de tabaco en el pasillo, un ejemplar de la revista *Time* sobre la mesa del teléfono. En la portada, salían el presidente de la República, el primer ministro y Otelo Saraiva de Carvalho, apretujados entre la hoz y el martillo. El título en inglés rezaba: «Amenaza roja en Portugal».

Diogo se había imaginado como un herido de guerra recibido por su amada esposa, pero, al entrar en el salón, vio a Pureza tomando el té con un hombre que prefería el whisky. Con las mejillas sonrosadas, sonriente y aparentemente cómoda en la presencia de ese desconocido, se fijó en la mano vendada de su marido.

—¿Qué ha pasado?

—Nada, me he pillado la mano en una puerta —dijo Diogo sin apartar los ojos del fumador, que se dignó levantarse del sillón y tenderle la mano.

—Ricardo Walker.

En ese momento apareció Frederico, disipando así la sospecha de una infidelidad conyugal. Le habló del viaje que estaba haciendo con Walker de sur a norte del país. Descartados los cuernos, Diogo conoció otra clase de alivio: ya no era el único que estaba al tanto del embarazo de Pureza. Su cuñado lo estrechó en un abrazo de felicitación y Walker le ofreció una botella de whisky escocés puro de malta que estaba reservando para el final del viaje.

Un par de días de domesticación en esa casa hicieron que Diogo olvidara por completo la ñoñería que se había apoderado de él después de los disparos de escopeta. Se convenció de que lo que no había podido matarlo lo haría más fuerte, de que una docena de perdigones en la espalda era un distintivo de mérito. Con Pureza pendiente de su hermano y habiendo aceptado por fin el embarazo —hasta había escrito a sus padres, a Brasil, para darles la noticia—, Diogo dejó atrás el marasmo de la vida de casado en medio de la nada para reanudar la gira incendiaria con los Ángeles del Arzobispo. A su regreso, le prometió, traería un juguete para el niño.

—¿Cómo sabes que no es una niña? —le preguntó Pureza desde fuera de la furgoneta.

—Será lo que tú quieras —repuso él, girando la llave en el contacto, el código universal para zanjar conversaciones y empezar nuevas etapas.

Superado el maldito primer trimestre de embarazo, una ecografía en un hospital español había garantizado un feto sano y, mediado el quinto mes, Pureza aceptaba el ascenso del renacuajo a otra condición, todavía no un bebé, un hijo con nombre, sino algo que la obligaba a afrontar la duda de todas las madres: ¿quién sería su marido cuando se convirtiera en padre? ¿Hacia dónde se decantaría el sentido del deber de Diogo, la familia o la causa política? ¿Vería en la relación entre madre e hijo una ampliación del amor de pareja o la usurpación de algo que le pertenecía? ¿Perdería los estribos cuando oyera al bebé llorar por la noche, zarandeándolo para que se callara? ¿Saldría dando un portazo para irse a dormir fuera de casa? ¿Volvería cada vez más tarde? ¿Imitaría a su abuelo Manoel, que decía a propósito de sus vástagos: «Las criadas que se ocupen de ellos y que los traigan a la mesa cuando sepan mantener una conversación interesante»?

Puestos a elegir, Pureza prefería que Diogo no fuese uno de esos padres modernos que cambiaban pañales y preparaban biberones, pero le preocupaba que se alejara cada vez más y que, al hacerlo, los expusiera a graves peligros. De ser un idealista que pegaba carteles al inicio de la revolución, Diogo había pasado a ser un vándalo armado con un revólver. Pureza se preguntaba cuándo le tocaría a su marido pasar de la lista de heridos leves que cada día se anunciaba en las noticias a la sección de los cadáveres sin identificar en la morgue.

—Te olvidas de una tercera posibilidad —apuntó Frederico durante un paseo por la finca, tras la confesión de su hermana, que aun así ocultaba más de lo que revelaba sobre Diogo—. ¿Y si mata a alguien? —Frederico cogió una piedra del sendero y la arrojó lejos—. ¿Prefieres ser viuda o que tu marido esté en la cárcel?

La franqueza de su hermano hizo que Pureza se arrepintiera de la confidencia. Conteniendo su irritación, dijo:

—Seguro que hay más alternativas.

—El divorcio, por ejemplo —sugirió Frederico, el niño que, por haber jugado a papás y mamás, se creía una autoridad en materia conyugal.

Pureza reaccionó ante tamaño dislate con una carcajada.

—Lo digo en serio —replicó él, y lanzó otra piedra—. Se ha aprobado la nueva ley de divorcio. Aunque te hayas casado por la Iglesia, no tienes por qué aguantar a tu marido hasta que la muerte os separe.

La optimista preocupación de su hermano por ella certificaba que, pese a ciertos defectos de carácter, no era mal chico. Sin embargo, la petulancia con la que hablaba de la nueva libertad daba fe de su incapacidad para comprender que, por más revoluciones que se hicieran, una mujer divorciada en Portugal no andaría muy lejos de las amantes de un hombre ilustre o las putas del burdel.

Descalzo, sin afeitar y con unas greñas que no habían pasado por las tijeras desde el inicio del viaje, Frederico llevaba puesta una camiseta de tirantes. El bronceado de los brazos sugería una libertad que su hermana vivía como una afrenta. En los últimos días, y tras meses de separación, los dos hermanos habían recuperado complicidades y olvidado desencuentros. Alargaban las comidas al aire libre con anécdotas sobre su niñez en el Hotel Storm's, porque la comedia del pasado lejano era la mejor manera de evitar la tragedia del pasado reciente.

—Y a ver si te pones unos zapatos, Frederico, que esto no es un campamento de gitanos —le dijo Pureza, poniendo fin a ese estado de gracia.

Lo que hubiese querido decirle es: «Qué fácil lo has tenido todo siempre».

Antes de volverle la espalda, se limitó a añadir:

—Dejaré papel de carta en el escritorio de tu habitación. No te vas de aquí sin escribirles a papá y mamá.

En esa familia, como en todas las demás, los hijos tenían distintos roles según el orden de nacimiento. Pureza se había criado entre una hermana impertinente y el benjamín de la familia, y, por tanto, solo podía ser la responsable, la precozmente adulta, la capitana que jamás abandonaría el barco, como le gustaba imaginarse. Malu había dejado a su hija y Frederico, a sus padres en la sierra; ambos habían escogido el egoísmo y lo llamaban libertad. Pureza no se dejaba encandilar por idealismos. Era una mujer embarazada, casada por la Iglesia, sin empleo ni ayuda de la familia, que dependía de su marido y vivía en una finca aislada de un país en estado de sitio. Debía mantener los pies en el suelo y las obligaciones al día. De modo que fue a dejar el papel de carta en el escritorio de su hermano y abrió las ventanas, hizo la cama, tendió la toalla de ducha en el antepecho bañado por el sol. No se percató de la ironía: al ordenar la habitación de Frederico y recoger su ropa sucia del suelo, estaba haciendo lo mismo que criticaba a sus padres. En el ojo de la tormenta, la capitana también debía velar por el doblez bien marcado de la sábana. Más que satisfacer su sentido del deber, buscaba el equilibrio en las pequeñas tareas.

—Perdona —dijo Frederico, en el umbral, señalando las sandalias que llevaba puestas. Desde pequeño, sabía usar sus debilidades (la travesura, el sentimentalismo, la victimización) para manipular a los demás, y Pureza reprimió el impulso de regañarlo por entrar en casa con esas sandalias llenas de tierra—. ¿Por qué crees que he venido a visitarte, tata? Quería verte, te echaba de menos, me tenías preocupado.

Al fondo del pasillo, el traqueteo de la máquina de escribir de Walker enmudeció. La casa reclamó el sosiego de todas las casas en las primeras horas de una tarde de verano: el claroscuro, la piel caliente sobre una sábana fresca, el silencio tras el último zumbido de una mosca que se escapa por la rendija de la ventana, los árboles proyectando su sombra en las paredes y, a falta de una radio o una avioneta, por lo menos la aguja de un reloj de pared marcando el compás del descanso. Pureza hubiese querido decir:

Tengo cosas que hacer.

No me vengas con tus ñoñerías.

Déjate de milongas.

Pero esa casa, que era todas las casas en las primeras horas de una tarde de verano, albergaba la promesa de salvar a los Storm y al hotel, la posibilidad de que todo volviera a ser como antes: Sintra, Praia Grande, un nuevo bebé en la familia. La sola idea de tener un hijo entre sus brazos hizo que Pureza anhelara estar entre los brazos de su madre, se le llenaron los ojos de lágrimas, Dios santo, qué le estaba pasando, le habían hablado de la sensibilidad de las embarazadas, pero aquello era demasiado, debía controlarse, marcar el doblez de la sábana y, desabrida como Antónia, decir:

—¿Qué quieres de mí? Desembucha de una vez.

—Quiero sacarte de aquí —contestó Frederico—. Diogo me ha contado cosas que ignoras, anda metido con gente muy chunga, es más peligroso de lo que crees.

—¿Y?

—Y ha intentado reclutarme para el Ejército de Liberación de Portugal.

—¿Qué le has contestado?

—Que no.

—Has hecho muy bien. —Pureza señaló el papel que descansaba sobre el escritorio—. También tengo sobres y sellos. Puedes dejar la carta en el buzón cuando vuelvas a Lisboa. Te agradezco mucho la visita, pero ya va siendo hora, ¿no crees?

Salió de la habitación, enfiló el pasillo, bajó por la escalera, entró en la cocina y, aprovechando que los aparceros estaban durmiendo la siesta, se puso a fregar los platos del almuerzo. Tal vez así lograra acallar el silencio de todas las casas en las primeras horas de una tarde de verano.

10

Como petardos en una fiesta de pueblo, el chisporroteo de la mecha esparció belleza y expectación hasta la orilla. Entonces el fuego dejó de oírse y, durante una milésima de segundo, todo se fundió a negro, hasta que una herida de luz rasgó la oscuridad. La onda expansiva acribilló la noche con miles de esquirlas ardientes. El estruendo rompió varias ventanas del palacio, despeinó las palmeras de la bahía e hizo temblar el chasis de los coches. Frederico notó la explosión en los empastes de las muelas y en la oleada de pánico que lo hizo gritar:

—¡Larguémonos de aquí, joder!

Los hombres que lo tenían emparedado en el asiento trasero del Datsun no le hicieron caso. Contemplaban los daños causados por el petardo con la malicia de unos gamberros en carnaval. Ramalho tampoco tenía prisa: bajó la ventanilla del lado del acompañante para oler la pólvora y dijo:

—Felices sueños, señor primer ministro.

Solo cuando el coche enfiló la Avenida Marginal, paralela a la costa, y sus tímpanos dejaron de vibrar como una chapa de cinc, se zafó Frederico de los hombres que lo flanqueaban para asomar la cabeza entre los asientos de Ramalho y el conductor:

—¿Cómo que primer ministro?

Los hombres se echaron a reír y Frederico miró por la luna trasera del coche: Cascais, la ensenada, las lucecillas de los barcos pesqueros encogiendo a gran velocidad, desapareciendo tras la primera curva del monte Estoril.

—¿Qué palacio era ese?

—El comedor de oficiales de la Marina —dijo Ramalho.

Frederico se volvió de nuevo hacia delante. Los faros en sentido contrario amenazaban con un choque frontal.

—¿Quién había allí?

La respuesta le daba más miedo que esa conducción temeraria en una carretera con récord de víctimas mortales.

—El marinero, ¿quién si no? —dijo Calígula al volante, corrigiendo el derrape trasero del coche al tomar una contracurva.

Los hombres soltaron otra carcajada. Durante el último mes, Frederico había comprobado su condición de aficionados y mitómanos, su arrojo y agresividad, su codicia y anticomunismo. Los había visto prender fuego a sedes del PCP y oficinas de sindicatos, siempre iban armados y habían participado en enfrentamientos con saldo de muertos y heridos. Se jactaban de haber robado dinamita de una cantera y ayudado al hijo del exdirector de la PIDE a escapar de la cárcel. Además, se encargaban de cobros difíciles y pequeñas venganzas de alcoba, una paliza a cuenta de una deuda en una ganadería, un coche incendiado para aplacar la ira de un empresario cuya amante le ponía los cuernos. Frederico los oía hablar del ELP, del MDLP, del Movimiento Maria da Fonte, de los Ángeles del Arzobispo, pero nunca llegó a ver una sola tarjeta de afiliado o un acta de las reuniones. Iban y venían, nunca eran los mismos, era imposible averiguar ante quién respondían.

Calígula dio un volantazo a la izquierda y se alejó de la costa. Hizo caso omiso de las luces y la campana del paso a nivel, cuya cancela rayó la puerta de Ramalho cuando el coche pasó a trompicones sobre los raíles del tren. Frederico se sujetó al reposacabezas del asiento de Ramalho y su estupefacción se tradujo en formalidad al enunciar el rango y el nombre del nuevo primer ministro, que había jurado el cargo días antes:

—¿El almirante Pinheiro de Azevedo?

—El marinero, ya te lo he dicho —confirmó Calígula.

Tras un infame discurso en Almada, Vasco Gonçalves se había visto apartado del cargo de primer ministro. Sin embargo, en lugar de apaciguar a las huestes, las maniobras de los moderados del MFA habían despertado la ira de los extremos, a los que nada, salvo la aniquilación total del extremo contrario, parecía complacer. El ELP no había dejado pasar ni una semana para aterrorizar al nuevo primer ministro.

—No puede ser.

Frederico se negaba a creer que había participado en un atentado contra el jefe del Gobierno.

—¿Qué te pensabas, que nos arriesgaríamos a entrar en Lisboa solo para ir de putas? —se burló Calígula.

—Hablando de lo cual —apuntó Ramalho—, tenemos unas horas libres hasta el siguiente compromiso.

Cuando se detuvieron en un semáforo de la Avenida 24 de Julho, y luego en las callejuelas de Cais do Sodré, e incluso cuando se quedó atrás y dejó pasar a los demás hombres en la puerta del bar, fingiendo amabilidad, Frederico imaginó fugas que no tenía valor para llevar a cabo. Tal vez fuera estrés postraumático, porque, al entrar en el Liverpool, las luces reflejadas en la bola de espejos le recordaron las chispas del petardo. Intentó ahogar el pánico en un whisky doble que apuró de una sentada.

—Menuda sed. ¿Qué pasa, estaba salado el bacalao? —bromeó Calígula.

Frederico se sirvió otro trago de la botella que pagaron con el fajo de billetes que Ramalho llevaba en el bolsillo de la camisa y luego se fue al lavabo, perseguido por las lindezas de Calígula:

—Recuerda que sacudírtela más de tres veces se considera una paja.

Con un estómago delicado desde niño para los olores y los contratiempos, Frederico trastabilló por el campo minado del perfume de las putas y el amoníaco de la limpieza. Buscaba una ventana por la que respirar y escabullirse sin necesidad de despedidas.

El cubículo no ofrecía escapatoria, solo un inodoro sin tapa, un urinario con bolas de naftalina y un pestillo en la puerta, donde figuraban, garabateadas con bolígrafo o grabadas con llave, las más frecuentes expresiones artísticas de la masculinidad: iniciales de nombres y dibujos de penes. Encerrado en el baño, Frederico reconstruyó el camino que lo había llevado hasta allí, como si, ante la imposibilidad de encontrar una salida de emergencia, pudiera retirarse por donde había entrado.

Todo había empezado en Gerês, durante una velada en compañía de su cuñado. Pureza dormía, Walker escribía y Diogo Bravo Montalvão lo arrastró a una noche de copas, fanfarronadas, confidencias e ideas brillantes que, con el rayar de la sobriedad, no reflejarían sino estupidez. A fin de convertir el norte del país en un nuevo condado Portucalense, el MDLP y el ELP habían empezado a colaborar con el Movimiento Maria da Fonte, una red de sacerdotes, civiles y terratenientes que repartían propaganda por los pueblos y participaban en las manifestaciones de los católicos en las ciudades. Esa noche, Diogo le leyó un pasaje del suplemento pastoral del *Diário do Minho*:

—«Para la secta comunista, el hombre no es más que un animal. El comunismo favorece las costumbres licenciosas, enseña a disolver la familia, a violar a las mujeres de los pueblos no comunistas, a eliminar a los religiosos que oponen resistencia.»

Concluida la lectura, golpeó con una mano el diario y le enseñó las heridas de escopeta en la otra:

—Evangelización en las iglesias, guerrilla en las calles.

Frederico le dijo que el plan tenía ciertas similitudes con el modus operandi de la extrema izquierda. Si unos tenían las parroquias, otros recurrían a las comisiones de trabajadores; si unos amenazaban con el coco comunista, otros instigaban el miedo al fascismo.

—Pero nosotros tenemos a los españoles y la CIA de nuestra parte —contestó Diogo, hiperbólico y con la lengua suelta a causa del vino—. Muchos de los que lucharon en África están dispuestos a coger las armas de nuevo. Nadie nos detendrá. —Haber sobrevivido a los perdigonazos le había provocado un delirio de infalibilidad—. Para enderezar el rumbo del país, hay que crear un clima de guerra. Y, antes de que esa gente entregue Angola a los negros para siempre, nos traemos al general Spínola y damos un golpe.

Diogo retó a Frederico a sumarse a las filas de las Nuevas Cruzadas y, al constatar las reservas de su cuñado, le dijo:

—¿Prefieres ser un chófer?

—Prefiero seguir vivo.

Hacía calor y Diogo se había desabrochado la camisa, dejando entrever el crucifijo de la cadena de oro, bañado en sudor sobre el pecho. Creyendo que resultaba intimidante, cogió a Frederico de la oreja, aunque esos ademanes, que había aprendido de Calígula, le sentaran como a un cristo dos pistolas.

—No me digas que eres marica.

Frederico se zafó dándole una palmada en el brazo:

—¿Por qué no se lo preguntas a tu madre?

Diogo sonrió con indolencia y siguió hablando de los mercenarios y los miles de armas escondidas en el norte. A la mañana siguiente, volvería a reunirse con los Ángeles del Arzobispo, ignorando que contaría con un insólito aliado en su misión de reclutamiento.

—No seas tonto, por supuesto que debes aceptar la invitación de tu cuñado —le dijo Walker a Frederico, como un instructor militar dirigiéndose a un recluta. Su entusiasmo anticipaba escenarios que, en la comodidad de esa casa solariega, el chaval no alcanzaba a ver todavía.

Tal como millones de portugueses, Walker y Frederico acababan de asistir al histriónico discurso de Vasco Gonçalves, transmitido en directo por la tele. Lo que debería haber sido una nueva sesión informativa del MFA, organizada por los sindicatos en una escuela de Almada, acabó con el primer ministro, sin chaqueta ni corbata, hecho un mar de lágrimas y quince mil personas cantando:

> *Fuerza, fuerza, compañero Vasco, nosotros seremos tu muralla de acero.*

Días antes, el primer ministro había dicho que quizá no estaría de más enviar a unas cuantas personas a campos de trabajo y, esa tórrida noche de agosto en Almada, detrás del atril y los micrófonos, con miles de personas aplaudiendo y coreando su nombre durante varios minutos seguidos en una especie de delirio compartido, Vasco Gonçalves habría podido pasar por un líder maniaco y mesiánico de los años treinta. Con el índice erguido en los momentos de improvisación y los brazos en jarras siempre que el pabellón abarrotado lo aclamaba, se dejó arrastrar por la emoción colectiva y palabras como «rabiosamente», «autos de fe fascistas», «la última batalla», «nuestra revolución corre peligro de muerte» o «ha llegado la hora de la verdad» transmitían un ambiente apocalíptico que no hacía sino amedrentar aún más a los portugueses que, como Walker, creían en la inminencia de un conflicto armado.

—¿Sabes cuántos periodistas tienen ocasión de trabajar como infiltrados en un momento histórico como este, durante una revolución, al borde de una guerra civil? —Cuando se animaba, Walker consumía un cigarrillo en media docena de caladas—. Tienes que aceptar la invitación.

—Lo que tengo que hacer es convencer a mi hermana para que se largue de aquí. Con mi cuñado metido en todo este jaleo, no está segura —repuso Frederico.

—¿De veras quieres ayudarla, ser el bueno de la película? *Save the fucking day?* Pues pasa una temporada con tu cuñado, reúne material suficiente y desenmascara a esos tipos en un gran reportaje. Yo te ayudaré a publicarlo.

—No veo cómo protejo a mi hermana desenmascarándolos.

—No seas estrecho de miras. Piensa a lo grande. El matrimonio de tu hermana es algo que solo les incumbe a su marido y a ella. Denunciar una red de extrema derecha que planea hacerse con el poder es algo mucho más grande, de interés público.

—Hoy en día todo el mundo planea hacerse con el poder —bromeó Frederico—. Además, no tengo madera de héroe.

—¿Quién ha dicho nada de hacerse el héroe? No eres Gandhi, ni vas a salvar a los niños africanos de morir de hambre. Nadie te ha pedido eso. Pero hay momentos en los que nos enfrentamos a una elección que nos define como personas. Puede ser un mendigo que te pide comida en la calle. Puede ser un hijo de puta apaleando a un perro. En momentos así, quedarse de brazos cruzados es lo mismo que ser cómplice. Te toca hacer algo. Nunca seas espectador de las injusticias que puedes impedir.

—¿Estás comparando ofrecer un bocadillo a un mendigo con unirme a una banda de tipos armados que van por ahí quemando edificios y repartiendo hostias?

—¿Sabes por qué no has ido a la guerra, a diferencia de los miles de jóvenes que sí lo hicieron antes que tú? —le preguntó Walker—. Porque hubo quienes hicieron una revolución y arriesgaron la vida para que tú seas libre.

—Y les estoy agradecido por ello. Pero esta no es mi lucha.

—Puede que más adelante te arrepientas. ¿Has oído hablar de Serpico? —Walker ya iba por el quinto cigarrillo—. Era un policía de Nueva York, hace unos años salió una peli sobre él. El tío denunció la corrupción de sus compañeros y superiores en el cuerpo. Era un policía poco común, lector, intelectual, llevaba barba y el pelo largo, un pendiente en la oreja, fue uno de los primeros en trabajar como infiltrado en Manhattan. Le hicieron la vida imposible, claro está, tuvo que dejar la policía. Cuando un periodista le preguntó por qué no se limitó a aceptar los sobornos y callar, como todos los demás, aunque luego no gastara el dinero, ¿sabes qué contestó Serpico?

—No, ¿qué?

—«Si aceptara ese dinero sucio, ¿qué tipo de hombre sería después, cuando estuviera escuchando a Beethoven?»

—No lo entiendo.

Walker suspiró antes de contestar:

—Si no lo entiendes, puede que esté hablando con la persona equivocada.

No queriendo decepcionar a su mentor, Fr ederico cedió:

—Creo que lo entiendo.

—Izquierda, derecha, revoluciones, dictaduras… todo pasa. —Walker había recuperado el vigor—. Las ideologías son como los cortes de pelo, van y vienen según las modas. Pero hay algo que permanece. El carácter. Solo el carácter te impide ser un canalla o un oportunista en nombre de una idea.

—Y, sin embargo, me estás pidiendo que mienta, que me haga pasar por algo que no soy, que traicione la confianza del padre de mi futuro sobrino.

—Te lo advierto desde ya: los absolutismos morales solo tienen cabida en la mente de los fanáticos.

—Lo único que quiero es ser honesto. ¿No acabas de decir que el carácter lo es todo?

—¿Quieres honestidad? —Walker tanto habría podido darle una bofetada como decirle lo que le dijo—: Pues bien, para ser un periodista honesto, debes aceptar que en algún momento mentirás, o por lo menos omitirás algo, en el intento de alcanzar la verdad. Te aprovecharás de la credulidad de alguien, o de su confianza, o de su deseo de protagonismo. Es el precio que hay que pagar para informar a los lectores de las verdades incómodas.

A cada embestida de Walker, Frederico reculaba un poco más:

—En ese caso, está claro que el periodismo no es para mí.

—Pero ¿qué claro ni qué hostias? En la vida no hay nada claro. Ni se puede separar en blanco y negro. Mi padre era un tipo formidable, trabajador, ocurrente, me enseñó a cocinar y a ser generoso con quienes tenían menos que nosotros. Pero tuvo a bien corregir los defectos de mi carácter a hostias. Estaba el padre que me quería y el padre que me daba bofetones. Eran la misma persona. Quise a uno y odié al otro. Hubo momentos en los que solo lo quería, como cuando se puso enfermo, y momentos en los que solo lo odiaba, como cuando se puso enfermo y empezó a maltratar a mi madre. Antes de que muriera, intenté conciliar el padre del amor con el padre del odio. No lo conseguí, ni siquiera cuando ya había muerto.

—¿Y eso qué significa?

—Yo qué sé. ¿Que las cosas no son como uno quiere, que puedes buscar mil excusas para no hacer lo que deberías hacer, que es mejor ser un pragmático que se equivoca que un idealista que no mueve un dedo?

—¿Podrías ser más claro?

Walker empezaba a perder la paciencia:

—¿Seguirás comportándote como un niñato, cuando la vida te está pidiendo que seas un hombre?

Treinta y dos días más tarde, Frederico llegaba a la conclusión de que ser un hombre consistía en encerrarse en el lavabo de un puticlub de Cais do Sodré después de haber atentado contra el primer ministro.

(No ha sido más que un petardito para asustar, nadie ha resultado herido, el almirante ni siquiera se habrá despertado.)

Ser un hombre era andar infiltrado en una banda de terroristas de provincias y llegar demasiado tarde a la verdad: otro periodista había expuesto ya el plan de desestabilización y reconquista del general Spínola y había llegado incluso a entrevistar, en Madrid, a su brazo derecho, el comandante Alpoim Calvão, que garantizaba la presencia militar del MDLP en Portugal: «Espero comerme las torrijas de Navidad en mi país».

(Ningún reportaje iba a cambiar nada, los periódicos de hoy son la basura de mañana.)

Ser hombre era asistir con impotencia al fracaso de los moderados y la galvanización de los radicales. En pocos días, la extrema derecha del ELP había robado doscientos kilos de explosivos y la extrema izquierda del PRP había recibido mil metralletas de manos de un oficial del COPCON.

(No hay nada que puedas hacer, hay cosas que no tienen remedio y punto, tómate unas copas para olvidar y, con suerte, esta noche no dormirás solo.)

Ser hombre era la decepción de creer en otros hombres.

Esa noche, en Gerês, Walker le había dicho:

—Antes defender una causa perdida que no tener ninguna causa.

Acto seguido, había vuelto a Londres.

Días después, Diogo le dijo:

—Te dejo en manos de Ramalho.

Como si dejara a un hijastro en el colegio militar. Frederico no volvió a tener noticias suyas.

(No le debes nada, vas por libre.)

El narrador interno se vio interrumpido por alguien que aporreaba la puerta del baño. Frederico se puso en pie, volvió a buscar una salida donde solo había paredes revestidas de azulejos y, aceptando su derrota, descorrió el pestillo.

—¿Con quién hablabas? —preguntó Calígula, empujando la puerta.

—Con Nuestro Señor Jesucristo. Pero ha colgado, tenía una devota en Guimarães que le pedía que matara a la amante de su marido.

Sin talento para peleas físicas, Frederico se valía de la temeridad del humor para ganarse el respeto ajeno y evitar abusos. No siempre se salía con la suya. Calígula le golpeó el pecho con la puerta.

—¿Con quién cojones estabas hablando?

—Con nadie —dijo Frederico, aplastado contra la pared.

—Te he oído.

—Hablo solo, en serio, para ordenar mis ideas.

Calígula le tiró del cuello de la camisa y giró con su pareja de baile en un vals de la intimidación hasta empotrarlo contra la pared opuesta. Tenía los ojos inflamados y, a través del humo del cigarrillo que le colgaba de los labios, echó sobre Frederico una bocanada de aliento agrio—. Te estoy tomando el pelo, tonto del culo. —El diente de oro distrajo a Frederico de la mano que le abofeteaba los testículos—. Solo para ver si los tienes bien puestos. —Frederico se dobló hacia delante, vencido por el dolor que le estallaba en el vientre y le drenaba el oxígeno de los pulmones—. Y ahora vete con las putas, que voy a escribirle una carta a Cunhal.

Frederico salió al diminuto espacio donde estaba el lavamanos, abrió el grifo, se miró al espejo.

Ser hombre era no tener jabón ni dónde secarse las manos y oír una sonora traca de flatulencias seguida de los gruñidos de Calígula.

Ser hombre era la desesperanza de un lavabo donde no paraba de entrar gente.

—Pero ¿a quién tenemos aquí? —El reflejo de Correia, excompañero del *República*, apareció en el espejo—. No te he vuelto a ver el pelo, chaval, ¿dónde te has metido?

(Quítatelo de encima, a la mierda los modales, no es el lugar ni el momento, como se ponga a largar no conseguirás callarlo y te vas a quemar.)

—El otro día nos acordamos de ti, el niño prodigio, tienes que pasarte por el diario, seguro que te buscan algo.

Varios redactores y reporteros del antiguo *República* acababan de fundar *Luta*, un nuevo diario. Correia era uno de ellos.

—La cosa va sobre ruedas, la tirada aumenta cada día, necesitaremos a gente como tú.

(Vete de aquí antes de que todo se vaya al carajo.)

—¿Has visto el titular sobre las armas que el COPCON puso en manos del PRP?

El orgullo periodístico de Correia podría acabar sentenciando a Frederico. Era posible que Calígula no lo hubiese escuchado, el agua corría en el grifo, los graves de la música del bar camuflaban palabras peligrosas como periódico, reporteros, COPCON y PRP.

(¿De veras vas a arriesgarte?)

—¿Qué hay de Walker, sabes algo de él?

Calígula tiró de la cisterna y, antes de que la puerta se abriese, Frederico salió del lavabo, decidido a no ser el hombre que Walker lo había retado a ser. Quería volver atrás en el tiempo, despertarse tardísimo y fumarse un porro, poner un disco y escucharlo en la cama con una chica a su lado. Quería ir en coche con Raposo por la ciudad, sin rumbo fijo y con las ventanillas bajadas, acabar la noche picando algo en el Galeto a las tantas de la madrugada, con actrices de segunda y rufianes de primera. No tener más ambición que no tener ambición alguna. Dejarlo todo en suspenso y repetir la indolencia de la víspera al día siguiente. Comprar más discos, salir de tapas, cambiar de novia en cuanto se agotara la novedad y, sin política ni compromisos, ser libre para siempre.

(Música, maestro, toca «Easy Leaving», cantado por Chet Baker.)

Con una prostituta en cada brazo, Ramalho cortó el paso a Frederico cuando se disponía a alcanzar su sueño y la puerta de la calle:

—Vamos a celebrar. Hoy invito yo.

(Como dijo ese escritor marica al que Walker siempre estaba citando, la única forma de librarse de una tentación es ceder a ella.)

Olvidando que Oscar Wilde seguramente había muerto de sífilis y que había pasado sus últimos días en un cuartucho miserable, gastando en vino el dinero que no tenía, Frederico también cedió a la tentación.

Calígula salió del baño y fue a reunirse con los Ángeles del Arzobispo. Se sentó en el sofá, entre Frederico y una rubia platino. Comprobó que el pelo de la chica era falso y le tocó el vello negro de los antebrazos:

—Si esto es el escaparate —le deslizó una mano por la ingle—, cómo será la trastienda.

—Imaginar es gratis. Para verlo, tendrás que pagar —dijo ella, menos motivada que un vendedor de enciclopedias en su última visita del día.

—A mí me gustan con más chicha. —Calígula soltó el muslo de la chica para servirle whisky a Frederico—. Oye, chaval, tú que tienes estudios, explícame algo. —Metió los dedos en el cubo metálico (¿se habría lavado las manos?) y llenó el vaso de hielo—. ¿Quién es Maria da Fonte, esa para la que hacemos los trabajitos?

Calígula sabía de sobra que Maria da Fonte no era una persona real ni la líder de la red contrarrevolucionaria, sino el nombre elegido para apadrinar la conspiración. Frederico cayó en la trampa y empezó a repetir lo que había aprendido de Walker sobre la revuelta de Maria da Fonte, que había empezado con las mujeres de Minho en el siglo XIX y la prohibición de enterrar a los muertos en las iglesias.

—Si tanto sabes, ¿cómo es que te codeas con nosotros en vez de estar con los mandamases que mueven la pasta en Madrid? —preguntó Calígula.

—Porque no soy un mandamás ni tengo pasta.

—Eso explica que no estés en Madrid, pero no que estés aquí. —Calígula sacó una navaja del bolsillo del pantalón, abrió la hoja y se puso a limpiarse las uñas empezando por la más larga de todas, la del meñique—. Nunca te he visto coger un pedrusco ni abrirle la cabeza a un comunista.

Luchar o huir eran dos alternativas fuera del alcance de Frederico, de modo que, tal como le había enseñado su padre a propósito de los perros, lo mejor era no demostrar temor, el temor a que descubrieran que era un periodista infiltrado y a acabar con un tiro en la nuca, el temor a que lo detuvieran por el atentado contra el primer ministro.

—Siempre en tu rincón, jiñado de miedo —prosiguió Calígula—. O mucho me equivoco o no los tienes en su sitio.

La perspectiva de perder la vida o la libertad era lo bastante aciaga para que Frederico se mordiera la lengua, pero no pudo resistir la tentación:

—Estamos rodeados de mujeres y es la segunda vez esta noche que te preocupas por mis huevos.

Calígula apuñaló el sofá con la navaja, junto a la bragueta de Frederico.

—No me fío ni un pelo de ti, soplapollas.

(Otra referencia al aparato viril, este tío tiene una obsesión.)

—Lo único que no tengo claro es si eres la yegua o el amo.

—¿Ganadería, a estas horas? —bromeó Frederico, y encajó al instante un codazo en la mandíbula. Se le estremeció el cráneo, empezó a ver chiribitas y, al tragar, notó el gusto de la sangre en las encías. Buscó un aliado. Ramalho había salido del bar con una chica y los otros tres ángeles eran espectadores habituales de las exhibiciones de Calígula.

—Siempre he querido tener un caballo, desde pequeño. Por las pelis de vaqueros, ¿entiendes? —Calígula le ofreció una servilleta para que se limpiara la sangre—. Hace unos años, conocí a un español en un bar parecido a este, en Pontevedra. Hablando, hablando, el tipo me dice que vende caballos. Esa misma noche cerramos el trato. Le compré una yegua, una silla de montar y hasta unas botas con espuelas. Una semana después, le pido a Toino Gitano que me ayude con los arreos. ¿Y qué me dijiste nada más llegar, Toino?

El interpelado se inclinó hacia delante y gritó para hacerse oír por encima de la música:

—Esto no es una yegua, sino una mula.

—Yo no quería una mula. Quería una yegua. Pero entonces Toino Gitano me dijo...

—¿Y para qué quieres una yegua?

Toino Gitano volvió a recostarse en la silla.

—Tenía razón —concluyó Calígula—. Siempre he sido más de motos. Pero llevarme la mula de vuelta a España iba a ser un coñazo. —Cogió un puñado de cacahuetes de la mesa y se los metió en la boca—. Conocía a unos tipos que trabajaban en el matadero, y ellos se encargaron de la mula y la mandaron a la carnicería. Me saqué unas perras y unos cuantos solomillos. —Dejó de masticar, se enjuagó con el whisky aguado del fondo del vaso—. Una vez resuelto el problema de qué hacer con la mula, los chicos y yo decidimos qué hacer con el antiguo amo del animal. Pero esa parte de la historia te la cuento en otro momento. —Arrancó la navaja clavada en el sofá—. Lo que me interesa ahora mismo es saber si eres así de gallina porque lo llevas en la sangre y no puedes ser de otra manera, tal como la mula no podía ser una yegua. —Apoyó la punta de la navaja en el muslo de Frederico y presionó hasta atravesar la tela del pantalón—. O si eres un cantamañanas y quieres embaucarme como el tipo que me vendió la mula.

—Yo soy la mula —dijo Frederico.

—Ya, pero las mulas acaban descuartizadas y colgadas en la carnicería. —Calígula alzó la barbilla en dirección a sus hombres—. Lo que necesitamos es una yegua.

—Yo puedo ser una yegua.

—¿Tú crees?

—Sí.

—En ese caso, salgamos fuera.

—¿Para qué?

—Para ver si eres una yegua.

(Nunca salgas fuera.)

En la calle, los Ángeles del Arzobispo acompañaron a Frederico hasta el Datsun y Calígula le ordenó:

—Relincha.

Frederico no obedeció.

—¡Ponte a cuatro patas y relincha! —gritó Calígula—. Todos queremos ir a caballito.

—No —dijo Frederico.

Calígula le dio una bofetada.

—Con la mano abierta, como si fuera una putita —dijo Toino Gitano.

—Ponte a cuatro patas —repitió Calígula.

—No.

—Súbete al coche.

(Nunca te subas al coche.)

Calígula abrió la puerta del Datsun.

—No.

Calígula abrió la cazadora de cuero y le enseñó la culata de Nuestra Señora de los Apurados metida por dentro del pantalón.

(Nunca te subas al coche.)

Y Frederico se subió al coche.

11

Maria Luísa deambulaba por las calles de Lisboa a todas horas, noche y día. Subía por Bairro Alto y, en cada puerta abierta, vislumbraba una escena de su infancia. Estaba el olor a cuero en el zapatero, donde su abuela Celeste iba a que le pusieran tapas nuevas, y el olor a hígado de ternera guisado en la taberna donde su abuelo Xavier almorzaba una vez por semana. Estaba la ropa de los tendederos, como la réplica de familias enteras colgada de la cuerda sin nadie dentro. «Los anillos se van, los dedos se quedan», había oído decir siendo niña a las mujeres que fregaban el suelo de rodillas mientras relativizaban el despido de sus maridos comparándolo con la hazaña de seguir vivas. «Los anillos se van, los dedos se quedan.» Pero ¿qué hacer cuando los dedos se iban? Sus abuelos estaban muertos, su madre y su hija, en Brasil, sus hermanos cada uno por su lado. Una gota de mantequilla que caía de la tostada y se extendía por la servilleta traslúcida contenía todas las tardes que su abuelo la había llevado a merendar a una pastelería de Chiado.

Había otras Lisboas, mal cosidas entre sí por los barrios de chabolas donde abundaban los desposeídos y las cloacas a cielo abierto. La Lisboa de los «no sé leer ni escribir, señor», de los niños que nacían muertos, de los mendigos que dormían bajo los soportales, del trabajo infantil, de todas las enfermedades hereditarias de una dictadura que consideraba la pobreza señal de rectitud.

En las calles de la Baixa, las mujeres vendían baratijas junto a boutiques con nombres franceses. Señoras de bien, que no se quitaban los guantes para tomar té en el Ritz, tenían en casa criadas uniformadas que veían en el matrimonio la única alternativa a dormir para siempre en el cuarto del servicio. Unas se iban a Londres a comprar y abortar, otras bajaban a los sótanos septicémicos para escapar al destino de las madres adolescentes. De algo no había duda: tanto si vivían a todo tren en el barrio de Estrela como si lo hacían en la estrechez de una chabola en Musgueira, casi todas dependían de un hombre.

Los turistas revolucionarios veían en Lisboa una ciudad pintoresca. Para Maria Luísa, era la pista de un circo miserable. Con el espíritu roto y la costumbre de alargar la mano para pedir limosna desde hacía décadas, los portugueses seguían haciendo cabriolas para tener contento al domador. ¿A qué venía tanta mansedumbre? ¿Cómo podían olvidar lo que les habían hecho? ¿Por qué seguían teniendo miedo? ¿Cómo podían salir de la opresión del fascismo para abrazar la esclavitud del capitalismo?

Exasperada por la forma de ser de todo un pueblo, sostenía que la resignación solo podía extirparse a la fuerza.

Lisboa era también una ciudad de odios en flor. Maria Luísa reconocía el olor del gas lacrimógeno y distinguía la cacofonía de una carga policial. Veía a los soldados que se negaban a embarcarse hacia Angola y a los colonos que, recién llegados de África, se manifestaban con una bandera nacional atravesada por una franja negra. Siempre había bandos opuestos, resentimientos enfrentados, militares mal avenidos, coaliciones de partidos rotas, una capital que era como un catálogo de todos los rencores y ajustes de cuentas.

Cada portugués se acantonaba en su microcosmos y desde allí asistía al combate entre ídolos y villanos. Todo quedaba deformado por un sesgo político, de clase, religioso, que se veía fortalecido por las amistades y los diarios escogidos para blindar certezas y promover desconfianzas. Solo existía la verdad personal. La discordia se presentaba como la primera línea de defensa y el diálogo era señal de fragilidad.

Atrás quedaba el estado de gracia del 25 de abril, cuando todo era esperanza y unidad. Los carteles de las primeras elecciones democráticas se iban destiñendo en los muros, hechos jirones e inútiles como la farsa de la democracia parlamentaria. En año y medio de revolución, las metástasis de la tiranía del Estado Novo habían infestado los claveles y reventado las pústulas. Frente a antiguos melindres, nuevos cismas. El experimentalismo de los hijos era ahora el disgusto de los padres. La libertad de la mujer era la deshonra del marido. En sus periplos por la ciudad, Maria Luísa intuía el fin de la revolución benévola y la inminencia de la lucha armada. Se estaba gestando la tormenta perfecta: estallaban bombas, ardían edificios, se ocupaban emisoras de radio, miles de armas se extraviaban de los cuarteles. En el bosque de Monsanto, un puñado de agentes del ELP habían saltado por los aires mientras cargaban el maletero de un Datsun con explosivos. Había sido imposible identificar los cadáveres reducidos a polvo por la explosión, pero se apuntaba a la muerte de Calígula, un psicópata menos en las filas del enemigo.

Atrás quedaba la política entre bastidores, las huelgas y las manifestaciones, el control de la prensa y la ocupación de las fábricas. Pocas veces en la historia se había vivido algo como lo que estaba sucediendo en Portugal. Y casi siempre acababa en nada. Maria Luísa podía cambiar eso, se había metido dentro de la historia para imponer la revolución acertada entre todas las revoluciones equivocadas.

¿Qué distinguía a la muchacha que había entrado en el Partido Comunista hacía más de una década de la guerrillera que acababa de atacar con granadas diversas comisarías de la policía en Lisboa? Era mucho lo que había cambiado y, sin embargo, lo que importaba era lo que se conservaba intacto: «Solo cumple su propósito quien aguanta el proceso», se decía a sí misma. Cuanto más sufrimiento y renuncias acumulara, más obligada estaba a vencer. No había vuelta atrás. Después de la clandestinidad, la tortura, la cárcel, el exilio y la protorrevolución, la lucha armada era el apogeo de un largo proceso que desembocaría en el cumplimiento del propósito. Ella se hallaba en la antecámara de la santidad, a punto de superar las pruebas para el décimo *dan* de maestra de las artes revolucionarias.

En la transición del verano al otoño de 1975, Maria Luísa vio como el partido recibía, de parte de un oficial del COPCON, un millar de fusiles G3. Cuando un diario denunció la transacción, Otelo Saraiva de Carvalho la bendijo como una obra de caridad: «Por lo menos sé que las armas están en manos de la izquierda, lo que me brinda una gran satisfacción. Lo peligroso sería que estuviesen en manos de la derecha».

El PRP había logrado infiltrarse en las fuerzas armadas y ayudado a crear la milicia Soldados Unidos Vencerán. En una rueda de prensa, con la cara tapada, y más tarde en manifestaciones por todo el país, los SUV, siempre uniformados, exigían la fundación de un brazo armado del poder de los trabajadores —el Ejército Popular Revolucionario— y la destrucción del ejército burgués, liderado por oficiales burgueses al servicio de los intereses burgueses, que solo había acabado con el fascismo para recuperar los privilegios burgueses perdidos durante una guerra burguesa.

Ese día de otoño, comisiones de trabajadores y vecinos llegadas de todo el país se manifestaron en Lisboa junto a los soldados y marinos de los SUV. Decenas de miles de personas serpenteaban por las calles de la capital, exigiendo la liberación de dos militares detenidos por repartir panfletos de la organización en un cuartel. La comitiva pasó por la Rua da Misericórdia, delante del *República*, y Maria Luísa pensó en Frederico, del que no tenía noticias desde hacía semanas. Pronto lo olvidó, porque los manifestantes se apoderaron de setenta autobuses de Carris y se dirigieron a la cárcel de Trafaria, donde estaban detenidos los soldados. Maria Luísa cruzó el puente en esa caravana y, al llegar a la margen sur, sintió que estaba en la tierra prometida, donde gentes humildes y pobres, acostumbradas a acatar órdenes, tomaban ahora el poder que siempre les había estado vetado. Marinos, obreros y campesinos rodearon la cárcel de Trafaria. Pasaban cinco minutos de las dos de la madrugada cuando liberaron a los soldados y juntos corearon:

Venceremos, venceremos, con las armas que tenemos en la mano. Venceremos, venceremos, la lucha de la tierra y el pan.

De vuelta en la sede del partido en Lisboa, horas después, Alfredo mandó llamar a Maria Luísa y le pidió una charla en privado.

—¿A qué viene esa cara? —preguntó—. Ni que hubiese muerto alguien.

La respuesta estaba en el telegrama que Alfredo sujetaba con fuerza.

12

Durante los meses que Pureza se ausentó de su casa de Sintra, alguien había escrito en el muro una sola palabra, en mayúsculas, con pintura rojo escarlata:

¡FASCISTA!

A las pocas semanas de volver de Gerês, una mañana de hojas caídas, decidió comprar un cubo de pintura blanca y, antes de bajar al pueblo, contempló la hemorragia de letras sobre el muro. Desde su llegada, Pureza había vendido muebles, alfombras y cuadros para mantenerse. Si las cosas iban a peor, no dudaría en empeñar el anillo de compromiso y su alianza de casada. Volver a Sintra había despertado en ella viejos temores y nuevos fatalismos. Se fijaba más en la velocidad de los coches y la peligrosidad de un andamio. En casa siempre cerraba con llave y, antes de acostarse, cortaba el gas. Estaba sola, sin marido ni familia, y temía que su cuerpo fuese un habitáculo demasiado frágil para proteger a su hijo. Todos los días comprobaba el contenido de la bolsa del hospital y añadía un gorrito, cambiaba un camisón por otro, hojeaba las pruebas médicas que guardaba en una carpeta, como quien lee el diario de a bordo de una travesía que aún podría acabar en naufragio. Buscaba alguna garantía contra la falibilidad de su aparato reproductor y de todo lo que la palabra FASCISTA aún podía destruir.

Por eso bajó al pueblo con la intención de comprar un cubo de pintura blanca. Como las otras veces que había pasado delante del Hotel Storm's, ocupado y gestionado por una comisión de trabajadores, vio a algunos refugiados de las provincias de ultramar allí alojados.

—Lo destrozan todo, son peores que una plaga de langostas —le había dicho la dueña de la papelería.

—Pobre gente, también son personas —intervino el farmacéutico, que les regalaba medicinas a punto de caducar.

En cambio, el carnicero, todo un artista manejando el cuchillo sobre la tabla de cortar, se mostró más contundente:

—Que se vuelvan a su tierra.

Y luego estaba esa nueva palabra, contagiosa como una plaga medieval.

RETORNADOS

Cuatro sílabas que no alcanzaban a explicar siglos de historia, ni el drama de quienes se suponía, equivocadamente, que designaba ese vocablo. Muchos de ellos no retornaban a nada, habían nacido en África y no llegaban por su propia voluntad a los campos de refugiados, hoteles y cámpines donde los alojaba el Estado portugués.

Retornados: una palabra contaminada por los prejuicios de quien la pronunciaba, prima hermana de palabras como gitano, negrata o paki.

En Sintra, los turistas desayunaban en la terraza del Café Paris y un carruaje subía hacia la sierra. Las ciclópeas chimeneas del Palacio Nacional esparcían reflejos de cal en el aire de otoño. Dos palmeras prestaban profundidad al horizonte, contribuyendo a la ilusión de Pureza: pese a estar en un lugar conocido, se sentía de pronto como si hubiese ido a parar a un territorio exuberante. Se imaginó en una mesa del café, con gafas de sol, un pañuelo de colores cubriéndole la cabeza, escribiendo una tarjeta postal. Qué misteriosos eran los designios de la conciencia, porque nada más pensar en la postal se acordó de sus padres en Brasil. Por si fuera poco, tres autobuses aparcaron allí mismo, tapándole el sol, y arrojaron a una manada de estudiantes de secundaria greñudos y fumadores. Pureza se vio arrastrada de vuelta a un lugar que conocía, a un tiempo que rechazaba. En todos los edificios del pueblo, reaparecieron las pintadas:

En el hospital:

Las mujeres unidas jamás serán vencidas

En el palacio:

Solo los elitistas temen a los comunistas

En la oficina de correos:

Cristo fue quien más luchó por las libertades

Pureza pasó delante del ayuntamiento, bordeó la estación de tren y entró en la droguería mientras la sirena de los bomberos anunciaba las doce del mediodía. Reconoció el olor de la cera para madera y del metal oxidado, pero ni rastro del señor Faísca, que les había vendido la cinta métrica con la que Gonçalo Storm medía a Pureza y Frederico al comienzo de cada año escolar. En las jaulas colgadas de la pared —una novedad—, estalló un motín carcelario y decenas de periquitos golpearon los barrotes con el pico y las alas. Ante la imposibilidad de alcanzar a Pureza, los pájaros se picotearon unos a otros. Detrás del mostrador, en lugar del señor Faísca, un loro gris encadenado a su percha silbó dos notas ascendentes, seguidas de otras tantas descendentes, las mismas con que las mujeres eran agasajadas al pasar por delante de un solar en obras. La silueta que emergió de la trastienda sostenía un tenedor en una mano, una fiambrera metálica en la otra.

—Perdone —empezó Pureza, culpable del delito de estar donde no debía.

—¿Le apetece probar? —preguntó el hombre. Tenía el bigote manchado de comida e inclinó el recipiente con arroz de *cabidela*.

Asqueada por el olor a sangre y vinagre, Pureza contestó:

—Volveré en otro momento.

—Tendría que haber cerrado la puerta, es mi hora de almorzar. Pero, ya que ha venido, no se vaya con las manos vacías.

—¿Y el señor Faísca? —preguntó ella.

—Ya no lo tenemos en stock. —Pureza no entendió el chiste. El hombre tragó un resto de arroz que se le había quedado pegado a la encía—. El viejo Faísca se jubiló y volvió a su pueblo natal. Tendrá que conformarse conmigo.

Pureza no dijo nada, como si salir de allí sana y salva dependiese de su buen comportamiento.

—No se acuerda de mí, ¿verdad? —El hombre dejó la fiambrera sobre el mostrador. Juntando el pulgar y el índice, se limpió la medialuna del bigote deslizando los dedos desde las puntas hacia el centro. Luego se chupeteó los dedos. Tenía las mangas de la camisa enrolladas y, en el músculo del antebrazo, lucía el verdín de una tosca ancla tatuada con aguja y tinta china. En su mirada se percibía la impunidad de quien había esquivado la muerte o una orden de detención—. Pero yo sí que me acuerdo de usted.

—Perdone —dijo Pureza, con un temblor nervioso en las comisuras de los labios. Un hombre menos perspicaz lo hubiese tomado por una sonrisa o incluso una invitación.

—Trabajé en el hotel. Su padre era una joya de persona. Su madre, en cambio… —La puerta de la calle lo interrumpió, pero el cliente no llegó a poner un pie dentro del local—. ¡Está cerrado! —gritó el dependiente—. Vuelva dentro de una hora.

Maria Luísa le había enseñado que, si un hombre la atacaba, debía gritar «¡fuego!», pues de lo contrario nadie acudiría a ayudarla.

La puerta se cerró, el cliente desapareció, los periquitos caníbales siguieron matándose en sus jaulas.

—Y bien, ¿qué se le ofrece?

—Pintura blanca —dijo Pureza.

—Muy bien —repuso el hombre, y se fue hacia el otro extremo del mostrador—. La verdad es que ya sabía que estaba usted de vuelta. —Reapareció con un cubo de cinco litros—. A su marido, en cambio, no he vuelto a verlo por estos lares.

—¿Cuánto le debo? —preguntó Pureza, deseosa de salir de allí cuanto antes.

—No se preocupe, ya me lo pagará cuando le lleve la pintura a casa. Si quiere, puedo ayudarla a pintar. —El hombre no miró el vientre de Pureza, sino que se concentró en sus pechos hinchados de embarazada—. En su estado, no puede andar cargando peso.

—Gracias —dijo ella, y se fue hacia la puerta.

—Vive usted cerca del hotel, ¿verdad?

Pureza salió a la calle sin mirar atrás ni gritar «¡fuego!». Tal vez estuviese sacando las cosas de quicio, ningún hombre deseaba a una embarazada, qué tontería, ¿y si solo trataba de ser amable, de darle conversación como a cualquier otro cliente? No, Pureza lo sabía, todas las mujeres conocían esa disposición compartida por hidalgos y dependientes de droguería, un derecho que consideraban suyo de nacimiento, un apetito que debían saciar a toda costa. Por más que lo disimularan, era algo siniestro, implacable, como una manada de hienas persiguiendo a su presa. ¿Cuántas veces era un cumplido el preludio de un beso forzado? ¿Cuántas veces la amabilidad de un trayecto en coche iba seguida de una violación? Por más que enseñaran buenos modales a una hiena, nunca dejaría de hozar entre las vísceras de un cadáver.

Al pasar por delante del hospital, Pureza volvió a leer:

Las mujeres unidas jamás serán vencidas

El feminismo inspiraba poemas, conferencias, la nueva ley del divorcio y las palabras de Oriana Fallaci, la hermosa italiana que fumaba en público y a la que el *Diário de Lisboa* había entrevistado: «Los portugueses reconocen a las víctimas de la explotación en la lejana Angola, pero no reconocen a quienes explotan en sus propias casas y camas: las mujeres».

Sabias palabras, muy bien visto. ¿Y dónde estaban las mujeres unidas cuando las necesitabas? ¿Dónde estaban Oriana, Antónia, Maria Luísa? Sin el apoyo de nadie y completamente sola, Pureza tal vez debiera seguir el ejemplo de todas las mujeres que habían sacado adelante el embarazo, el parto y la crianza de los hijos sin la ayuda de nadie. Tal vez. Pero no quería hacerlo. A la porra el comunismo. Lo que ella quería de veras era que su marido estuviera allí. Un hombre que la defendiera de otros hombres. Quería que él castigara a mamporros el terror que ella había vivido en la droguería. En esa fantasía de violencia, Diogo aparecía en la Triumph Roadster luciendo una camiseta blanca, el pelo alborotado por la velocidad sin casco, el Diogo del «hasta que la muerte nos separe», el Diogo de antes de la revolución, los comunistas y el ELP.

Cansada por la cuesta, Pureza se detuvo en la explanada del palacio y, sujetándose el vientre, se sentó en un banquito de piedra, junto a los parterres con flores. Chicos y chicas de instituto hablaban en voz alta, con la euforia de estar lejos de casa. Convertían una excursión escolar en un viaje de circunnavegación, encendían cigarrillos y decían tacos, eran irreductibles en sus certezas, tenían sueños inquebrantables, querían parecer mayores, ignorando que, en un abrir y cerrar de ojos, serían mayores que querían volver a ser jóvenes. Las generaciones nacían, morían, levantaban palacios, hacían revoluciones y, ebrias de sí mismas, se creían bendecidas con el don de la razón, elegidas para enderezar el mundo de una vez por todas. Pero el verdadero proceso revolucionario en curso, descubrió Pureza, era el paso del tiempo. Desde el nacimiento hasta la muerte. No dependía de nadie. Estaba dentro de cada uno, programado como un código.

Lo que fue no volverá a ser

Si Pureza escribiera una pintada en las paredes, sería esa.

El Hotel Storm's nunca volvería a ser el mismo. El país nunca volvería a ser el mismo. Su matrimonio con Diogo nunca volvería a ser el mismo. Ella nunca volvería a ser la misma.

Lo que fue no volverá a ser

Quería la protección de su marido, aunque imaginarlo allí resultara tan inverosímil como esperar que Diogo recuperara su forma de vida anterior a la revolución. Prefería la guerra al matrimonio y a su hijo. Había dejado a Pureza en la estación de tren, en Oporto, sin oponerse, quizá incluso con alivio, cuando ella le pidió volver a Sintra para estar cerca de un hospital. Diogo tal vez ganara la guerra y celebraran juntos las bodas de plata rodeados de hijos. Los comunistas tal vez cayeran derrotados y se borraran todas las pintadas. Pero nada volvería a ser como antes. Pureza sacó un bolígrafo del bolso y escribió en el muro de la explanada:

Lo que fue no volverá a ser

Debía aceptar que estaba inevitablemente sola, lo que no significaba que estuviera indefensa. Cruzó la verja del hotel y bajó la rampa que daba a la parte trasera del edificio. El olor a comida emanaba por la puerta abierta de la casa de los Storm y, en el patio, unos niños jugaban a la pelota. Pureza había oído decir que tres familias de retornados se habían instalado allí. Una mujer embarazada salió a recibirla.

—Buenos días, me crie en esta casa, era de mis padres. Vengo a coger algo que me pertenece.

—No quiero problemas.

—Yo tampoco.

La mujer miró el vientre de Pureza y la invitó a entrar.

13

Era la segunda vez en pocos meses que una de sus hermanas le apuntaba con un arma de fuego. La hermana era otra, pero la escopeta era idéntica. Frederico identificó la Beretta antes de que Pureza lo reconociera a través de los barrotes de la verja cerrada.

—Soy yo, tata. —El uso del diminutivo lo infantilizaba, y esa pantomima de levantar las manos en el aire, como en un atraco, confirmaba su empeño en rehuir la seriedad haciendo el payaso.

—¿Quieres morir o qué? —lo increpó Pureza.

(Si supiera que has estado en un tris de estirar la pata...)

—Yo también te he echado de menos —repuso Frederico. Pureza bajó la Beretta y su hermano le tiró un beso—. ¿Vas a dejarme entrar?

En la cocina, cada cual adoptó el papel que le correspondía. Pureza, la cuidadora, batió los huevos con un tenedor en un bol. Frederico, el niño pequeño, robó una salchicha de la lata abierta junto a los fogones. Ella le dio un cogotazo, él fingió que le dolía. Las noches en que Antónia se quedaba trabajando en el hotel y Gonçalo cenaba fuera, los hermanos Storm se hacían huevos revueltos con salchichas. El plato rezumaba la reconfortante sencillez de las proteínas ricas en grasa, rebañadas con pan y regadas con leche. Era algo exclusivamente suyo, un punto de encuentro al que siempre podrían volver.

—¿Esperabas a alguien? —preguntó Frederico, señalando la Beretta que descansaba sobre la encimera.

—El mundo está lleno de gente ruin. —La maternal diligencia de Pureza, que cortaba las salchichas en rodajas, como le gustaban a su hermano, era su mejor máscara. No diría nada sobre la palabra FASCISTA, la hiena de la droguería ni la visita a la casa familiar para recuperar la Beretta.

—¿De dónde has sacado la escopeta? —le preguntó Frederico.

Los huevos y salchichas chisporrotearon en la sartén. Pureza movió la cuchara de palo en espiral y dijo:

—Tienes leche en la nevera y pan en la alacena.

La reaparición de la Beretta en poder de su hermana era un enigma que Frederico se resistía a abandonar, pero Pureza fue más rápida en el contraataque:

—¿Has encontrado empleo?

Frederico fue a por la leche y el pan, porque mentía mejor con las manos ocupadas.

—Estoy en ello.

(No me hagas reír.)

Se sirvió la leche en un vaso. Cortó el pan en la tabla. Todo muy despacio, presionando la lengua entre los labios como un niño que, de puro absorto en la ejecución de una tarea, hacía caso omiso a los adultos.

—¿Y qué has estado haciendo? —preguntó Pureza.

—Chapuzas.

(Y el ganador del premio al peor actor es...)

Aquella noche, en Lisboa, cuando Frederico entró en el Datsun obligado por Calígula y una pistola metida en la cinturilla del pantalón, su narrador interno hizo que sonara «Mercy, Mercy, Mercy», de Cannonball Adderley. A la vuelta de la esquina apareció Ramalho abrochándose la bragueta y Calígula se vio obligado a detener el coche. A través de la ventanilla del conductor, ambos hombres entablaron entonces un diálogo en susurros. Ramalho señaló el reloj, Calígula asintió y, volviéndose hacia atrás con el brazo estirado sobre el respaldo del asiento contiguo, le ordenó:

—Largo de aquí, gilipollas.

Si Calígula era el invasor bárbaro, Ramalho tenía las típicas ansias del paleto que se dejaba corromper por la capital. A falta de interés por la ropa, el teatro o las tertulias, las putas eran su pasatiempo. Tras quince minutos en una habitación de mala muerte en los bajos fondos de Cais do Sodré, con una pobre palurda recién llegada de algún pueblo remoto, Ramalho se había dado cuenta de que quería más y mejor. De ahí que hubiese vuelto a la barra del bar.

—De estas tengo para aburrir allá arriba —protestó.

Esa noche Frederico aprendió que la perdición de un hombre podía ser la salvación de otro. Ramalho había solicitado sus servicios como guía —«Quiero algo fino, con portero y madame»—, por lo que mandó a Calígula y los Ángeles del Arzobispo a recoger la carga de explosivos a Monsanto.

Mientras Ramalho se dejaba engatusar por los encantos y el falso acento francés de una profesional nacida en Odivelas, Frederico abandonaba la misión de infiltrado en el ELP y Calígula volaba en pedazos con el Datsun, ascendiendo a los cielos en una espiral de cenizas.

Pureza volcó los huevos revueltos con salchichas en el plato de su hermano.

—Eso quiere decir que estás bien. —Contenía la conversación con una afirmación, en vez de ampliarla con una pregunta.

(A decir verdad, estoy un poco mal de la cabeza.)

Frederico refrenó su propio ímpetu profesional con un bocado, un trozo de pan y una sola palabra:

—Estupendamente.

La conmoción de haber escapado por los pelos a una muerte explosiva, con repercusión en la prensa, así como el pánico a las posibles represalias del ELP, lo habían llevado a esconderse en el piso de Raposo, donde se dedicó a fumar porros sin parar.

¿Había descubierto Calígula que Frederico era un infiltrado o solo había querido atormentarlo, como quien se divierte arrancándole las alas a una mosca? Y, si lo sabía, ¿habría transmitido esa información a Ramalho? ¿No levantaría sospechas la desaparición injustificada de Frederico? ¿Qué haría el ELP cuando publicara el reportaje?

El miedo era real, la conmoción comprensible y las excusas para aplazar la escritura del artículo se acumulaban al mismo ritmo que las cervezas y los porros. Frederico se levantaba tarde y cada día se prometía que empezaría a escribir. Hojeaba sus blocs de notas intentando descifrar su propia caligrafía, abrumado por la necesidad de articular, de forma clara y contundente, los garabatos que encriptaban semanas de violencia desmedida. Lo cierto es que prefería hojear el diario, prepararse un bocadillo o entretenerse escuchando las peripecias vitales de Raposo. Lo que fuera con tal de mantenerse al margen de una sencilla constatación: si escribía el reportaje, tendría que publicarlo, pues la gravedad de lo que sabía lo obligaba a hacerlo. Sin embargo, no podía publicar el reportaje sin tener la decencia de advertírselo a Pureza. Y decir «he escrito un artículo en el que denuncio a tu marido, sale mañana en el diario» era bastante más difícil que comer huevos revueltos con salchichas.

Frederico tenía muchas ideas geniales, como todos los fumadores de hierba. La última lo había llevado a llamar por teléfono a Gerês y, cuando los aparceros le dijeron que Pureza había vuelto a Sintra, salió de casa de Raposo con la solución en la punta de la lengua: «Me encargaron un artículo en el que se denuncia a tu marido, pero, si tú me lo pides, no escribo nada».

Si Pureza se opusiera a la publicación del reportaje, Frederico quedaría exento de su deber periodístico. Si, por el contrario, la aceptara, liberaría a su hermano del deber de lealtad familiar. Al margen de cuál fuera su reacción, tendría un problema menos al que enfrentarse. Una victoria a todos los niveles. Menudo prodigio. Ni el rey Salomón. Lo malo era que, como solía pasar a los fumadores de hierba, la sobriedad se empeñaba en reducir las grandes ideas a vulgares ocurrencias, y ahora que estaba delante de su hermana se sentía más pusilánime que genial.

Frederico rebañó el plato con un trozo de pan, apuró el vaso de leche y se preguntó con cuál de las dos cobardías viviría mejor:

1) Cargar sobre los hombros de su hermana embarazada una decisión que él no había tenido el valor de tomar.

2) Marcharse como si nada y seguir atrincherado en casa de Raposo sin escribir un solo renglón.

Pureza le frotó la boca sucia con el pulgar.

—¿Postre?

Frederico se retrepó en la silla con los dedos entrelazados sobre la nuca, sintiéndose como el mal estudiante que acaba de enterarse de que le han aplazado un examen oral. Podría haber preguntado cómo estaba Diogo o por qué había vuelto su hermana a Sintra, pero Pureza se puso a freír un plátano y lo espolvoreó con canela. No hablaron de sus padres en Brasil, del ELP, ni siquiera del tan esperado bebé. Había más dignidad en reprimir que en exponer. Llorar y quejarse implicaba, en el mejor de los casos, perder la compostura y, en el peor, asumir la propia debilidad. Frederico no sabía si su hermana lo recibía con afecto o sentido del deber, si todos esos gestos eran un intento de acercamiento o una forma de preservar el silencio. Después, Pureza cogió un mendrugo de pan mordisqueado por su hermano, le dio un beso antes de arrojarlo a la basura, como les había enseñado su madre, y dijo:

—No me gusta que conduzcas por la noche. Quédate conmigo. No me apetece estar sola en casa.

—Claro —dijo él, comprendiendo que nunca escribiría ese reportaje.

—Voy a acostarme —dijo ella, y le pasó la mano por el pelo—. Tienes la cama hecha con sábanas limpias en la habitación de invitados.

Frederico esperó a que su hermana cerrara la puerta del dormitorio y asaltó el bar de su cuñado. Salió al jardín y se lio un porro, bebió y fumó sin contención. El whisky y la hierba formaban un dúo especializado en números de escapismo. Frederico franqueó la verja y se fue calle abajo. La niebla de la sierra era una marta cibelina enroscada en torno al cuello de los árboles, los charcos de luz eléctrica planeaban unos metros por encima de la carretera y el asfalto reflejaba el cielo negro y las constelaciones de plata, permitiendo a Frederico volar a ras de suelo, libre de culpas y remordimientos, lejos de sí mismo, en una deriva de sublime olvido.

(¿Dónde estás, joder? ¿Otro apagón?)

¿Cuánto tiempo llevaba allí, delante del Hotel Storm's, con una botella medio vacía? Intentó recordar qué estaba pensando segundos antes y solo acertó a recordar que intentaba recordar algo que no recordaba.

(Querías visitar tu antiguo rincón en el sótano del hotel, donde escuchaste a Miles Davis tocando «Générique».)

Frederico fue a dar un paso, pero la calle giró, se sintió envuelto en una gelatina de sudor frío, una ventosa dentro de la cara le chupó toda la sangre de la cabeza y notó su propia palidez en la boca, como leche cortada.

Conocía esos síntomas. Otra bajada de tensión provocada por la droga y el alcohol. Para alguien con tanto interés en las primeras veces, se repetía bastante. Pronto llegarían las náuseas.

(Eso sí que no.)

Antes de quedarse sin fuerza en las piernas, se internó en la maleza y siguió el rumor de un arroyo. Bebió agua, se refrescó la cara y se tumbó boca arriba.

(¿Cuánto hace que estás aquí?)

Abrió los ojos.

(Otro apagón. Bueno, por lo menos no has vomitado.)

Había quienes cruzaban continentes o descubrían la penicilina. La gran hazaña de Frederico, maestro de las ocasiones desperdiciadas, era no haber regurgitado el revuelto de huevos y salchichas.

Quería levantarse y volver a casa de Pureza. Su hermana le había pedido que se quedara con ella y la había abandonado a su suerte en esa sierra meses atrás, junto con sus padres.

(¿Has tenido otro apagón?)

Estaba al borde de la carretera y el chorro de orina humeante caía sobre la farola, salpicándole los zapatos.

A lo lejos, un par de faros proyectó un destello de realismo sobre la alucinación. Frederico sabía que estaba en el planeta Tierra y que era un pequeño mamífero. Imaginó que sus ojos brillaban como los de un conejo antes de ser arrollado. El coche se detuvo, la ventanilla se bajó, los del ELP lo habían encontrado.

—Frederico —dijo la oscuridad dentro del coche.

—No —contestó él, llevando al paroxismo la pérdida de identidad provocada por las drogas.

Una luz se encendió en el techo del coche y una cabeza asomó por la ventanilla.

—Soy yo, tío, Juca.

Hacía más de un año que no se veían. Frederico sabía por Raposo que Juca continuaba siendo un prodigio de coherencia en la era de la volatilidad. Vivía en casa de sus padres, estudiaba Filosofía y seguía usando jerséis de cuello alto.

—¿Te acuerdas de Filomena? —preguntó Juca, y se recostó contra el respaldo para revelar a su novia en el asiento contiguo.

(Claro que me acuerdo, fue ella quien me presentó a João Guilherme antes de que lo mataran de un disparo en la cabeza.)

La aparición de su amigo de la niñez no hacía sino subrayar la impostura de Frederico. ¿Qué había hecho él con su libertad y los sacrificios ajenos? Se había librado de la guerra, de los disparos de la PIDE, de saltar por los aires en el Datsun con Calígula, todo para poder mear en la calle, borracho y colocado, una noche en que su hermana le había pedido que se quedara en casa.

—¿Estás bien? —le preguntó Juca.

(Por supuesto que no, soy un mierda, una vergüenza, un fracasado, un cobarde. Si mi madre supiera qué clase de hijo tiene...)

El narrador interno se vio interrumpido por un grito que rasgó la noche, lacerante como una amputación sin anestesia. Juca se bajó del coche a toda prisa, creyendo que su amigo iba a morir allí mismo.

Cuando trabajaba en el *República*, Frederico había escrito sobre una casa, en la Calçada de Santana, cuya placa informativa decía: «Según la tradición documental, aquí falleció Luiz de Camões el 10 de junio de 1580».

Si Frederico, que no había escrito el reportaje sobre el ELP, no digamos ya un poema épico, tuviese derecho a una placa póstuma que ilustrara su novela de aprendizaje, esta rezaría: «Aquí, una noche de 1975, Frederico Storm se pilló el pene flácido con la cremallera de los vaqueros».

14

Una vida a contracorriente debería haber preparado a Maria Luísa para apearse de un tren casi vacío, en la última estación, y enfrentarse a la multitud que iniciaba allí el trayecto hasta Lisboa en la hora punta de una mañana laborable. Ella llegaba a Sintra con una misión que no olvidaría. Ellos se disponían a empezar una jornada de trabajo como tantas. Las puertas se abrieron y, en el andén, una marea de caras soñolientas invadió el vagón, obligando a Maria Luísa a renegar de las masas:

—Dejad salir antes de entrar.

Por muchas campañas de dinamización cultural y acción cívica que se hicieran, la gente seguía sin respetar las normas de convivencia. El pueblo —de cerca y a bulto, legañoso y disputándose un asiento, sin haberse duchado o encharcado en perfume— resultaba menos inspirador que retratado con el puño en alto en estilizados murales.

En Lisboa, Maria Luísa se había detenido junto al quiosco para olfatear las primeras páginas de los diarios. Escasez de leche. Spínola presenta oficialmente el MDLP. El presidente de la República parte en visita oficial a la Unión Soviética. Huelga nacional del sector metalúrgico. La foto de unos niños, recién llegados de Angola, durmiendo en el suelo de un campamento.

La situación del país, sumada a una noche en vela y al anticlímax de la noticia que le había dado Alfredo tras el júbilo por la liberación de los soldados en Trafaria, explicaba el mal humor de Maria Luísa. También confirmaba su convicción de que, abandonado a sí mismo, el pueblo seguiría avanzando hacia el matadero, porque la democracia era el brazo derecho del capitalismo, y el voto, un placebo para quien necesitaba un trasplante de corazón. Había que expurgar todo engaño mediante la lucha armada; solo así se liberaría al pueblo.

Esta percepción de emergencia se veía reforzada por la psicosis golpista que se había apoderado del país. En la redacción de los periódicos controlados por el Partido Comunista se decía que los coroneles tramaban la instauración de un régimen de derechas. El Partido Socialista difundía rumores sobre la inminencia de un golpe por parte de la que tildaba de «izquierda falsaria». Pero si los miembros del Gobierno habían dejado de dormir en su casa por precaución, algo estaba de veras a punto de pasar.

Maria Luísa subió hacia el pueblo y, delante de la casa de Pureza, se asomó al interior del Mini Morris donde Frederico roncaba, en un estado de desaliño y suciedad que alarmaría a cualquier madre. Abrió la portezuela y notó la pestilencia de las botellas vacías, los diarios viejos, el cenicero atestado de colillas, las exhalaciones corporales en un espacio exiguo y con las ventanillas cerradas. Lo zarandeó por el hombro, reprimiendo las ganas de darle un sopapo, pero evitó regañarle en vista de las circunstancias que la habían llevado hasta allí.

—Venga, levanta, tenemos que hablar.

—Yo no he hecho nada, lo juro —dijo Frederico, sin comprender dónde estaba ni quién lo llamaba.

—Soy yo —dijo Maria Luísa.

Frederico torció el gesto, la luz le hería las pupilas. Se tapó los ojos con el brazo, la bragueta abierta con un diario, y dijo lo que su hermana hubiese querido preguntarle:

—¿Qué haces aquí?

En la cocina de Pureza, la escena era más ridícula que lúgubre. El ama de casa, en camisón y bastante embarazada, quiso quedarse en pie, aferrada a una taza de té. Frederico se encogió en una silla con aire compungido antes incluso de que lo acusaran de nada. Maria Luísa, que no había pegado ojo la víspera y no encontraba el valor que esperaba tener cuando llegara allí, vio la Beretta sobre la encimera y pensó en el día que, en París, había llevado a su gato enfermo al veterinario en un gesto de compasión. La nobleza de poner fin al sufrimiento de un animal nada tenía que ver con ser la mensajera de la desdicha de sus hermanos.

No podía hablar, masticaba las palabras sin acertar a decir ninguna, buscando una secuencia menos devastadora. En esos instantes —segundos en los que cabían todos los infortunios de una familia—, Maria Luísa aplazaba el golpe. Se quedó encallada, nada más empezar, en la elección del sujeto de la frase. Nunca le había llamado padre. Decir padrastro o «vuestro padre» la apartaba de la familia, un estigma que cabía imputarle, pero no tenía cabida en una ocasión como esa, en la que debía transmitir cercanía. Decidió empezar por aquello que más los unía:

—Mamá... —Evocar a Antónia, sola, en el hospital de una ciudad extranjera, la obligó a pensar en su propia hija, en Río de Janeiro—. Mamá me ha mandado un telegrama.

—Papá... —adivinó Pureza, sin por ello excusar a su hermana de acabar tan amarga frase.

—Ha tenido un ataque al corazón —añadió Maria Luísa—. Está en coma. Su estado es crítico.

Repitió las palabras exactas del telegrama que ceñía en el bolsillo de la chaqueta, como si esa chuleta fuera su tabla de salvación. Nadie había escrito todavía el texto definitivo de una muerte anunciada.

Pureza dejó la taza junto a la escopeta. Frederico, descorazonado por la resaca, empezó a sollozar como un niño perdido en la multitud. Maria Luísa dejó que se abrazara a su cintura, sintió el calor de llanto de su hermano, le acarició el pelo para serenarlo y miró a su hermana en busca de apoyo. Pureza se unió al abrazo y se quedaron los tres pegados como siameses, sin mirarse, cada cual con una noción distinta de cuándo deberían desasirse.

—Ve a ducharte, Frederico —dijo Pureza. Había que cuidar la higiene, desayunar, hacer llamadas. Frederico dejó un espacio vacío entre las dos hermanas.

Restablecido el orden natural de las obligaciones que persistían antes, después y a pesar de la muerte, Pureza se sentó:

—Él siempre ha sido más como papá, no tiene el nervio de mamá, como nosotras. —Tal como Antónia, que maldecía a un hijo cuando buscaba una alianza con otro, Pureza se apartaba de Frederico, el más débil, para acercarse a Maria Luísa, la más fuerte—. Tenemos que llamar a Brasil y hablar con el hospital, pensar a quién conocemos en Río que pueda echarles una mano.

Pureza quería mantenerse ocupada, útil, con un objetivo. Era un juego de espejos en el que Maria Luísa se reconocía. El ansia de reparar el futuro para no sentir el presente:

—Ya he hecho todo eso.

Entre recibir la noticia y salir hacia Sintra, Malu intentó hablar con su madre. Conseguir línea telefónica con Río de Janeiro era tan difícil como ser miembro del Country Club de Ipanema: exigía sobornos y listas de espera. Maria Luísa se había puesto en contacto con unos amigos de su padrastro en el exilio carioca, más adinerados y con teléfono. La pareja ignoraba lo que le había pasado a Gonçalo. Entonces recurrió a un oficial del MFA, simpatizante del PRF y con amigos en el ministerio de Asuntos Exteriores. El embajador en Brasilia logró hablar con el cardiólogo del hospital, que le confirmó la extrema gravedad del pronóstico.

Al constatar que Maria Luísa, enemiga de la sociedad de clases, había recurrido a la muy burguesa red de influencias en nombre de la familia, Pureza sintió que también su hermana se acercaba a ella.

—Nosotros pensando que papá estaba mal de la cabeza, y va y tiene un ataque al corazón.

—En las cartas que me escribió —dijo Maria Luísa—, mamá se quejaba de que andaba muy alicaído.

—Desde las novelas de Camilo, nadie se muere de un disgusto —apuntó Pureza.

—No se ha muerto.

—¿Y si se muere?

Maria Luísa no logró entender si su pregunta era una petición de ayuda o un reproche. La última vez que se habían visto, la noche del golpe del 11 de marzo, Pureza no había dudado en acusar a su hermana de haber destrozado a la familia. Sin embargo, Malu no conocía la culpabilidad que atormentaba a Pureza por haber alentado a sus padres a marcharse a Brasil, llevándose consigo a Nádia, con la promesa nunca cumplida de que se reuniría con ellos más adelante.

—¿Y si no se muere? Es muy posible que se recupere —repuso Maria Luísa. Su optimismo compasivo no engañaba a Pureza.

—Tú no crees en los milagros.

—La medicina puede ser milagrosa.

Pureza advirtió que Maria Luísa estaba delgada y tenía la mirada apagada de quien no duerme lo bastante. Se levantó y fue a cortar el pan de la víspera para ella.

—¿Cómo te has enterado?

Puso dos rebanadas en la tostadora.

—Por telegrama.

—¿Por qué no me lo envió mamá a mí?

—Para protegerte. —Maria Luísa apoyó una mano sobre el vientre de su hermana—. Por ella.

—¿Ella?

—Es una intuición. Cuando estaba embarazada de Nádia, siempre supe que sería una niña. ¿Tú no?

Las partículas olfativas de pan tostado planearon sobre la cocina como en una mañana sin clases. Pureza se apartó de la mano de su hermana, cogió la tetera aún caliente y le sirvió té.

—¿Los comunistas adivinan el futuro?

—El comunismo es muy profético —bromeó Maria Luísa.

Estaban a punto de reírse. El sarcasmo, entre ambas, era señal de complicidad, casi de amor. Pureza abrió la nevera, cogió la mantequilla, abrió el cajón de los cubiertos y la alacena de los platos. Controlar el caos, tarea a tarea, untar el pan con mantequilla como quien limpia los botones de lanzamiento en el panel de los misiles nucleares.

—¿Fue Frederico quien te dijo que había vuelto a Sintra?

—No, fue mamá. —Maria Luísa tomó un sorbito de té—. No he sabido nada de él desde del verano. Ese chico me preocupa.

—Ya es un hombre.

—Razón de más.

Pureza dejó el plato con las tostadas empapadas en mantequilla delante de Maria Luísa.

—Chorreando, como te gustan.

Lo que fue no volverá a ser.

Y, sin embargo, preparando comida para sus hermanos, Pureza intentaba reconstruir una armonía que, como en todas las familias, solo existía en retrospectiva.

Malu le dio un mordisco a la tostada; la grasa, la sal y la corteza crujiente se confabularon para plagiar el tópico de la magdalena proustiana. Incapaz de enfrentarse a miles de páginas y múltiples volúmenes, Maria Luísa se limitó a pensar en una frase que le había oído a Pureza la noche del golpe del 11 de marzo:

No tener una familia es como estar muerta.

Mojó el pan en el té, y la mantequilla dejó una estela untuosa en el líquido. Un hábito que, de pequeña, repugnaba a Pureza, pero que en ese instante despertó en ella la alegría de quien encuentra algo olvidado en el bolsillo de una chaqueta que está a punto de tirar. Tal vez fuera clemencia, o la maravillosa vulnerabilidad de los humanos y sus contradicciones frente a la muerte, pero lo cierto es que, en esa cocina, Maria Luísa y Pureza eran el reverso de la hostilidad que reinaba en el país y, contaminadas por un sesgo positivo que las inoculaba temporalmente de todos los demás sesgos, podían revivir una hermandad desaprendida años atrás.

—¿Y ahora qué, tata? —preguntó Pureza.

—Esperamos noticias del hospital y dentro de unas horas intentaremos llamar a los amigos de papá y mamá. En Río de Janeiro aún es de noche.

—No, me refiero a qué va a pasar con el país a partir de ahora.

—Nadie lo sabe.

—¿Cómo que no? Abres el diario, enciendes la radio o la televisión y todo son certezas absolutas.

En la mordacidad de Pureza había también inquietud.

—Es un espejismo —dijo Maria Luísa—. No hay ningún plan maestro, todo se hace a salto de mata. En serio, nadie sabe qué está pasando ni lo que va a pasar.

—Si tuvieras que apostar.

—O ganamos nosotros y hacemos limpieza o pasa como en Chile y gana la reacción —dijo Maria Luísa—. O ellos o nosotros. No hay revolución sin purgas.

¿Quiénes eran ellos? ¿Y nosotros? Derechas, izquierdas, extremos, centro, una dispersión de odios y fanatismos imposible de seguir. Descartada otra clase de unión, Pureza reunió en una diminuta pila las migajas que habían caído de la tostada de su hermana.

—¿No hay una versión en la que no se fusile a nadie?

—Por nuestra parte, estamos listos para la guerra. Y ellos también.

—¿Y la gente corriente? ¿Los moderados? ¿La mayoría que quiere una vida normal, una democracia?

—Los moderados han estado quietecitos, sin abrir la boca ni mover un dedo, durante casi cincuenta años, ¿y ahora quieren una democracia hecha de cualquier manera y a su medida?

Habida cuenta del historial de resistencia de Maria Luísa durante la dictadura, Pureza le perdonaba los juicios y los visos de petulancia. En vez de insistir, cambió de enfoque:

—Hace un año y pico, todo el país era una fiesta. Ahora veo a la gente alarmada. ¿Cómo es posible que tanta alegría haya acabado en terror?

—Puede que conozcas a la gente equivocada. También los hay que están entusiasmados. Puede pasar cualquier cosa.

—No saber qué va a pasar da miedo —dijo Pureza.

—O te hace sentir viva, como una pasión.

—La pasión arde con fuerza, pasa deprisa y, al final, solo quedan las cenizas.

—¿Qué ha sido de mi hermana, esa a la que le gustaban tanto las novelas sobre amores desesperados? —preguntó Maria Luísa.

—Se llama madurez. Nada de excesos, todo en su justa medida.

—Hacía falta una catarsis, Pureza. Han sido muchos años de opresión e injusticia, de tortura y guerra. Toda una generación obligada a matar o morir. ¿Cómo no íbamos a radicalizarnos? Si te estuvieras muriendo de sed, ¿beberías agua de una cucharilla o te abalanzarías sobre la jarra?

—No entiendo cómo se corrigen injusticias con más injusticias —replicó Pureza—. Tengo la impresión de que Portugal es un manicomio donde solo quedan los enfermos. Todo es tan exagerado que llega a ser grotesco.

—El país ha rejuvenecido, se ha quitado décadas de encima, se ha soltado.

—¿Y qué pasa con los mayores, como mi padre? Hay mucha gente para la que es demasiado tarde para empezar de nuevo.

Maria Luísa dejó que se le escapara una nota de tensión:

—Quizá porque creen en las ideas equivocadas. ¿O preferirías que todo siguiera como antes?

—Si lo prefiriese, Maria Luísa, sería una pérdida de tiempo. No soy tonta. Lo que fue no volverá a ser. —Enjuagó el plato y la taza, una pausa para cesar las hostilidades—. El otro día, la radio transmitió una sesión de las comisiones de trabajadores del norte. Venga a hablar del socialfascismo ruso, la clase obrera y el socialcapitalismo americano. Hacia el final, cuando nadie podía ya con tanta jerga política, cedieron la palabra a un trabajador de los astilleros de Viana do Castelo. —Pureza se puso a secar los platos con un paño—. Nunca se me olvidará lo que dijo: «Siendo Portugal un país tan pequeño, está lleno de politólogos. Pero ¿cuándo hablaremos de nuestros problemas? ¿De la salud, la alimentación, la seguridad social, la vivienda?». —Pureza dejó los platos en la alacena—. Hubo un periodista que tuvo los reflejos de preguntarle de qué partido era y ¿sabes qué le contestó? «Mi partido es la humanidad.»

Maria Luísa recordó que, detrás de su hermana conservadora, había una chica inteligente. Quería darle la enhorabuena, pero se limitó a decir:

—Todo es política. Eso que acabas de hacer es política.

—Y la decencia, ¿no cuenta?

—Cuando todo haya pasado, ajustaremos cuentas —dijo Maria Luísa, convencida de que el balance le sería favorable.

Pureza volvió a sentarse:

—¿No tienes miedo?

—Sí.

—¿De qué? —preguntó Pureza.

Pausa de Maria Luísa. Reticencia confesional. Una inesperada asunción de fragilidad:

—De que mamá se quede sola en Brasil con Nádia.

Pausa de Pureza. Ímpetu confesional. Un esperado desahogo de afirmación:

—Sé que Nádia es hija de Diogo.

Para asombro de Pureza, un atisbo de inocencia había sobrevivido al radicalismo de su hermana. Maria Luísa se ruborizó con un fulgor infantil, el rojo vergüenza se expandió desde su pecho hasta la garganta, latía en una vena de su cuello, invadió su rostro.

—Perdóname.

Para asombro de Pureza, su hermana era capaz de pedir perdón. Pero ya bastaba de melodramas. Había que recuperar el decoro.

—Esa culpa no te pertenece. —Era cierto, aunque Pureza pretendiera valerse de ella para sus fines—. Quiero enseñarte algo. —Salió de la cocina y, al volver, traía consigo *El libro de Cesário Verde*, del que sacó el retrato a carboncillo de las hermanas Storm que les habían hecho en la pastelería Garrett el día antes de que Maria Luísa se pasara a la clandestinidad. Le tendió el papel. —Si ganáis vosotros, Diogo no estará aquí—. Cogió la mano de su hermana, la plantó sobre su vientre y le sujetó la muñeca con firmeza—. Si ganáis vosotros, prométeme que no dejarás que nos pase nada.

Si la familia no era más importante que la política, que la política ayudara a la familia.

—Te lo prometo.

Fuera, sonó la campanilla de la verja.

—Tú quédate aquí. —Malu se levantó y salió al jardín.

En la cocina, Pureza oyó el ruido de la caldera al encenderse y, por un instante, el consuelo de tener a ambos hermanos en casa disipó el temor a quedarse huérfana de padre. Siguió juntando las migajas de pan como quien recoge los escombros del destino.

Al volver de la calle, Maria Luísa sostenía un cubo de pintura blanca.

—Me había olvidado de eso —dijo Pureza, turbada. Le habló del muro con la palabra FASCISTA, del dependiente de la droguería, de la visita a la casa de sus padres, donde había ido a pedir que le devolvieran la escopeta y, tras la desconfianza inicial, se había encontrado con la amabilidad de una mujer embarazada, recién llegada de Angola, que, pese a la mala fama de los retornados, no había vendido los muebles ni encendido una hoguera en el salón.

—En cuanto al tipo de la droguería, no andabas equivocada, no he tenido más que verlo para darme cuenta de que es un cerdo integral. De haberlo sabido, le habría pegado un susto. —Pasó el dedo por la Beretta—. En cuanto a los retornados, no te dejes engatusar. Que sepan tener la casa en orden no basta para redimirlos del colonialismo. Si fueses negra, otro gallo te cantaría.

Frederico entró en la cocina e interrumpió la indignación de Maria Luísa con un alivio cómico. Llevaba puesta la ropa de su cuñado, tres tallas más grande que la suya, y había intentado enmendarse pasándose un peine por el pelo y una cuchilla por la barba.

Las dos hermanas se echaron a reír.

—Pareces un espantapájaros —dijo Pureza.

—Lo ves, hermanita, así acaban los moderados... —insinuó Maria Luísa.

Volvieron a reírse. Frederico se sintió el blanco fácil de las bromas de sus hermanas mayores, igual que cuando era un niño. Pero su indefensión no duró demasiado. Con el tiempo, había aprendido a intervenir en el toma y daca.

—Malu, no te veía reír desde la crisis de los misiles cubanos. ¿Te ha dado permiso el partido o tendrás que purgar semejante herejía en un campo de trabajos forzados de Siberia? —Y, volviéndose hacia Pureza, añadió—: ¿No eres tú la que le compra la ropa a tu marido, como si fueras su mamaíta? —Se cogió el jersey con las yemas de los dedos y dio una vuelta sobre sí mismo—. ¿Qué sería del color amarillo si no fuera por el mal gusto?

Alguien que, unos minutos después, pasara por delante de la casa y viera a Pureza sentada en una silla al aire libre, siguiendo el trabajo de sus hermanos, llegaría a la conclusión de que todas las familias son felices pintando muros.

—¿Solo lo de FASCISTA, o ya que estamos lo pintamos todo? —preguntó Frederico.

Consciente de que pronto volvería a la clandestinidad, y deseando pasar más tiempo con sus hermanos esa mañana, Malu dijo:

—Pintamos todo el muro.

15

El empeoramiento del cuadro clínico de Gonçalo Storm coincidió con la degradación del estado mental del país. Las noticias llegaban con cuentagotas desde Río de Janeiro, y solo gracias a la generosidad de algún portugués exiliado que permitía una llamada intercontinental. En Sintra, Pureza y Frederico no se apartaban del teléfono. Ella cada vez más embarazada y menos ágil, él instalado en casa de su hermana porque no quería estar solo y temía al ELP. El silencio del teléfono se rellenaba con el manantial dramático que derrochaban la radio y la televisión.

Frederico intensificó la manía de tomar notas en sus pequeños blocs, donde acumulaba cifras que comunicaba a su hermana como si fueran probabilidades a tener en cuenta en una apuesta de carreras de caballos:

—Bombas y otros artefactos explosivos: en Braga, a la entrada de la residencia del arzobispo; en Madeira, junto a la sede del Frente Electoral de los Comunistas Marxistas-Leninistas. En el mando naval de Azores. Otros siete en Lisboa, seis de ellos atribuidos al ELP. Heridos en enfrentamientos: sesenta en Oporto, entre partidarios de izquierdas y simpatizantes del PPD; cincuenta, cuatro de los cuales en estado grave, también en Oporto, entre militantes del PS y de UDP. Muertos: uno, en Lisboa, militante del MRPP, por ahogamiento, después de que unos simpatizantes de la UDP lo arrojaran al río.

Frederico entraba en barrena, como un monje sumido en un trance repetitivo:

—Gobiernos provisionales: seis en diecinueve meses. El más largo ha durado ciento treinta y cinco días. El más breve, treinta y cinco.

Pureza tenía que pedirle que se fuera a fumar un cigarrillo al jardín, cambiando así una compulsión por otra.

Los hermanos vieron en directo, por la RTP, la rueda de prensa en que las Brigadas Revolucionarias anunciaron su regreso a la clandestinidad con la intención de entrenar y armar a los trabajadores. Entre los encapuchados, Pureza reconoció el porte altivo y las gráciles manos de Maria Luísa. Esa noche sonó el teléfono y, como siempre, hubo un presagio de muerte. Pureza contestó. En vez de la telefonista que anunciaba las llamadas transatlánticas, oyó la voz de un conocido oficial del MFA. Sin mencionar a Maria Luísa, le garantizó la protección que su hermana le había prometido.

Al día siguiente, el *Diário de Lisboa* anunciaba en titulares: «La derecha prepara un golpe militar. Spínola recaba apoyos. Se rumorea que doscientos mercenarios han desembarcado en España.»

La facción de extrema izquierda Soldados Unidos Vencerán salió a la calle para reclamar el poder popular. El COPCON organizó una operación a gran escala para frustrar las acciones terroristas de la extrema derecha. Los periódicos controlados por el Partido Comunista juraron a pies juntillas que se estaba gestando un golpe fascista. Otros replicaban que la amenaza era falsa y que solo servía para justificar un golpe de la extrema izquierda.

Quizá por eso, Diogo no daba señales de vida ni enviaba dinero. Por orden de su hermana, Frederico vendió el Mercedes para ayudar a su madre a costear los gastos del hospital en Río de Janeiro.

El día de la independencia de Angola, el teléfono volvió a sonar. El imperio agonizaba y la vida de Gonçalo Storm pendía de un hilo: había sufrido un derrame cerebral.

Para distraer a su hermana y burlar la espera, Frederico recitaba en voz alta las frases que coleccionaba en sus blocs de notas. Durante un debate televisivo entre Álvaro Cunhal y Mário Soares, anotó el momento que habría de pasar a la historia por lo que decía sobre el país. A lo largo de varios días, Frederico imitó la sonriente desfachatez de Cunhal cuando Soares acusó al Partido Comunista de querer una dictadura:

—Para nada, para nada...

Las mejores escenas cómicas tenían como protagonista al primer ministro, Pinheiro de Azevedo, y la hilaridad de su estilo campechano, sin paños calientes. Frederico se ponía un cojín debajo del batín, haciendo de barriga, e imitaba al jefe del Gobierno en los momentos posteriores al asedio que sufrió el Parlamento, primero por parte de un grupo de veteranos de las Fuerzas Armadas y luego de los trabajadores de la construcción:

—He sido secuestrado dos veces. Ya basta. No me gusta que me secuestren. Es algo que me fastidia.

Cada día añadía un nuevo capítulo al culebrón portugués. El primer ministro informó al presidente de que el Gobierno se declaraba en huelga, argumentando no disponer de las condiciones necesarias para llevar a cabo su trabajo. Al plantearle un periodista el habitual «Y ahora, ¿qué?», Pinheiro de Azevedo le dio la más portuguesa de las respuestas:

—Hombre, pues ahora me voy a almorzar.

El teléfono sonó en plena imitación de Frederico. Una sima se abrió en el fondo del Atlántico y, engulléndolo todo a la velocidad de la luz, se dispuso a tragar una casa en la sierra de Sintra. Pureza se levantó y se apartó de la solitaria isla del sillón. Aunque quisiera correr hasta el teléfono —no quería, cuanto más tardara en alcanzarlo, más probabilidades había de que Dios cambiara de idea—, estaba limitada por su bamboleo de embarazada, como un carguero entrando en la bocana del puerto. Notó la presión de un pie en el interior de la barriga. Un pie diminuto con todos sus deditos, lleno de vida. Descolgó el auricular, oyó el crepitar de la estática. Desde Río de Janeiro, un amigo de su padre pronunció su nombre y, tras la obligatoria pausa solemne, negándose a conjugar ninguno de los verbos —morir, fallecer, descansar en paz— que eliminaría toda ambigüedad sobre el motivo de su llamada, se limitó a decir:

—Lo siento mucho.

Pureza pensó que su padre nunca conocería al hijo que llevaba en el vientre. Luego pensó que su nieto solo vería al abuelo en retratos. Ambos pensamientos describían la misma imposibilidad: Gonçalo Storm había muerto, no existía, nunca más, para siempre, un hecho tan inconcebible que dejó de oír esa voz que le explicaba por teléfono las diligencias para el traslado del cuerpo. Pureza olvidó sus obligaciones, a su madre, su hermano, su sobrina. La aguja de los segundos se quedó encallada en el reloj del salón y Frederico, al fondo del pasillo, iba de aquí para allá, caricaturesco como sus imitaciones:

—No me despedí de papá, no me despedí de papá, no de me despedí de papá.

¿Cómo podía la irrealidad resultar tan verosímil?

Todo aquello era inconcebible. Todo aquello estaba pasando.

Frederico y Pureza ignoraban que el duelo, aun siendo universal, se manifestaba en cada huésped de tal manera que parecía único. Él experimentaba la desesperación de los adictos, tocando una marcha funeraria y solipsista de una sola nota. Ella se ofendía porque la revolución había matado a su padre y las campanas de las iglesias no doblaban todas a la vez. ¿Cómo podía la gente escuchar las noticias de la radio y discutir de política en los cafés cuando solo había un acontecimiento digno de atención?

El dolor de Frederico hacía que se volviera hacia dentro.

El dolor de Pureza hacía que se revolviera hacia fuera.

Nada más definitivo que la muerte. Y, aun así, esa muerte solo detenía al difunto, porque la vida seguía adelante, sin contemplaciones para con los huérfanos de padre en Sintra o la viuda en Río de Janeiro. Mientras los Storm pedían dinero prestado para comprar los billetes de avión y pagar el funeral, se ocupaban de burocracias fúnebres y redactaban el obituario para el periódico, los líderes de los partidos más votados, Soares y Sá Carneiro, trasladaban la dirección del PS y del PPD a Oporto. En Gerês, un comandante de Spínola garantizaba que el MDLP tenía a miles de hombres dispuestos a luchar. En el otro extremo del espectro político, expresando una paradoja que nadie parecía cuestionar, el PRP llamaba a la insurrección armada para evitar una guerra civil.

Mientras Antónia despegaba desde Brasil sentada al lado de Nádia y por encima de la bodega donde viajaba el cadáver de su marido, llegaba a Portugal el último contingente de soldados destacados en Angola, poniendo así fin a siglos de presencia militar portuguesa en África.

Horas después, un vuelo nocturno entre Río de Janeiro y Lisboa se acercaba a la placa continental europea y los paracaidistas de la metrópoli tomaban tres bases aéreas. Sus aliados en el ejército ocuparon la televisión y cortaron los accesos a la capital.

La mañana en que Antónia Alegria Storm regresó a Portugal nadie la estaba esperando, ni siquiera el coche de la agencia funeraria que debía llevar el ataúd. Un policía le explicó que nadie podía entrar ni salir del aeropuerto. En la zona de llegadas, los taxistas debatían sobre quién estaría detrás del golpe. Nádia rompió a llorar de sueño, cansancio y hambre.

—Solo quiero enterrar a mi marido —imploró Antónia a los soldados que custodiaban el aeropuerto.

—Mis condolencias, señora, pero tendrá que esperar.

—¿Qué está pasando, abuela? —preguntó Nádia.

—No lo sé.

Muchos años después, participantes en las operaciones militares de ese día, demagogos aficionados al debate maniqueo e incluso reputados académicos habrían de discrepar respecto a la respuesta que Antónia debería haber dado a su nieta. ¿Qué pasó, a fin de cuentas, el 25 de noviembre de 1975? ¿Un golpe de extrema izquierda que impidieron los moderados? ¿O acaso fue la extrema derecha la que mordió el anzuelo de los moderados y actuó de forma precipitada? ¿Fue el fin del sueño revolucionario o el fracaso de las aspiraciones totalitarias de los extremos? ¿La rendición al capitalismo o el comienzo de la democracia? ¿El regreso al conformismo salazarista o el apaciguamiento de los portugueses?

Para poder documentar tantos meses de agitación, se convino que el Proceso Revolucionario en Curso abarcaba el periodo comprendido entre el 11 de marzo y el 25 de noviembre de 1975, como si las fechas fueran estancas y la dictadura no persistiera, durante décadas, en quienes la habían sufrido y quienes la habían impuesto, en el profesor que abofeteaba al alumno y en el hijo que se enfrentaba a su padre, en el jefe que humillaba al empleado y en la mujer que servía veneno al marido que le pegaba; como si la revolución pudiera cancelarse por decreto y sus devotos más radicales depusieran el pensamiento y las armas llegado determinado día.

Pero los traumas, las venganzas, los resentimientos, los valores, las fotografías, la mitología familiar componían una cascada intergeneracional sin principio ni fin que pasaba de padres a hijos, que desaparecía y volvía a aparecer años después, indiferente a fechas y manuales de historia.

La madrugada en que Pureza debería haber ido a recoger a su madre al aeropuerto ingresó en el hospital de urgencia, semanas antes de que su embarazo llegara a término.

Nada es más indiferente a la muerte que el ciclo de la vida.

25 de noviembre de 1975, el día en que el abuelo no conoció a su nieta.

Cena familiar

1

—Es un trabajo para dos personas, un coche, un par de pistolas —dijo el mayor.

—¿Quién es? —preguntó el más joven.

—Mañana lo sabrás —contestó el mayor, y le advirtió de que podría haber resistencia—. El paquete es peligroso, puede que vaya armado.

—¿Y si se lía a disparar?

—Lo dejamos seco.

2

Se despertó en su lado de la cama.

No le hizo falta alargar el brazo y palpar el vacío —como había hecho durante los primeros años que durmió sola— para saber que se encontraba en las habituales coordenadas de tiempo y espacio, segura de que eran las seis y media de la mañana y en ningún momento de la noche había cruzado la frontera excavada en la cama por la muerte de su marido. Antónia no sabría decir si, incluso dormida, seguía fiel a una costumbre de casada o a una rutina de viuda. Habían compartido lecho conyugal durante veinticuatro años, cada uno en su lado del colchón, y, por más que ahora ocupara otra cama, comprada después de que los retornados se marcharan y le devolvieran la casa, la habitación era la misma de siempre y ella llevaba puesto el anillo de boda de Gonçalo junto al suyo, una tradición de las viudas a la que Antónia había sumado otras, como hablar con los retratos, oler sus prendas de ropa, limpiar su tumba como quien plancha una camisa. El matrimonio no se había acabado con la muerte. Era viuda tal como había sido novia, prometida y mujer, y seguía siendo madre de los hijos del hombre que ocupaba su primer pensamiento al despertar.

Eran contadísimas las ocasiones en las que sucedía algo que, por ser ajeno a las habituales coordenadas de tiempo y espacio, retrasaba el recuerdo de Gonçalo Storm. Podía ser la obligación de desplazarse más allá de Sintra, de donde prefería no moverse, para resolver algún trámite burocrático, como la firma del contrato de alquiler del hotel a una empresa que ya había empezado las obras de restauración. O podía ser, como ese día de julio de 1984, el cumpleaños de su nieta, que la abuela se había comprometido a organizar porque Nádia cumplía dieciocho años y, a diferencia de las últimas Navidades, que Antónia había pasado sola, la casa acogería esa noche lo que quedaba de la familia Storm.

Se levantó, se duchó, se secó el pelo, corto y sin teñir, puesto que el luto no había disuadido a ciertos pretendientes y porque también había que contrariar a quienes brindaban consejos no solicitados, entre ellos Pureza: «Todavía eres joven, tienes todo el derecho a rehacer tu vida». ¿A qué venía esa obsesión casamentera, como si el amor fuera un electrodoméstico que había que reemplazar por un modelo con nuevas prestaciones? A sus sesenta años, tal vez estuviera a tiempo de vivir otro romance, pero ¿para qué, si ya tenía el suyo?

Se vistió en la habitación, no de negro riguroso, como había hecho durante el primer año —siempre con la elegancia de una primera dama, jamás con la desesperanza de una plañidera—, sino tan solo con una o dos prendas de ese color, un pañuelo al cuello, las convencionales medias negras que, esa mañana, no le recordaron a su marido. Tampoco la cafetera de hierro, un regalo de boda, requemada por los años y con el asa medio derretida. Si guardaba otros objetos de la pareja que solo se habían usado una vez —el vestido de novia, los billetes del barco que los había llevado hasta Funchal en su luna de miel—, ¿por qué iba a deshacerse de la cafetera que Gonçalo había usado cada día, que se llevaba consigo durante las vacaciones en Praia Grande y cuya réplica había buscado en vano en Río de Janeiro, al punto de perderse en los bazares del centro?

Esa mañana Gonçalo tardaba en aparecérsele porque Antónia revisó la lista de tareas para la fiesta de Nádia mientras preparaba el desayuno, silenciosa en los gestos y frugal en las elecciones, una tendencia que se debía tanto a la evolución de su temperamento como a la carestía. Primero, la revolución, el PREC y el exilio en Brasil le habían mermado el brío y los ahorros. Luego, la viudedad y la quiebra del hotel, abandonado por la comisión de trabajadores, hasta que el último huésped retornado se había avenido a dejar el edificio. Sin embargo, por entonces, el país ya había pedido un rescate financiero internacional, había racionamiento de bienes, la inflación se había disparado por encima del veinte por ciento y ella había empezado a ganarse la vida haciendo comida para llevar, postres que vendía a los restaurantes, tentempiés que le compraban para fiestas. Cuando más cocinaba, menos ganas tenía de comer, le bastaba desayunar media taza de café y una rebanada de pan, sin duda un ejemplo de templanza para el FMI, que había llegado para poner orden en las cuentas de los portugueses por segunda vez en media docena de años, aunque Antónia apenas supiera nada de ese asunto, porque el silencio y la frugalidad del desayuno también se aplicaban al conocimiento de lo que sucedía en el país y se contaba en los diarios.

Un mirlo se posó en el bebedero que Nádia había colgado fuera. Por la ventana de la cocina, Antónia vio como las primeras luces pintaban una gradación de negros en las plumas del pájaro, que mojaba el pico naranja en el agua mientras sus ojos negros ribeteados de amarillo y rebosantes de vida miraban a su alrededor con una curiosidad que ella admiraba y ya no sabría reproducir. Antónia era el fiel de la balanza, ni viuda alegre ni la mujer que se arrojaba sobre el ataúd cuando bajaban al muerto a la sepultura. Siguiendo el orden natural de las grandes pérdidas, había circunscrito sus esperanzas y necesidades. Allí donde estuviera, hacía lo que podía con lo que tenía. Por la mañana se aprovisionaba en el pueblo para despachar los encargos que preparaba en la cocina de casa. Por la tarde, daba un paseo por el bosque o se sentaba en la iglesia desierta, fuera del horario de misa, confiando en que esa media hora de paz hiciera por su estado de ánimo lo mismo que, tiempo atrás, habría hecho por su aspecto una visita a la peluquería. Cenaba un plato de sopa y veía el culebrón brasileño de turno mientras pedaleaba en la máquina de coser con Nádia tumbada en el sofá. Pronto su nieta se iría a la facultad y, pese a la mensualidad que Diogo insistía en pasarle, coser dobladillos y arreglar vestidos siempre añadía unos escudos al presupuesto con el que abuela y nieta subsistían desde que habían llegado de Brasil.

Al volver a Sintra, Antónia se había encontrado sin casa, trabajo y marido. El sentimiento de injusticia se vio mitigado por el instinto de supervivencia. Por eso cocinaba, y por eso cosía, y por eso no veía las noticias, reduciendo al mínimo el territorio de su microfamilia, evitando alimentar la cólera que hacía que otros le gritaran al televisor durante el telediario a cuenta de un pasado reciente de expropiaciones, descolonización y familias rotas. Tenía la impresión de que la gran mayoría de la población portuguesa se mostraba satisfecha con la democracia y, pese a las estrecheces del presente, se vislumbraba un futuro de modernidad y bonanza. Sin embargo, para una minoría de los portugueses, las ofensas de la revolución habían multiplicado el sentimiento de rencor, la bilis se transmitía de padres a hijos y, décadas después, aún habría de latir en los nietos que, habiendo nacido libres, se declaraban nostálgicos de la dictadura.

Antónia era consciente de que otros habían perdido más que ella. Los portugueses que habían huido de las provincias de ultramar, por ejemplo, obligados a dejarlo todo atrás, a vivir en un lugar que supuestamente era su madre patria, pero donde los veían como bastardos que venían a disputarse los despojos familiares con los hijos legítimos. Relativizar su mala suerte no siempre la eximía de la amargura de los vencidos o la repugnancia que le inspiraban figuras como Mário Soares, Álvaro Cunhal y Otelo Saraiva de Carvalho. No hacía distingos entre ellos, sino que los metía a todos en el mismo saco, porque un traidor es un traidor es un traidor. Odiar a villanos era más fácil que aceptar la complejidad del ineludible fin del imperio, la dificultad de recuperar un país tiranizado e inculto, la escasa preparación de los bienintencionados que los arribistas y los fanáticos habían sabido usar en su provecho.

Si Antónia evitaba el odio era por motivos de salud y autoprotección, en coherencia con lo que siempre les había pedido a sus hijos: «No os metáis en política». Con la muerte de Gonçalo en el destierro brasileño, ¿habrían comprendido al fin la advertencia de su madre?

De no ser por Nádia, tal vez el pragmatismo de Antónia no hubiese bastado para remontar la nueva década de un país donde los chicos lucían pendientes en las orejas y las chicas se dejaban besar en los labios en público. Ya había ido a un centro comercial y había hecho una excursión a Badajoz con su nieta. Había visto los excéntricos pasos de baile de António Variações en la tele y había aprendido la palabra «guay» con la misma vacilante curiosidad con la que, muchos años atrás, había probado el champán por primera vez con su marido. Nádia la llamaba «madre» desde que Antónia la había ido a recoger a la cárcel de Caxias. Solo ellas sabían lo que era vivir en un diminuto estudio en Copacabana y regresar con un cadáver en el avión. Antónia creía que la democracia le daría a Nádia una vida que su abuela no habría podido imaginar siquiera a sus dieciocho años y que ahora, a los sesenta, no necesitaba entender. Solo quería que todo lo que había perdido, en la dictadura y el PREC, se lo restituyeran a su nieta, por triplicado, a lo largo de una vida en libertad. Nádia daba sentido a los sacrificios de su abuela y, a diferencia de sus tres hijos, le estaba agradecida, le hacía compañía por las noches, colgaba bebederos para que los pájaros del bosque se refrescaran un caluroso día de julio.

Antónia abrió la ventana de la cocina y tiró trocitos de pan al jardín. El mirlo emprendió un vuelo corto, picoteó las migajas y, cómico como una estrella del cine mudo, dio unos saltitos, volviendo la cabeza a uno y otro lado, como midiendo al mamífero bípedo enmarcado por la ventana. Ella amasó la miga entre las yemas de los dedos y alineó las bolitas sobre el alféizar de mármol. El pájaro desplegó las alas y se posó junto a la comida. Hermoso, vivaz, la observaba con intencionalidad. Su existencia era sencilla, no hacía planes ni se había apuntado a la asociación de mirlos contra los postes de alta tensión.

El pájaro ofreció las alas al vuelo y, con un murmullo sedoso, como de sábana al viento, se desvaneció rápidamente, dejando en la cocina el mismo vacío que se abría al otro lado de la cama cuando Antónia se despertaba. Vio, en un rincón, la caja que le habían entregado la semana anterior los albañiles que estaban trabajando en el hotel. Un simple cubo de cartón con la palabra FRÁGIL escrita en una de sus caras. Aún sin abrir, tanto podía albergar los desechos del despacho de Antónia —sobres, una perforadora, hojas de pedido— como tesoros que añadir al relicario de su vida en pareja: la cuenta de un restaurante con el cerco dejado por una copa, un alfiler de corbata, una brocha de afeitar.

Eran las siete y once minutos cuando, por primera vez esa mañana, pensó en Gonçalo. Suspiró el larguísimo «ay» que las viudas exhalaban antes de persignarse y repetir el nombre de su marido tres veces. Pero Antónia prefería darle los buenos días, retenerlo en el mundo de los vivos, para no seguirlo hasta el valle de la muerte. La ausencia de Gonçalo era a veces una supresión física, un vacío en su interior y a todo su alrededor, los surcos que hacía al rascar con los dedos los brazos del sillón, la concavidad en el colchón, el jabón sin pelos, ningún whisky meciéndose en la copa, los bolsillos de las americanas de tweed mil veces registrados en vano: ni una triste nota, ni un librito de cerillas, ni mucho menos la mano de su marido, que rodeaba la suya y la calentaba dentro de esos bolsillos cuando hacía frío y ella había olvidado los guantes. Esa ausencia era más desgarradora en determinadas fechas. La Navidad adulterada por la novedad de los abetos de plástico; el almuerzo del domingo de

Pascua, lúgubre pretexto para una reunión familiar; las bodas de plata del matrimonio; el cumpleaños de Gonçalo; la fecha en su certificado de defunción, todos los huecos marcados con una cruz que señalaban el calendario del fin. Esos días, y solo esos días, la viudedad la convertía en una casa cerrada a cal y canto, con los muebles tapados y tres vueltas de llave en la cerradura. A la mañana siguiente, Antónia abría las ventanas y volvía a vivir.

Casi una década después de haber perdido a su marido, era la vida, y no la muerte, la que llenaba los graves de su voz cuando le dijo «buenos días, amor mío» y le habló del mirlo y de que quizá iba siendo hora de comprar otra cafetera. Sabía que el paso del tiempo introducía un sesgo favorable en el recuerdo de los muertos, pero su amor no era ciego. Su viudedad no era una amnesia selectiva. Su gratitud no era un blanqueamiento. «Gracias», le dijo. «Sin ti, ¿qué habría sido de mí?»

Gonçalo podría haberla despedido del hotel después de acostarse con ella, obligarla a abortar cuando se quedó embarazada de Pureza, ejercer sobre esa mujer la autoridad que le correspondía por ser hombre y su jefe. Pero le había pedido que se casara con él, haciendo caso omiso del rechazo de sus amigos en una época en que la virginidad de la mujer influía en la reputación del marido y una madre soltera estaba a un rumor de ser una casquivana. Gonçalo adoptó a la hija que ella había tenido con otro hombre y ofreció a Maria Luísa el apellido Storm, borrando al «padre incógnito» de todos los documentos. Siempre defendió a Antónia de quienes la ofendían, ya fuera por la espalda o en su cara, demostrando que esas acusaciones ponían de manifiesto la mezquindad de quien las hacía. Para la generación de las nietas de Antónia, había algo medieval en depender del marido para la defensa del propio honor, y pensar en el matrimonio como una forma de ascenso social se consideraba indigno. Pero su abuela se había criado en un tiempo en que, ante la imposibilidad de que una mujer recibiera el mismo trato que los hombres, la mayor conquista a la que podía aspirar era ser respetada por un solo hombre.

—Sálvame —le había implorado Gonçalo una mañana, confesando la impotencia que le generaba su propia adicción, después de haber despilfarrado el dinero destinado a los sueldos del personal del hotel en una noche de apuestas en el casino. Al día siguiente, puso en sus manos la gestión del negocio y las cuentas bancarias. Más que mujer, madre, directora del hotel, Antónia habría de ser su salvación. Por eso había aceptado las recaídas de su marido, las deudas con los prestamistas, el gen de la adicción que se manifestaba cada vez con más fuerza en Frederico.

Sus hijos la habían cambiado por los discos, los libros, el cine, la política. Solo Gonçalo la acompañó desde el principio hasta el final. Del Hotel Storm's a un estudio en Copacabana, donde él parecía un diminuto animal en cautiverio, abandonado a ese calor de infarto sin otra forma de subsistencia que mendigar a los portugueses adinerados. Gonçalo intentó contrarrestar esa humillación con la formalidad del traje y la corbata, lo que no hizo sino acentuar su desubicación. Incapaz de proteger a su mujer de las madames exiliadas, para las que Antónia había empezado a limpiar, conoció una clase de inutilidad que nada tenía que ver con el ocio de Sintra. Para muchos, empezar de cero en otro continente era una oportunidad. Para Gonçalo Storm, a sus sesenta y tres años, fue una enfermedad terminal. Primero en el pecho, luego en la cabeza, Río de Janeiro aceleró la decadencia que había empezado con el embrollo de la revolución. Había por lo menos dos clases de exiliados: aquellos que, siendo muy ricos o muy jóvenes, vivían la exuberancia de un interregno pasajero en un país tropical, y aquellos para los que Brasil era el cementerio de elefantes donde iban a morir.

—Buenos días, mamá —dijo Nádia al entrar en la cocina, donde Antónia tomaba café y contemplaba la caja de cartón.

—¿Qué haces levantada tan temprano?

—He venido a ayudarte.

Nádia era la más legítima sucesora de Gonçalo. Pese a no ser de su misma sangre, había recibido el apellido familiar y, habiendo cumplido dieciocho años en la casa de los Storm, también había heredado de él la lealtad hacia Antónia.

—Feliz cumpleaños —le dijo su abuela.

Nádia la abrazó como ninguno de sus tres hijos habían hecho nunca, o eso quería creer. Pasaron la mañana juntas, preparando la cena de celebración. Nádia era la corrección de los modelos anteriores, la variante más destilada del linaje, la recompensa a toda una vida de trabajo y privaciones de su abuela. Nádia era el mirlo en la ventana, lo que le quedaba de vida a una mujer viuda.

Hacia el mediodía, su nieta se despidió de ella y fue a almorzar con las amigas. Antónia miró hacia el jardín en busca de compañía. El bebedero se mecía en la brisa, ningún pájaro había venido a visitarla. Esa noche, dos lugares quedarían vacantes a la mesa. «Cuánto te echo de menos, Gonçalo», suspiró, pensando en la primera silla desierta. A propósito de la otra ausencia, se le ocurrió una verdad que nunca había osado decir: aunque lo habían intentado, la clase de revolución que Maria Luísa quería había fracasado estrepitosamente. Todo lo que su hija había sacrificado de sí misma, o arruinado en otros, había sido en vano. La mayor pérdida de Maria Luísa había sido Nádia, criada por la abuela, ahora una mujer hecha y derecha, a punto de entrar en la universidad, prueba viviente del éxito democrático y de eso que Antónia nunca había tenido oportunidad de decirle a su hija: «Estabas equivocada y yo tenía razón».

Miró el cubo de cartón con la palabra FRÁGIL. No era un día para desempaquetar el pasado. Su nieta cumplía años y tenía toda la vida por delante.

3

Horas antes de pasar a la clandestinidad por segunda vez, en el otoño de 1975, Maria Luísa compró una entrada en el cine São Jorge para ver *Un botín de 500.000 dólares,* una película estadounidense sobre atracadores de bancos, con Clint Eastwood y Jeff Bridges. Pasaría casi una década hasta que volviese a pisar una sala de cine.

La primera vez que Maria Luísa vivió al margen de la ley, con nombres falsos y militando en el Partido Comunista, su objetivo era la caída de un régimen autocrático que ejercía la violencia y suprimía la libertad. En cambio, esta nueva incursión en la clandestinidad al servicio de las Brigadas Revolucionarias —la estructura militarizada del PRP— tenía como fin entrenar a los trabajadores para la lucha armada. Otro objetivo, más inmediato y secreto, era conservar los arsenales escondidos por todo el país, incluidos los mil fusiles desviados por un oficial del COPCON que el Gobierno se empeñaba en recuperar para el ejército. Luego estaba también la convicción de que la extrema derecha preparaba un golpe y, si ese armamento no iba a servir para la revolución del proletariado, por lo menos se emplearía para impedir el regreso del fascismo.

El 25 de noviembre de 1975, mientras Antónia y Nádia estaban retenidas en el aeropuerto con el ataúd de Gonçalo Storm,

Maria Luísa siguió por la radio, impotente, la victoria de las fuerzas del capitalismo burgués y parlamentario, también conocidas como moderadas, democráticas o Grupo de los Nueve.

Por urgente que fuera la lucha de las Brigadas tras el retroceso en las aspiraciones revolucionarias, la clandestinidad siempre sería un suplicio de monotonía, en casas feas, gélidas, con escasa luz natural y compartidas en un régimen de proximidad ininterrumpida con otros camaradas, lo que tan pronto podía dar pie a pasiones neuróticas como a psicosis homicidas. Cuanto más anhelaba Maria Luísa la sublevación de las masas, más se hundían estas en el blando conformismo de la democracia o, en palabras de Alfredo: «Es como ver a un cerdo ofreciéndose al carnicero con la esperanza de recibir un chorizo a cambio».

El año 1976 fue un descalabro: una vez aprobada la Constitución, el Partido Socialista ganó las elecciones legislativas y el general Ramalho Eanes, que gozaba del favor de los moderados tras haber liderado las operaciones el 25 de noviembre, fue elegido presidente de la República. Mientras el país se tambaleaba, las Brigadas mantuvieron vivo el proceso revolucionario practicando atracos bancarios. Semanas y semanas encerrados en un piso y, en tan solo unos minutos de libertad, el poder de las armas, la voluptuosidad de las sacas de billetes, el riesgo de que la policía llegara en cualquier momento. En la larga nada de la clandestinidad, los atracos tenían un efecto narcótico y, debido a su creciente frecuencia, daban a Maria Luísa la impresión de que era más atracadora que guerrillera. El dinero debería servir para financiar la lucha armada del pueblo y los trabajadores, pero, si las Brigadas ya tenían las armas y el dinero, ¿dónde sucedía la lucha? ¿En las bombas que hacían saltar por los aires las oficinas de la reforma agraria? ¿En la demolición de un busto de Salazar en Santa Comba Dão? ¿Y para qué?

Maria Luísa nunca llegó a cuestionar la estrategia de las Brigadas porque, en 1978, Alfredo y otros camaradas fueron detenidos por la policía judicial tras la muerte de un agente en un tiroteo. A lo largo de los meses siguientes, Maria Luísa cambió varias veces de casa y color de pelo, y logró escapar a la oleada de detenciones que llevó a juicio a dos decenas de agentes de las Brigadas y dirigentes del PRP. La noche antes de que declarara ante el juez sobre los atracos a bancos de los que había sido testigo, José Plácido, un disidente de las Brigadas que había colaborado con la policía, murió de tres tiros en la cabeza disparados a quemarropa.

El asesinato de Plácido aceleró la escisión en el seno del movimiento. Por un lado, estaban los dirigentes que se consideraban rehenes políticos y decían rechazar los crímenes de sangre. Por el otro, estaban quienes seguían atracando bancos y, lejos de sentir compasión por los chivatos traidores, veían en la muerte de Plácido una declaración de intenciones, un cierre de filas, el punto de partida para la escalada de violencia que sembraría el miedo y derribaría el sistema.

Alfredo eligió el grupo de los «pacifistas», así conocidos y por ello merecedores del escarnio de la facción contraria. Para Maria Luísa, el abandono de su compañero, un veterano de la lucha que había estado en el origen de las Brigadas, era una traición. Ella había pasado año y medio en las cárceles de la PIDE, había soportado el aislamiento, la tortura y había salido dispuesta a morir por la causa. Pero unos pocos meses en una celda de la democracia, con derecho a juicio, interposición de recursos y una campaña favorable en la prensa habían bastado para domesticar a Alfredo hasta convertirlo en un perrito faldero.

Frente a la debilidad de su compañero, Maria Luísa solo podía anteponer la fortaleza de los vengadores. Sola ante una nueva pérdida, incitada por los camaradas con los que compartía reveses y dogmas, le resultaba imposible discernir si emprendía una huida hacia delante o si la radicalización era de veras la única familia dispuesta a acogerla. Los «pacifistas» fueron apartados y el grupo vencedor, con el respaldo de un brazo armado, fundó un nuevo partido político. Se mantuvieron los activistas de confianza, las sedes y las armas del PRP. Se cambió el nombre del movimiento y se enfatizó la lucha.

La asignaron a una célula del comando de Lisboa, junto con otros dos camaradas. Recibían órdenes de la dirección político-militar y solo conocían los detalles esenciales de cada misión. Así, en caso de que los detuvieran, no podrían entregar a sus dirigentes ni a los demás comandos repartidos por el país. Con una estructura inspirada en los vascos de ETA, a los que compraba y vendía armamento, la nueva organización ponía en práctica la tesis del terror como ideología.

—Vamos a seguir con la recuperación de fondos, y es posible que nos dediquemos a los embotellamientos —dijo el Bibliotecario, líder de la célula, en una estancia desnuda y con las persianas bajadas, en un bloque de pisos de la periferia que afeaba a sus habitantes y hacía que el brutalismo de la arquitectura soviética pareciera el techo de la Capilla Sixtina.

—¿Qué has dicho, jefe? —preguntó el Chaval. Recién reclutado, tenía la mitad de los años, un décimo del léxico y una milésima parte de la experiencia del Bibliotecario.

—No me llames así. —Dotado de una retórica digna de un filósofo ateniense, el Bibliotecario practicaba la depuración ideológica del lenguaje. Hablaba siempre en primera persona del plural, anteponiendo la causa al individuo, y había desterrado palabras reaccionarias como «jefe», «intelectual» o «nacionalismo». Sin remilgos a la hora de usar la brutalidad en el ejercicio de sus funciones, era dado a eufemismos del tipo «pondremos al fascismo de rodillas» para referirse a los disparos en las piernas con los que castigaban a los empresarios señalados.

—Las recuperaciones de fondos son los atracos a los bancos —aclaró Maria Luísa—. Y los embotellamientos son secuestros.

—Chaval, tú te quedas en el coche —dijo el Bibliotecario—. La Viuda entra primero.

En las células estaban prohibidos los nombres de pila, reemplazados por los que asignaba la dirección. El Chaval había sido apodado así por su edad y su escasa experiencia; el Bibliotecario debía su nombre en clave a sus hábitos de lectura y a que, según un relato quizá apócrifo —si bien acorde con su hoja de servicios de excombatiente condecorado en Guinea-Bissau—, se había librado de una operación policial usando como arma el mamotreto de *El capital*. En otra versión, había despachado a media docena de agentes sin más ayuda que *El pequeño libro rojo* de Mao Tse-Tung. En cambio, Maria Luísa, con más de veinte años de resistencia a su espalda, ficha de antecedentes en la PIDE y decenas de atracos bancarios en su haber, había recibido el nombre de Viuda en alusión al compañero que, tras haber sido capturado, desistió de la lucha.

El Bibliotecario, el Chaval y la Viuda cambiaban de piso a menudo, vivían hacinados y sin privacidad. Al tener prohibido el intercambio de anécdotas personales y el establecimiento de lazos íntimos, poco podían hacer para minimizar el marasmo de la espera y las ignominias de la cohabitación. El Chaval, un masturbador gutural, parecía empeñado en batir algún récord de eyaculaciones. El Bibliotecario, mártir de la rinitis alérgica, aspiraba las flemas para despejarse la nariz y se limpiaba las uñas de los pies con una navaja suiza a la vista de todos. En venganza por el nombre de Viuda, Maria Luísa se negaba a hacer ninguna tarea doméstica asignada a las mujeres. Feminismo, argumentaba. Pereza, protestaban ellos. En la cotidianidad y repetición de la vida clandestina, el idealismo de la creación del Hombre Nuevo —o la Mujer, tanto montaba— se veía mancillado por la vulgaridad de la coexistencia.

En los atracos, dejaban a un lado sus diferencias y actuaban los tres con la finura de un relojero que fuera también campeón de gimnasia artística. Contundentes en la entrada, ágiles en la retirada, eran buenos en lo suyo, quizá los mejores, y por eso seguían recogiendo fondos mientras las demás células ponían bombas y tiroteaban empresarios.

El Chaval se quejaba de que siempre le tocaba quedarse en el coche, quería disparar un arma, tenía la testosterona enjaulada y la imaginación de quien se había criado disparando pistolas de juguete en Carnaval. Orgulloso de su talento para robar coches, enseñó a Maria Luísa a abrir una portezuela cerrada con llave y a hacer un puente. Ella, a cambio, le enseñó a montar y desmontar un subfusil. Desoyendo las reglas de contención informativa, el Chaval le habló de sus cuatro hermanos, de las chicas guapas en los bailes de la sociedad recreativa, de la muerte de su padre. Como tantos otros chicos reclutados por la organización, era hijo de la clase obrera, desempleado y sin estudios. Había cambiado una carrera de carterista por un puesto de aspirante a terrorista creyendo que se trataba de un ascenso. Aún tardaría en comprender que el Ejército Revolucionario Popular que le habían prometido jamás tendría un uniforme de gala que él pudiera lucir en los bailes de la sociedad recreativa para impresionar a las chicas guapas. Unos años antes, estaría jurando la bandera y defendiendo a la madre patria contra los negros en África. Ahora se dedicaba a conducir coches robados para financiar la destrucción del sistema de partidos, la patronal y la explotación del pueblo. Cambiaban las guerras, pero la carne de cañón siempre salía del mismo matadero.

Para desalentar los avances sexuales del chico, al que había pillado acariciando un sujetador tendido, Maria Luísa decidió interpretar el papel de madre adoptiva. Le daba clases de historia, de política y, al enterarse de que solo había ido al cine una vez, le contaba las películas que había visto. Nunca es demasiado tarde para la edad de los porqués. Animado por Maria Luísa, el Chaval quiso ver de cerca las costuras del telón en el que le habían dicho que se proyectaba la verdad:

—Si estamos a favor de los pobres, ¿por qué no les damos el dinero que robamos?

Acababan de atracar un banco. En el piso, que apestaba a cañerías y a restos de arroz con atún, la opulencia de las sacas de dinero tan pronto podía ser una promesa como una afrenta.

—Nosotros no robamos, sino que recogemos. Y, para ayudar a un pobre, no le damos dinero, sino un arma para que combata al opresor —dijo el Bibliotecario sin dejar de trasladar los billetes a maletas.

—¿Por qué no lo probamos? —propuso el Chaval—. Vamos a una barriada de chabolas y preguntamos a una madre de familia si prefiere tu pistola o una bolsa de dinero.

Sospechando de la sagacidad del chico, el Bibliotecario miró a la Viuda. ¿A qué se dedicaba mientras él estaba ausente? Cerró la primera maleta.

—La cúpula decide, la base ejecuta.

Era él quien recibía las órdenes de la dirección.

—¿Qué nos costaría? —insistió el Chaval—. Uno de esos fajos de billetes es más que suficiente para pagar deudas y llenar la despensa de quien más lo necesita.

—Las limosnas son una patraña de los capitalistas para perpetuar la desigualdad. No somos la Santa Casa de Misericordia. Nuestro proyecto obliga a radicalizar al individuo. Debemos enmarcar militarmente a las masas trabajadoras en el asalto al poder de la burguesía.

Maria Luísa sabía que, en Guinea-Bissau, el Bibliotecario había sido un soldado ejemplar en una guerra a la que, en teoría, se oponía. Había vivido con etarras en el País Vasco y, en la época de las Brigadas Revolucionarias, había colaborado con el Frente Polisario en un atentado que había matado a ocho militares en Mauritania. En la cola del autobús, pasaría por un profesor de instituto. Usaba gafas de abuela, lucía la vulgar calvicie de los padres de familia, llevaba americanas de pana con coderas de piel sintética. No tenía dinero para comprar libros y nunca había desviado una sola moneda de los fondos recogidos. Había llegado a pasar tres días seguidos sin acostarse para velar el dinero, pues solo dormía después de haberlo dejado a salvo.

No eran las contradicciones del Bibliotecario lo que desconcertaba a Maria Luísa, sino la impasibilidad con que las armonizaba. Podía descuartizar un cadáver mientras enumeraba los objetivos de la organización:

—Nos toca impulsar al pueblo trabajador desde la base, en la unidad popular indispensable para la lucha contra el imperialismo.

Por Navidad, el Chaval aprovechó una salida y apareció con un abeto, angelitos, bolas y un belén de plástico. En lo alto del árbol, colocó el pasamontañas que el Bibliotecario usaba en los atracos. En ese rincón adornado de la casa, intentó conciliar la nostalgia de su vida anterior y los rigores de la clandestinidad. Una travesura que el Bibliotecario tildó de falta grave según la ortodoxia revolucionaria:

—Tenemos vetado el culto a los símbolos de la alienación religiosa y el consumismo. —Quitó el pasamontañas del abeto y lo dobló como si fuese el único objeto sagrado en un altar profano—. Cuando nos incorporamos al Ejército Revolucionario, dejamos de ser ciudadanos de a pie.

—Y comer bacalao con berzas, ¿puedo? ¿O acaso también está prohibido? —replicó el Chaval para provocarlo.

—El país está en manos de cobardes al servicio del gran capital, el desempleo se dispara, la patronal despide a los trabajadores y el FMI ordena que nos apretemos el cinturón mientras los fascistas del tiempo de la dictadura siguen agarrados a las ubres del aparato del Estado y los pides disfrutan de impunidad. Pero a ti lo que te preocupa es comer bacalao con berzas, ¿no?

—En el aniversario del 25 de abril compraste una botella de vino.

Mientras el Bibliotecario retiraba las decoraciones del árbol, el Chaval cantaba:

—El camino que lleva a Belén...

—¿Sabes qué dijo Rosa Luxemburgo? —preguntó el Bibliotecario—. Que solo hay dos vías de futuro: socialismo o barbarie.

—¿Y si, en vez de lecciones, me dieses una pistola?

El abeto acabó en la basura. El bacalao estaba demasiado caro para formar parte del menú. Sin embargo, una semana después, el Bibliotecario puso los caprichos del joven al servicio de la causa. Coherente con lo que predicaba —«Hay que responder con violencia revolucionaria a la violencia represora de la burguesía»—, reemplazó el conformismo del belén por la disrupción de un arma de fuego.

—Solo puedes ser revolucionario si haces la revolución —dijo, y entregó un subfusil al Chaval—. Esta vez no te quedarás en el coche.

El plan era ambicioso y requería la participación de otra célula. Los atracos debían suceder a la vez, en dos sucursales bancarias distintas, en la misma calle y con un puesto de la GNR de por medio.

Con la habitual redundancia de quien lleva la cabeza enfundada en un pasamontañas y blande una pistola en el interior de un banco, el Bibliotecario informó, por si alguien lo dudaba:

—Esto es un atraco.

Saltó al otro lado del mostrador mientras la Viuda conducía a los clientes a un rincón antes de reunirse con su camarada para vaciar las cajas. Vigilando la puerta con la nariz aplastada por una media de nailon que le había dejado Maria Luísa, el Chaval sudaba profusamente por el bigotillo y se rascaba el hormigueo del cuero cabelludo. Se levantó la tela elástica por encima de la boca para respirar mejor. En el piso se había quejado de que la ropa interior femenina no intimidaba tanto como los antifaces negros de sus camaradas. La Viuda señaló el subfusil:

—Con ese cañón, como si te presentas en calzoncillos.

Uno de los clientes del banco discrepó y, advirtiendo que el Chaval dudaba entre bajarse la media e impedir que una mujer entrara desde la calle, se abalanzó sobre él por detrás, le hizo una corbata con los brazos y le clavó los talones en las ingles, como un justiciero de noventa y siete kilos que quisiera devorar al atracador después de ablandarle los huesos.

—¡Ayudadme, joder!

Con voz de falsete y las facciones deformadas por la viscosidad del nailon, el Chaval iba de aquí para allá a trompicones, como un mentecato que se hubiese topado con un avispero. El Bibliotecario saltó por encima del mostrador y, demasiado cerebral para apreciar ese humor físico, acercó el cañón a la cabeza del cliente con una nueva clase de redundancia, la que prescindía de avisos previos y destrozaba familias. El disparo coincidió con el ruido metálico de las persianas de protección accionadas por la alarma. El cuerpo del cliente, sin parte de la cabeza, se desprendió de su huésped y el Chaval se quitó la media, cubierta de fragmentos de cráneo y masa encefálica.

Encerrada al otro lado de la persiana metálica, rodeada por los empleados del banco, Maria Luísa parecía una mujer que hubiese entrado por error en la sala de espera de un oncólogo. El pasamontañas y la pistola que llevaba habían perdido la pátina de la coacción y, en menos que canta un gallo, se convertirían en las pruebas A y B presentadas ante el juez. Los últimos meses, en las escasas ocasiones en las que pisaba la calle para ir al mercado o comprar el diario, el pánico a que la detuvieran la obligaba a volver corriendo al piso, consciente de lo irónico de su paranoia: para que no la encerraran en la celda de una cárcel, ella misma se encerraba en la cárcel de la clandestinidad.

Al otro lado del mostrador, el subfusil del Chaval escupió una ráfaga. Las balas atronaban sin lograr atravesar la persiana metálica, como pájaros kamikazes que rebotaran contra la chapa de un camión entre silbidos, en un juego de ruleta rusa con los clientes y los atracadores.

—¡Basta! —chilló el Bibliotecario—. Que nos vas a matar a todos.

El Chaval levantó el dedo del gatillo. El zumbido de las balas dio paso al silencio y, una vez aliviado el oído, el olfato pudo advertir la pólvora en el aire y la sangre en el suelo. Con la palma de la mano, el Bibliotecario golpeó la chapa ondulada y gritó:

—¡Apártate, voy a tirar una granada!

Se fue hasta la puerta, sacó el fruto rugoso del bolsillo de la americana, le quitó la anilla y echó a rodar la granada por la moqueta.

En el caos provocado por el estruendo y la humareda, Maria Luísa se escabulló por el boquete y tropezó con el cadáver tendido junto a la puerta. Apoyó una rodilla en el suelo, se manchó de sangre, vio el anillo de boda en la mano izquierda del hombre. El Bibliotecario la ayudó a levantarse y salieron los tres a la acera, donde los esperaba la comisión de malvenida. Los curiosos, a los que el estrépito había atraído desde los cafés y comercios cercanos, no tenían el menor reparo en mirarlos a la cara, ya fuera por la curiosidad morbosa de quien pasa junto a un accidente en la carretera o por la clase de desconfianza hacia los forasteros que acababa en linchamiento.

El Bibliotecario ocupó el asiento del acompañante en el Toyota. El Chaval y la Viuda se subieron al coche por las puertas traseras. Al volante iba Ciruelo, un camarada que habían tomado prestado de otra célula, que puso la primera y arrancó. Cuando pisaba a fondo el acelerador, con el pie en el embrague y la palanca a punto de engranar la segunda marcha, Ciruelo fue alcanzado por un disparo y el vehículo, en punto muerto, se estrelló contra un poste eléctrico.

Armado con una escopeta, el pistolero solitario, dueño de una pastelería, siguió disparando contra el coche. A través de las ventanillas rotas, vieron a los agentes de la GNR al cabo de la calle, intentando correr y desabrocharse las fundas de las pistolas a la vez. El Bibliotecario vació medio cargador de su rifle semiautomático MK4, obligando a la multitud y los agentes a resguardarse en el interior de los comercios. La Viuda se apeó del coche y abrió fuego de cobertura para que sus camaradas pudieran huir a pie. Los daños que había sufrido el Toyota impidieron al Bibliotecario usar su puerta, por lo que se vio obligado a apartar el cadáver de Ciruelo para salir por el lado del conductor.

Una furgoneta Bedford, de la célula que acababa de atracar otro banco, aminoró la marcha junto a bordillo y una puerta se abrió de sopetón para rescatar a los camaradas.

Durante los primeros segundos dentro de la furgoneta en movimiento, bajo el fuego de la GNR, Maria Luísa metió la cabeza entre las piernas, lo que limitaba su perspectiva del fracaso de la operación: una sola saca de dinero, los billetes empapados en sangre. Ya fuera de peligro, constató que el Chaval se había quedado atrás. En los días siguientes, Maria Luísa culparía al pueblo de destruir a quienes intentaban salvarlo: la turba había cogido al Chaval, herido en el tiroteo, y lo había rematado a golpes y patadas.

Meses después, buscada por la policía y con los días contados dentro de la organización, Maria Luísa entró en el São Jorge y se preguntó cuál de las películas en cartelera le hubiese gustado ver al Chaval.

En la sala grande apagaron las luces y, durante más de hora y media, no pensó en los muertos, la clandestinidad, la cárcel ni tan siquiera en el viaje que había decidido hacer a Sintra el día en que su hija cumplía dieciocho años.

4

Los violonchelos temblaron bajo los arcos. El rumor de las cuerdas brotó de la tierra y, al mirar hacia arriba, Frederico vio las ramas de los árboles recortadas contra el cielo. Los violines hicieron su entrada con una sutileza que lo elevó del suelo. Con cada nota del arpa, levitó un poco más. Abandonó las sombras para adentrarse en el amanecer, elevándose sobre el manto de bosque y rocas, cada vez más arriba, hasta alcanzar el Castelo dos Mouros y el Palácio da Pena. Flotando por encima de las cumbres montañosas, contempló la frondosa ladera que bajaba hasta el mar. Volaba como un proyectil ingrávido al son de la composición de Duke Ellington, convencido de ser el único que conocía ese arreglo de «Solitude» que interpretaba la sección de cuerda de una orquesta sinfónica. La música erradicaba todo el dolor. Ni siquiera las drogas le hacían sentirse así. Cual Ícaro adulto y cansado de vivir en los suburbios, Frederico quiso ascender al sol de su niñez en el litoral, cuando su padre estaba vivo y toda la familia veraneaba en Praia Grande. Sobrevoló la orilla y notó en la cara las partículas de espuma que el viento arrancaba a la cresta de las olas. Se sintió como el agua atravesada por la luz. Pero no era suficiente. Quería más y, porque siempre quería más, el estrépito de mil cuerdas rotas desgarró la música, un aluvión de nubes lo oscureció todo, la tormenta condensó la atmósfera y los acantilados se precipitaron sobre el océano. Frederico perdió el control del vuelo, se vio arrastrado hacia arriba y lejos de la costa, no hacía pie en las alturas, se ahogaba en el cielo.

Se despertó de la pesadilla para respirar en la superficie de la cama. A su lado flotaba un cuerpo de mujer y en la radio sonaba un anuncio de las zapaterías Charles, seguido de las señales horarias. En las persianas, una hilera de rayas exprimía la luz de la tarde. Frederico cogió el paquete de tabaco, encendió un cigarrillo y cruzó la penumbra de la habitación siguiendo su brasa. Entró en el baño, se metió debajo de la ducha y, con la mano por fuera de la cortina, siguió fumando. Su inconsciente era tan explícito que hasta uno de esos diccionarios de los sueños, escritos como un horóscopo de revista y comprados en el rastro, sería capaz de adivinar el significado de lo que acaba de pasar en su cabeza mientras dormía.

Se cepilló los dientes sin apartar los ojos del desagüe del lavamanos. Nada de espejos. Tenía un epicentro de podredumbre en los incisivos superiores y había tenido que sacarse una muela. Buscó algo que ponerse en el cubo de la ropa sucia. Un pantalón corto de chándal, una camiseta tres tonalidades menos amarillenta que las sábanas donde purgaba las resacas. Entró en la habitación, donde la mujer rebuscaba en la cama, entre la ropa y los desechos esparcidos por la moqueta:

—¿No ha sobrado nada?

Él abrió la persiana y luego la puerta del balcón, donde el ambiente de la tarde lo invitó a quedarse. Oyó el golpeteo de una pelota de fútbol contra la pared, el chirrido oxidado de la polea de un tendedero, el chancleteo de una familia que volvía de la playa después de haber cogido un tren y dos autobuses.

—Te estoy hablando —rezongó ella.

—No ha sobrado nada —contestó él, mirando la calle de edificios arracimados y coches sobre la acera.

—Tenemos que conseguir más.

—Voy a cenar a casa de mi madre, es el cumpleaños de mi sobrina.

—No puedes dejarme así.

—Estoy sin blanca y tengo que comprarle un regalo.

—Por favor.

—Violeta.

Ese nombre, que había sido pasión, sexo y engaño, sonaba ahora a petición de clemencia. Pero él era demasiado débil para resistirse y ella demasiado compulsiva para parar. «Se han juntado el hambre y las ganas de comer», diría Antónia si supiera dónde y con quién vivía su hijo. En alguna página de los blocs de notas en los que Frederico había dejado de escribir, y a los que había perdido el rastro, había una frase de la película *Oxalá*, de António Pedro Vasconcelos, que definía a la perfección el reencuentro entre ambos: «Nadie dedica toda su vida a borrar un deseo bruscamente interrumpido».

Violeta seguía siendo atractiva, una beldad con las costillas visibles y el rímel corrido. Había cambiado el jazz por el punk, el sectarismo de la política por las drogas duras y una vida artística por la venta de cualquier objeto de valor que hubiese en el dúplex de Lapa, lo que le había costado la excomunión de sus padres y el traslado a un estudio en la Línea de Sintra. En Nueva York, Violeta habría podido ser una modelo *heroin chic*. En Rinchoa, era tan solo una yonqui.

—Prométeme que me traes algo —suplicó ella, arrodillada en la cama, dócil porque había encontrado (y escondido por dentro de las bragas) una papelina con los restos del polvo que usaría para fumarse un chino en cuanto se quedara sola.

—Te lo prometo —dijo Frederico. Era una promesa egoísta, pues también él necesitaba la heroína. Los periodos de sobriedad sin dolor eran cada vez más efímeros y, nada más salir a la calle, empezó a oír la cuenta atrás de la adicción. Intentó silbar «Solitude», todavía intrigado por el arreglo para cuerdas que había escuchado en sueños. Aunque lo buscara, no lo encontraría en su extensa colección de vinilos, porque la había vendido, tal como el tocadiscos y las revistas de música extranjera.

Tres paradas de tren sin pagar billete, pendiente del revisor, y veinte minutos a pie para llegar al despacho. «Raposo & Filho S.L.», rezaba el rótulo de la empresa en la placa de los timbres desde que el padre de Raposo había sufrido un infarto y decidido ampliar la paternidad a algo más que ofrecer sobres con dinero. Se convirtió en mentor de su hijo y le ofreció ser su socio en los negocios. Construían edificios con balcones acristalados en las afueras de Lisboa, arrasando el paisaje bucólico como contribución al sueño portugués de los años ochenta en un país que estaba a punto de entrar en la Comunidad Económica Europea: un piso, una familia, un coche, un hijo en la facultad. Todos y cada uno de los Raposo tenían su Mercedes, su cadena de oro al cuello, su chalet en las afueras con sala de juegos, bar, una verja flanqueada por leones de piedra.

Raposo hijo acababa de llegar de una obra y se estaba cepillando los mocasines. Llevaba una camisa a rayas blanquiazules, pantalón de pinzas beige. En su muñeca, un reloj marcaba segundos dorados. Frederico estaba de pie, con la camiseta y el pantalón corto de chándal, esperando los primeros síntomas de la abstinencia. Raposo encarnaba la prosperidad que pregonaba la democracia. Frederico era un pelele más de la heroína que asolaba a la juventud de arriba abajo, atrapando sin prejuicios a los niños pijos de la Linha y a los pescadores del Algarve. Raposo no miraba hacia atrás, era el Hombre Nuevo posible, teniendo en cuenta las limitaciones de un país pequeño en la sala de espera del futuro. Frederico era el Hombre Defectuoso, atormentado por los viejos fantasmas de la pérdida en un Portugal que prefería olvidar el pasado.

Ninguno de los dos era ajeno al azar. Un infarto había hecho que Raposo ganara un padre, mientras que otro había privado a Frederico del suyo. ¿Era esa la encrucijada en la que había divergido el destino de los chavales que hacían novillos juntos en secundaria? ¿En qué momento había enderezado Raposo el rumbo y había perdido el norte Frederico? ¿Cuándo se había convertido el amigo en pedigüeño?

—Sabes de sobra que no puedo darte dinero —le dijo Raposo, en referencia a un largo historial de oportunidades derrochadas. Le había buscado trabajo en el despacho y en las obras, había hecho la vista gorda ante la impuntualidad, los días enteros sin dar señales de vida, el robo de herramientas y los préstamos a fondo perdido—. ¿Has comido? —preguntó. Otra forma de recordarle que había abierto una cuenta en un restaurante donde Frederico podía almorzar y cenar sin cargo alguno.

Raposo se negaba a darle lecciones de moral, carecía de la arrogancia de los patrones. Pero cómo iba Frederico a sentirse distinto de los mendigos a los que su madre enviaba a la puerta de servicio del hotel: «Dinero no os daré, si queréis un plato de sopa, esperad ahí detrás».

Frederico temblaba pese al calor que un ventilador de aspas desplazaba de aquí para allá en el despacho. Un escalofrío le recorrió la columna vertebral y se le erizó la piel de los brazos.

—Te limpio los zapatos.

—Eres mi amigo, no mi empleado.

Raposo quería preservar su dignidad, pero ¿cómo? Las crónicas de la destrucción provocada por la heroína eran una pornografía de la miseria: hijos que robaban a sus madres, hermanas que se prostituían, padres de rostro demacrado y personalidad irreconocible, todos poseídos como zombis desmadejados, sin que ningún exorcismo, ninguna cura, ninguna comprensión pudiera traerlos de vuelta.

—Tú me diste mi primer porro —dijo Frederico, ocultando la acusación bajo una sonrisa. Otro síntoma del mono era el virtuosismo en la manipulación. Cuanto mayor era la necesidad, más refinado se volvía el chantaje—. Me sentó como una patada, tuviste que cuidarme y luego nos zampamos una docena de hojaldres rellenos de Casa Piriquita.

Tenía que haberse producido un error —tremendo, injusto, inexplicable— para que Frederico estuviese allí con la mano extendida. Un error que él achacaba hipócritamente a ese primer porro con tal de sacarle a Raposo un billete de quinientos escudos. Pero su estrategia no estaba surtiendo el efecto deseado.

—¿Y te acuerdas cuando nos metimos ácido el 25 de abril? —insistió Frederico.

Raposo también había fumado porros, cogido borracheras, tomado LSD y caminado por la cuerda floja que separaba la sensatez de la perdición. Lo que los distinguía no era la familia, la genética, la escasa experiencia de libertad, ni tan siquiera la suerte. Para Raposo, todo se reducía a esto: él era fuerte, Frederico era débil. Una explicación simplista, pero que le servía para resistir a las constantes encerronas de su amigo.

—Te metiste de cabeza por la ventanilla del coche de mi cuñado mientras los gemelos del MRPP te tiraban de las piernas —recordó Frederico, rebuscando en el pasado una vida común capaz de cerrar la grieta que se abría entre ambos—. Tuvieron que venir los soldados a ayudarte. Y yo vomité los chicharros fritos con arroz de tomate en las botas del sargento mientras todo el mundo celebraba la caída del Gobierno.

—Violeta también estaba allí —dijo Raposo en tono acusador, descargando en ella la aversión que le provocaba su amigo.

Y no añadió nada más, consciente de que era inútil denigrar a la pelandusca que lo había llevado por el mal camino, la interesada, la que había iniciado a Frederico en la heroína. Le resultaba más fácil aceptar que su amigo era un caso perdido si había una mala de la película. Violeta: el mayor de todos sus errores.

Frederico comprendió que no iba a sacarle nada. Le quedaba una última maniobra de distracción para robar algo del despacho:

—Tengo frío, ¿me das algo para ponerme?

—Estamos a cuarenta grados aquí dentro. —Raposo se levantó—. Te acompaño afuera.

—Es el cumpleaños de mi sobrina, tengo que comprarle algo, por favor, échame un cable.

Frederico tenía las fosas nasales y los ojos húmedos, un síntoma del mono que pasaba fácilmente por lloriqueo. Alguien más influenciable habría aliviado ese sufrimiento con dinero para la droga.

Raposo le compró unas flores para que se las llevara a su sobrina.

En plena cuenta atrás y con un ramo de rosas blancas en la mano, Frederico volvió a coger el tren sin billete (en cada estación, se asomaba por las puertas abiertas para localizar al revisor) mientras planeaba sus siguientes movimientos después de que Raposo moviera inadvertidamente la primera ficha: «Juca está de vacaciones en Canarias».

Con esa información y la bolsa de plástico donde llevaba la comida que su amigo le había comprado, Frederico empezó a hilvanar la trama. Tenía el pulso acelerado y lo acechaba el dolor de la privación.

(Ni se te ocurra vomitar ahora, con el plan en marcha. No me fastidies el potencial de las rosas blancas con una crisis de diarrea.)

La madre de Juca salió a abrirle. Qué sorpresa, hacía años que no lo veía, ¿y esas rosas blancas? Qué detalle, ¿a qué se debía la visita? Lo invitó a pasar dentro, fuera hacía mucho sol. Un ramo de flores era mano de santo para convencer a la víctima de las buenas intenciones del estafador.

—Juca no me avisó de que vendrías, pero no te preocupes, voy un momento a por la cartera.

El interior de la casa seguía abarrotado con toda clase de objetos, seguro que esos acumuladores compulsivos no echarían de menos una bola de nieve o los libros que robó de una pila en el pasillo, metió en la bolsa de plástico y volvió a sacar cuando la madre de Juca ya volvía contando el dinero.

—Estos son los libros que me pidió que le comprara —dijo Frederico.

—No tengo más que esto —se disculpó la mujer—. Pero mañana paso por el banco y dejo lo que falta en casa de tu madre.

Sin las rosas de por medio, la mujer advirtió que la piel de Frederico tenía la consistencia de un cirio. En su mirada vidriosa había algo muerto que fingía estar vivo, como un animal embalsamado que tuviera espasmos musculares.

—¿Te encuentras bien?

—He comido unos chicharritos fritos para almorzar que no me han sentado bien.

(Unos chicharritos de abril de 1974.)

—¿Te traigo algo? ¿Un vaso de agua, unas sales de fruta?

(¿No tendrá por ahí una papela de jaco? Perdón, es usted profe de lengua, permítame que rectifique, una papelina, que estaremos fatal de la cabeza, pero respetamos la lengua.)

—Muchas gracias, es el cumpleaños de mi sobrina y aún tengo que buscarle un regalo.

(Esta bola de nieve con la casita de papá Noel que llevo en la bolsa me vendrá de perlas.)

—¿Cuántos años cumple? —preguntó ella.

El esfuerzo por aparentar normalidad. La camisa de fuerza del calor. Los calambres, los cólicos, el sudor viscoso, el aliento pútrido de la heroína, el peso de las mentiras. Siempre había otro obstáculo entre la droga y él, otra persona a la que engañar, los doce trabajos de Hércules eran un juego de niños para alguien que cada día, desde que se levantaba hasta que se acostaba, tenía que desarmar, sin más recurso que su ingenio, una bomba de relojería que circulaba por su sangre.

(Guitarra, batería y los Ramones cantan «I wanna be sedated».)

—¿Frederico?

—¿Sí?

—¿Cuántos años cumple tu sobrina?

—No me acuerdo —dijo, en un acceso de sinceridad que, si se descuidaba, acabaría en confesión.

(Lárgate de una vez, antes de que sospeche algo.)

La puerta se cerró a su espalda. Frederico se notaba especialmente sensible a los ruidos, el chancleteo de sus propias sandalias calle abajo resonaba como si hubiese el doble de pasos, alguien lo seguía, se volvió hacia atrás varias veces, la madre de Juca se disponía a desenmascararlo y, peor aún, a quitarle el dinero. Vio a un hombre en una furgoneta aparcada, seguro que era un policía de paisano. Otro calambre en la pierna. Tenía sed, tenía que fumar, tenía que conseguir más dinero. Los billetes pringosos, que sujetaba en la mano, solo le alcanzaban para comprar un cuarto de gramo, y con eso Violeta no tenía ni para empezar.

(Tictac, tictac, tictac, el tiempo apremia y los Sex Pistols tocan «Lonely Boy». Me chifla la cadencia de esta batería. Ahí viene la guitarra eléctrica.)

—Pon algo más tranquilo.

(Oye, chaval, esto no es ese programa al que la gente llama para pedir temas. Venga, canta conmigo: «I need her tender touch, oh, I need it so much».)

Frederico se detuvo frente a la casa de su hermana. No había ningún coche aparcado, Pureza y Diogo estaban fuera, no habían cerrado la verja con llave. La franqueó, espió el interior de la casa por las ventanas. Al verlo, la asistenta se sobresaltó en la cocina. Él la convenció de que le abriera la puerta, ¿la conocía de antes o era nueva?

—¿Sabes quién soy?

—El hermano de la señora —contestó la mujer, aunque afirmar esa relación de parentesco no sirviera para tranquilizarla—. Tengo órdenes de no dejar entrar a nadie.

¿La habrían advertido de las artimañas de Frederico o era tan solo una medida de prevención decretada por Diogo tras el juicio a los integrantes del ELP?

—Solo he venido a recoger una cosa que se me olvidó. —Se fue derecho al salón, con la asistenta pegada a los talones. Valoró el peso, la facilidad de traslado y el valor de los objetos que podría vender—. ¿Me daría un vaso de agua, por favor? —Oyó el disco del teléfono girando a uno y otro lado con la insistencia de un motor que arrancaba sin acabar de ponerse en marcha.

(Tictac, tictac, tictac.)

—Estoy llamando al despacho del señor —le advirtió la mujer.

Frederico se planteó coger el equipo de música, un Pioneer, seguro que le daría para media docena de gramos.

(Tictac, tictac, tictac.)

Vio los discos de vinilo, empezó a pasarlos entre los dedos, Julio Iglesias, Roberto Carlos, Joe Dassin.

(Menuda mierda de gusto tiene tu cuñado.)

Y, como la suerte sonríe a los granujas, allí estaba *Sinatra at the Sands*, con la orquesta de Count Bassie, el disco que él le había regalado a su hermana mientras se recuperaba del tercer aborto. Pureza tenía ahora una hija de ocho años, ya no necesitaba a un crooner vestido de esmoquin cantándole al oído historias de amor y desamor en una preciosa grabación original de 1966 que tal vez valiera un par de bolsitas de heroína.

(Santa Rita, Rita, lo que se da no se quita.)

—Cállate.

La asistenta se asustó, su corazón iba tres latidos por delante del lento tono de llamada que la secretaria del señor, en su despacho de Lisboa, no contestaba ni a la de tres.

—Perdona, no hablaba contigo. —Frederico le enseñó el álbum—. Le había prestado esto a mi hermana. Es mío. Me lo voy a llevar.

Ya en la calle, estrenando una nueva etapa en la odisea de los opioides, enumeró de memoria los temas del disco y, al subir de nuevo al tren, imitó a Sinatra en el instante en que salía al escenario:

—*How did all these people get in my room?*

Oyó las carcajadas del público en el casino de Las Vegas y la indiferencia de los pasajeros en ese vagón en Sintra. No era sino otra oveja descarriada por la lacra de la droga. Con el tren en marcha, la brisa serpenteaba por las ventanillas abiertas y le acariciaba el cuerpo sudado como, tiempo atrás, su madre le soplaba en el cuello después de jugar al pillapilla. Con el silbido de la velocidad, casi no se oía el tictac de la bomba de relojería. Frederico cerró los ojos y el fulgor de la tarde cabrilleó en el interior de sus párpados. Tarareó el primer tema del álbum: «Come Fly With Me». El traqueteo del tren evocaba el vaivén de las olas en Praia Grande, el automotor que lo llevó hasta Souto da Serra en el verano de 1974, el avión en el que voló a Londres la única vez que había salido de la Península Ibérica. Una extensión de tierra rodeada de agua por todos sus lados excepto uno, que se llama istmo, eso había aprendido en la escuela sobre las penínsulas. ¿Qué istmo seguía uniéndolo al continente? ¿O acaso era ya una isla? Si pudiera verse a través de los ojos de los demás pasajeros, tal vez obtuviera una respuesta. Pero quería conservar esa mínima sensación de bienestar, refugiarse en ese rincón a salvo de la heroína.

(No mientas, tú lo que quieres es el rincón de la heroína, solo te sientes mejor porque vas en busca de tu camello, esa felicidad no es sino la anticipación del siguiente pico, tu cerebro goloso soltando sustancias químicas a saco solo de pensar en la recompensa que le espera.)

—Cállate de una vez.

(You know me, I'm your friend / your main boy, thick and thin / I'm your pusherman.)

—Que te calles, he dicho.

(Two bags, please / For a generous fee / Make your world what you want it to be.)

—¡Cállate, cállate, cállate! —gritó Frederico, tapándose los oídos con las manos. El tren se detuvo y él abrió los ojos. Los espectadores de su monólogo psicótico apartaron la vista, con miedo, asco, lástima, fingiendo que no pasaba nada.

Cuando bajó al andén y echó a andar deprisa hacia la casa de su *pusherman*, notó cómo se desgajaba otro trozo de istmo, tictac, tictac, tictac, la península se soltaba de la placa continental, desmintiendo a los poetas del siglo XVII que habían escrito que ningún hombre es una isla.

En una pared de la estación, alguien había escrito:

Prefiero los peligros de la libertad a la tranquilidad de la servidumbre

Frederico se adentró en el barrio social, un purgatorio urbanístico apañado con materiales de segunda y colores mareantes, como si, en lugar de proporcionar un techo a los más desfavorecidos, el Estado quisiera castigarlos por ser pobres. Blancos reubicados desde las barriadas de chabolas. Negros desembarcados de las excolonias. Blancas y negras que se dedicaban a fregar escaleras y retretes, y a las que llamaban empleadas del hogar. Y sus hijos en las esquinas, despachando caballo a los clientes, demostrando que el mercado libre funcionaba, pues servían por igual a los hijos de papá en su cochazo último modelo y a los muertos vivientes que dormían al raso y calentaban la droga en cucharas renegridas por el uso. Frederico pasó de largo por los vendedores ambulantes, convencido de que fumar la heroína, en vez de pincharse, lo situaba un peldaño por encima de los adictos que compartían jeringas y algodones. Prefería no comprar en la calle —ya lo había hecho muchas veces—, por lo que entró en el edificio de la puerta rota y subió por una escalera sin bombillas que apestaba a orines de gato y en la que se oían televisores, un secador de pelo, lo que podría ser sexo o alguna forma de castigo corporal. Llegó al 3° H, donde Sandro Ricardo, más conocido como Lagartija, salió a abrir luciendo calzoncillos blancos, pulsera de plata y un cigarrillo entre los labios:

—¿Cuánto tienes para gastar? —le preguntó.

Frederico le entregó los billetes que le había dado la madre de

Juca, la bolsa con la comida y el disco de Sinatra, explicándole que se trataba de un objeto de coleccionista. El Lagartija contó los billetes, echó un vistazo a las latas de atún y los paquetes de arroz que había en la bolsa, estudió las dos caras del vinilo con la melancolía queirosiana de quien cambia las noches en el Teatro São Carlos por los viajes de heroína en una ciudad dormitorio de las afueras de Lisboa.

—Con esto puedo conseguirte una papela de un gramo —dijo.

(Una PAPELINA. Una PAPELINA. Una PAPELINA. Ignorante de mierda.)

Incluso estando desesperado, con temblores musculares, las articulaciones chirriando de dolor y las tripas en un puño, Frederico creía estar por encima de esa chusma si decía correctamente el nombre de las cosas.

—¿Solo una *papelina*? —protestó.

—Si no la quieres... —insinuó el Lagartija, haciendo amago de cerrar la puerta—. Siempre puedes bajar a la calle y comprarles veneno antirratas a los negros.

—Vale, trae la mandanga. —Frederico metió la mano en la bolsa de plástico y sacó la bola de nieve—. Es un regalo para mi sobrina, que hoy cumple dieciocho años.

—¿Está buena, la tía?

—Es mi sobrina.

—Si pesa más que una bombona, todo vale. —El Lagartija se estiró la goma de los calzoncillos y la soltó de golpe, azotando su propia cintura—. Cuanto más sobrina, más se arrima.

Cogió la bolsa de plástico, el dinero y el disco, y cerró la puerta. Al cabo de un minuto, volvió con la papelina.

—Aquí hay un cuarto de gramo —se quejó Frederico.

—Ajá.

—Has dicho un gramo.

—Me debes pasta de la última vez.

—Un cuarto no me sirve de nada. —Frederico le ofreció la bola de nieve—. ¿Y con esto, no me consigues algo más?

El Lagartija se acercó a la esfera de cristal convexo, contempló los diminutos abetos, el muñeco de nieve, la casita con su tejado blanco.

—¿Acaso tengo cara de Santa Claus, joder? A partir de ahora, solo dinero contante y sonante.

Un cólico despiadado apuñaló a Frederico por la espalda, partiéndolo en dos. Se abrazó el vientre, miró hacia arriba. El Lagartija chupeteaba el cigarrillo.

—¿Me dejas usar el baño, por lo menos?

El Lagartija le cerró la puerta en las narices. Al otro lado, se oyó:

—Y no se te ocurra cagar en el edificio.

(¿Fumar la droga enseguida o aliviar las tripas? Otro de los grandes dilemas de Frederico Storm. ¿Cómo no se les ocurrió a los dramaturgos de las tragedias griegas?)

Subió a la azotea, donde ya había fumado antes. Con cada nuevo y agonizante escalón, se le desgarraban las entrañas bajo el filo de una cuchilla imaginaria.

(El harakiri, suicidio por evisceración, un tajo por debajo del ombligo, de izquierda a derecha, la única salida honrosa para quien lo ha perdido todo.)

En la azotea, se asomó al murete.

(Cinco plantas. Con tu suerte, seguro que sobrevives y te pasas el resto de la vida hecho una piltrafa.)

En el tendedero, la ropa tamizaba la luz del sol. Frederico se bajó los pantalones y se agachó entre dos sábanas blancas. Si no hubiese conocido a João Guilherme ni marchado sobre la sede de la PIDE el 25 de abril; si, en vez de poner pies en polvorosa, hubiese acompañado a sus padres hasta Río de Janeiro; si hubiese publicado el reportaje sobre el ELP o, mejor aún, si no se hubiese infiltrado en la banda de Calígula y sus secuaces; si no hubiese reencontrado a Violeta y probado la heroína; si, por lo menos, siguiera estando a su alcance el anhelo infantil de querer el mundo tal como debería haber sido. Pero estaba a su alcance, por supuesto que lo estaba. Solo tenía que fumar la heroína para que el mundo fuese tal como debería haber sido. Cogió el mechero.

(Dale candela, y Milton de Nascimento canta: «Tudo o que você queria ser».)

5

Pureza se desprendió de toda la ropa para ofrecerse sin reservas a la corriente de aire que atravesaba la sierra e invadía su casa. Sintió que su piel se recomponía allí donde las gomas y los tirantes la había sometido durante horas, meses, años. Echó las cortinas y dejó las ventanas abiertas. A cada paso que daba en dirección a la ducha, sus pies descalzos absorbían las rugosidades y el tacto fresco del suelo. En las estancias donde, bien vestida y recatada, cuidaba de su hija o impartía instrucciones a la asistenta, la desnudez había empezado como una transgresión equiparable a ir en moto sin casco o beber cerveza a morro. Luego, ir desnuda había pasado a ser un derecho natural, como si Adán y Eva nunca hubiesen sido expulsados del Paraíso y el árbol de la ciencia siguiera a su alcance, sin la contraindicación del pecado original con el que los curas conjuraban los órganos sexuales femeninos y que, mucho antes de que los corchetes del sostén se le clavaran en la espalda, había dado origen a los cinturones de castidad.

Pureza se metió en la ducha, abrió el grifo y un escalofrío de placer doblegó el calor mientras el agua se derramaba por su pelo, cara, espalda, culo, muslos. Se sentía cada vez más desnuda y, cuando abrió la boca, se le llenó de decenas de chorritos que manaban de la ducha. Los pezones se le erizaron y Pureza rozó su piel rosada con las muñecas, presionándolos para notar como se endurecían. Bocas y manos se encendían y apagaban en el proyector de diapositivas de su imaginación, bocas y manos que ella controlaba con ese mango de ducha que la tocaba como nadie la había tocado. Tenía treinta y dos años y solo se había acostado con un hombre, nunca se había sentado a horcajadas sobre él ni se había puesto a cuatro patas, jamás otros labios se habían posado en sus muslos ni recorrido su clítoris con la punta húmeda de la lengua. Era la ducha, eficaz y sin exigencias, quien mejor la conocía y extasiaba. La masturbación había surgido como una osadía reciente que se convirtió en práctica diaria. Siendo una preadolescente, se metía un cojín entre las piernas y se decía: «estoy mezclando colores». Después vinieron años de hibernación, jamás había usado los dedos, perdió la virginidad en la noche de bodas y, desde que tuvo a su hija, el sexo había dejado de formar parte del matrimonio. Tenía treinta y dos años y en su interior se había despertado un deseo de exploración, el tiempo de la cosecha, la madurez que la liberaba del pudor de estar desnuda pensando en otros cuerpos. Dejó que un hilo de saliva envolviera su dedo medio y lo deslizó en su interior, se apretó contra él, le sumó el índice para formar un gancho. Luego se llevó los dedos a la boca y, controlando el mango de la ducha con la otra mano, se corrió con la novedad de descubrir, a los treinta y dos años, a qué sabía su sexo.

Posorgásmica y levitando, se tumbó en la cama deshecha y esparció el pelo mojado sobre la sábana, sintiéndose más allá de los límites de la percepción, las obligaciones y la noción de sí misma. Cayó en un duermevela, una cadencia intermitente que le devolvió el cuerpo poco a poco. Un súbito escozor la obligó a rascarse el omóplato con las uñas. Un coche hizo sonar el claxon antes de tomar la curva cerrada del camino, era la asistenta que volvía de hacer la compra. Pureza la oyó dar un portazo, arrojar el manojo de llaves sobre la encimera, arrastrar un taburete para alcanzar el estante más alto de la despensa. Se sentó en la cama, tocó el suelo con las puntas de los pies y, mientras recapitulaba la lista de quehaceres, los límites de la percepción la devolvieron, con toda la carga de ansiedad, a sus obligaciones y su noción de sí misma.

La emancipación era algo que solo tenía cabida en la ducha. Desmontar tabús y suspender censuras era un espectáculo en solitario. Aquello que los demás pensaban y decían aún importaba a esa madre de familia que, antes de ir a buscar a su hija a las colonias de verano, se puso unas medias opacas, un vestido por debajo de la rodilla y se maquilló lo justo para no parecer un sirvienta desastrada ni una vulgar mujerzuela. Se había sacado el carnet de conducir y trabajaba a tiempo parcial como administrativa en una clínica médica, pero su marido seguía pasándole dinero todas las semanas y no podía ser vista hablando a solas con otros hombres. De modo que esos minutos, mientras esperaba a que su hija saliera corriendo de las actividades extraescolares, eran más peligrosamente románticos que los encuentros de madame Bovary con el joven Léon.

—Estás preciosa —le dijo Paulo en un susurro, bajo los soportales de las colonias de verano.

Tenía la delicadeza de los amantes platónicos y mostraba el respeto que cabría esperar de un hombre viudo, también él padre de una niña de ocho años. Jamás había hecho avances inapropiados, pero, aun así, esa tarde de verano Pureza quería que ese cumplido —«Estás preciosa»— fuese la respuesta a algo que seguía latiendo en su interior después de lo que había pasado en la ducha.

En una fiesta de cumpleaños infantil, Paulo y Pureza se habían rozado los brazos mientras ayudaban a recoger la mesa. En otra ocasión —y ninguna más—, estando los dos a solas en la sala de cine, desierta porque era la sesión de tarde de un día laborable, se habían dado la mano sin apartar los ojos de la pantalla. También habían hablado por teléfono unas pocas veces hasta que, cierta noche, Diogo había llegado a casa con la sospecha de que la policía judicial seguía investigándolo tras el juicio al grupo terrorista de extrema derecha y había arrancado el cable de la pared. Más tarde, habían acordado verse en un lugar apartado de la sierra, pero, a medio camino, Pureza había vuelto atrás porque la sierra era como un pariente cercano con poderes mágicos que todo lo sabía y todo juzgaba.

Se imaginaba viviendo con Paulo mientras sus respectivas hijas se criaban como hermanas. Empezar una nueva familia junto a un viudo, dueño de una empresa de contabilidad, era el gran sacrilegio (ni un beso en los labios se habían dado) de la mujer egoísta que, con tal de vivir un romance, condenaría a su propia hija al oprobio de tener una madre adúltera.

Pureza sabía que cualquier elección implicaría sufrimiento. O bien seguía casada, viviendo una mentira, o bien, si quería ser libre, tendría que afrontar las consecuencias de la verdad. Era un dilema básico, milenario, universal, que tan pronto desembocaba en dictaduras y represión como hacía estallar golpes de Estado y divorcios.

—¿Cuándo podemos vernos? —preguntó Paulo, que había aprendido el valor del tiempo (su primera mujer había muerto de cáncer de mama), pero no olvidaba las buenas maneras (cortejaba a una mujer casada).

Nunca le había interesado la política, su trabajo era tan solo una forma de ganarse la vida. No mataría ni moriría por llevarle la contabilidad a un cliente. Entraba a las nueve y salía a las cinco, se tomaba un mes de vacaciones en verano, no se había saltado un solo ciclo de quimioterapia de su mujer. Miraba a Pureza con arrobo, como un Quasimodo que no acabara de creer que la chica más guapa del barrio lo hubiese sacado a bailar.

Estaban uno al lado del otro y, antes de que las demás madres entraran por la puerta, antes de que un tropel de niños pisoteara la complicidad de los adultos, antes de que se arrepintiera, Pureza colocó la mano entre los omóplatos de Paulo.

—Pronto —contestó, y le presionó la espalda con los dos dedos que poco antes había tenido dentro.

En la cocina de los Storm, Antónia preparaba una mousse de chocolate para la cena de cumpleaños y, por la ventana, Pureza veía a su hija Carminho en el columpio del jardín, que empujaba su prima Nádia.

—He pasado toda mi vida aquí y no sé cómo se llama ese árbol.

—Es un roble —dijo Antónia. Estaba segura de que su hija quería expresar algo más que su ignorancia en materia de botánica. Unos años atrás, habría evitado tirarle de la lengua. La madre criaba, la hija cumplía; para amigas, ya estaban las compañeras de clase. ¿Quería hablar de sentimientos? Pues que escribiese un diario. Pero la muerte de Gonçalo la había vuelto menos estricta.

—Fue tu padre quien colgó ese columpio en el roble, cuando Nádia era pequeña.

—Estamos tan seguros de todo y, a la hora de la verdad, no sabemos nada —dijo Pureza, sin la desenvoltura suficiente para hablar de sí misma—. ¿Cómo fue para ti irte a vivir con papá, teniendo ya otra hija?

Antónia sabía adónde quería ir a parar. Estaba dispuesta a acompañarla dando un rodeo:

—Maria Luísa no se vino a vivir conmigo enseguida. Pasó una temporada en casa de tus abuelos. Solo vino a esta casa después de que tú nacieras. —Pureza no tenía ni idea, nunca se lo habían contado, y, antes de que su desconcierto diera pie a elucubraciones sobre cómo ese distanciamiento había marcado a Maria Luísa, su madre las cortó de raíz—. Yo tenía veinticuatro años. Entonces me creía una mujer, pero ahora miro hacia atrás y veo a una chiquilla. Hice lo que me pareció mejor.

—¿No te costó estar lejos de Maria Luísa?

¿Qué clase de madre había sido, para que su hija tuviera que hacerle esa pregunta? Antónia dejó de batir las claras y se secó la frente con el dorso de la mano. Esperó que se le pasaran las ganas de soltarle una pulla. Bien mirado, aquello iba sobre Pureza, desde el primer momento.

—Más me hubiese costado no poder ponerle un plato de comida, vestirla, llevarla a una buena escuela. Estaba embarazada de ti, tenía que encargarme de la gestión del hotel, trabajaba de sol a sol. En cuanto pude, fui a buscarla. En casa de tus abuelos nunca le faltó de nada. Tu hermana ha tenido tiempo de sobra para entender que lo hice por su bien.

Pureza hubiese querido decirle que un niño no sabía distinguir entre algo que se hacía «por su bien» y el abandono, que en semejante coyuntura Maria Luísa se habría sentido rechazada en favor del padrastro, del hotel, de una hermana pequeña. Hubiese querido decirle que, aunque la madurez le permitiera llegar a comprender las intenciones y circunstancias de Antónia, la identidad de Maria Luísa se había construido sobre la falla tectónica del distanciamiento de su madre y la inexistencia de su padre. Al mismo tiempo, Pureza era consciente de que su hermana mayor no habría hecho caso a esas explicaciones, entre otras cosas porque, en la mitología de su niñez, el tiempo que Maria Luísa había pasado con los abuelos maternos era más importante que el tiempo que no había estado con Antónia.

Pureza sabía también que, en las cuentas nunca saldadas entre madres e hijas, aquello que Maria Luísa podría reclamarle a su madre ya le había sido devuelto con creces. No había más que mirar a Nádia, a la que había criado su abuela.

—Quedarte sola con una hija es muy duro. No quiero que pases por lo que yo pasé. —Antónia dio un golpe seco en el bol con el mango de las varillas para desprender la espuma blanca de las claras montadas. Parecía adivinar lo que su hija tenía en mente—. Piénsatelo bien antes de hacer nada.

—¿De qué estás hablando, mamá?

—Te llevé nueve meses dentro de mí, te di de mamar, te dormías y despertabas en mi regazo. Regurgitaciones, pises, cacas, noches en vela, todo me tocó a mí, lo bueno y lo malo. No hace falta que me lo digas para que yo sepa lo que pasa, conozco a mis hijos como nadie.

Tal vez Antónia se hubiese anticipado a los planes de Pureza —sin duda habría dado señales de omisión e inquietud—, pero conocer a alguien integralmente, como sugería, era la gran falacia de la maternidad, un intento de poseer a los hijos cuando estos se volvían indescifrables. Por más que uno supiera sobre alguien —aun tratándose de un hijo— siempre sería muy poco. ¿Cómo podía Antónia conocer lo que Malu había sentido bajo tortura, Frederico al fumar heroína por primera vez o Pureza después del tercer aborto? No, Antónia no conocía a sus hijos tan bien como creía. Nadie conocía a ninguna otra persona tan bien como creía. Y, algún día, también Carminho, que acababa de entrar en casa sin saber que Nádia, además de su prima, era también su hermanastra, sería tan inaccesible a Pureza como lo era ella para Antónia.

—¿Quién se ofrece para comprobar si las claras están listas? —preguntó la abuela. Nádia dejó que Carminho se sometiera al desafío, tal como ella había hecho tantas veces en el pasado—. Si se caen, es que no están listas.

Antónia volcó el recipiente por encima de la cabeza de su nieta.

—¡Están listas! —exclamó Carminho, eufórica por el riesgo que corría debajo del bol.

Ante la imposibilidad de conocer a alguien, lo único que quedaba era quizá la seguridad de los rituales escenificados año tras año, la perseverancia con que las mujeres educaban a sus hijos y montaban las claras de huevos para alcanzar esa nívea y onírica levedad que recordaba la panza de nubes suspendida sobre la sierra.

—Venga, cariño, que aún tenemos que pasar por casa para ducharnos y vestirnos —dijo Pureza.

—¿Puedo quedarme a dormir aquí hoy, abuela? —preguntó Carminho.

—Siempre que quieras —dijo Antónia mirando a Pureza, contestando a todo aquello que su hija no había sido capaz de confesarle desde que había llegado.

Lo que antes había sido intimidad era ahora el piloto automático de la convención, marido y mujer en la cadena de montaje del día a día, turnándose delante del espejo del cuarto de baño, él afeitándose, ella maquillándose, entra uno y sale otro, vestirse, calzarse, la estricta comunicación de la funcionalidad.

—¿A qué hora tenemos que estar allí? —preguntó él.

—A las ocho —contestó ella.

—¿Has comprado algo de mi parte para la chiquilla? —preguntó él.

—Sí —contestó ella, aunque podría haber añadido: «Recuerda que la chiquilla es una mujer, recuerda que la chiquilla es la hija que tuviste con mi hermana mayor».

También podría haberle dicho: «No te olvides del anillo de boda», como hacía siempre que él se lo dejaba en el lavabo. Pero ¿para qué recordarle nada si, mientras Pureza se quitaba la toalla que la envolvía y se ponía la lencería de las noches en que salían a cenar, Diogo no le dispensaba ni una mirada de reojo? Ella le pedía que le subiera la cremallera del vestido y él:

—Tengo a los del sindicato envenenando otra vez al personal.

Ella le enderezaba el cuello de la camisa, cara a cara, casi boca a boca, y él despotricando sobre una fábrica de neumáticos:

—Tendremos que despedir a unos cuantos más. Si por mí fuera, los pondría a todos de patitas en la calle, la gente dice que hay mucho paro, pero yo no veo a nadie con ganas de trabajar. Quieren aumentos salariales, quieren subsidios, quieren de todo menos currar.

Pureza apenas había intentado frenar la lenta agonía de su matrimonio. Después de tres abortos espontáneos, el nacimiento de Carminho, que para colmo había sido prematuro, hizo que colocara a su hija en el centro de su mundo, y la obsesión de la maternidad no había dejado espacio para nada más. Cuando no era la lactancia, eran las capas de ropa, o unos granitos en la espalda, o los dientes, y siempre había una nueva etapa, otro motivo de preocupación, de exhaustiva planificación para que nada escapara al control materno.

Cuando Carminho cumplió dos años, Diogo acusó a su mujer:

—Te di una hija y, ahora que ya tienes lo que querías, todo lo demás te importa un bledo.

Si bien, en lo que respecta a las obsesiones, parecían cortados por el mismo patrón, la implicación de su marido en atentados con bomba había sido más perjudicial para la familia que la pulsión de esterilizar biberones.

Diogo había pasado un mes en prisión preventiva y se había sentado en el banquillo de los acusados en dos juicios, pero las consecuencias de formar parte de un grupo terrorista de extrema derecha no se acabaron con la doble absolución de la sentencia judicial. Que no lo declararan culpable no significaba que fuera inocente.

Aunque su marido le prohibió asistir a las audiencias, Pureza se enteró por la prensa de que, a lo largo de 1976, al calor del PREC y justo antes de las legislativas de las que saldría el primer Gobierno elegido democráticamente en Portugal, un grupo de activistas de extrema derecha y sus líderes habían intensificado la cruzada anticomunista haciendo estallar decenas de bombas. Habían matado a un padre de familia, una estudiante, la mujer de un técnico de hilado industrial, dos funcionarios de la embajada cubana y un chico que pasaba por delante de una sede del PCP. O, en palabras de Diogo: el esbirro de un cabecilla marxista y la pelandusca a la que había dejado preñada; una de tantas desgraciadas que pagó por los desmanes de su marido, que era un agitador; dos agentes de la KGB al servicio de Fidel Castro y un chapero que hacía la calle en la Avenida da Liberdade.

Pero su nerviosismo respecto al pasado era evidente y se había agravado cuando Ramalho, al que Pureza conocía de la temporada en Gerês, fue detenido en una operación de la policía judicial. Como si no bastara con la agenda que contenía los nombres de quien le pagaba y los croquis de los atentados, Ramalho se había ido de la lengua al primer interrogatorio, creyendo que los de arriba se encargarían de liberarlo a cambio de asegurar su silencio. Pero, en vez de rescatarlo, lo habían amenazado de muerte y, tras negar en el juicio lo que había confesado a los policías, le cayó una condena de veinte años, aunque huyó a España sin haberla cumplido. En cuanto a los autores morales, entre los que se contaba Diogo Bravo Montalvão, fueron todos absueltos.

—Me ha comentado la chica que tu hermano ha estado aquí hoy. —Mientras se bañaba en colonia, Diogo habló en el mismo tono que empleaba para dictar cartas a su secretaria—. Le tengo dicho que no lo deje entrar cuando estamos fuera.

—Pues díselo otra vez.

Pureza abusaba del maquillaje, la laca, las joyas, accesorios que la avejentaban, aunque respondiera a su marido con el despecho de una muchacha harta de las normas de su padre.

La fecha de caducidad de un matrimonio podría medirse en la proporción de grandes odios que desencadenaban pequeñas irritaciones.

Entre el primer juicio y la última apelación, habían pasado unos años tensos. Defendido por los abogados de la familia Bravo Montalvão, Diogo se había acostumbrado al romanticismo del guerrillero, desmarcándose de la chusma de los Ángeles del Arzobispo para incluirse en el grupo de los ilustres hombres de negocios falsamente acusados por una conspiración comunista. Aunque Pureza no pudiera probar aquello que la justicia tampoco había dilucidado, el rápido enriquecimiento de su marido a finales de los años setenta y la cantidad de empresas en las que tenía alguna participación —desde la importación de barcos hasta la adquisición de fábricas— permitía suponer que la noble causa patriótica había servido de caballo de Troya para negocios más turbios. Durante años, Diogo había convivido con pides, mercenarios internacionales, excombatientes de la guerra colonial y delincuentes comunes a sueldo del ELP. Tras la ejecución a tiros de un empresario del norte que había amenazado con denunciar a sus cómplices, Diogo empezó a ir armado a todas horas, ya fuera a depositar dinero en el banco o a comprar el diario.

—Es para proteger a mi familia de los rojos que quieren acabar conmigo —decía.

Pureza temía por su hija, detestaba la pistola de su marido y abominaba del jefe de seguridad de las empresas familiares, el inspector Mendonça, que en España la había acosado y tachado a Diogo de gallina, pero que, una vez instaurada la democracia y olvidados los pides, había ido a pedirle trabajo.

Ser esposa era revocable. Ser madre era para siempre. Si Carminho no existiera, tal vez le habría resultado más fácil fingir que creía en la inocencia de Diogo. Pero Pureza había oído en la radio el testimonio de Nélson, el chico que había sobrevivido a uno de los atentados del ELP cuando una bomba explotó en la casa familiar. Nélson consiguió echar abajo la puerta de la habitación de sus padres y los guio por un pasillo envuelto en llamas hasta que el suelo se vino abajo y Rosinda, su madre, se quedó atrás, asfixiada por el humo.

Pureza había crecido con el pánico de quedarse sin aire, había conocido el horror de perder a un bebé y, desde que Carminho había nacido, su extenso inventario de temores incluía clásicos como la posibilidad de que su hija se cayera por una ventana o se atragantara con un trozo de comida. La muerte de un hijo siempre sería el colmo de la destrucción. Pero el conmovedor relato de Nélson sobre ese intento fallido de salvar a su madre del fuego había reforzado en Pureza el miedo a morir joven, con una hija pequeña, y dejar a Carminho en manos de su padre.

Durante su solitario embarazo, había pasado horas imaginando cómo sería la cara del bebé. Tras el parto, se preguntaba cuáles serían las primeras palabras de su hija y, cuando Carminho empezó a ir a la escuela, le auguró varias carreras de éxito. Ser madre era querer que los hijos crecieran y, al mismo tiempo, conspirar para que no lo hicieran nunca.

Por culpa de una bomba, Rosinda no podría proteger a Nélson de ser, por siempre jamás, el chico que no tenía madre.

De ese miedo de Pureza brotó el valor que, en ese atardecer de julio de 1984, la llevó a decirle a su marido:

—Quiero el divorcio.

Fuera, se oyó la flauta de un afilador.

Diogo sacó la pistola de la caja fuerte y la metió en la sobaquera de cuero. Cogió la americana azul del respaldo de la silla y se la puso.

—¿Estás lista? —preguntó mientras se abrochaba un botón de la americana para ocultar el arma.

—No —contestó ella.

Indiferente una vez más a las palabras de su mujer, Diogo anunció:

—Pues vámonos.

6

Los últimos instantes en esa sala a oscuras, mientras los créditos de la película hacían de puente entre la ficción de la pantalla y la cruda realidad que la esperaba fuera, sirvieron para que Maria Luísa constatara todo lo que se había perdido durante casi una década sin ir al cine: la inmensidad de las tramas, personajes y lugares que, de otro modo, resultarían inabarcables; la emocionante combinación de la banda sonora, la fotografía, el montaje y los movimientos de la cámara con la que el lenguaje cinematográfico sublimaba la experiencia humana. Pero también, al terminar la película, el placer de cruzar la penumbra de la sala hasta el vestíbulo del São Jorge y luego salir a la luminosidad de la calle con la sensación de que todo estaba inflamado por la estética y las posibilidades del cine. Llevada por esa magia, Maria Luísa volvió a la Avenida da Liberdade, esa tarde de julio de 1984, creyendo que podría ser otra persona, en otra ciudad, en una época incierta.

Bajó hasta el Rossio y la ilusión se fue desvaneciendo según pasaba por delante de los diarios en los quioscos, la ropa de los escaparates, los carteles publicitarios de los autobuses. A cada paso, la Lisboa de su niñez, o una Lisboa donde la policía no la buscara ni los camaradas de la organización hubiesen puesto precio a su cabeza, se le antojaba cada vez menos probable.

¿Qué más se había perdido, aparte de las películas en la oscuridad de una sala? ¿Qué más estaba dispuesta a perderse, si osaba subirse a ese tren con destino a Sintra y poner fin a dos décadas de lucha, la mitad de su vida?

El revés del atraco al banco que se había saldado con la muerte de Chaval y de Ciruelo hizo que la organización tomara represalias contra el dueño de la pastelería que había disparado la escopeta. Correspondió al Bibliotecario planear la ejecución, en la que participaron la Viuda y el nuevo activista de la célula, Faneca, pescador y antiguo seminarista al que habían expulsado por dar una paliza a un cura. Ante la imposibilidad de reformar la institución religiosa desde dentro, Faneca había cambiado de culto y abandonado la doctrina social de la Iglesia en favor de la lucha armada. El día de la operación, la Viuda había alegado dolores menstruales incapacitantes, ni siquiera podía levantarse de la cama. El Bibliotecario había decidido seguir adelante solo con Faneca, lo que quizá explicara que, pese a la lluvia de balas y las heridas de gravedad, el objetivo hubiese sobrevivido. Para reivindicar el atentado, el Bibliotecario había repartido panfletos de la organización en el lugar del crimen.

En la segunda parte de la vendetta contra los agentes de la GNR que no se habían molestado en proteger a Chaval de un linchamiento popular durante la fuga posterior al atraco, la Viuda se vio obligada a cambiar las molestias del ciclo menstrual por la argumentación política:

—Con este tipo de acciones estamos alejando a la gente. Necesitamos tener al pueblo de nuestra parte.

—La cúpula decide, la base ejecuta —zanjó el Bibliotecario.

—La cúpula estableció tres objetivos —le recordó Maria Luísa, intentando usar a su favor la ortodoxia del Bibliotecario—: uno, impedir un golpe de Estado fascista. Dos, sabotear la actuación de las instituciones del Estado. Tres, tomar el poder a través de la insurrección popular armada. —Estaban en el salón de otro piso húmedo. Las armas descansaban sobre la mesa—.

Ninguno de esos puntos menciona la venganza como forma de alcanzarlos.

—Es la cúpula quien decide cómo los alcanzamos.

—¿Podrías apagar el radiocasete de la cinta oficial? —le espetó Maria Luísa.

—Es la segunda vez que buscas excusas para no acatar las órdenes de la dirección.

—¿Qué insinúas?

—Si te niegas a castigar a quienes mataron a tus camaradas, ¿qué te separa de los políticos cobardes que ocupan el poder y se pliegan a los intereses imperialistas? Si te niegas a empuñar las armas y acabar con los enemigos de los trabajadores, ¿tan distinta eres de los patrones que se valen del sistema capitalista para oprimirlos?

—No tengo que demostrarte nada —replicó Maria Luísa.

—En un ejército revolucionario, no es el valor o la cobardía lo que establece la condición social del soldado, sino al revés, es la condición social del soldado lo que determina si es valiente o cobarde. —El Bibliotecario era un puritano de la causa. Predicaba con la misma puntería con la que disparaba—. No confundas tu sentimiento de culpa burgués con formar parte de la clase oprimida. Qué sabrás tú lo que es trabajar, tener un empleo, lo que pasa en una fábrica. Puede que lleves mucho tiempo en esto, pero para mí sigues siendo una muchacha para la que ser comunista era la mejor manera de fastidiar a su familia. Eres un cliché con patas. Tu militancia es una rabieta de niña mimada, una forma de ejercer poder, pero desengáñate, porque no eres indispensable en la lucha por el fin de la explotación.

En sus veinte años de activismo, Maria Luísa había tenido que lidiar a menudo con la desconfianza de los dogmáticos. Siempre había alguien obsesionado con los orígenes de clase de los militantes que la acusaba de escasa integridad revolucionaria por haber nacido en una familia burguesa. Si bien, al principio, se había desvivido por demostrar lo contrario a los demás y a sí misma, ora presentando las credenciales de un abuelo obrero, ora demostrando una valentía y lealtad que superaron con creces la prueba de la tortura a manos de la PIDE, Maria Luísa ya no se sentía agraviada ni en falta respecto a sus camaradas. Tenía bastante con su currículum.

Por lo demás, podría haber acusado al Bibliotecario de lo mismo que la acusaba a ella, pues era un hijo de la clase media que nunca había trabajado en una fábrica y distaba de ser «indispensable en la lucha por el fin de la explotación». Sin embargo, como había pasado ya en la Unión Soviética, China, Cuba o Camboya, todos los Bibliotecarios del mundo creían que, cuando mataban, en realidad estaban elevando la vida. Cuanto mayor era el compromiso con un ideal, más inquebrantable se volvía el sadismo de los métodos y la arrogancia de las convicciones.

¿Qué distinguía la violencia de la organización de la que ejercía el empresario que explotaba al trabajador, o la del terrateniente que maltrataba al campesino? ¿Acaso no servían todas para asegurarse el poder? ¿No se ejercían todas en beneficio propio? ¿No satisfacían todas el egocentrismo de sus perpetradores? La duda había echado raíces en Maria Luísa, y los revolucionarios de la lucha armada tenían que estar exentos de toda duda, inmunes al daño y el sufrimiento provocados por el avance de la causa, monolitos de la victoria a toda costa. Del guerrillero se esperaba obediencia, no cuestionamiento. Pero la duda hacía que Maria Luísa se sintiera viva:

—No entiendo para qué lees tantos libros si, cuando abres la boca, suenas como un disco rayado. —Insistió en el sarcasmo—. A lo mejor va siendo hora de que nos demos todos las manitas y entones una autocrítica revolucionaria—. Se echó a reír. ¿Cuánto tiempo hacía que no se reía?

Puede que el Bibliotecario hubiese perdido su aura de líder omnisciente y todopoderoso, pero no había depuesto las armas, y aprovechó para meter otra bala en la cámara:

—¿Quieres acabar como Plácido? —Desde que el director de la policía judicial había reconocido en los medios que sus agentes investigaban a la organización, el Bibliotecario vivía obsesionado con la posibilidad de que hubiese otro camarada colaborando con la policía, como había ocurrido años atrás antes con José Plácido—. Podemos explicarte con todo lujo de detalles qué les pasa a los traidores, estábamos allí cuando se cagó encima y empezó a llamar a su madre.

—La cúpula decide, la base ejecuta —dijo Maria Luísa, disimulando la aprensión que le provocaba saber que sus camaradas eran ahora sus carceleros. Si se negaba a participar en la venganza, serían también sus verdugos.

Más tarde, hasta podría argumentar que, si no hubiese tenido la sangre fría de acatar las órdenes del Bibliotecario en esa misión, subiéndose al coche con él para viajar con una bomba en el maletero mientras Faneca los seguía en un segundo vehículo; si no hubiese esperado a que el Bibliotecario colocara el artefacto en una de las portezuelas antes de abandonar el coche en el arcén; si no hubiese llamado desde una cabina telefónica al puesto de la GNR para informar de un accidente de tráfico; si no hubiese regresado al piso y celebrado con los camaradas cuando las noticias anunciaron la explosión y la muerte de los agentes de policía; si no hubiese tomado parte en todo eso, seguramente, además de los dos policías que habían detonado el coche bomba al abrir la puerta, también ella estaría muerta.

Huyó del piso esa misma noche y robó el dinero y los documentos falsos que encontró en un piso franco de la organización con el fin de abandonar el país mientras intentaba convencerse de que no le habían dejado alternativa y no tenía las manos manchadas de sangre.

Durante la fuga, se planteó irse a París, ciudad que conocía de los tiempos del exilio, pero al final se decantó por Madrid. El vigor de la capital española, en la era posdictatorial de los placeres democráticos y libertarios, despertaba una curiosidad innegable en alguien que había pasado años encerrada en pisos y huyendo de la policía. En los bares de Malasaña o en los chicos que se pintaban la raya del ojo y tocaban la guitarra en la calle, en la rebosante sexualidad de la juventud o en la poesía garabateada en las puertas de los lavabos, había una manera creativa de romper con el pasado que no necesitaba armas de fuego ni juramentos ideológicos. El anonimato en una ciudad extranjera nada tenía que ver con la invisibilidad de la vida clandestina. Más libre de lo que lo había sido durante los primeros tiempos de la revolución portuguesa, porque en Madrid no tenía más misión que deambular por las librerías, parques y terrazas, Maria Luísa intentó desprogramarse, a duras penas y con varias recaídas, tras veinte años de militancia.

Para conseguirlo, contó con la ayuda de un viejo conocido. Álvaro Cunhal había vuelto a visitarla en una habitación de la calle Hortaleza, tal como había hecho años atrás en la cárcel de Caxias. Ya no era un doble de Kirk Douglas vestido de Espartaco, sino el ilustre líder del PCP, con su inconfundible mata de pelo cano, camisa de manga corta y cartera de piel. De entrada, Maria Luísa lo había recibido de mala gana. Las disputas en el seno de la izquierda portuguesa habían dejado un poso demasiado personal para que Maria Luísa se mostrara indiferente ante las decepciones o perdonara las traiciones.

—El 25 de noviembre bien que nos dejaste tirados —le reprochó con una mezcla de rencor y admiración, como una joven a la que su novio hubiese engañado con una estrella del celuloide—. De un plumazo, metiste a la extrema izquierda en la boca del lobo, te desentendiste a tiempo del golpe que vosotros habíais instigado, evitaste que ilegalizaran el PCP y tuviste incluso el morro de posar junto a los vencedores. Ya sé que siempre has visto la extrema izquierda como una amenaza, pero hay que tener la cara muy dura para elegir la vía institucional de la democracia burguesa.

—Esa es una posible interpretación, camarada, aunque sabes de sobra que hay otras versiones sobre lo que pasó —repuso

Cunhal, con la cartera encajada bajo el brazo, en la tenue luz de la ventana que daba al patio interior del edificio.

—Lo que sé es que he desperdiciado media vida luchando para que luego vengan hombres como tú con las componendas, las concesiones y donde dije digo, digo Diego.

—Se llama *realpolitik*.

Maria Luísa se dejó caer sobre la cama:

—Estoy cansada de la realidad y de la política.

—Y, sin embargo, aquí estamos, hablando de política, ¿o no? —Cunhal se apartó de la ventana e impostó la voz como si estuviera en un mitin de la Festa do Avante—: Solo cumple su propósito quien aguanta el proceso.

—¿Me estás tomando el pelo?

Cunhal sacó una silla y se sentó frente a Maria Luísa.

—En absoluto. ¿No fue así como empezó todo? ¿Solo cumple su propósito quien aguanta el proceso? ¿No querías hacer algo relevante, aunque tuvieras que sufrir para conseguirlo?

Maria Luísa se recostó en la cama como si estuviera en un diván.

—¿Estamos en la consulta del psicoanalista, doctor? —De pronto, se sentó con gesto serio y teatral—. ¿O en la última fase de la autocrítica revolucionaria, oh, líder supremo?

Cunhal se levantó y, como era su costumbre, empezó a deambular por la habitación:

—¿Recuerdas lo que te dijo tu abuelo Xavier sobre los caballos, algo que te impresionó sobremanera?

—Está claro que esto es una sesión de psicoanálisis.

—Te dijo que los caballos no se detienen a descansar, que se agotan, que corren hasta reventar.

—Ni siquiera sé si eso es cierto.

—¿Tú también quieres agotarte, camarada? ¿Quieres correr con anteojeras hasta que te maten? ¿Quieres ser como el Bibliotecario? ¿Qué te costaría más, abandonar el propósito o intentar alcanzarlo a cualquier precio, el precio de tu vida, de la vida de otros? Matar por una idea es lo mismo que matar a secas, Maria Luísa.

—Yo no he matado a nadie.

Una carcajada desdeñosa. Cunhal usó su cartera para señalarla con ademán acusador.

—¿Vas a decirme que creías que la lucha armada no era más que un lema? ¿Uno para todos y todos para uno? ¿A qué se dedica la organización, aparte de acumular armas? ¿Qué ha ganado la clase obrera con los atracos a los bancos? ¿Qué derechos se han conquistado, qué leyes han sido aprobadas? ¿Dónde ha ido a parar ese dinero? Dímelo. ¿Se ha destinado a comprar más armas? ¿Se lo han embolsado los mandamases? —Cunhal suspiró, arqueando sus doctas cejas de anciano—. El único objetivo de la organización es causar daño. La violencia por la violencia. Tal vez se presenten como liberadores del pueblo, pero no son sino canallas.

—El pueblo no nos entiende, sigue instalado en la mansedumbre por culpa de los años de dictadura y, después de tanta pobreza, se deja encandilar por las falsas promesas del capitalismo. El pueblo vasco, por ejemplo, protege y aplaude a los guerrilleros de ETA. En Portugal todavía no hemos llegado a ese grado de lucidez.

Maria Luísa señaló la ventana, como si los enfrentamientos entre los nacionalistas vascos y la policía, en el centro histórico de San Sebastián, estuvieran a la vuelta de la esquina.

—O sea, ¿que la culpa es del pueblo? ¿Es el pueblo el que no entiende la diferencia entre un héroe y un terrorista?

Maria Luísa se levantó:

—El miedo a ser libre lleva al orgullo de ser esclavo.

—¿Sabes quién dijo eso? Tu líder, Otelo.

—Otelo no forma parte de la organización.

Cunhal se echó a reír.

—Si te digo la verdad, me importan un bledo Otelo y sus caprichos de galán de cine. Lo que me molesta es que te niegues a aceptar que, cuando empuñamos un fusil para atracar un banco, sabemos lo que puede pasar. Si ponemos una bomba, aunque solo sea para amedrentar, hay que ser muy hipócritas para negar que esa bomba puede matar a un niño.

—¡Yo no he matado a ningún niño! —gritó Maria Luísa.

—En São Manços, un bebé de cuatro meses que dormía en la cuna.

—Yo ya estaba en Madrid cuando eso pasó.

—Una bomba en mitad de la noche, en la casa de una familia, un bebé de cuatro meses muerto y cientos de panfletos cayéndole encima. «Acto de represalia de los trabajadores contra los bienes de la familia del terrateniente», decían los papeles. Pero ¿qué bienes son esos, dime? ¿Un bebé?

—Es espantoso, pero fue un error —se excusó Maria Luísa—. También mueren niños a causa de la diarrea, en el parto o porque les faltan medicinas. Los daños colaterales de la lucha se verán compensados cuando todos los niños tengan las condiciones de vida que merecen.

Cunhal le agarró la cara con fuerza.

—¿Esas palabras son los últimos estertores de la guerrillera que llevas dentro? ¿O de veras crees en ello? ¿Te haces la tonta o tanto te cuesta admitirlo? ¿Te acuerdas de Chaval, tu camarada, que murió a manos de una turba? Tenía más o menos la edad de tu hija Nádia. ¿También eres capaz de despersonalizarlo, como haces con las demás víctimas, las que no conocías, con las que no habías compartido piso ni trabado amistad? ¿La vida de dos agentes de la GNR vale menos que la de Chaval?

Maria Luísa se zafó de sus manos y buscó cobijo en un rincón.

—Basta de preguntas.

Cunhal la siguió.

—No, no basta de preguntas, Maria Luísa. Durante demasiado tiempo, solo has tenido certezas. Y, si me has convocado aquí, si me has inventado, es para cuestionar esas certezas. Yo te traigo preguntas, preguntas y más preguntas. Soy el emisario de la duda. El agente del cuestionamiento. No voy a parar. Dime, venga, ¿cómo empezó todo esto? ¿Cuál era el propósito inicial?

—Acabar con la dictadura, ser libre, que todos fuéramos libres.

—¿Y cómo has acabado matando a un niño?

—Yo no he matado a ningún niño. Ni siquiera estaba allí, ya te lo he dicho. —Maria Luísa se tapó la cara con las manos—. La cúpula manda y la base ejecuta. Solo soy un tornillo.

Despacio, Cunhal apartó las manos de Maria Luísa, descubriendo su rostro, y dijo en un susurro:

—¿Te cuesta dejar de ser el tornillo? ¿Renunciar a todo lo que tienes? ¿Renegar de aquello en lo que has creído durante todos estos años? Lo entiendo, pero esa es la parte fácil. Huir está al alcance de cualquiera. Lo más importante viene después.

—¿A qué te refieres?

—Al yo, la conciencia, la voz que te dice que tendrás que decidir qué es más meritorio, más valiente, qué te convierte en una persona decente o una malnacida. ¿Con qué te quedas, el carácter o la ideología? ¿Matar o abandonar las armas? ¿Reconocer la mentira o seguir defendiéndola a punta de pistola? ¿Reventar como los caballos o parar de una vez por todas?

—No lo sé.

—Claro que lo sabes. De lo contrario, no estaríamos teniendo esta conversación.

—No lo sé.

—¿Y si tu propósito, a partir de ahora, fuera opuesto al que te ha traído hasta aquí? ¿Estás lista para aguantar el proceso?

—No lo sé.

—¿Y si, en vez de «libertad o muerte», dices «cárcel y vida»? ¿Y si, en vez de «prefiero morir de pie a vivir de rodillas», dices «prefiero vivir de pie a morir de rodillas»?

—No lo sé.

—Tienes que saberlo.

—No lo sé.

Semanas después, de vuelta en Portugal, Maria Luísa notaba como la duda iba sembrando metástasis en su interior. Solo le quedaba una certeza: la de querer ver a su hija el día que cumplía dieciocho años.

En Sintra, los albañiles habían dado por concluida su jornada de trabajo. Antes de entrar en el hotel, Maria Luísa esperó que se subieran a la furgoneta de la empresa de construcción. Recorrió el esqueleto pelado del edificio, sin papel pintado ni moqueta. Se asomó a las habitaciones vacías, donde los recuerdos de su infancia yacían destruidos a mazazos, amontonados en pilas de escombros. En una ventana que daba a la parte trasera del edificio, vio a su hija empujando a una niña en el columpio. Nádia tenía un año menos que Maria Luísa cuando se pasó a la clandestinidad por primera vez. Se parecía a su madre y a su abuela. Nádia, la hija a la que nunca había empujado en un columpio, la hija a la que debía entregarse antes de que la detuviera la policía o la asesinara la organización.

7

El humo inhalado en la azotea del Lagartija fue un pálido reflejo de la primera vez que Frederico había probado la heroína y lo obligó a lanzarse a un nuevo ciclo de búsqueda. Sabía que la paradoja no tenía solución y, sin embargo, se sentía cada vez más su prisionero. Cuando se drogaba, aumentaba su tolerancia a la heroína y disminuían los efectos de la droga. Con cada dosis, la búsqueda de la incomparable euforia de la primera vez no hacía sino magnificar su alejamiento. Con la mente nublada, el cuerpo entumecido y una sonrisa bobalicona, se comparó con los exploradores que perseguían al monstruo del lago Ness o el abominable hombre de las nieves. Cada loco con su tema, pensó mientras volvía a casa de su madre, y tan colocado iba que estuvo a punto de arrollarlo un Renault 5 marrón cerca del Hotel Storm's. El conductor pisó el freno y soltó algún improperio. Frederico le lanzó un beso, hizo una reverencia, cruzó la carretera silbando *I'm easy like Sunday morning*.

El asombro de su madre, al abrir la puerta y verlo envuelto en una sábana, se desvaneció demasiado deprisa, cediendo la prioridad a algo más importante que Frederico no acertó a descifrar. Antónia lo llevó a su habitación, abrió el grifo de la ducha, buscó en el armario una muda de ropa de su difunto marido:

—Dúchate, ponte esto y espera aquí hasta que venga a buscarte.

Se fue sin preguntas ni reproches, y aunque prefería no tener que explicarle que había robado la sábana que lucía a modo de toga romana después de haber inutilizado su pantalón corto limpiándose el culo con él en lo alto de un edificio, Frederico se sintió privado de las atenciones que estaba acostumbrado a recibir desde la infancia por parte de Antónia, quizá la única ventaja que había tenido sobre sus hermanas. A sus veintinueve años seguía siendo el niño bonito de su mamá, algo que, cuando menos, ayudaba a prolongar la negación de Antónia respecto a la adicción de su hijo, haciendo posible la farsa por la que él le pedía dinero para un disco nuevo y ella sacaba un billete del monedero para dárselo.

El enfurruñamiento le duró poco. Duchado y vestido como su padre, Frederico encontró el joyero de su madre en el fondo del armario y se dispuso a convertir el oro en gramos de caballo, anticipando la próxima dosis. El mundo volvía a ser como debería haber sido: nada más que euforia y despreocupación. Lo había abandonado todo, absolutamente todo, en favor de la droga. Ni deberes, ni valores, ni sentimientos, ni familia: tan solo el caparazón alienado de la heroína.

Frederico, que nunca había robado a su madre, empezó a meter las joyas en los bolsillos de la ropa de su padre, planeando fumarse allí mismo lo poco que le quedaba en la papelina. Después de la cena familiar, volvería a proveerse donde el Lagartija y llegaría a casa con un cargamento que Violeta recibiría como la mayor prueba de amor nunca vista.

—Hijo mío —dijo su madre, sujetando una caja de cartón con la palabra FRÁGIL en el umbral de la puerta entornada. Frederico tenía una gargantilla colgando de los dedos, el joyero abierto sobre la cama, junto a la bola de nieve que había robado en casa de Juca. El delito no podría ser más flagrante, ni la negación de su madre más vehemente—. ¿Me subes esto a la buhardilla, por favor? —le pidió, dejando la caja sobre la cómoda con fotos de su marido y sus tres hijos—. Cenamos dentro de media hora.

Cerró la puerta tras de sí, y sus pasos tardaron más de lo esperado en resonar pasillo abajo.

Tiempo atrás, Frederico había oído contar a alguien, en la redacción del *República*, que los primeros habitantes de las Américas que establecieron contacto con la flota de Colón no vieron las carabelas de inmediato porque, pese a haberlas captado con la retina, las embarcaciones no se correspondían con nada de lo que conocían. La anécdota, posiblemente apócrifa, había servido para explicar la ceguera que impedía a tanta gente ver nada más allá de sus creencias. Estuviera motivado por la política, la religión, el amor o el simple instinto de conservación, este fenómeno servía para desterrar verdades dolorosas y acomodar mentiras reconfortantes.

Frederico dejó la bola de nieve sobre la caja de cartón y, antes de ir hacia la buhardilla, recorrió con la mirada las fotos familiares, tan ciego como su madre o los nativos americanos ante la llegada de los conquistadores europeos.

(Y todo el mundo sabe, incluso tú, qué les pasó a los nativos cuando llegaron los conquistadores europeos.)

8

—¡Me cago en Dios! —exclamó el más joven. Estirando la pierna, pisó a fondo el freno del Renault 5. Fuera, un chico muy delgado, envuelto en una tela blanca, le lanzó un beso y se inclinó haciendo una reverencia—. Maldito yonqui —dijo, y sacó una llave de cruceta de debajo del asiento—. Ahora verás. —Se disponía a abrir la puerta cuando el mayor lo cogió del brazo.

—Estate quieto.

—El tío se me ha cruzado delante, por poco lo mato.

—¿No lo has matado con el coche y quieres matarlo con una herramienta? ¿Qué mierda de lógica es esa?

—Si yo mandara —dijo el más joven, metiendo primera—, encerraba a todos esos colgados en un contenedor y lo tiraba al mar.

—Tendrías que haber nacido en Argentina.

—¿Por qué?

—Se les ocurrió algo parecido —dijo el mayor.

—¿Para los yonquis?

—Para los opositores a la dictadura. Los arrojaban al mar desde aviones.

—Hay que ver cuánto sabes.

El Renault 5 emprendió el ascenso por la carretera de la sierra.

—Creo que hemos pasado de largo, está ahí detrás. Da media

vuelta —dijo el mayor—. Más despacio. Joder, el paquete ya ha llegado. El coche está dentro.

—Y ahora, ¿qué?

—A esperar.

Vieron pasar al afilador. Empujaba una bicicleta y tocaba la flauta de pan. El más joven hizo caso omiso de la tristeza que transmitía la música y se puso a hablar sobre la reciente derrota de la selección portuguesa ante Francia en la semifinal de la Eurocopa, usando el fútbol como metáfora de la injusticia que asolaba Occidente.

—¿Por eso imitas a Chalana? —preguntó el mayor.

El más joven se miró en el retrovisor, se pasó la mano por el pelo largo y el bigote que había copiado al futbolista.

—Yo y todos los portugueses con estilo. Ese hombre es un Dios. Acabó con los franceses él solito. Si no nos hubiesen robado ese gol, seríamos campeones de Europa. Ni dentro de cincuenta años volveremos a tener otra oportunidad como esta.

—En el diario ponía que Chalana se va del Benfica para jugar en el extranjero —apuntó el mayor.

—¿Adónde?

—A Francia.

—No me jodas —repuso el más joven—. Traidor de mierda. Vendido.

La risa del mayor se vio interrumpida por el chirriar de las bisagras de la verja de la casa. Miró por la ventanilla del Renault 5.

—Abre el maletero, ahí viene el paquete. —Empuñó el arma—. Espera, no está solo.

—Que se joda, mala suerte.

—Lleva a una niña.

—¿Qué hacemos? —preguntó el más joven.

9

En cuanto cruzaron la verja y empezaron a bajar la calle hacia la casa de la abuela, Carminho, que iba entre sus padres, los cogió de la mano, intentando unir lo que, sin saberlo, había contribuido a separar. Las manos de Pureza eran suaves y estaban presentes, le lavaban el pelo y le abrochaban los botones de la ropa, aparecían en mitad de la noche para serenar el llanto de una pesadilla. Las manos de su padre eran poderosas y no siempre estaban disponibles, a menudo ocupadas con papeles y bolígrafos o desaparecidas durante días, pero, cuando estaban, la lanzaban al aire, le hacían cosquillas, abrían la tapa de los tarros de mermelada que nadie lograba desenroscar. Su padre era más fuerte que Tarzán, y Carminho le pedía que flexionara los bíceps —«Enséñame las patatas»—, tal como había visto hacer en los dibujos animados de Popeye. En su pierna coja no veía ninguna discapacidad, sino otro de los secretos de los hombres que, todas las mañanas, salían hacia la gran ciudad y conocían lugares enigmáticos como las discotecas y el extranjero.

—Llévame a caballito —le pidió, cambiando la mano de Pureza por la fuerza de Diogo.

Con un solo movimiento, su padre la cogió por las axilas y la elevó por encima de su cabeza, como si ella fuese un trofeo y él el capitán del equipo vencedor. Desde arriba, Carminho veía su casa, un coche marrón con dos hombres dentro y a Pureza, unos pasos por detrás del resto de la familia.

—¡Soy más alta que ti! —le dijo a su madre.

—Que tú —corrigió Diogo, y la sentó a horcajadas sobre sus hombros.

Egocéntrico y ufano como cualquier progenitor que cree verse reflejado en sus hijos, le gustaba que Carminho saltara sin temor desde los trampolines de la piscina del Estoril-Sol, que practicara equitación, y se regocijaba con el pánico que la osadía de esa niña despertaba en Pureza, la miedosa de turno, siempre detrás de su hija con un sombrero y un «ten cuidado». Carminho era de su padre, no en el sentido de la propiedad, de algo que tiene dueño, sino porque la gente decía «ha salido al padre», y era en ese plano físico que él sabía relacionarse con su hija. Los saltos, las carreras, las volteretas. Sin tiempo para ayudarla con los deberes ni paciencia para lidiar con sus rabietas, Diogo revivía a través de Carminho la inocencia de cuando creía que tendría bastante con la tierra, los árboles y los animales, una sencillez que revisitaba, pero a la que no habría querido regresar.

—¡A galope, papá! ¡A galope!

Diogo imitó los cascos y los relinchos de un caballo, por lo que no oyó el motor del Renault 5 arrancando a lo lejos, ni el sonido de los neumáticos pisando la grava del arcén y deslizándose sobre el asfalto. Carminho soltó una carcajada y su padre sintió un amor incontaminado, primitivo, un amor que solo le era posible en momentos como ese, cuando la llevaba a hombros, al final de una tarde de verano, y ella se inclinaba hacia abajo para darle un beso. No dudaría en morir para salvar su vida, pero no se le ocurriría cambiar una reunión de negocios por una función teatral en la escuela. Su sentido del deber, que lo había llevado a alistarse para ir a la guerra o a poner bombas en coches de comunistas, había entrado en la madurez y convertido al soldado en empresario, al salvapatrias en padre de familia que pagaba las facturas y, sentado a la cabecera de la mesa, esperaba que su mujer le dijera a la hija de ambos:

—Si quieres levantarte, tienes que pedirle permiso a tu padre.

Un mes de prisión preventiva y dos juicios, acusado de pertenencia a banda armada, le habían enseñado que un maletín lleno de billetes y una tarjeta de visita eran más eficaces que un cartucho de dinamita. Los jueces debieron de darle la razón, porque lo absolvieron las dos veces como autor de los atentados. En la sala del tribunal, Diogo no intercambió una sola palabra con los activistas a los que había conocido un verano de gira terrorista. Estos empezaron a cuestionar la desigualdad en los veredictos y llegó a circular un panfleto con el título «¡Acusamos al MDLP!» en el que se aseguraba que los activistas se habían alimentado de fruta recogida al borde de la carretera para matar el hambre mientras los cabecillas de la organización se levantaban tarde en los mejores hoteles de Madrid y se pasaban el resto del día de comilona en comilona. ¿Dónde estaban los fondos recaudados entre los feligreses, empresarios y terratenientes? ¿Por qué no se usaban los maletines llenos de dinero para ayudar a los de abajo?

Tras una larga colección de derrotas, Diogo, el cojo, el nieto menos válido, que había sido abandonado por una mujer comunista y fracasado en su intento de ir a la guerra de ultramar, confirmaba la veracidad de dos clichés: los vencedores escriben la historia y el dinero llama al dinero. Al diablo las condecoraciones militares y las banderas nacionales ondeando el Día de la Raza. Él tenía los contactos de las personas que importaban y un arsenal de armas del ELP para vender a los guerrilleros africanos de la UNITA. Empezaba a disfrutar de una clase de reconocimiento que no exigía poner su vida en peligro ni demostrar su valor. El poder se negociaba en la informalidad de los almuerzos, el dinero se repartía en habitaciones de hotel, los sobornos se entregaban en aparcamientos, los conocimientos sociales contaban más que el conocimiento académico. No hacía falta ser un genio o un héroe, haber estudiado mucho ni haber ascendido a pulso. Bastaba con poseer el arrojo de los jugadores, tener al día las cuotas de la impunidad y una conciencia que permitiera un sueño tranquilo cada noche para que los camareros te llamaran señor y los señores quisieran sentarse a tu mesa.

Todo salía a pedir de boca para los vencedores, hasta que Mendonça, antiguo pide y jefe de seguridad de las empresas de Diogo, se presentó en su despacho sin cita previa con una noticia que no podía esperar.

—Impuesto revolucionario. —Mendonça le entregó la nota anónima, escrita con letras de diario recortadas—. Si no pagas, prometen acabar contigo.

—¿Quiénes?

—No lo dicen. Pero estoy seguro de que es la chusma de extrema izquierda que va por ahí sembrando el terror por todo el país. Esa gentuza va a por los empresarios. Bombas, tiros en las piernas. El mes pasado, hicieron saltar a uno por los aires. Muerte instantánea. Hace dos semanas, aquí en Lisboa, hirieron a un gerente de la vidriera Pereira Roldão. Dispararon a matar, pero el cabrón se libró.

Mendonça le pidió permiso para encender un pitillo. Diogo sabía que estaba enganchado al tabaco desde hacía más de veinte años, antes de la revolución, del ELP, mucho antes de que le salieran pelos blancos en las hirsutas cejas y en el bigote reseco de tanto fumar. Todo había empezado con un secreto, y la colaboración entre ambos se había cimentado con otros secretos. El jefe de seguridad tenía cierto ascendiente sobre el jefe, sabía demasiadas cosas que este preferiría olvidar, lo que daba pie a esas sesiones de reminiscencia nostálgica, estúpidamente incriminatorias si alguien los oyera:

—Deberíamos haber puesto más bombas, eso sí, y esta escoria no andaría por ahí exigiendo impuestos revolucionarios.

Diogo quiso desviar la conversación:

—¿No podría ser uno de los nuestros? ¿Alguien que haya salido malparado en el juicio?

—Lo dudo. En cualquier caso, te vamos a poner un guardaespaldas durante una temporada.

Queriendo demostrar al antiguo pide cierta reserva de autoridad y valentía, Diogo renunció al poder del dinero, que le permitía comprar cuantos guardaespaldas se le antojaran, y dijo:

—Con una pistola me basta.

Era en la culata de esa pistola, encajada en la sobaquera, debajo de la americana azul, donde golpeaba ahora el talón izquierdo de Carminho, subida a hombros de su padre en ese atardecer de verano, mientras bajaban por la ladera del monte.

—¡A galope, papá! ¡A galope!

Diogo olía el perfume del champú de su hija y le protegía los tobillos rodeándolos con sus dedos. Ella le besó la coronilla, donde el pelo empezaba a ralear. Carminho no veía en él a un calvo, ni un cojo, ni un terrorista. Era tan solo —indiscutiblemente— su padre todopoderoso y perfecto, digno de un amor que tenía los días contados porque Carminho se haría mayor y, al igual que su madre, vería en él al calvo, al cojo y al terrorista.

Nadie podría arrebatar a Diogo instantes como ese, ni todo aquello que tanto le había costado conquistar: su hija, los negocios, el matrimonio, la casa familiar. Todo era suyo por derecho. No renunciaría a nada. Jamás consentiría en divorciarse de Pureza. No había nota amenazadora que lo obligara a pagar un solo céntimo de impuesto revolucionario.

Padre, madre e hija cruzaron la verja del Hotel Storm's y bajaron hacia la casa de Antónia. El Renault 5 tomó la curva y se detuvo junto a la carretera, donde no había farolas. Faltaba poco para la puesta de sol. Después, la oscuridad y las alimañas se adueñarían de la sierra.

10

Lo único que quería Antónia era una cena familiar, pero hay que tener cuidado con lo que se desea. Lo único que quería Antónia era un atisbo de lo que había dejado de ser y que, con cada año que pasara, resultaría más difícil de reproducir: la mesa bien puesta, empezar a comer a su hora, el menor número posible de sillas vacías. Había pasado la última Nochebuena sola en esa casa, tras negarse a viajar a París con Pureza, su yerno y sus dos nietas. ¿Qué sentido tenía la Navidad en un hotel, extranjero, por más señas? Frederico solo había aparecido la noche del 25 de diciembre, para pedir dinero y llevarse comida. Antónia había sobrellevado esos días hablando con las fotos de su marido. El cumpleaños de Nádia se presentaba como una Navidad en pleno verano, con un menú adaptado a la época del año —redondo de cerdo y mousse de chocolate—, aunque Antónia se empeñara en sacar la vajilla, la cubertería y el mantel de Nochebuena. Lo único que quería era una cena familiar, pero Pureza insinuaba que iba a separarse de su marido y allí estaba Maria Luísa, sentada en el comedor, nueve años después de haber desaparecido, de modo que Antónia siguió ensartando argollas plateadas en las servilletas de tela y cerró un ojo para asegurarse de que el jarrón con flores estaba justo en el centro de la mesa.

Maria Luísa no había vuelto solo para celebrar el cumpleaños de su hija. Antónia sabía que siempre tenía un drama o un plan en marcha. Como para confirmarlo, Maria Luísa se dirigió a Nádia, sentada al otro lado de la mesa:

—Cuando me pasé a la clandestinidad, tenía un año más de los que tienes tú ahora.

Le habló del día que fue a dejarla en casa de su abuela, en 1970, y la PIDE la detuvo en la sierra de Sintra. Le habló de la tortura, la cárcel y la segunda vez que la abandonó, cuando decidió unirse a Alfredo en París y sumarse a las filas de las Brigadas Revolucionarias. Luego vino la crónica de su regreso a Portugal, con el estallido de la revolución, y la tercera vez que abandonó a Nádia, la noche del 11 de marzo de 1975, antes de que la despacharan a Brasil con sus abuelos.

—La última vez que te vi eras una niña y ahora eres toda una mujer.

Antónia había acabado de poner la mesa en un estado de alienación similar al de alguien que hubiese sufrido un impacto al volante, hubiese salido disparado por la luna delantera del coche y, sin comprender que acababa de sobrevivir a un accidente, tratara de volver al vehículo para no llegar tarde a su destino. ¿Habría sido más sencillo recibir a Maria Luísa con un abrazo? ¿Madre e hija llorando, pidiéndose perdón, juntas después de tantos años, dejando atrás el pasado que Maria Luísa se emperraba en recuperar en ese comedor donde se suponía que celebraban una reunión familiar? Quizá, si se tratara de otra familia.

¿Había querido Maria Luísa saber alguna vez cómo era vivir en la piel de su madre? ¿Estar haciendo una cama y preguntarse dónde dormiría su hija? ¿Tener el día libre sabiendo que ella estaba en la cárcel? ¿Comprarse un vestido y recordar las cicatrices de los cigarrillos de la PIDE en los brazos de su niña? ¿Poner la mesa y coger distraídamente un plato de más para devolverlo a la alacena porque su hija llevaba años sin dar señales de vida? ¿Tenía Maria Luísa la menor idea de lo que costaba mantener la normalidad en medio del caos que ella sembraba en la familia?

—Pondré otro plato en la mesa —dijo Antónia—, te quedas a cenar con nosotros.

—No puedo quedarme.

—Hoy sí puedes.

—Mamá —dijo Maria Luísa, sorprendentemente sin rastro de autoridad.

Era una petición de ayuda, la palabra «mamá» usada como correspondía a una hija, una madre a la que se respeta, una madre que nos salva, una madre a la que regresamos cuando todo lo demás falla. Antónia se puso en guardia. No podía ser tan fácil, que se presentara allí y dijera «mamá» como si volviera a tener cinco años. Tarde o temprano, Maria Luísa soltaría una de sus bombas incendiarias.

—Si te quedaras sí que me extrañaría. —Antónia tenía derecho a ese amor airado—. ¿Qué es más importante que el cumpleaños de tu hija? Tus hermanos están a punto de llegar. Hoy cenas con nosotros.

—Mamá, por favor. Nadie puede saber que estoy aquí.

Oh, secretismo, oh, mortificación, oh, ombliguismo, oh, megalomanía, siempre tan presentes en la lucha por el pueblo, en el pedestal de los mártires.

—Es el cumpleaños de tu hija. Hoy cumple dieciocho años. Es su día, Maria Luísa.

—Hay una orden de detención a mi nombre y, como lo más seguro es que me lleven presa, quiero explicarle por qué.

Antónia se amordazó el pulgar con una servilleta. Fuera, la flauta de un afilador tocó su escala de notas ascendentes, melancólica como el último animal de una especie al borde de la extinción. Nádia habló por primera vez:

—¿Por qué?

Después de tantas excusas y pretextos, ¿qué última carambola le quedaba a Maria Luísa?

—Porque formo parte de las Fuerzas Populares 25 de Abril.

Nunca había pronunciado el nombre de la organización en voz alta. Decirlo con todas sus letras, en vez de las siglas, más conocidas, no añadía respetabilidad a quien lo decía, y mucho menos paliaba la consternación de quien lo escuchaba.

—Dios santo, estamos hablando de asesinos, Maria Luísa —dijo Antónia—. ¿Cómo has podido hacerme esto?

—Yo no te he hecho nada.

—Por supuesto que sí, siempre lo haces —replicó Antónia—. Todo lo que haces nos afecta a todos y cada uno de nosotros, nos destroza la vida. —La ira era el caparazón que ocultaba una profunda pena—. No te crie para que te convirtieras en una terrorista.

—Mamá.

Esta vez, la palabra sonó a dos voces, pronunciada a la vez por Maria Luísa y Nádia en una maraña de matices y connotaciones, una petición y una orden. Daba igual quién dijera qué. Sentadas frente a frente y mirando a Antónia, que seguía de pie, ambas la reconocían como madre. La flauta del afilador volvió a sonar, ahora más lejos, un hilo de soledad goteando una despedida. Luego, el silencio comprimió el recuerdo de todas las cenas felices de la familia Storm en ese comedor, cuando aún no había ninguna silla vacía. Entre los escombros, Antónia se veía como una superviviente.

Solo ella conocía a su hija y a su nieta, solo ella las había criado, solo ella era la madre. Nádia apenas se acordaba de Maria Luísa, la mujer que la había llevado a manifestaciones y al cine São Jorge durante la revolución. Y Maria Luísa había cristalizado sus recuerdos de Nádia en la niña que había nacido en la clandestinidad y a la que había cambiado por la lucha.

Antónia desenrolló la servilleta que le ceñía el dedo. Lo único que quería era una cena familiar, la mesa bien puesta, empezar a comer a su hora, el menor número posible de sillas vacías. Pero el timbre de la puerta descomprimió el silencio de golpe, y Maria Luísa dijo:

—Nadie puede saber que estoy aquí.

—Nadie sabrá que estás aquí.

Antónia salió del comedor, preguntándose qué error habría cometido como madre, qué herida habría infligido a su hija mayor, o habría ignorado, para que germinara en ella la peligrosa tozudez —la incorregible equivocación— de creer que podría someter el mundo a su voluntad. ¿Por qué no podían ser como las demás familias portuguesas que habían aprovechado el final de la guerra y el principio de la libertad para dar a sus hijos una vida mejor de la que habían tenido sus padres?

—¿Qué le he hecho, Gonçalo? —murmuró al pasar delante de una foto de su marido en el pasillo.

¿Acaso no se había deslomado trabajando por sus hijos? ¿No había vivido siempre en desventaja por el hecho de ser mujer? ¿No había dado empleo en el hotel a chicas desamparadas? ¿No les había pagado el aborto cuando se quedaban embarazadas de otro padre incógnito? ¿No había sufrido los prejuicios de clase de los amigos de su marido? Antónia tendría que figurar en los cuadernillos de las feministas proletarias que difundía el comunismo.

¿Acaso era posible que, por desear lo mejor para sus hijos, hubiese criado a una terrorista? Eso era absurdo, por supuesto que no, pero ¿cómo explicar el antagonismo de Maria Luísa ya desde la adolescencia, cuando su madre se convirtió en la personificación de todo lo que aborrecía: la autoridad, la mujer tradicional, la jefa, la opresora, la dictadura? ¿Todo porque Antónia la había dejado con sus abuelos y, dos años después, la había arrancado de sus brazos y se la había llevado al hotel? ¿Porque le había dado un padrastro y dos hermanos, negándole la exclusividad de ser hija única? ¿Cuántas personas habían sufrido adversidades mucho peores y no por ello habían acabado poniendo bombas? Si al menos le hubiese prohibido las malas compañías y limitado su libertad. Si hubiese estado más presente y no le hubiese mentido sobre su padre. Si, si, si. Un sinfín de posibilidades y ninguna conclusión. Como ella misma decía, recurriendo a su extenso catálogo de máximas: «A lo hecho, pecho».

Madre e hija tal vez no fueran tan distintas, puesto que, como Maria Luísa, también Antónia buscaba soluciones definitivas a problemas complejos. No, eso no era cierto. Lo que de veras quería era una cena familiar, la mesa bien puesta, empezar a comer a su hora, el menor número posible de sillas vacías, pero luego Pureza había insinuado un divorcio, Maria Luísa había confesado ser terrorista y, cuando abrió la puerta, se encontró con la sonrisa atolondrada de Frederico. Como un loco que se hubiera escapado del manicomio, su hijo olía a pañales sucios y llevaba por todo atuendo una sábana enrollada en torno al cuerpo.

Ciertas cosas era mejor no saberlas. Lo llevó a su habitación y abrió el grifo de la ducha. Sacó del armario varias prendas de Gonçalo que no había tenido el valor de tirar:

—Dúchate, ponte esto y espera aquí hasta que venga a buscarte.

Cerró la puerta y se dirigió en susurros a su marido:

—Cuánto te echo de menos.

Enfiló el pasillo y se topó con la caja de cartón en el suelo. No había llegado a subirla a la buhardilla. Se planteó abrirla, pero ¿qué nuevos recuerdos le estallarían en la cara cuando se asomara a su interior? Se quedó allí, bloqueada, oyendo el agua de la ducha, dialogando con las fotos de su marido, quejándose de sus hijos.

Cogió la caja y volvió a la habitación:

—Hijo mío. —Frederico se había duchado y llevaba puesta la ropa de su padre. Por eso, Antónia creyó ver a Gonçalo Storm, en su primer aniversario de boda, regalándole esa gargantilla de oro. Una ilusión óptica, un *déjà vu*, un sueño lúcido, cualquier excusa que contradijera lo que veían sus ojos—. ¿Me subes esto a la buhardilla, por favor?

Dejó la caja sobre la cómoda, junto a las fotos de sus tres hijos de pequeños. Salió de la habitación y cerró la puerta. No sabía adónde ir ni qué hacer. Era lo bastante mayor para conocer las fuerzas opuestas del amor materno, incomparable en su plenitud y su terror. Nada más nacer, los hijos le pertenecían por completo. Les había dado la vida y asumido la espantosa responsabilidad de no dejarlos morir, cada día de su vida. Cuanto más los quería, más se acercaban ellos al punto en que el amor y la posesión se rompían. Seguir queriéndolos como estaba mandado, se decía, era dejarlos marchar, aceptar que no le pertenecían del todo, que ya no dependían de ella para sobrevivir. Pero ¿cómo dejar marchar algo que era suyo y se había formado en su interior? ¿Cómo aceptar que los hijos pertenecerían a otras personas, con una entrega que ella no volvería a conocer; que serían ingratos, olvidadizos, egoístas; que le harían daño, la ofenderían y, aun así, tendría que seguir queriéndolos? ¿Cómo amar aquello que la hería de muerte? La paradoja del amor materno se le antojaba una automutilación. Pero los había dejado partir. Y, una noche de marzo de 1975, habían vuelto. Maria Luísa le había ordenado que saliera de casa y entregara el hotel. Frederico la había abandonado en medio del bosque. Pureza la había convencido para que se fuera a Brasil, prometiéndole que se reuniría con ella más tarde, sin la menor intención de hacerlo. ¿Cómo era posible que conservara el amor por sus hijos pequeños, pese a la decepción de sus hijos adultos? ¿Cómo querer a las tres personas que, en algún momento de ese día de verano de 1984, habían vuelto a la casa donde le habían pertenecido por completo para confirmar, una vez más, que no le pertenecían del todo?

Entró en el comedor, donde la mesa estaba puesta con la mejor vajilla, el mantel de Nochebuena, las servilletas con sus servilleteros de plata, todas las sillas vacías. Maria Luísa había vuelto a desaparecer y se había llevado consigo a Nádia.

11

En la penumbra crepuscular de la sierra, junto a un muro de piedra, en el lado de la carretera donde no había farolas, el chasis marrón del Renault 5 servía de camuflaje a sus ocupantes. Tras varios minutos de revuelo en la copa de los árboles, la inarmónica orquesta de miles de pájaros enmudeció a la vez, como si las aves se apagaran con el mismo interruptor que encendía la oscuridad. En ese intervalo de paz, el más joven siguió parloteando sobre Chalana, la atrocidad de preparar la papilla Cerelac con agua en vez de leche, los cupones de la revista *TV Guia* que él rellenaba con los nombres de sus padres y enviaba a la televisión con la esperanza de que los eligieran para salir en el concurso *Un, dos, tres*:

—Solo pido que ganen el coche.

Cansado de oír al más joven y frustrado con la desaparición del «paquete» en un hotel en obras, el más viejo le espetó:

—Ese concurso no es más que una treta del capitalismo. ¿Poner a los pobres a disputar pruebas para ver si ganan algo? Es explotación, pero lo llaman entretenimiento. No es casual que el premio gordo sea un coche, el símbolo al que aspira la nueva burguesía, el falso ídolo de la sociedad de consumo. Desengáñate, Faneca, porque el fútbol, la tele y los coches no son sino distracciones para mantener al pueblo sometido mientras sigue esclavizado.

—Claro que sí, docto camarada Bibliotecario —se mofó Faneca, oponiendo al elaborado análisis de su compañero la sencillez de sus deseos—. Solo desearía que mis padres no tuvieran que coger el autobús cada día para llegar al trabajo.

—Ya está bien de cachondeo, los ojos en la verja. —El Bibliotecario tenía muy presente que estaba allí para llevar a cabo el primer secuestro de las FP 25: Diogo Bravo Montalvão, empresario relacionado con la extrema derecha, acusado de despidos colectivos y que se había negado a pagar el impuesto exigido por la organización. El Bibliotecario ya había puesto al fascismo de rodillas varias veces, disparando a las piernas de empresarios señalados. Había puesto bombas en comisarías, instalaciones militares, en el consulado de Chile y en residencias de empresarios que llevaban meses sin pagarles el sueldo a sus empleados. Había perdido la cuenta de los bancos y los furgones blindados que habían asaltado. Hasta había disparado con una bazuca contra el Royal British Club en solidaridad con los camaradas del Ejército Republicano Irlandés. Del dinero robado y las siete muertes reivindicadas por la organización, podía presumir de cientos de miles de escudos y un par de agentes de la GNR asesinados con una bomba. Pero un secuestro era su operación más difícil desde el punto de vista técnico. Exigía inmovilizar al paquete, transportarlo, mantenerlo con vida en un agujero de dos por dos tapado por una trilladora en una finca abandonada, pedir un rescate y luego embolsárselo sin que las autoridades los detuvieran.

Faneca iba a decir algo cuando dos mujeres aparecieron junto a la verja, procedentes del hotel. Una de ellas le dio una última calada a su cigarrillo, arrojó la colilla a la grava y la pisoteó. Retrocedieron ambas hacia el interior de la propiedad y, al pasar por debajo de la farola, un destello de luz reveló su perfil.

—¡Me cago en todo, es la Viuda! —exclamó Faneca—. ¡Que es la Viuda!

—No me vengas con pamplinas, ya te he dicho que no estoy para bromas —le dijo el Bibliotecario.

—Que tengo una vista de lince, joder. Cuando estaba embarcado, veía un banco de atún a medio kilómetro de distancia. Te estoy diciendo que es la Viuda.

Semanas después de que Maria Luísa se fugara a Madrid, la policía judicial había iniciado la operación Orion. En un solo día, los agentes detuvieron a más de cuarenta personas acusadas de pertenecer a las FP 25, incluido el capitán de abril Otelo Saraiva de Carvalho. Meses antes, en un cónclave de la dirección políticomilitar, se habían definido los protocolos para eliminar documentos, pese a lo cual la operación Orion confiscó miles de papeles. Con tal de contener los daños causados por la ineptitud de los dirigentes a la hora de destruir el material comprometedor, el Bibliotecario no vacilaría en cumplir otra de las medidas aprobadas en ese cónclave: la sentencia de muerte para los traidores como Maria Luísa.

—Vamos —dijo, abriendo la puerta del Renault 5 con la pistola pegada al muslo.

—¿Y el paquete? —preguntó Faneca.

—Esto es más importante.

El Bibliotecario no tenía pruebas de que la Viuda hubiese colaborado con la policía en la operación Orion, como había sucedido con otros miembros de las FP 25. Sabía que la investigación estaba en marcha desde mucho antes de que Maria Luísa pusiera pies en polvorosa. Pero la suya era una traición personal. Le había mentido, había huido cobardemente en plena noche, lo había humillado delante de sus camaradas o, como decía Faneca: «La Viuda te hizo quedar como un panoli».

Se calaron los pasamontañas, quitaron el seguro a las pistolas y entraron en el hotel. Las criaturas nocturnas ya se hacían oír. Ranas, grillos, las alas de un murciélago fustigando las tinieblas como el redoble de tambor que anuncia una ejecución.

12

El timbre de la puerta descomprimió el silencio de golpe y Maria Luísa dijo:

—Nadie puede saber que estoy aquí.

—Nadie sabrá que estás aquí.

Antónia salió del comedor para ir a abrir y Nádia se levantó:

—Necesito un pitillo.

—Adelante —repuso Maria Luísa.

—Mejor fuera. Mi madre no sabe que fumo.

Tan acostumbrada a las certidumbres, Maria Luísa intentó procesar la contradicción de oír a su hija llamando madre a otra persona y, al mismo tiempo, sentirse orgullosa de esa pequeña infracción de los cigarrillos furtivos, como si, además de esos ojos enormes y el pelo negro, Nádia hubiese heredado su afición a desafiar el poder, empezando por Antónia.

Salieron por la cocina, cruzaron el jardín y avanzaron hacia la parte posterior del hotel. Entraron por la puerta de servicio y subieron hasta la segunda planta, donde Nádia eligió una habitación con vistas a la carretera de la sierra.

—¿Me das una calada? —pidió Maria Luísa.

—Tengo más cigarrillos.

—Con una calada me basta. Si no, me mareo. —Cogió el cigarrillo y el filtro humedecido por la saliva de Nádia le brindó una intimidad que iba mucho más allá de fumarse un pitillo a medias con su hija, a hurtadillas, y la devolvió a los primeros años de clandestinidad, cuando dormían juntas en la misma cama, con la piel de Nádia pegada a la suya mientras le daba de mamar. Ahora su hija había alcanzado la mayoría de edad—. Feliz cumpleaños. —Le devolvió el cigarrillo con la cabeza aturdida por la nicotina, la lengua y las emociones más desatadas de lo que desearía—. He venido aquí hoy para decirte que voy a entregarme a la policía.

Se contuvo para no reconocer que temía que las FP 25 la mataran. Ya no era la chavala que había aguantado la tortura de la PIDE y un año y medio en la cárcel de Caxias, pero su mayor terror era no pertenecer a nada ni a nadie. Dentro de la organización, la consideraban una traidora. Fuera, una criminal. Con la policía siguiéndole la pista, podría incluso perderse en Sudamérica, pero ser una fugitiva no significaba que tuviese escapatoria. O bien reconocía que había malgastado su vida en la causa equivocada, o bien seguía en sus trece, pero entonces tenía que aceptar la derrota. De un modo u otro, esa pérdida solo era equiparable a la de su hija. No le quedaba sino ese instante, en una habitación del hotel desmantelado donde ambas habían crecido.

—No te dejé para convertirme en una asesina.

Nádia exhaló el humo despacio.

—No estoy enfadada contigo ni voy a echarte nada en cara. Pero no te conozco. Mi madre es ella. —Señaló la casa de Antónia. Hablaba sin rencor, su sinceridad era desapasionada y, sin embargo, había algo impostado en su voz, como si hubiese pensado cientos de veces lo que diría en el momento del reencuentro.

—Lo sé, y le estoy muy agradecida por todo lo que ha hecho —dijo Maria Luísa.

—No habla demasiado de ti. Se nota que le cuesta. La mayor parte de las veces lo hace para criticarte. También se muestra orgullosa de las notas que sacabas en la escuela, de lo guapa y trabajadora que eras, de cómo cuidabas a tus hermanos e incluso de tu lucha por acabar con el fascismo. Creo que entendía lo que estabas haciendo entonces, hasta cierto punto. Pero detesta la política. Quizá por eso, nunca me ha hablado de lo que pasó después de la revolución. Y tampoco me interesa. Pero, ya que estamos, quería preguntarte algo. ¿No tenías bastante con el fin de la dictadura y con ser libre? ¿Por qué no lo dejaste?

—Por ti.

—No, Maria Luísa. Si acaso, lo habrás hecho por ti. —En la forma de pronunciar el nombre de su madre y en la dureza de esa acusación se notaba que la había criado Antónia—. Nunca te pedí que atracaras bancos en mi nombre.

Un FP 25 con una pistola no podría someter a Maria Luísa como esa chica de dieciocho años.

—Lo que quiero decir es que, si hice lo que hice, fue porque creía que tú y todos los demás merecíais algo más que la libertad.

—¿Y para eso hacían falta bombas?

—No es tan sencillo.

—Discrepo.

—Eso parece.

—Y ahora, ¿qué? ¿Vas a pegarme un tiro porque discrepo?

Maria Luísa no tuvo más remedio que sonreír. La muchacha era lista, de mente despierta, con un destello de provocación. De tal palo, tal astilla, habría dicho Antónia.

Fuera, en la carretera, se oyeron voces y pasos acercándose al hotel. Diogo llevaba a hombros a Carminho, Pureza los seguía unos pasos por detrás. Cruzaron la verja y bajaron hacia la casa de los Storm.

—Uno de mis primeros recuerdos, si no el primero, es verte caer de un muro —dijo Nádia—. Había sangre por todas partes y flores, creo que eran blancas, flores teñidas por tu sangre. Y un hombre cogiéndome en brazos. Del tiempo que pasé contigo en la cárcel, no recuerdo nada.

—Perdóname.

—¿Por qué?

—Por todo.

—Todo no te lo puedo perdonar. Solo lo que ha pasado entre nosotras.

Esa sería la última vez que Maria Luísa pediría perdón a alguien por las consecuencias de sus actos terroristas.

—Quédate a cenar —dijo Nádia. Advirtiendo la vacilación de su madre, sacó otro cigarrillo del paquete—. Mientras te lo piensas, me da tiempo a fumarme otro.

Salieron de la habitación, bajaron las escaleras, pasaron por la recepción y cruzaron la puerta principal. En la fachada seguía el letrero de neón que anunciaba el Hotel Storm's, ahora apagado.

—Y bien, ¿te quedas o no? —Nádia arrojó la colilla a la grava y la pisó.

—Sí —dijo Maria Luísa, y un murciélago cruzó el haz de luz de la farola, batiendo las alas como una salva de aplausos en una fiesta de cumpleaños.

13

La pequeña tormenta de nieve empezó cuando Frederico dejó caer la bola de cristal dentro de la caja que había subido a la buhardilla. En el interior del cubo de cartón señalado con la palabra FRÁGIL encontró fotos, sus blocs de notas y las cartas que había intercambiado con Ricardo Walker. El sobre en lo alto de la pila, fechado en octubre de 1978, era el último recibido. Después Walker había viajado a Irán para cubrir la revolución islámica que había sometido el país a una teocracia. Tras escribir varios reportajes para los diarios en lengua inglesa, acompañados de las tristemente célebres fotos de los ahorcados en grúas planeando sobre las calles de Teherán, lo detuvieron durante días, para que sirviera de ejemplo, acusado de espionaje al servicio de la CIA. Era la segunda vez que, en el transcurso de una revolución, lo acusaban de pertenecer a los servicios secretos estadounidenses. Y, si bien la primera revolución había traído consigo la democracia, mientras que la segunda había desembocado en una dictadura religiosa que instauró una policía de la moral, Frederico se preguntó si la paranoia de los revolucionarios era transversal, al margen de lo que estaba en juego, o si Walker era de veras un espía. Encendió la radio a pilas que descansaba en el antepecho de la pequeña ventana de la buhardilla. Abrió el sobre y leyó la primera frase:

«El derecho a la libertad implica el deber de la memoria.»

Ahí estaba el estilo axiomático de Walker, desde la primera línea. Quedaría bien en un librito de citas, daría un hermoso lema publicitario o serviría incluso para adornar camisetas destinadas a los adolescentes. ¿Y con qué fin? ¿Languidecer en una cárcel iraní? ¿Para eso servía el derecho a la libertad? Frederico volvió a meter la carta en el sobre, sin leer las demás, pero esas palabras siguieron resonando en su mente. Tras la perogrullada inicial, venía la charla motivadora del lusobritánico: no tendrías que haber dejado el periodismo, aún estás a tiempo de escribir ese reportaje sobre tu cuñado y los demás macarras del ELP, no te olvides de todos los que se sacrificaron para que tú tuvieras libertad, la obligación del reportero, blablablá. ¿Qué coño era el deber de la memoria, sino masoquismo? Lo que hacía falta era olvidar, no recordar. Olvidar a João Guilherme, la muerte de su padre en Brasil, la mentoría de Ricardo Walker y el inequívoco fracaso del sinvergüenza que robaba las joyas de su madre para drogarse.

(Joder, hoy te has levantado más cínico que yo.)

—Cierra el pico. —Frederico sacó la papelina con lo que quedaba de heroína.

(¿Estando tu madre abajo?)

—Te he dicho que cierres el pico.

Quemó la plata. En ese humo había una milésima parte de la euforia de la primera vez. La maldición de la libertad implicaba la evasión del olvido. Frederico no se acomodaba ni resistía, a diferencia de su madre y sus hermanas, que se crecían ante las dificultades. Él nunca había estado preparado para los dolores del crecimiento. Si el padre era demasiado mayor para cambiar con la revolución, el hijo era demasiado joven, un chico corriente en un tiempo extraordinario, reacio a las convenciones por temperamento y superado por las circunstancias, que nunca acababa de dar la talla. Su libertad consistía en elegir la tiranía de la heroína.

(Menudo filósofo me has salido, jefe.)

—Que te calles de una vez por todas, cállate ya.

(¿O qué?)

—O te meto un tiro entre las cejas.

(Para eso tendrías que ser un hombre.)

Frederico avanzó con paso tambaleante hacia la Beretta, que estaba guardada entre cajas, medio envuelta en una manta.

(El principio del arma de Chéjov.)

—No hay que poner en escena una escopeta cargada si nadie va a dispararla. Está mal hacer promesas que no vamos a cumplir.

En la radio a pilas, el locutor anunció que la música volvería después de los anuncios.

(Solo si es un réquiem.)

Frederico se metió el cañón de la Beretta en la boca y alargó el brazo para apretar el gatillo.

14

Antónia tenía su cena familiar, la mesa bien puesta, la comida empezando a su hora, el redondo de cerdo en su punto, el cuchillo de trinchar afilado, la botella de vino escogida y el sacacorchos en su sitio, las velas y las cerillas, la mousse en la nevera, enriquecida con ralladura de naranja, y la incomodidad que, en ciertas cenas de tantas familias, se sirve como plato principal. A un lado de la mesa, el triunvirato del gran secreto: Diogo, el padre, sentado entre sus dos hijas, que siendo primas no sabían que eran también hermanas. Enfrente, Pureza y Maria Luísa ocupaban los mismos asientos que cuando eran niñas. Ni siquiera la reunión extemporánea, tras años de desencuentro, ni la evidencia, a menos de un metro, de que tenían hijas del mismo hombre, privaba a las hermanas de una cercanía que solo ellas podían compartir. Pese a las mastitis, la cicatriz de la cesárea, las infecciones urinarias, los hombres con eyaculación precoz, la ropa para lavar y tender, los desengaños amorosos, las concesiones, los duelos, los dolores menstruales, el insomnio, el llanto, las uñas rotas, las arrugas —pese, en fin, a una vida a crédito que cada día se cobraba otro plazo—, había dos sillas puestas una al lado de la otra donde les estaba permitido ser las hermanas que habían sido antes de todo eso. No se trataba de un viaje en el tiempo, ni un fósil desenterrado y expuesto en el museo para contemplación nostálgica, sino algo vivo y presente, una versión de sí mismas aletargada durante largos periodos, pero a la que aún podían acceder.

Había dos sillas vacías. En la cabecera de la mesa y junto a Maria Luísa. De tal palo, tal astilla. En el extremo opuesto, Antónia era la domadora de la extrañeza. Imponía la liturgia de las familias normales, asignando tareas como quien reparte el pan de la concordia. Descorcha el vino, Diogo. Enciende las velas, Pureza. Corta la carne, Maria Luísa. Ve a llamar a tu tío, Nádia.

—Yo también voy —dijo Carminho, y a nadie se le escapaba que la niña sentía por su prima hermana mayor la misma fascinación que, tiempo atrás, cuando tenía su misma edad, Pureza había sentido por Maria Luísa. Carminho se arrojaba al círculo vicioso de las familias, que, como de sobra sabían los presentes, tan pronto giraba alrededor de la ternura como de la destrucción.

—Tú te quedas —atajó Antónia, para la que un asiento vacío, aunque solo fuera de forma temporal, suponía un riesgo enorme, y además sabía que la presencia de un niño entre adultos mal avenidos garantizaba cierto grado de amabilidad.

—Pa-paaá... —protestó Carminho, añadiendo una sílaba más a la palabra para subrayar que solo él podría liberarla.

—Puedes ir.

Mientras giraba el sacacorchos en la botella, Diogo se las arregló para desautorizar a su suegra, molestar a su mujer y hacer que su antigua novia de juventud se arrepintiera de haber aceptado una última cena en familia. Carminho salió por la puerta tras los pasos de Nádia y Diogo tiró del corcho al tiempo que rompía ese incómodo silencio:

—¿Os habéis enterado de lo que ha pasado hoy? —Aunque su cuñado no supiera dónde había estado los últimos años, Maria Luísa estaba segura de que se refería a la huelga de hambre de los detenidos de las FP 25, de la que todos los diarios se habían hecho eco. Pero se equivocaba—. Una vergüenza, no había suficientes diputados en el Parlamento para votar una ley. —Empezó a servir el vino—. No dan un palo al agua, solo están ahí para chupar del bote. —¿Cháchara o provocación? ¿Era tonto o malintencionado?—. Esto no es una democracia, sino un cachondeo.

—Por favor, bastante tenemos ya —dijo Antónia, una frase que encerraba décadas de evitación—. Todo menos política.

—Un brindis —propuso Diogo, alzando su copa de vino—. Todo menos política. —Nadie se sumó al desafío—. Vale, punto en boca.

—Ojalá —dijo Pureza, desvergonzada, y miró a Maria Luísa, que no contuvo la risa.

—Niñas —les regañó su madre.

—Tengo una idea mejor. —Pureza se levantó y alzó su copa—. Brindo por el fin de mi matrimonio. —Encorsetada durante tantos años por el voto de fe en la sutileza, qué gratificante resultaba tener el descaro de burlarse de lo más sagrado delante de su madre y su marido—. Brindo por el divorcio.

Maria Luísa solo había visto a su hermana así en una ocasión, en el colegio, y habían hecho falta varias monjas para arrancarla del pelo de una chica mayor que ella. No recordaba qué había originado el ataque, pero sí esa expresión liberadora en la cara de Pureza, el orgullo con el que había buscado a su hermana entre las demás alumnas, demostrándole de lo que era capaz.

—Siéntate —le ordenó Diogo.

—Vaya, ¿ahora sí me has oído? —replicó ella—. Porque en casa me ha parecido que te hacías el sordo.

—¿Has bebido?

—Todavía no. —Pureza apuró la copa de un solo trago—. Hala, ya he bebido.

Diogo se levantó, bordeó la mesa.

—A casa, ahora mismo.

—Vete tú.

Pureza se sirvió más vino, volvió a apurar la copa de una sentada.

—Piensa en tu hija.

—Eso tú, porque yo pienso en ella desde que me levanto hasta que me acuesto.

—A mí no me vaciles.

—Da la casualidad de que hablo muy en serio.

—Soy tu marido y no te consiento que me faltes al respeto.

Pureza volvió a servirse vino.

—¿Llamarás a tu guardaespaldas para que me meta en cintura? —Miró a su hermana antes de llevarse la copa a los labios—. Yo también tengo una guardaespaldas, ¿a que sí, tata? —Diogo intentó apartarla de la mesa y Pureza se aferró al mantel de Nochebuena. Parte de la vajilla fue a parar al suelo y el vino se derramó sobre el pantalón de su marido—. Tendrás que pedirle ayuda al inspector Mendonça.

El inspector Mendonça, que la había perseguido en Salamanca y Madrid. El inspector Mendonça, uno de los muchos pides que habían quedado impunes tras la revolución, que había pertenecido al ELP y ahora era el jefe de seguridad de Diogo. El inspector Mendonça, que había detenido e interrogado a Maria Luísa.

—Quiero el divorcio.

Diogo le contestó con una bofetada.

Pureza se echó a reír, como si esa bofetada confirmara lo ridículo que era su marido. Se dirigió a Maria Luísa:

—Fue él quien te denunció a la PIDE. Estábamos los dos en el hotel cuando el responsable de célula del partido pidió hablar con mamá. Diogo lo oyó y fue a llamar a la GNR desde la cabina telefónica. Al cabo de unos minutos, se presentaron aquí. Media hora después, llegaron los pides que te cogieron en el monte. Mendonça era uno de ellos.

Maria Luísa miró a Antónia y, sin esperar la confirmación de su madre —le bastaba con saber que había sido torturada y había pasado un año y medio en la cárcel—, cogió el cuchillo de trinchar. Incluso para alguien que estaba a punto de entregarse a la policía, siempre cabía la posibilidad de añadir otra etapa más a la peregrinación de la violencia.

Diogo sacó el revólver de la sobaquera y apuntó a Maria Luísa.

—Por favor —imploró Antónia—. Por favor, dejadlo ya.

Pero siempre habría alguien dispuesto a hacer oídos sordos a la súplica de una madre.

15

En 1960, a miles de kilómetros de Sintra, la KGB confiscó el manuscrito de un libro escrito por un judío ucraniano, Vasili Grossman. Como periodista, Grossman había conocido la guerra en primera línea, había estado en la batalla de Stalingrado y fue uno de los primeros en escribir sobre los campos de exterminio nazis. Grossman moriría de cáncer cuatro años después de que le confiscaran el manuscrito, y el libro solo se publicaría en 1980, en Francia, gracias a una copia que el autor había entregado a un amigo.

Cuando se oyó un disparo en la propiedad de los Storm, nadie en la familia había leído las casi mil páginas de *Vida y destino*, y por tanto nadie pudo descifrar en el rostro de Antónia lo que Grossman había escrito más de cuarenta años atrás: «Todos los hombres son culpables ante una madre que ha perdido a un hijo en la guerra y, a lo largo de la historia de la humanidad, todos los esfuerzos que han hecho por justificarlo han sido en vano».

16

En el principio, cuando Dios creo el cielo y la tierra, sin forma ni orden, todo era un mar profundo cubierto de oscuridad. Luego el hombre descubrió las llamas, inventó la pólvora, creó las armas de fuego, las ideologías y, en un hotel en Sintra, el resplandor de un disparo alumbró las tinieblas. Una milésima de segundo después, la oscuridad había vuelto. La bala le perforó el pecho, el pulmón izquierdo empezó a llenarse de sangre y, en segundo plano, sonaron las primeras notas de una melodía.

Minutos antes, en la buhardilla, con la Beretta metida en la boca, Frederico comprendió dos cosas: no alcanzaba el gatillo debido al tamaño de la escopeta y, siguiendo de nuevo las enseñanzas de Walker, que le había contado que Hemingway se había suicidado con un arma similar apretando el gatillo con el dedo del pie, se sintió defraudado por su maestro al considerar que la maniobra era imposible, y más aún para un Hemingway gordo, viejo y aquejado de dolencias incapacitantes. El hecho de que la Beretta no estuviera cargada también contribuyó al fracaso de su plan, pero en eso Frederico, que seguía bajo los efectos de la heroína, ni se fijó. Lo que le salvó la vida fue la música. En la radio a pilas, después de los anuncios, pusieron una canción que no conocía. Decidió vivir unos instantes más a la espera de que el locutor identificara el tema y el intérprete.

Ese interludio le permitió adaptar el principio del arma de Chéjov: en vez de dispararla, la vendería para comprar más droga.

Con toda la familia sentada a la mesa, Frederico bajó de la buhardilla y se escabulló de casa para esconder las joyas y la escopeta en su antiguo refugio del hotel, el cuarto trastero donde había escuchado a Miles Davis, fumado hierba, guardado revistas pornográficas y creado el Panteón de las Primeras Veces. En medio de la oscuridad, ni siquiera advirtió la presencia de los dos hombres armados que, al ver la Beretta, abrieron fuego contra él y se dieron a la fuga en un Renault 5.

Frederico había sobrevivido a las metralletas de la PIDE que habían asesinado a João Guilherme. Se había librado de la guerra en África que les costó la vida a miles de portugueses y africanos. Había esquivado la bomba que despedazó a Calígula. Había sobrevivido a la heroína de mala calidad, cortada con químicos dañinos. Y, en consonancia con la tragicomedia en que se había convertido su existencia, iba a morir por un equívoco, por una bala que no iba destinada a él.

La ironía no se acababa ahí. Pese a las sospechas de la policía, las FP 25 nunca llegarían a reivindicar el homicidio —un joven inocente no haría sino añadir mala prensa al historial del grupo terrorista— y nadie sabría que la muerte de Frederico Storm salvó la vida de su hermana y su cuñado. En vez de la merecida redención, sería para siempre el heroinómano hallado muerto con las joyas de la familia.

Diogo estaba seguro de que él era el verdadero objetivo del atentado, aunque nunca lo comentó con la familia Storm. Siguió adelante, jactándose de haber sobrevivido a un intento de asesinato por parte de un grupo terrorista de extrema izquierda: la némesis perfecta para la creación de su biografía de futuro político. Maria Luísa también estaba segura de ser la destinataria de esa bala. Y si, en el juicio a las FP 25 o en los años que pasó entre rejas, nunca llegó a mostrar arrepentimiento ni a pedir perdón, el hecho de haber causado la muerte de su hermano sería su penitencia, la única manera de conocer lo que sentían los familiares de las víctimas del terrorismo.

En los últimos instantes, Frederico no vio una luz ni los momentos estelares de su vida desfilando ante sus ojos, pero estaba seguro de haber oído todo el *Great American Songbook* en tan solo unos segundos. Después, para la despedida, empezó a sonar un fado.

(Tiene que ser una broma.)

Frederico quería pedir otra música, pero le costaba hablar.

Amália cantaba: «*Com que voz chorarei meu triste fado*».*

(A mí no me mires, ¿de veras crees que escogería a Camões para la despedida?)

Las últimas palabras de Goethe fueron: «Más luz».

Las últimas palabras de Groucho Marx fueron: «Esto no es forma de vivir».

Las últimas palabras de Miles Davis, siete años después de aquella noche de verano en Sintra, habrían de ser: «Decidle que lo siento».

Nádia fue la primera en llegar hasta él. Solo ella entendería las últimas palabras de su tío:

—Luego te pago el resto.

Frederico se refería al dinero que le debía desde la mañana del 26 de abril de 1974, cuando Nádia le había exigido cien escudos para no contarle a todo el mundo dónde escondía su tío las revistas pornográficas.

* «¿Con qué voz lloraré mi triste sino?», primera estrofa de un soneto de Luís de Camões, convertido en un célebre fado al que puso voz Amália Rodrigues. *(N. de la T.)*

Feliz Navidad

¿Cuándo estoy?

En el bosque, en mitad de la noche, una mujer se pierde en el tiempo.

¿Cuándo estoy?

Aún sabe cómo se llama, reconoce el hotel allá al fondo, pero sigue a la deriva por los años. Ve las luces giratorias de un vehículo militar en 1975, la nieve cayendo sobre la sierra décadas antes y un cortejo fúnebre un día de noviembre.

¿Cuándo estoy?

Una nieta se sienta en el columpio que cuelga de la rama de un roble.

¿Cuándo estoy?

Su marido vuelve tarde a casa. No, su marido la coge en brazos después de la boda.

¿Cuándo estoy?

Vuelve a oír el disparo de un arma, lo único que une pasado, presente y futuro.

Por fin, sabe cuándo está.

Tenía tres hijos y, la noche del disparo, perdió a uno.

—Mamá. —Alguien la llama.

—¿Maria Luísa? —pregunta Antónia.

—No, soy Nádia, la hija de Maria Luísa.

—¿Quién es esa que está contigo?
—Mi mujer.
—¿Y ese niño?
—Nuestro hijo. Tu bisnieto.
—¿Dónde está la sierra?
—Ahí fuera.
—Pero si hace un momento estaba aquí.
—Estamos en tu casa.
—¿Y el disparo? He oído el disparo.
—Tenemos que irnos.
—¿Adónde?

Los lapsus de Antónia se han ido agravando, y lo que empezó con el olvido de un nombre o la dificultad para recordar el día de la semana se ha convertido en un caleidoscopio temporal donde el pasado es un presente en constante disolución. Sin previo aviso ni posibilidad de control, salta de un año a otro, de una década a otra, y su memoria se deshilacha con cada día que pasa. Solo el disparo que mató a su hijo parece recurrente, la eterna campanada que señala la pérdida irreparable.

Mientras hace las maletas con la ropa de Antónia, su nieta encuentra en el armario una caja con la palabra FRÁGIL. Dentro hay fotos de familia y joyas, decenas de blocs de notas y sobres enviados por alguien llamado Ricardo Walker. Nádia encuentra también una bola de nieve con un paisaje navideño.

—Es mía —protesta Antónia.

Nádia le da la bola y decide llevarse la caja de recuerdos.

—Tal vez sea buena idea conservar cosas que le recuerden quién fue —comenta Nádia a su mujer.

Llueve durante el viaje. El coche se detiene en un semáforo. Antónia se fija en un cartel de propaganda electoral y, pese a un fugaz reconocimiento, no podría identificar a Diogo Bravo Montalvão en ese mismo cartel, entre los candidatos de un partido nuevo que promete devolver la moral a la política y restituir el respeto a los valores tradicionales.

En la caja de cartón que viaja en maletero, una de las cartas escritas por Ricardo Walker contiene sugerencias de estilo al reportaje que, tras meses de vacilación, Frederico acabó redactando —sin llegar nunca a publicarlo— sobre las semanas que pasó con su cuñado y los activistas del ELP.

Maria Luísa lleva años instalada en Brasil, tras cumplir parte de su pena de cárcel y haber sido amnistiada por el presidente de la República, Mário Soares, junto con otros activistas de las FP 25, de los delitos cometidos por la organización terrorista, el mismo indulto que permitió a Ramalho, condenado por las bombas de la extrema derecha y fugado a Madrid, librarse de su condena.

Pureza se mudó con su segundo marido al Algarve y Carminho vive en Londres. Nádia se promete a sí misma que intentará visitar cada semana la residencia de ancianos donde se dispone a dejar a Antónia. Pero tiene a su familia, un trabajo y sabe que, en lo que le queda de vida a su abuela, lo más seguro es que acabe olvidándola a ella también.

En el asiento trasero del coche, Antónia le da la bola de nieve a su bisnieto.

—Gracias —dice el niño, sonriendo y haciéndola sonreír.

Nádia ve el pasado y el futuro por el retrovisor.

El semáforo se pone verde. Los faros traseros de los demás coches, tamizados por la lluvia en las ventanillas, arrojan un resplandor rojo desprovisto de contornos que se cuela en la bola de nieve, tiñendo los copos blancos que caen sobre el paisaje en miniatura bajo la campana de cristal.

¿Cuándo estoy?

En un día de diciembre que, desde hace muchos años, por culpa de una nevada en la sierra y una Navidad adelantada, aún se mantiene a salvo de los apagones de tu cerebro.

¿Dónde estoy?

En la sala de estar de tu casa. No has ido a trabajar al hotel, te has tomado el día libre, tu marido acaba de entrar y le siguen Pureza y Maria Luísa. Vienen de cortar un pequeño pino en el bosque y Frederico gatea en la alfombra. Tus hijos son tuyos, completamente tuyos, no se van a ninguna parte. Qué hermosa es la risa de los niños y la blancura de la nieve que todo lo purifica. Una felicidad indestructible, si te quedas para siempre en este instante.

¿Puedo?

Ya sabes que no.

Entonces, ¿para qué me traes aquí?

Para que te despidas.

BANDA SONORA DE FREDERICO STORM

«Las idean los idealistas
Las llevan a la práctica los fanáticos
Y se aprovechan de ellas los pícaros
los linces los sinvergüenzas.»
NICANOR PARRA